A GUERRA DOS FURACÕES

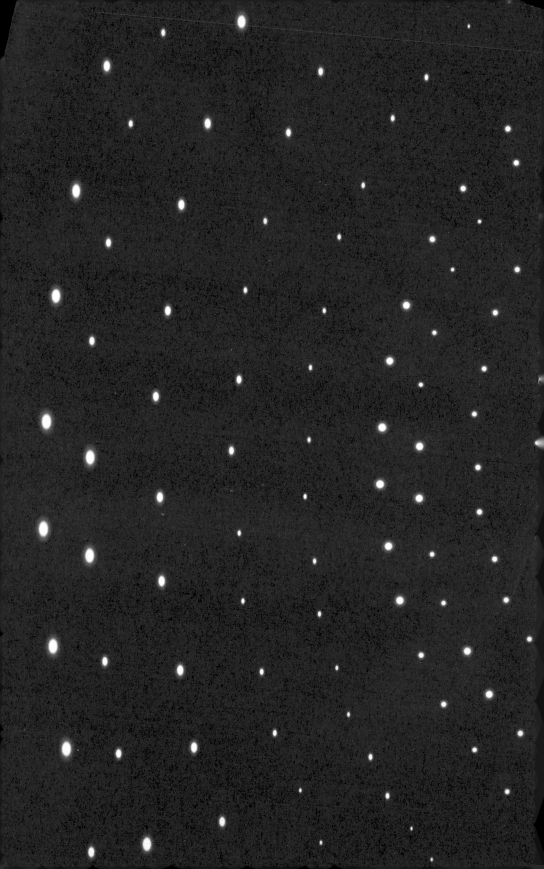

A GUERRA DOS FURACÕES

VOLUME 1

THEA GUANZON

Tradução de Laura Pohl

Copyright © 2023 by Thea Guanzon
Publicado mediante acordo com Harper Voyager, um selo de HarperCollins Publishers.

TÍTULO ORIGINAL
The Hurricane Wars

PREPARAÇÃO
Ilana Goldfeld

REVISÃO
Laiane Flores
Theo Araújo

LEITURA SENSÍVEL
Rebeca Kim

DIAGRAMAÇÃO E ADAPTAÇÃO DE PROJETO GRÁFICO
Ilustrarte Design e Produção Editorial

IMAGENS DE MIOLO
Virginia Allyn (aberturas de capítulo e de parte)
starline | Freepik (páginas 2 e 3)
victoriaartwork | Vecteezy (molduras das aberturas de parte)

ARTE DE CAPA
Kelly Chong

DESIGN DE CAPA
Holly Macdonald © HarperCollins Publishers Ltd 2023

ADAPTAÇÃO DE CAPA
Lázaro Mendes

MAPA
Virginia Allyn

ADAPTAÇÃO DO MAPA
Henrique Diniz

CIP-BRASIL. CATALOGAÇÃO NA PUBLICAÇÃO
SINDICATO NACIONAL DOS EDITORES DE LIVROS, RJ

G946g

Guanzon, Thea
A guerra dos furacões / Thea Guanzon ; tradução Laura Pohl. - 1. ed. - Rio de Janeiro : Intrínseca, 2024.
416 p. ; 23 cm. (A guerra dos furacões ; 1)

Tradução de: The hurricane wars
ISBN 978-85-510-1006-8

1. Ficção filipina. I. Pohl, Laura. II. Título. III. Série.

24-91654
CDD: 899.213
CDU: 82-3(599)

Meri Gleice Rodrigues de Souza - Bibliotecária - CRB-7/6439

[2024]
Todos os direitos desta edição reservados à
EDITORA INTRÍNSECA LTDA.
Av. das Américas, 500, bloco 12, sala 303
22640-904 – Barra da Tijuca
Rio de Janeiro – RJ
Tel./Fax: (21) 3206-7400
www.intrinseca.com.br

Esse é para os ratos.

Prólogo

Antes mesmo de conseguir vê-la, ele escutou a garota, um som agudo e dourado que atravessou o caos da batalha como o primeiro raio do nascer do sol.

Camadas do gelo flutuante oscilaram e racharam sob suas botas enquanto ele corria pelo lago congelado, indo na direção do som, aquele que o chamava entre todos os outros ruídos que perfuravam o ar invernal: os gritos, o chacoalhar dos arcos, o rugido dos canhões, todos vindos da cidade em chamas atrás da floresta antiga à beira d'água. As lacunas tremulantes entre os pinheiros altos ofereciam vislumbres da destruição na forma de veias de brasas douradas e avermelhadas, a copa e as agulhas formando silhuetas contra a coroa de fumaça visível sob as sete luas.

Também havia fumaça ali no gelo, mas era a fumaça do etercosmos, e não das chamas. As sombras floresciam sobre a geada em anéis oscilantes, aprisionando todos que tentavam escapar da cidade, todos exceto ele e seus legionários. Com um gesto da mão enluvada, cada barreira escura se abria diante dele, até que... finalmente...

Ali estava ela.

Mechas soltas do cabelo castanho despenteado esvoaçavam com o vento montanhoso, escapando da trança e emoldurando o rosto oval, marrom-claro e cheio de sardas. Ela parecia arisca naquele gelo instável, a luz incandescente em suas mãos lutando contra a escuridão que se assomava, o corpo de um dos homens dele ainda sofrendo espasmos aos pés da garota. Ele se impeliu para a frente, sua arma bloqueando o que teria sido um golpe mortal em um dos seus legionários mais antigos, e ela cambaleou para trás. Os olhos encontraram os dele, a magia refletida em lascas douradas que incendiavam as íris castanhas, e talvez aquilo também fosse uma declaração de guerra. No intervalo entre as batidas do coração. Na morada da noite.

Ele investiu contra ela.

PARTE I

CAPÍTULO 1

Os casamentos de guerra eram a última moda em um lugar onde todo dia se anunciava, de forma bastante enfática e ameaçadora, como o último da vida de alguém, mas os céus poderiam chover pedras por sete noites consecutivas sem nunca acertar um celebrante disponível. A maior parte dos clérigos estava na linha de frente, entoando para as tropas sardovianas de Mahagir a coragem do Coração-de-Sabre e guiando as almas de soldados à beira da morte para o crepúsculo eterno nas grutas de salgueiro de Adapa, a Ceifadora. Por um golpe raro de sorte, no entanto, havia *um* clérigo restante na cidade montanhosa de Abrunho-da-Geada, onde o regimento de Talasyn estava situado, e onde seus colegas timoneiros, Khaede e Sol, decidiram selar seu compromisso.

Não que seja um grande mistério o motivo de terem largado esse vovô para trás, refletiu Talasyn, observando de um canto escuro da choupana com teto de palha o clérigo, velho e encurvado, trajando robes amarelo-claros, se esforçar para erguer um grande cálice de latão acima do fogo que estalava e refletia na careca que lembrava uma bola de mármore. Com a voz fina e trêmula, ele entoou de forma atrapalhada as palavras finais do rito matrimonial enquanto a noiva o encarava, irritada.

Khaede tinha um olhar afiado capaz de cortar metalidro. Era um milagre o velhinho frágil não ter sido picotado na hora. Por fim, ele conseguiu segurar o cálice, aquecido pela fumaça, e levá-lo à boca do noivo e então à de Khaede, para que o casal bebesse o vinho dourado de lichia consagrado para Thonba, deusa da casa e do lar.

De onde estava, às margens da multidão, Talasyn se juntou aos aplausos com os outros soldados quando o clérigo, com dificuldade, declarou Khaede e Sol unidos por toda a vida. Sol abriu um sorriso tímido, contra o qual Khaede logo pressionou os lábios, sua ira pelo celebrante atrapalhado relegada ao passado. Os gritos entusiasmados de seus camaradas ecoaram pelas paredes grossas de calcário.

— Acha que vai ser a próxima, timoneira?

A provocação jovial veio de algum lugar acima dos ombros de Talasyn, e ela revirou os olhos.

— Palerma.

Sendo a amiga mais próxima de Khaede, ela andava ouvindo brincadeirinhas do tipo a noite toda, e estava na defensiva.

— E por que é que isso estaria na minha lista de prioridades... — retrucou ela, até se virar e o cérebro assimilar o que os olhos estavam vendo. Talasyn assumiu posição de sentido quando percebeu quem era o engraçadinho. — Com todo o respeito, senhor.

— Descansar — disse Darius, um sorriso divertido aparecendo sob a barba grossa.

Quando Talasyn se alistara cinco anos antes, o cabelo do comandante dos timoneiros era grisalho; no momento, a maior parte estava branca. Ele baixou a voz para não ser entreouvido pelas pessoas ao redor.

— A amirante gostaria de uma palavrinha.

O olhar de Talasyn seguiu para o lugar onde vira Ideth Vela na multidão mais cedo. A mulher que tinha o cargo de comando mais alto de todas as forças armadas da Sardóvia estava prestes a desaparecer por uma salinha lateral, acompanhada de um oficial robusto que exibia um bigode preto no formato de ferradura.

— O general Bieshimma já voltou de Nenavar? — perguntou Talasyn.

— Acabou de chegar — respondeu Darius. — Pelo que entendi, houve um imprevisto na missão e ele precisou se retirar. Ele e a amirante querem discutir uma questão crucial com você, então... vá logo.

Talasyn avançou por entre a multidão. Não hesitou em usar os cotovelos, a atenção focada na porta do outro lado da choupana, pela qual Bieshimma e a amirante haviam passado. A curiosidade dela era tanta que chegava a *arder*, sensação que não se devia apenas ao fato de que fora convocada.

A aliança amarga de Estados-nações conhecida como Confederação Sardoviana enviara o general Bieshimma a sudeste do Continente, para as ilhas misteriosas do Domínio de Nenavar em uma tentativa de forjar uma aliança. Talvez até mesmo reavivar uma, se fosse possível acreditar nas antigas histórias. No passado, o general fora um conselheiro político que trocara sua insígnia de gabinete por uma espada e um escudo, e era esperado que utilizasse toda a sua perspicácia diplomática para convencer a rainha nenavarina a ajudar a Sardóvia a derrotar o Império da Noite. Estava evidente que as coisas não tinham seguido de acordo com o plano, considerando aquele retorno rápido, mas ainda assim... Bieshimma estivera em *Nenavar*.

Talasyn sentiu um embrulho no estômago com o misto de interesse e inquietação que os pensamentos sobre o Domínio de Nenavar sempre evocavam nela. A jovem nunca fora até lá, nunca sequer tinha cruzado as fronteiras cada vez menores da Sardóvia, mas apenas a menção daquele arquipélago recluso do outro lado do Mar Eterno sempre deixara parte da jovem estranhamente vazia, como se ela houvesse se esquecido de algo muito importante e estivesse desesperada para descobrir o que era.

Durante seus vinte anos, nunca contara a ninguém sobre a conexão estranha que sentia com Nenavar. Era um segredo frágil demais para ser pronunciado em voz alta. Porém, falar com alguém que acabara de retornar de lá parecia um passo correto naquela direção.

Apesar da avidez, Talasyn diminuiu o passo ao se aproximar de um dos anspeçadas que acompanharam o general Bieshimma em sua missão diplomática. O garoto exibia bochechas coradas devido ao frio que fazia lá fora, os flocos de neve derretendo no colarinho levantado do uniforme enquanto ele relatava a aventura para um pequeno círculo de convidados do casamento, que ouviam atentos.

Todos estavam de uniforme, incluindo a própria Talasyn. Calça de lã, bota grossa e casaco forrado cor de laranja. Não havia tempo para vestidos bonitos ou uma cerimônia elaborada. O casamento era um breve escape entre as batalhas.

— Foi tão ruim quanto da última vez que mandamos uma comitiva para o Domínio de Nenavar — dizia o anspeçada. — Lembra, alguns anos atrás? Embora dessa vez tenham nos deixado desembarcar em vez de nos fazerem dar meia-volta no porto, foi só para descansarmos e pegarmos suprimentos. A rainha, a Zahiya-lachis, ainda se recusou a ter uma reunião conosco. Bieshimma conseguiu passar escondido pelos guardas e seguiu até a capital a cavalo, mas não obteve permissão nem para entrar no palácio real, pelo visto. As preocupações de forasteiros não são as preocupações do Domínio. Foi isso que os guardas do porto nos disseram quando tentamos argumentar com eles.

Um proeiro se inclinou para a frente, um brilho conspiratório nos olhos.

— E você viu algum dragão enquanto estava por lá?

Talasyn parou de andar, e as outras conversas ao redor foram morrendo enquanto diversos soldados esticavam o pescoço, visivelmente interessados.

— Não — respondeu o anspeçada. — Mas eu não saí das docas, e o tempo estava nublado.

— Acho que não tem dragão nenhum lá — declarou um homem da infantaria, fungando. — Só ouvimos os boatos. Na minha opinião, os nenavarinos estão fazendo uma jogada bem esperta, deixando o resto de Lir acreditar que os dragões deles existem. Ninguém vai querer mexer com você se seu exército supostamente tem à disposição um bando de lagartos gigantes que cospem fogo.

— Eu mataria por um lagarto gigante que cospe fogo — disse o proeiro, desejoso. — Daria para ganhar a guerra usando só unzinho.

O grupo começou a debater se um dragão conseguiria derrubar um porta-tempestades. Talasyn se afastou.

Uma avalanche de imagens vagas passou pela cabeça dela, vinda do nada, repentina, apenas por um instante. Talasyn mal conseguiu distinguir alguma coisa antes de as visões sumirem. Escamas lisas ondulando sob a luz do sol, e talvez uma coroa tão afiada quanto diamante, pálida como gelo. Algo dentro de si, despertando por causa da conversa do soldado, tentou lutar para sair.

Mas o *quê...*

Ela piscou, e as imagens desapareceram.

Devia ser algum efeito colateral da fumaça com cheiro de pinheiro das diversas fogueiras acesas na choupana, sem mencionar o calor que irradiava dos muitos corpos comprimidos na mesma estrutura estreita. Sol era bonzinho, cativante e adorado entre seus companheiros, o que explicava por que quase um quarto do regimento havia aparecido para celebrar seu casamento.

Com certeza estavam ali por causa dele, e não pela noiva (Khaede, que era grosseira, irritadiça e mordaz), mas, de qualquer forma, a adoração que Sol dedicava à amada equivalia à de cem pessoas.

Quando parou diante da porta fechada da sala lateral, Talasyn se virou e observou os recém-casados. Estavam rodeados de pessoas efusivas com canecas de cerveja quente em mãos e desejos de felicidades ao casal, enquanto a banda do regimento começava a entoar uma canção animada ao som de pífaro, corneta e tambor de pele de cabra. Sol, todo sorrisos, beijava copiosamente o dorso da mão de Khaede, e ela até tentou franzir o cenho, irritada, mas falhou miseravelmente. Os dois estavam tão radiantes quanto os uniformes de inverno dos timoneiros permitia, e as guirlandas de flores secas penduradas no pescoço eram o único indicativo de que eram os noivos. De vez em quando, a mão livre de Khaede repousava sobre a barriga, ainda reta, e os olhos preto-azulados de Sol brilhavam como o Mar Eterno em um dia de verão contra a pele marrom-escura como carvalho.

Talasyn não tinha ideia de como aqueles dois iam cuidar de um bebê no meio de uma guerra que se espalhara por todo o Continente, mas estava feliz por eles. Não estava exatamente *com inveja*, mas observar os recém-casados acordava aquele mesmo velho anseio que nutrira em seus vinte anos como órfã: um lugar ao qual pertencer, alguém a quem pertencer.

Como seria ter isso?, perguntou-se Talasyn quando viu Sol dar uma risada de algo que Khaede disse, inclinando-se para esconder o rosto na curva do pescoço dela, o braço a envolvendo pela cintura. *Rir com alguém dessa forma? Ser tocada assim?* Ela sentiu uma dor tremular pelo corpo e se deixou imaginar aquela sensação, só um pouco, procurando pelo espectro de um abraço.

Um soldado ali perto, bêbado, cambaleou para a frente e derrubou cerveja no chão, ao lado das botas de Talasyn. O fedor amargo invadiu suas narinas, e ela estremeceu, brevemente dominada pelas memórias de infância de seus cuidadores que fediam a grãos fermentados e leite azedo, aqueles homens de palavras ásperas e mãos pesadas.

Aconteceu havia muitos anos. Já era um passado distante. O orfanato nas favelas fora destruído junto ao resto de Bico-de-Serra, e era provável que todos os cuidadores cruéis tivessem sido esmagados sob os destroços. Talasyn não poderia discutir uma *questão crucial* com os superiores se estivesse tomada pelo desespero só por causa de uma cerveja derramada.

A garota ajeitou a postura e acalmou a respiração, e então bateu com firmeza na porta da sala lateral.

Como se em resposta ao gesto, o retumbar profundo do latão dos gongos atravessou a fachada de calcário da construção, cortando aquela alegria como uma lâmina.

A música e a conversa cessaram. Talasyn e seus camaradas olharam em volta enquanto as torres de vigia continuavam ressoando o hino urgente. Primeiro, ficaram atordoados, incrédulos, mas, aos poucos, uma onda de movimento atravessou a choupana iluminada, os convidados do casamento entrando em ação.

O Império da Noite estava atacando.

Talasyn correu pela noite prateada, a adrenalina pulsando nas veias, entorpecendo-a enquanto seu corpo cortava o ar noturno congelante que chicoteava seu rosto exposto. As luzes se apagavam por toda Abrunho-da-Geada, janelas quadradas de um dourado alegre desaparecendo na escuridão. Era uma precaução adotada para evitar se tornar um alvo fácil em ataques aéreos, mas não adiantaria nada. Todas as sete luas de Lir estavam no céu, exibindo suas diferentes fases minguantes e crescentes, lançando uma claridade gritante sobre as montanhas nevadas.

E, se as tropas kesathesas tinham trazido um porta-tempestades, a cidade inteira seria o equivalente a um dente-de-leão sendo soprado pela brisa. As casas eram erguidas com pedra e argamassa, cobertas de telhados de madeira e palha com muitas camadas, fortes o bastante para aguentar as duras intempéries, mas incapazes de resistir aos canhões de relâmpagos do Império da Noite.

Devido à sua localização remota, bem no alto das Terras Altas sardovianas, Abrunho-da-Geada sempre fora um vilarejo pacato, acomodado serenamente entre os tapetes de pinheiros perenes. No entanto, naquela noite, o lugar foi mergulhado no caos, com as pessoas da cidade, com suas grossas roupas de peles, correndo na direção dos abrigos, gritando frenéticas umas para as outras em meio ao turbilhão de atividade militar. Estava finalmente acontecendo: aquilo que todos temiam, o motivo do regimento de Talasyn ter sido mandado até ali.

Os arqueiros tomavam posições nas muralhas, os homens da infantaria organizavam barricadas nas ruas e os timoneiros se apressavam na direção da plataforma. Talasyn forçou a vista na direção do céu estrelado. Provavelmente *não* estavam sendo atacados por um porta-tempestades... àquela altura, ela já teria identificado sua enorme silhueta.

Ela apertou o passo e se juntou à multidão rumo à plataforma, dezenas de coturnos do Exército esmagando a neve até virar lama. Pareceu demorar eras até eles chegarem ao perímetro da cidade, onde coracles estreitos que exibiam as velas da Confederação, com suas listras laranja e vermelhas, estavam atracados em cima de plataformas de aço com padrão hexagonal. Curvados nas pontas como canoas, as pequenas embarcações aéreas, que foram apelidadas de vespas devido ao tamanho diminuto e à picada mortal, brilhavam sob o luar abundante.

Na corrida até seu coracle, Talasyn se viu ao lado de Khaede, que fazia o mesmo.

— Está maluca? — gritou Talasyn por cima do clamor dos gongos e dos berros de instruções dos oficiais. — Você está grávida de dois meses...

— Fala baixo — sibilou Khaede, com uma expressão resoluta no rosto marrom-escuro, avançando pela neve que caía. — Eu e o feijãozinho vamos ficar bem. Melhor você se preocupar consigo mesma.

Ela segurou o braço de Talasyn por um breve instante e desapareceu antes que a outra pudesse responder, engolida por um mar de timoneiros.

Talasyn passou os olhos pela plataforma em busca de Sol, praguejando baixinho quando viu que a vespa dele já tinha levantado voo. A garota duvidava que o amigo tivesse concordado com aquilo. Ela podia estar enganada, mas tudo indicava que Khaede e Sol estavam prestes a ter sua primeira briga como marido e mulher.

Mas não era hora de pensar naquilo. A distância, os coracles do Império da Noite surgiram acima de uma cordilheira arborizada. Essas embarcações eram chamadas de lobos: cruéis, de proas afiadas e caçando sempre em alcateia, armadas até os dentes, tão numerosas que pareciam dominar o horizonte, as velas pretas e prateadas oscilando na brisa fria.

Talasyn pulou para dentro da própria embarcação, tirando um par de luvas de couro marrom que enfiara no bolso do casaco, e saiu puxando as diversas alavancas com uma tranquilidade familiar. A vespa ergueu suas velas, e os corações de éter cristalinos integrados ao casco de madeira se acenderam, verde-esmeralda, fazendo a embarcação ganhar vida enquanto estalava com a magia dos ventos da dimensão Vendavaz que os feiticeiros sardovianos haviam destilado ali. A estática fez chiar o transmissor, uma engenhoca na forma de uma caixa cheia de mostradores e filamentos de metais condutores, o coração de éter ali dentro incandescente em branco, alimentado pela magia da Tempória, uma dimensão assolada por tempestades que produzia som, em geral na forma de trovão, mas que poderia ser manipulada para conduzir vozes a uma distância através de ondas do éter.

Com os dedos no timão, Talasyn zarpou da plataforma, a embarcação cuspindo fumaça verde mágica, e então entrou na formação de seta junto a todas as outras embarcações aéreas sardovianas.

— Qual é o plano? — indagou ela no bocal do transmissor, a pergunta ecoando pela frequência da onda do éter usada por seu regimento.

Da ponta da formação, Sol respondeu, com um tom de voz tranquilo que só ele conseguia usar durante uma batalha. As palavras saíram da corneta em cima do transmissor, enchendo o poço do coracle de Talasyn:

— Estamos em menor número, dez para um, então nossa melhor aposta é usar as táticas defensivas padrão. Tentem mantê-los longe das muralhas da cidade até que os moradores estejam nos abrigos.

— Afirmativo — respondeu Talasyn. Ela não arriscaria contar a ele sobre Khaede, não quando todos os seus camaradas estavam ouvindo, e não quando precisavam que ele estivesse focado. Ainda assim, ela não resistiu e acrescentou: — Aliás, parabéns pelo casamento.

Sol riu.

— Obrigado.

As vespas sardovianas formaram seu enxame apertado ao redor das muralhas de Abrunho-da-Geada, e as embarcações kesathesas as enfrentaram pela dianteira. Por mais que um coracle vespa não se comparasse às múltiplas bestas de repetição ou aos ribauldequins que atiravam ferro dos lobos do Império da Noite, a embarcação compensava e muito com pura agilidade (agilidade que Talasyn botou em prática para ganhar uma tremenda vantagem durante os atordoantes minutos seguintes). Ela se lançou através do ar noturno, desviando de diversos virotes mortais e lançando também os seus próprios com as bestas fixadas na popa do barco. Os coracles inimigos tinham pouca destreza para manobras, e a mira dela era certeira na maior parte das vezes, rasgando velas e destroçando cascos de madeira.

Porém, havia lobos *demais*, e não demorou muito para a frota deles romper o perímetro defensivo, rugindo cada vez mais perto dos telhados de palha de Abrunho-da-Geada, iluminados ao luar.

E lá, no horizonte...

O coração de Talasyn quase foi parar na boca quando ela viu a silhueta monstruosa de dois mastros de um encouraçado kesathês pairando acima de um cume coberto de neve, em meio a nuvens revoltas de éter esmeralda. Para enfrentá-lo, duas fragatas sardovianas — com velas completas e quadradas, embarcações menores em tamanho, mas ainda assim tão repletas de canhões quanto as outras — se levantaram do vale próximo, onde estavam à espera das vespas sardovianas.

Seria um massacre, mas ao menos o Império da Noite não trouxera um porta-tempestades. Desde que não houvesse um porta-tempestades, ainda havia uma chance.

Talasyn velejou até o ponto em que a batalha estava mais intensa, lançando sua vespa em meio ao caos. Ela lutou e voou como nunca antes. Pelo canto do olho, via as embarcações de seus companheiros se irromperem em chamas ou se estilhaçarem contra as muralhas e copas de árvores ao redor.

Havia pouco, estavam todos seguros e despreocupados na choupana, celebrando o casamento de Khaede e Sol.

Aquilo fora uma ilusão. Não havia nenhum lugar quente, nenhum vislumbre de alegria que estivesse a salvo da Guerra dos Furacões. O Império da Noite de Kesath destruía tudo que tocava.

As primeiras brasas de um incêndio cresceram dentro dela. Saíram rastejando do seu âmago até a ponta dos dedos como agulhas incandescentes, escondendo-se embaixo da pele.

Chega, ordenou ela a si mesma. *Ninguém pode saber.*

Você prometeu à amirante.

Talasyn engoliu aquela sensação de ardência, acalmando as chamas que devastavam sua alma. Ela percebeu, tarde demais, que diversos lobos conseguiram segui-la enquanto estava distraída. Os projéteis de ferro dos ribauldequins acertaram sua embarcação aérea de todos os lados, e não tardou até o mundo se transformar em um rodopio em queda livre rumo ao chão.

CAPÍTULO 2

Em seu sonho, ela voltou a ter quinze anos, e a cidade de Bico-de-Serra era toda feita de terra batida, treliças de madeira e peles de animais, erguendo-se da grama cor de palha da Grande Estepe como um bolo de camadas acomodado de forma precária dentro das enormes muralhas de tijolos de barro e sal. Ela estava fugindo dos vigias, os bolsos da roupa rasgada cheios de pão amassado e frutas secas, amaldiçoando a antena ligada do lojista a cada respiração ofegante.

Bico-de-Serra era... ou foi... uma cidade que subia mais em direção aos céus do que se espalhava pela terra. Os habitantes aprendiam ainda em uma idade muito tenra a como ir cada vez mais alto, e Talasyn não era uma exceção. Escalou escadas e parapeitos, correu por telhados e atravessou as pontes suspensas que conectavam as construções, enquanto todos os vigias a perseguiam, assoprando os apitos feitos de osso de pássaro. Ela correu e correu, subindo mais alto, sentindo a dor familiar que a cidade deixava nos braços e pernas e o arroubo do medo quando os vigias se aproximavam de seus calcanhares. Ainda assim, ela continuou, rumo ao ar e ao céu, até chegar ao parapeito da muralha oeste. O vento gelado a assolou com força, golpeando os lábios secos, os apitos insistentes e agudos às suas costas.

Ela planejava dar a volta pelas muralhas da cidade e então descer outra vez para as favelas lá embaixo, onde vivia com os outros desfavorecidos, e onde dava trabalho demais aos vigias continuar a perseguir uma rata órfã das ruas que roubara alguns pães e frutas. No entanto, quando se endireitou, equilibrando-se no parapeito de tijolo de barro, a Grande Estepe esparramada por quilômetros em uma enorme extensão de grama e arbustos, ela viu.

O porta-tempestades.

Pairava rente ao horizonte, como um artrópode elíptico, os canhões de relâmpago pendurados da proa à popa como um conjunto de pernas articuladas. Na lembrança de Talasyn, tinha quinhentos metros de comprimento. No sonho, era do tamanho de um mundo.

Alimentado por inúmeros corações de éter, imbuídos com a magia de chuva, vento e relâmpago pelos Feiticeiros astutos do Imperador Gaheris, pulsando em tons de safira, esmeralda e branco através dos painéis de metalidro que compunham o casco translúcido, o porta-tempestades se aproximou de Bico-de-Serra com a determinação soturna de um maremoto, arrastando nuvens negras de tempestade consigo: o mar sem fim de grama queimada se curvava abaixo dele, envergado pelos ventos gerados pelo Vendavaz e que se espalhavam pelo céu cada vez mais escuro.

Talasyn ficou parada ali, aterrorizada. Em sua lembrança, ela fugira, descendo a cidade, mergulhando no primeiro abrigo que encontrou, mas, no sonho, o corpo se recusou a obedecer. O porta-tempestades se aproximava, e o vento rasgava seu coração como virotes de ferro, e de repente...

Ela acordou.

Abriu os olhos, um arquejo escapando pelos lábios. Uma fumaça espessa adentrou os pulmões, e ela tossiu, a garganta sofrendo um espasmo como se tivesse sido queimada. O mundo estava banhado por uma luz vermelha, faiscando com metalidro estilhaçado. As mãos enluvadas se atrapalharam com a fivela da cintura, até que o cinto cedeu e ela caiu sobre uma camada de neve, fragmentos da escotilha lateral da vespa caindo como chuva ao seu redor.

Ela ficou desorientada por um instante, enquanto a névoa do seu inconsciente ia embora, e o véu entre os sonhos e a realidade se desintegrava e se tornava fogo e inverno, o coração tão acelerado que ela não conseguia respirar direito. Ela não estava em Bico-de-Serra, encarando o porta-tempestades do Império da Noite enquanto ele eclipsava os céus. Em vez disso, encontrava-se em algum ponto da periferia de Abrunho-da-Geada, olhando para trás, para a vespa que se espatifara de lado, as chapas elegantes distorcidas em ângulos estranhos e as velas listradas consumidas por chamas intensas que vinham do coração de éter de Fogarantro rachado que alimentava as lamparinas, subindo devagar para consumir o restante da embarcação.

Ela respirou fundo e devagar, uma vez e então outra, até o tempo parecer voltar ao lugar. Até ela estar com vinte anos, e qualquer traço da civilização que habitara a Grande Estepe da Sardóvia desaparecer, aniquilada pelas forças de Kesath como punição por terem se recusado a se submeter ao Imperador da Noite.

Se a Sardóvia perdesse a batalha daquela noite, o mesmo destino aguardava as Terras Altas, o lugar para o qual Abrunho-da-Geada servia como portão de entrada.

Tossindo para expelir o restante da fumaça, Talasyn se arrastou para longe dos destroços. Os lobos haviam lançado sua vespa danificada sobre a floresta de pinheiros que beirava Abrunho-da-Geada até o outro lado do lago glacial nas montanhas. Através de uma distância marcada por gelo flutuante e água escura, através de espaços entre os troncos grossos, ela conseguia ver as edificações arruinadas, as silhuetas correndo e o incêndio. Não havia nem sinal dos coracles, do encouraçado kesathês nem das fragatas sardovianas, o que significava que os dois lados haviam partido para um enfrentamento terrestre. Ela devia ter ficado inconsciente por um tempo *considerável*. Por fim, sua cabeça parou de girar e suas pernas lembraram o que fazer, e ela se levantou, correndo pelo lago, navegando um caminho traiçoeiro ao avançar por pedaços grandes de gelo.

Pelas barbas por fazer do Pai Universal, ali estava mais frio do que o coração do Imperador da Noite. Uma névoa prateada se formava no ar cada vez que ela respirava. Através da fumaça, ela conseguiu ver uma multidão em pânico saindo da floresta da margem mais distante, tanto soldados sardovianos quanto civis. Alguns seguiram na direção das cavernas, enquanto outros preferiram se arriscar no gelo. A luz das sete luas de Lir brilhava sobre todos eles, destacando as montanhas brancas nos arredores.

Preciso chegar do outro lado do lago, pensou ela. *Preciso alcançar Abrunho-da-Geada. Preciso me juntar à luta de novo.*

Talasyn quase alcançara a margem da floresta quando faixas de escuridão se desdobraram da árvore e pairaram sobre a neve, consumindo os blocos de gelo em uma onda sinistra formada pelas trevas.

Ela derrapou até parar a escuridão a circundando, tremulando com éter. Não era a escuridão da noite ou a fumaça da batalha que já começara na montanha. Era mais profunda e pesada, mais viva. *Mexia-se*, curvando-se sobre o lago congelado como tentáculos.

Talasyn já encontrara essas sombras antes em diversos campos de batalha. Quando formavam anéis daquele tipo, eram implacáveis, prendendo todos em seus domínios. Os regimentos sardovianos aprenderam do jeito mais difícil que tentar atravessar aquelas barreiras resultava em ferimentos graves, e talvez até desmembramento. Era uma das táticas favoritas dos guerreiros Forjadores de Sombras que compunham a Legião mais temida do Império da Noite. Se o Imperador Gaheris os tinha mandado até ali, as chances de Abrunho-da-Geada de se defender de um cerco seriam consideravelmente menores.

Assim como as chances de sobrevivência de Talasyn.

Ela ficou imóvel como uma estátua, escutando o rangido de passos no gelo e os gritos de pessoas que ela não via através do ar preto nebuloso.

— Matem os que fugiram — instruiu uma voz masculina, pegajosa e gutural como uma mancha de óleo, não muito distante dali.

Talasyn reprimiu um xingamento. Se a Legião estava vasculhando o lago, isso significava que eles não precisavam mais ficar na cidade e que o regimento sardoviano se espalhara. Abrunho-da-Geada estava condenada. O restante das Terras Altas logo teria o mesmo destino, já que o vilarejo de posição estratégica mais importante da região encontrava-se no momento sob o comando do Império da Noite.

Ela sentiu uma onda de horror e pânico, que então deu lugar a uma fúria ardente. Ela não pedira por aquilo; o povo de Abrunho-da-Geada não pedira por aquilo. Ninguém na Sardóvia queria uma coisa daquelas. Algumas horas antes, o regimento celebrava o futuro de Khaede e Sol, e, no momento, estavam sendo massacrados como ratos sobre o gelo. Eliminados, um por um. Ali estavam apenas ela, a noite, a água escura e o Forjador de Sombras, à espreita, circundando-a como uma gaiola. Ela *não* deixaria que as coisas acabassem daquela forma.

A ira de Talasyn era acompanhada por uma faísca em seu âmago. Ela a sentiu queimar assim como queimara mais cedo, porém, dessa vez, com mais intensidade. Afiada, radiante, e exigindo que a justiça fosse feita.

E doía. Era como se o corpo inteiro de Talasyn estivesse em chamas. Ela precisava deixar que aquela força saísse antes que a consumisse por inteiro.

Não deixe que ninguém veja, avisara a amirante. *Você ainda não está pronta. Eles não podem saber.*

Você será caçada.

Talasyn fechou os olhos em uma tentativa de se concentrar, engolindo as emoções como se fossem bile. Pouco depois que conseguiu fazer *aquilo*, o gelo começou a oscilar sob seus pés, e ela ouviu cristais se partindo sob uma armadura pesada. Sua nuca começou a coçar com o peso do olhar que decerto analisava o brasão da Confederação Sardoviana (uma fênix, a mesma que adornava as velas do regimento) costurada nas costas do casaco da jovem.

— Está perdida, passarinha?

Era a mesma voz pegajosa. Passos comedidos se aproximaram, e o rosnado estático denunciava que o Sombral fora aberto. O fogo dentro de Talasyn inflamou, como uma barragem prestes a se romper.

Não havia para onde correr.

Eu não vou morrer. Aqui, não. Agora, não.

Talasyn se virou para combater seu agressor de frente.

O legionário tinha *pelo menos* dois metros de altura, e seu corpo estava inteiro coberto por placas obsidianas, os punhos com manoplas segurando um enorme feixe de pura escuridão, com fios de éter prateado. A lâmina estalava quando ele a ergueu acima da cabeça de Talasyn.

Então aconteceu o mesmo que se sucedera no dia em que Bico-de-Serra fora destruída. Foi instinto. O corpo lutando com unhas e dentes para sobreviver.

A magia se esparramou por ela como se fossem asas se abrindo.

Talasyn bloqueou a espada forjada pelas sombras com uma onda brilhante. A tapeçaria do éter que prendia todas as dimensões e continha todos os elementos apareceu em sua mente, e ela repuxou aqueles fios, abrindo um caminho até a Luzitura. Algo irrompeu por seus dedos estendidos, puro, sem forma e controle, pintando todos os arredores em tons de um dourado ofuscante.

Da última vez que aquilo acontecera — quando as tropas kesathesas se esgueiraram pelas ruínas de Bico-de-Serra depois que o porta-tempestades esmigalhara a cidade, procurando sobreviventes que seriam feitos de exemplo —, o soldado que mirara a besta em Talasyn, então com quinze anos, morrera na hora. A carne e os ossos foram devorados pela Luzitura. O atual legionário gigante conseguiu bloquear o golpe dela, o feixe se transformando em um escudo oval escuro, e o brilho colidiu como um golpe de fogo. No entanto, Talasyn estava desesperada e ele fora pego de surpresa, e o gigante soltou um grito enquanto a luz consumia as sombras. O homem foi arremessado ao chão com a armadura chamuscando.

As forças sardovianas haviam chegado tarde demais para salvar Bico-de-Serra, mas bem a tempo de resgatar aqueles que sobreviveram à fúria do porta-tempestades. Foi o comandante Darius quem testemunhara Talasyn matar o soldado kesathês, e ele a levara às pressas direto para a amirante.

Naquela noite, no gelo das Terras Altas, ninguém iria salvá-la. Ela estava sozinha até conseguir voltar para o seu regimento em Abrunho-da-Geada.

E ela não deixaria que *ninguém* ficasse em seu caminho.

Foco, dizia a amirante, repetidas vezes, durante suas sessões de treinamento. Palavras sobre as quais meditar. *O éter é o elemento principal, aquele que une todos os outros e conecta as dimensões. De tempos em tempos, um etermante nasce no mundo — alguém capaz de atravessar o caminho do éter de formas específicas. Trovadores de Águas. Dançarinos de Fogo. Forjadores de Sombras. Invocadores de Ventos. Domadores de Relâmpagos. Feiticeiros. E você.*

A Luzitura é o fio, e você é a tecelã. Vai fazer o que você mandar.

Então diga o que você quer que faça.

O legionário gigante se debatia no gelo como uma tartaruga com o casco virado, a armadura pesada rachada em diversos lugares, o sangue vazando. Talasyn estreitou os olhos para ele e estendeu o braço, os dedos espalmados repuxando de volta o véu entre esse mundo e os outros, abrindo a Luzitura de novo. A arma que apareceu na palma de sua mão aberta, invocada de um dos diversos universos de energia mágica que existiam dentro do etercosmos, lembrava as adagas compridas de lâminas largas que salvaram muitas vidas dos homens da infantaria sardoviana em combate, mas a que Talasyn usava era feita apenas de luz dourada e éter prateado. As beiradas serrilhadas ardiam na penumbra como raios de sol.

O pânico do legionário era quase tangível, apesar da máscara que usava. Ele rastejou de costas com os cotovelos enquanto Talasyn continuava a avançar. Parecia que as pernas dele não estavam funcionando direito, e talvez, em outra época, uma parte dela teria estremecido com o pensamento de matar alguém que estava tão incapacitado e indefeso. Porém, ele era da Legião, e a Guerra dos Furacões a endureceu, perda atrás de perda desgastando a criança que ela fora até não sobrar nada além de raiva.

E a luz do sol.

Talasyn enfiou a adaga no peito dele... ou ao menos *tentou*. Naquele breve segundo antes de a ponta da arma encontrar a proteção do torso, alguma coisa...

... *alguém*...

... se precipitou da escuridão...

... e a adaga dela deslizou contra a beirada crescente de uma foice de guerra, conjurada do Sombral.

Com sua concentração perturbada, a adaga tecida de luz chamuscou e se apagou, e Talasyn segurou o ar vazio. Também foi instintivo o pulo que ela deu para trás, evitando por pouco o golpe seguinte do agressor.

Os raios de luz das sete luas destacaram em tons esmaecidos outro legionário, que apesar de não ser tão estatuesco quanto o gigante que Talasyn acabara de derrubar, ainda assim era alto, largo e imponente. Por cima de uma túnica de cota de malha de mangas compridas, ele vestia uma couraça preta com um cinto de couro escarlate, com ombros de espinhos perfurantes e protetores nos braços de escamas escarlates que se conectavam a manoplas pretas, as pontas afiadas como garras. O capuz forrado de pelos de uma capa de inverno da cor da meia-noite emoldurava o rosto pálido, e a metade inferior era escondida por meia máscara de obsidiana gravada com desenhos de duas fileiras de dentes de lobo, terrivelmente afiados, capturados em um rosnado permanente.

O efeito era aterrorizante. E, por mais que Talasyn nunca tivesse se encontrado com aquele Forjador de Sombras antes, ela sabia quem era. Ela sabia o que significava a quimera prateada do broche preso ao colarinho. Uma cabeça de leão rugindo colocada sobre o corpo serpentino de uma enguia escamosa, erguendo-se em patas de um antílope saola. Era o selo imperial de Kesath.

O medo roubou o ar dos seus pulmões, tão afiado quanto o inverno das montanhas.

As pessoas sempre diziam que Alaric da Casa de Ossinast, mestre da Legião Sombria e o único filho e herdeiro de Gaheris, tinha olhos cinzentos perfurantes. Aqueles olhos cintilavam com um brilho prateado gélido sob as sete luas, encarando-a diretamente.

Talasyn sabia quem ele era. E sempre soubera que um dia precisaria enfrentá-lo.

O dia chegou cedo demais.

Ele se lançou sobre ela com a foice tremeluzente de fumaça e escuridão, e sem dúvida o pavor que a garota sentia estava estampado no rosto e nos lábios trêmulos. Agindo por instinto, Talasyn invocou a Luzitura para formar duas adagas, uma para cada mão instável. A foice colidiu contra a adaga da direita, fazendo com que seu braço inteiro vibrasse enquanto ela a erguia e usava toda a sua força para empurrar a arma inimiga para longe, mas o adversário se recuperou rápido, atacando-a outra vez.

Ah, agora ele vai ver só.

Talasyn lutava com frequência contra a mestre de armas do regimento sardoviano como parte do seu treinamento, mas nenhum golpe de espada de metal poderia se equiparar à pura magia que pulsava do Sombral, e praticar com um mentor era fácil, se comparado a um embate com alguém que estava tentando matá-la. *Especialmente* quando esse alguém tinha quase o dobro do seu tamanho e havia treinado para ser um Forjador de Sombras desde o instante em que aprendera a andar.

Tudo que Talasyn conseguia fazer era desviar e bloquear os golpes de Alaric enquanto ele a empurrava pelos blocos de gelo, o subordinado ferido completamente ignorado. Cada barreira de escuridão se dissipava conforme os dois passavam, como se ele as estivesse dispersando... mas para quê? Talvez ele sentisse algum tipo de euforia sádica ao prolongar aquela luta, em brincar com ela como um gato faria com um rato. Ela nunca saberia, e não ia perguntar.

O príncipe-herdeiro de Kesath era implacável. Ele se mexia como uma tempestade, poderoso e em todos os lugares ao mesmo tempo. As sombras se chocavam contra a luz em um conflito de faíscas de éter. Uma, duas, um milhão de vezes. Os pedaços de gelo mais frágeis rachavam sob as botas de Talasyn, respingos de água do lago molhando a calça de lã e causando pontadas de dor onde pousavam. A arma dele facilmente sobrepujava as suas, e, em mais de uma ocasião, ela tentou moldar sua vontade desesperada em um escudo, tentando alcançar aquilo que sempre lhe escapara desde que começara a trabalhar na arte de etermancia, mas ainda assim *não conseguia*. Mais de uma vez, ela ficou completamente vulnerável ao fracassar em conjurar um escudo, a foice dele rompendo a arma precária que ela invocara às pressas, e ela recebeu cortes afiados de sombras nos braços em resposta às suas tentativas.

E então Talasyn se desequilibrou na beirada do bloco de gelo, e Alaric desferiu a foice de guerra em um golpe lateral. A jovem não teve tempo de se virar e bloquear o golpe, e também não sabia como fazer um escudo...

Ela juntou as mãos. As duas adagas se transformaram em um chicote de roldão, que ela virou na direção dele. A corrente dourada se enroscou na lâmina da foice e *prendeu*, e ela o puxou para si com toda a sua força.

Ele trocou o peso de perna e enterrou as botas no gelo, frustrando a tentativa de Talasyn de derrubá-lo. Estavam apenas a centímetros um do outro, os dois a um único movimento insensato de cair no lago, as armas emaranhadas ao lado do corpo. O capuz de Alaric havia caído em algum momento do combate, revelando uma coroa de cabelos negros ondulados e bagunçados. Os olhos que Talasyn conseguia ver acima do rosnado afiado da meia máscara eram aguçados e determinados de uma forma aflitiva. O homem era alto o bastante para ela precisar erguer o queixo para sustentar seu olhar.

Talasyn respirava com dificuldade por causa do esforço, e ele também parecia ofegante, o peito largo subindo e descendo em batidas descontroladas. Porém, quando ele falou, foi com uma voz baixa e tranquila, tão profunda que parecia fazer a noite ficar mais escura ao redor dos dois.

— Eu não estava ciente de que a Sardóvia tinha uma nova Tecelã de Luz à sua disposição.

Talasyn cerrou a mandíbula.

Dezenove anos antes, em um evento que ficou conhecido como Cataclisma, duas nações vizinhas na Confederação Sardoviana entraram em guerra. De um lado, Solstício, que era o lar de todos os Tecelões de Luz do Continente. Do outro, o reino governado por Sombras de Kesath. Depois que os Tecelões de Luz assassinaram Ozalus Ossinast, o filho dele, Gaheris, subiu ao trono e liderou Kesath rumo à vitória, anexando Solstício a seu território. Ao mesmo tempo, Kesath se separou da Confederação Sardoviana e se autointitulou Império da Noite. Gaheris assumiu o manto de Imperador da Noite, e ele e sua Legião Sombria mataram todos os Tecelões de Luz e destruíram seus santuários para que não houvesse mais qualquer traço de sua existência no Continente. Exceto…

— Seu pai tirano e genocida se esqueceu de um — vociferou Talasyn, ficando na ponta dos pés e…

… dando uma *cabeçada* na testa dele.

Uma dor lancinante se espalhou entre os olhos dela. A pouca distância dele, Talasyn viu o príncipe kesathês recuar, a foice escura desaparecendo, a mão enluvada subindo para tocar o que ela torcia muito para que fosse uma rachadura no crânio.

A jovem, no entanto, não quis ficar para ver. Ela refez o chicote de roldão para voltar a ser uma adaga e a fincou no ombro dele com força. Alaric deixou um grunhido escapar. Ela se virou, a arma radiante desaparecendo, e então *correu* — pelos blocos de gelo, ignorando a dor de cabeça lacerante, em meio ao luar na direção das árvores.

Não olhou para trás sequer uma vez, com medo do que encontraria caso fizesse isso.

CAPÍTULO 3

O gemido lamurioso de um berrante ecoou pela montanha no instante em que Talasyn adentrou a parte mais espessa da floresta de pinheiros e arbustos. Era o sinal de retirada, e ela mudou o trajeto, indo para as docas, e não para a cidade. Com o rosto machucado e coberto de sangue, além dos cortes nos braços, com o casaco inundado de suor e os ouvidos zumbindo dos ecos da adrenalina e dos ferimentos, ela passou pelas árvores.

O céu da noite estava tingido de vermelho devido aos restos do incêndio fumegante de Abrunho-da-Geada. As enormes carracas de madeira da Confederação Sardoviana desdobraram suas velas na brisa manchada pela fumaça, os cascos já a vários metros do chão com escadas de corda estendidas pelas laterais dos deques. Soldados e cidadãos subiam por elas como uma colônia de formigas. Talasyn apertou o passo na direção da carraca maior, *Veraneio*, e subiu pela primeira escada de corda que encontrou, engolida por uma mistura de alívio e apreensão.

Seus camaradas ainda não a haviam deixado para trás, mas *estavam* indo embora, cedendo mais território ao Império da Noite. Um território que não poderiam perder.

Talasyn aterrissou no deque de quatro. Estava tudo um caos. As pessoas corriam de um lado para o outro, e os médicos cuidavam de ferimentos graves. Talasyn só conseguia distinguir os soldados das outras pessoas devido aos brasões nos uniformes, manchados por cinzas, sujeira e sangue.

As escadas de corda foram puxadas quando a carraca zarpou por cima das Terras Altas cobertas de neve em nuvens de esmeralda de magia dos ventos. Talasyn olhou para Abrunho-da-Geada, os telhados incendiados e as paredes destruídas ficando cada vez menores a distância. Ela deu as costas, sem conseguir continuar encarando o que restara do lugar onde encontraram um instante de paz e felicidade. A garota congelou ao avistar um casal a alguns metros de distância. E então, o pouco que restava do mundo dela se partiu.

Agachada embaixo do anteparo, Khaede segurava o corpo inerte de Sol nos braços, a cabeça dele apoiada no colo. A roupa dos dois estava coberta do sangue dele, que saía de um buraco aberto em seu peito. Um virote de besta banhado em líquido escarlate encontrava-se no chão de madeira.

Talasyn sabia que Sol se fora antes mesmo de caminhar até lá, as pernas bambas. Os olhos preto-azulados dele encaravam os céus sem piscar. As lágrimas rolavam pelas bochechas de Khaede enquanto ela acariciava o cabelo escuro do marido, a aliança de casamento que ele colocara nela poucas horas antes brilhando sob a luz da lua e das lamparinas.

— Ele quase conseguiu — sussurrou Khaede, assim que percebeu que era Talasyn que se sentara ao lado dela. — As nossas vespas foram derrubadas, e lutamos até chegar às docas. Subimos a escada. Ele me fez ir primeiro. E só quando eu me virei para ajudá-lo a subir no deque, eu vi essa... — Ela indicou o virote com a cabeça. — Essa *coisa* saindo do peito dele. Aconteceu tão rápido. Eu nem vi acontecer. Eu...

Khaede respirou fundo, trêmula. Ficou em silêncio, sequer fungando, embora as lágrimas continuassem a cair. A mão dela foi ao coração de Sol e permaneceu ali, ao lado de onde o arqueiro kesathês o acertara com precisão, os dedos dela ficando mais vermelhos por causa do ferimento mortal.

Talasyn não sabia o que fazer. Sabia que Khaede era o tipo de pessoa que detestava qualquer coisa que se assemelhasse à pena e que rejeitaria brutalmente qualquer tentativa de conforto. Talasyn nem sequer conseguia chorar por Sol, porque os anos que passou na Grande Estepe haviam embotado a parte dela que conseguia chorar, muito antes da Guerra dos Furacões. Ela considerava aquilo uma coisa boa, de certa forma — se fosse chorar por todo mundo que morresse em batalha, nunca pararia —, mas, no momento, ao ver o corpo sem vida de Sol, lembrando-se dos sorrisos gentis e das brincadeirinhas animadas, do quanto ele fizera sua amiga feliz, aquele entorpecimento a deixava com asco. Por acaso ele não merecia as lágrimas que ela estava exausta demais para oferecer?

O olhar dela desceu para a barriga de Khaede, e Talasyn sentiu a bile na garganta.

— Você precisa avisar a Vela que está grávida. Para ficar fora de combate.

— Vou lutar até não conseguir mais — disse Khaede, em um rosnado baixo. — Não *ouse* falar nada para ela. Eu sou a melhor timoneira em toda a Confederação. Vocês precisam de mim. — Ela levou à barriga a mão que não repousava sobre o peito sem movimento de Sol. — O bebê vai ficar bem. — Seu lábio inferior estremeceu, e ela contraiu a boca em uma linha fina e resoluta. — Vai ser forte como o pai.

A tristeza e a resiliência no rosto de Khaede fizeram com que Talasyn decidisse deixar o assunto para depois. Aquela não era a hora. Em vez disso, ela vasculhou o deque agitado em busca do clérigo que havia celebrado o casamento... e viu os robes amarelo-claros saindo de uma mortalha improvisada que cobria uma silhueta imóvel.

Então era ela que precisaria fazer isso. Assim como fizera com os outros nos campos de batalha em todo o Continente, quando estavam longe demais dos santuários dos deuses e das casas de cura.

Talasyn se inclinou sobre Sol e, com gentileza, fechou os olhos que nada viam, tocando na pele que ainda emanava calor.

— Que sua alma encontre abrigo nos salgueiros — murmurou —, até todas as terras se afundarem sob o Mar Eterno e nos encontrarmos de novo.

Ao lado dela, Khaede respirou fundo outra vez, e quase pareceu um soluço. A carraca prosseguiu em seu voo, sobrevoando montanhas e vales, levada pelos remos do inverno e pela luz das estrelas.

— Por que Kesath não trouxe um porta-tempestades?

A pergunta de Talasyn rompeu o silêncio que se instaurara no escritório da amirante depois da reunião. Ela ajudara a embrulhar Sol em uma mortalha e fizera Khaede se acomodar em um leito livre havia meia hora. No momento, Talasyn estava sentada de frente para Vela, tendo trocado a roupa chamuscada e úmida por um cobertor que fora jogado sobre seus ombros, vestindo apenas as roupas de algodão embaixo.

— Considerando o terreno e as condições climáticas, acrescentar mais mudanças no tempo teria sido desastroso para todos os lados. Avalanches costumam abalar a moral do exército. — Vela falava com uma autoridade serena atrás da escrivaninha. — Sem mencionar que, comparando o tamanho relativamente pequeno de Abrunho-da-Geada com o de cidades das planícies ou na costa, o índice de baixas de civis e aliados teria sido alto demais.

— Foi por isso que *nós* não trouxemos um porta-tempestades — concluiu Talasyn.

— Exato.

A sombra de um sorriso sardônico surgiu nas feições cansadas da amirante. Alguém da Legião arrancara o olho esquerdo dela havia um ano e, em seu lugar, encontrava-se um tapa-olho de cobre e aço entalhado lindamente que apenas ajudava a acentuar a figura temível dela entre sua tropa.

— No caso de Kesath, suspeito que acreditavam que não precisariam de um para vencer — acrescentou a amirante. — *Também* suspeito que eles se contentaram em apenas nos expulsar de lá, sem virem atrás de nós, porque já tinham conseguido o que queriam.

— De fato conseguiram — disse o comandante Darius, seco. Ele estava recostado na parede, de braços cruzados, uma imitação exausta do oficial bem-humorado com que Talasyn havia conversado na choupana. — Agora que está em posse de Abrunho-da-Geada, Gaheris está em posição ideal para conquistar o resto das Terras Altas. Não vai demorar muito até ele fazer o Rei da Montanha se curvar.

Vela não respondeu, e Darius suspirou, encarando-a com um olhar taciturno.

— Ideth, os territórios da Confederação Sardoviana encolhem a cada ano que passa. Logo não vai restar para onde correr.

— Então o que prefere que façamos? — rebateu Vela. — A rendição não é uma opção. Nós dois sabíamos disso quando saímos de Kesath. Gaheris deixou muito claro: qualquer um que seja um obstáculo ao destino do seu império terá um fim terrível.

Foi a vez de Darius ficar em silêncio, embora seu olhar continuasse fixo na amirante. Não foi a primeira vez que Talasyn se sentiu uma intrusa testemunhando uma conversa que não conseguia compreender por completo. Vela e Darius tinham uma linguagem silenciosa própria. Eles se conheciam desde o tempo em que Vela era uma nova recruta da frota kesathesa. Dez anos antes, desertaram junto a diversos outros oficiais e soldados leais, roubando oito porta-tempestades e cruzando a fronteira da Sardóvia.

Vela e Darius eram firmes em sua determinação de impedir que o reinado cruel do Imperador da Noite dominasse todo o Continente. Porém, a Guerra dos Furacões persistia, e a Sardóvia possuía apenas cinco porta-tempestades restantes. Talasyn começava a ver as rachaduras nas fachadas que seus superiores mantinham.

Darius esfregou o rosto, exausto.

— Se ao menos Bieshimma tivesse conseguido — murmurou. — Se ao menos o Domínio de Nenavar tivesse concordado em ajudar.

— Era um objetivo ambicioso, na verdade — disse Vela. — Eles já tinham recusado nossa comitiva anterior. Tenho certeza de que os nenavarinos ainda estão se recuperando da última vez que decidiram ajudar uma nação sardoviana.

E lá estava outra vez, o batimento acelerado de Talasyn que acompanhava tudo e qualquer coisa relacionada ao Domínio.

— Então é verdade? — perguntou ela. — Nenavar mandou navios para ajudar os Tecelões de Luz em Solstício durante o Cataclismo?

Ela escutara as histórias antigas, sussurradas em tavernas e mercados, contadas nos quartéis.

— Isso mesmo — confirmou Vela. — Eu era contramestre na frota kesathesa na época. Eu vi a flotilha nenavarina a distância, mas eles nunca chegaram às nossas margens. O imperador Gaheris mandou o protótipo do porta-tempestades para encontrá-los.

— Era o projeto especial do pai dele — acrescentou Darius, os lábios contorcidos em desdém. — Ozalus tinha acabado de morrer na batalha. Gaheris estava recém-coroado, tomado por raiva e desespero. Ele mandou que o primeiro porta-tempestades fosse enviado. Nem tinha sido testado ainda, mas funcionou. A flotilha nenavarina nem sequer teve chance de se defender.

Talasyn imaginou a cena: arroubos de ventos em linha reta, torrentes de chuva forte, ondas de relâmpagos avassaladoras se desdobrando sobre a água azul-escura do Mar Eterno e esmagando as naves aéreas do Domínio como se fossem palitinhos. Depois que Kesath anexou Solstício e se tornou o Império da Noite, deu continuidade à construção daquelas terríveis armas, embarcações gigantescas e reforçadas, quase impossíveis de derrubar, e que arrasavam a terra em sua devastação imensurável.

Cada porta-tempestades exigia centenas de corações de éter para funcionar por completo, mas as minas de Kesath estavam à beira do esgotamento, e, portanto, Gaheris pediu ajuda aos vizinhos. Os Estados remanescentes da Confederação da Sardóvia se recusaram. Decidindo que iria tomar o suprimento de corações de éter da Sardóvia à força, Gaheris começara a conquistar uma cidade da Confederação após a outra, seu Império da Noite crescendo a cada vitória. Vela, Darius e seus homens haviam se rebelado e trazido a tecnologia dos porta-tempestades para as forças sardovianas, e, uma década depois, ali estavam eles. Lutando uma guerra que não tinha fim.

— Falando em Gaheris — disse Vela, o olho que restava pousando em Talasyn —, e em pais e filhos...

— É mesmo. — Darius ficou mais solene. — Então. Agora Alaric Ossinast sabe que você é uma Tecelã.

Talasyn assentiu.

— A essa altura, ele já deve ter informado Gaheris — comentou Vela. — Eles vão caçar você incansavelmente até neutralizarem a ameaça. E não só porque sua magia anula a deles, mas porque estão travando uma batalha *pessoal*. Gaheris testemunhou os Tecelões de Luz de Solstício matarem o pai dele e instigou a mesma sede de vingança no filho. Você tem um alvo pintado nas costas.

— Desculpa — murmurou Talasyn, sentindo as bochechas esquentarem de vergonha.

A Sardóvia precisava de timoneiros, e ela mostrara que levava jeito para pilotar os coracles vespas, mas Talasyn fora aconselhada, diversas vezes, a esconder o fato de que possuía a habilidade de canalizar magia do éter, de que conseguia navegar a linha entre as dimensões e fazer com que uma em particular atendesse ao seu chamado.

— Você fez o que era necessário para sobreviver — reconheceu Darius. — Mas *isso* significa que é hora de começar o seu treinamento de verdade.

— O treino não vai bastar — disse Vela, com um ar soturno. — Não por muito tempo. Felizmente, talvez tenhamos encontrado uma forma de contornar isso.

Antes que Talasyn pudesse perguntar do que ela estava falando, a amirante se voltou para Darius.

— Veja se Bieshimma já está na porta.

E ele estava. Só quando Darius deu um passo para o lado e o outro homem entrou no escritório que Talasyn lembrou que os três oficiais haviam pretendido se reunir com ela na choupana em Abrunho-da-Geada. Pensar no casamento fazia um nó se formar em sua garganta, mas, apesar disso, um fragmento de curiosidade e uma dose de cautela o afrouxaram um pouco.

O oficial com o bigode preto em formato de ferradura respondeu à continência de Talasyn apenas com um leve grunhido esquivo. Ela não levou para o lado pessoal. Bieshimma parecia perdido em pensamentos enquanto desenrolava um mapa sobre a escrivaninha de Vela.

A amirante acenou para que Talasyn se aproximasse, e a jovem acatou a ordem, parando ao lado de Darius. De perto, viu que o mapa antigo e gasto mostrava a costa sudeste da Sardóvia e o Domínio de Nenavar, o Mar Eterno estendendo-se entre eles. Em contraste com os detalhes complexos que exibiam a parte sardoviana do mapa, Nenavar era apenas um punhado de ilhas, desenhadas quase como um rascunho e quase sem nomes, como se o cartógrafo não tivesse tido tempo de estudar o terreno.

Talasyn tinha uma ideia do porquê. O mapa provavelmente fora desenhado a partir de um ponto de observação superior, com seu autor a bordo de uma embarcação aérea, e apenas as tripulações mais aventureiras ficavam zanzando pelos céus, que, segundo diziam, eram protegidos por dragões que cuspiam fogo. Considerando que as estruturas eram feitas de madeira, os céus não eram um lugar seguro.

Mesmo assim, havia marcações recentes em tinta no papel cor de ferrugem. Nomes de lugares, de paisagens e anotações. O mais evidente era o X preto em cima de um cume de montanhas que ficava na metade do caminho entre o porto Samout, onde a embarcação de Bieshimma atracara, e a capital do Domínio, Eskaya, para onde o general aparentemente fora sozinho, de acordo com o anspeçada.

— Como eu estava dizendo antes de sermos tão grosseiramente interrompidos pela escória kesathesa — resmungou Bieshimma —, acredito que seja possível. — Ele mergulhou uma pena em um tinteiro na mesa e traçou uma rota com uma série de riscos. — Uma vespa solitária certamente chama menos atenção do que uma carraca, então não vai precisar dar uma volta como nós fizemos. Se ela partir da região central da Sardóvia por um Rompe-Navios e acompanhar a floresta até a costa, vai conseguir uma passagem tranquila. O Império da Noite jamais vai saber, desde que ela passe longe dos entrepostos em Cais Salgado.

Talasyn arqueou uma sobrancelha.

— Por que estou com a sensação..., *senhor* — acrescentou ela rapidamente quando Bieshimma lhe lançou um olhar de reprimenda —, ... de que esse "ela" sobre o qual estamos falando na verdade sou *eu*?

— Porque é mesmo. — O tom de Vela foi tão severo que Talasyn desistiu de seu questionamento.

A amirante era amedrontadora quando queria. Uma desertora de Kesath não teria conquistado um posto de liderança do Exército da Confederação Sardoviana se fosse o tipo de pessoa que tolerava imbecilidades.

— A essa altura, aqueles tagarelas que foram designados para fazer a minha escolta com certeza já espalharam a notícia de que tentei chegar à capital do Domínio — disse Bieshimma para Talasyn.

Pega de surpresa daquela forma, tudo que a jovem conseguiu fazer foi dar de ombros, o que era quase uma confirmação.

— Achei que talvez a Zahiya-lachis nenavarina não fosse recusar uma audiência se eu aparecesse às portas dela. — A expressão de Bieshimma azedou. — Infelizmente, os guardas do palácio quase me atravessaram com suas lanças. Meu cavalo também. Escapei por pouco. Fugi com o pobre animal sem nem conseguir ver a rainha Urduja de relance. Porém, teve algo que eu *vi*. — Ele apontou para o X marcado no mapa. — No caminho de volta para o porto Samout, o céu à minha esquerda brilhava tanto que parecia que o sol tinha caído na terra. Um pilar de luz surgiu do topo da montanha, iluminando os céus por quilômetros ali em volta. Não pude investigar mais, considerando que precisava voltar para o navio o mais rápido possível. Depois da cena que fiz na frente do palácio, temi que Urduja pediria minha cabeça a prêmio, assim como a de toda a tripulação. Mas sei o que vi.

O general se endireitou, encontrando o olhar intrigado de Talasyn.

— Era uma Fenda de Luz — declarou ele. — Tal como as que deixaram de existir no Continente depois de Gaheris ter invadido Solstício e destruído todas as ocorrências da Luzitura por aqui.

Talasyn arregalou os olhos. Uma Fenda de Luz. Um rasgo que o éter fizera no mundo material, no qual a Luzitura existia sem precisar ser invocada. Um ponto fixo de conexão que ela poderia usar para amplificar e refinar sua magia, da mesma forma que a Legião do Império da Noite conseguia aumentar suas forças e habilidades usando as numerosas Fendas de Sombras espalhadas por Kesath. Talasyn foi inundada por esperança e empolgação.

Então, lembrou-se de *onde* ficava aquela Fenda de Luz, e o júbilo se transformou em algo semelhante a temor.

Ela olhou para Vela.

— Você quer que eu vá até Nenavar. Sozinha.

— Sinto muito por pedir isso a você — disse a amirante —, mas o general Bieshimma presumiu corretamente que uma vespa teria menos chance de ser notada. Considerando como as coisas aconteceram no Domínio, duvido que dariam a você passagem livre pelo território deles, não importa quantas comitivas enviemos até lá. E nós não temos tempo de enviar mais. O Império da Noite está nos cercando.

Talasyn engoliu em seco.

— Então vou precisar me infiltrar lá.

— Sua missão é ir até lá, entrar em comunhão com a Fenda de Luz e sair — disse Vela. — E não deixe que ninguém a capture.

— Falar é fácil... — resmungou Talasyn, mas logo lembrou-se de que deveria se abster de comentários engraçadinhos.

Vela franziu o cenho.

— Estou falando sério, timoneira. Não podemos correr o risco de enfurecer os nenavarinos mais do que certa pessoa já enfureceu com essa última façanha.

A mulher olhou para Bieshimma como se avaliasse a reação dele, mas o semblante do oficial mal se alterou.

— Bem feito para mim — admitiu ele.

Os lábios de Vela estremeceram. No entanto, quando voltou a falar, ela se dirigia a Talasyn.

— Garanto a você que, se eu acreditasse que pedir a ajuda do Domínio nessa situação adiantaria de algo...

— Não, você está certa, amirante — interrompeu-a Talasyn, balançando a cabeça. — Não temos tempo.

Depois de uma década de conflito, a Sardóvia foi reduzida à metade de seu território terrestre. Menos da metade, na verdade, uma vez que as Terras Altas estavam praticamente perdidas. Não restava alternativa. Aquela era a última esperança.

— A menina não pode apenas velejar para o território do Domínio sem qualquer preparo — falou Darius pela primeira vez desde que Bieshimma chegara. — Se ela for capturada e não conseguir lutar para fugir...

— Tem razão. — Vela considerou a possibilidade por um tempo, o olhar fixo no mapa, nos quilômetros que precisavam ser atravessados para alcançar a Fenda de Luz. — Daqui a quinze dias, então. Talasyn, a partir de amanhã, você fará um treinamento mais intenso comigo e com a mestre de armas Kasdar. Nós a enviaremos para Nenavar apta a se defender.

— Isso também me dá tempo suficiente para traçar a rota por cima da terra até a Fenda de Luz de forma mais detalhada — acrescentou Bieshimma. — Vou cruzar as referências com os poucos documentos históricos e relatos da inteligência que estão à nossa disposição. Farei meu melhor.

Enrolando o mapa, ele o colocou debaixo do braço e prestou continência a Vela antes de sair da sala. Mais uma vez sozinha com a amirante e Darius, Talasyn sentiu que a mulher parecia preocupada... um comportamento estranho para alguém tão estoico e imperturbável como ela.

— Quinze dias é pouco tempo, mas é tudo que podemos oferecer — murmurou Vela. — Alaric não vai esquecer que você ganhou dele em combate, Talasyn. Ele era um garoto arrogante e tenaz na infância, que se tornou um jovem orgulhoso e implacável. Eu nem sequer ouso imaginar o que vai fazer quando se encontrarem de novo.

— Talvez eu tenha conseguido matá-lo — conjecturou Talasyn, otimista. — Sabe, quando enfiei a adaga no ombro dele.

Darius deu uma risadinha seca.

— Isso resolveria muitos dos nossos problemas, não é? — perguntou ele.

— Vai ser necessário muito mais do que uma adaga tecida de luz para matar Alaric — disse Vela. — Ele é o Forjador de Sombras mais poderoso em séculos. Não foi por acaso que ele se tornou mestre da Legião quando mal tinha completado dezoito anos. Da próxima vez que enfrentá-lo, Talasyn, você vai precisar estar preparada.

Com o coração disparado, Talasyn pensou no príncipe sombrio que ela encontrara no gelo à deriva, na forma como ele a atraíra para uma dança letal. Pensou naqueles olhos cinzentos, e em como brilharam prateados sob a luz das sete luas, encarando-a como se ela fosse sua presa.

Ela sentiu um calafrio.

CAPÍTULO 4

Duas semanas se passaram, arrastadas. Após a tentativa fracassada de persuadir Khaede a comunicar sua gravidez à amirante, para que pudesse ficar de licença até o bebê nascer, era irônico que *Talasyn* tivesse sido afastada do dever para focar no treinamento. Khaede deu uma risada vitoriosa ao ouvir isso, mas Talasyn não se importou. A amiga não tinha muitos motivos para sorrir ultimamente, então era melhor que ela ao menos tivesse as batalhas aéreas para ocupar a cabeça.

A nova base do regimento ficava em Comarca-Selvagem, um cânion profundo e fértil nas Terras Interiores da Sardóvia. O inverno ali não era tão inclemente quanto nas montanhas, e o terreno ainda estava tingido de um tom outonal glorioso. Era um mundo muito diferente da espelunca do orfanato em Bico-de-Serra: uma construção feita de barro localizada numa área pobre de uma cidade feia e marrom onde árvore alguma crescia, com tetos cheios de goteiras, camas de palha arruinadas pelo mofo, latrinas transbordando e cuidadores apáticos que gastavam a pouca verba que a instituição recebia em mulheres, jogos de dados e riesag, um coquetel potente feito de cevada destilada e leite fermentado de boi-almiscarado, que era a forma mais eficaz de se aquecer na Grande Estepe. Não importava para onde Talasyn fosse, era sempre melhor do que aquilo. No entanto, ela mal tinha a oportunidade de apreciar a beleza dos novos quartéis.

Cada minuto dos seus dias era passado praticando a etermancia sob a instrução atenta de Vela, ou lutando contra Mara Kasdar.

A Luzitura podia romper armas físicas como se elas fossem feitas de ar, então Talasyn e a Mestra de Armas lutavam com espadas, adagas, lanças e bastões. Era árduo, mas, conforme o tempo foi passando, ela notou que estava ficando mais rápida e mais focada quando precisava canalizar sua magia.

Ao menos ela não precisava mais esconder suas habilidades do restante do regimento. Antigamente, havia esse temor por causa de espiões, ou soldados capturados que poderiam delatar a presença de uma Tecelã de Luz entre eles. Como Kesath já sabia da sua existência, Talasyn passou a poder treinar à luz do dia, com frequência angariando uma multidão de espectadores deslumbrados.

Antes, seu treino em etermancia limitava-se às poucas horas que tinha livres. Não fazia sentido mandar uma única Tecelã de Luz para a linha de frente de batalha e fazê-la enfrentar centenas de Forjadores de Sombras. Porém, uma vez que Alaric Ossinast sabia de sua existência, uma vez que Gaheris redobraria sua determinação em arrasar a Sardóvia por esconder a última Tecelã do Continente...

Bem. Talasyn precisava se certificar de que não sucumbiria com facilidade.

Ela passava grande parte de seu tempo pensando em Alaric. Não porque quisesse, jamais, e sim porque, para sua frustração, ele tinha a tendência incômoda de aparecer em sua mente quando a jovem menos esperava. Alaric, alto e imponente em sua armadura, empunhando a magia com uma confiança letal, um contraste abismal com as tentativas atrapalhadas e mal planejadas de Talasyn. Embora os cortes no braço já tivessem sarado havia muito, ela continuava repassando o duelo na cabeça. Continuava identificando todos os momentos nos quais ele facilmente poderia ter arrancado a cabeça dela, mas não o fez. Ela sobreviveu por sorte? Ou foi ele que resolveu poupá-la? Mas por que ele faria isso?

Talvez Alaric não fosse um guerreiro assim tão bom quanto todos insistiam em alardear. Talvez sua reputação se baseasse naquela aparência assustadora. Aqueles olhos...

Sempre que Talasyn pensava nos olhos de Alaric, no brilho prateado naquele rosto pálido e semiencoberto, na forma como se fixavam nela e somente nela, era atormentada por um misto muito estranho de sentimentos. Havia o medo, é óbvio, mas também algo que parecia quase magnético. Algo que insistia em trazer aquela memória de volta para sua órbita, para que ela pudesse...

Fazer o *quê*, exatamente?

Não importava. Ela continuaria treinando para entrar em comunhão com a Fenda de Luz, e, da próxima vez que visse Alaric, ela seria páreo para ele. *Ela* não o pouparia.

Enquanto isso, a batalha pela posse das Terras Altas continuava. A maior parte dos reforços partira de Comarca-Selvagem alguns dias depois de terem chegado, então, além de se preocupar com sua futura missão em Nenavar, Talasyn também se afligia ao pensar em Khaede, sentindo-se impotente por não estar ao lado da amiga para ajudá-la. Felizmente, Khaede retornou sã e salva um dia antes de Talasyn iniciar sua jornada. *Infelizmente*, ela retornara para esperar por novas ordens, já que a maioria das cidades alpinas se rendera e o Conselho de Guerra começara a discutir o deslocamento de todos os recursos disponíveis para as Terras Interiores da Sardóvia e para a Costa.

Recuo estratégico. Era assim que chamavam. *Recuo estratégico era tudo que a Sardóvia parecia fazer na Guerra dos Furacões*, pensou Talasyn, guardando o comentário para si. Os ânimos já estavam destruídos o suficiente.

— Você por acaso sabe *como* vai entrar em comunhão com uma Fenda de Luz? — perguntou Khaede. — O que acontece exatamente?

As duas estavam sentadas do lado de fora do quartel, na grama marrom sob a sombra de um cipreste exuberante cor de bronze cujas folhas caíam lentamente próximo às duas. O sol se punha sobre Comarca-Selvagem, pintando de escarlate as extremidades do cânion, enquanto um vento forte soprava do norte, trazendo consigo um frio glacial da tundra polar distante. Aquele lugar em particular tinha vista para o leito de um rio que ficaria turquesa quando a neve derretesse na primavera, mas que no momento era só uma faixa larga de terra rachada, delineada por arbustos de tojo e artemísia.

Seria um rio completamente comum a não ser por um detalhe: havia ali uma Fenda de Vento, onde às vezes o Vendavaz sangrava. Um feiticeiro sardoviano de manto branco estava parado na margem do rio com um baú cheio de corações de éter vazios aos pés, pacientemente esperando a Fenda de Vento transbordar para que pudesse coletar sua magia.

Por mais que não conseguissem invocar por si só nenhuma das dimensões, os Feiticeiros eram os etermantes mais valorizados de Lir, graças à sua habilidade de manusear a Tempória, o Vendavaz, o Fogarantro e a Aguascente — desde que houvesse uma fonte vigente de onde pudessem retirar a energia. Ali no Continente, os Feiticeiros eram os sustentáculos da Guerra dos Furacões, de ambos os lados, e eram mantidos longe das batalhas para se dedicarem dia sim, dia não à criação dos corações que alimentavam as embarcações aéreas e os porta-tempestades. Era um papel extenuante e ingrato, e Talasyn sentia um pouco de culpa. Ela já destruíra inúmeros coracles vespas durante o combate, desperdiçando os corações que eram integrados a cada um.

Com o olhar fixo no Feiticeiro, ela respondeu a Khaede:

— Não sei direito, mas a amirante e eu discutimos no passado o que aconteceria se eu encontrasse uma Fenda de Luz algum dia. Ela acha que não seria muito diferente do que os Forjadores fazem quando meditam com os *seus* pontos de conexão, e que meus instintos vão me dizer o que fazer.

— Então você vai entrar escondida em um país que notoriamente hostiliza os forasteiros e que talvez possua dragões com o único propósito de encontrar a Luzitura no alto de uma montanha usando só um rascunho de um mapa e sem ter nenhuma ideia do que fazer quando chegar lá. — Khaede cobriu os olhos com a mão. — Vamos perder a guerra.

— Bom, falando *desse jeito*, é óbvio que parece impossível — retrucou Talasyn. — Mas eu vou dar um jeito. Preciso dar.

As duas caíram em um silêncio desanimado, que foi carregado pelo vento norte que balançava as folhas do cipreste. Talasyn se perguntou se deveria mencionar Sol. Ele fora enterrado ali no cânion, com os outros mortos, mas Khaede partira para as Terras Altas logo depois. Porém, antes que Talasyn decidisse o que diria e se é que deveria dizer alguma coisa, a amiga voltou a falar.

— O que você sabe de Nenavar?

Sei que a terra me chama, pensou Talasyn. *Sei que me é familiar, por algum motivo. Sei que quero descobrir por quê.*

Talasyn queria muito contar a Khaede — contar para *alguém* — sobre as emoções que Nenavar provocava nela, mas não conseguia. Era parecida demais com a amiga; não queria se abrir e se mostrar como alguém digna de pena. Khaede certamente pensaria que Talasyn só estava desesperada para sentir algum tipo de conexão, alimentando suas esperanças tolas de órfã.

Em vez disso, ela tentou resumir tudo que já ouvira dos outros sardovianos sobre a enigmática nação vizinha que vivia do outro lado do mar.

— É um reino composto de sete ilhas grandes, e milhares de outras menores. O clima é tropical. É um matriarcado.

Ela aprendera aquela palavra com um mercador em Bico-de-Serra que tagarelava sobre Nenavar com seus clientes enquanto ela esperava um momento oportuno para enfiar a mercadoria dele nos bolsos.

— E não se esqueça do ouro — sugeriu Khaede, prestativa.

— Certo. — Talasyn se deixou sorrir ao ecoar o que ouvira das crianças mais velhas do orfanato, na favela onde passara a infância. — É um país feito de ilhas governado apenas por rainhas, onde os dragões moram nos céus e as ruas são todas feitas de ouro.

Ela não conseguia nem imaginar uma nação que tivesse ouro em tanta abundância a ponto de usá-lo para *pavimentar* ruas. Talvez fosse por isso que o Domínio não se envolvesse nas políticas do mundo lá fora: eles tinham coisas demais a perder.

Porém, *alguma coisa* os levou a romper a tradição para ajudar os Tecelões de Solstício, dezenove anos antes...

— Você já ouviu falar do Aviso do Pescador? — perguntou Khaede.

Talasyn balançou a cabeça.

— Imaginei. Você cresceu na Grande Estepe. — Khaede mordeu o lábio inferior, parecendo pensativa de uma forma que lhe era pouco característica. Talvez fosse nostalgia. — É uma coisa da Costa. Um tipo de lenda. Uma vez a cada mil anos, mais ou menos, uma luz intensa da cor de uma ametista ilumina o horizonte acima do Mar Eterno, anunciando meses de águas turbulentas e pesca escassa. Da última vez que supostamente aconteceu, a Confederação Sardoviana nem existia, e nem tínhamos embarcações aéreas. A maioria dos habitantes da Costa acha que o Aviso do Pescador não passa de um mito, mas aqueles que *de fato* acreditam, em especial os mais velhos, como meu avô... que a alma dele encontre abrigo nos salgueiros... contavam que o brilho vinha de um lugar no sudeste. De Nenavar.

— Eu te aviso se encontrar alguma luz roxa esquisita por lá, então — brincou Talasyn.

Khaede abriu um sorriso breve para a amiga.

— Prefiro que você traga um dragão. Seria bem mais útil.

Daria para ganhar a guerra usando só unzinho, dissera o proeiro na choupana de pedra em Abrunho-da-Geada. Essa memória, tão inócua na superfície, fez com que Talasyn sentisse uma pontada de dor. Todo mundo estava cansado, mas ninguém queria que o conflito apenas chegasse ao fim. Não, eles queriam sair vitoriosos. Porque a alternativa era passar o resto de suas vidas presos pelas correntes sombrias de um império.

Ela cumpriria seu papel. Por Khaede, pela amirante. Por Sol, e por todos os outros que morreram para permitir que a aurora inundasse a Sardóvia com sua luz outra vez.

— Como você tem se sentido? — Talasyn finalmente tomou coragem de perguntar.

A amiga ficou tensa, semicerrando os olhos escuros e franzindo a testa. Então, algo pareceu se dissipar dentro dela, e Khaede relaxou a postura, soltando um suspiro que parecia guardado havia muito tempo.

— É difícil acreditar que ele realmente se foi — admitiu, a voz saindo rouca de tristeza. — Fico repetindo para mim mesma que isso é um pesadelo e que vou acordar a qualquer instante. E então, quando me dou conta de que nunca mais vou ver Sol de novo, a saudade me atinge com tanta força que chega a sufocar. — Khaede girou a aliança no dedo, o dourado metálico brilhando sob a luz que se esvaía. Os ombros dela enrijeceram, determinados. — Mas Sol ia querer que eu seguisse em frente. Ele foi para os salgueiros acreditando na Confederação Sardoviana, acreditando que iríamos vencer. E eu vou garantir que isso aconteça. Nosso bebê vai crescer em um mundo melhor.

— Vai, sim — respondeu Talasyn, baixinho.

Falava sério, cada centímetro de seu ser preenchido por determinação, embora ninguém pudesse prever o futuro. Só que algumas coisas *precisavam* ser verdade, porque, se não fossem, de que adiantaria lutar?

Khaede deu um tapinha no joelho de Talasyn.

— Volte inteira. Não posso perder você também.

Ela se recostou no tronco do cipreste, pousando a mão na barriga. O crepúsculo lançou seu brilho suave sobre o rosto dela, deixando a tristeza que se demorava ali ainda mais evidente, fazendo com que Khaede parecesse mais velha do que seus vinte e três anos.

Foi então que Talasyn compreendeu: Khaede passaria o resto da vida assombrada pela morte de Sol. Uma parte da amiga fora levada e nunca mais retornaria, enterrada com ele no cânion, perdida para sempre na guerra. E, embora Talasyn soubesse que era egoísmo usar o sofrimento de Khaede para analisar a própria vida e que provavelmente isso a tornava uma pessoa horrível, a jovem não conseguia evitar sentir uma gratidão estranha pela falta de pertencimento que a atormentara durante toda a vida, porque isso significava que ela nunca experimentaria uma dor tão angustiante como aquela. *Graças aos deuses nunca vou amar alguém tanto assim*, pensou ela.

Talasyn se reuniu com Vela depois do jantar. A amirante lhe entregou um mapa mais detalhado e um dossiê com informações da inteligência, cortesia do general Bieshimma, além de uma série de instruções de último minuto. Vela foi até a janela de seu gabinete, que tinha uma vista panorâmica para Comarca-Selvagem, com sua paisagem banhada pelo luar esplendoroso.

— Acho que ficará tudo bem — murmurou ela, as mãos unidas atrás das costas. — Mesmo se capturarem você, não existe nenhuma cela, tampouco qualquer outra restrição, capaz de conter uma Tecelã por muito tempo.

— Não vão me capturar — declarou Talasyn.

Ela não tinha uma confiança *tão grande* nas próprias habilidades, mas sabia que não poderia se permitir ser capturada, e, portanto, isso não aconteceria.

— Você entende por que precisa ir, não entende?

Vela esticou a mão. Fiapos de magia das sombras se curvaram sobre a ponta de seus dedos, os feixes se mexendo e se desdobrando como fumaça, engolindo os poucos raios de sol que estavam ali para tocá-los.

— Para a nossa sorte, a Luzitura e o Sombral podem ser invocados e manipulados usando os mesmos métodos básicos, mas ainda assim os dois são fundamentalmente diferentes em sua natureza — continuou ela. — Os conhecimentos que posso oferecer a você são limitados.

— Eu sei disso — respondeu Talasyn. — Eu preciso ir até lá para ganharmos a guerra. É lógico que vou.

Pela Sardóvia.

Pelo bebê de Khaede, que jamais vai conhecer o pai.

Por mim mesma. Porque preciso entender a atração que Nenavar tem sobre mim, e porque preciso fazer Alaric Ossinast lutar por sua vida da próxima vez que nos encontrarmos.

Ela só torcia para que isso fosse o bastante.

A Guerra dos Furacões se aproximava de seu desfecho, e a única Tecelã de Luz da Confederação precisava começar a fazer *alguma coisa*. Porém, naquele momento, Talasyn só sabia como formar armas e lutar com elas. De acordo com as histórias, os Tecelões de Solstício eram capazes de demolir prédios, criar barreiras em torno de cidades inteiras e invocar a fúria dos céus. Da última vez que *ela* tentara criar uma barreira de proteção, perdera o controle e quase mandara a vespa de Khaede pelos ares.

A Fenda de Luz em Nenavar oferecia a Talasyn uma oportunidade para a magia dentro dela alcançar o potencial do qual era capaz. Uma oportunidade para a jovem ser útil de verdade.

A amirante fechou a mão ao redor da escuridão rodopiante, e ela sumiu.

— Então vá descansar. Você partirá quando o sol nascer amanhã.

Talasyn já estava com a mão na maçaneta quando lhe ocorreu que precisava fazer uma pergunta. Uma que ela quisera fazer por anos, mas que jamais tivera a coragem de articular até aquele instante, quando as circunstâncias se mostravam tão drásticas que talvez o amanhã não existisse e a chance de fazer a pergunta se perdesse para sempre.

— Amirante? Antes de desertar, quando ainda estava no exército kesathês, no caso... por que você não se juntou à Legião Sombria?

A mulher ficou tanto tempo em silêncio que Talasyn pensou que ela nunca fosse responder.

— Eu era muito jovem quando me alistei como timoneira — disse Vela, por fim, ainda observando a paisagem na janela. — Minhas habilidades só se manifestaram muito tempo depois. Mas eu tomei a decisão de escondê-las porque... Bem, eu não tinha uma ideia clara do que era certo ou errado na época. Tudo que eu sabia era que não queria ser a pessoa que a Legião exigiria que eu me tornasse. Se eu tivesse cedido àquela escuridão, o Império da Noite teria me engolido por inteiro.

O olhar dela encontrou o de Talasyn no vidro, nos fragmentos vagos dos reflexos estrelados das duas.

— Você tem a oportunidade de acabar com isso, Talasyn. De se tornar a luz que nos guia para longe das sombras, em direção à liberdade.

Talasyn se recostou na parede de fora do gabinete, tentando controlar suas emoções. A gravidade das palavras da amirante pesava sobre o seu coração, mas não era isso que a preocupava. Dali a pouco mais de vinte e quatro horas, ela estaria em Nenavar. Finalmente saberia por que aquele lugar a chamava.

Deixa disso, repreendeu-se. *Lá vai você de novo, procurando por conexões onde não existe nenhuma.*

Como fizera tantas vezes antes, ela recitou um mantra de lógica pura para si mesma. Era provável que seus pais fossem descendentes de Tecelões de Luz em Solstício, o que explicava sua magia. Por alguma razão, eles a deixaram na porta de um orfanato em Bico-de-Serra, e ela nunca saberia o porquê disso. Então era melhor ficar em paz com o passado do que viver de sonhos e desejos, alimentando uma parte de si que ainda acreditava que ela os encontraria um dia. Era melhor ir para Nenavar e focar na missão que lhe fora atribuída e mais nada.

Todos contavam com ela.

Passos lentos e demorados ressoaram no corredor silencioso. O comandante Darius se aproximava do gabinete de Vela, com o ar pesaroso de alguém que carregava o mundo nas costas.

— Você vai partir, então? — perguntou ele para Talasyn.

Ela assentiu, sem conseguir falar. O homem parecia... *derrotado*. Como se ao longo de todos aqueles meses estivesse se mantendo de pé apenas por um fio, que agora se partira.

— Não sei do que vai adiantar agora — murmurou Darius, mais para si mesmo do que para a jovem ao seu lado. Então balançou a cabeça, como se só então percebesse que havia outra pessoa no corredor ali com ele. — Acabamos de receber notícias das Terras Altas — informou. — Acabou. O Rei da Montanha se curvou diante do Império da Noite. E a Legião Sombria cortou a cabeça dele.

Talasyn sentiu o terror invadir suas veias em uma onda gélida.

Depois do Cataclisma entre Kesath e Solstício, a Confederação Sardoviana era composta pela Grande Estepe, pelas Terras Fronteiriças, pelas Terras Altas, pela Costa e pelas Terras Interiores. No momento, depois de uma década de batalhas terrestres e enfrentamentos de navios, a Sardóvia era constituída apenas pelos dois últimos territórios. Estavam cercados de todos os lados, exceto pelo mar.

— *Não* acabou — insistiu Talasyn, tentando convencer a si mesma, além de Darius. — Vamos fortalecer as defesas. Vou entrar em comunhão com a Fenda de Luz nenavarina e então vou voltar, e vou estar na linha de frente...

— Mas de que *adianta*? — interrompeu-a Darius, explosivo.

As palavras dele ecoaram pelas paredes de pedra, e Talasyn empalideceu, lembrando-se do orfanato em Bico-de-Serra, de uma época na qual a voz elevada de um cuidador era um prenúncio para um tapa que deixaria sua bochecha em brasa.

Darius não bateu nela, lógico. Em vez disso, prosseguiu, em um tom mais baixo que parecia se fragmentar com desespero:

— De que adianta ter uma Tecelã bem treinada contra a Legião inteira? E isso presumindo que você vai conseguir ter acesso à Fenda de Luz do Domínio. A amirante está apelando para qualquer solução, Talasyn. Nós... — Ele engoliu em seco. As palavras seguintes saíram trêmulas. — Nós todos vamos morrer. A Sombra vai recair sobre o Continente, e Gaheris não vai demonstrar misericórdia. Por que ele faria isso? Nós fomos um incômodo para ele por tempo demais.

Talasyn o encarou. Ela nunca testemunhara um oficial sardoviano naquele estado, muito menos o comandante Darius, que era firme como uma rocha desde o dia em que se conheceram. Muitos anos antes, uma criança maltrapilha gritara quando um soldado kesathês a detectara no meio da poeira e dos destroços e acionara a besta; a luz dentro da criança cresceu fez com que o soldado fosse incinerado até virar poeira. Ela se lembrava de Darius calmamente a guiando pelos destroços de Bico-de-Serra, para longe dos ossos do soldado kesathês, destruídos pela luz, e garantindo à menina que tudo ficaria bem. Ela tremia, com medo do que acabara de acontecer, sem compreender o que tinha feito e como tinha feito. Ele a salvara naquele dia.

Como era difícil conciliar tal lembrança com a imagem do homem arrasado diante dela.

— Preciso relatar a rendição das Terras Altas para Ideth — comentou Darius, antes que Talasyn pudesse dizer qualquer coisa, o que foi bom, já que ela não fazia ideia do que dizer. — Boa viagem, timoneira. Que o sopro de Vatara garanta bons ventos para trazer você de volta para nós.

Ele abriu a porta do gabinete de Vela e a fechou atrás de si, deixando Talasyn sozinha no corredor, obrigada a lidar com o fato de que o sucesso de sua missão tornara-se muito mais crucial do que antes.

Antes do nascer do sol na manhã seguinte, o coracle vespa de Talasyn deslizou das docas e voou acima do rasgo profundo de Comarca-Selvagem, escondido pela penumbra do crepúsculo marítimo.

Ninguém a vira partir. Ela se despedira na noite anterior. Sentia um misto de culpa e preocupação por deixar Khaede, mas, se ela não seguisse com o plano, não restaria nada da Sardóvia para nenhum deles.

Quarenta e cinco minutos se passaram antes de ela baixar as velas — velas simples, sem o brasão da fênix que teria denunciado uma embarcação sardoviana. Aos poucos, Talasyn desceu a alavanca que controlava os corações de éter imbuídos de Vendavaz, reduzindo a velocidade enquanto adentrava uma ravina em zigue-zague que era apropriadamente nomeada de Rompe-Navios.

Ela precisava se concentrar ali. Navegar entre formações rochosas sinuosas e afiadas durante o dia já era um desafio até para os timoneiros mais experientes, e como se tratava de uma missão confidencial, as lanternas fixadas na proa da minúscula embarcação aérea alimentadas por Fogarantro emitiam uma luz fraca. No entanto, apesar da apreensão de Talasyn, a vespa passou pela ravina traiçoeira sem maiores dificuldades.

Ainda assim, a jovem não se permitiu relaxar até que o labirinto estreito de terra e granito desse lugar a uma extensa floresta de bordos. Ela voou baixo, o mais perto da copa das árvores que conseguia, os corações de éter emanando sua fumaça de luz esverdeada.

Uma de suas lembranças mais antigas era de ficar sentada nos degraus na frente do orfanato durante a noite, olhando para cima ao ouvir o som cortante de Vendavaz, os olhos arregalados em deslumbramento ao ver os coracles marcando os céus acima, um rastro de éter como estrelas cadentes cor de esmeralda. Na época, ela jamais teria imaginado que cresceria e manobraria um daqueles veículos. Não havia espaço nas favelas de Bico-de--Serra para sonhos desse tipo.

Enquanto o céu se iluminava e se transformava em um tom de cinza menos opressivo, Talasyn apagou as lamparinas, desdobrou o mapa de Bieshimma e verificou mais uma vez sua bússola para garantir que estava no caminho certo.

Uma Fenda de Sombras escolheu aquele exato momento para transbordar, o brado gutural distante cortando o ar. À direita, ela viu um enorme pilar de magia escura irromper da terra, lançando uma fumaça escura no ar, logo depois da fronteira sul disputada da Sardóvia. A fumaça floresceu acima das árvores, tentáculos pretos se esticando em direção aos céus como nuvens de cinzas expelidas por um vulcão furioso.

A *fúria de Zannah* era como os sardovianos mais velhos chamavam uma Fenda de Sombras que entrava em erupção de repente, atribuindo aquele fenômeno à deusa da morte e das encruzilhadas. Talasyn quase conseguia acreditar naquilo ao observar o desastre apavorante de longe. O Sombral não trazia nada a não ser terror e angústia para o mundo.

Ela desviou o olhar da enorme coluna de energia mágica. Ainda precisava percorrer mais dez quilômetros de floresta antes de chegar à parte costeira. Se ela acelerasse, conseguiria alcançar o Mar Eterno antes de o sol nascer de verdade e, com isso, minimizar o risco de ser avistada por patrulhas kesathesas.

Seria mentira dizer que ela não estava nervosa. Talasyn não sabia o que a aguardava em Nenavar e se sequer conseguiria entrar — ou até *sair* — inteira. Só sabia que não podia decepcionar a Sardóvia.

Ela precisava seguir em frente. Esse era o único jeito de sobreviver à Guerra dos Furacões.

Talasyn acelerou. A vespa rugiu pelo ar imóvel enquanto apressava-se na direção do horizonte à espera.

CAPÍTULO 5

Alaric sabia que precisaria matar a garota quando chegasse a hora. A Sombra só poderia reinar quando não houvesse luz para bani-la. Enquanto a garota respirasse, seria um símbolo para os sardovianos. E, enquanto a Sardóvia continuasse existindo, Kesath jamais ficaria segura. Jamais conseguiria alcançar a grandeza para a qual estava destinada.

Os inimigos estão por toda parte, lembrava o pai de Alaric com frequência. E a Tecelã de Luz *era* uma inimiga. Desde o instante em que Alaric ouviu o zumbido da magia dela pela primeira vez e a viu sobre o gelo, iluminada pelo luar e descendo a adaga dourada para apunhalar o corpo ferido do legionário, ele soube que não poderia deixá-la viva sob nenhuma circunstância.

Tudo aquilo era verdade, mas ele não conseguiria matá-la se não a encontrasse em lugar algum. A garota pareceu ter desaparecido depois de Abrunho-da-Geada e permaneceu de fora das batalhas travadas pela posse das Terras Altas.

Alaric redirecionou sua frustração em um olhar carrancudo na direção da Fenda de Luz enquanto ela se derramava sobre a lateral de um penhasco, formando uma cascata de resplendor brilhando contra o granito áspero e escuro.

Não era uma Fenda verdadeira. Apenas o resquício de uma. O cume do penhasco exibia diversos arcos arruinados e pilhas de destroços, que eram os únicos vestígios do santuário dos Tecelões, situado onde um dia fora a divisa entre Solstício e as Terras Fronteiriças, antes de o Império da Noite conquistar aquelas duas regiões. Os legionários que haviam sido designados para destruir aquela Fenda de Luz não fizeram um trabalho cuidadoso e, por conta disso, um pouco do seu poder permanecia enterrado sob os ossos da terra, voltando à superfície gradativamente.

Que bom que a Sardóvia se retirara daquela região havia muito tempo, refletiu Alaric, e que fora uma patrulha kesathesa que vira o feixe de magia brilhante antes de a Tecelã de Luz chegar até ali. O poder da garota já era bastante formidável sem que ela precisasse da assistência de um ponto de conexão.

Com um último derramamento vindo de Sombral por entre os dedos espalmados e cobertos pela luva preta, uma faixa estreita da Luzitura debilitada desapareceu, e Alaric desceu mais pela corda pendurada contra a borda do penhasco, os passos rápidos e firmes nos apoios de granito. Três legionários se encontravam abaixo dele, estudando uma rachadura maior, desmanchando-a com massas escuras de Sombral, que rodopiavam como névoa no meio do ar e das pedras ali em cima.

— Trabalhem mais rápido — instruiu ele quando se juntou ao grupo. — O Imperador da Noite requisitou nossa presença na Cidadela.

Estavam planejando um ataque com várias frentes em diversas cidades sardovianas. A Legião se juntaria à primeira onda de embate, junto aos regimentos alistados de Kesath.

— Mais fácil falar do que fazer, Vossa Alteza — respondeu Nisene, a voz rouca salpicada por um toque de petulância. — Esse aqui é teimoso. Para cada centímetro que retiramos, parece que cresce um metro.

— Devíamos só explodir essa seção — sugeriu Ileis, irmã gêmea de Nisene. Ela mirou um chute irritado em uma pedra próxima para enfatizar sua opinião. — Expor a veia inteira, e aí desmanchamos o mal pela raiz. Eu trouxe bombas na mochila.

Alaric balançou a cabeça.

— Não. Pode causar um desabamento. Pode até destruir o penhasco inteiro. Não fazemos ideia da profundidade dessa Fenda de Luz.

— E daí? E se o penhasco desabar? — perguntou Nisene, devagar.

— Existe um vilarejo na base da montanha — explicou Alaric. — Não considero uma atitude sábia destruir seus lares só para nos poupar tempo.

— Seu pai não se importaria com aldeões sardovianos — retrucou Ileis. — Se a decisão fosse dele.

— Não são mais sardovianos. Agora pertencem a Kesath, assim como nós. — Alaric franziu o cenho, o rosto encoberto pela meia máscara. — E eu não sou meu pai. Sou eu que vou tomar a decisão, não ele. Sou eu que lidero essa missão.

As gêmeas se viraram para ele em um movimento idêntico e sinistro, sujeitando Alaric ao peso do escrutínio dissimulado de seus olhos castanhos, brilhando em prata com magia por trás dos elmos que formavam um padrão cruzado sobre o rosto em espirais de obsidiana, com projeções na lateral que lembravam asas. Ele cerrou os dentes, tentando se poupar do que ameaçava virar uma enxaqueca. Ileis e Nisene poderiam levar um homem à loucura, e isso não era um elogio, como seria normalmente o caso.

— O príncipe Alaric está certo, donzelas — interveio Sevraim de onde estava, pendurado um pouco mais longe em uma corda fixa, jorrando sombra sobre a luz. Ele retirara o elmo havia algum tempo, e a extrema concentração necessária para desmanchar uma Fenda de Luz fizera pingos de suor brotarem na testa lisa mesmo no ar frio da montanha. — Quantas vezes precisamos falar para vocês duas que nem *tudo* pode ser resolvido com uma explosão?

— Ah, vai à merda — disse Nisene, sem o menor constrangimento.

Alaric apertou os lábios, reprovando a linguagem chula. Sevraim só abriu um sorriso, torto e divertido, exibindo os dentes muito brancos, que contrastavam com a pele marrom-escura. Ileis inclinou a cabeça, interessada, e Alaric desejou muito — e não pela primeira vez — que pudesse ter subordinados que cumprissem uma tarefa em vez de se deixarem levar por suas vontades carnais.

Porém, ele estava preso com aqueles três. Sevraim e Alaric haviam crescido juntos, treinando lado a lado desde a infância, e assim que se tornaram legionários e conheceram Ileis e Nisene, o amigo logo puxara as gêmeas para participar de suas confusões, que Alaric aturava com certo sofrimento. Terem passado boa parte de suas vidas lutando juntos em uma guerra criara um tipo de confiança insubstituível entre eles. Dentro da Legião, suas formações de combate eram as mais fluidas, e Alaric achava que lidava com Sevraim, Ileis e Nisene bem o bastante em seu tempo livre.

Um barulho suave de asas fez os quatro legionários olharem para cima. Alaric esperava ver um moleiro, o pássaro sempre usado para o envio de mensagens entre o exército kesathês, ou até mesmo um corvo, o pássaro mensageiro usado exclusivamente pela Casa de Ossinast. No entanto, para sua consternação, o que desceu com rapidez na direção dele foi uma bolota de penas cinzentas com um bico fino e olhos alaranjados miúdos.

Uma pomba.

A ave pousou no ombro de Alaric com um arrulho baixo, estendendo uma pata magrela que continha um pergaminho amarrado, esperando pacientemente enquanto os legionários a encaravam, aturdidos.

— Essa coisa está *perdida*? — perguntou Ileis.

— Provavelmente não — murmurou Sevraim. — Todos os pássaros mensageiros são encantados com éter. Sempre voam direto para o destinatário correto.

— Alguém no regimento sardoviano finalmente resolveu usar o cérebro e decidiu vir para o lado que está ganhando, então — concluiu Nisene. — Antes tarde do que nunca.

— Mas que *atrevimento* — disse Ileis, ofegante —, entrar em contato diretamente com o príncipe herdeiro...

Alaric pensou que talvez devesse acrescentar o item "falar apenas quando necessário" à sua lista mental de qualidades desejadas em subordinados. Ele retirou a carta do barbante amarrado na pata do pássaro e a desdobrou. A pomba bateu suas asas escuras e se lançou ao ar outra vez, logo sumindo entre as nuvens.

Eram duas folhas de velino enroladas juntas. Alaric analisou a mensagem que fora escrita às pressas em uma delas, em seguida dobrou a outra e a guardou no bolso.

— Preciso ir — anunciou ele.

O Sombral se irrompeu da ponta de seus dedos, rasgando a mensagem até não sobrar nada além de cinzas que foram espalhadas aos ventos.

— Vai para onde? — perguntou Nisene, a voz carregada de suspeita.

— Isso é confidencial.

— Aaaah, missão secreta — disse Sevraim, animado, enquanto Alaric começava a subir de volta o penhasco. — Precisa de um parceiro, Vossa Alteza?

Alaric revirou os olhos diante da tentativa óbvia de Sevraim de fugir do tédio que enfrentavam.

— Negativo. Vocês três vão ficar aqui e terminar o desmanche da Fenda. Depois, vão voltar para a Cidadela para a reunião com o Imperador Gaheris.

— Mas sem você? — pressionou Ileis. — Como é que vamos explicar sua ausência para Sua Majestade?

— O que faz você pensar que não estou indo cumprir ordens dele? — desafiou Alaric, subindo por outro rebordo do penhasco sem olhar para trás.

— Porque você não está! — gritou Nisene.

Ele abriu um sorrisinho, continuando a subida.

— Só diga a ele que tenho negócios urgentes a tratar.

Ao chegar ao cume, Alaric andou direto para o lugar onde seus quatro lobos estavam atracados em uma plataforma grande e parcialmente destruída que se erguia em meio ao mar de ruínas do templo. Aqueles coracles, chamados de lobos devido à extremidade pontuda, brilhavam pretos sob o sol do começo da tarde, os cascos largos estampados com a quimera kesathesa em tinta prateada. Alaric subiu na sua embarcação, ergueu as velas negras e partiu, a proa do lobo cortando o ar como se fosse uma cimitarra, os corações de éter soltando fumaça verde-esmeralda enquanto subia acima dos penhascos, em direção ao Mar Eterno.

Aqui está um gesto de boa vontade, começara a mensagem. *Enviado na esperança de clemência.*

Alaric havia suposto que seria uma questão de tempo até um oficial sardoviano mudar de lado, mas o traidor de fato não poderia ter escolhido um momento melhor. Se o príncipe conseguisse as informações sobre as defesas da Confederação, aquilo garantiria o sucesso do ataque iminente do Império da Noite — uma ofensiva realizada em uma escala jamais vista em todo o Continente e que, portanto, envolvia um risco igualmente grande.

E, quanto à informação que o traidor *já* compartilhara...

Alaric enfiou os dedos no bolso à procura do mapa que a pomba trouxera e o consultou, mentalmente traçando a rota mais eficiente. A Tecelã de Luz tinha meio dia de vantagem à frente dele, mas Alaric estava confiante de que a alcançaria. Se não fosse no ar, seria pela terra, dentro das fronteiras de Nenavar. Ele precisava detê-la antes que ela chegasse à Fenda de Luz do Domínio.

Alaric esforçou-se ao máximo para ignorar os avisos de sua consciência de que, se ao menos tivesse matado a garota no lago congelado quinze dias antes, não precisaria ter abandonado todas as outras responsabilidades em uma perseguição que tinha grandes chances de se tornar uma crise diplomática a qualquer instante. Independentemente do resultado, Gaheris ficaria furioso quando descobrisse que Alaric tomara uma decisão sem consultá-lo. Afinal, e se fosse uma armadilha? E se não fosse e o pior acontecesse, o Imperador da Noite descobriria que seu herdeiro enfurecera a Zahiya-lachis ao invadir seu território. De qualquer forma, as consequências seriam severas.

Alaric pensou, com ironia, que seria muito mais gentil da parte dos nenavarinos apenas executá-lo em vez de entregá-lo de volta para o próprio pai.

Contudo, não havia outra escolha. Em seus vinte e seis anos de vida, Alaric nunca vira nada igual à Tecelã sardoviana. Ela era pequena, mas os massacrara em combate apenas com uma força de vontade férrea, ganhando dele e de um dos seus legionários mais letais, sem qualquer treinamento formal nem acesso regular a um ponto de conexão. Se ela conseguisse acessar um ponto de conexão, havia uma possibilidade muito real de se tornar invencível.

Ele *realmente* deveria ter acabado com ela naquela noite, nos arredores de Abrunho-da-Geada. Porém, Alaric ficara... *fascinado*. Talvez aquele fosse um termo generoso demais, mas descrevia seus sentimentos mais genuínos. Os dois estavam rodeados por uma vastidão de barreiras sombrias, cada uma forte o bastante para despedaçar a Tecelã em milhões de pedacinhos apesar da resistência inerente da adversária, e mesmo assim ele não deixara que isso acontecesse. Ele obedecera a um *impulso* e desmanchara as barreiras. Ela parecera um coelho assustado no começo, e Alaric testara toda a sua capacidade no gelo sob a luz das sete luas. Estudara a forma como a Tecelã se mexia, a maneira como o éter cobria sua pele marrom-clara e como suas feições se transformaram de amedrontadas para sanguinárias, os olhos estreitos brilhando dourados com sua magia, refletindo o incêndio distante do campo de batalha.

E depois a garota deu uma cabeçada nele e o esfaqueou no ombro, e Alaric passara os dias seguintes com uma concussão e sem conseguir usar o braço direito. Não havia se recuperado completamente quando o pai aplicara a punição necessária por permitir a fuga da primeira Tecelã de Luz a aparecer em dezenove anos, e Alaric ficara mais alguns dias sem conseguir se levantar da cama nem fazer qualquer outra coisa.

Ele baixara a guarda e deixara a garota ir embora, e, no momento, tudo que Kesath conquistara — todos os obstáculos que tinha conseguido enfrentar e superar para sua transformação — estava em risco.

O fim da Guerra dos Furacões estava no horizonte. A Sardóvia estava encurralada, e animais encurralados sempre eram os mais perigosos. Permitir que tivessem qualquer vantagem àquela altura significaria um desastre para o Império da Noite.

Os inimigos estão por toda parte.

Solstício atacara Kesath quando tomou conhecimento do protótipo de porta-tempestades que os feiticeiros do avô de Alaric, o rei Ozalus, estavam construindo. Os Tecelões de Luz queriam tomar aquela tecnologia para si e mataram milhares de kesatheses, incluindo seu avô, para conseguir o que queriam. E o restante da Confederação Sardoviana não fizera nada para impedir.

Se não fosse pelos Tecelões, Ozalus poderia estar vivo e Gaheris não teria sido elevado ao trono sem qualquer preparo e ainda em luto pelo pai morto, governando uma nação que já estava em uma guerra declarada.

Se não fosse pelos Tecelões, Gaheris não teria se tornado o que era, e a mãe de Alaric não teria fugido do Continente.

Alaric cerrou a mandíbula. Mais uma vez, sua mente tomava um caminho traiçoeiro. Enquanto guiava sua embarcação acima de uma vastidão de desfiladeiros descampados e cachoeiras lentas por causa do frio, ele também guiou seus pensamentos em uma direção mais digna do príncipe herdeiro do Império da Noite, mestre da Legião Sombria.

Gaheris tivera a força e a coragem para fazer o que era necessário, mesmo que toda Lir estivesse contra ele. Alaric tinha orgulho de ser seu filho.

E ele precisava se concentrar na tarefa a cumprir: ir até Nenavar e matar a garota.

Talasyn, pensou Alaric, o nome invocado da mensagem do traidor enquanto seu lobo deslizava sobre a costa rochosa ao leste. *O nome dela é Talasyn.*

CAPÍTULO 6

Quando ela se aproximou mais, viu que o Domínio de Nenavar era exatamente como o mapa sugeria: um arranjo infinito de ilhas. O que não estava representado no documento era o quanto elas eram verdes, incrustadas naquelas águas azuis profundas, como pedras de jade esparramadas em uma cama de seda cor de safira. Brilhavam sob a luz ardente do nascer do sol, atraindo Talasyn para mais perto.

Aquela maravilha a deixou sem fôlego.

Na infância passada na Grande Estepe, sem qualquer acesso ao mar, Talasyn sonhara com frequência em ver o oceano, e sempre ouvia com avidez as histórias de águas em volumes absurdos como aquele. Parecia que a luta pela Sardóvia a levara para todos os lugares no Continente *menos* para a Costa. Quando as primeiras ondas azuis se esticaram sob sua minúscula embarcação aérea na luz do sol, completamente desimpedidas por qualquer tipo de terra, ela sentiu uma euforia bem-vinda. No entanto, por volta das dez horas de voo, ela começou a considerar que talvez existisse, sim, água *demais*.

Ainda assim, Nenavar mais do que compensava a jornada extenuante, mesmo que vista só do alto. As praias eram uma maravilha que Talasyn jamais acreditara ser possível: eram suaves e gentis, fazendo curvas nas águas rasas azul-esverdeadas em faixas de areia perolada, salpicada de palmeiras de folhas pontudas que balançavam e derrubavam seu fruto marrom redondo sob o toque da brisa. A água era tão límpida que era possível ver cardumes nadando entre algas com textura de musgo e corais de todas as cores do arco-íris ondulando sob a correnteza.

Aquela terra... *preencheu* algo dentro de Talasyn. Depois de passar a vida intrigada e fervilhando de curiosidade devido às histórias que ouvira do arquipélago, ela enfim chegara ali: voava por cima daquelas estranhas orlas que brilhavam como uma promessa, que pareciam estar à espera dela.

E então o mundo ficou *violeta*, e a surpresa quase fez Talasyn mergulhar sua vespa na droga do oceano.

Começou com uma tremulação nas extremidades, como se uma mão gigantesca repuxasse o tecido da realidade para mostrar os ossos do etercosmos abaixo da superfície. O ar foi *distorcido*. Feixes de magia cor de ameixa explodiram de algum lugar no coração do arquipélago, desdobrando-se sobre a floresta verde, a areia branca e as águas azuis, inundando o céu em um perímetro de diversos quilômetros com uma névoa translúcida que se espalhou acima das ilhas como labaredas oscilantes.

Uma vez a cada mil anos, mais ou menos, uma luz intensa da cor de uma ametista ilumina o horizonte, dissera Khaede. Então era esse o tal do Aviso do Pescador de que tanto se falava na Costa Sardoviana — e era uma Fenda. Só que Talasyn não fazia ideia de que era a dimensão do etercosmos a que a Fenda pertencia. Ela nunca ouvira falar de magia violeta. Quando destiladas nos corações de éter, Vendavaz era verde, Aguascente era azul, Fogarantro era vermelho e Tempória era branco. Cada uma das suas Fendas era abundante no Continente, mas jamais existiu evidência de uma presença significante de seus etermantes correspondentes, diferente dos Forjadores de Sombras e Tecelões de Luz.

Ou talvez *pudesse* ter existido, em um passado remoto. Havia muitas lacunas entre as eras registradas, épocas em que apenas resquícios de escritos e artefatos foram resgatados. Talvez fosse apenas algo perdido em meio à história, alguma grande migração de Invocadores de Ventos, Trovadores de Águas, Dançarinos de Fogo e Domadores de Relâmpagos, devido aos embates por poder que dominaram o Continente antigo antes da formação da Confederação. Aquela aliança, no fim, providenciara apenas um sonho efêmero de paz.

Entretanto, era um fato amplamente aceito que, além dos Feiticeiros, o Continente no geral abrigava apenas os Forjadores de Sombras, cujas Fendas eram pretas como a meia-noite, e Tecelões de Luz, cujas Fendas diziam lembrar pilares de luz do sol ofuscante.

Aquela Fenda, ali em Nenavar, pertencia a um tipo de energia mágica que Talasyn duvidava que alguém em seu lar conhecesse. Será que isso significava que existia um tipo de etermante único entre os nenavarinos? A curiosidade dela só aumentou com o nascer do sol, enquanto, de dentro de sua pequena embarcação, ela observava a magia se desdobrar. O brilho ametista não era grande o suficiente para ser visto da Sardóvia, mas provavelmente existiam diversas Fendas, e talvez muito ocasionalmente todas transbordavam ao mesmo tempo, e pode ter sido assim que a história do Aviso do Pescador tenha surgido na Costa. Ela se perguntou quais seriam os efeitos daquela nova dimensão. Em vez de tomar a forma de algum elemento em particular (vento, água, fogo ou relâmpago), parecia ser feita de uma energia pura, assim como a Luzitura e o Sombral. Será que aqueles eternantes também conseguiam criar armas?

Talasyn precisou de um tempo antes de finalmente desviar o olhar daquela estranha magia e começar a preparar a lenta descida da sua vespa. Aquela Fenda extraordinária ficou imóvel, o brilho violeta cedendo, bem no momento em que a garota baixava até alguns centímetros acima da superfície do oceano.

A rota que Talasyn deveria tomar era a mais tortuosa, evitando as cidades portuárias vigilantes e as principais estradas das ilhas. Ela passou longe do agrupamento mais concentrado do arquipélago e seguiu para um punhado de ilhas esparramadas, encobertas de névoa, que logo engoliram sua vespa por completo. Durante os minutos seguintes, sobrevoou baixo a água, tensa até a última fibra de seu ser. O rugido dos corações de éter era alto demais no silêncio. Ela quase esperou que uma patrulha nenavarina a interceptasse ali, ou que um dragão aparecesse a qualquer instante.

Porém, não havia sinal de movimento vindo de nenhuma das ilhas que a cercavam. Ao menos, nada que ela conseguisse distinguir em meio à névoa. Tampouco Bieshimma ou sua tripulação vira qualquer indício das feras gigantescas que sopravam fogo e que, segundo as histórias, caçavam por todo o Domínio.

Talvez os dragões fossem *só* um mito. Uma história para assustar forasteiros.

Assim que Talasyn chegou à praia da ilha onde a Fenda de Luz estava localizada, ela voou mais alto, as velas impulsionadas pelo vento, e evitou os retalhos de telhados que indicavam vilarejos e as torres metálicas brilhantes que obviamente eram cidades, todas acomodadas entre nuvens verdejantes como se fossem parte da própria selva. Quando ela atracou a vespa, foi dentro de uma caverna grande em uma das muitas montanhas imensas. A embarcação coube por pouco no espaço, e Talasyn estimava que precisaria caminhar por diversas horas até seu destino, mas ao menos assim ela reduziria ao máximo a chance de algum nenavarino se deparar com uma estrutura aérea estrangeira.

Ela saiu da vespa e, com a ajuda do compasso, cuidadosamente marcou a localização da caverna no mapa que Bieshimma providenciara. Mesmo se conseguisse chegar à Fenda de Luz e entrasse em comunhão com ela — e tratava-se de um *se* bem grande —, era provável que a situação de Talasyn se complicasse ainda mais se ela acabasse se perdendo enquanto procurava por sua única forma de fugir dali.

A jovem enfiou um pedaço generoso de bolacha de água e sal na boca, mastigando sem atenção antes de engolir tudo com um gole de água do cantil. Assim que aquele alimento precário estava em seu estômago, ela começou a longa jornada.

Os quilômetros entre a caverna e o ponto de conexão estavam cobertos por uma floresta verde-escura, e o primeiro problema com que ela se deparou foi a umidade.

Pelos *Deuses*, a umidade.

Apesar da maior parte da Sardóvia ser fria durante quase o ano todo, Talasyn passara quinze anos da sua vida na Grande Estepe, uma região conhecida por seus extremos. Ela estava costumada com o calor árido e ardente do verão do norte, mas não com o ar carregado de Nenavar, que parecia pesar sobre a pele e encher os pulmões mesmo nos pontos densos e encobertos de vegetação onde a luz do sol era apenas um sonho distante. Ela tirara a roupa e ficara só com uma túnica branca e calça marrom, e ainda assim sentiu como se estivesse sendo esmagada no sovaco fedorento do Pai Universal, encharcada de suor, a respiração saindo entrecortada depois de caminhar cinco horas sob a camada frondosa de diversos tipos de árvore cujos nomes ela desconhecia. Os galhos pendiam com profusões de cipós, e ela precisava cortar todos em seu caminho com um facão tecido de luz.

O chão também era recoberto por uma diversidade de vegetação que era nova para ela. Havia samambaias que se esparramavam em fileiras entrançadas ao longo dos cascos de árvores, arbustos rasteiros cujas folhas se fechavam quando ela passava por eles, e plantas que continham bulbos vermelhos cheios de sulcos preenchidos de um líquido transparente, com todo tipo de criatura pequena se afogando ali. Também havia flores pretas com formato de asas de morcego, pétalas amarelas que se pareciam com trompetes espumando, e enormes flores aveludadas com pontos brancos que emitiam um odor fétido de carne apodrecida e a fizeram ter ânsia de vômito.

A selva também estava lotada de insetos e cantos de pássaros, os galhos acima dela repletos de répteis com escamas de cor de joias, e bichinhos peludos marrons que poderiam ser roedores ou primatas que se escondiam ao ouvi-la se aproximar. Não havia qualquer sinal de outro humano.

Era um mundo completamente diferente da Sardóvia em todos os sentidos.

Quando foi designada para uma missão perigosa como aquela, Talasyn não resistiu ou protestou, porque seu objetivo era outro — um que ela manteve escondido dos seus superiores e até de Khaede. Ninguém sabia da sensação inquietante que borbulhava dentro dela quando escutava falar de Nenavar. Ninguém sabia da familiaridade desconcertante que ela sentia com a nação. Ela partira para o Domínio esperando encontrar... *alguma coisa*, embora não conseguisse dizer exatamente *o quê*. Estava procurando respostas para perguntas que não sabia como formular.

Até o momento, no entanto, não parecia haver resposta alguma ali. Ela estava cansada, coberta de sujeira, suando mais água do que poderia beber sem acabar esgotando seu suprimento antes da hora.

À tarde, Talasyn subiu em uma árvore para descobrir onde estava. A árvore lhe lembrou um homem velho, encurvado e coberto de folhas finas, com os galhos retorcidos pesados pelas raízes aéreas. O casco também estava retorcido, como se fosse feito de cordas de madeira que foram entrelaçadas, e encontrava-se repleto de buracos.

Com a ajuda de um gancho e dos sulcos no tronco áspero e pesado que serviam como apoios naturais para o pé, ela subiu ali com facilidade, e no meio do caminho encontrou mais dezenas das criaturinhas peludas que ela concluiu que *com certeza* se tratavam de primatas, apesar de caberem na palma da mão dela. A maioria fugiu, mas alguns ficaram parados no lugar em que se penduravam nos galhos com dedos alongados, observando-a cautelosos com olhos dourados redondos que pareciam dominar quase todo o espaço de seus crânios minúsculos.

— Podem me ignorar — disse Talasyn, bufando enquanto se esgueirava por três daquelas criaturas. — Só estou de passagem.

Eram as primeiras palavras que ela falava em voz alta para outra criatura viva em mais de um dia. Em vez de se sentirem honrados, porém, aqueles ratos-macacos soltaram chilros indignados e apenas... *desapareceram*.

Não fizeram nenhuma algazarra. Em um instante estavam ali, e no seguinte não estavam.

Provavelmente só tinham se escondido atrás das folhas tão rápido que ela não notara, mas ficou parecendo que os bichinhos preferiram desistir da própria existência só para evitar que ela continuasse falando com eles.

— Típico de quem me vê, não é? — resmungou Talasyn.

Pelos seus cálculos, a árvore tinha uns cento e vinte metros de altura. Quando ela se pendurou em um dos galhos mais altos e conseguiu subir acima da copa, a vista que a acolheu foi a da mata exótica que se espalhava ao redor dela em cristas que eram cobertas por um verde denso e profundo. As silhuetas azuis pálidas de mais montanhas se assomavam no horizonte, escondidas pela névoa. Revoadas de pássaros deram um rasante por cima de onde Talasyn estava empoleirada, a plumagem exibindo todas as cores vivas imagináveis, as penas das caudas se alongando atrás das aves como feixes de éter, enchendo o ar com o bater de asas iridescentes e o canto melodioso como sinos de vidro.

O vento soprou uma brisa fresca sobre o rosto de Talasyn, o que era um alívio imenso depois de tanta umidade. Com o ar, veio um aroma de chuva e de frutos doces, e correntes de monções que lhe trouxeram também uma lembrança vaga e fugaz, mas suficiente para deixar Talasyn atordoada e fazê-la apertar o galho com mais força, por medo de que pudesse cair.

Já estive aqui antes. Aquela ideia fincou raízes na sua mente e se recusou a partir. *Eu conheço esse lugar.* Imagens e sensações a percorreram em um fluxo turbulento, rapidamente mudando, mas ainda disforme. Porém, ela conseguiu vislumbrar...

Mãos ásperas em seu rosto. Uma cidade feita de ouro. A voz de uma mulher que dizia: *Sempre estarei com você. Nos encontraremos de novo.*

Algo molhado caiu nas bochechas de Talasyn. A princípio, ela presumiu que a chuva chegara, mas, quando o líquido chegou ao canto da sua boca, o gosto era salgado. Ela estava chorando pela primeira vez em anos. Estava chorando por algo que não conseguia nomear, uma memória que não conseguia recuperar. O vento agitou as copas das árvores e levou suas lágrimas embora.

Estou sentada aqui no meio da floresta soluçando, pensou ela, lamuriosa. *Eu sou a pessoa mais ridícula do mundo.*

Então, ela ouviu um som semelhante ao de um trovão. Um pilar de luz se ergueu de um dos picos mais ao norte. Encheu a copa das árvores com seu brilho dourado, uma marca parecida com fogo, tão luminosa que era quase sólida, ondulando com fios de éter prateado enquanto jorrava em direção ao céu.

Talasyn encarou aquela combustão, o coração a mil. A Fenda de Luz a convocava, chamava por algo que estava em seu sangue. Ela quase soltou um grito de protesto quando o pilar rodopiou e estalou com uma intensidade renovada antes de enfim sumir, sem deixar evidência alguma de que estivera ali.

Ela começou a descer da árvore. Jurou que descobriria por que Nenavar lhe parecia tão familiar. A resposta estava *ali*, em algum lugar. Estava a seu alcance.

No entanto, ela tinha outras prioridades: precisava chegar até a Fenda de Luz.

No fim da tarde, choveu uma torrente que transformou o chão em um lamaçal. Talasyn procurou abrigo em outra daquelas árvores que pareciam ter rostos idosos, se enfiando em um dos muitos buracos com as pernas apertadas contra o peito.

Naquela posição, ela cochilou enquanto esperava o temporal diminuir. Não pregara os olhos desde que saíra de Comarca-Selvagem, então o sono era inevitável. Ela sonhou mais uma vez com Bico-de-Serra, e com o porta-tempestades que tomara tudo dela, embora ela mal tivesse alguma coisa. Daquela vez, ao fim do sonho — quando os furacões haviam arrasado todas as pontes de madeira, quando a grama dominara a cidade e a poeira invadira todas as ruínas —, havia uma mulher que a segurava com força, afagando sua cabeça, dizendo que tudo ficaria bem e que ela precisava ser forte.

A mulher no sonho chamou Talasyn por outro nome.

Um nome que não era o seu, que foi apagado da memória assim que ela acordou, junto ao rosto daquela mulher.

Talasyn abriu os olhos de forma abrupta. A chuva parara, e a selva estava molhada e sonolenta na luz do crepúsculo. Ela saiu da cavidade com cuidado e voltou a caminhar, sabendo que desperdiçara tempo. Cada passo vibrava com uma energia ansiosa enquanto ela tentava recuperar os detalhes perdidos do sonho.

Será que a mulher era a mesma pessoa cuja voz voltara à sua mente com o sopro dos ventos nenavarinos? Que tocara seu rosto com mãos ásperas?

E a cidade de ouro? Ela jamais estivera em um lugar como o que ela vira em meio àquela correnteza de lembranças. Por que sua mente lhe permitira acessar aquela imagem só agora? Será que a tal cidade ficava *ali*, dentro das fronteiras do Domínio?

Algo dentro de Talasyn fugiu daquele pensamento no instante em que ele surgiu. A Tecelã sentiu medo, muito medo, porque não deveria contar a ninguém que...

Contar o *quê*?

Se descobrissem, ela seria caçada.

Não, isso foi o que *Vela* lhe dissera.

Certo?

— Estou ficando louca com esse calor — disse Talasyn em voz alta, porque pelo visto começara a falar sozinha. — Louca de vez.

Aos poucos, a selva foi encoberta por escuridão. As árvores ali eram mais próximas umas das outras, e nem mesmo as sete luas conseguiam penetrar por entre aquele telhado frondoso. No momento, o facão tecido de luz de Talasyn servia para iluminar seu caminho, além de cortar os cipós que o bloqueavam. Ela torcia para ter uma folga do calor escaldante quando a noite caísse, mas não teve sorte. O ar noturno era abafado e grudava na pele em camadas quentes e úmidas.

Mesmo assim ela continuou, adentrando a mata profunda. Conseguia sentir a Fenda de Luz. Estada cada vez mais perto.

Quando o chão começou a ficar inclinado, o facão nas mãos de Talasyn começou a brilhar com mais intensidade, como se a magia que ela moldara para lhe dar forma estivesse dez vezes mais forte. Um gosto estranho surgiu na língua dela, pesado e metálico como o de ozônio ou sangue. Arbustos espinhosos arranhavam seus braços conforme Talasyn acelerava o passo, mas ela não prestou atenção naqueles cortes superficiais. Havia poder ali, antigo e vasto, sobrecarregando todos os sentidos até que ela se sentiu embevecida com a sensação, a pele se arrepiando, o coração retumbando, até que então...

Ela se sobressaltou, confusa e incrédula quando a selva desapareceu e revelou um santuário. Talvez fosse semelhante aos que os Tecelões tinham construído por toda Solstício no passado. E, assim como os do passado, aquele encontrava-se em ruínas, como se destruído havia séculos. Pedras de arenito cobertas de musgo saíam da terra nas mais diversas formas em meio à vegetação extensa, as beiradas ásperas refletindo a luz das luas. Não havia sinal de vida.

Será que os Tecelões de Luz de Nenavar tinham sofrido o mesmo destino daqueles do Continente? Teriam todos sido aniquilados?

Talasyn passou com cuidado sob a entrada em arco desmoronada e coberta de trepadeiras, e então desceu por uma passagem rachada ladeada por pilares entalhados com gravuras elaboradas que em outro contexto ela teria parado para examinar. Mas não havia tempo para aquilo. No momento seu objetivo era chegar ao ponto de conexão tão próximo. Sua alma era atraída por uma força magnética. Algo chamava por ela como os ventos das monções.

O santuário era imenso. Tratava-se mais de um complexo do que de uma única construção: corredores tortuosos e câmaras aos destroços, cujas portas tinham tombado havia muito Ela abriu caminho através dos pedregulhos e chegou a um pátio do tamanho do hangar de um porta-tempestades. O local era aberto para o céu, mas já fora reivindicado pela natureza, com dezenas das árvores que pareciam velhos enormes ancoradas no que restara da fachada de pedra, as raízes grossas e os galhos extensos cobrindo o chão pavimentado, as paredes que rodeavam o lugar e os telhados. As sete luas formavam um círculo no céu, banhando tudo em uma luz tão irradiante como se fosse de dia.

Talasyn avançou. No meio do pátio, entre um emaranhado de arbustos, raízes de árvores e grama alta, havia uma fonte imensa que parecia ser a única estrutura intocada pela passagem do tempo e por fosse lá qual evento tivesse levado à destruição do santuário. Era entalhada de arenito, construída ao redor de um sulco enorme no chão, tão largo quanto diversas daquelas árvores juntas, os bicos esculpidos para remeterem a cobras — ou talvez dragões, percebeu Talasyn, assim que estudou a destruição mais de perto.

Aquela era, sem dúvida, a localização da Fenda de Luz. Cada instinto de Talasyn parecia gritar isso. A magia cantava nas suas veias de um lugar além do véu do etercosmos. Ela só precisava esperar que fluísse outra vez.

— Aí está você — declarou uma voz familiar às suas costas.

O guincho inconfundível do Sombral chamuscando rompeu aquele ar estagnado.

Os pelos da nuca de Talasyn se arrepiaram, mas ela não se permitiu ficar paralisada pelo medo. Não falou nada. Não desperdiçou um segundo sequer, transformando seu facão em uma acha de armas e se virando, pulando diretamente em cima da figura alta de preto e escarlate que estava a metros de distância. A lâmina larga se enroscou nas pontas de um tridente sombrio, a luz contra a escuridão, e as faíscas resultantes do embate refletiram nos olhos prateados estreitos de Alaric Ossinast e na máscara obsidiana que representava o rosnado feroz de um lobo.

Os dois haviam se encontrado dessa mesma forma no gelo flutuante quinze dias antes, e Alaric fora uma fusão extrema de ameaça e determinação, enquanto ela ficara completamente apavorada. Só que dessa vez era diferente... dessa vez, ela não sentia medo.

Dessa vez, sentia *raiva*.

Talasyn se lançou sobre o príncipe kesathês com uma série de ataques rápidos e curtos que o impeliram para trás enquanto se defendia com uma destreza excepcional. Ela gostaria de conseguir encurralá-lo contra uma das pilastras, mas ele conseguiu dar um passo para o lado, baixando o tridente no ombro dela. Ela mudou o ângulo da própria arma para se defender, e os dentes dela *tilintaram* com a força do golpe.

— Você andou praticando — comentou ele.

Talasyn piscou, aturdida em meio à névoa da intercessão de magia.

— Noto que houve um progresso na sua técnica de combate, digo — explicou ele.

— Eu entendi — disse ela, ríspida. — Você costuma elogiar todo mundo que está tentando matar você?

— Nem todo mundo. — Os olhos dele faiscaram, parecendo entretidos. — Só você. E *dificilmente* isso poderia ser considerado um elogio. Só estou aliviado em ver que você se tornou uma adversária muito mais interessante agora.

Talasyn se impeliu contra ele com uma força renovada, alimentada pela fúria, e conseguiu se desfazer daquele entrave das armas. Mais uma vez, os dois valsaram em vislumbres de dourado e meia-noite, sobre as pedras e as raízes, banhados pela noite quente de luar.

Talasyn não queria pensar no fato de que estava quase *gostando* daquilo. Existia certo prazer em deixar sua magia correr livremente naquele lugar antigo e selvagem. Existia certo prazer em testar sua força contra um homem como Alaric, e fazê-lo suar para derrotá-la, ainda que ela mesma estivesse dando tudo de si para se salvar.

A jovem, no entanto, não *deveria* sentir nada remotamente parecido com prazer. Ele era um obstáculo para ela. Ele estava desperdiçando seu tempo.

As armas se chocaram e travaram outra vez.

— Como é que você veio parar *aqui*? — ela exigiu saber.

Não gostou do tom estridente das palavras que tinham saído dos próprios lábios, mas estava imensamente *irritada* com o príncipe maldito.

Que estava excessivamente perto dela.

— Como foi que você me encontrou? — perguntou a Tecelã.

— Há um traidor entre vocês. — Alaric declarou aquilo como se apenas estivesse expondo um fato, e de alguma forma foi muito pior do que se ele tivesse soado arrogante. — O seu pessoal está trocando de lado, pois sabe que vocês já perderam a guerra.

— Calma aí, foi só uma pessoa — retrucou ela, mesmo enquanto se perguntava, com desespero, quem teria sido o traidor.

Sem dúvida era alguém próximo de Bieshimma ou da amirante, uma vez que a pessoa sabia de sua missão e adquiriu uma cópia do mapa... mas ela lidaria com aquilo depois. Precisava pôr fim àquele embate primeiro. Alaric só se permitira mencionar aquela informação porque obviamente não tinha intenção de deixá-la voltar para o Continente e alertar seus superiores. Ela *adoraria* arruinar o plano dele.

Talasyn deu uma joelhada na barriga de Alaric, aproveitando a hesitação momentânea do adversário para ficar a uma distância segura, posicionando a arma na frente do corpo, em posição de guarda, apontada para a direita.

— Preciso confessar que peguei leve demais com você no lago. — Alaric assumiu uma postura aberta, o cabo do tridente apontado para o chão, os pés pouco espaçados. — Você já se revelou um problema grande demais. Considere minha compaixão equivocada formalmente revogada.

— Você e eu temos definições bem diferentes de compaixão.

Quando eles se chocaram outra vez, foi feroz e implacável, os dois se esforçando ao máximo para que cada golpe fosse certeiro e fatal. Os antigos alicerces de pedra do santuário tremiam, e a selva se iluminava com som e fúria. Quando se afastaram de novo depois de mais uma troca de golpes, Alaric esticou a mão enluvada e libertou fios de Sombral para prender a cintura de Talasyn, erguendo-a do chão e a puxando na direção das pontas afiadas do tridente. Invocando toda a sua força, ela virou o corpo no ar para, em vez disso, cair em cima *dele*. A arma e os fios sumiram quando Alaric caiu de costas com um baque no chão do pátio, Talasyn sobre ele, prendendo-o com as pernas, a acha transformada em uma adaga de luz que ela segurou contra o pescoço do adversário.

— Quem é o traidor? — rosnou a garota.

Os dedos de Alaric estremeceram. Com um rangido poderoso, a árvore que se estendia acima deles foi despedaçada com lascas de magia das sombras. O que restou do tronco tombou com tudo na direção da cabeça dos dois, e Talasyn, por instinto, tentou sair do caminho, mas no instante em que a adaga foi retirada do pescoço dele, Alaric se endireitou, rolando por cima dela e puxando-a para o lado. A adaga tecida de luz desapareceu da mão dela, e o chão tremeu quando a árvore deslocada caiu com força no lugar em que haviam estado só meio segundo antes.

De costas no chão, Talasyn olhou enfurecida para o rosto encoberto e impassível acima dela.

— Você poderia ter matado nós dois!

— Considerando nossos respectivos objetivos, provavelmente muito tempo seria poupado se morrêssemos juntos — refletiu Alaric.

— Você fala demais.

Os dedos de Talasyn arranharam as pedras no chão enquanto ela tentava conjurar outra arma, mas Alaric não permitiu. Prendeu os pulsos dela no chão com as mãos pesadas, as pontas afiadas das manoplas que terminavam em garras arranhando a pele da jovem.

E então a Luzitura... se *partiu*. Fugiu das veias de Talasyn. Aquela era a única maneira de descrever o ocorrido, a ausência repentina e paralisante que ecoava por um ambiente logo após uma porta ser fechada com força. Talasyn não tinha mais *nada* dentro de si. Absolutamente nada.

— O que foi isso? — perguntou Alaric com um sibilo, o corpo tenso e retesado em cima dela. — Por que não posso...?

Pelo visto, a habilidade de abrir o Sombral também o abandonara. Talasyn abriu a boca para dar uma resposta atravessada, para brigar com ele por arruinar todas as coisas e por ser uma praga na sua vida e no mundo como um todo. Naquele momento exato, no entanto, diversos passos reverberaram pelo pátio.

— De pé! — comandou uma voz masculina severa. — *Devagar*. Ergam as mãos e deixem à vista.

As palavras foram ditas em Marinheiro Comum, o idioma criado pelas tripulações de comércio que o Continente estabelecera como sua língua materna havia séculos, mas foi pronunciada com um sotaque pesado que Talasyn nunca ouvira antes. A luz das sete luas brilhou sobre trinta figuras de armadura que haviam aparecido nas ruínas e os cercado sem serem notadas por Talasyn ou Alaric. No momento, miravam nos dois com cuidado usando tubos de ferro compridos com alças triangulares que pareciam ter algum tipo de gatilho. Um bom número de soldados carregava consigo o que pareciam gaiolas de metal nas costas, presas em faixas nos ombros e na cintura.

Havia um buraco imenso na alma de Talasyn onde costumava ficar a Luzitura. Ela e Alaric se desvencilharam um do outro e ficaram de pé. Ela teria o empurrado para longe por pura birra se o instinto não lhe dissesse que qualquer movimento abrupto seria malvisto.

— Se conseguirmos sair dessa vivos, vou torcer o seu pescoço — prometeu ela ao adversário.

— *Se* — enfatizou ele, com severidade.

Talasyn calculou suas chances de lutar e se livrar daquela situação. Por algum motivo, não conseguia usar a etermancia, mas tinha seus punhos e seus dentes. Porém, precisou admitir que havia soldados demais ali, e ela não tinha ideia do que aqueles tubos de metal faziam e do que eram capazes. Pareciam um pouco com canhões, mas... canhões de *mão*?

O nenavarino que ordenara que ela e Alaric ficassem em pé deu um passo em frente, e Talasyn observou a armadura dele mais de perto. Era uma combinação de uma chapa de latão e cota de malha, a couraça decorada com flores de lótus com detalhes feitos do que parecia ouro de verdade. O homem era magro, com a conduta calma e autoritária de um oficial superior, o cabelo grisalho muito rente, e olhos escuros que encaravam Talasyn...

... primeiro com raiva, e então com alguma mistura estranha de reconhecimento e incredulidade, e então com uma tristeza que fez a pele dela pinicar.

O oficial balançou a cabeça e murmurou algo para si mesmo que Talasyn não soube decifrar, mas que, mesmo assim, soava familiar de uma forma inquietante aos ouvidos dela. O oficial ergueu a voz e deu uma ordem breve para suas tropas.

Feixes de magia violeta emanaram dos tubos de ferro. A mesma magia que Talasyn testemunhara transbordando de um ponto de conexão mais cedo naquele dia, porém mais pálida e controlada. Do canto do olho, a jovem viu Alaric desabar no chão, e ela se mexeu para desviar do golpe, para lutar, mas aquele ataque vinha de todos os lados. Talasyn se sentiu queimando por dentro com um arroubo de calor e estática quando diversos feixes colidiram com seu corpo, e então...

Escuridão.

CAPÍTULO 7

Quando Talasyn recuperou a consciência, o primeiro pensamento que teve foi que deveria se consultar com um curandeiro assim que possível. Ser nocauteada duas vezes em quinze dias *não* parecia uma coisa boa para a cabeça de ninguém.

O segundo pensamento foi que estava dentro de uma cela, que poderia ser em qualquer lugar.

Ela fora depositada em uma cama estreita que só não era tão dura quanto o chão por conta de um colchão fino e de um travesseiro puído, o estrado castigado rangendo quando ela se sentou e olhou em volta. Havia uma única janela bem alta na parede mais distante, fechada com barras de ferro, que eram próximas demais umas das outras para Talasyn conseguir se espremer entre elas e fugir. Pelo menos deixavam entrar uma quantidade generosa do ar tropical abafado e uma luz prateada vinda do radiante céu noturno. Era o bastante para Talasyn enxergar sem problemas a figura alta sentada na cama em frente à dela, os dedos enluvados afundados na lateral do colchão, e as botas plantadas no chão, ao lado da máscara obsidiana. Talasyn presumira que fora removida por seus captores, já que ela não conseguia imaginar alguém da Legião se separando da armadura por vontade própria em uma situação como aquela. Os caninos lupinos da máscara rosnavam para ela à luz das luas, mas ela logo deixou de prestar atenção, porque a presença do seu dono parecia sugar todo o ar do local em que estavam.

Ela engoliu em seco, nervosa, quando percebeu que estava olhando para o rosto descoberto de Alaric Ossinast pela primeira vez.

Ele não era nada do que Talasyn esperava, embora ela não soubesse o *que* estivera esperando, para começo de conversa. Talvez alguém mais velho, considerando sua reputação assustadora e suas façanhas em batalha, mas a pessoa à sua frente parecia estar na casa dos vinte anos. O cabelo preto bagunçado formava ondas que emolduravam um rosto pálido anguloso e coberto de pintinhas. Alaric tinha um nariz comprido e uma mandíbula proeminente, e aspereza geral era aliviada por lábios carnudos e macios.

Talasyn percebeu que estava encarando demais aqueles lábios. Eram quase... *petulantes*. Pareciam mais *emburrados*, para usar o termo correto, e esse *não* era um adjetivo que ela achava que algum dia usaria para descrever o herdeiro do Império da Noite.

Talvez fosse só a novidade de nunca ter visto a metade de baixo do rosto dele. Talasyn ergueu o olhar e encontrou o dele, um ato que a levou de volta para um território que lhe era mais conhecido. Os olhos cinzentos eram duros como ferro, encarando-a com uma aversão mordaz.

— Por quanto tempo fiquei apagada? — exigiu saber Talasyn, tentando imitar o olhar carrancudo de Alaric da melhor forma que conseguia.

— Acordei pouco antes de você. No entanto, nossos bondosos anfitriões não consideraram apropriado nos dar o luxo de um relógio de parede.

Sem a máscara para abafá-la, a voz de Alaric era baixa e profunda, e um pouco rouca. Esse detalhe não deveria ter deixado Talasyn chocada, mas mesmo assim provocou esse efeito, fazendo-a pensar em seda áspera e hidromel em um barril de carvalho.

Então, em um tom birrento que foi muito efetivo em desmantelar todos os devaneios sonhadores dela, ele acrescentou:

— De qualquer forma, saber as horas é o *menor* dos nossos problemas.

— Nossos problemas? — repetiu Talasyn, indignada. — Você está se referindo a essa bagunça em que *você* nos meteu?

— Duas pessoas estavam se engalfinhando naquele pátio — lembrou ele.

— E uma delas não deveria estar lá, para começo de conversa!

Alaric deu um sorriso torto.

— Não sabia que você tinha recebido um convite formal da Zahiya-lachis, com seu nome e tudo, para utilizar a Fenda de Luz do território dela.

Talasyn deu um pulo, agitada, diminuindo a distância entre eles.

— Foi você que me seguiu até Nenavar só para comprar uma briga! — gritou ela, pairando acima de Alaric de forma ameaçadora. Da melhor forma que conseguia, no caso. Ela tinha a vantagem de talvez três centímetros, mesmo com ele sentado. — O santuário estava abandonado. Eu poderia facilmente ter entrado e saído sem ninguém do Domínio descobrir. Mas você *interferiu*!

— Eu precisei fazer isso. — A resposta de Alaric foi fria como gelo. — Não poderia permitir que você tivesse acesso a um ponto de conexão. Isso teria me colocado em uma desvantagem estratégica considerável.

— E imagino que ser capturado em uma terra estrangeira por pessoas que têm uma aversão muito bem documentada a forasteiros e que de alguma forma conseguem bloquear nossos poderes e acessar uma magia que nunca encontramos é o *auge* de uma decisão estratégica — zombou ela, enfiando o dedo no peito dele.

Era... irritantemente sólido. Não cedera nem um centímetro sob o toque dela.

Alaric agarrou o pulso de Talasyn antes que ela pudesse retirar a mão.

— Eu gostava mais de você quando tinha medo de mim.

— Bom, eu gostava mais de você quando estava desacordado. E eu nunca deveria ter temido você — retrucou ela, corando ao pensar naquele primeiro encontro. — Você é só o cão obediente do seu pai. Aposto que nunca teve um único pensamento independente nessa sua cabeça...

Alaric ficou de pé, encurralando Talasyn no espaço que a Tecelã se recusava a ceder para ele. A jovem tentou puxar a mão, mas Alaric só apertou mais o pulso dela, quase forte o bastante para deixar marcas. Estava tão perto que Talasyn conseguia sentir seu *cheiro*, o suor e a fumaça da batalha misturados com um aroma persistente e balsâmico de colônia de sândalo. Era uma mistura inebriante, e junto à fúria daqueles olhos estrelados, ela sentiu como se estivesse se afogando, se afogando *nele*... mas se manteve firme, erguendo o queixo e arreganhando os dentes.

— Você vai pagar por isso, Tecelã — declarou Alaric.

Era uma promessa rouca, pronunciada a partir de uma raiva contida que borbulhava dentro dele.

Talasyn fechou a mão livre e acertou um soco certeiro no queixo de Alaric.

Ele cambaleou para trás, e Talasyn avançou mais.

— Me diga quem é o traidor. — Ela vislumbrou a possibilidade de bater em Alaric até obter a informação, caso ele se recusasse a cooperar. Afinal, estavam presos em uma cela, e ele não tinha para onde fugir. — Seja útil para alguma coisa, pela primeira vez nessa sua vida *infeliz*...

Alaric deu um pulo rápido demais para Talasyn ter a chance de reagir. Antes que ela entendesse o que tinha acontecido, o adversário a atirara de costas no colchão dele e a prendera ali, a cama gemendo sob o peso dos dois. Alaric a segurou pelos ombros sem muita força enquanto a garota continuava estirada embaixo dele. A ponta de uma garra das luvas foi arrastada pela lateral do pescoço de Talasyn, criando um caminho de calor e estática na pele dela.

— Saber a identidade de um informante aleatório não vai ajudar em nada — disse ele. Os olhos refletiram o luar, brilhando prateados como a lâmina de uma faca. — A Confederação Sardoviana está prestes a ser erradicada. Não há nada que você possa fazer para impedir isso, ainda mais agora que está tão longe de casa. — O canto daquela boca carnuda estremeceu, formando um sorrisinho sarcástico. — Agora é tarde demais.

Ele estava avisando que haveria um ataque em breve? Talasyn precisava voltar. Precisava avisar a todos.

A porta da cela se abriu, e o oficial que os apreendera nas ruínas entrou. Ele parou de imediato, arqueando uma sobrancelha ao ver Alaric pairando acima de Talasyn no colchão.

— Estou vendo que isso é um hábito de vocês dois — comentou ele, seco.

Os prisioneiros seriam interrogados separadamente, e Talasyn teria a questionável honra de ir primeiro. Com as mãos atadas nas costas por algemas de aço, ela foi escoltada por nada menos que cinco soldados nenavarinos, dois segurando os braços e um cutucando as costas dela com o tubo de ferro, o canhão, seja lá o que fosse. Os dois restantes acompanhavam o grupo, as engenhocas parecidas com gaiolas penduradas nos ombros.

Talasyn tentava espiar enquanto os oficiais a conduziam por um corredor estreito de bambu cortado e amarrado com cerdas de rotim. Uma das gaiolas também fora pendurada do lado de fora da cela que dividira com Alaric, e ela suspeitava que o que quer que estivesse dentro dela era responsável por suprimir suas habilidades de acessar o etercosmos. A jovem nunca imaginara que algo do tipo fosse possível e queria muito descobrir o que tinha dentro das gaiolas, mas elas estavam cobertas por placas de metalidro opaco que tornavam isso impossível.

Por fim, Talasyn foi guiada para uma câmara austera iluminada por lanternas e foi obrigada a se sentar a uma mesa onde a mochila que ela trouxera consigo do coracle fora esvaziada, todos os suprimentos e equipamentos de navegação enfileirados. Também havia água, uma caneca cheia, com um canudinho de madeira. Os soldados depositaram as duas gaiolas em cantos opostos da sala e saíram, deixando Talasyn sozinha com o oficial, que se sentou na cadeira à frente e empurrou a caneca de latão para mais perto dela.

Os nenavarinos eram captores *benevolentes*, pelo menos. Ou só não queriam que a garota morresse de sede antes de terminarem o interrogatório. De qualquer forma, ela é que não ia desperdiçar aquela oportunidade.

Com as mãos ainda atadas às costas, Talasyn se inclinou para a frente da melhor forma que conseguia e levou os lábios no canudinho, bebendo com avidez. Não tinha nada de sutil ou educado naquele movimento. Ela esvaziou a caneca em segundos, parando apenas quando começou a sorver o ar, provocando um ruído deselegante.

O oficial a observou com certo divertimento, mas não disse nada. Na verdade, assim que ela se endireitou, os olhos escuros do homem perscrutaram cada centímetro de seu rosto, fazendo-a se remexer diante de um escrutínio tão intenso, e ele pigarreou, algo que Talasyn encarou como um pedido de desculpas.

Ela decidiu que, já que ia ficar sentada ali em uma câmara de interrogatório e de mãos atadas, também poderia aproveitar para fazer algumas perguntas.

— Aqueles tubos que seus homens carregam...

— São chamados de mosquetes — respondeu o oficial.

— Certo, mosquetes — repetiu ela, tentando soar descontraída e não se atrapalhar com a palavra desconhecida. — Que tipo de magia disparam? Vem do etercosmos mesmo, não é?

— Imagino que o Continente Noroeste ainda não tenha descoberto a dimensão Nulífera — disse o oficial. — É um tipo de magia necrótica muito útil. Pode matar, mas também pode ser calibrada apenas para atormentar a vítima — acrescentou, num tom casual, mas o que ele deixava implícito era evidente.

Da próxima vez que os homens dele atirassem em Talasyn quando ela tentasse alguma gracinha, os mosquetes *não* seriam usados para criar tormento.

Mosquetes... Ela franziu a sobrancelha. Os cristais que tanto Kesath quanto a Sardóvia mineravam para comportar energia das dimensões que tinham de fato descoberto eram do tamanho de pratos de jantar. A magia do éter ficava instável se fosse contida em algo menor, ainda mais em algo do tamanho daqueles tubos de ferro tão finos.

— Que tipo de corações de éter...

O oficial a interrompeu com o ar de alguém que já fora paciente por tempo suficiente.

— Eu sou Yanme Rapat, um kaptan da divisão das patrulhas, e fui encarregado por Sua Majestade Estrelada Urduja da Casa de Silim, Aquela que Estendeu a Terra Sobre as Águas para manter nossas fronteiras seguras — anunciou ele em um tom formal. — Os vestígios do santuário dos Tecelões de Luz no monte Belian estão sob minha jurisdição e, portanto, o julgamento por sua invasão é uma de minhas responsabilidades. Forasteiros não têm permissão de adentrar o santuário sem a devida autorização da Zahiya-lachis.

— E aqui estou eu — murmurou Talasyn. — Onde é *aqui*, no caso?

— Na guarnição Huktera, na cordilheira Belian.

Talasyn se lembrava de ter visto no dossiê de Bieshimma que Huktera era a designação coletiva para as forças armadas de Nenavar. Era um alívio descobrir que ela não estava tão longe das ruínas. Assim que conseguisse fugir, seria fácil despistar seus perseguidores no meio da selva densa, recuperar suas forças e voltar para a caverna onde escondera sua vespa.

Talvez, no entanto, ela não precisasse fugir. Talvez fosse possível dobrar esse oficial, esse kaptan.

— Olha — disse ela. — Sinto muito por invadir seu território. De verdade. Eu não pretendia causar mal algum.

Rapat se inclinou para a frente e pegou o mapa em meio aos pertences de Talasyn.

— Relativamente falando, esse é um mapa muito detalhado, considerando que não temos o hábito de compartilhar a geografia da nossa nação com o restante do mundo. Além da marcação da localização da Fenda de Luz, seja lá quem fez o mapa também traçou toda a rota do nosso porto para a nossa capital. Para que você conseguisse planejar sua rota e evitar lugares mais povoados, imagino. O forasteiro que conseguiu chegar tão longe assim no interior da ilha, e, portanto, o único que poderia ter desenhado esse mapa, foi o general Bieshimma da Confederação Sardoviana, que desrespeitou nossas leis ao não continuar no porto e tentar se infiltrar no Teto Celestial. O palácio real — explicou ele, quando notou a confusão no rosto de Talasyn. — Quinze dias depois, aqui está você, provocando uma devastação em um dos nossos sítios históricos de maior importância. Essas não são ações de alguém que não pretendia *causar mal algum*.

Quando colocados daquela forma, os fatos realmente a condenavam. Talasyn tentou recordar se já ouvira falar de forasteiros que foram executados por terem se infiltrado no Domínio de Nenavar. Bem, se isso realmente fosse algo comum ali, era pouco provável que alguém tivesse vivido para confirmar a informação. Talvez Talasyn só ficasse detida por tempo indeterminado... o que já seria fonte de muitos outros problemas.

Talasyn aceitara aquela missão com base no mesmo princípio que fizera Vela designar a jovem para cumpri-la: a habilidade de uma Tecelã de Luz de lutar para escapar de qualquer circunstância desafiadora. Se Talasyn não tinha como garantir isso, suas opções eram severamente limitadas.

A atenção da jovem recaiu sobre uma das gaiolas opacas no canto. Se ao menos ela descobrisse como funcionavam — e o *que* eram — e como desativá-las... Ela já presumia que, fosse lá o que os nenavarinos faziam para suprimir a etermancia, aquilo dependia de um raio fixo de distância, considerando que eles se certificavam de sempre manter as gaiolas perto de Alaric e dela. No entanto, Talasyn não fazia ideia do tamanho da área de ação.

Acompanhando o olhar dela, Rapat exibiu um sorriso convencido.

— Uma gaiola de sariman — explicou ele. — Não vai encontrar nada parecido no resto de Lir. Todas as guarnições possuem pelo menos algumas, mas meus homens são os únicos que levam diversas nas patrulhas, precisamente para proteger a Fenda Belian de Tecelões que a usariam sem autorização, como é o seu caso. A quarta Zahiya-lachis encomendou o protótipo como uma contramedida para lidar com etermantes. Um poder como esse não poderia continuar existindo sem controle, entende? Os feiticeiros são úteis, mas os outros... eram uma ameaça para a casa de governantes.

— Vocês expulsaram todos eles — deduziu Talasyn. Em sua mente, ela viu o santuário fantasmagórico e destruído, tomado pela selva. — Ou mataram todos.

— Os Tecelões, Forjadores, Trovadores, Dançarinos, Invocadores e Domadores partiram de Nenavar voluntariamente há muitas gerações — retrucou Rapat. — Eles não desejavam ser submetidos às gaiolas de sariman e à vontade da Rainha Dragão, e, portanto, foram para outros lugares em busca de pontos de conexão.

Rainha Dragão, notou Talasyn, perguntando-se se aquele título era literal ou somente parte da mitologia da nação.

— E os etermantes que conseguiam acessar o Nulífero?

— O Nulífero nunca teve etermantes correspondentes aqui em Nenavar. Mas o que quero dizer é que... — Rapat balançou a mão para dispensar aquele assunto. — Não houve um genocídio. O Domínio não é como Kesath.

Talasyn cerrou a mandíbula.

— Então vocês *sabem* o que está acontecendo na Sardóvia.

— Sabemos — confirmou Rapat. — É uma infelicidade, mas não podemos ajudar. Nenavar sobreviveu tanto tempo justamente porque não interferimos nos assuntos de outras nações, e, em troca, eles não interferem nos nossos. Na única vez em que um pedaço da nossa frota navegou a noroeste, deparou-se com um porta-tempestades de Kesath. — Por um breve momento, a sombra de uma dor antiga recaiu sobre as feições do kaptan. — A Rainha Urduja estava certa. Eles jamais deveriam ter saído.

Talasyn ficou confusa.

— Eles navegaram sem permissão? Mas ela não é a soberana...

— Não sou eu que estou sendo interrogado — interrompeu-a Rapat, com a rapidez de alguém que percebeu tarde demais que falou além da conta. — Se você cooperar, talvez sejamos mais lenientes. Agora, qual é o seu nome?

Relutante, ela respondeu. Talasyn recebera aquele nome no orfanato, uma aliteração de *talliyezarin*, um tipo de grama fina comum na Grande Estepe e que não tinha nenhum propósito perceptível. Mesmo nos melhores dias, ela nunca gostara do nome.

Rapat começou a bombardeá-la com perguntas, e Talasyn respondia a todas com a verdade, ainda que da forma mais vaga possível. Quando o homem mostrou o mapa para ela e perguntou onde atracara sua vespa, a garota apontou para uma localização aleatória perto da costa. O que Talasyn *de fato* contou a Rapat foi quem Alaric era e por que estavam lutando — e uma parte vingativa dentro dela torcia para que o kaptan ficasse apreensivo diante da revelação de que mantinha sob custódia o príncipe herdeiro kesathês, o que o deixaria, portanto, com o princípio de uma crise diplomática em mãos, mas a expressão do oficial não mudou nem um pouco. Até que...

— Ainda há uma pergunta a ser feita. — Rapat respirou fundo, como se estivesse se preparando para o que viria a seguir, por um instante parecendo muito mais velho. — Qual é sua relação com Hanan Ivralis?

Talasyn piscou.

— Não faço ideia de quem é essa pessoa.

Rapat franziu o cenho.

— Quem são seus pais?

Talasyn sentiu o coração dar um pulo no peito.

— Não sei. Fui deixada na porta de um orfanato na cidade de Bico-de-Serra, na Grande Estepe da Sardóvia, quando eu tinha mais ou menos um ano.

— E quantos anos você tem agora?

— Vinte.

Rapat perdeu um pouco a compostura. Um tremor visível passou por seu corpo ao encará-la, pelo visto sem palavras. Antes que Talasyn pudesse se perguntar sobre aquela mudança estranha de atitude, a porta foi aberta, e um dos soldados colocou a cabeça para dentro, falando com Rapat no idioma lírico do Domínio.

— Sua Alteza Príncipe Elagbi está aqui — traduziu Rapat para Talasyn, olhando para ela como se a garota tivesse sete cabeças. — Eu requisitei a presença dele. Acredito que é melhor que vocês dois se conheçam.

Isso só deixou a situação ainda mais misteriosa. Será que era costume que alguém da realeza interrogasse invasores aleatórios? Talasyn saíra da Sardóvia preparada para um voo longo, uma caminhada exaustiva e talvez *um pouco* de combate. Ela não contara que teria que lidar com Alaric Ossinast nessa última categoria, e ela certamente não contara que precisaria se encontrar com *mais um* nariz empinado com um título.

Alguns minutos se passaram antes de o homem que obviamente era Elagbi entrar na sala. Embora tivesse uma compleição magra, a postura real do príncipe nenavarino ainda assim lhe garantia uma aparência intimidante, de túnica azul-clara e uma capa esvoaçante de seda dourada. Os cabelos grisalhos estavam penteados para trás da testa alta, presos por um diadema de ouro entalhado com duas serpentes entrelaçadas. O rosto sob a peça de metal precioso era de uma proporção impecável e de feições delicadas, embora exibisse as rugas da idade.

Porém, não era só a presença imponente do homem que fazia Talasyn encará-lo com perplexidade. O príncipe do Domínio também lhe era familiar, de uma forma que ela não conseguia explicar, mas que a incomodava como o início de uma dor de dente. Era quase como se ela já o tivesse visto antes, embora isso fosse impossível.

Não era?

Elagbi entrou na câmara de interrogatório com os olhos negros cravados em Rapat. Ele falou com o subordinado em nenavarino, o que Talasyn achou *um pouco* grosseiro... e perigoso, considerando que ela não sabia o que estavam planejando fazer com ela.

— Com licença — interrompeu ela, alto. — Eu não entendo o que estão dizendo.

Na mesma hora, Elagbi trocou o idioma para o Marinheiro Comum.

— Estava falando ao estimado kaptan que espero que ele tenha um bom motivo para me chamar da capital no meio da discussão sobre a sucessão...

Elagbi parou de falar abruptamente ao se virar para Talasyn, os olhos fixos na garota.

Uma expressão de assombro não era nenhuma novidade para Talasyn. Ela já se deparara com semblantes como aquele nos companheiros quando falavam sobre tudo que tinham perdido na guerra. Aquela, porém, era diferente: era mais potente, capaz de incendiar uma alma. O príncipe do Domínio de Nenavar a encarava como se tivesse visto um fantasma.

— Hanan — sussurrou ele.

Aquele nome mais uma vez. Antes que Talasyn pudesse abrir a boca e exigir saber quem era aquela pessoa e o que estava acontecendo, Rapat se pronunciou.

— Meus homens e eu estávamos em uma patrulha rotineira quando a encontramos junto a outro intruso lutando no templo, Vossa Alteza. Os dois são do Continente Noroeste. O outro intruso é Alaric Ossinast, herdeiro do Imperador da Noite. A garota diz que foi abandonada ainda bebê e que não tem qualquer lembrança de seus pais. No entanto, ela atualmente tem vinte anos e é uma Tecelã de Luz…

— É lógico que é — murmurou Elagbi, ignorando por completo a informação sobre a presença de Alaric na cela, ainda fitando Talasyn, que continuava parada ali, sem saber como interpretar aquela cena. — É passado por linhagem sanguínea, não é?

— Não sabemos ao certo… — Rapat se apressou em dizer. — Eu recomendo…

— Você ficou *cego*? — interrompeu Elagbi. — Não vê o que está bem na sua frente, que ela é idêntica à minha falecida esposa? E ela sabe tecer a Luzitura, assim como Hanan. Não há dúvidas, Rapat.

Então, ele pronunciou as palavras que fizeram o mundo de Talasyn parar:

— Ela é minha filha.

CAPÍTULO 8

Talasyn sonhara com aquele momento durante dezenove longos anos. Ao caminhar pela grama alta e enfrentar o vento feroz da Grande Estepe e roubar e vender o que conseguia para levar uma existência precária na favela de Bico-de-Serra, ao se encolher para dormir em qualquer que fosse o canto do orfanato e depois nas ruas fétidas em que passava a noite, os misturar sementes na água só para ter algo com que encher o estômago — e depois, muito depois, amontoada nas trincheiras profundas com camaradas que àquela altura já estavam mortos, ao fechar os olhos enquanto os porta-tempestades passavam ao fundo devastando a terra... Sua imaginação fora seu refúgio, invocando circunstâncias diferentes todas as vezes. Ela se perguntara com frequência o que a família diria quando a encontrasse, se eles a abraçariam, e se as lágrimas que enfim caíssem seriam de alegria.

Em nenhum dos cenários mais dramáticos e fantasiosos de sua cabeça ela imaginou que estaria algemada quando isso acontecesse, e jamais imaginou que as primeiras palavras que diria ao homem que alegava ser seu pai seriam:

— Eu sou *o quê*?

— Minha filha — repetiu Elagbi, dando um passo na direção dela, as feições aristocráticas no rosto marrom-acobreado se abrandando. — Alunsina...

Ela deu um pulo, uma sensação de pânico crescente a levando a recuar e a balançar a cabeça.

— Meu nome é Talasyn.

Por um momento, pareceu que Elagbi iria contestá-la. Talasyn conseguia sentir o sangue abandonando o próprio rosto e os olhos se arregalando mais e mais a cada segundo que passava, e vê-la nesse estado lívido deve tê-lo convencido de que era necessário agir com mais delicadeza.

— Sim, você é Talasyn — concordou ele, devagar. — Talasyn da Sardóvia, que caminha entre esse mundo e o de éter. Mas você *também* é Alunsina Ivralis, única filha de Elagbi do Domínio e Hanan da Aurora. Você é Alunsina Ivralis, neta de Urduja, Aquela que Estendeu a Terra Sobre as Águas, e herdeira legítima do Trono Dragão.

— Vossa Alteza, devo aconselhá-lo a não fazer declarações tão prematuras. — Rapat parecia aflito. — Apesar da semelhança incrível com lady Hanan, Sua Majestade Estrelada jamais aceitaria...

Elagbi abanou a mão, dispensando-o.

— É *lógico* que haverá uma investigação completa para cumprir com formalidades. No entanto, vai apenas confirmar o que já sei ser verdade. — A atenção dele se voltou para Talasyn, que notou, para sua agonia, que os olhos do homem brilhavam com lágrimas. — Eu *conheço* você, compreende? Você era uma coisinha tão pequena e danada, sempre tentando puxar isso aqui — ele gesticulou para a coroa que usava — da minha cabeça sempre que eu a pegava no colo. Mas eu nunca conseguia ficar bravo por muito tempo, porque você piscava esses olhos idênticos aos da sua mãe, e sorria o sorriso dela... Eu conheceria você em qualquer lugar do mundo. Mais dezenove anos poderiam ter se passado antes de nos reencontrarmos, e meu coração ainda diria que você é minha. Você se lembra do seu *amya*, ao menos um pouquinho?

Não, pensou Talasyn. *Eu não me lembro.*

No entanto, as peças estavam começando a se encaixar. A conexão com Nenavar que ela sempre sentira. Os sonhos e as visões que tivera recentemente sempre foram lembranças.

Ela fora até o Domínio em busca de respostas, e ali estavam elas. Porém, nunca tinha ocorrido a Talasyn que ela *não* sentiria uma conexão instantânea com sua família assim que eles se reconectassem. O príncipe nenavarino era familiar, isso era verdade, mas ela estava aturdida diante daquela situação estranha, sentindo-se impotente, com as mãos atadas e a Luzitura bloqueada. Era uma situação tão distante do encontro alegre de suas fantasias de infância que ela sentiu que algo lhe fora roubado. E estava *furiosa*.

— Você não pode ser minha família — replicou ela para Elagbi, com um rosnado, uma sensação terrível e dolorosa ardendo em seu peito. — Porque isso significa que... Olha, as pessoas largam seus filhos o tempo todo porque não têm como sustentá-los ou mantê-los seguros. Mas você... você é da *realeza.* — Ela quase cuspiu a última palavra. — Então ou você me abandonou na Sardóvia, ou me mandou para lá porque... porque não me *queria.*

Era uma possibilidade que ela sempre temera em segredo, mas que nunca permitira a si mesma reconhecer como real. Ela precisava nutrir essa esperança enquanto lutava por migalhas em meio à sujeira com todos os outros miseráveis: a esperança de que sua família a amava, que com certeza existia alguém no mundo que a amava.

— Você não pode ser minha família — repetiu ela. — Eu me recuso a acreditar nisso.

— Alun... *Talasyn.* — Elagbi se corrigiu, vendo que a garota pareceu ficar ainda mais zangada quando ele começou a chamá-la por um nome que *não* era o dela. — Por favor, me deixe explicar. Vamos nos sentar. Rapat, remova a porcaria das algemas. É uma falta de educação imensa tratar a Lachis'ka como uma criminosa.

Lachis'ka? Ela acabara de ser insultada no idioma nenavarino? Talasyn olhou feio para Elagbi quando Rapat se aproximou com cautela, passando por ela para soltar as algemas. A garota balançou os pulsos para se desfazer da sensação de dormência, esticando os braços que estiveram presos em uma mesma posição por tempo demais, mas permaneceu onde estava, de pé. Precisava escapar se as coisas piorassem.

Não, precisava escapar *de qualquer forma.* Se a Confederação Sardoviana estava prestes a ser atacada brutalmente, como Alaric insinuara, então ela precisava partir naquele exato momento.

Se Elagbi se incomodou com a recusa de Talasyn ao convite de se sentar, ele não demonstrou. Em vez disso, também permaneceu em pé, lançando um olhar imperioso para Rapat e inclinando a cabeça na direção da porta. O kaptan atormentado abriu a boca para protestar, mas pareceu pensar melhor. Então lançou um último olhar inquisitivo para Talasyn antes de sair do cômodo.

— Yanme Rapat é um bom homem — comentou Elagbi assim que os dois estavam sozinhos. — Um bom soldado, apesar de não ter se recuperado do rebaixamento que sofreu dezenove anos atrás.

Talasyn não entendia por que ela deveria se importar com Rapat e sua antiga carreira no regimento. Será que Elagbi estava tentando puxar conversa fiada para ela relaxar? Em uma hora daquelas?

Ele suspirou.

— Eu quero contar tudo a você, Talasyn, e gostaria muito que me permitisse fazer isso um dia. No entanto, considerando o seu humor atual e as circunstâncias nas quais nos encontramos, acredito que seria melhor pular tudo isso e lhe explicar por que você foi mandada embora. Acredite em mim, se houvesse outra opção...

O príncipe parou de falar, encarando um ponto fixo como se visualizasse algum evento passado terrível que somente ele conseguia ver.

— Quando você tinha um ano de idade, uma guerra civil irrompeu aqui em Nenavar — prosseguiu ele. — Meu irmão mais velho, Sintan, liderou uma rebelião. Ele angariou muitos seguidores que acreditavam na causa com fé o bastante para matar qualquer um que se opusesse. Eles atacaram a capital e desviaram nossas forças, e você e Sua Majestade Estrelada foram evacuadas em embarcações aéreas diferentes. Eu teria dado qualquer coisa para que ficássemos juntos, mas eu precisava defender nossa terra e nosso povo.

A voz de Elagbi ficou mais tensa e baixa.

— Você estava correndo tanto perigo. Você era a Lachis'ka, ou seja, a herdeira. Apenas mulheres podem subir ao Trono Dragão, e Sintan jamais teria poupado sua vida, não importava que idade você tivesse, não importava que fosse sobrinha dele. A ideologia do meu irmão o deixara perverso e o apodrecera por dentro. Eu mesmo o matei uma semana depois no Teto Celestial, e, com a morte dele, a maré da guerra mudou e a Huktera conseguiu retomar o controle da capital e esmagar as forças rebeldes. A rainha Urduja voltou, mas você, não. Não conseguíamos encontrar você. A embarcação aérea em que você estava se perdeu nas ondas do éter.

— Quem mais estava a bordo? — perguntou Talasyn em uma voz que por pouco superava um sussurro.

— Acompanhando você, estavam uma ama de leite e dois membros da Lachis-dalo, a Guarda Real — contou Elagbi. — Deveriam ter levado você até as Ilhas da Aurora, a terra natal de sua mãe, mas você nunca chegou lá. Fica do outro lado do mundo da Sardóvia. Não sei como você acabou parando na Confederação mais tarde.

— Minha... minha mãe. — Como eram estranhas aquelas palavras na boca de Talasyn. — Ela não era nenavarina?

Elagbi balançou a cabeça, e Talasyn continuou:

— Onde ela...

Ela parou. Já sabia o que tinha acontecido, não sabia?

Ouvira Elagbi conversar com Rapat sobre a *falecida esposa*. Talvez fosse por isso que ela se recusava tanto a acreditar naquele homem. Se ele realmente fosse o pai dela, significava que sua mãe estava morta.

— Hanan faleceu um pouco antes de você ser levada da capital — respondeu Elagbi, com um pesar tão grande que Talasyn imaginou como devia ter sido dilacerante a dor que o homem sentira logo após perder a esposa. — Foi uma doença. Uma febre muito rápida. Ela sucumbiu antes mesmo que os médicos descobrissem o que estava acontecendo.

Talasyn não soube como reagir. Era incapaz de desfiar seu emaranhado de emoções e tentar entender o que estava sentindo — luto? Nada? — por uma mulher que ela não conhecia. Não, aquela situação já a sobrecarregara o bastante. Ela não tinha espaço dentro de si para lidar com aquilo.

— Como a guerra civil começou? — perguntou a jovem em vez disso. — Por que Sintan se rebelou contra Urduja?

Acontecera na mesma época do Cataclisma entre Kesath e Solstício. Será que os dois eventos estavam conectados? A guerra civil nenavarina poderia ter algo a ver com as embarcações aéreas que a Zahiya-lachis não queria ter mandado para ajudar os Tecelões em Solstício?

Elagbi abriu a boca para responder, mas foi precisamente naquele momento que o caos se instaurou.

Cinco mulheres irromperam na câmara de interrogatório. Talasyn presumira que aquelas eram as Lachis-dalo que Elagbi mencionara: estatuescas e cobertas com placas de armadura pesadas. Elas rodearam o príncipe do Domínio em um círculo de proteção bem treinado, falando com ele naquele idioma lírico, que no momento soava rápido e urgente.

— Alaric Ossinast escapou — traduziu Elagbi para Talasyn. — Ele não está mais contido pelas gaiolas de sariman. Precisamos ir para um lugar seguro...

Talasyn agarrou o mapa e o compasso da mesa e saiu da sala, rápida como um disparo de besta, enfiando os itens nos bolsos enquanto corria. Ela precisava acabar com Alaric, ou caso não conseguisse, precisava voltar para o Continente assim que possível. A Sardóvia estava em perigo por causa do traidor desconhecido e do que sabe-se lá mais o que o Império da Noite estava planejando. Haveria tempo de processar todo o restante depois. Ela passou por guardas, ignorando os gritos que a seguiram, correndo o mais rápido que as pernas permitiam pelos corredores de bambu, onde o ar parecia ecoar o som dos gongos, correndo junto de soldados carregando mosquetes que ela sabia que não adiantariam de nada se Alaric tivesse recuperado acesso ao Sombral.

A Luzitura também havia retornado, a cerca de sete metros das gaiolas de sariman. Pareceu invadi-la como uma onda, e trouxe uma ardência consigo. Alguns dos soldados que saíam do quartel tentaram detê-la — provavelmente pensavam que *ela* era o motivo de todo aquele alarde —, mas ela os empurrou para longe com explosões de magia brilhante pura e sem forma, jogando os corpos contra as paredes, as armas caindo no chão com estardalhaço. A certa altura, ela correra mais do que todos eles, saindo do prédio principal do quartel e avançando para a noite quente, onde as plataformas de embarcação estavam repletas de homens caídos e gravemente feridos, onde uma foice feita de éter e sombra guinchava sob uma rede de constelações prateadas em direção ao último soldado que continuava em pé.

O homem caiu na grama orvalhada, o peito exibindo uma cicatriz de sombras, mas ainda vivo, assim como o restante de seus compatriotas machucados. Alaric estava mostrando um controle que Talasyn jamais imaginara existir na Legião, provavelmente porque não queria deixar o Império da Noite em maus lençóis com o Domínio de Nenavar. Em meio à distância entre os dois, ela encontrou os olhos prateados do oponente, semicerrados por um sorriso convencido que Talasyn sabia estar escondido sob a máscara obsidiana que ele voltara a usar. Ela criou duas adagas de luz e correu na direção de Alaric, que continuava parado, à espera dela, a foice de guerra de prontidão, a energia estalando com seu desafio mortal.

Talasyn estava muito perto dele, perto o suficiente para golpeá-lo, quando ouviu uma imensidão de passos parando atrás dela. O que se seguiu foram o rugido baixo do Nulífero e um vislumbre brilhante de ametista, acompanhado de um grito do príncipe Elagbi.

Tanto Alaric quanto Talasyn se viraram na direção do feixe de magia violeta que vinha em sua direção. Era apenas um, e os outros soldados nenavarinos baixaram seus mosquetes enquanto escutavam o que parecia ser uma ordem de recuar tanto de Elagbi quanto de Rapat, mas ainda assim o feixe corria largo e desenfreado.

Não havia tempo para desviar ou pensar. Não havia tempo para fazer nada a não ser agir por instinto. Alaric transmutou a foice em um escudo e o ergueu à sua frente, e Talasyn — que ainda não conseguira dominar a arte de criar escudos ou qualquer coisa que não pudesse ser usada para ferir ou bater em alguém — atirou uma adaga contra a faixa violeta que se aproximava, torcendo para interceptá-la.

O plano dela não funcionou.

Ao menos, não como ela esperava que funcionasse.

No instante em que sua adaga tecida de luz roçou a beirada do escudo forjado de sombras de Alaric, os dois objetos... *se fundiram*. Era a única forma como Talasyn conseguia explicar o que acontecera. Os contornos do escudo e da adaga se borraram, misturando-se um dentro do outro, e, no ponto de contato, rodopios de éter floresceram como os resquícios de uma pedra que fora atirada na superfície de um lago iluminado pelo luar. As ondas aumentaram de tamanho em uma velocidade tão rápida quanto a de relâmpagos, envolvendo Alaric e Talasyn em uma esfera translúcida que brilhava em preto e dourado, uma combinação única do Sombral e da Luzitura. A corrente de magia nulífera colidiu contra a esfera e passou por ela sem causar danos, sumindo no ar em fiapos de fumaça violeta.

Toda a grama que o Nulífero tocara ficara marrom e encolhera, formando pedaços ressequidos em meio a um tapete verde.

Necrótica. Foi assim que Rapat descrevera a nova dimensão, e foi tudo que Talasyn conseguiu pensar naquela situação que acabara de ocorrer, quando a esfera protetora que rodeava os dois desapareceu. Alaric não desperdiçou tempo ao correr para o coracle mais próximo na plataforma e subir na embarcação.

— Ah, mas nem pensar! — gritou a garota, embora ele não conseguisse ouvi-la acima do rugido dos corações de éter imbuídos de Vendavaz que acendiam com vida.

Ela correu para roubar um coracle para si, e nenhum dos nenavarinos tentou impedi-la. Na verdade, quando olhou para os soldados, junto de Elagbi e Rapat, estavam todos congelados no que parecia um choque absoluto, encarando o que acontecera como se tivessem testemunhado algo impossível.

Talasyn, porém, não se deixou pensar mais um segundo sequer nos nenavarinos. O mundo de Lir se estreitara para englobar apenas a embarcação aérea roubada de Alaric enquanto ele voava por cima das árvores. Não demorou muito para ela segui-lo, os nós dos dedos esbranquiçados pela força que fazia ao segurar o timão, o chão sumindo, os corações de éter guinchando, e a selva desaparecendo para virar céu e ar.

CAPÍTULO 9

A garota estava *furiosa* com ele.

Primeiro, Alaric achou engraçado, mas logo precisou admitir que talvez estivesse com problemas.

O casco cor de marfim do coracle do Domínio era feito de um material leve e opalino que era fantástico para realizar manobras. Era levemente cilíndrico e afunilado nas duas pontas, com velas azuis e douradas que se estendiam de bombordo a estibordo como asas, e mais um conjunto de velas que se estendia da popa da embarcação no formato de um leque. Depois de alguns segundos testando os controles, Alaric descobriu as alavancas que operavam as armas da embarcação aérea, só que em vez de ribauldequins ou bestas de repetição, as armas eram um arranjo de canhões de bronze estreitos giratórios. E, em vez de projéteis de metal, elas lançavam aqueles estranhos disparos de magia violeta que iluminavam o céu, o brilho ainda mais intenso do que as armas em formato de tubo com que os soldados atiravam.

Esse coracle era uma maravilha da engenharia. Uma arma elegante e mortal.

O problema residia no fato de que a Tecelã de Luz também estava a bordo de um.

Ela o perseguia por cima das florestas. O etercosmos era lançado pelos canhões da embarcação dela, assolando Alaric com ondas e mais ondas cor de ametista, e ele precisou de toda a habilidade e a astúcia que tinha para desviar dos ataques. Ela tinha sede de sangue, e Alaric não conseguia resistir à oportunidade de provocá-la. Mais uma rodada remexendo nos controles permitiu que ele tivesse acesso às ondas do éter.

— Não me parecem exatamente a hora e o lugar corretos para um acerto de contas — comentou ele, usando o transmissor.

— Cala a boca, seu idiota. — A voz de Talasyn ecoou pelo interior da embarcação, um rosnado de fúria cheio de estática.

Ela mudou os canhões para o modo rápido, e um dos disparos arrancou um pedaço da vela de Alaric. Para ele, a oponente era uma silhueta contra as luas em fases diferentes, descendo pelo crescente da Segunda, desaparecendo brevemente no eclipse da Sexta, vindo na direção dele das sombras do minguante da Terceira.

— Você não está um pouco curiosa sobre a barreira que criamos? — perguntou ele.

— Estou, sim — disse Talasyn, a voz sedosa. — Recolha seus canhões e pare a embarcação para podermos conversar sobre isso.

Uma risada involuntária escapou da garganta dele, que Alaric se apressou em engolir.

— Bela tentativa.

Ele deixou que a garota se divertisse atirando nele por um tempo antes de começar uma subida íngreme, espiralando pelo ar e então voltando a descer para ficar atrás dela. Alaric esperava contar com o elemento surpresa, mas, infelizmente, os reflexos de Talasyn eram afiados como uma lâmina, e ela virou o coracle para trás de forma tão abrupta que Alaric ficou um pouco surpreso por ela não ter quebrado aquele pescocinho bonito. Os dois atiraram na direção um do outro, a estranha magia disparando pelos canhões e se chocando em uma conflagração violenta que fazia chover faíscas pela copa das árvores na floresta, ressecando cada folha e galho em seu caminho.

Estavam em uma rota de colisão. Alaric franziu a testa quando percebeu que ela não cederia de forma alguma. A única Tecelã de Luz da Sardóvia não contava com um pingo de autopreservação. Era um milagre que ela tivesse sobrevivido tanto tempo durante a guerra.

Alaric deu uma guinada para a direita apenas segundos antes do que teria sido um impacto devastador. Sua cabeça girou com aquela manobra atordoante, mas ele conseguiu ativar o transmissor de novo.

— Vejo você em casa — disse ele, sem qualquer propósito a não ser irritá-la, e então subiu em direção aos céus cheios de estrelas.

Talasyn não foi atrás dele, o que Alaric pensou ser uma rara demonstração de bom senso da parte dela. Afinal, ainda estavam no meio do que se tornara território inimigo. A não ser que ele tivesse interpretado mal, os nenavarinos jamais teriam visto com bons olhos a depredação de suas ruínas históricas, além dos soldados machucados e das embarcações roubadas, e uma daquelas *coisas* que pareciam pássaros libertada de sua gaiola.

A lembrança do pássaro fez Alaric balançar a cabeça ao pensar na estranheza daquelas terras. Logo depois que Talasyn foi levada para o interrogatório, ele havia batido com força nas portas da cela, exigindo usar o banheiro. Um único guarda estava postado do lado de fora, jovem, com o rosto cheio de espinhas e confiante demais no fato de que o prisioneiro perdera o acesso ao Sombral. Foi fácil pegá-lo de surpresa, arrancar a arma das mãos dele e atirar na gaiola pendurada do lado de fora da cela. Alaric temera que as armas à base de éter não fossem funcionar também, mas, pelo visto, o dispositivo só anulava as habilidades de etermantes, e não das armas, e a gaiola foi arrebentada da sua corrente e saiu rolando no chão por um fluxo constante de magia que ele não sabia como controlar. Ele certamente não estava preparado para ver o bico dourado e retorcido e o brilho de penas vermelhas e amarelas que apareceram quando a gaiola se estilhaçou, tampouco o pássaro que voou para longe com um chilreado indignado, mas, àquela altura, ele recuperara o acesso ao Sombral. Deixara o guarda inconsciente e se esgueirara pelos quartéis em busca de uma saída... até que o alarme soou, e ele precisou *lutar* para conseguir escapar.

A missão de Alaric se transformara em uma catástrofe, e ele nem sequer tinha o cadáver de uma Tecelã de Luz para justificar a incursão. Ele pagaria muito caro ao voltar para Kesath.

No entanto, naquele momento em que se encontrava longe o bastante da guarnição e das forças hostis, ele tinha a oportunidade de refletir sobre o que o arsenal único do Domínio de Nenavar significava para o Império da Noite. Além de seus coracles leves e mortais, a etermancia ali era extremamente avançada. Precisava ser, considerando que tinham encontrado uma dimensão de magia da morte da qual ele jamais ouvira falar. De alguma forma, os nenavarinos haviam equipado até suas munições menores com essa magia, quando o único tipo de arma em Kesath que era grande o bastante para conter o número requerido de corações de éter eram os canhões de relâmpago dos porta-tempestades. E, como se *aquilo* já não bastasse, os nenavarinos também tinham criaturas que podiam bloquear o acesso à Luzitura e ao Sombral.

Mesmo que a Zahiya-lachis estivesse disposta a esquecer aquele incidente sem exigir reparações, Nenavar ainda poderia representar um problema no futuro.

Ao menos os dragões pareciam se tratar apenas de um mito. Pelo que pareceu a centésima vez desde que desembarcara nas praias do Domínio, Alaric examinou o céu de forma furtiva e não encontrou nada interessante.

Ele atracara seu lobo em uma clareira perto da costa. Mal cogitara a possibilidade de recuperá-lo quando começou a considerar a embarcação aérea que estava conduzindo no momento. Como era rápida e graciosa. Como a quantidade atordoante de controles poderia disparar feixes mágicos mil vezes mais poderosos do que qualquer projétil metálico. Feixes que murchavam qualquer coisa viva que tocavam.

Era uma tecnologia valiosa. Seria o auge da estupidez desperdiçar aquilo.

E ele precisava se apressar para contar ao pai como a magia dele e a da Tecelã haviam se combinado. Ele também *nunca* ouvira falar daquilo.

Alaric mudou o rumo, e partiu direto para o Império da Noite.

Talasyn atracou a embarcação na margem de um rio, batendo no painel de controle do barco nenavarino assim que foi desligado. Ainda assim, ela não conseguiu se desfazer da sua frustração, então gritou, o som sem palavras parecendo estourar os tímpanos dentro do interior escuro e silencioso do coracle.

Deixando o veículo ali, abandonado, ela se embrenhou a pé pela selva iluminada, refazendo seus passos de volta para sua vespa. De vez em quando, escutava o zumbido de corações de éter acima e se abaixava sob uma árvore para evitar ser vista pelo que com certeza eram patrulhas de busca. Uma parte dela queria desesperadamente voltar para a guarnição e exigir mais respostas do príncipe do Domínio, mas outra parte dela...

Outra parte dela estava com medo. Ela precisou de mais alguns minutos cambaleando em meio à vegetação para compreender que era isso que sentia. E se houvesse uma investigação completa e fosse revelado que ela *não* era do sangue de Elagbi e que sua semelhança com aquela mulher — Hanan Ivralis — era pura coincidência? Afinal, a coisa toda era absurda demais. Ela era alguém às margens da sociedade; ela era uma soldada; ela não era ninguém. Ela definitivamente *não* era uma princesa perdida.

Será que *princesa* era o termo correto? Elagbi a chamara de alguma outra coisa. Ele a chamara de Lachis'ka.

A herdeira do trono.

Talasyn estremeceu apesar da brisa úmida. Se ela *fosse* Alunsina Ivralis, aquilo parecia mais sombrio ainda, de alguma forma.

Se descobrirem, você será caçada.

Quem dissera aquilo para ela mesmo? Será que ela estava apenas confundindo os avisos de Vela sobre a Luzitura com a nova revelação espantosa? Ou foi algum dos nenavarinos que a levara para a Sardóvia? *Por que* a levaram para a Sardóvia, para *Bico-de-Serra*, ainda por cima, em vez de seguir para o lar ancestral da mãe dela?

Talasyn tinha tantas perguntas, e nenhuma previsão de resposta.

Encontrou o coracle lobo de Alaric primeiro, na beirada da selva, preto e brilhante contra uma camada de musgo e folhas. A garota deu um chute petulante no casco quando passou por ele e o deixou ali. Assim, haveria uma prova de que o Império da Noite invadira o território do Domínio.

Ela caminhou mais uma hora, e os indícios do nascer do sol a levaram para a caverna onde escondera sua vespa, que no momento fazia o papel de anfitrião para um bando de morcegos frutíferos assustadoramente grandes e que voaram aos gritos quando ela se aproximou. Assim que entrou em sua embarcação, Talasyn encarou o nada por um bom tempo, repassando os últimos acontecimentos e analisando suas opções. Só que não restava dúvida do que ela deveria fazer, não é?

— Preciso ir — disse ela em voz alta, testando as palavras na boca.

Talasyn relutava por ter que deixar o mistério do seu passado sem uma resolução, mas a Confederação Sardoviana precisava dela. A jovem precisava voltar e avisar que havia um traidor entre eles e que o Império da Noite estava planejando... *alguma coisa*. Em lados opostos, havia a família que ela queria encontrar e a família que ela encontrara ao longo da vida, e Talasyn sabia com quem deveria ficar naquele momento. Ela detestaria ter que admitir para Vela o fracasso de sua tentativa de entrar em comunhão com a Fenda de Luz, mas não adiantava voltar para o santuário. Os nenavarinos estavam alertas.

Enquanto a vespa velejava para fora da caverna e subia para o céu da aurora, Talasyn pensou em Elagbi e na forma abrupta como se encerrara o reencontro dos dois, se é que poderia ser chamado dessa forma. Ela se perguntou se o homem conseguia vê-la naquele instante, se ela era como um cometa deixando um rastro esmeralda para trás vista de onde ele estava parado na cordilheira Belian.

Eu vou voltar, jurou ela. Algum dia, quando a Guerra dos Furacões estivesse terminada e ela não estivesse mais em falta com os vínculos que ela já criara. *Eu prometo.*

O dia logo se transformou em noite e depois voltou a ser dia enquanto Talasyn navegava a noroeste por cima do Mar Eterno, por fim atracando na Sardóvia. O ar invernal foi um choque em seu organismo depois do calor abafado e tropical de Nenavar.

Comarca-Selvagem estava mais agitada do que o normal naquele horário. Carpinteiros navais faziam as últimas verificações nas carracas, e as armas de cerco de calibre maior estavam recebendo uma troca de óleo e sendo reabastecidas.

O horizonte distante atrás de um punhado de construções esparsas brilhava com uma nébula de cores variadas, o que significava que os Feiticeiros estavam inspecionando os corações dos porta-tempestades. O ar estava carregado com o farfalhar de penas enquanto pombos mensageiros levavam missivas importantes de um lado a outro.

— Tal! — Khaede caminhou até ela bem quando Talasyn estava prestes a entrar na edificação que abrigava os gabinetes do Conselho de Guerra Sardoviano. — Você está viva!

— Não precisa ficar *tão* surpresa.

— É fácil demais irritar você, sabe? — provocou Khaede, com um sorrisinho. Era bom ver que ela estava brincando, mesmo que fosse só para encher a paciência de Talasyn. — Como foi a viagem? Viu algum dragão?

— Não.

— Viu *alguém*, então? — pressionou Khaede.

Talasyn baixou o olhar.

— Que cara é essa? O que deu errado? — perguntou a amiga. — Tudo bem se você não conseguiu entrar em comunhão com a Fenda de Luz. Para falar a verdade, eu sempre pensei que era uma missão impossível. O que importa é que você voltou sã e salva e agora você pode ir em *mais* missões impossíveis...

— Não foi isso. — Talasyn parou de andar, e Khaede fez o mesmo. — Quer dizer, eu *não* consegui entrar em comunhão com a Fenda, mas isso é só uma parte do que aconteceu.

— Bom, então vamos lá, me conta tudo — pediu Khaede. — Mas vai rápido. A base inteira está na maior comoção. Logo depois que você foi embora começamos a receber relatórios de movimentações significativas de Kesath, encouraçados se assomando na fronteira e tudo o mais. Ainda por cima, o comandante Darius sumiu. Não tem nem sinal dele em lugar nenhum dessa porcaria de cânion...

Talasyn ficou pálida.

— É ele — balbuciou ela, vendo em sua mente a derrota deplorável estampada no rosto barbudo de Darius. Ela se lembrou da voz do homem falhando ao dizer como todos iam morrer. — Ele é o traidor.

Talasyn contou a Khaede tudo que acontecera o mais rápido que conseguia, mal parando para respirar entre as frases, ignorando o fato de que teria que repetir tudo para a amirante dali a alguns minutos. Ela *queria* que a amiga fosse a primeira a saber de tudo. No começo, Khaede escutava com o rosto impassível, assentindo nas horas certas, porém, quanto mais Talasyn avançava na história, mais boquiaberta ela ficava, até simplesmente ficar encarando Talasyn, espantada.

— Você é uma *princesa*?

— Fala baixo! — sibilou Talasyn.

Ela olhou em volta para verificar que mais ninguém ouvira, mas as poucas pessoas que estavam do lado de fora do prédio dos oficiais pareciam preocupadas demais com as próprias tarefas para se importar com uma conversa que acontecia entre duas timoneiras.

— Não dá para ter certeza — respondeu Talasyn. — E essa é uma informação confidencial, então não comece a *gritar* por aí...

— Bom, e você pode me culpar? São muitas notícias inesperadas para receber de uma vez só — resmungou Khaede.

Ela começou a andar rápido, cruzando a entrada e descendo um dos corredores de tijolo estreitos, e Talasyn a acompanhou.

— A propósito, espero que Darius tenha uma morte lenta e dolorosa — disse Khaede. — Que os grifos de Enlal se banqueteiem com o fígado dele até o dia do Desfecho.

— Eu sabia que tinha alguma coisa errada com ele — murmurou Talasyn, sentindo uma dor vazia no peito. — Antes de eu ir embora.

— Então você é mais esperta do que Vela. — Khaede deu uma batida incisiva na porta do escritório da amirante e a escancarou sem aguardar pela permissão para abrir. — Darius desertou para o outro lado, *de novo*, e Talasyn é uma princesa — anunciou ela ao entrar na sala.

— *Khaede!* — ralhou Talasyn, entrando às pressas na sala, e Vela piscou, aturdida. — Eu *disse* para você falar baixo...

— Ah, eu sinto *muito*, Vossa Majestade...

— Para de me chamar assim!

— Quase tenho medo de perguntar o que está acontecendo, mas, infelizmente, preciso fazer isso — interrompeu-as Vela. — Sentem-se, as duas. Talasyn, explique-se, por favor.

Vela escutou todo o relato da Tecelã com muito mais compostura do que Khaede demonstrara antes. Não esboçou reação alguma quanto à traição de Darius, o que não significava que ela tinha aceitado aquilo com tranquilidade. Uma máscara tomou as feições da amirante, tão inescrutável quanto qualquer metal obsidiano que a Legião Sombria usava.

Depois do relato de Talasyn, o silêncio que recaiu sobre o escritório era tão sólido que poderia ser cortado com uma faca. *Silêncio de verão*, pensou ela, inquieta. A imobilidade tensa e opressiva do meio-dia, quando tudo ficava dormente sob o calor abafado que cozinhava a Grande Estepe. Só que, daquela vez, ela estava em um cânion em Comarca-Selvagem, e era logo cedo de manhã, com feixes fracos de sol entrando pelas janelas e banhando a mobília, mapas e o único olho de Vela, que encarava Talasyn enquanto ela se remexia na cadeira. Khaede voltara a agir de acordo com sua personalidade entediada e cáustica de sempre, relaxada na cadeira, de braços cruzados.

— Não consigo sequer começar a imaginar como a sua magia e a de Alaric foram combinadas — pronunciou Vela, por fim. — Vou perguntar aos Feiticeiros se já ouviram falar de um fenômeno como esse antes. Talvez seja possível que eu e você consigamos replicar esse efeito, então vamos nos dedicar a isso também. O que eu *sei*, de fato, é que o etercosmos contém todas as dimensões, incluindo o tempo. Talvez tenha sido por isso que, ao se aproximar mais e mais do ponto de conexão, você começou a se lembrar de coisas que uma criança de um ano teria esquecido.

— Talvez.

Talasyn estava aflita. Tratava-se apenas de suposições. Todo o conhecimento específico sobre a Luzitura que a Sardóvia acumulara ao longo dos anos fora perdido quando Kesath invadiu Solstício.

— Mas Nenavar *precisa* nos ajudar agora, certo? — disse Khaede. — Ao menos Elagbi. A filha dele cresceu aqui e Tal está lutando no nosso exército, então...

— Infelizmente, o príncipe do Domínio não toma decisões. Esse é o trabalho da Zahiya-lachis. — Vela contraiu os lábios. — E depois de todo o tumulto que a Sardóvia causou dentro do território dela, não tenho tanta certeza de que Urduja esteja predisposta a nos auxiliar. Mesmo que a neta dela *esteja* do nosso lado.

— Eu só gostaria de deixar registrado que tudo isso foi culpa de Alaric Ossinast — declarou Talasyn, com o máximo de dignidade que conseguia reunir.

A amirante exibiu um sorriso breve.

— É verdade, suponho. Talvez nós possamos tentar enviar comitivas no futuro, quando a situação por aqui estiver mais calma. Porém, agora precisamos concentrar todos os nossos recursos em impedir seja lá qual for o ataque que o Império da Noite está planejando.

Ela pareceu dividida por um momento, encarando Talasyn com algo que parecia empatia. Por fim, endureceu o rosto com a praticidade resoluta que foi um fator decisivo para a Sardóvia ter sobrevivido o tempo que sobreviveu.

— Não é uma coincidência que Darius tenha fraquejado quando você falou com ele e que tenha desaparecido assim que as forças de Kesath chegaram às fronteiras da Confederação. Sem mencionar a evidência tanto de espionagem quanto de um iminente ataque em larga escala que você obteve enquanto estava em Nenavar — comentou Vela. — Alaric Ossinast não tem motivos para mentir. Naquele momento, ele acreditava que você estava à mercê dele. Nós deveríamos focar nisso primeiro antes de qualquer coisa.

Talasyn compreendia. Àquela altura, os recursos da Sardóvia já estavam se exaurindo, e não havia nada que pudessem fazer para ajudá-la a intermediar sua relação com Nenavar. Ela era a Tecelã de Luz do exército, e era seu dever lutar com eles, então, por enquanto, precisava evitar pensar sobre o Domínio. Ela já arruinara a missão para acessar a Fenda nenavarina...Não poderia arruinar *isso* também. Ainda assim...

— Existem outros Tecelões de Luz. Outros pontos de conexão... — Ela se ouviu dizendo. — O príncipe Elagbi me disse que a sua falecida esposa... — *Hanan, a mulher que ele pensa ser minha mãe.* — ... que ela é de um lugar chamado Ilhas da Aurora.

— Fica longe demais — disse Vela. — Mesmo em uma vespa, a jornada demoraria no mínimo um mês. E, se Kesath vai atacar, simplesmente não temos tempo para tentar isso. Estamos sozinhos.

Talasyn hesitou, sentindo uma dor que perfurava sua alma. Queria conversar com Vela sobre o significado das afirmações de Elagbi.

Porém, só de olhar para a postura tensa da amirante, Talasyn desistiu de insistir no assunto. A amirante estava visivelmente exausta, e, embora jamais fosse admitir, a traição de Darius devia ter sido um golpe brutal para ela. Os dois eram amigos havia anos, e no momento inúmeras informações sobre os regimentos sardovianos estavam comprometidas por causa dele.

Ideth Vela levava o peso da Guerra dos Furacões nos ombros mais do que qualquer outra pessoa. Talasyn não aumentaria ainda mais o fardo dela.

Então apenas assentiu e não disse mais uma palavra sequer enquanto ela e Khaede aguardavam suas novas ordens.

CAPÍTULO 10

Apesar de Talasyn e a amirante terem tentado muitas vezes, nunca conseguiram replicar a barreira de luz e escuridão que fora tecida em Nenavar. Tampouco conseguiram restabelecer contato com o Domínio, uma vez que as batalhas atingiram a Sardóvia com força e rapidez, vindas de todos os lados.

No fim, bastou um único mês.

Um mês para levar uma guerra de uma década à sua conclusão. Um mês para ruir o que restara do que outrora se estendera por um continente inteiro. Um mês para destruir a ideia de uma nação e seus Estados.

Isso não está acontecendo.

Momentos pulsavam como batidas de coração, brilhando sob a luz vermelho-vivo que inundava o mundo enquanto um porta-tempestades sardoviano caía do céu provocando um dilúvio de fragmentos de metalidro que devastou as ruas de Refúgio-Derradeiro, a capital vasta da Confederação e seu último bastião nas Terras Interiores. O porta-tempestades kesathês que dera seu golpe final subiu, vitorioso, e se emparelhou com a linha do horizonte da cidade, disparando uma nova onda de munição. Os enormes canhões incrustados no casco cuspiram relâmpagos e mais relâmpagos, colorindo faixas de telhado de um calor branco antes de incendiá-las. O céu do começo da noite chovia com cinzas e fumaça, obscurecendo as silhuetas pálidas de todas as luas exceto a Sétima, que estava em um eclipse, brilhando em um vermelho incendiário sobre a terra arrasada pela guerra.

Do outro lado de Refúgio-Derradeiro estava chovendo *de verdade*. Um segundo porta-tempestades, com o casco preto como a meia-noite exibia orgulhoso a quimera prateada da Casa de Ossinast e desencadeava sua magia de Aguascente e Vendavaz na forma de torrentes tão grossas quanto granizos, e ventos tão fortes que arrancavam árvores e casas do lugar, sacudindo-as no ar enquanto os soldados sardovianos e os moradores da cidade corriam para a segurança em meio à tempestade e à escuridão.

Isso não está acontecendo.

Aquele pensamento perdido atingia Talasyn de vez em quando, como se pensar naquilo pela centésima vez fosse fazer com que ela acordasse em uma realidade na qual Kesath não precisara só de quinze dias para arrasar a Costa, e então mais quinze dias para avançar pelas Terras Interiores, efetivamente cercando Refúgio-Derradeiro.

Ninguém esperara que Gaheris fosse usar todos os porta-tempestades e seu exército inteiro para lançar uma ofensiva tão devastadora. Kesath ficara mais rica e poderosa precisamente devido à estratégia de acumular recursos dos Estados sardovianos conquistados, mas parecia que o Imperador da Noite decidira que erradicar qualquer resistência era a prioridade máxima. A maior parte das Terras Interiores fora destruída por completo, com inúmeros mortos. A base sardoviana em Comarca-Selvagem fora destruíra, e a última defesa que estavam montando ali na capital estava prestes a ser aniquilada.

Os escombros dos moinhos e das oficinas devastados pelos relâmpagos que se proliferavam no distrito industrial de Refúgio-Derradeiro protegiam Talasyn e seus dois companheiros do pior da ventania enquanto caminhavam pelas ruínas. As chuvas ainda não tinham alcançado aquela parte da extensa cidade, o que era o único golpe de sorte que tiveram em um dia que fora verdadeiramente *tenebroso*.

— Como ela está? — perguntou Talasyn, olhando para Vela, que estava apoiada em um cadete.

O ar estava espesso com a poeira e manchado de escarlate devido a uma infinidade de incêndios, mas Talasyn se encontrava perto o bastante para ver que a amirante estava com dificuldade de respirar, sua fisionomia de um cinza moribundo. O sangue encharcava o casaco que fora amarrado no seu torso em uma atadura improvisada, saindo em quantidades abundantes do ferimento infligido por um feixe forjado de sombras.

Depois que sua fragata fora derrubada, Vela tinha sido atacada pelo mesmo gigante Forjador que Talasyn encontrara e surpreendera no lago congelado um mês e meio antes. Só podia ser ele: Talasyn reconheceria sua altura e seu estilo de armadura em qualquer lugar do mundo.

Talasyn o matara com uma lâmina tecida de luz que conjurara. Se ao menos tivesse feito isso nos arredores de Abrunho-da-Geada naquela noite... No momento, a amirante passava por maus bocados.

— Ela está perdendo forças rapidamente — observou o cadete. Ele ainda era um garoto, anos mais novo que Talasyn, e tremia nas botas grandes demais. Estava tentando demonstrar coragem, o que era admirável. — Precisamos levá-la até um curandeiro assim que possível.

Talasyn forçou a vista na penumbra.

— Tem um ponto de encontro mais acima na rua.

Ou ao menos o que restara de uma rua. A sorte era que aquele distrito já fora obliterado antes e, portanto, o Império da Noite focara sua atenção em outro lugar. A área encontrava-se deserta, com pilhas de destroços a protegendo das batalhas terrestres que se espalhavam pelo restante da cidade.

Desde o instante em que salvara Vela e o cadete do legionário gigante, Talasyn estava agindo na esperança de que o sistema de pontos de encontro ainda estivesse valendo. Os lugares haviam sido marcados antes da batalha. Deveria haver curandeiros ali, além de equipes que levariam pessoas para as carracas para uma evacuação.

Não que restasse algum *lugar* para onde evacuar quando aquilo acabasse, mas ela tentou não pensar muito no assunto.

Uma torre desmoronara no meio do caminho. Havia uma abertura entre os montes de metal retorcido grande o bastante para o grupo passar, um de cada vez. Talasyn fez um gesto para o cadete ir primeiro. Depois, com delicadeza, empurrou Vela adiante, murmurando palavras de encorajamento para a mulher ferida e desorientada, cujos ossos pareciam impossivelmente frágeis sob as pontas dos dedos de Talasyn. Assim que Vela desaparecera pelo buraco, Talasyn ouviu um guincho do Sombral, estalando com uma malevolência arrasadora.

Merda.

— Siga adiante — instruiu ela ao cadete do outro lado do buraco. — Vou atrasar os inimigos.

O garoto começou a protestar, mas Talasyn o interrompeu bruscamente:

— Você precisa levar a amirante ao ponto de encontro, e alguém precisa ganhar tempo. *Vai logo.* Eu alcanço vocês depois.

Assim que Vela e o cadete estavam seguros do outro lado, Talasyn se virou para enfrentar as três figuras com elmos que saíram em meio às névoas da batalha. Ela passou para... Não era bem uma posição de abertura. Em vez disso, ela permaneceu imóvel em uma postura quase meditativa, avaliando a situação ao notar os Forjadores de Sombras se espalharem para fazer um ataque de ofensiva simultânea partindo de múltiplas direções.

Era provável que a figura na frente dela fosse a legionária que arrancara o olho de Vela com uma adaga forjada de sombras no ano anterior. Talasyn não sabia ao certo por que uma imagem idêntica estava à sua direita, uma figura com o mesmo porte e a mesma armadura dos pés à cabeça. Mas com certeza havia sido uma das duas. O estilo diferenciado dos elmos revelava os olhos castanhos delas, que a encararam com um deleite repulsivo. Talasyn as enfrentara na semana anterior também, em uma batalha feroz a bordo de um encouraçado kesathês que as forças sardovianas tentaram e fracassaram em apreender. Na cabeça de Talasyn, elas se chamavam Coisa e a Outra Coisa.

— Olá, Tecelãzinha — cumprimentou a Coisa, ronronando. — Refúgio-Derradeiro caiu. Os restos da sua frota estão dispersos. Não é tarde demais para implorar por sua vida. Talvez assim possamos acabar rápido com isso.

— Sei que isso pode ser chocante, mas eu não existo para deixar a sua vida mais conveniente — disse Talasyn, com tranquilidade.

A figura à sua esquerda deu uma risadinha. Seu porte era magro, e a postura estava relaxada, com um cetro de duas lâminas escuro e crepitante casualmente descansando no ombro.

— Eu não faria provocações se fosse você — comentou ele. — Vai acabar sentindo muito mais dor. As gêmeas já estão com raiva de você porque matou aquele grandalhão, Brann. Elas tinham uma quedinha por ele, sabe...

— Cala a boca, Sevraim — grunhiu a Coisa.

Ocorreu à Talasyn que Brann era o nome do legionário gigante. Ela deu de ombros, tentando parecer insolente.

— Que o espectro dele encontre abrigo nos salgueiros do olho-que-tudo-sabe de Zannah, mas, para ser sincera, eu duvido muito.

A Outra Coisa, a Forjadora à direita de Talasyn, se pronunciou em seguida, a capa negra farfalhando enquanto uma maça cheia de espinhos se materializava de suas manoplas, já em posição de ataque.

— Acabou para você, Tecelã. A Confederação Sardoviana já não existe mais.

Talasyn criou duas espadas curvadas, uma mais curta do que a outra. Eram uma resplandescência líquida nas mãos, preenchendo o ar com um calor dourado.

— Nesse caso, só me resta derrubar todos vocês comigo, então.

Os três legionários atacaram, e ela partiu para a ação, as lâminas de luz colidindo com o cetro, a faca e a maça. Talasyn se aproveitou dos pilares desmoronados e do que havia sido derrubado, pulando nas ruínas, dando voltas e atacando os inimigos enquanto contava os minutos na cabeça, tentando determinar qual seria o melhor momento para bater em retirada. Precisaria ser quando Vela e o cadete já estivessem próximos do ponto de encontro, mas Talasyn já estava em desvantagem numérica evidente e estarrecedora. Ainda assim, ela tinha uma chance se conseguisse ir mais *rápido*, se atacasse com mais *força*...

Um novo fulgor de magia das sombras veio de algum outro lugar. De alguma outra *pessoa*. Correntes de escuridão envolveram um pedaço grande de pedra caída e a jogaram na parte de trás da cabeça de Sevraim apenas meio segundo antes de o legionário dar um golpe certeiro com seu cetro no crânio de Talasyn.

Sevraim praguejou baixinho, a arma desaparecendo. Ele mexeu o pulso, como se estivesse verificando se algum osso estava quebrado.

— O que eu fiz de errado *agora*, posso saber? — reclamou ele.

Alaric Ossinast apareceu, posicionando-se entre seus legionários e Talasyn. Ela só conseguiu observar, aturdida, as costas largas do príncipe herdeiro. Os espinhos nas ombreiras da armadura cintilavam, esqueléticos e grotescos, sob o brilho dos incêndios.

— Encontrem seu próprio brinquedo — instruiu Alaric com sua voz profunda. — Tenho contas a acertar com essa aqui.

Talasyn se empertigou. Assim que os outros legionários relutantemente se transformaram em fumaça e desapareceram pelos destroços adentro, ela uniu suas duas espadas e as fundiu em uma única lança de arremesso, que a garota logo atirou nele com um grito feroz. Alaric ergueu o braço, dobrando-o na frente do peito. A lança se chocou contra um escudo de sombras, e os dois objetos sumiram da existência. A lateral esquerda de Alaric estava desprotegida, e ela não deu oportunidade alguma para que o adversário corrigisse a postura. Avançou na mesma hora, de volta com as espadas curvadas, uma cintilando em cada mão.

Alaric apressou-se em conjurar um chicote do Sombral, enroscando-o no tornozelo de Talasyn. Ele puxou com força, fazendo-a cair de costas no chão e perder o fôlego com o impacto. Ele transmutou o chicote em um alfanje e o abaixou sobre o corpo inerte no instante em que ela deu um pulo para cima, cruzando as espadas na frente do próprio corpo, no tempo exato para que as lâminas intersecionassem em cima da arma dele, prendendo-a ali. E então, simples assim, ela estava olhando para o rosto semiescondido do príncipe kesathês pela primeira vez desde que o vira em Nenavar.

Os dois empurraram com força. Para Talasyn, o restante do mundo desapareceu, eclipsado por Alaric no auge do seu perigo, naqueles olhos cinzentos de falcão que a incendiavam acima da meia máscara de obsidiana.

— É bom ver você de novo. — O sarcasmo dele rompeu o ar, tão afiado quanto qualquer faca, a lâmina letal do alfanje de sombras quase cortando o pescoço dela.

— Por quê? Sentiu saudade? — retrucou Talasyn, esforçando-se para virar uma das lâminas em um ângulo que perfurasse o pescoço dele.

Alaric bufou, e então a empurrou para longe. Ela cambaleou para trás e recuperou o equilíbrio antes de voar em cima do oponente de novo. Eles partiram para uma sequência frenética de golpes, bloqueios e contra-ataques, os pés os guiando por todas as ruínas do distrito industrial. Os relâmpagos rasgavam o céu sob o eclipse vermelho-sangue da Sétima lua.

A certa altura, Talasyn foi forçada a reconhecer que precisava de uma nova estratégia. Alaric a mantinha ocupada e atenta ao mesmo tempo que funcionava como uma muralha de tijolos que se recusava a sair do caminho, e a jovem não podia ficar ali duelando com ele para sempre. Não quando as tropas sardovianas precisavam da ajuda dela para bater em retirada para outro lugar. Talasyn fez desaparecer a espada mais curta e transmutou a outra em uma lança de ursos, a lâmina enorme no formato de uma folha de louro e o comprimento do cabo bastante adequado para afastar um homem do tamanho de um urso enquanto esperava um momento oportuno para fugir.

Alaric a examinou em silêncio. Os olhos cinzentos eram inescrutáveis, mas ele *devia* saber tão bem quanto ela que a guerra estava acabada. O destino de Talasyn, assim como o dos companheiros dela, estava escrito em cada retumbar do trovão, em cada prédio desmoronado, em cada vespa encurralada no céu, em cada disparo de besta que rasgava um brasão da Confederação. Depois daquela batalha, não restaria nada da Sardóvia.

— Talvez você devesse apenas se render — disse Alaric.

A voz profunda saiu rouca ao final da frase.

Depois de passar um dia gritando ordens para matar pessoas, pensou Talasyn, desdenhosa. Ela brandiu a lança, pronta para atacar.

Alaric a enfrentou com uma espada e um escudo forjados de sombras, e na vez seguinte que a arma dele encontrou a dela, não estava mais tão carregada da força bruta usual. Era quase como se o príncipe kesathês não estivesse mais tão determinado a continuar a luta, o que era ridículo, não era? Ele mergulhou embaixo da lança, e então os dois continuaram os entraves, luz e escuridão e éter iluminando os arredores lúgubres enquanto o céu continuava a desmoronar.

Ela o atraiu para longe da direção em que se situava o ponto de encontro da Confederação. A dança letal de rodopios e golpes de magia os levou de uma rua demolida para outra, até tropeçarem em uma batalha entre homens da infantaria kesatheses e sardovianos. O espaço assobiava com virotes e granadas de cerâmica enquanto soldados dos dois lados do conflito se atrapalhavam para sair do caminho dos dois eternantes que se arrastavam no meio do campo de batalha. A luz e a escuridão faiscavam e guinchavam junto ao metal que rompia o ar, os corpos ao redor caindo no chão. As sombras colossais dos porta-tempestades se aproximavam mais a cada momento aturdido e banhado de sangue que se passava.

Talasyn precisou dar um passo para evitar um fragmento de um coracle vespa recém-derrubado, e Alaric avançou, em um ataque vindo de cima. A coluna dela quase se partiu ao meio quando bloqueou o ataque com o cabo da lança, os feixes intersecionados estalando em seu pescoço.

— Acabou, Talasyn.

Seu olhar estava vazio, mas ele soava… estranho. Quieto demais, de alguma forma, sem demonstrar o triunfo que uma declaração como aquela exigiria.

Ela quase caiu para trás de tão chocada. Foi a primeira vez que Alaric disse o nome dela. Ele o segurou cuidadosamente na língua, como se testasse o peso do nome, o tom em conflito com a máscara que usava, com o rosnado entalhado dos dentes de lobo, com a forma como as armas dos dois estalavam com violência apenas a centímetros da pele um do outro.

— Acabou — repetiu ele, como se tentasse tranquilizá-la, ou compreendesse algo ele mesmo.

— *E daí*? — retrucou ela, ríspida. — Deixa eu adivinhar: se eu me render, você vai me deixar viver?

A testa pálida de Alaric se franziu.

— Não posso fazer isso.

— Óbvio que não — zombou ela. Um poço de amargura parecia se inflar em seu interior. — Então você vai me matar rápido? Me dar uma morte *misericordiosa*? A Legião Sombria adora me prometer *isso*.

Alaric apenas a encarou. Talasyn teve a impressão nítida e perturbadora de que ele não sabia o que dizer. Ela dividiu a lança em duas adagas e chutou as pernas dele para desequilibrá-lo, e quando seu oponente caiu, a Tecelã atacou...

E então ficou paralisada, quando uma granada rolou pelo chão ali perto e explodiu, a mistura incendiária dentro do recipiente atingindo o ponto crítico. Uma enorme coluna de pedra na frente dela foi arrancada da base, caindo para a frente com um baque horrível e estrondoso.

Talasyn se odiou pelo que aconteceu em seguida. Odiou como foi instintivo, como não precisou pensar duas vezes. Ela olhou para Alaric, e algum tipo de... *entendimento*... se passou entre os dois, rápido e incendiário como um relâmpago. Ela atirou uma das adagas contra a coluna que caía, e ele fez o mesmo com uma faca sombria. As duas armas dissolveram uma na outra, e ali estava outra vez, a esfera dourada, aquela noite radiante, desdobrando-se em correntes ondulantes que emitiam um som como vidro. A coluna se desintegrou ao entrar em contato com a barreira, desfazendo-se em milhares de fragmentos minúsculos. O som da batalha ficou abafado, como se Talasyn estivesse escutando embaixo d'água.

Alaric ficou de pé, e cada movimento era lento e deliberado assim como o olhar predatório que estava fixo nela. Talasyn cerrou as mãos com força na lateral do corpo enquanto redes de magia brilhavam ao redor dos dois, lançando um véu eletrizante acima, e apenas a Sétima lua em seu eclipse vermelho-sangue conseguia brilhar através dele.

A coluna não o teria atingido. Ele estava longe o bastante de Talasyn. Alaric a *ajudara*. Aquela epifania a deixou tão confusa que sua mente ficou completamente em branco. Ela se lembrou mais uma vez daquela primeira perseguição no gelo, e de como ele rompera cada faixa de Sombral para que Talasyn pudesse passar ilesa por cada uma delas.

Qual era o plano dele? Ela era a Tecelã de Luz da Sardóvia. Se Alaric a matasse, vingaria a própria família e tornaria a vitória inevitável de Kesath ainda mais doce.

Talvez ele estivesse apenas saboreando o momento.

As sobrancelhas escuras e grossas de Alaric se franziram profundamente. Ocorreu a Talasyn que talvez ele estivesse dividido atrás daquela máscara.

— Você poderia vir comigo. — As palavras dele saíram rápidas demais para terem sido pensadas com cuidado. — Esse fenômeno, essa fusão de nossas habilidades... Podemos estudar isso. Juntos.

Talasyn ficou boquiaberta. Ele tinha perdido um parafuso. E *ela* também tinha.

Porque foi a vez dela de falar sem pensar.

Porque, em vez de falar para Alaric que preferia comer terra a ir a *qualquer lugar* com ele, tudo que disse foi:

— Seu pai nunca permitiria isso.

O olhar dele oscilou e, por um milésimo de segundo, seu corpo estremeceu.

Que pessoa esquisita, refletiu Talasyn, com certa admiração pela audácia dele. Não que ela *não* estivesse curiosa sobre essas barreiras que poderia aparentemente criar apenas com ele, mas...

— Você espera mesmo que eu acredite que o Imperador da Noite vai receber de braços abertos uma Tecelã de Luz no exército dele? — exigiu Talasyn. De repente, entendeu que era isso que o filho do Imperador da Noite queria com ela, o que a deixou furiosa. — Você achou mesmo que eu ia cair em uma armadilha tão óbvia? Que eu ficaria tão grata pela chance de salvar minha própria pele que esqueceria meu bom senso?

Quanto mais ela confrontava Alaric, mais a cor aparecia no rosto dele. Ela presumira que ele era incapaz de algo tão banal quanto enrubescer, mas os cabelos escuros e espessos estavam tão despenteados pelos ventos dos porta-tempestades e dos conflitos que as pontas das orelhas estavam visíveis e tão vermelhas quanto o eclipse. A raiva que ela nutria por aquele ser e toda a sua laia não exatamente *retrocedeu*, mas, de alguma forma, foi mitigada por uma onda de confusão.

O que tinha de *errado* com ele?

— Deixa pra lá — disse Alaric entredentes, de repente cruel. — Esqueça que eu falei qualquer coisa.

O retinir de gongos ressoou pelo ar, abafado ao permear a esfera preta e dourada, mas ainda assim insistente. Era o sinal para todas as forças sardovianas baterem em retirada, deixando para trás a poeira, os destroços e os mortos. Talasyn repuxou os fios de sua magia e Alaric fez o mesmo, desfazendo a tapeçaria que haviam tecido juntos. A barreira se dissipou no instante seguinte, revelando o caos que assolava a rua. Os soldados sardovianos que não estavam fugindo estavam dando cobertura para a fuga de seus camaradas com correntes de virotes de besta e granadas de cerâmica, e Talasyn se preparou para bloquear o próximo ataque de Alaric.

O ataque nunca aconteceu.

— Até nos encontrarmos de novo, Tecelã — disse ele. Os olhos cinzentos voltaram a ser duros e indiferentes. — Enquanto isso, tente não ser atingida por pedras quando não estou por perto para ajudar.

Talasyn estremeceu, perplexa e com uma raiva desmedida. Não conseguiu pensar em nenhuma resposta, apenas restos de palavras fantasmas pesando sobre a língua, que se recusava a ceder. Tampouco poderia voltar a entrar em combate com ele. Precisava ajudar a afastar as tropas kesathesas enquanto a Sardóvia se retirava.

Era evidente que Alaric sabia disso. Os cantos de seus olhos se ergueram, como se ele estivesse sorrindo com desdém atrás daquela máscara afiada. E, ainda assim, algo a incomodava. Havia algo... de *errado* naquela situação, alguma coisa dissonante que espreitava por trás da fachada daquele momento. Por trás do tom majestoso e frio dele, e das faíscas indecifráveis de seu olhar.

Talasyn só percebeu o que era até Alaric lhe dar as costas, decidido a largá-la ali.

— Você vai me deixar ir embora? — balbuciou ela.

Assim, sem mais nem menos?

Alaric congelou. Não olhou para ela, mas cerrou o punho da manopla.

— Não adianta matar alguém que já perdeu a guerra. — A resposta dele foi suave, mas ainda assim partiu o mundo de Talasyn como um trovão. — É um desperdício da minha energia, já que você provavelmente vai morrer daqui a pouco no recuo.

E, com isso, ele foi embora, deixando-a ali borbulhando de raiva, deixando-a ali para se perguntar o motivo de ele ter feito o que fez. Mesmo enquanto a Sardóvia ruía ao seu redor.

CAPÍTULO 11

O *Veraneio* navegava desanimado pelo ar acima do Mar Eterno, deixando o Continente para trás. O navio fora tão danificado que estava inclinado para o lado, o casco de madeira cheio de amassados e furos de canhão, e as velas, outrora motivo de orgulho, eram apenas fiapos. Diversos dos corações de Vendavaz também haviam implodido, com alguns cristais vazios sobrando, então a embarcação seguia lentamente sua jornada ao sul.

As outras embarcações que o acompanhavam se encontravam em estado semelhante... e também não eram muitas. Além do *Veraneio*, havia apenas mais uma carraca, uma fragata pesada, uma dúzia de coracles vespas e o porta-tempestades sardoviano, o *Nautilus*. Era um leviatã lutando para sobreviver, o brilho dos corações de éter fraco através do metalidro manchado de cinzas das camadas que compunham o casco danificado.

Talasyn estava no tombadilho do *Veraneio*, os braços cruzados na balaustrada, os olhos vidrados nas nuvens fofas cor de algodão sem de fato vê-las enquanto flutuavam para longe. Perto dali, Feiticeiros de mantos brancos se ocupavam do painel da embarcação aérea, que rangia freneticamente, codificando assinaturas pelas ondas de éter identificáveis e lidando com transmissões que estavam sendo enviadas de um lado a outro através de canais protegidos, e o que restara da Confederação tentava rastrear o que restara de seus camaradas. O *Veraneio* e seu comboio não haviam sido as únicas embarcações que conseguiram fugir, mas a evacuação fora desorganizada, considerando o desespero generalizado, e depois de muitos dias longos, os sardovianos estavam dispersos por todos os cantos do Mar Eterno.

De vez em quando, uma das assinaturas nas ondas de éter se apagava, e Talasyn suprimia, determinada, todo e qualquer pensamento do que poderia ter acontecido com a embarcação do outro lado da conexão. Aquele caminho levaria apenas à loucura. Ela precisava focar no presente, em manter todos do seu comboio vivos.

No entanto, estava muito preocupada com Khaede.

A amiga fora retirada das linhas de frente havia uma semana, depois de uma rodada particularmente desgastante de náusea matinal que por fim a forçou a revelar sua condição. Talasyn a vira na multidão pouco depois que a batalha de Refúgio-Derradeiro começara, comandando uma rota de evacuação para os civis. Depois disso, não a viu mais.

Em situações como aquela, a explicação mais simples com frequência era a correta, mas Talasyn se recusava a aceitá-la. A qualquer instante, a voz de Khaede iria estalar à vida nas ondas do éter, vinda de uma embarcação aérea que escapara de Refúgio-Derradeiro no último...

Bieshimma foi até Talasyn, descansando o braço que não estava na tipoia na balaustrada. O homem parecia ter envelhecido uma década desde a evacuação.

O oficial estava no comando enquanto Vela se recuperava dos ferimentos, então Talasyn aproveitou para perguntar, baixinho:

— O que fazemos agora, general?

— Agora? — Bieshimma encarou o oceano cintilante quilômetros abaixo, como se procurasse respostas naquelas correntes azuis. — Precisamos de um lugar para nos escondermos. Algum lugar para avaliar a situação e nos reunirmos com os outros sobreviventes.

— Mas onde? — perguntou Talasyn, embora já soubesse que Bieshimma não tinha respostas, assim como ela.

Todo o Continente fora arrebatado da posse deles, e o mundo era vasto, mas repleto de nações que ignoraram os pedidos de ajuda da Sardóvia durante anos, ou por desinteresse ou por não quererem atrair a fúria do Império da Noite para si. Não havia para onde correr, mas eles não poderiam ficar voando acima do Mar Eterno para sempre.

A cabeça de Talasyn fervilhava com o peso dos últimos acontecimentos, daquela situação surreal que perfurava o presente como lascas de vidro. Parecia que fora apenas horas antes que ela contara a Khaede sobre a missão de Nenavar e que a amiga dividira-se entre o choque e o entusiasmo com a revelação da linhagem de Talasyn. E no momento o paradeiro de Khaede era desconhecido, e...

Talasyn ficou imóvel quando uma ideia começou a tomar forma na mente dela.

Havia um lugar para onde poderiam ir. Antes, não era uma opção, mas as circunstâncias tinham mudado.

Havia uma chance... uma pequena chance... de que pudesse dar certo.

O comboio seguiu a sudeste. Precisaram de mais dois dias de viagem lenta e árdua antes de pararem. Talasyn passou esse tempo cuidando dos feridos e discutindo o plano com o general Bieshimma e Vela, que ainda estava de cama, além de monitorar as ondas de éter para receber algum sinal de vida de Khaede. No começo, achou que não teria estômago para ajudar a tripulação a se desfazer dos corpos daqueles que morreram por causa dos ferimentos, mas a certa altura ela também ajudou com a tarefa. O *Veraneio* estava com uma baixa lamentável de pessoal. Talasyn embrulhou corpos em mortalhas feitas com retalhos e pedaços de velas sobressalentes, fechando os olhos inertes antes que fossem atirados na água, desaparecendo no Mar Eterno em tremulações de ondas e espuma.

Tantas pessoas tinham morrido. Se Kesath estivesse à caça deles, tudo que o Império da Noite precisaria fazer era seguir a trilha de cadáveres na água. O ar pesava com sal e angústia.

O sol começara a se pôr no segundo dia daquela nova rota quando Talasyn subiu no mastro real do *Veraneio*. Tinha trinta e seis metros de altura, o que não era nada para ela, nada para alguém que crescera em Bico-de-Serra, onde as casas cresciam umas em cima das outras, e todo mundo sabia como subir ainda mais. Ela acabara de ajudar a embrulhar o corpo de Mara Kasdar em uma mortalha improvisada e jogá-la no Mar Eterno, e precisava ficar sozinha, longe das cabines lotadas e dos conveses cheios de pessoas caminhando em uma névoa de atordoamento.

O mastro real era o mais alto que ela poderia subir. Talasyn se apertou para entrar no cesto da gávea e só... *ficou* lá, com o coração pesaroso e a mente embotada. A mestre de armas Kasdar era um emblema. Estivera lá quase no início de tudo e treinara pessoalmente todos os recrutas. Sua morte parecia simbolizar o declínio do próprio exército sardoviano. Fora ela que ensinara Talasyn a lutar com espadas, lanças, adagas e todo tipo de armas que no começo a recruta nem sequer soubera de que lado deveria segurar. Kasdar fora uma professora exigente, e elas quase nunca se entendiam, mas Talasyn precisava aceitar que jamais veria a veterana de feições pétreas e robustas outra vez. Perceber aquilo causava uma dor entorpecida que, na experiência de Talasyn, logo formaria uma casquinha, em cima de camadas e mais camadas de antigas cicatrizes.

Quando isso vai ter fim?, perguntou-se ela do alto do mastro, a visão flamejando nas beiradas ao observar o pôr do sol escarlate que pintava o horizonte vazio e as ondas revoltas em dourado. A Guerra dos Furacões cobrava seu preço repetidas vezes, e ainda assim havia sempre mais a perder.

Talasyn se virou, as tábuas de madeira do piso do cesto da gávea rangendo sob suas botas. Ela pousou o olhar no *Nautilus*. O porta-tempestades sobressaía-se atrás das duas carracas, quase sete vezes maior que o tamanho das duas juntas.

Khaede morara em um vilarejo pesqueiro antes de os furacões arrasarem a área e ela precisar fugir para as Terras Interiores. Certa ocasião, dissera a Talasyn que os porta-tempestades a lembravam criaturas sobrenaturais que às vezes ficavam enroscadas nas redes junto ao apanhado do dia. Eram seres das profundezas mais escuras do Mar Eterno — que viviam no abismo assim como Talasyn vivera, nos níveis mais empobrecidos e baixos de Bico-de-Serra — e se pareciam mais com insetos do que com peixes, os corpos segmentados e ovais, com partes moles protegidas por cascas tão duras quanto armaduras.

O que protegia o *Nautilus* e todos da sua espécie, porém, era a moldura de aço externa que prendia todos os painéis de metalidro, extremamente durável e feita de minério de ferro. Devido ao tamanho colossal, era necessário que diversas flotilhas agissem em um esforço coletivo se quisessem derrubar um único porta-tempestades que fosse, e com bastante frequência, mesmo que os adversários conseguissem abater a gigantesca embarcação, o estrago já estava feito. Quando o primeiro navio daquele porte vindo de Kesath subiu aos céus, alterou por completo a natureza da guerra. E, no momento, dezenove anos depois, uma frota inteira deles ajudara Gaheris a alcançar sua ambição de obter controle total do Continente.

Talasyn odiava os porta-tempestades. Tantas pessoas ainda estariam vivas se não fosse por eles. Mesmo aqueles que Vela roubara quando desertara de Kesath não tinham sido de muita ajuda a longo prazo. O exército sardoviano raramente os usara em áreas onde haveria um número alto de baixas entre os inocentes, e, de qualquer forma, de que adiantava oito porta-tempestades contra os cinquenta do Império da Noite?

Só três agora, lembrou-se ela com amargura. *Talvez até menos.*

Era uma situação terrível. O plano de Talasyn dava ao restante da Confederação Sardoviana uma chance ínfima de triunfo. Os ventos definitivamente *não* estavam soprando a favor deles.

Quando o sol se transformou em uma esfera derretida, saindo do horizonte, e as silhuetas pálidas das sete luas apareceram nos céus, um turbilhão de atividade começou pelo convés, um grito se esparramando entre os passageiros do *Veraneio*. *Terra à vista*. Talasyn desviou o olhar da forma colossal do *Nautilus* e se virou na direção da proa da carraca. Ali estavam elas, a distância: as incontáveis ilhas verdes do Domínio de Nenavar, erguendo-se de um oceano escuro em torres de floresta tropical e terra. Alguma coisa no peito de Talasyn estremeceu ao se deparar com a vista. Ela teve a sensação inquietante de que estava prestes a atravessar uma ponte de onde não haveria volta.

O comboio interrompeu o voo, pairando acima do oceano, os coracles vespas deslizando no hangar do *Nautilus*, e Talasyn desceu para o tombadilho do *Veraneio*. Os Feiticeiros haviam encontrado diversas frequências próximas nas ondas do éter, mas as tentativas de se conectarem estavam sendo desviadas, o que enfureceu Bieshimma.

— Um monte de embarcações em estado preocupante aparece na porta deles, e eles nem sequer tentam fazer contato — murmurou o general.

— Os nenavarinos sabem sobre a guerra — comentou Talasyn. — Talvez eles não queiram arranjar problemas.

— Vamos torcer para que isso mude quando dissermos que a princesa perdida deles está a bordo.

Talasyn mordeu o lábio inferior para se impedir de mandar um oficial de patente mais alta calar a boca, mas lançou um olhar furtivo para o restante da tripulação ao seu redor.

Até onde os outros sabiam, tinham voado para Nenavar somente porque era a nação mais próxima, com a esperança de que a Rainha Dragão atendesse ao pedido de socorro deles.

Por fim, decidiram mandar um dos poucos pombos restantes para o porto Samout. Bieshimma rabiscou uma mensagem em Marinheiro Comum e amarrou o papel na perna do pássaro que piava, e então o lançou na direção do porto brilhante.

— Acha que vão responder? — perguntou a Talasyn enquanto observavam o pombo alçar voo.

— Para falar a verdade, se eles não atirarem no pombo, já estamos no lucro — respondeu Talasyn.

— Nem *brinque* com isso, timoneira — avisou ele. — Essa é a única chance que temos.

Khaede teria feito um comentário do tipo *Agora é Sua Alteza Sereníssima para* você, *general*, e mais uma vez Talasyn sentiu aquela pontada de dor, e o medo familiar formar um nó na garganta.

O pequeno mensageiro alado logo retornou, mas não trouxe nem a mensagem original nem uma resposta. Eles esperaram e esperaram. Horas se passaram, e a noite logo se transformou, descendo suas cortinas negras aveludadas com estrelas sobre o Mar Eterno. Talasyn mal conseguiu sentir o gosto do bife cozido em sal que ela comera no jantar, nervosa ao pensar que talvez, no fim das contas, os nenavarinos fossem ignorá-los. Talvez tivessem concluído que ela *não* era a filha de Elagbi e que não tinha nenhuma conexão com a realeza. Talvez o que ela fizera da última vez que estivera no local tivesse sido uma ofensa grande demais para que deixassem passar. Talvez estivessem se preparando para atacar o comboio com todos aqueles coracles alados, elegantes e fatais.

O jantar em si não teria sido saboroso mesmo que ela o tivesse comido estando feliz da vida, e a porção também era pequena. Os suprimentos haviam diminuído consideravelmente depois de passarem uma semana no ar. O *Veraneio* não estava equipado para ter tantos passageiros em uma viagem tão longa. Estavam racionando a comida com rigidez, porém não demoraria muito para ficarem sem nada.

Talvez um mês. Provavelmente menos.

Talasyn dormiu no tombadilho, sem querer arriscar perder alguma transmissão de Nenavar. Ou de Khaede. Com a tripulação noturna caminhando por perto, ela caiu no sono em cima das tábuas de madeira sob uma rede de constelações, e sonhou com uma cidade feita de ouro.

Um vento forte soprou no seu rosto, e ela acordou em um sobressalto, a mente gritando *ataque de porta-tempestades*, porém, foi um alarme falso. Os conveses iluminados pelo luar na carraca estavam silenciosos, e o sopro do vento que tremulava as velas dobradas cheirava a alga e peixe seco, com um aroma mais discreto de frutas adocicadas.

— Alguma coisa aí? — perguntou ela para a figura de manto branco parada em frente ao transmissor de ondas.

A Feiticeira balançou a cabeça, sonolenta, e Talasyn engoliu o nó na garganta. Ainda sem notícias de Khaede nem do porto Samout.

Voltar a dormir era impossível, considerando a ansiedade que a corroía. Ela percorreu o *Veraneio* com um olhar cansado e acabou pousando-o sobre Ideth Vela, uma figura solitária na proa, com os ombros rígidos como se estivessem segurando o peso do céu.

Uma pequena equipe de curandeiros havia costurado a ferida da amirante, e a magia sombria inerente do corpo dela lutara contra o pior dos efeitos da lâmina do legionário. No entanto, o volume de sangue perdido e os danos a órgãos não vitais haviam deixado suas marcas, e o olho restante de Vela estava enevoado com a dor reprimida. Os lábios da mulher estavam pálidos quando Talasyn se aproximou dela.

— Devia estar descansando, amirante.

— Eu estou deitada na minha cabine há uma semana. Além disso, o ar fresco faz maravilhas — disse Vela, com um traço de sua impaciência de sempre. — Então... Parece que você verá sua família de novo, afinal.

Talasyn empalideceu.

— Não era *isso* que eu queria.

As feições de Vela se suavizaram.

— Eu sei que não. Foi apenas uma piada de mau gosto. Mas me pergunto o que vai acontecer com você, caso o Domínio responda.

— Como assim?

Vela rebateu a pergunta de Talasyn com outra.

— Você disse que o príncipe Elagbi a chamou de herdeira do trono. Imagino que Urduja Silim não tenha filhas?

— Eu não... — Talasyn se interrompeu, acessando uma lembrança daquela noite fatídica. — Elagbi mencionou que Rapat o chamara da capital no meio de um debate acerca da sucessão.

— Nenhum homem pode governar o Domínio de Nenavar — declarou Vela. — Os relatos ao longo do milênio são escassos, mas é um fato comumente aceito que o título de Lachis'ka sempre é passado para a filha mais velha. Se a rainha teve apenas filhos, a esposa do primogênito é quem deve ocupar o trono.

— Imagino que os nenavarinos estejam meio confusos sobre o que fazer, considerando que Hanan faleceu, e o outro filho... — Talasyn fraquejou ao perceber uma conexão: o *tio*, o tio queria que ela morresse. — Se o outro filho — ela voltou a tentar — fosse casado com alguém que sobreviveu à guerra civil, essa mulher seria esposa de um traidor, certo?

— Sim — respondeu Vela, pensativa. — Circunstâncias inadmissíveis. Talvez nós estejamos entregando uma solução diretamente nas mãos deles. Mas suponho que vamos ter que lidar com essa tempestade quando ela cair.

— Suponho que sim — concordou Talasyn.

Na verdade, era um alívio deixar o assunto morrer por um tempo. Talasyn estava exausta, sentindo-se derrotada mesmo enquanto ainda se apegava com todas as forças àquele último fragmento de esperança de que ela conseguira dar à Sardóvia um refúgio, e não sua total destruição.

Então, Vela a surpreendeu ao perguntar:

— Imagino que ainda não recebemos notícias de Khaede?

— Ainda não, amirante.

No passado, Vela raramente — ou nunca — discutira assuntos de natureza pessoal com suas tropas, sempre focada na batalha e na estratégia seguintes. Talvez a mulher estivesse se sentindo desconectada de si mesma depois do ferimento, ou talvez aquele fosse o momento para isso, enquanto esperavam pela resposta de Nenavar. Fosse qual fosse o caso, ela suspirou, olhando de soslaio para Talasyn antes de voltar a atenção para o oceano banhado pelo luar.

— A última coisa que falei para Khaede foi que ela não poderia voar devido à gravidez. Ordenei que ela ajudasse os civis a ficarem em segurança. Ela resistiu menos do que eu esperava.

— E é assim que sabemos que ela *realmente* estava mal — murmurou Talasyn.

Vela deu um sorriso fraco, que logo desapareceu.

— Eu nunca disse a ela o quanto lamentava a perda de Sol. Nunca houve tempo hábil para isso. Nunca houve um momento correto. Eu espero... — Ela fez uma pausa abrupta, como se estivesse aproveitando uma chance de recuperar a compostura. — Eu espero que ela e o bebê estejam bem.

— Eles estão — afirmou Talasyn, forçando-se a acreditar naquilo também. — Khaede é rápida, esperta e forte. Se alguém consegue sobreviver a uma coisa dessas, é ela.

Vela assentiu de leve, e a conversa esmoreceu como a maré, um silêncio se acomodando na proa da embarcação, agora um deserto, sem mais ninguém da tripulação. Pareceu a Talasyn que ali estavam só ela e a amirante, juntas e sozinhas, no fim do mundo.

O sol ainda não havia nascido quando um homem da tripulação sacudiu Talasyn para que ela acordasse. O bulbo no transmissor de ondas estava piscando, amarelo. Ela se juntou a diversos membros da tripulação enquanto um mensageiro era despachado para os alojamentos dos oficiais.

A voz feminina do outro lado da linha falava em Marinheiro Comum com um sotaque distinto.

— Vocês têm autorização para uma audiência com a Zahiya-lachis na embarcação real — anunciou, sem preâmbulos. — Para chegar lá, levem apenas uma única carraca sem escolta. O restante do comboio deve esperar onde está, *especialmente* o porta-tempestades. Apenas um grupo pequeno de indivíduos desarmados terá permissão de embarcar na W*'taida*. Se não obedecerem a essas instruções na presença da Zahiya-lachis, o Domínio abrirá fogo em suas embarcações.

A voz então emitiu uma série de coordenadas detalhadas, e a transmissão se encerrou de forma abrupta, sem permitir que ninguém a bordo do *Veraneio* sequer conseguisse dar uma resposta.

Àquela altura, Talasyn já não estranhava a sensação de *déjà-vu* que Nenavar lhe causava. Daquela vez, porém, ela compreendeu de onde vinha. Ela *estivera* ali antes — e não fazia muito tempo. Pouco mais de um mês se passara desde que o sol se erguera em meio à névoa enquanto ela traçava seu caminho através das numerosas ilhas pontiagudas das quais a carraca desviava no momento.

O tombadilho elevado era sereno se comparado aos outros setores, onde as pessoas se empurravam e a multidão se espremia na balaustrada, os exaustos e desesperados esticando a cabeça para ter uma visão melhor dos mangues, florestas tropicais e praias de areia branca. A névoa era espessa e fresca, acumulando-se por toda parte, escondendo rostos e os braços e as pernas expostos em uma camada fina de orvalho. O *Veraneio* a atravessou penosamente, as lamparinas de fogo que adornavam a popa e os mastros ardendo enquanto Vela e o restante dos oficiais aos poucos caminhavam até o tombadilho.

As coordenadas que receberam os levaram mais ao sul nas extensões dispersas da costa de Nenavar do que Talasyn fora antes. As ilhas isoladas ficaram mais finas, mais altas e mais íngremes, até se tornarem apenas pilares de pedras imensas espalhadas com uma mancha verde ocasional aqui e ali. O sol já tinha quase se erguido quando o *Veraneio* chegou ao seu destino, circunvagando com demasiada atenção um conjunto de cumes de pedra denso.

Um silêncio maravilhado recaiu sobre aquele grupo lamentável de refugiados.

A um quilômetro e meio, pairando no ar envolto pela névoa acima das ilhas azuis e infinitas, estava a W*'taida*. Era diferente de qualquer embarcação que Talasyn já vira. Na verdade, ela precisou de um tempo para aceitar o fato de que estava olhando para um navio.

Em cima de um leito vagamente circular de pedra vulcânica preta e brilhante, quase tão largo quanto um porta-tempestades, coroado em véus esmeralda do que deviam ser *centenas* de corações de éter, ficava um complexo colossal de torres de aço e parapeitos decorados esculpidos em cobre, pontilhados com uma vastidão de grandes janelas de metalidro que refletiam a luz rosada da aurora, entremeadas por engrenagens gigantes que zuniam como um relógio. No topo, havia pináculos dourados.

Então aquela era a embarcação real da rainha nenavarina, e era...

— Um castelo — disse o general Bieshimma, aturdido. — Um castelo *flutuante*.

— Essa gente com certeza tem dinheiro — resmungou Talasyn.

Um rugido ensurdecedor rompeu aquela imobilidade matinal.

Era um som que apenas algum animal monstruoso poderia fazer. Pareceu vir de todos os lugares ao mesmo tempo, ecoando pelas ilhas de penhascos, surgindo diretamente do Mar Eterno.

Por instinto, os soldados sardovianos pegaram as armas mais próximas e assumiram uma posição de defesa no convés. Talasyn abriu os dedos, pronta para tecer o que precisasse com éter e luz. Porém, pouco tempo depois ficou óbvio que nenhuma besta ou lâmina — e talvez nem mesmo a Luzitura — teria utilidade naquela situação.

Uma forma sinuosa se desdobrou na névoa ao norte. Eclipsava facilmente o *Veraneio*, e era mais comprida até do que o *Nautilus*. Era uma criatura reptiliana, coberta de escamas azul-safira incrustadas com cracas, com dois membros dianteiros que exibiam garras curvadas ferozes cor de aço. O giro rápido do corpo escorregadio fez com que a enorme coluna formasse montanhas que colapsavam em si mesmas, e então se formavam outra vez no instante seguinte. Impulsionando-se com um par de asas coriáceas que se estenderam e lançaram sombras colossais sobre o mundo, a criatura voou até mais perto com uma velocidade estontenante, e o nascer do sol brilhou sobre ela, que cortava a névoa e sobrevoava o céu acima.

A cabeça da fera era crocodiliana, o focinho emoldurado por barbilhões elegantes como bigodes que estremeciam como se arrastassem as correntezas do vento. Estreitando os olhos cor de ferrugem que brilhavam como estrelas para os sardovianos boquiabertos, a criatura abriu sua bocarra, revelando duas fileiras de dentes muito afiados, e emitiu outro rugido. A pele de Talasyn se arrepiou com um milhão de calafrios — e então uma *segunda* criatura como aquela rompeu a superfície do Mar Eterno.

Tinha escamas vermelho-sangue em vez de azuis, que reluziam e gotejavam gavinhas de alga. A criatura lançou o corpo em direção ao ar, causando uma erupção de água salgada tão grande que encharcou os passageiros mais próximos da balaustrada do *Veraneio*. Ela se juntou à outra planando arcos imensos no céu em uma dança de elegância fatal. O ar do amanhecer foi tomado pelos aromas de plâncton e leito marinho, de madeira apodrecida de naufrágios e das coisas macias que viviam e moravam neles, nas escuridões profundas que a luz do sol jamais alcançava.

O tom incrédulo de Bieshimma rompeu o silêncio atônito que assolava o tombadilho.

— Parece que Nenavar tem *mesmo* dragões, afinal.

CAPÍTULO 12

Talasyn encarou os dragões. Eram grandes demais para que seus sentidos absorvessem a imagem, mas ela os observou mesmo assim, fascinada.

A Tecelã estranhara que a embarcação real da Zahiya-lachis não possuísse uma escolta armada. Mesmo que a *W'taida* contasse com armas escondidas em algum lugar entre as estruturas de cobre daquela fachada preta e dourada, com certeza ao menos um punhado de coracles seria aconselhável, considerando que a governante estava prestes a lidar com um elemento imprevisível na forma de forasteiros desesperados e calejados pela guerra.

No entanto, quem precisaria de coracles ou canhões quando tinha *aquilo*? Os dois dragões se posicionaram um de cada lado do castelo flutuante e pairaram no vento, batendo as asas poderosas. Olharam para a carraca com cautela, prontos para entrar em ação a qualquer instante, ao primeiro sinal de ameaça.

Provavelmente também cuspiam fogo. Não havia motivo para presumir que não fosse o caso, uma vez que os rumores antigos de sua existência foram confirmados. Aqueles que supunham que um dragão poderia derrubar um porta-tempestades estavam corretos. Só aquelas garras colossais pareciam perfeitamente capazes de rasgar metalidro com apenas um movimento.

Talasyn foi acometida pelo impulso arrebatador de... chorar. Gritar. Uivar para os céus. As criaturas eram terríveis e belas, e o que restara da Confederação Sardoviana as encarava tarde demais. Ela pensou em quantas vidas poderiam ter sido poupadas se o Domínio houvesse concordado em ajudar na luta contra o Império da Noite. A frota de porta-tempestades não teria sido o trunfo de Gaheris por tanto tempo. A Guerra dos Furacões teria terminado antes que as cidades nas Terras Interiores tivessem sido dizimadas. Darius jamais teria virado um traidor, Sol e a mestre de armas Kasdar ainda estariam vivos, e Khaede não estaria desaparecida.

Talasyn, entretanto, só precisou de uma espiada na expressão de Vela para se controlar. A amirante parecia *devastada*, como se os pensamentos dela seguissem a mesma direção. Sem querer aumentar o fardo da oficial, Talasyn controlou sua expressão para que transmitisse algo que fosse mais sério e contido, e, passado um instante, Vela fez o mesmo.

A onda de éter estalou, voltando à vida. A voz brusca do outro lado ordenou que o *Veraneio* parasse e informou que, no momento, eles poderiam mandar um pequeno grupo a bordo "o mais rápido que lhes for conveniente", seja lá o que *isso* significava.

— Acho que estão deixando implícito que vão mandar aquelas minhocas gigantes nos devorarem se não andarmos depressa — resmungou Bieshimma.

Ele não poderia se juntar ao grupo, é lógico, considerando o que havia feito da última vez que estivera em Nenavar. Depois de alguma discussão, Vela decidiu que um grupo de duas pessoas era pequeno e o menos ameaçador possível, e, portanto, ela e Talasyn seguiriam para o ancoradouro da carraca onde ficavam os esquifes — embarcações pequenas de chão reto que eram frequentemente usadas como navios de fuga ou barcas de viagem.

A multidão de soldados e refugiados se abriu para elas em deferência, mas Talasyn tinha consciência de todos os murmúrios de inquietação e dos olhares perdidos e questionadores. A garota não os culpava. Eles estavam ao alcance dos dragões, e um mero golpe daquelas caudas escamadas talvez fosse capaz de partir o *Veraneio* ao meio. Todos os olhos a acompanharam quando ela auxiliou a amirante a subir no esquife, acionou os corações de éter e então se afastou do convés da carraca, seguindo em direção àquele castelo cintilante no céu.

Os dragões eram enormes a distância. De perto, a imensidão pura das criaturas fez Talasyn se sentir tão insignificante quanto uma formiga. Os olhos como pedras preciosas acompanhavam cada movimento do esquife e de suas passageiras, sem deixar nada passar. Ela não respirou direito até que ela e a amirante chegassem ao atracadouro entalhado na pedra à base do castelo... e mesmo então, ela não relaxou. Não *conseguia*.

Elagbi estava esperando por elas na entrada principal, acompanhado das mesmas Lachis-dalo que o haviam protegido na cordilheira Belian. Talasyn ficou imóvel, e só depois que recebeu um cutucão de Vela começou a se aproximar com nervosismo da figura majestosa, sem ter ideia de qual era o procedimento padrão para cumprimentar um pai estranho na segunda vez em que se encontravam. Será que ela deveria abraçá-lo? Deuses, ela esperava que não. Talvez devesse fazer uma mesura, já que ele era um príncipe, mas *ela* era a herdeira do trono, certo? Será que tinha uma posição mais alta que a dele? Talvez *ele* devesse fazer a mesura. Não, isso estava errado, os homens não...

Elagbi resolveu o dilema ao segurar as mãos de Talasyn entre as dele.

— Talasyn — disse, em um tom caloroso, a gentileza dos olhos escuros em certo conflito com sua postura aristocrática. — Tudo empalidece se comparado à alegria de ver você de novo. Sinto muito que precise ser sob circunstâncias tão dolorosas.

— Eu... eu sinto muito... pelo que aconteceu da outra vez — gaguejou Talasyn, querendo se retrair ao notar o tom tão indigno em contraste ao dele. — Eu precisava voltar o mais rápido possível...

— Não houve problema — disse Elagbi. — Recuperamos o *alindari* que você usou sem dificuldades. E não foi você que deixou para trás uma trilha de soldados nenavarinos machucados.

A expressão do homem foi tomada pelo amargor quando ele pronunciou a última frase, e naquele momento Talasyn sentiu uma conexão evidente com Elagbi. Ela sabia muito bem qual era a sensação de ter um dia arruinado por Alaric Ossinast.

Talasyn se esforçou muito para conseguir passar pelas apresentações. Vela inclinou a cabeça para o príncipe do Domínio, e Talasyn percebeu tardiamente que ela estava com a postura ereta mesmo com o ferimento que acabara de ser costurado, do esterno ao quadril, que ainda devia estar dolorido.

— Vossa Alteza. — O tom rígido de Vela parecia mais contido que o normal. — Nós agradecemos por nos conceder uma audiência.

Elagbi sorriu e fez uma mesura, uma perna passando para trás, e a mão direita pousada abaixo do peito enquanto a esquerda fazia um floreio elegante.

— Amirante. A honra é minha. Também lhe devo um agradecimento por abrigar minha filha e tratá-la bem durante todos esses anos. Agora, por favor, me sigam...

As Lachis-dalo as rodearam ao entrarem no castelo. Os corredores sinuosos da *W'taida* eram tão luxuosos quanto o exterior sugeria. As paredes e o chão eram ladeados de mármore em um tom de bronze opaco, com lascas de ouro. As paredes de metalidro tinham painéis de marfim-escuro e ofereciam uma vista panorâmica das ilhas em sua cama de ondas turquesa e os dragões que pairavam vigilantes acima. Talasyn teria muita dificuldade de acreditar que estava em um navio se não fosse pelo zumbido dos corações de éter sob seus pés.

Elagbi e Vela conversaram em um tom baixo e lúgubre sobre os acontecimentos recentes, a queda dos últimos bastiões da Sardóvia e por que os sobreviventes seguiram para Nenavar. Talasyn ficou grata por Vela ter tomado a dianteira. Era como se o castelo não tivesse fim, e ela achava que não estava pronta para atravessar tantos corredores compridos enquanto papeava com o homem que recentemente descobrira que talvez fosse seu pai.

Eles pararam diante de um par de portas douradas cobertas por entalhes complexos. Havia duas guardas de cada lado, e enquanto Elagbi falava com elas, Vela deu um passo para trás para se dirigir a Talasyn.

— Se eu puder oferecer um conselho para nossa futura reunião com a Rainha Dragão — murmurou ela —, seria o seguinte: é melhor que eu seja a única a falar. E, com isso, quero dizer: *não* permita que seu temperamento se sobreponha a seu controle. E não fale nenhum palavrão.

— Eu nem falo *tanto* palavrão — retrucou Talasyn, insolente. — E por que precisamos ficar pisando em ovos?

— Porque, se formos acreditar nas antigas histórias, veremos que é necessário ser certo tipo de mulher para conseguir se manter no poder em meio ao ninho impiedoso de intriga política que é a sociedade nenavarina. A rainha Urduja sem dúvida é esse tipo de mulher, considerando todo o tempo que sua casa tem reinado. Devemos proceder com cuidado.

As guardas abriram as portas, e Elagbi prontamente levou Vela e Talasyn à presença da Zahiya-lachis.

Em contraste ao resto da *W'taida*, onde a aurora fluía pelas janelas como rios, as janelas que iam do chão ao teto da sala do trono estavam cobertas por cortinas opacas de seda grossa azul-marinho — para oferecer mais privacidade, supôs Talasyn. Isso teria deixado aquele enorme salão impossivelmente escuro se não fossem pelas lamparinas de fogo, diferentes daquelas usadas no Continente. Elas irradiavam uma luz pálida e brilhante, quase prateada, lançando um resplendor etéreo sobre as pilastras de mármore e as tapeçarias com motivos celestiais, sobre as silhuetas imóveis das Lachis-dalo da rainha posicionadas em diversos pontos de entrada e sobre a plataforma ao final do salão, onde ficava um trono branco monumental. A mulher ali sentada estava longe demais para que Talasyn distinguisse suas feições, mas algo na postura dela remetia às víboras altamente venenosas que espreitavam na grama da Grande Estepe. Elas observavam do alto de suas espirais reluzentes quando outra forma de vida adentrava seu território e levavam o tempo que desejassem para decidir se o intruso valia o esforço que elas precisariam fazer para atacar.

— Normalmente, este lugar está cheio de cortesãos — disse Elagbi, conduzindo Vela e Talasyn mais adentro da sala do trono. — No entanto, devido à natureza sensível desta reunião, minha mãe e eu achamos melhor optar pela discrição.

— Eles deveriam ter vindo com um navio menor, nesse caso — murmurou Talasyn para Vela.

— É uma demonstração de poder — respondeu Vela, com calma, também com a voz baixa. — De força e grandeza. É muito mais fácil negociar com um oponente intimidado.

Talasyn refletiu se *oponente* era a melhor palavra para definir os nenavarinos, mas, ao se aproximarem da plataforma e aos poucos enxergarem as feições da Rainha Dragão com mais nitidez, a garota se via obrigada a concordar que era realmente difícil não se sentir acuado ali.

Urduja da Casa de Silim era velha da mesma forma que montanhas eram velhas: imponentes e dignas de admiração, transcendendo a devastação do tempo enquanto outras entidades inferiores eram destruídas. Seu cabelo branco como a neve estava preso em um coque apertado por correntes de cristais com formato de estrelas e que enfeitavam a testa da mulher. Acima dessa joia, havia uma coroa que parecia entalhada de gelo e que dava voltas graciosas na direção do céu incrustado de estrelas, como se fosse uma vasta galhada. As pontas dos cílios compridos exibiam fragmentos minúsculos de diamantes que iluminavam os olhos muito pretos, e os lábios estavam pintados de um tom de azul tão escuro que quase chegava a ser preto, contrastando com a pele marrom-clara. A rainha trajava um vestido de mangas compridas de seda vermelho como groselha, com fios prateados percorrendo as costuras, e os ombros largos e a bainha alargada da saia de ampulheta era adornada com diversas escamas de dragão iridescentes e pedras de ágata de fogo. O pescoço estava coberto por camadas de cordões de prata finos cheios de rubis, e as unhas de uma das mãos, adornadas com cones prateados com joias e afiados como adagas, tamborilavam distraídas no braço do trono enquanto a mulher aguardava que o grupo rompesse o silêncio.

Elagbi pigarreou.

— Venerada Zahiya...

— Dispensemos as formalidades. Meus bajuladores não estão por perto para apreciá-las. — Urduja falou impecavelmente em Marinheiro Comum, a voz tão fria quanto a coroa que usava. — Amirante Vela, depois de todas as tentativas fracassadas de conquistar o apoio do Domínio à sua causa, eu *esperava* que tivesse compreendido a mensagem. Em vez disso, trouxe a Guerra dos Furacões para as minhas fronteiras.

— É uma guerra que ainda podemos vencer, Vossa Majestade — declarou Vela. — Com sua ajuda.

A princípio, a amirante parecia tão confiante quanto Urduja, a cabeça erguida com a mesma altivez, mas Talasyn notava o rosto pálido da oficial e seus punhos cerrados... sem dúvida uma tentativa de ignorar a dor dos ferimentos.

A Zahiya-lachis arqueou uma sobrancelha elegante.

— Está me pedindo para enviar minha frota em uma batalha contra o Império da Noite em seu nome?

— Não — disse Vela. — Estou pedindo por refúgio. Estou pedindo para que abra as fronteiras para a *minha* frota, para que possamos nos abrigar aqui enquanto reunimos nossas forças mais uma vez.

— Então eu estaria acolhendo os inimigos mais detestados de Kesath — comentou Urduja. — Gaheris ainda não voltou seu olhar para Nenavar, mas duvido muito que ele estaria disposto a deixar *isso* passar.

— Ele não precisa descobrir. E, mesmo que seja o caso, o que ele pode fazer? — argumentou Vela. — Esse arquipélago não pode ser invadido por navios de guerra em massa, não quando conta com dragões.

— Não teria tanta certeza disso. Forasteiros são muito imprevisíveis. — Um pouco de raiva por fim transpareceu no tom frio de Urduja. — Aquele seu general, Bieshimma, se bem me lembro, fez um trabalho muito bom de invadir nosso território há pouco tempo.

— E eu também — disse Talasyn, em um ato impulsivo.

Todos se viraram para a jovem, mas a atenção de Talasyn estava focada em Urduja, que a encarou da plataforma com uma expressão cuidadosamente neutra. O bom senso de Talasyn implorava que ela ficasse quieta e deixasse Vela lidar com a situação, mas a garota estava tensa e aflita por causa dos acontecimentos recentes, e desesperada para ajudar os camaradas que estavam espalhados por toda a Lir, tentando escapar do poderio de Kesath. Ela precisava fazer *alguma coisa*.

— Eu também invadi o Domínio — continuou Talasyn, obrigando a voz a não fraquejar. — Foi assim que seu filho me encontrou. — Será que estava falando alto demais? Com a adrenalina pulsando nos ouvidos, ela não conseguia avaliar o tom da própria voz. — Se o príncipe Elagbi estiver certo, isso significa que eu sou sua neta. Isso significa que eu posso pedir que, *pelo menos*, ouça o que temos a pedir.

Urduja examinou o rosto da garota por um longo momento. Havia algo nos olhos da Rainha Dragão que Talasyn não apreciava — uma astúcia, um brilho triunfal, como se Talasyn tivesse acabado de cair em uma armadilha. Vela esticou a mão e segurou o braço de Talasyn, um gesto protetor que fez um nó se formar na garganta dela, mesmo que a garota não compreendesse o motivo por trás do gesto.

— Você está certa: ela *de fato* se parece com sua falecida esposa — disse Urduja para Elagbi depois de um tempo. — Mais do que isso, reconheço a coragem. Talvez venha de Hanan, talvez até de mim. Acredito que ela seja mesmo Alunsina Ivralis. Mas, me diga... — Urduja inclinou a cabeça. — Por que eu deveria escutar a filha da mulher que incitou a guerra civil nenavarina?

Talasyn sentiu o sangue congelar nas veias. Seu estômago pareceu esvaziar. No começo, ela pensou ter ouvido errado, mas os segundos continuaram a passar e a Zahiya-lachis continuou a esperar por uma resposta. Silenciosa e letal. Uma serpente prestes a atacar.

Talasyn lembrou-se de ter perguntado a Elagbi como a guerra civil começara, mas ele não chegara a responder, interrompido pelos alarmes da fuga de Alaric. Ela olhou para o homem que era seu pai, e ele empalidecera. Então olhou para Vela, impassível ao ser confrontada por aquela informação inesperada, e sua mão, antes no braço de Talasyn, agora estava cerrada com força ao lado do corpo.

— Bem. — A voz fria de Urduja foi endereçada a Elagbi. — Vejo que não contou *tudo* para ela. A rainha se virou para Talasyn. — Hanan, sua mãe, não apenas causou uma instabilidade ao se recusar a ser proclamada minha Lachis'ka depois que esse meu filho a trouxe para cá e casou-se com ela, mas *também* agiu pelas minhas costas e enviou uma flotilha para o Continente Noroeste para ajudar Solstício em seu conflito contra Kesath. Fez isso apenas porque as pessoas de Solstício eram Tecelãs de Luz, assim como ela. Nem sequer uma única canoa daquela flotilha voltou para casa graças ao porta-tempestades de Kesath. E meu *outro* filho... — As narinas dela se inflaram de raiva. — Ele usou essa catástrofe para promover os próprios fins. Ele me culpou por essa perda, disse que eu era fraca e liderou centenas de ilhas em uma tentativa de me tirar do trono para que ele o ocupasse. Seis meses de matança que levaram à beira da ruína uma civilização de milhares de anos, e todos os acontecimentos podem ser traçados de volta para aquela forasteira, Hanan Ivralis. Você é sangue do meu sangue, é verdade, mas também é sangue *dela*. Como posso confiar em você, *Tecelã*?

Urduja cuspiu aquele título como se fosse uma maldição. Talasyn ficou aturdida, sem conseguir pensar em uma forma de remediar a situação, os pensamentos ao mesmo tempo girando em um turbilhão e vagando num ritmo letárgico.

— Harlikaan. — Elagbi endireitou os ombros, o olhar escuro em súplica fixado na Zahiya-lachis. — Sabe tão bem quanto eu que minha esposa foi manipulada por seus inimigos. Não foi culpa dela. Mesmo que fosse, Talasyn não pode ser considerada responsável pelo que aconteceu. Ela cresceu em um orfanato, muito longe dos ossos de seus ancestrais. Ela é uma vítima dessas circunstâncias, e não a culpada.

Urduja ainda não parecia convencida, embora a mulher desde o começo pouco tivesse expressado qualquer emoção, o semblante imaculado sem deixar transparecer nada. Talasyn estava desesperada. Se Nenavar não concordasse em abrigar os sardovianos, estava tudo acabado. Eles não tinham suprimentos suficientes para continuar navegando os céus acima do Mar Eterno e chegar a outras nações que talvez nem sequer os recebessem. Sem mencionar o fato de que cada minuto que passavam em mar aberto era mais um minuto em que arriscavam ser descobertos pelas patrulhas kesathesas.

Uma década de sacrifício — de sangue e suor e heróis e perdas — não poderia encontrar um fim tão miserável. Talasyn faria qualquer coisa para impedir aquilo.

— Eu faço o que quiserem — disparou ela, impulsiva. — Não posso pedir desculpas por algo que aconteceu quando eu só tinha um ano, mas se concordarem em nos dar refúgio, não vou causar nenhum problema. Eu juro.

Talasyn prendeu a respiração. E esperou.

Os lábios escuros de Urduja se curvaram em um sorriso.

— Certo. Tomei minha decisão. Existe um conjunto de ilhas desabitadas na parte mais distante a oeste do meu território. Nós as chamamos de Sigwad, o Olho do Deus Tempestade. Fica localizada no meio de um estreito afilado onde ninguém pode entrar sem minha permissão, já que as águas são turbulentas e os ventos são intensos. Também é o local da Fenda da Tempestade de Nenavar, que transborda com frequência. Aquelas ilhas podem providenciar abrigo suficiente para a frota sardoviana, creio eu.

Por um breve momento, a mulher pareceu se entreter com o silêncio desnorteado que se seguiu àquele pronunciamento. Então, endereçou as próximas palavras a Vela:

— Para elucidar a questão: a Tempória não afeta o agrupamento de ilhas, mas *está* ao redor delas, preenchendo o restante do estreito. O caminho até o Olho do Deus Tempestade é perigoso, mas também é remoto e ainda está sob minha jurisdição, então ninguém irá incomodá-los lá. Isso faz com que seja a melhor opção para seu propósito. Portanto, as fronteiras de Nenavar estarão abertas para a Sardóvia durante quinze dias, e ao longo desse período vocês poderão evacuar suas tropas para o estreito. Minhas patrulhas serão instruídas a ignorar suas embarcações, mas eu não garantirei minha proteção caso lhes deem um motivo para intervir. Qualquer embarcação aérea ou *porta-tempestades* — ela pronunciou a palavra com desdém — que tente adentrar o Domínio depois desse tempo será derrubado ao ser avistado. Porém, a Confederação poderá se abrigar aqui até que estejam prontos para reconquistar o Continente Noroeste.

Talasyn não conseguia sentir alívio. Havia uma corrente frenética no ar — além de algo que enrijecia a postura de Vela — que lhe dizia haver um porém naquela concessão.

E, de fato, não demorou muito para que a Rainha Dragão acrescentasse:

— Em troca, é lógico, Alunsina ficará na capital, onde assumirá seu papel como Lachis'ka do Domínio de Nenavar.

Na privacidade de sua suíte a bordo do *Salvação*, o maior dos porta-tempestades de Kesath e o transporte principal de seu pai tanto na guerra quanto em questões estatais, Alaric retirou a máscara de obsidiana com o rosnado do lobo que cobria a metade inferior de seu rosto e a deixou em uma mesa próxima.

Ele acabara de voltar de uma jornada para aferir o oeste do Mar Eterno, sem encontrar traço do restante da frota sardoviana. Nem mesmo destroços. Gaheris estava em um humor relativamente agradável, ainda exultante devido à vitória decisiva, sentimento que não se estenderia por muito tempo, quando ele mais uma vez lembrasse que o filho deixara a Tecelã de Luz escapar.

E, honestamente, aquilo *de fato* fora culpa de Alaric. Ele permitira que a garota fugisse por motivos que ainda não entendia, mesmo após gastar horas avaliando suas lembranças daquele encontro durante o cerco de Refúgio-Derradeiro. Algo o fizera ir embora, algo para o qual ele não tinha nome — e, pouco antes disso, algo fizera com que ele propusesse que a garota o acompanhasse.

Ele se contraía toda vez que se lembrava *dessa* parte.

Gaheris demonstrara certa curiosidade sobre a interseção entre a Luzitura e o Sombral, mas, no fim, declarara que os Forjadores de Sombras não precisavam de nada que Tecelões de Luz pudessem lhes oferecer. Então *por que*, em nome de todos os deuses, Alaric fizera aquela sugestão para a garota que era sua maior inimiga?

E por que ele não conseguia parar de pensar nela?

Talvez ele sentisse pena dela. Tudo que a garota conhecia virara pó.

Alaric caminhou até as janelas e encarou a paisagem, através de camadas de metalidro, vendo os destroços retorcidos de diversas cidades das Terras Interiores a quilômetros abaixo. A contagem de mortes apenas na capital era de centenas de milhares. Era uma escala de destruição jamais vista desde que Kesath anexara as Terras Fronteiriças, o mesmo episódio que levara à deserção de Ideth Vela e dera início à guerra.

No entanto, estava tudo acabado. O Império da Noite triunfara. A Sombra caíra sobre o continente, como era seu destino.

Alaric encarou a terra devastada, com os prédios arrasados e o mar de cadáveres, e se questionou se aquilo valera a pena. Foi só um pensamento distraído, mas ali permaneceu até o instante que o transmissor de ondas na suíte estalou e ele foi informado por um dos legionários que o pai desejava vê-lo.

Por mais que a austeridade de Ideth Vela fosse algo digno de lendas, Talasyn raramente presenciara a comandante verdadeiramente irritada. A mulher recebera a notícia da traição de Darius sem praticamente mover um músculo, mas, no momento, andava em círculos na pequena antessala onde Urduja permitira que ela e Talasyn ficassem sozinhas por alguns minutos para discutir a proposta.

— Notou como ela pensou rápido nos termos? — perguntou Vela. — Ela planejava isso desde o começo, antes até de pisarmos neste navio.

— *Foi* meio rápido mesmo, amirante — concordou Talasyn, cuidadosa.

— Isso significa que o reinado dela está ameaçado — murmurou Vela. — Ela precisa garantir a linhagem de sucessão. As outras casas nobres com certeza querem substituí-la como rainha, já que não possui herdeiros. Urduja está disposta a qualquer coisa para se manter no trono.

Espero que ele tenha um bom motivo para me chamar da capital no meio da discussão sobre a sucessão. Talasyn se lembrou mais uma vez do que Elagbi dissera a Rapat. A Zahiya-lachis já estava cercada nessa época? Talvez essa situação perdurasse desde que a rebelião de Sintan fora vencida e o navio que levava Alunsina Ivralis nunca retornara...

Vela se virou para Elagbi com um vigor assustador assim que o príncipe nenavarino se juntou a elas na antessala.

— *Você* — disse ela, rugindo, parecendo não estar sequer acuada diante da posição dele como nobre. — Você sabia disso? Sabia o que a Rainha Dragão planejava para nós?

Elagbi ergueu as mãos em súplica, os olhos fixos em Talasyn.

— Eu juro que não sabia de nada.

A fúria da amirante não foi amainada.

— Nós viemos até aqui em boa-fé — retorquiu ela, amarga. — Não para que sua filha pudesse ser coagida a entrar em um ninho de víboras.

— Ninguém a está coagindo a nada — argumentou Elagbi, pálido, parecendo tão miserável quanto era possível para um príncipe. — Tem a palavra da Zahiya-lachis de que estão livres para partir caso decidam não aceitar a proposta.

— E *depois* o que faremos, Vossa Alteza? — rebateu Vela. — Vamos deixar o Império da Noite nos caçar como ratos enquanto os meses se passam? Deixar Talasyn carregar o fardo de saber que poderia ter prevenido tal coisa? Isso é coerção, mesmo que queiram adornar a proposta com palavras bonitas.

Um horror lento e angustiado recaiu sobre Talasyn quando ela percebeu que seria separada de seus camaradas e precisaria adentrar um novo mundo estranho. A jovem não queria fazer nada além de bradar contra a injustiça daquilo e da incerteza do futuro, e talvez até se desfazer em lágrimas diante da ferocidade com que Vela lutava por ela. Porém, Talasyn decidira na sala do trono que precisava fazer alguma coisa, e isso *era* alguma coisa. Essa era a única coisa. Ela precisava ser forte.

— Eu já me decidi — anunciou a Tecelã.

Ela se virou para Elagbi, e para ele apenas, porque a expressão de Vela talvez estilhaçasse toda a sua determinação.

— Eu vou aceitar. Eu vou ser a Lachis'ka.

Gaheris mantinha um gabinete utilitário a bordo do *Salvação*. Não era um cômodo espaçoso, considerando que a maior parte do porta-tempestades era reservado para a quantidade considerável de corações de éter. O ambiente estava constantemente imerso nas sombras, e a única fonte de iluminação eram alguns feixes fracos do sol da tarde que entravam pelas frestas na cortina da janela, muito distantes da figura sentada no meio da sala. Uma única mão enrugada e esquelética se estendeu na direção daquela luz cinzenta, pedindo que Alaric se aproximasse.

Alaric havia muito suspeitava que a luz machucava os olhos do pai, e a penumbra eterna com que ele se embrulhava era destinada a esconder seu estado atual. Embora Gaheris tivesse apenas cinquenta anos, parecia ter o dobro dessa idade. Ele conseguira executar grandes proezas de magia das sombras durante o Cataclisma, e, nos anos que se seguiram, passara a maior parte do tempo experimentando com o etercosmos, levando seu corpo ao limite. Aquilo tivera um custo físico, ainda que seu poderio mágico permanecesse imensurável.

Alaric tinha sete anos quando a guerra entre Kesath e Solstício teve início. Ele testemunhara a deterioração gradual do pai, muitas vezes se perguntando se era aquele o futuro que o aguardava. Por mais que Gaheris afirmasse que o conhecimento valia o custo, ele ainda não ensinara a Alaric seus segredos mais penosos — o mestre da Legião Sombria precisava estar sempre no fronte.

— Você ainda não encontrou o restante da frota sardoviana. — Era uma constatação, não uma pergunta. A voz saía em um chiado rouco, gélido, borbulhando de uma garganta debilitada. — Você deixou que a Tecelã de Luz fugisse e agora não consegue encontrá-la. Ela pode estar do outro lado do mundo a essa altura. E Ideth Vela está com ela. Nossa nação não está segura enquanto Vela respirar, e enquanto uma Tecelã existir para angariar o apoio das pessoas. Uma *luz* para açoitar a escuridão.

Alaric baixou a cabeça.

— Peço desculpas, pai. Nossa busca foi extensa, mas se nos der permissão para navegar a sudeste...

— Não. Ainda não. Ainda não estamos preparados para enfrentar o Domínio de Nenavar. Eles podem estar em estado de alerta, como é direito deles depois do que *você* fez.

Alaric se conteve. O silêncio era uma defesa patética, mas era o melhor recurso disponível naquele instante.

— Ainda não é chegada a hora. Tenho planos para o sudeste — continuou Gaheris. — Planos que tenho receio de deixar em suas mãos pouco competentes, mas, quem sabe... talvez essa responsabilidade adicional lhe faça bem.

Alaric ficou imóvel.

— Agora o verdadeiro trabalho começa. Rezo para que você não me decepcione — entoou o pai. — Está pronto, *Imperador*?

Alaric assentiu, com um estranho vazio no peito.

— Sim. Estou pronto.

PARTE II

CAPÍTULO 13

QUATRO MESES DEPOIS

A corda se esticava conforme Talasyn avançava pela torre mais alta do Teto Celestial, os ferrões de aço do gancho de escalada fincados nas laterais da ameia a uma dúzia de metros acima da cabeça dela. A manhã chegava ao fim no Domínio de Nenavar, e a jovem semicerrou os olhos sob a luz do sol brilhante, a brisa úmida soprando na testa que pingava de suor. Ela subia cada vez mais alto, o coração batendo rápido e a adrenalina aumentando enquanto a capital Eskaya ficava menor e menor, até que os telhados não passavam de um tapete de joias multicoloridas sobre um campo verde. Cerrando os dentes, ela dobrou os joelhos para pegar impulso e aprumou a coluna para praticamente *andar* pela lateral da fachada de alabastro do edifício, o corpo alinhado com o horizonte e o céu azul.

Nos meses em que a subida passou a ser um ritual diário, Talasyn começou a valorizar aqueles momentos nos quais havia apenas ela, a torre e a gravidade. Era uma forma de meditação em movimento que mantinha seus reflexos aguçados e a lembrança das favelas verticais decrépitas de Bico-de--Serra viva em seu coração. Era bom se lembrar de onde viera. Ajudava a garantir que a melhoria em sua situação de vida não a fizesse perder o juízo.

Ela se ergueu sobre o parapeito e subiu em uma varanda, os pés mais uma vez firmados em um chão reto e sólido. O palácio real ficava empoleirado em penhascos de calcário íngremes de onde se podia observar a extensa cidade de ouro que aparecera em uma de suas visões. Daquela torre, Talasyn tinha uma vista excelente dos jardins verdejantes, dos caminhos de água brilhantes e das ruas movimentadas cheias de atracadouros onde um fluxo constante de embarcações aéreas era ancorado — fossem coracles, cargueiros, iates recreativos ou barcaças diplomáticas. A linha do horizonte era dominada por construções curvilíneas feitas de pedra, ouro e metalidro, embora nenhuma delas fosse mais alta do que o Teto Celestial. Entre elas havia áreas residenciais, com casas em palafitas de madeira com fachadas coloridas, pilares de estuque ornamentados, com telhados de diversas camadas com os beirais curvados para cima, lar de cata-ventos de bronze que exibiam galos, porcos, dragões e bodes rodopiando a cada sopro de vento.

Ao redor do assentamento urbano — bem perto do perímetro da cidade, na verdade —, havia uma floresta tropical que se estendia por quilômetros e mais quilômetros em todas as direções, interrompida apenas por pedacinhos de vilarejos aqui e ali. O horizonte era cercado pelas silhuetas azul-acinzentadas das montanhas distantes.

Além dos milhares de escolhos, atóis, recifes, rocas e ilhotas menores desabitadas que despontavam de seu leito de ondas turquesa, o Domínio de Nenavar contava com sete ilhas principais. Uma para cada lua de Lir, como os cronistas adoravam pontuar. Eskaya — assim como o porto Samout e a cordilheira Belian — ficavam em Sedek-We, a maior das sete ilhas e o centro do governo e da atividade comercial de Nenavar. Talasyn passava a maior parte do seu tempo ali, sendo observada de perto, conhecendo melhor seu pai e sua avó quando não estava aprendendo o idioma, a história, a cultura e a etiqueta de Nenavar com o auxílio de uma série infinita de tutores. Havia apenas dois meses que ela fora apresentada formalmente à sociedade nenavarina, mas a Zahiya-lachis permanecia incansável em sua missão de assegurar que sua herdeira não daria margens para críticas. Era uma tarefa monumental fazer com que a aristocracia e o povo aceitassem que uma forasteira iria governá-los um dia. Talasyn precisava parecer, soar e agir o mais nenavarina possível. *Sempre.*

— Alunsina Ivralis — pronunciou ela em voz alta, testando o som do próprio nome na língua. A passagem do tempo não colaborara em nada para diminuir aquela sensação incômoda. Ela franziu o cenho. — Parece mais um palavrão.

Uma risada melodiosa surgiu de algum lugar atrás dela.

— Vai se acostumar, Vossa Graça.

Talasyn se virou. Jie, sua dama de companhia, estava recostada no batente da porta da varanda, os braços e tornozelos magros cruzados em uma pose descontraída, os ombros cobertos de contas de concha e de seda.

Este era mais um aspecto da nova e estranha vida com que Talasyn precisava se acostumar: o fato de que *tinha* uma dama de companhia. Jie era de uma casa nobre, e um dia herdaria um título próprio. A família a mandara para a corte para que ganhasse experiência política e fizesse alianças promissoras. Era ela que garantia que Talasyn parecesse apresentável e a acompanhava nas refeições e nos períodos de tempo livre entre suas lições.

— Você e os guardas não precisam ficar de olho em mim o tempo *todo*, sabe — informou Talasyn para Jie em nenavarino, as palavras saindo fáceis para ela graças à combinação de horas de estudo e uma aptidão que ela só poderia atribuir à própria magia. Estar ali e próxima a uma Fenda de Luz fez com que o éter dentro dela se comportasse como uma semente sob o sol. — O Teto Celestial é uma fortaleza. Duvido muito que sequestradores e assassinos aleatórios consigam se infiltrar com tanta facilidade assim.

— A maioria dos perigos vem de dentro das paredes do palácio, Lachis'ka — retrucou Jie. — Mas, no caso, Sua Majestade Estrelada requisitou sua presença.

Talasyn conteve um grunhido. Ela logo compreendera que qualquer gesto de hostilidade em relação a Urduja, por menor que fosse, deixava a maioria das pessoas desconfortável, se não completamente ultrajadas.

— Pode ir na frente, então.

— Na verdade... — Jie deu uma risadinha, colocando uma mecha do cabelo castanho e ondulado atrás da orelha, os olhos cor de café avaliando a túnica ensopada de suor de Talasyn e a calça puída. — Vamos arrumar a senhorita primeiro, Vossa Graça. É para o chá.

O salão da Rainha Dragão era um conjunto arejado de cômodos na ala leste, decorado com afrescos e tapetes geométricos pintados de tons vívidos de roxo, laranja e vermelho. Como a maior parte dos outros cômodos no palácio real, exibia paredes brancas de mármore com entalhes em marfim e dourado, que cintilavam ao serem tocadas pelos raios de sol que entravam pelas janelas de vitrais.

As flores de hibisco feitas de tule que adornavam a saia perolada do vestido de chiffon de Talasyn farfalharam quando ela cruzou as pernas — ou melhor, quando ela *tentou* cruzar as pernas. Se ela ousasse levantar a coxa um pouquinho que fosse, arrebentaria a costura. Sem dúvida Khaede morreria de rir se pudesse vê-la naquele instante, concluiu Talasyn.

Você não estaria muito melhor, tá bom?, responderia Talasyn para a amiga ausente.

Khaede ainda estava desaparecida, e Talasyn desenvolveu o hábito de conversar com ela em pensamento, imaginando-a ali ao seu lado. Talvez fosse uma atitude infantil, mas era melhor do que se torturar pensando em todos os cenários terríveis que poderiam envolver a amiga.

Ela levou o pé, calçado com um sapato de bico fino, de volta ao chão enquanto Urduja a observava do outro lado da mesa de palissandro, coberta de doces delicados e xícaras de porcelana. A Zahiya-lachis ainda não aplicara a camada de cosméticos elaborada que usava em aparições públicas, mas seu rosto despido era igualmente intimidante, com as feições de granito e o olhar sagaz.

— Quero me certificar de que não restou qualquer ressentimento depois da minha última ordem — disse Urduja em um tom que deixava implícito que Talasyn não tinha escolha a não ser concordar. — Imagino que já tenha caído em si.

— Sim, Harlikaan — garantiu-lhe Talasyn, moldando as feições no que parecia um arrependimento razoável, endereçando Urduja com o equivalente nenavarino de *Vossa Majestade* e mentindo descaradamente.

Alguns dias antes, as duas tiveram uma discussão acalorada, visto que Urduja declarara que era arriscado demais para Talasyn continuar a frequentar o esconderijo sardoviano no Olho do Deus Tempestade. A jovem decidira que *ninguém* ia lhe dizer onde poderia ir ou não, mas a avó não precisava saber disso. Ia ser moleza pegar um coracle mariposa de um dos diversos atracadouros no meio da noite e voltar para Eskaya antes de o dia amanhecer. No entanto, para seu plano funcionar, a avó precisava acreditar que Talasyn era uma menina obediente.

A Zahiya-lachis deixou o assunto de lado. Evitava ao máximo abordar a situação dos sardovianos. A notícia da presença deles foi compartilhada com seus aliados mais próximos, mas, no que se tratava do Domínio, nenhum acordo fora feito. A frota de Ideth Vela não existia dentro do território do arquipélago.

Urduja passou para o outro motivo do desentendimento com Talasyn.

— Eu entendo que você queira saber mais sobre essas suas habilidades, e foi por isso que me pediu incessantemente para ter acesso à Fenda em Belian. No entanto, tal acesso nunca foi parte do nosso acordo. Você é minha herdeira, e já está mais do que na hora de se concentrar em seus deveres reais e aprender a governar. Não me demorarei muito mais neste mundo, e eu gostaria de chegar ao próximo sabendo que deixei meu reino em boas mãos.

Talasyn engoliu uma variedade imensa de respostas atravessadas. Esgueirar-se pelas ruínas do templo dos Tecelões de Luz seria difícil, considerando a patrulha regular de soldados na área, mas mesmo assim ela tentaria.

— Eu me submeto ao seu julgamento como sempre, Harlikaan — declarou a garota, plácida.

Ela exagerou na docilidade. Urduja lhe lançou um olhar de extrema desconfiança, ao que Talasyn respondeu piscando com o máximo de inocência que conseguiu. No entanto, a irritação que a dominava se abrandou um pouco, porque a garota percebeu, surpresa, que aquela era a primeira vez que Urduja mencionava a própria mortalidade na presença da neta. Por mais que quatro meses fosse pouco tempo para estabelecer qualquer tipo de laço familiar da parte de Talasyn, seu estômago ficou embrulhado diante da ideia de ver aquela mulher poderosa e aparentemente invulnerável morrendo.

— Meus cortesões já se apressam para afundar minhas garras em você — avisou Urduja. — Precisa se tornar uma especialista em discernir quem é confiável e quem não é. A maioria deles está nessa última categoria, mas, se souber jogar as cartas certas, ninguém ousará questionar seu reinado. A Zahiya-lachis é Aquela Que Estendeu a Terra sobre as Águas, tão importante quanto uma deusa.

A partir dali, a reunião procedeu de forma eficiente e objetiva, e Urduja instruiu Talasyn sobre vários tópicos relativos ao Domínio enquanto comiam doces finos e tomavam chá. De vez em quando Urduja fazia uma pergunta e Talasyn respondia da melhor forma que conseguia, recorrendo às lições recebidas e às próprias observações pessoais. Já faziam parte da rotina, e ainda assim aquelas discussões se tornavam cada vez mais técnicas conforme os meses passavam, questões que eram debatidas em um idioma que Talasyn começara a aprender só recentemente. Quando, por fim, um criado entrou na sala para anunciar a chegada do príncipe Elagbi, Talasyn já estava mentalmente exausta e ficou grata por aquele descanso.

Ela se levantou para cumprimentar o pai. Não precisava fazer isso — afinal, seu posto era superior ao dele —, mas o homem era a coisa mais próxima que tinha de um aliado verdadeiro na corte. Fora Jie e as Lachis-dalo, que acompanhavam todos os seus passos, Elagbi era a pessoa com quem ela passava mais tempo, exceto quando os deveres do príncipe o levavam para longe da capital. Talasyn sorriu quando o pai a beijou na bochecha: era exatamente o tipo de coisa que ela imaginara que os pais fizessem todas as manhãs, ou quando iam dormir.

— Se soubesse que iria se juntar a nós, eu teria pedido aos criados para prepararem o chá de folhas de laranja, e não o de etlingera — ralhou Urduja com o filho assim que Talasyn e ele se sentaram.

— O chá de laranja era o único que eu não detestava com todas as minhas forças quando era criança — explicou Elagbi para a filha. — Eu nunca gostei muito de chá, na verdade.

— Vocês dois têm isso em comum — comentou Urduja.

Droga, xingou Talasyn internamente. Ela achava que tinha dominado a arte de ficar com uma expressão plácida ao engolir aquela água amarga de folhas, mas pelo visto precisava praticar mais.

Elagbi se virou para Urduja.

— Peço desculpas por aparecer dessa forma, Harlikaan, mas trago notícias urgentes.

Ele parou, olhando hesitante para Talasyn. A Zahiya-lachis gesticulou para que ele continuasse, coerente com sua decisão de que era hora de a herdeira do Domínio aprender mais sobre governar e, portanto, ter acesso ao tipo de informação confidencial que isso implicava.

— Um dos nossos barcos pesqueiros na ponta extrema da rota norte enviou uma transmissão por onda de éter para o porto Samout algumas horas atrás. Avistaram uma flotilha de pelo menos trinta navios de guerra kesatheses vindo em nossa direção, com um porta-tempestades na retaguarda. A Grande Magindam teme que um ataque seja iminente. Nenavar é o único reino nessa direção por milhares de quilômetros.

— Ridículo. — Talasyn depositou a xícara no pires fazendo um ruído. — Nem mesmo aquela verruga maldita no traseiro do Pai Universal ia ser burra o bastante para pensar que pode atacar o Domínio com uma força pequena dessas.

O pai e a avó encararam a jovem, perplexos.

— *Aquela verruga maldita no traseiro do Pai Universal?* — questionou Urduja, com um tom seco fulminante.

Elagbi pigarreou.

— Acredito que a Lachis'ka esteja se referindo ao novo Imperador da Noite, Harlikaan.

— Estou, sim. — Talasyn fechou a cara.

O Domínio tinha uma rede de espiões extensa que os mantinha informados sobre tudo de relevante que acontecia nas outras nações, e algumas semanas depois que Talasyn se instalara em Nenavar, ela fora informada de que Alaric Ossinast ascendera ao trono de Kesath. A garota não fazia ideia se aquilo significava que agora ele estava no comando de todas as decisões — até porque tudo indicava que o pai dele ainda estava vivo —, mas ele *certamente* não atacaria um arquipélago inteiro só com trinta navios de guerra e um porta-tempestades.

— Alaric foi capturado na cordilheira Belian comigo — continuou Talasyn. — Ele sabe do que o Domínio é capaz. Já experimentou a magia nulífera e voou em um coracle mariposa. Talvez tenha visto um dragão enquanto estava aqui, mas, mesmo se não tiver visto, qualquer comandante que parasse um segundo para pensar não se atreveria a cogitar uma invasão.

— De fato — concordou Urduja. — A imprudência não é uma característica esperada de uma pessoa que se infiltraria sem um único reforço à vista em um território estrangeiro, conhecido por ser hostil a forasteiros.

Talasyn corou. Se dependesse da avó, ela *e* Alaric não se esqueceriam da burrada que tinham feito.

— Bem, eu pessoalmente estou feliz por você ter se infiltrado em Nenavar, minha querida. — Elagbi deu um tapinha carinhoso na mão de Talasyn. — Sua Majestade Estrelada também está feliz, mesmo que não queira aparentar isso.

— O sentimentalismo não nos ajudará em nada no momento — retorquiu Urduja. — De volta à *situação*: seja lá o que for isso, não parece ser uma tentativa de invasão. Ao menos por enquanto.

— É possível que Kesath tenha descoberto a localização dos sardovianos? — perguntou Elagbi, franzindo o cenho, e Talasyn sentiu o sangue gelar nas veias. — Talvez queiram nos intimidar para entregarmos os nossos refugiados.

Se havia uma coisa que Talasyn descobrira sobre a monarca governante do Domínio de Nenavar, era que ela sempre mantinha suas intenções escondidas, sem deixar transparecer o que de fato estava pensando. Dessa vez não foi diferente. Urduja ficou de pé, uma dispensa abrupta.

— Eu falarei com a Grande Magindam para determinar a melhor forma de lidar com essa notícia — declarou ela. — Enquanto isso, espero discrição máxima de vocês dois quanto a esse assunto.

Elagbi levou Talasyn para outra ala do palácio.

— Sua avó está inquieta — comentou ele enquanto caminhavam.

— Acho difícil acreditar nisso, para ser sincera — comentou Talasyn.

— Você aprende a identificar os sinais depois de um tempo. — Embora o corredor estivesse deserto, exceto pelas Lachis-dalo que acompanhavam os dois membros da realeza a uma distância educada, Elagbi baixou a voz. — Isso poderia muito bem virar uma crise. Se o Império da Noite conseguir entrar no território do Domínio e descobrir a presença dos sardovianos, a fúria deles será sem igual. Você não revelou o acordo para mais ninguém na corte, correto?

Talasyn balançou a cabeça. Como o episódio da cordilheira Belian fora testemunhado por muita gente, Urduja precisara revelar aos outros nobres que Talasyn crescera no Continente Noroeste e que ela era uma Tecelã de Luz. No entanto, ninguém sabia que a garota não retornara ao Domínio por vontade própria... ninguém a não ser os aliados mais próximos da Casa de Silim e as Lachis-dalo presentes na reunião a bordo da *W'taida*, que fizeram votos sagrados para guardar os segredos da família real.

— Suponho que de nada adianta preocupar-se com isso até que Alaric Ossinast deixe suas intenções claras — prosseguiu Elagbi. — Por enquanto, vamos falar de coisas mais alegres.

Talasyn na verdade estava *bastante* preocupada com isso, mas o pouco tempo que tiveram juntos permitira que ela entendesse melhor a personalidade do pai. Como filho mais novo, Elagbi era um fiasco aos olhos de Urduja, um sujeito tranquilo que não tinha grandes ambições nem um pingo da astúcia pela qual a aristocracia nenavarina era conhecida. Na opinião muito carinhosa de Talasyn, ele era *distraído*, e era encantador.

— Sobre que coisas alegres devemos falar, então? — perguntou ela, entrando na brincadeira.

Elagbi pareceu orgulhoso de si.

— Encontrei mais registros de éter.

No gabinete do príncipe nenavarino, uma bela mulher tentava convencer a criança que se debatia em seus braços a olhar para a frente, um momento imortalizado em centelhas monocromáticas em uma tela.

Talasyn jamais deixaria de se maravilhar com as engenhosidades do Domínio. Na Sardóvia, tinham ouvido falar de etergráficos, apesar de serem raros. Eram instrumentos montados em tripés de madeira que usavam um coração de éter imbuído com Fogarantro para transmitir uma imagem em uma folha de cobre e prata. Ali em Nenavar, o etergráfico fora modificado para ser capaz de gravar uma *série* de imagens em faixas de filme de algodão que poderiam ser projetadas em grande velocidade sobre uma superfície plana. O resultado fazia com que as pessoas retratadas nas imagens parecessem estar se mexendo.

Então aquele era o tipo de coisa que se criava em uma nação cujos inventores e Feiticeiros não dedicavam todo o seu tempo e toda a sua energia aos esforços de guerra. Ultimamente, Talasyn sentia uma pontada de melancolia por tudo que a Sardóvia poderia ter se tornado se não estivesse presa às amarras de um conflito que durava dez anos.

Porém, naquela manhã em particular, ela não focou em mais nada que não fosse a mulher e a criança na tela.

Talasyn poderia ver a imagem da mãe quantas vezes fossem, mas a semelhança esquisita sempre a pegava de surpresa. Era como se a garota estivesse olhando não para o passado, mas para o futuro, para uma versão mais velha de si mesma. Nos retratos a óleo e nas etergrafias, porém, o sorriso de Hanan Ivralis parecia mais frágil. Ela não fora muito feliz na corte, preferindo em vez disso visitar as florestas que a lembravam de sua terra natal e as ruínas do templo dos Tecelões de Luz no monte Belian, onde ela podia entrar em comunhão com a única Fenda de Luz existente no país.

No registro, Talasyn tinha apenas poucos meses de idade, e puxava o cabelo da mãe com os dedos roliços e as feições contorcidas, a boca aberta em um choro sem som. Era uma imagem quase *familiar*, como uma palavra que estivesse na ponta da língua, prestes a ser lembrada. Se Talasyn se esforçasse mais, se cavasse mais fundo, com certeza descobriria aquele meio minuto nas profundezas de suas memórias. Com certeza lembraria qual era a sensação de estar nos braços da mãe.

O príncipe Elagbi puxou uma alavanca no etergráfico, voltando o filme ao início sem que ela precisasse pedir. Talasyn poderia ficar ali para sempre. Só naquele momento, naquele fragmento de amor, repetido sem parar. Em algum lugar do Mar Eterno, a frota do Império da Noite estava reunida, mas não foi difícil deixar aquele temor de lado por um tempo. Só mais um pouquinho. A Guerra dos Furacões lhe ensinara que aqueles momentos de tranquilidade eram poucos e espaçados, e ela precisava aproveitar o que tinha. *Quando* tinha.

— Me conte mais uma vez como você e Hanan se conheceram — pediu Talasyn, sem tirar os olhos da tela.

Por mais que Elagbi houvesse repetido a história algumas vezes durante aqueles meses, ele sempre parecia satisfeito de fazer a vontade da filha outra vez.

— Eu viajava com frequência na minha juventude, explorando Lir e aprendendo sobre outras culturas. Na época, eu ainda era o segundo filho, não tinha grandes responsabilidades. — Sua expressão foi tomada por uma sombra, a mesma de quando ele pensava em Sintan, o irmão que ele matara em batalha, mas logo foi substituída pela resignação que o tempo lhe ensinara. — Em uma dessas estadias, eu me deparei com um grupo de ilhas a oeste de Nenavar, onde o céu ficava constantemente iluminado por Fendas de Luz.

— As Ilhas da Aurora — sussurrou Talasyn.

— Como adivinhou? — provocou Elagbi, carinhoso. — Meu barco foi pego em um dos transbordamentos, e caímos. A tripulação e eu sobrevivemos ao impacto, mas ficamos encalhados no meio de uma floresta por vários dias. Achei que era puro azar no começo, mas então me deparei com a sua mãe debaixo das árvores. Eu a assustei, para falar a verdade. Ela quase me atravessou com uma lança tecida de luz.

— Ela era temperamental — disse Talasyn, abrindo um sorriso.

— E muito formidável — confirmou Elagbi, rindo. — Não conseguimos nos entender no começo. O Marinheiro Comum não é um idioma amplamente falado nas Ilhas da Aurora. Usando uma combinação criativa de mímica e desenhos na terra com um graveto, consegui convencê-la a me levar, com minha tripulação, até seu vilarejo. A mãe dela era a matriarca do clã, e nos ofereceram, um pouco relutantes, abrigo e ajuda. Levamos quase um mês para consertar o navio, e, durante esse tempo, Hanan e eu pudemos nos conhecer melhor.

— E vocês se apaixonaram — falou Talasyn, o sorriso se alargando.

Elagbi sorriu de volta para a filha.

— E tudo aconteceu de forma tão rápida e inesperada, um turbilhão que passou por nossas vidas. Quando finalmente fui embora das Ilhas da Aurora, ela veio comigo. Nós nos casamos poucos dias após nossa chegada a Nenavar. A Zahiya-lachis... Aliás... a corte inteira... Eles não gostaram muito da ideia de uma forasteira se juntar à família real, ainda mais porque Hanan se recusou a ser proclamada Lachis'ka, e isso colocava em risco a sucessão, porque Sintan ainda não tinha uma esposa. Porém, meu casamento com Hanan continuou firme. E, depois de um ano, você nasceu.

No registro de éter, os ombros estreitos de Hanan Ivralis se sacudiram com uma risada silenciosa enquanto ela tentava puxar as mechas de cabelo dos dedos curiosos da Talasyn de três meses. No presente, a Talasyn de vinte anos, ao observar a cena, sentiu um aroma vago de frutas silvestres e soube na mesma hora que esse era o perfume da mãe.

Era um começo. Bastava por enquanto.

Ela e o pai nunca falavam sobre o papel que Hanan tivera, mesmo que não tivesse sido sua intenção, na guerra civil. Para Urduja, Hanan provavelmente sempre seria a mulher inocente e facilmente manipulável que quase destruíra o Domínio. Por outro lado, Elagbi tratava a memória da esposa como algo sagrado, e mesmo que a guerra civil nenavarina tenha condenado Talasyn a uma vida de pobreza por muitos anos, ela escolhia se concentrar nas lembranças que nasciam do amor.

— Eu também quero isso para você, sabe? — disse Elagbi.

Talasyn se virou, sem entender aquela declaração enigmática. O homem segurou o rosto da filha nas mãos.

— Seja de forma rápida e inesperada, ou devagar e cautelosa, quero que algum dia você possa se apaixonar e ter o que sua mãe e eu tivemos.

— Acho que não tenho muito tempo para isso — respondeu Talasyn, dispensando o comentário.

O amor era algo estranho para ela. E, pelo que aprendera sobre os nobres nenavarinos, essa também nunca foi uma preocupação para eles, que estavam mais focados em manobras para conquistar poder e ganhar dinheiro. O casamento de Urduja com o avô de Talasyn, que morrera antes de Elagbi nascer, fora uma escolha puramente estratégica, uma consolidação de territórios entre duas casas nobres para resolver uma disputa de fronteiras que durava séculos.

Elagbi era uma exceção, e talvez não houvesse prova maior de que Talasyn era sua filha do que a pequena *curiosidade* que a jovem tinha sobre o sentimento. Queria entender como era amar alguém com tanta força, a ponto de desafiar a tradição ou abandonar tudo que se conhecia.

Então ela se lembrou de Khaede e Sol, do luto que ela sabia que amiga passara a levar consigo aonde quer que fosse, e que perduraria até o fim de seus dias. Pensou na forma doce porém triste com que o pai sempre falava da esposa que falecera havia tanto tempo.

Talasyn mudou de opinião. Amar alguém não valia todo aquele sacrifício.

— Algum dia, minha querida — repetiu Elagbi. — É óbvio que qualquer pessoa, seja ela quem for, vai ter que passar por mim primeiro, e não hesitarei em dizer a todas que não são boas o suficiente para você.

CAPÍTULO 14

Ao meio-dia do dia seguinte, com o sol alto no céu em um estado de verão perpétuo, Talasyn pegou seu equipamento de escalada e escapuliu do palácio real, testando a rota de fuga recém-planejada. Por cima da varanda do quarto, para baixo pelas paredes de mármore branco e pelos penhascos de calcário. Ela coordenou o tempo da descida para coincidir com os breves períodos de troca de guarda e pontos cegos que passara semanas observando. Ao chegar à base do penhasco, pegou seu capuz cinza discreto para cobrir o rosto, que dominara todos os jornais do Domínio nos últimos meses, e avançou para a cidade agitada.

Talasyn ficou impressionada com os nenavarinos que moravam em Eskaya. Apesar de um alerta ter ressoado e a população nas ilhas ter sido aconselhada com pouca antecedência a se preparar para se abrigar dos navios de guerra kesatheses, a maior parte da vida na capital continuava como sempre.

As tavernas e feiras ainda estavam fazendo seus negócios de forma enérgica; os céus azuis encontravam-se repletos de embarcações mercantis; e carroças com jarros de leite e sacas de arroz sacolejavam pelas ruas puxadas por búfalos-do-sol. A única coisa que diferenciava aquela manhã de qualquer outra era o fato de que as notícias sobre a flotilha kesathesa que se aproximava estavam na boca do povo.

Ou de *quase* todo o povo, Talasyn percebeu, ao passar ao lado de duas crianças na calçada. Estavam brincando de um jogo de bater palmas sem um pingo de preocupação naqueles rostos marrom-avermelhados.

— *O vento oeste suspira, e as luas todas perecem* — cantarolavam elas, as palmas batendo no ritmo da melodia. — *Bakun, sonhando com seu amor perdido, vem devorar o mundo acima.*

Talasyn se esgueirou por entre as multidões, tomando o cuidado de optar por becos escuros e avenidas residenciais mais silenciosas sempre que possível. Mesmo assim, achou melhor tomar uma precaução extra e ficou de cabeça baixa até chegar às docas, onde alugou uma embarcação aérea do proprietário de aparência mais apática que conseguiu encontrar. Sua aposta valeu a pena quando o homem a olhou apenas de relance enquanto embolsava o punhado de moedas prateadas que a jovem lhe entregara. Ele gesticulou para uma embarcação que Talasyn poderia usar durante todo o dia.

Era uma... Bem, Talasyn supunha que aquele meio de transporte *poderia* ser chamado de embarcação aérea, considerando que era munido de corações de éter, um transmissor de ondas de éter e uma vela. No entanto, diferente dos navios de guerra com estabilizadores, dos graciosos coracles mariposas ou até dos luxuosos iates de passeio, esse modelo nenavarino era chamado de canoa. Era pouco mais do que um tronco de árvore e que exibia uma vela amarela que obviamente já vira dias melhores.

Talasyn sabia que as canoas eram mais resistentes do que aparentavam. Eram uma visão bastante comum nos céus do Domínio, por serem uma forma de transporte barata e conveniente entre as ilhas, mas isso não ajudou a aliviar seu medo de que aquela embarcação minúscula se desmantelaria se um vento soprasse mais forte.

Ainda assim, ela não estava em posição de escolher nada, e alguns minutos depois ela estava voando para longe das docas e sobrevoando os telhados da cidade e a extensão de floresta tropical indomada que os cercava. Vento e raios de sol atingiam seu rosto ao navegar até o porto Samout.

Fonte sempre confiável de todas as fofocas da corte, Jie confessara a Talasyn no café da manhã que a flotilha kesathesa já podia ser vista das praias de Nenavar. Já que mais ninguém lhe contaria alguma coisa ali, Talasyn decidira ver por conta própria. Ela não tinha aulas à tarde naquele dia; tudo que precisara fazer foi aguentar mais uma sessão matinal frustrante e sem sentido com o instrutor de dança e voltar para os seus aposentos fingindo uma dor de cabeça, deixando ordens rigorosas de que não deveria ser incomodada.

Mesmo se *estivesse* recebendo um relatório detalhado em intervalos de minutos — como com certeza era o caso da avó, levando em conta o desfile constante de oficiais entrando e saindo da sala do trono do Teto Celestial —, Talasyn não ficaria sentada à toa em uma prisão luxuosa enquanto o Império da Noite partia para a ação, fosse qual fosse. Uma fúria antiga acumulou-se dentro dela no instante em que avistou a silhueta inconfundível dos encouraçados kesatheses se assomando no horizonte contra o céu azul límpido, e quando ela atracou em cima de um penhasco arenoso perto do porto, o céu ficara nublado e soturno com a promessa de chuva.

Era apenas mera coincidência. Em Nenavar o tempo mudava de um sol quente para um dilúvio em um piscar de olhos. Apesar de saber disso, Talasyn não conseguiu evitar o calafrio de medo e repulsa que a atravessou. Não conseguiu evitar a sensação de que o porta-tempestades do Império da Noite trouxera aquelas nuvens consigo.

Vamos ficar bem, disse a si mesma, repetidas vezes. *Temos dragões. E temos a frota Huktera.*

Ela saiu da canoa e, apoiada nas mãos e nos joelhos, subiu até a beira do penhasco, a areia arranhando as palmas da mão e a calça marrom, até que encontrou um ponto de observação de onde conseguia ver tudo. Deitada de bruços, ela tirou uma luneta dourada da mochila e a ajustou sobre o olho direito, fechando o esquerdo para focar no que estava acontecendo ao norte do porto Samout.

Formando a ponta de flecha defensiva a alguns quilômetros da costa de Sedek-We estavam os navios de guerra com estabilizadores do Domínio — com três conveses repletos de fileiras e mais fileiras de canhões de bronze, as quilhas curvadas como luas crescentes, as proas esculpidas como cabeças de dragão rosnando e a popa em formato de uma cauda chicoteando. As velas triangulares exibiam o emblema do dragão de Nenavar, com as asas abertas e a metade inferior do corpo serpenteante enrolado, cintilando em dourado contra um campo azul. Os navios pairavam no ar em fios de magia dos ventos, entre nuvens de coracles mariposas sobre um Mar Eterno que começara a ficar revolto junto do céu que escurecia, as correntes espumosas da cor de óleo antigo das máquinas, refletindo a atmosfera tensa.

Na ponta da formação estava o *Parsua*, a embarcação-chefe de Elaryen Siuk, a Grande Magindam de Nenavar, uma posição que Talasyn deduzira ser equivalente à da amirante sardoviana. Siuk parecia tão inabalável quanto Ideth Vela estaria naquela situação, parada no convés de comando bebendo café enquanto avaliava as embarcações kesathesas que haviam parado pouco além do raio de alcance das armas, os canhões já posicionados para fora.

Talasyn virou a luneta mais ao norte e franziu o cenho. Havia algo diferente nos encouraçados e na escolta de coracles lobos do Império da Noite.

Os cascos pareciam ser feitos de placas mais grossas, e os canhões eram mais estreitos. Ou talvez ela só não os visse havia muito tempo. Atrás deles se assomava o porta-tempestades, um pesadelo feito de éter e névoa, e era...

Os dedos dela tremeram na luneta, e sua fúria ficou ainda maior do que seu corpo era capaz de conter. Era o *Salvação*. A embarcação-chefe do Imperador da Noite.

Não pertencia mais a Gaheris, e sim a Alaric.

A magia de Talasyn se revoltou dentro dela, rugindo inquieta, pinicando para alcançar algo além das ondas turbulentas e afundar garras cintilantes de luz em seu inimigo. Ela imaginou Alaric na ponte de comando fechada do porta-tempestades, o olhar prateado encarando serenamente as praias brancas de outra terra que seu império chegara para destruir. E, porque não podia fazer nada daquela distância, sentindo seu ódio prestes a consumi-la por inteiro, ela virou a luneta mais uma vez para a frota nenavarina, tentando se distrair ao aguardar a próxima movimentação de Siuk.

Uma sombra recaiu sobre um dos muitos conveses do *Parsua*. Um dragão descera de uma das montanhas — um dos de olhos verdes, com o corpo coberto de escamas cor de cobre incrustadas de sal. A criatura parecia curiosa, ou talvez pronta para proteger Nenavar das ameaças iminentes. Ninguém sabia ao certo. Embora jamais tivessem machucado alguém de sangue nenavarino e houvessem defendido o Domínio durante tempos perigosos, os dragões não podiam ser comandados. Eram criaturas do éter, ainda mais do que os espectrais, que sumiam no ar, e os sarimans, que anulavam a magia.

Aquele dragão em particular rugiu em desafio e mergulhou na direção dos navios kesatheses. Talasyn se perguntou qual seria a reação de Alaric ao testemunhar uma criatura daquelas se aproximando para atacá-lo. Queria muito ver a cara que ele ia fazer.

Ela se sobressaltou sem querer, batendo a cabeça na própria luneta. Por que estava pensando no *rosto* de Alaric Ossinast?

Repreendendo-se, Talasyn voltou a acompanhar o voo serpentino do dragão, observando com atenção enquanto ele se aproximava da flotilha do Império da Noite.

Vislumbres de ametista brilhante se iluminaram no horizonte. O encouraçado que encabeçava a formação de Kesath disparou uma dúzia de explosões enormes de magia nulífera, e diversas atingiram o dragão em cheio na asa esquerda. O berro incrédulo de Talasyn foi engolido pelo grito de dor da criatura leviatã enquanto a necrose se assentava, pedaços de deterioração preta florescendo nas escamas cor de cobre. Seu instinto de sobrevivência entrou em ação, e o dragão mergulhou no Mar Eterno desajeitado e muito machucado, confuso ao receber golpes do único tipo de magia de éter no mundo que poderia penetrar seu couro.

Como...

Alaric, percebeu Talasyn. Ele levara o coracle mariposa que roubara de volta para o Continente, e os Feiticeiros de Kesath deviam ter se dedicado a extrair aquela nova magia dos corações de éter da embarcação.

Enquanto o dragão desaparecia sob as ondas, Talasyn correu de volta para a canoa. Ela não se importava mais em se manter escondida. Precisava avisar ao Teto Celestial que o Império da Noite desenvolvera os próprios canhões anuladores de magia, e então correria para se juntar à frota da Grande Magindam Siuk para ajudá-los na batalha que com certeza viria a seguir. No entanto, pouco depois que ativara o transmissor da embarcação, uma mensagem veio pela onda de éter. Vinha do encouraçado kesathês principal, e foi repassada em todas as frequências próximas do Domínio.

— Saudações — disse a voz seca de uma mulher, em Marinheiro Comum. — Eu sou a comodora Mathire do Império da Noite. Na retaguarda está Sua Majestade Alaric Ossinast. Mais navios de guerra estão a caminho. Lamento termos ferido o seu dragão, mas o fizemos no intuito de evitar mais perdas. Queríamos mostrar a vocês que também estamos em posse dessa magia e que, portanto, seria sábio de sua parte resistir o menos possível. Antes do sol se pôr, vocês enviarão um representante para discutir os termos da rendição do Domínio de Nenavar. Ou iremos invadir.

A bordo da ponte de comando do *Salvação*, Alaric andou até o transmissor de ondas de éter e puxou a alavanca que permitia sua comunicação com o *Glorioso*, o encouraçado de Mathire.

— Comodora. — Ele manteve o tom neutro, sabendo muito bem que diversos membros da tripulação estavam na escuta. — Dei ordens para atirar apenas se fosse questão de vida ou morte.

— Com todo o respeito, Vossa Majestade — respondeu Mathire, a polidez se equiparando à de Alaric —, a fera estava voando na nossa direção. Qualquer líder que se preze teria tomado a mesma decisão. Ao menos agora o Domínio sabe que estamos falando sério.

Ou irão declarar uma guerra imediatamente porque ferimos um dos seus dragões, retorquiu Alaric, mas apenas no silêncio da própria mente. Não poderia discutir com a oficial em público, afinal, ele fora *recém-coroado* imperador, e Mathire era da velha guarda. Uma heroína do Cataclisma. Não seria de bom-tom ir contra veteranos do Alto Comando e seus apoiadores por enquanto.

Alaric decidiu apenas instruir Mathire a continuar alerta e então desligou. Não havia mais nada a fazer a não ser esperar pela resposta de Nenavar... e pensar no dragão.

Era uma coisa verdadeiramente monstruosa. Uma besta infernal como uma cobra que bloqueava os céus. Muitos na tripulação de Alaric gritaram e ofegaram ao ver um criatura mítica de carne e osso a distância, serpenteando pelos céus, aproximando-se da formação com uma intenção inescrutável. Uma figura mítica cujas garras e dentes de repente faziam seu temido porta-tempestades parecer apenas uma construção frágil, feita por mãos mortais.

Alaric admitiu para si mesmo, relutante, que de certa forma era um alívio comprovar que os novos canhões funcionariam contra tais criaturas. Gaheris ficara encantado com a magia nenavarina, fazendo seus Feiticeiros trabalharem dia e noite para dominá-la, para gerar um volume suficiente para armar uma porção boa dos encouraçados e coracles lobos. Porém, o suprimento era limitado, e o antigo Imperador da Noite, que passara a ser chamado de Regente, não via a hora de obter acesso ao ponto de conexão da dimensão ametista. Fora isso que motivara aquela expedição a sudeste, montada assim que os canhões se mostraram funcionais.

Mas não se tratava apenas disso.

Com sua tecnologia e riqueza, o Domínio de Nenavar seria uma excelente adição a qualquer império. Mesmo que não fosse, aquela nação tentara ajudar os Tecelões de Luz de Solstício havia dezenove anos, e Alaric sabia que nunca seriam um vizinho confiável se fossem deixados a seus próprios desígnios.

Os inimigos estão por toda parte. Lembre-se disso, meu filho.

A resposta de Nenavar chegou muito mais rápido do que o esperado. Dentro de uma hora, na verdade, como se tivessem antecipado a manobra de Kesath e determinado um plano de ação.

Alaric encarou a representante com uma boa dose de cautela quando ela entrou na sala de reuniões do *Salvação* como se fosse a dona do navio.

Como indicado pela missiva sucinta do Domínio, que fora entregue ao porta-tempestades por um gavião-de-penacho marrom e branco do tamanho de uma canoa, a representante era Niamha Langsoune, a daya de Catanduc. A vestimenta com colarinho entrecruzado cor de pêssego que farfalhava de leve a cada passo, bordada em fios de cobre com padrões celestiais, deixava em evidência o tom escuro de sua pele. As feições graciosas eram adornadas por pós e pinturas estilizadas, e os cabelos de um preto intenso estavam amarrados por um lenço incrustado de pedras preciosas, formando uma espécie de auréola. Alaric fez o que pôde para não ficar boquiaberto, reconhecendo a mesura impecável dela com um gesto de cabeça antes de convidá-la a se sentar do outro lado da mesa comprida. Era uma audiência particular, com os guardas de ambas as partes esperando do lado de fora das portas fechadas.

— Daya Langsoune — começou Alaric. — Espero que sua jornada tenha sido agradável.

Do porto Samout, levara quinze minutos para que ela chegasse às embarcações do Império da Noite, mas Alaric imaginou que seria melhor optar pela educação.

— O mais agradável que poderia ser com uma ameaça de guerra pairando sobre nossas cabeças.

A voz de Niamha era vivaz e límpida de forma desconcertante, como um sino de vidro. Na verdade, ela parecia jovem demais para ser designada a representante incumbida de tratar de um assunto tão delicado. Alaric estimava que ela tivesse a mesma idade de Talasyn, e então aboliu prontamente de sua mente aqueles pensamentos traiçoeiros sobre a Tecelã de Luz desaparecida.

— Não precisa ser uma guerra — informou ele a Niamha. — Caso a Zahiya-lachis decida jurar lealdade ao Império da Noite, nenhuma gota de sangue nenavarino precisa ser derramado.

— Eu não teria tanta certeza, Vossa Majestade. Me permita contar algo sobre o meu povo. — Niamha se inclinou para a frente, como se estivesse prestes a dividir um grande segredo. — *Nós não seremos governados por forasteiros.* Se a rainha Urduja se curvar, nossas ilhas *vão* se revoltar.

— E o que são suas ilhas se comparadas à artilharia de Kesath? — inquiriu Alaric. — Eu tenho a vantagem. Tenho porta-tempestades *e* sua magia. Eu poderia dizimar o exército do Domínio de Nenavar em quinze dias utilizando apenas metade da frota imperial.

— *Poderia*, mas então se tornaria o rei de cinzas. Preferimos salgar nossas terras e envenenar nossas águas, queimar nossos castelos e demolir nossas minas e matar até o último dos nossos dragões antes de permitir que qualquer uma das nossas riquezas caia nas mãos do Império da Noite.

— Isso certamente seria trágico, mas ainda assim um desfecho preferível a Kesath precisar compartilhar esse canto do Mar Eterno com uma monarquia independente e que não coopera. Uma monarquia que quis nos destruir dezenove anos atrás. Nós estamos perdendo tempo, daya Langsoune. Eu esperava que discutíssemos termos de rendição ou decretássemos a abertura das hostilidades, e não que ficássemos trocando acusações e fazendo joguinhos de palavras.

— Não vim aqui para anunciar nossa rendição, Vossa Majestade. E apenas um tolo declararia abertura das hostilidades estando em território inimigo. — Os olhos pretos de Niamha brilharam. — A rainha Urduja deseja evitar um massacre, assim como você. Por sorte, Nenavar tem uma tradição consagrada de resolver diferenças entre facções rivais com um método muito eficiente.

Alaric cerrou a mandíbula.

— E qual é?

— Trago uma oferta direta d'Aquela que Estendeu a Terra sobre as Águas — disse a representante. — Uma oferta de matrimônio com a herdeira do trono.

Primeiro, Alaric teve a certeza absoluta de que escutara errado. Sob o olhar paciente de Niamha, ele franziu as sobrancelhas e enfim encontrou sua voz.

— Ao longo dos anos, nós reunimos todas as informações possíveis sobre o Domínio de Nenavar, como estou certo de que o Domínio fez com Kesath — anunciou ele.

A jovem deu um sorrisinho que dizia tudo e nada ao mesmo tempo.

— De acordo com esses relatos, vocês não têm uma Lachis'ka — continuou Alaric. — A filha de Elagbi desapareceu durante uma rebelião fracassada, e presume-se que morreu.

— Seus relatórios estão desatualizados — declarou Niamha, com deleite. — Alunsina Ivralis voltou para nós há um tempo. Uma união entre as duas nações seria benéfica para todos, não concorda? O Domínio conservaria sua autoridade, e o Império da Noite ganharia acesso a Nenavar e a todas as riquezas que nos pertencem. — Ela se levantou. — Eu me retirarei antes que minha presença não seja mais bem-vinda, Vossa Majestade. Aguardaremos sua resposta para iniciar as negociações de casamento ou para iniciar os ataques. Asseguramos que estamos prontos para seguir com qualquer uma das opções. Porém, *não* se apresse. Afinal, você *tem a vantagem*.

Niamha saiu da sala em um farfalhar de seda, deixando Alaric sozinho e perplexo, relutando com a magnitude da escolha que estava diante de si.

— Eles querem alguma coisa.

A voz do pai ecoou baixa como um trovão distante através do lugar que não era um lugar. Uma sala que sequer existia no mundo material.

Gaheris chamava o lugar de Entremundos, uma dimensão reduzida acessível através do Sombral. Ele o encontrara quando começara a mergulhar mais fundo e ir além das barreiras conhecidas da magia. Era um espaço que podia ser ocupado por mais de um etermante ao mesmo tempo, o que fazia dele um método de comunicação instantânea através de grandes distâncias. O Entremundos requeria foco e esforço tremendos para existir, e até então Alaric era o único membro da Legião que dominara aquela arte.

Quando era criança, se agarrara a uma noção fantasiosa de que o Entremundos era especial, um lugar que pertencia somente a ele e ao pai. Talvez uma parte dele ainda acreditasse naquilo.

Em meio às paredes de energia sombria do etercosmos, Gaheris estava absorto em pensamentos, de cabeça baixa, apoiada nos dedos compridos. Alaric, por outro lado, estava inquieto — mesmo em sua postura empertigada em sinal de respeito ao pai —, as manoplas se abrindo e fechando em espasmos lentos e controlados.

— O Domínio quer algo de nós — repetiu Gaheris. — Considerando a rapidez com que responderam, a oferta estava pronta muito antes de entrarmos em contato. Admito que estou curioso. — Ele ergueu a cabeça, o olhar cinzento aprisionando Alaric naquelas profundezas obscuras. — Mas, de qualquer forma, a daya Langsoune está certa. Uma união conjugal entre o Imperador da Noite e a Lachis'ka do Domínio de Nenavar seria uma solução muito pragmática.

— Pai. — O protesto se soltou da garganta de Alaric antes que ele pudesse contê-lo. — Não posso me casar com uma mulher que não conheço.

Não podia se casar e ponto. Uma esposa jamais fizera parte de seus planos, e ele de forma alguma desejava ser acorrentado ao mesmo tipo de arranjo que havia atormentado a vida de seus pais.

— Todos precisamos fazer sacrifícios em nome da causa. Não adianta fraquejar agora. — O tom de Gaheris era de uma persuasão sinuosa, afundando espinhos na alma de Alaric. — Reinar é seu destino. Com a riqueza de Nenavar a seu dispor, e com o apoio da frota Huktera, você construirá um império em uma escala maior do que eu jamais poderia ter sonhado.

— Não será a minha riqueza e não será a minha frota — murmurou Alaric. — Ainda vai pertencer a...

— À sua noiva. Que um dia se tornará a Zahiya-lachis. Que ficará mais do que contente de compartilhar suas posses com o marido se for devidamente cortejada.

Alaric fez uma careta. O orgulho o impedia de dizer aquilo em voz alta, mas Gaheris parecia confiante demais nas habilidades do filho de cortejar alguém.

— Não acredito que seja aconselhável deixar o coração de uma mulher determinar o nosso futuro — comentou ele em vez disso.

— E o dever de uma mulher com seu povo? Ou a autopreservação de uma mulher? — perguntou Gaheris, mudando de estratégia com a dureza abrupta que sempre ameaçava dilacerar alguém. — Assim que tivermos estabelecido nossa autoridade no arquipélago, o Domínio não ousará nos contrariar. Depois do seu casamento, estaremos em posição de intimidá-los.

— Que romântico.

Alaric estremeceu no instante em que as palavras saíram de sua boca, cáusticas até para os próprios ouvidos. Sentiu um embrulho no estômago quando percebeu o que acabara de fazer e imediatamente se afundou de joelhos no chão frio, prostrando-se aos pés do regente.

— Peço perdão, pai.

— Pelo visto, o poder que eu me dignei a lhe conceder subiu à sua cabeça, meu lordezinho — disse Gaheris com frieza. — Por mais que você seja o rosto do novo império, sou *eu* o arquiteto. Sua palavra é lei, mas sou *eu* quem fala através de você. Já se esqueceu disso?

— Não. — Alaric fechou os olhos com força. — Não cometerei esse erro novamente.

— Espero que sim. Para o seu bem — retumbou Gaheris de seu trono, a milhares de quilômetros de distância, e ainda assim inescapável. — Se insistir em agir como uma criança petulante, vou lhe dar ordens como se você *fosse* uma. Você vai se casar com essa tal de Alunsina Ivralis e vai formar uma aliança que anunciará o despertar de uma nova era, ou sofrerá as *consequências*.

Alaric ergueu a cabeça para assentir, e as palavras seguintes de Gaheris foram mais suaves, a boca se retorcendo num sorriso sombrio.

— Não se inquiete, meu filho. Você falou de romance, e eu seria o primeiro a dizer que esse acordo não envolve tais sentimentos, mas ouvi dizer que as mulheres nenavarinas são as mais educadas e lindas do mundo. Talvez não seja tão desagradável quanto você pensa.

— *Eu não vou me casar!*

Talasyn tremia, furiosa, lançando um olhar virulento para a Zahiya-lachis, que a encarava com uma expressão impassível da poltrona de espaldar alto em sua sala particular.

— Não vou concordar com isso — insistiu Talasyn.

Havia uma fera tentando sair aos rasgos de seu peito, uma coisa vil e terrível nascida da raiva e da incredulidade. Porém, Talasyn era tão impotente quanto o mar, lançando-se desesperadamente contra a pedra intransponível que era a vontade de ferro da avó. Ela se virou para Elagbi, que também ficara de pé ao ouvir a declaração de Urduja, mas, fora isso, não dissera mais uma palavra.

— Você não pode me obrigar a fazer isso! — gritou ela para o pai. — Você falou que queria me ver feliz, que eu tivesse o que você e Hanan tiveram. Eu não vou encontrar isso com aquele... aquele *monstro*... — A voz dela fraquejou. — Por favor...

Depois da transmissão de Mathire pelas ondas de éter, Talasyn devolvera a canoa ao proprietário e voltara correndo para o palácio. Tivera o bom senso de fingir que estava deitada na cama quando Jie bateu na porta dizendo que a Zahiya-lachis requisitara sua presença. Foi um pouco mais difícil do que imaginara parecer surpresa ao se sentar na sala da avó e ser informada sobre a flotilha kesathesa e seu armamento, mas então a *oferta* foi mencionada, e Talasyn não precisou mais emular o terror e o choque.

— Talasyn está certa, Harlikaan — disse Elagbi a Urduja, baixinho. — Ela já assumiu o papel na corte sob pressão, e agora Vossa Majestade está oferecendo a menina como se fosse um sacrifício para o Imperador da Noite.

— A alternativa é lutar em uma guerra que não podemos ganhar — declarou Urduja. — Isso será o melhor para o nosso povo.

— Então case *você* com ele! — vociferou Talasyn.

A Rainha Dragão arqueou uma sobrancelha.

— Não fui eu que ele perseguiu pelo Mar Eterno, aquela com quem ele lutou e encontrou uma adversária à altura. Quem melhor para controlar um marido Forjador das Sombras do que uma esposa Tecelã de Luz?

— Com que treinamento? — Talasyn soltou uma risada áspera. — Faz meses que não luto, fora que não posso sequer entrar em comunhão com a Fenda em Belian. Seus *termos* exigiram isso!

— E você aceitou esses termos, não foi? Para salvar seus amigos. Agora me diga: o que acha que vai acontecer com eles se o Império da Noite nos atacar e descobrir que eles estão aqui? — questionou Urduja, direta. — Se

Alaric Ossinast for seu consorte, você terá um controle maior sobre onde as forças dele serão posicionadas. Se retivermos a soberania do arquipélago, poderemos manter o Império da Noite longe de Sigwad, onde seus camaradas se escondem. Se não fizer isso por Nenavar, então faça pela Sardóvia.

— Você tem todas as respostas, não é?

Talasyn semicerrou os olhos para a mulher da qual não conseguia se obrigar a gostar, por mais que, com relutância, começasse a apreciar seu poder e sua sagacidade política.

Era triste perceber que a família por quem ela tanto procurara estava longe de ser perfeita. Era ainda mais triste saber que um membro dela era capaz de fazer com que sua visão ficasse *borrada* de tanta raiva.

— Você sabia que isso aconteceria? — exigiu saber Talasyn. — Estava planejando me usar como moeda de troca desde o começo? Você *previu* que o Império da Noite ia vir até aqui?

— Suspeitei que seria uma possibilidade — disse Urduja com uma calma enlouquecedora. — Impérios novos sempre estão ávidos por deixar sua marca, e quem seria capaz de resistir ao canto da sereia que é o Domínio? Uma terra estratégica entre Kesath e os hemisférios sul e leste, rica em metais preciosos, terras férteis e tecnologia avançada... Sim, eu suspeitava. E eu me planejei para essa possibilidade, porque é *isso que um líder faz*.

— Líderes lutam por seu povo! — berrou Talasyn. — Não destrancam os portões e abraçam o inimigo!

— Sua criança *tola* — repreendeu Urduja, aos sibilos. — Não entendeu ainda? É *assim* que lutamos. Nós damos a eles a âncora que tanto querem, mas somos nós que determinamos o que vão fazer com ela.

— Você está falando em *nós*, mas na verdade sou eu quem vai se tornar a esposa de um tirano!

Talasyn voltou a olhar para Elagbi, mas ele continuou em silêncio, com uma expressão de conflito interno. Os ombros dele se curvaram. O pai até poderia professar seu amor por ela, mas, no fim das contas, jamais ficaria contra a própria mãe, que era a sua rainha. A Zahiya-lachis era como uma deusa, e sua palavra era lei.

— Você prometeu, Alunsina — lembrou Urduja, a voz baixa. — Você jurou que não me causaria problemas se eu concordasse em abrigar você e seus companheiros. Agora estou pedindo que cumpra sua promessa.

Apesar de sua oposição, Talasyn sabia que, mais uma vez, não tinha escolha. Daquela vez, não era a sobrevivência do restante do exército sardoviano que estava em jogo, e sim de toda Nenavar. Mesmo que por algum milagre ela e os camaradas conseguissem escapar do Domínio incólumes, Talasyn estaria deixando um país inteiro à mercê do regime de opressão que não pensava em nada além de aniquilar e apagar cidades do mapa. Ela estava de fato presa.

— Tenha coragem, querida. — Urduja devia ter pressentido a resignação furiosa de Talasyn, porque transparecia um pouco mais de empatia. — Muitos impérios nasceram e morreram desde que a primeira Zahiya-lachis subiu ao trono. Nenavar os observou se erguerem e também os viu cair, e também durará mais do que este. O Império da Noite não irá nos destruir, e não irá destruir você, porque você é sangue do nosso sangue. Agora, salve todos nós.

CAPÍTULO 15

Saindo das profundezas do *Salvação* no dia seguinte, a chalupa kesathesa passou pelo porto nenavarino, as velas catitas nos mastros duplos ondulando em preto e prateado sopradas por uma brisa quente demais para o gosto de Alaric. Ele estava rodeado de uma formação de coracles fantasmagóricos do Domínio guiados por timoneiros que não estavam apenas levando forasteiros até a capital, mas também observando cada movimentação como águias.

Alaric considerou a possibilidade de aquilo ser uma armadilha, de que ele e sua comitiva seriam massacrados assim que chegassem ao Teto Celestial. Era algo improvável, mas ele se pegou *quase* desejando que isso acontecesse. Uma morte rápida e violenta parecia preferível a se casar com uma estranha, alguma mulher nenavarina linda e fria como uma víbora.

Ele ficou parado na proa da chalupa, avançando rumo ao paraíso exuberante que se desdobrava quilômetros abaixo, um labirinto de estradas e rios tortuosos enraizados em meio a uma extensão verde de floresta. No entanto, ele mal tinha olhos para qualquer coisa ali, porque, por algum motivo, voltara a pensar em Talasyn.

Após meses sem sinal dela, a ideia de que a garota poderia estar morta começara a se esgueirar pela mente dele. Aceitar que seus caminhos jamais voltariam a se cruzar o incomodava mais do que ele gostaria de admitir. Será que Alaric nunca mais veria os dentes cerrados dela ao rosnar e os músculos dos braços se flexionando a cada pulsar de resplandescência que ela tecia entre os dedos? É óbvio que, se ela estivesse viva, seria apenas uma questão de adiar o inevitável, mas...

Mas a última lembrança que Alaric tinha de Talasyn era sua trança despenteada chicoteando ao vento enquanto ele lhe dava as costas e se afastava dela em meio a um emaranhado de fumaça e ruínas. E aquilo, de alguma forma, parecia errado. Insignificante e abrupto demais.

Sem querer, ele se perguntou o que a Tecelã de Luz pensaria se soubesse de seu futuro casamento, e, ao se perguntar isso, sentiu uma dor vaga e entorpecida que sequer era capaz de compreender.

Talasyn ergueu o olhar para as portas quando elas se abriram, perplexa ao ver que era Elagbi que adentrava seus aposentos, e não Jie, que supostamente deveria prepará-la para o encontro inicial com a delegação kesathesa.

— O que está fazendo aqui? — cuspiu ela, num tom ríspido, mas sequer conseguiu se importar.

— Queria pedir desculpas. — Os olhos do pai estavam sombreados por olheiras. — Sei que você está ressentida porque não fui tão enfático quanto deveria ter sido.

— A palavra da Rainha Dragão é lei — murmurou Talasyn. — Ninguém no Domínio deve desafiá-la.

— Isso não é desculpa. Você é minha filha e eu deveria ter lutado por você naquele momento — disse Elagbi, pesaroso. — Desde então, tentei dissuadi-la dessa decisão. Ela segue firme, mas consegui persuadi-la a deixar você comparecer às negociações de matrimônio.

Talasyn inclinou a cabeça.

— E como conseguiu isso?

Elagbi deu um sorriso cansado e solene para a filha.

— Apelei para a natureza compreensiva de Sua Majestade Estrelada... — falou ele, e Talasyn bufou. — E também lembrei a ela que o Império da Noite precisa saber que a Lachis'ka possui um poder autônomo. Além disso, prometi que impediria que você desse um soco em Ossinast no instante em que ele passasse pelas portas. Porém, não sou mais tão jovem, então talvez eu deixe a desejar nesse quesito.

Talasyn deu um sorrisinho relutante. Sua raiva estava longe de arrefecer, mas pelo menos foi direcionada àqueles que a mereciam. As negociações deveriam ser conduzidas entre os dois chefes de Estado e seus conselheiros de confiança. Aquela concessão obtida pelo pai devia ter sido alcançada a duras penas.

— E mais uma coisa — disse o príncipe do Domínio. — A corte está atualmente dividida. Existem aqueles que acreditam que essa união é um negócio lucrativo e aqueles que veem o casamento como uma traição de tudo que o Domínio representa. Kai Gitab, o rajan de Katau, ocupa uma posição firme no segundo grupo, mas sua avó o designou para a comissão de negociações.

Talasyn piscou, perplexa.

— *Por quê?*

— Para aplacar a oposição. A rainha Urduja acredita que é sábio garantir que *todos* os interesses estejam representados, em especial desde que designou Lueve Rasmey de Cenderwas para ser a negociadora-chefe. A daya Rasmey é uma das aliadas mais próximas de Urduja, então adicionar Gitab equilibra as coisas. Ele é conhecido por ser incorruptível e devotado a seus ideais. Já que estará nas negociações, ninguém vai poder acusar a Zahiya-lachis de estar vendendo Nenavar para o inimigo. E, como *você* vai conter seu desagrado diante da situação, boa parte da corte vai seguir seu exemplo.

— Eu não teria tanta certeza — murmurou Talasyn. — Eles só me conhecem há alguns meses.

— Isso é irrelevante — argumentou Elagbi. — Você é Aquela que Virá Depois. Não serão poucos os nobres que se desdobrarão para provar que são indispensáveis ao seu futuro reinado. No entanto, já que Gitab está na negociação, aconselho que tome cuidado. — Ele suspirou. — Ao menos Surakwel está vagando por aí, ou teríamos que lidar com um problema ainda maior.

— Quem é Surakwel?

— Uma dor de cabeça daquelas — respondeu Elagbi, até que bem-humorado. — O jovem lorde Surakwel Mantes é o sobrinho da daya Rasmey. É um dos maiores críticos da política de isolacionismo de Nenavar, e acredita que o melhor caminho para nos conduzir ao futuro é a integração com o restante de Lir. Cerca de três anos atrás, junto a alguns outros nobres, ele começou a fazer pressão para que o Domínio juntasse suas forças à Sardóvia na luta contra o Império da Noite. Se alguém vai fazer uma objeção mais enérgica a esse noivado do que Gitab, essa pessoa é Surakwel.

— Já gosto dele — disse Talasyn. — Como assim, *vagando* por aí? Onde é que ele está?

— Ninguém sabe. O garoto é um andarilho. Passa a maior parte do tempo longe de Nenavar, arrumando todo tipo de ideias tolas de forasteiros na cabeça.

— Você foi andarilho nos seus anos de juventude também, Amya — brincou Talasyn. — E você se *casou* com uma forasteira.

O pai dela corou, como sempre acontecia quando ela o chamava pela palavra nenavarina para *pai*. Era a alegria de um tempo perdido que foi novamente encontrado.

— De fato fui, e de fato me casei.

Elagbi foi embora quando Jie chegou trazendo cuidadosamente a coroa da Lachis'ka empoleirada sobre uma almofada de veludo. Talasyn encarou aquele objeto e sentiu o olhar apreensivo de Jie avaliá-la. Ela nunca se esforçara para esconder o quanto odiava ser arrumada e embelezada, e era sempre preciso certa persuasão gentil para convencê-la a cooperar. No entanto, aquele dia seria outra história.

É muito mais fácil negociar com um oponente intimidado, dissera Vela havia quatro meses na embarcação real de Urduja. Embora Alaric estivesse em posse de artilharia superior, era Talasyn que tinha o elemento-surpresa. Ele não sabia que *ela* era Alunsina Ivralis. E Elagbi estava certo: a Lachis'ka *tinha* um poder autônomo, e ela poderia se submeter à farsa daquele casamento em seus *próprios* termos.

Contudo, ela precisava aparentar ser, de fato, a Lachis'ka.

Respirando fundo, Talasyn desamarrou a faixa gasta que segurava seus cabelos na trança simples que ela preferia usar, deixando que toda a cascata castanha descesse por seus ombros.

— Certo — disse para Jie. — Vá em frente.

Uma congregação de nobres do Domínio recebeu Alaric nos degraus do Teto Celestial. Eram liderados por um homem alto de pele marrom que o encarou com olhos pretos austeros.

— Imperador Alaric.

Aquele pareceu ser o sinal para que os outros nobres se abaixassem em harmonia, com reverências breves e superficiais e mesuras polidas.

Alaric assentiu, identificando quem era o homem através do diadema em formato de dragão.

— Príncipe Elagbi. É um prazer.

— Fico feliz que pense isso — respondeu Elagbi, com sarcasmo evidente.

Alaric mordeu a língua para evitar retrucar *eu também não quero me casar com a sua filha*. Que belo exemplo de diplomacia seria se ele e o príncipe do Domínio começassem a trocar socos.

Enquanto Elagbi os guiava, suas guardas imediatamente se fecharam ao seu redor do homem — cobrindo todas as rotas de fuga com uma precisão marcial. Eram todas mulheres, cujos corpos imponentes e armaduras pesadas impressionantes fizeram com que Alaric desejasse ter levado mais soldados. Ele tinha seu legionário Sevraim e a tripulação da chalupa como proteção, mas esse grupo nem sequer o acompanharia dentro do palácio.

O Alto Comando kesathês clamara por uma demonstração de força, mas Alaric argumentou que levar uma formação exagerada de guerreiros no que deveria supostamente ser uma tentativa de estabelecer a paz teria deixado o outro lado ainda mais alarmado. Além disso, Nenavar tinha plena ciência de que o lobo que batia à sua porta tinha presas — e, mais precisamente, magia para aniquilar dragões.

Alaric também levara Mathire. Ela não era a oficial com mais aptidão política de sua tropa, mas o imperador apostara que levar uma mulher em posição de autoridade faria com que o Domínio ficasse mais disposto a negociar. É óbvio que isso foi *antes* de Mathire ordenar que o navio disparasse contra o dragão. Deuses, ele torcia para que aquela coisa não tivesse morrido.

Apesar de tudo, aquele grupo pequeno era uma demonstração de boa-fé, assim como a concordância de Alaric sobre as negociações serem feitas em solo nenavarino e a ausência da máscara que em geral usava naquelas situações, em que havia uma grande chance de uma batalha começar antes mesmo de colocar os pés no palácio.

E era um palácio magnífico. Não havia dúvidas daquilo. Brilhando sob a luz matinal, a fachada de mármore branco imaculada dava a impressão de que os penhascos de calcário sobre os quais a construção se erguera estavam cobertos de neve recém-caída no meio de uma floresta tropical verdejante. Possuía uma imensidão de vitrais, torres estreitas e abóbadas douradas. O arco ornamentado em cima da entrada principal também era feito de ouro e, quando passaram embaixo dele, Alaric ouviu Sevraim xingar baixinho, um som que vinha acompanhado da inquietude de sentir o Sombral ser desconectado. As gaiolas que Alaric havia descoberto conterem criaturas vivas estavam penduradas nos corredores a intervalos regulares, os cilindros grandes e opacos parecendo incongruentes com as pinturas, entalhes e tapeçarias que adornavam as paredes brancas cintilantes.

— Peço que nos perdoe por tomar as devidas precauções, Vossa Majestade — disse Elagbi, no mesmo tom com que cumprimentara Alaric, indicando as gaiolas com a cabeça. — Nosso povo não confia no Sombral, em especial quando pode ser usado em tanta proximidade da Zahiya-lachis.

— Eu não me importo, príncipe Elagbi — disse Alaric, fingindo indiferença. — Lamento apenas que as gaiolas não combinem com uma decoração tão deslumbrante.

— Espero que não tente consertar essa situação destruindo uma das gaiolas e soltando um dos sarimans.

Alaric provavelmente escutaria *esse sermão* outras vezes, mas ao menos ele aprendera que os pássaros que tinham cores de pedras preciosas e conseguiam anular a magia chamavam-se sarimans.

— Desde que sua hospitalidade não seja revogada, não haverá necessidade de causar problemas — informou a Elagbi, seco.

Andando em silêncio ao lado dele, a comodora Mathire não fez muita questão de disfarçar um sorrisinho. Os dois se conheciam desde que Alaric era jovem, e ele sempre tivera a impressão de que a mulher se divertia às suas custas. Aquilo o irritava um pouco. Ele era o Imperador da Noite, não uma criança boba.

A sala do trono da Rainha Dragão era *extremamente* ostentosa. Alaric estava acostumado à arquitetura minimalista de Kesath e aos interiores pragmáticos dos porta-tempestades, que priorizavam a funcionalidade acima da estética. Ele quase parou de andar ao atravessar o batente e se deparar com uma câmara vasta, as paredes cobertas por painéis de folhas de ouro e cortinas de seda escarlate, o chão de mármore polido coberto por tapetes creme e bordô que exibiam constelações complexas de pérolas minúsculas e safiras. O teto de pé-direito alto era adornado com entalhes em baixo-relevo de pássaros, lírios e dragões perseguindo-se em cima de ondas lépidas no oceano. Decorar e manter aquele espaço teria esvaziado o cofre do Império da Noite. E as pessoas...

As pessoas presentes recaíram em um silêncio mortal quando o grupo de Alaric entrou. Ele nunca vira uma reunião daquelas em toda a sua vida, cada indivíduo adornado com tecidos luxuosos e penas coloridas vibrantes, cheios de penduricalhos e pedras preciosas dos pés à cabeça.

Ele também jamais fora o alvo de uma massa de olhares carrancudos e cautelosos tão concentrada.

— Não somos bem-vindos aqui, Vossa Majestade — murmurou Sevraim por trás do elmo. — Eles nos veem como invasores. Eu aconselho que tome cuidado.

— E não tomo sempre? — retrucou Alaric, com o canto da boca. — Apesar de *suas* tentativas de me influenciar a fazer o contrário?

Sevraim deu uma risadinha. Ele estava andando a *passeio*, completamente relaxado, os olhos escuros escondidos atrás do visor de obsidiana pousando com interesse nas damas nenavarinas que se alinhavam na lateral da sala. Se não estivesse com o elmo, teria dado uma piscadela para elas e passado a mão no cabelo, disso Alaric tinha certeza.

Ele deveria ter levado as gêmeas em vez de Sevraim.

No fundo da sala ficava uma enorme plataforma que consistia em aros de mármore branco, vermelho e cinza que pairava acima dos cortesãos da mesma forma que os penhascos de calcário do Teto Celestial pairavam sobre a capital. Havia três tronos empoleirados entre os degraus. O trono à esquerda estava vazio, obviamente pertencente a Elagbi, enquanto o trono à direita era ocupado por uma figura feminina drapeada em azul e dourado, mas escondida por uma tela translúcida com moldura de madeira que era segurada por dois criados. Alaric não estava pronto para examinar sua futura noiva tão de perto ainda, então focou sua atenção na mulher sentada ao meio.

Urduja Silim. A Zahiya-lachis do Domínio de Nenavar, com uma coroa retorcida, o rosto coberto de pó branco e o olhar preto como o aço invernal. O trono dela eclipsava os dois outros tanto em tamanho quanto em opulência, uma construção de ouro puro com pés em garras e asas estilizadas que saíam das costas do assento que subia até metade da altura do pé-direito, desdobradas como as de um dragão no meio do voo. Era ainda salpicado de jade, opalas, rubis, diamantes e mais pedras preciosas que Alaric não saberia identificar.

— Só aquela cadeira dava para pagar uma frota de encouraçados — ele ouviu Sevraim comentar com Mathire enquanto se aproximavam da plataforma, que também tinha uma gaiola de sariman empoleirada de cada lado.

Elagbi subiu os degraus e tomou seu lugar ao lado da mãe enquanto o restante do comitê de boas-vindas se misturava à multidão atenta. Alaric se empertigou, tomando cuidado de não curvar os ombros na leve corcunda instintiva, e Mathire bateu os calcanhares e cumprimentou a rainha Urduja. Alaric sentiu Sevraim parar abruptamente ao lado dele quando as guardas reais de Urduja se espalharam para cercar tanto a delegação kesathesa quanto fazer uma barricada na plataforma.

— Imperador Alaric. — O tom imperioso de Urduja ecoou pelo salão. — Eu lhe dou boas-vindas à minha corte. Antes de iniciarmos as negociações, permita-me deixar registrado que eu gostaria que nós escutássemos um ao outro de mente aberta, procurando trabalhar juntos para garantir um futuro próspero para nossos dois reinos. É meu desejo mais sincero que sua jornada até aqui não tenha sido em vão, seja por seus atos ou pelos atos dos outros.

Aquele discurso bonito encerrou-se com firmeza, como se tivesse sido, desde o início, um aviso. Um que parecia obviamente incluir o público de nobres, que observavam a cena como se coletivamente tivessem pisado em algo fedorento. Alaric imaginou o alvoroço que devia ter sido quando Urduja anunciara o noivado da neta com Alaric.

Ele percebeu algo se movimentando em sua visão periférica, um vislumbre de cabelos castanho-avermelhados com mechas grisalhas. Mathire deixara a postura rígida para lançar um olhar urgente para ele. Certo. Era a vez *dele* de falar alguma coisa.

— Eu agradeço sua hospitalidade, rainha Urduja, além de sua sabedoria em facilitar uma solução mutuamente benéfica para essa disputa territorial — disse Alaric.

Os nenavarinos precisavam lembrar que esse acordo era ideia da soberana *deles*.

— Meu povo está cansado da guerra, e o seu prefere não começar uma — continuou ele. — Assim, estamos unidos por um propósito comum, e eu tenho fé de que conseguiremos mediar uma paz duradoura e frutífera.

Aquelas não eram palavras vazias, ao menos não para ele. Alaric atuara na frente de batalha desde que tinha dezesseis anos. Aquela aliança também seria a chance dele de descobrir como era viver sem os furacões.

Urduja inclinou a cabeça de forma graciosa.

— Então, se for do agrado de Vossa Majestade, pode aproximar-se do trono para conhecer a nossa Lachis'ka.

Alaric sentiu as pernas feitas de chumbo ao subir os degraus de mármore que pareciam se estender para sempre, toda a atenção da sala fixa nos seus menores movimentos. Quando chegou ao topo da plataforma, notou um brilho astuto nos olhos da Rainha Dragão do qual ele não gostava nem um pouco, um brilho que fez seu estômago se revirar com uma sensação agourenta. No entanto, antes que pudesse destrinchar aquela reação, a figura à direita do trono se levantou, saiu de trás da tela e andou na direção dele. A linha de raciocínio de Alaric foi interrompida de súbito.

As mulheres nenavarinas são as mais lindas do mundo, foi o que Gaheris dissera, mas *linda* sequer poderia *começar* a descrever Alunsina Ivralis. Ela trajava um vestido azul oceânico profundo, o corpete apertado e com contas em formato de respingos dourados, do qual saía uma faixa formosa que cobria o ombro direito, enquanto no ombro direito uma ombreira alada feita de ouro puro estava presa a uma manga do que parecia uma cota de malha dourada que se espalhava pelo braço elegante da moça. A saia era uma coisa volumosa que se abria como um balão, incrustada de miçangas cristalinas, a barra de seda enrolada em camadas imitando rosas para revelar metros de um tecido dourado mais transparente embaixo, cada centímetro cuidadosamente bordado com o dragão enrolado que servia de insígnia para a Casa Real Nenavarina. A coroa de estrelas e aspas era feita de ouro e safiras, e os olhos dela estavam delineados de forma dramática com kajal, com uma camada de pó dourado na borda das pálpebras — e havia algo familiar naquelas profundezas castanhas que Alaric não soube distinguir. Na verdade, havia algo *nela*, no geral, que o atraía. Ele ficou alvoroçado demais por sua reação física para decifrar de imediato o que era, mas quando enfim percebeu, perdeu o fôlego.

Ela lembrava Talasyn. A estatura, a cor dos cabelos penteados para trás, até a forma como se mexia. Era uma piada cruel do destino que ele precisasse se casar com alguém que era tão parecida com a garota que atormentava seus pensamentos.

— Lachis'ka. — Alaric baixou a cabeça, refugiando-se nas formalidades estabelecidas da mesma forma que recorria às formações para um combate. — Que isso sinalize o começo de uma relação amigável entre nossos dois reinos e...

Ele parou de falar no meio da frase quando ergueu o olhar de volta para o rosto dela, o cérebro começando a processar a situação, começando a perceber que...

... sob toda aquela seda suntuosa e as joias extravagantes...

... sob todos os cosméticos que escondiam as sardas e acentuavam suas maçãs do rosto e suavizavam a linha da mandíbula...

... sob tudo aquilo... ela era...

— *Relação amigável?* — repetiu Talasyn, aos sibilos, os olhos estreitos e os dentes à mostra com ferocidade.

O coração de Alaric parou de bater no peito.

— Mas nem *fodendo* — declarou ela.

CAPÍTULO 16

Talasyn não tinha muito apreço pela elegância do povo de seu pai. Isso não queria dizer que ela detestava olhar para os lordes e damas nenavarinos em seus trajes resplandecentes, mas *vestir* essas coisas era outra história. Talvez concluindo que a neta seria uma refém mais amigável se pudesse ter alguma liberdade, a rainha Urduja em geral permitia que Talasyn andasse pelo palácio usando túnicas e calças simples quando a presença dela não era requisitada em uma reunião. A garota estava pouco acostumada com a sensação áspera de seda bordada e as restrições de movimento impostas pelas joias pesadas e saias com diversas camadas.

Assim, por mais que soubesse que parecia muito glamorosa no momento, ela também estava, sem qualquer exagero, *morrendo* por dentro. Jie amarrara o corpete um pouco apertado demais em uma tentativa de criar curvas onde não existia nenhuma, e todos os grampos que prendiam a coroa de Talasyn pareciam se fincar no couro cabeludo dela como garras. O rosto estava coberto por camadas de pó e pigmentos metálicos, os lábios grudentos com uma camada de laca de pêssego que fora aplicada para contrastar com os olhos impetuosos da garota. Talasyn se sentia ao mesmo tempo rígida e quente demais, e também uma grande fraude, mas ela estava imensamente feliz de ter concordado com todo aquele desconforto, porque a expressão de Alaric Ossinast fez tudo valer a pena.

Ela se arrepiou no instante em que ele entrou na sala do trono com os companheiros. Reconheceu um deles como o legionário com o cetro na batalha de Refúgio-Derradeiro — *Sevraim*, como uma das gêmeas o chamara. Talasyn esperava que Alaric aparecesse usando a habitual armadura ou talvez vestimentas grandiosas para fazer jus ao novo cargo, mas em vez disso ele usava uma túnica preta ajustada severamente com um cinto por cima de calça preta, e em vez das manoplas de batalha com garras, trajava luvas de couro simples. O único ornamento da vestimenta era um broche prateado com o brasão de quimera da sua casa, que prendia uma capa que esvoaçava a cada passo como as asas de um corvo. Ela nunca admitiria em voz alta, nem mesmo se colocassem uma faca contra o seu pescoço, mas aquela vestimenta simples vestia muito bem a figura esguia dele, enfatizando os ombros largos e a altura formidável. Com o cabelo preto espesso e volumoso emoldurando seu rosto pálido ao marchar determinado na direção da plataforma, pelo visto indiferente aos olhares e sussurros da corte, ele tinha a aparência de um príncipe. E não um príncipe charmoso e galante como Elagbi, mas um príncipe sinistro que trazia consigo sangue, batalhas e maus agouros.

Portanto, foi muito mais satisfatório quando ele ficou de queixo caído ao perceber que *ela* era Alunsina Ivralis.

Talasyn estava parada bem diante dele, e teve o privilégio de observar qualquer traço de educação cortês desaparecer do rosto de Alaric e se transformar em *choque*, completo e irrestrito. Os olhos cinzentos se arregalaram e o rosto empalideceu, branco como um lençol. Mesmo depois da declaração hostil dela, dita em voz baixa para que os cortesões não a ouvissem, ele permaneceu em silêncio por mais diversos segundos, encarando-a boquiaberto como um peixe fora d'água.

Um triunfo mesquinho reinou no peito de Talasyn, mas o sentimento logo se esvaneceu e se transformou em confusão, quando ela viu no rosto de Alaric algo que mais parecia alívio. A expressão durou menos de um segundo, só o bastante para que ela identificasse a semelhança com o olhar dos soldados ao final de uma batalha, ao se darem conta de que não corriam mais perigo — *ficamos vivos para lutar por mais um dia* — e então desapareceu.

— Que bela armadilha você preparou — disse ele com frieza, estudando a sala como se esperasse que os soldados sardovianos pulassem das sombras a qualquer instante.

Um tumulto teve início abaixo da plataforma, quando Sevraim reconheceu Talasyn e tentou subir os degraus correndo, mas foi bloqueado pelas Lachis-dalo, que o cercaram, o sibilar de lâminas sendo empunhadas perfurando o silêncio.

— Não é nenhuma armadilha, Vossa Majestade — declarou Urduja. — O kaptan das tropas em Belian notou a semelhança de Alunsina com sua falecida mãe e convocou o príncipe. Depois que Kesath ganhou a sua Guerra dos Furacões, Alunsina voltou para nós para pedir refúgio e reivindicar o que era seu por direito.

— Se a patrulha não tivesse nos apreendido no santuário, eu jamais teria conseguido reencontrar minha família — disse Talasyn para Alaric, com uma doçura venenosa. — Então, na verdade, preciso agradecer a *você* por isso.

— E quem mais procurou refúgio aqui? — retorquiu ele. — Vou encontrar Ideth Vela na sua comitiva? Por acaso Bieshimma também é um membro perdido da realeza?

— Não faço ideia de onde estão os outros. — A mentira deixou a boca de Talasyn com facilidade, como deveria. Ela a ensaiara à exaustão. — Fui separada deles durante a retirada. Se pensa que isso é algum tipo de truque, você pode pessoalmente procurá-los no Domínio.

Porém, exigir uma busca no arquipélago seria uma violação de jurisdição imperdoável, o equivalente a dizer que a chefe de Estado nenavarina era desonesta — o que dificilmente contribuiria para que uma população que já estava receosa gostasse do Império da Noite. Alaric sabia que estava em uma posição difícil e, a julgar pela ira com que ele a encarava, sabia que *Talasyn* tinha plena noção disso. Ela arqueou a sobrancelha em uma expressão desafiadora, observando a veia que saltava na testa do imperador, e... *ah*, como estava adorando aquela situação.

— Vocês dois já terminaram com essa ceninha?

A pergunta respingou como gelo dos lábios de Urduja, estilhaçando o mundo composto somente por Alaric e Talasyn, e mais ninguém. A jovem estava pronta para retrucar que os dois nem sequer estavam gritando um com o outro, mas, pensando bem, aquele impasse tenso já estava provocando murmúrios curiosos entre os nobres reunidos, sem mencionar o pequeno caos que se instaurara abaixo da plataforma.

Eu não consigo prestar atenção em mais nada quando estou com você. Talasyn se irritou com aquele imperador taciturno pairando sobre ela. Alaric tinha o hábito de eclipsar todo o resto, fazendo-a ignorar a cautela por causa dos golpes e farpas que haviam trocado em campos de batalha. Aquela sala magnífica também era um campo de batalha. Ela precisava ser mais esperta, precisava começar a usar as mesmas armas que a rainha Urduja brandia com tanta habilidade.

— Acredito que Sua Majestade e eu já encerramos nossa confraternização. — Talasyn tentou dizer aquilo com um ar de altivez sofisticada, mas acabou soando apenas ácido e sarcástico. Ah, bem, fazer o quê? Ela esperava que a prática levasse à perfeição. — Vamos proceder para as negociações?

— Que *diabos* está acontecendo? — exigiu saber Sevraim quando Alaric desceu da plataforma, sua tranquilidade de sempre sendo deixada de lado. — Por que a Tecelã de Luz está vestida como a Lachis'ka nenavarina? O Domínio agora está compactuando com a Confederação Sardoviana? O...

— Cale-se, Sevraim — grunhiu Alaric, ciente de que eram observados por uma plateia.

Sob o olhar atento da nobreza do Domínio, que assistia à cena com diferentes graus de fascínio e fúria, o imperador explicou a situação aos companheiros, ainda desnorteados.

— Não acredito nem por um instante que Vela não tenha nada a ver com isso — sibilou Mathire. — É coincidência demais. Eles não podem mesmo achar que vamos seguir em frente com isso.

— Podemos sair daqui furiosos e nos preparar para mais uma guerra, ou podemos entrar no jogo deles por enquanto — disse Alaric. — Vou precisar que seja exemplar durante a discussão dos termos, comodora. Já conseguiram nos pegar de surpresa com essa revelação. Garanta que isso não vai ocorrer outra vez.

Os procedimentos foram transferidos para a sala do conselho que ficava adjacente à sala do trono. Ao examinar Talasyn sentada diante dele na mesa de mogno, Alaric teve dificuldade em conciliar aquela visão em azul e dourado com a soldada esfarrapada que conhecera. Na verdade, apesar da discussão que tiveram, ele quase chegava a crer que de fato tinha se enganado, que ela era outra pessoa. No momento, porém, a garota o encarava como se ele fosse uma pedra particularmente teimosa no sapato dela, e *aquele* olhar só poderia vir de Talasyn — um olhar que ele não tinha o menor problema de enfrentar com seu ar de soberba, e que, obviamente, só serviu para enfurecê-la ainda mais.

A verdade era que, após o choque inicial ter se dissipado, ele ficara aliviado ao vê-la — ao saber que ela estava viva, afinal —, mas aquele era o tipo de fraqueza que precisava ser examinada em particular. Naquele instante, seria bom que controlasse suas emoções ao se ater ao território mais familiar da aversão mútua que sentiam um pelo outro.

Talasyn estava sentada entre o príncipe Elagbi e uma mulher de meia-idade de cabelo castanho que trajava uma vestimenta tecida nos tons do pôr do sol e incrustada de opalas. Ela se apresentara como Lueve Rasmey, o braço direito de Urduja e a daya cuja família controlava as Veias Cenderwas, onde todo tipo de pedras preciosas e metais eram extraídos. À esquerda de Elagbi, estava Niamha Langsoune, que abriu para Alaric um sorrisinho no qual ele não confiava de forma *alguma*. Mais distante na mesa encontrava-se um sujeito magro e com um ar de erudito que se chamava Kai Gitab, o rajan de Katau.

Em vez da aristocracia, Alaric tinha a comodora Mathire ao seu lado, enquanto Sevraim protegia suas costas, posicionado entre Alaric e as grandes janelas que ocupavam toda a parede e que exibiam uma paisagem magnífica da floresta. A rainha Urduja também contava com uma proteção semelhante de suas guardas reais, sentando-se à cabeceira da mesa, a coroa gélida cintilando à luz do dia.

— Antes de iniciarmos as tratativas, vamos abordar a questão controversa que está na mente de todos — anunciou Urduja. — Há dezenove anos, navios de guerra nenavarinos navegaram até o Continente Noroeste com o intuito de providenciar reforços aos Tecelões de Luz de Solstício em sua guerra contra os Forjadores de Sombras. Essa flotilha partiu das praias do Domínio sem meu conhecimento nem consentimento. Fui *veementemente* contra interferir nos assuntos de forasteiros quando tal ideia me foi proposta. As pessoas responsáveis por tal ato, que agiram pelas minhas costas depois que expressamente proibi o envio de auxílio a Solstício, eram indivíduos rebeldes na minha corte, e garanto à Vossa Majestade que eles não são mais um fator relevante.

Alaric voltou sua atenção mais uma vez para Talasyn, que ficara pálida, mordendo o lábio e olhando de canto de olho para Elagbi. O príncipe pareceu desenvolver um interesse profundo e repentino pela superfície da mesa.

— O Domínio atual — concluiu Urduja — vai encarar essas tratativas com a melhor das intenções, e vamos cumprir com qualquer parte acordada do contrato.

Alaric foi surpreendido pela franqueza da Zahiya-lachis, mas se limitou a acenar com a cabeça num gesto cortês. A mulher *poderia* estar apenas tentando manipulá-lo com um discurso falacioso, mas suas palavras foram inofensivas o bastante para que ele não precisasse se alarmar, pelo menos por enquanto. Aquela proposta de matrimônio deixava bem claro que Nenavar já aprendera sua lição dezenove anos atrás, quando o primeiro porta-tempestades destruíra toda a flotilha com um único golpe mordaz.

— Trataremos disso como algo do passado, rainha Urduja — disse Alaric. — Não seria possível seguir adiante se deixássemos os acontecimentos de outrora ameaçarem nossa aliança.

Apesar de suas palavras, ele olhou para Talasyn e Elagbi mais uma vez, perplexo diante daquela menção estranha de Urduja a *indivíduos rebeldes*. Havia alguma coisa a ser desvendada ali.

Urduja assentiu para Lueve Rasmey, que falou em um tom agradável, em um contraste evidente com a atmosfera da sala.

— Como negociadora-chefe para o Domínio de Nenavar a pedido de Sua Majestade Estrelada Urduja Silim, Aquela que Estendeu a Terra Sobre as Águas, permita-me que formalmente dê início a essa reunião. Fui instruída a proceder como se essas fossem negociações tradicionais de matrimônio...

— Com todo o respeito, não são — interrompeu-a Mathire. — Esta é uma união política entre dois governos, com exércitos e economias inteiras que influenciam o processo. Seria um desserviço aos dois lados, e certamente causaria desentendimentos, se tratássemos isso como um casamento convencional.

— A estimada comodora será perdoada — rebateu Lueve sem hesitar, com o sorriso alegre intacto — por sua ignorância a respeito dos costumes nenavarinos. Entre o mais alto escalão da nossa sociedade, o casamento é uma união política. Com um matrimônio, formamos alianças, estabelecemos a paz entre casas rivais e selamos parcerias de negócios. É com isso em mente que trataremos essas núpcias.

A direção que a conversa tomara deixou mais evidente um ponto importante que Alaric de alguma forma se recusara a processar, mas que por fim estava começando a entender.

Talasyn.

Sua futura noiva era Talasyn.

Ele iria se casar com Talasyn.

Era surreal e ridículo. Do outro lado da mesa, a garota em questão estava começando a parecer nervosa, como se também só então tivesse ocorrido a ela que era o futuro compartilhado dos dois que estava sendo discutido naquela sala.

De súbito, Alaric foi tomado pela certeza absoluta de que se Talasyn começasse a entrar em pânico de verdade, *ele* também entraria. Em uma tentativa de acabar com aquilo o mais rápido possível e de focar em questões *práticas*, e não em seu surto iminente, ele se voltou para a daya Rasmey e disse:

— Kesath vê com bons olhos todos os benefícios diplomáticos e comerciais que irão nascer dessa união. Em troca, podemos oferecer muitas coisas à Lachis'ka.

— Além da garantia de segurança e sobrevivência do povo dela, é óbvio — acrescentou Mathire.

— Não percebi que estávamos aqui para trocar ameaças — contra-atacou Niamha. — Tampouco pensei que alguém faria ameaças estando tão inserido em um território que não é o seu.

Alaric resistiu ao impulso de apertar a ponte do nariz para afastar a dor de cabeça que se aproximava.

— A Lachis'ka receberá o título de Imperatriz da Noite, e todo o poder e prestígio dignos do posto — afirmou ele. — Naturalmente, vamos esperar a total cooperação de Nenavar enquanto buscamos manter a prosperidade e a estabilidade nesse canto do Mar Eterno.

— Cooperação que ficaremos mais do que felizes em providenciar — disse Elagbi —, desde que isso não interfira na nossa soberania. Esta é uma das duas condições que não serão negociáveis: que a lei do Domínio seja soberana no território do Domínio.

Alaric assentiu.

— E qual é a outra condição?

— Que minha filha seja tratada com o máximo de gentileza e respeito. — Os olhos escuros de Elagbi eram duros como metal ao encontrarem os de Alaric. — Que jamais uma mão seja levantada para ela em raiva, e que ela jamais se sinta inferior ao que é.

Talasyn se virou para Elagbi com uma expressão de gratidão e incredulidade que fez Alaric vacilar, pensando em certas coisas que ele gostaria de ter tido durante a própria infância. Como ele gostaria de ter alguém que se importasse minimamente com o seu bem-estar. De ter um pai, de ter *qualquer pessoa* que o defendesse...

Não. Aquelas eram inseguranças de uma criança, incômodos de um garoto tolo. Não havia espaço para isso na cabeça de um imperador.

— Sua Graça Alunsina Ivralis será tratada de acordo com seu comportamento — declarou Alaric, seco, deixando de lado a estranheza de se referir a Talasyn com outro nome.

— Então devo ser uma esposa *obediente*, é isso? — Talasyn falou pela primeira vez desde que se sentara, arremessando cada palavra na direção dele como se fosse uma adaga. — É para eu ficar sorrindo enquanto milhões sofrem com a sua tirania?

Deuses, ele ia *mesmo* ter uma baita dor de cabeça.

— Nada do que aconteceu na Sardóvia vai acontecer em Nenavar desde que o Domínio cumpra com sua parte do acordo.

— *Eu* sou a parte deles do acordo!

Enquanto uma parte traiçoeira de Alaric sempre achara que a Tecelã de Luz era magnífica quando o desafiava, o ouro e as pedras preciosas a tornavam mais formidável, faziam com que ela ardesse como se fosse uma deusa vingativa. Os olhos dela cintilaram como ágatas de bronze sob a luz da aurora.

— Você veio até aqui se sentindo todo-poderoso em busca da minha mão em casamento e trouxe com você a comodora que aniquilou a Grande Estepe e o legionário que participou do cerco de Refúgio-Derradeiro, sem mencionar o fato de que você mesmo matou inúmeros dos meus companheiros soldados! — gritou ela. — Então, me perdoe se não estou tão entusiasmada com um futuro ao lado de alguém tão cruel e pomposo, seu *canalha*!

Alaric conseguia sentir uma veia no fundo do olho esquerdo começar a latejar, como sempre ocorria quando ele estava a ponto de perder o controle. Tentando não parecer tão óbvio, inspirou profundamente, e quando voltou a falar, foi em um tom firme:

— Seus companheiros soldados? — repetiu. — Se ainda se considera sardoviana, milady, então essas negociações são um desperdício do meu tempo e esforço.

Alaric observou Talasyn contrair os lábios com força, parecendo prestes a explodir de ódio. Como a jovem nada falou, ele prosseguiu:

— Mesmo que eu fosse fraco o bastante para pedir desculpas por ações militares feitas durante tempos de guerra, eu dificilmente faria isso a mando de uma *criança* temperamental. Nós fizemos essa travessia na esperança de encontrar termos favoráveis e evitar mais um conflito sangrento, mas se a ideia de se casar comigo ofende tanto as suas sensibilidades, Lachis'ka, basta uma única palavra, e eu voltarei a vê-la no campo de batalha.

No silêncio pétreo que seguiu aquela declaração, a rainha Urduja se inclinou mais à frente no assento, o que chamou a atenção de todos.

— Acredito que as tensões estejam elevadas e desfavoráveis para chegarmos a qualquer tipo de acordo no momento. Posso sugerir que deixemos essa reunião para outra hora? — Levando em conta seu semblante, era mais uma ordem que uma sugestão. — Podemos voltar às negociações amanhã, quando todos estivermos mais acostumados uns aos outros. Tendo isso em mente, a delegação kesathesa é bem-vinda a ficar aqui no palácio, onde seus integrantes serão tratados como convidados de honra.

A compostura agradável de Lueve fraquejara durante o duelo verbal entre Alaric e Talasyn — na verdade, parecia que ela estava sofrendo um ataque cardíaco quando Talasyn chamou o Imperador da Noite de canalha —, mas, uma vez que a soberana interferira, a negociadora-chefe se recuperou de prontidão.

— Sim, Harlikaan, acredito que isso seja ideal — disse ela, tranquila. — Iremos adiar as negociações por enquanto.

Kai Gitab permaneceu em silêncio durante toda a reunião. Na experiência de Talasyn, o rajan era um homem astuto e extremamente calculista que dispensava palavras de forma tão relutante quanto um avarento distribuía moedas. Assim que a delegação kesathesa saiu da sala, no entanto, ele se virou para Urduja.

— Perdoe-me, Harlikaan, mas não tenho tanta certeza de que seja prudente permitir que o Império da Noite fique à solta no Teto Celestial enquanto ainda não temos um esboço do tratado.

— Tenho absoluta certeza de que Ossinast não vai nos assassinar em nossas camas — disse Urduja, seca —, embora *certas* pessoas pareçam determinadas a persuadi-lo a fazer isso.

Talasyn se empertigou quando a avó lançou um olhar na sua direção. No entanto, antes que ela pudesse defender suas ações, Niamha chamou a atenção de todos.

— Esse tipo de coisa pode se provar benéfica para o nosso lado — comentou ela. — O Imperador da Noite me parece o tipo de homem que dificilmente se altera. De alguma forma, porém, a Lachis'ka perturba o seu juízo. Eu estava o observando de perto mais cedo. Parece que ele consegue fazer um trabalho formidável de permanecer calmo até ter uma interação prolongada com Vossa Graça.

— Nós nos odiamos, só isso — resmungou Talasyn, envergonhada.

— E o ódio não é um tipo de paixão? — rebateu Niamha.

— Eu... *paixão?* — guinchou Talasyn, as bochechas corando. — Não tem nada... do que está *falando*... eu não suporto nem olhar para aquela cara idiota dele, e esse sentimento é recíproco!

Niamha e Lueve a observaram, achando graça.

— Pelo visto — comentou Niamha com um leve sorriso —, Vossa Graça ainda precisa aprender muito sobre os homens.

Elagbi levou às mãos aos ouvidos, o que fez Lueve Rasmey dar uma gargalhada melodiosa.

— Talvez nós devêssemos parar de provocar a Lachis'ka — brincou ela.
— Duvido que o coração mole e paternal do príncipe Elagbi aguente muito mais disso.
— Verdade, ótimo, antes que ele comece a cair no choro — disse Urduja, semicerrando os olhos para Talasyn, que se retesou ao perceber que ainda não estava livre das críticas da avó. — Eu não posso enfatizar isso o bastante, Alunsina. Se Kesath não tivesse conseguido pôr as mãos na magia nulífera, poderíamos ter uma chance. No entanto, nesse caso, eles já feriram um dos nossos dragões. O Império da Noite só está disposto a negociar porque, assim como nós, eles não querem desperdiçar recursos, e é seu dever garantir que *permaneçam* dispostos. Se você fracassar, as consequências serão graves para todos nós. Contenha seu orgulho, Vossa Graça, ou no mínimo se apegue a esse sentimento com mais inteligência.

A delegação kesathesa recebeu uma ala completa do palácio só para si. Uma porta grande de bronze nos aposentos de Alaric se abria para um jardim de orquídeas com uma pequenina cachoeira, entrecortada por dois caminhos de pedras. Um levava da porta dele para um corredor a oeste, e o outro encontrava o primeiro caminho em seu fim e era conectado ao que pareciam os aposentos de alguém na ala oposta, pelo que indicava a cama com dossel que ele vira através de uma abertura nas cortinas do outro lado do jardim.
Um luxo daqueles cobrava seu preço. Havia gaiolas de sariman presas nas paredes e pilares em intervalos de sete metros, fechando o acesso ao Sombral, e impossibilitando sua comunicação com o pai no Entremundos. Além disso, a agradável vista para o jardim era arruinada pela comodora Mathire, que marchava na grama bem cuidada com seus passos pesados.
— Eu não me importo com o que a Tecelã de Luz *ou* aquela velha gagá disse. Isso *só pode ser* uma emboscada.
O rosto de Mathire estava lívido de fúria. Era óbvio que ainda não tinha superado seu deslize na sala do conselho.
— Primeiro, Urduja Silim *dificilmente* é uma velha gagá — argumentou Sevraim de onde estava sentado, ao lado de Alaric em um banco de pedra. — E, segundo, você está xingando a mãe do sogro do Imperador da Noite.
— Mãe do sogro em *potencial* — corrigiu-o Alaric. — Um potencial que parece diminuir a cada segundo que passa.
— Para sua enorme tristeza, tenho certeza, Vossa Majestade.
Sevraim disse aquilo com sarcasmo o bastante para que parecesse uma piada, mas não *tanto* para disfarçar um pouco de sua curiosidade. Ele exa-

minava Alaric com um olhar astuto de quem *sabia a verdade*, embora Alaric não tivesse a mínima ideia do que o outro achava que sabia.

— Não dá para acreditar que a Tecelã de Luz e a Lachis'ka são a mesma pessoa — continuou o legionário. — Passamos esses meses todos procurando Talasyn, e ela estava aqui o tempo todo. É...

— Um truque! — repetiu Mathire, exasperada. — É uma artimanha orquestrada por Ideth Vela! — Ela parou na frente de Alaric, endireitando os ombros, determinada. — Vossa Majestade, nós temos o direito de exigir provas de que não há uma conspiração. Não podemos arriscar a segurança do nosso império, em especial quando os nenavarinos já têm uma reputação de serem pouco transparentes. Tudo que temos é a afirmação da Tecelã de que fugiu para cá depois da guerra, mas isso nos faz pensar quem *mais* poderia ter fugido para cá com ela. Se me permitir a ousadia, eu insisto: Kesath *precisa* ter permissão para fazer buscas no território do Domínio para vermos com os próprios olhos que eles não estão com a frota sardoviana escondida em algum canto de suas praias.

— Nós podemos fazer o pedido *após* termos definido os termos do contrato de matrimônio — reconheceu Alaric. — Dessa forma, teremos finalizado as negociações e não precisaremos nos preocupar tanto em ofender Nenavar.

— E se não encontrarmos nenhuma evidência de Sardóvia, Vossa Majestade está planejando continuar mesmo assim? — perguntou Sevraim. — Vai se casar com uma inimiga jurada?

Alaric preferia comer vidro, mas as palavras do pai surgiram em sua mente. É verdade, havia uma grande chance de Gaheris mudar de ideia ao descobrir a identidade da Lachis'ka. Mas por enquanto...

— Eu farei o que for preciso. — Foi a resposta estoica de Alaric. — Pelo bem do Império da Noite.

CAPÍTULO 17

Talasyn estava com um humor horrível. Ela tentara fugir escondida do palácio e acabou descobrindo, decepcionada, que as medidas de segurança haviam sido reforçadas por conta da presença da delegação kesathesa. Antes que algum dos novos guardas notasse a Lachis'ka se esgueirando por ali, ela voltou para seus aposentos e então se dirigiu ao jardim que ficava além dele, a frustração embrulhando o estômago. Os sardovianos precisavam ser informados daquele desdobramento assim que possível. Ela precisava dos conselhos de Vela para saber como prosseguir.

Aquele pedaço particular do jardim do Teto Celestial ficava a céu aberto, permitindo que uma quantidade copiosa de luar brilhasse sobre a grama, as orquídeas e a cachoeira artificial que acabava em uma piscina escura e ondulante. A luz das estrelas e das sete luas juntas quase fazia parecer que era dia, de maneira mais suave e turva.

Parada no meio do jardim, Talasyn inclinou a cabeça na direção dos labirintos celestiais brilhantes e respirou fundo devagar. Talvez o aroma perfumado das flores, o borbulhar gentil da água e o ar fresco noturno a ajudassem a recuperar sua paz interior.

Enquanto observava, o céu noturno cintilou com uma névoa de luz ametista profunda. O ponto de conexão solitário do Nulífero, localizado na cratera de um vulcão adormecido na ilha da parte mais central do Domínio, estava transbordando.

Talasyn continuava tão curiosa em relação à magia nulífera quanto da primeira vez que a encontrara. Embora tenha sido ensinada sobre a maior parte dos aspectos da vida em Nenavar, pouca coisa lhe fora informada sobre essa dimensão ametista do etercosmos. Ela sabia apenas que era mais maleável do que as outras dimensões, que poderia ser dobrada em pequenos corações de éter e ainda assim reter suas propriedades bélicas. Era por isso que os mosquetes existiam — e ela sentia um imenso alívio ao ver que Kesath, ao que tudo indicava, não começara a produzir *aquelas armas*.

Havia épocas que o Nulífero brilhava tão intensamente que o céu inteiro parecia arder em chamas, o que a afligia. Não era *normal* que um ponto de conexão brilhasse tanto assim de tão longe. As pessoas na corte lhe garantiram que não havia com o que se preocupar, que era a mera natureza do Nulífero. Uma parte de Talasyn ainda não estava convencida disso, mas ela creditava aquilo à sensação de ainda não ter se acostumado à vida naquela terra indomável.

Ela se perguntou o tamanho verdadeiro da Fenda Nulífera, para ser visível não apenas de Eskaya, mas até da Costa Sardoviana de vez em quando. O *Aviso do Pescador*, como Khaede chamara. Uma vez a cada mil anos.

Pensar em Khaede fazia o peito de Talasyn doer. A amiga não viera para Nenavar em nenhum dos comboios, e ninguém se lembrava de tê-la visto durante a retirada das forças da Confederação de Refúgio-Derradeiro.

Já fazia meses. Khaede ou estava morta ou estava apodrecendo em uma prisão do Império da Noite. E Talasyn estava prestes a se casar com o homem responsável pelas duas possibilidades.

— Então *é* mesmo você.

É como um relógio, pensou Talasyn, amargurada. Era como se o tivesse invocado, já que a sorte decidira abandoná-la de vez.

A Fenda Nulífera distante se estabilizou, e Talasyn se virou para encarar a origem daquela voz profunda, rica como vinho e carvalho. Apenas feixes do luar e poeira das estrelas iluminavam as feições pálidas e proeminentes de Alaric. A vestimenta preta implacável pela qual ele optara não parecia tão deslocada em Nenavar uma vez que a noite caíra. Ele era tecido pelas sombras, uma extensão da própria noite. A presença soturna dele contrastava com o seu entorno, um fundo com orquídeas em todas as formas e tamanhos — algumas brancas e leves como a espuma do mar, outras vermelhas e intensas como um incêndio na floresta, outras com pétalas salpicadas e em formato de flautas, e algumas iridescentes como asas de borboleta, todas exalando seu perfume fresco na noite tropical.

Teria sido uma cena idílica se pertencesse a quaisquer outras duas pessoas no mundo. No entanto, naquelas circunstâncias, Talasyn sentiu a raiva antiga e familiar se manifestar conforme Alaric avaliava a túnica e a calça que ela tanto adorava vestir depois de um dia longo na corte, o rosto lavado e limpo e o cabelo preso na trança de sempre.

— E aqui estava eu, nutrindo uma leve suspeita de que os nenavarinos estavam tentando empurrar outra garota para cima de mim — prosseguiu ele. — Pelo visto, acreditavam que só me convenceriam se você estivesse pintada de ouro.

— O que você pensa que está fazendo no meu jardim? — exigiu saber Talasyn.

— Pergunte a quem acreditou que seria boa ideia me colocar nos aposentos bem na frente dos seus. — Um sorrisinho brincou nos lábios carnudos de Alaric. — Tecnicamente, será o *nosso* jardim depois do casamento, não é?

Ele deu um passo para a frente, um homem feito de luar que exibia as olheiras de alguém que tinha dificuldade de dormir. Ela já estivera perto assim dele antes, e até mais perto, porém era sempre no calor da batalha, quando não havia tempo para notar aquele tipo de coisa. Ele não estava usando as luvas de couro de sempre, e por algum motivo aquilo fez com que Talasyn pensasse que era a primeira vez que via as mãos dele. Eram asseadas, e bem maiores que as dela.

— Me conte — disse ele. — Como foi que a Lachis'ka do Domínio de Nenavar acabou como timoneira nos regimentos da Sardóvia?

— Você ia adorar saber, não é? — provocou Talasyn, bufando.

Uma leve irritação transpareceu no rosto dele.

— Talvez não tenha conhecimento disso, mas é pouco aconselhável que maridos e esposas guardem segredos um do outro. Diversos casamentos foram arruinados por causa desse tipo de comportamento.

Ela quase mordeu a isca. Quase gritou para ele: *eu não* quero *me casar com você, seu palerma infeliz!* No entanto, se lembrou de algo que os tutores haviam dito e que sempre guiava as ações da avó: perder a compostura era quase a mesma coisa que perder uma discussão.

— O noivado não foi sequer finalizado — ela conseguiu mencionar, de forma serena. — Mas com toda essa conversa de ser marido e mulher e do *nosso* jardim, estou feliz por você estar empolgado com isso. É o único.

— Eu não chegaria a me declarar *empolgado*, mas estou *ansioso* para acolher o Domínio de Nenavar de forma pacífica dentro da supremacia do Império da Noite.

— O que o mestre da Legião Sombria sabe sobre paz? — desafiou Talasyn.

— Com certeza mais do que a garota que certamente ficaria feliz em me estrangular por fazer uma simples pergunta — retrucou Alaric.

— Eu não...

Ela parou de falar, respirando fundo mais uma vez para se acalmar. Se as coisas continuassem daquele jeito, Talasyn acabaria dando um soco nele e o tratado seria anulado. Então decidiu mudar a direção da conversa.

— Uma guerra civil começou quando eu tinha um ano — disse ela, sem conseguir afastar o tom gélido da voz. — Eu deveria ter sido mandada para a terra natal de minha mãe, que era uma Tecelã de Luz, mas alguma coisa aconteceu. Não sei o quê, não lembro. Em vez disso, acabei na Sardóvia. — A jovem jogou a cabeça para trás, decidindo que estava mais do que na hora de *ela* fazer as perguntas. — E como é que o herdeiro do Império da Noite sobe ao trono quando o pai dele ainda está vivo?

Alaric não hesitou. A resposta fora obviamente ensaiada.

— O regente Gaheris está envelhecendo. Ele preferiu se envolver de forma menos direta enquanto ainda é capaz de aproveitar os frutos de seus esforços.

Talasyn não acreditou *naquilo* nem por meio segundo... ou melhor, não acreditou que a resposta correspondia a toda a verdade. Antes que pudesse questionar mais, no entanto, Alaric se virou para ela, capturando-a com mais um de seus olhares penetrantes. Os olhos dele eram enigmáticos, e quando ele baixou o queixo, o cabelo preto ondulado refletiu a luz da lua, uma sombra emoldurada em prata.

— Eu tinha sete anos quando a guerra civil nenavarina aconteceu — comentou ele por fim, de uma forma tão amena que era como se estivesse falando sobre o clima.

— E o que isso tem a ver? — retorquiu ela.

— Você é muito jovem.

Alaric abriu um sorrisinho, como se estivesse se deleitando com uma piada que só ela desconhecia.

— Talvez seja por isso que eu sempre ganho de você em combate — provocou Talasyn. — Porque você é velho e lento feito uma lesma.

Num instante, estava a alguns metros dele; no outro, foi encurralada até a beirada do laguinho da cachoeira. Um único movimento desajeitado poderia fazê-la cair na água. Ela só conseguia ver Alaric, os ombros largos, as pupilas dilatadas sob a noite radiante, a constelação de pintinhas na pele pálida. Ele envolveu a cintura dela com a mão larga, pressionando suas costas numa espécie de abraço debochado, e os dedos de Talasyn voaram para agarrá-lo pela frente da vestimenta — em uma tentativa de autopreservação ou vingança, não sabia dizer qual. Se acabasse caindo no laguinho, ela o levaria junto.

— Não aprendeu a respeitar os mais velhos, milady?

Era óbvio que se tratava de uma provocação mordaz, mas a voz dele estava baixa demais. Ele murmurou aquilo contra o ouvido dela.

— Então você vai me empurrar na água? — perguntou ela com o máximo de dignidade que conseguia reunir, segurando a camisa dele com mais força.

— Quem disse que eu ia empurrar? Posso só soltar você e pronto.

Ele mexeu os dedos livres da manopla nas costas dela, uma pressão que ardia e faiscava através do tecido da túnica leve que separava a pele de Talasyn da dele.

Talasyn não conseguia pensar, não conseguia *respirar*. Não tinha medo de se afogar — duvidava que água chegasse ao seu pescoço. Não, foi aquele arroubo de adrenalina, a dança no fio da navalha entre ficar em pé e cair na água fria, e o calor dominador do corpo de Alaric contra o dela. Era o brilho predatório nos olhos prateados, a voz rouca, as sete luas e as inúmeras estrelas que ela via acima dele quando ergueu o queixo para fulminá-lo com o olhar, desafiando-o, apesar da posição precária em que se encontrava.

— Eu respeito os mais velhos — disse ela, entredentes —, quando *agem de acordo com sua idade...*

A frase foi interrompida com um palavrão alto quando ele de repente colocou as *duas* mãos ao redor da cintura dela, erguendo-a do chão e então virando-a no ar para afastá-la do laguinho. No instante em que estava em terra firme outra vez, Talasyn na mesma hora recuou, com o coração acelerado ao pensar em Alaric a levantando sem fazer esforço, como se ela não pesasse mais do que uma pena.

— O que nós estamos fazendo? — exigiu saber Talasyn. — Toda... essa *transação*. Você deve saber muito bem que isso é uma péssima ideia.

— É, sim — concordou Alaric. — Mas vai impedir uma guerra.

— Sabe o que mais impediria uma guerra? Se você deixasse Nenavar em paz!

Ele cerrou a mandíbula.

— Não posso fazer isso.

— O Império da Noite já controla toda a Sardóvia — argumentou Talasyn. — Você já tem o Continente inteiro à disposição...

— E quem no Continente vai respeitar o poderio de Kesath quando correrem boatos de que nós nos deparamos com as forças de Nenavar e demos meia-volta? — Ele soava tão calmo que isso a deixou mais furiosa. — Nós não esmagamos a Confederação Sardoviana fazendo coisas pela metade. Você deveria saber disso. Você estava lá.

Eu vou matá-lo. A raiva que aquele comentário impertinente fizera borbulhar nela não impedia que Talasyn se deleitasse com aquela epifania. *Qualquer dia desses, eu vou matá-lo de verdade.*

— Então o que você está dizendo é que vale a pena se casar comigo por isso. *Comigo*, Ossinast. Pense bem.

Talvez ela pudesse triunfar ao lembrá-lo do ódio recíproco que sentiam um pelo outro e, com isso, dissuadi-lo daquelas ações. Se para isso precisava ser autodepreciativa, não se importava.

— Não venha me dizer que eu tenho *qualquer coisa* em comum com o tipo de pessoa que você tomaria como esposa — insistiu Talasyn.

Os olhos de Alaric se voltaram para o laguinho em que ele quase a jogara.

— Eu vim até aqui para me casar com a Lachis'ka nenavarina — anunciou, com uma determinação vazia. — O fato de que ela é *você* é... irrelevante. Sugiro que você se resigne a esse fato.

Ele realmente tinha um talento para saber exatamente o que dizer — e como dizer — para enfurecê-la.

— Pensando bem, sua falta de objeção a esse casamento faz sentido — zombou ela. — Finalmente vamos ter a oportunidade de *estudar juntos*, como você parecia querer tanto.

Talasyn não sabia o que esperar ao cuspir na cara dele as palavras ditas na última batalha. Passara todos aqueles meses remoendo a oferta absurda e incomum. Ela se preparou para uma reação irada ou enraivecida — ou até mesmo envergonhada — àquela provocação.

Em vez disso, Alaric estremeceu. Então, uma expressão vazia tomou conta de suas feições, tão indecifrável quanto uma máscara. Talasyn reconhecia o comportamento: era a mesma rigidez orgulhosa que ela costumava adotar sempre que algum dos cuidadores do orfanato batia nela, porque ela se recusava a lhes dar a satisfação de verem a dor avassaladora que sentia, o zumbido nos ouvidos, mesmo quando os hematomas floresciam sobre sua pele.

Em Refúgio-Derradeiro, Alaric não lhe pedira para se juntar a ele, tentando arrastá-la para uma de suas artimanhas? Por que agora ele estava agindo quase como se... como se quisesse aquilo *de verdade*? E por que ela tinha a sensação de que esmagara algo frágil com um passo descuidado, algo que nem sequer tivera uma chance de existir?

Um silêncio desconfortável recaiu sobre os dois. Os olhos dela acompanharam o movimento no pescoço elegante quando ele engoliu em seco.

— Eu queria entender como nossa magia se fundiu. Nada além disso — declarou Alaric, por fim, cada palavra carregada de uma precisão cuidadosa e metálica que Talasyn jamais poderia igualar. — Minha única preocupação era que você acabasse se matando antes que eu conseguisse decifrar aquele fenômeno. No entanto, se insistir em continuar sendo difícil, não vale a pena tentar entender nada. De agora em diante, é melhor nos concentrarmos em forjar essa — a boca dele se retorceu — *aliança política*.

Era como um soco no estômago: o lembrete de que ela estava prestes a se casar com alguém que verdadeiramente a desprezava. Ela não queria a aprovação de Alaric — não, aquela era a última coisa no mundo que desejava —, mas um espaço cavernoso fora aberto no coração dela ao longo dos anos, e era ali que as palavras dele ecoavam, ao lado de outras mais antigas. Palavras que diziam que ela não valia a pena, que era muito difícil para que alguém se importasse com ela. Uma órfã com uma língua afiada demais. Uma soldada com uma única amiga. Uma Tecelã que mal sabia controlar o básico dos poderes. Uma Lachis'ka cujos modos eram grosseiros demais. E, no momento, uma noiva que jamais seria amada.

Mais uma vez, Talasyn procurou refúgio no impulso familiar e bem-vindo de sua ira, sempre à espreita quando Alaric estava presente.

— Tudo bem — retrucou ela. — Então mantenha isso em mente, *de agora em diante*.

Dessa vez, foi ela que invadiu o espaço pessoal de Alaric, lançando-lhe um olhar fulminante. Ela não poderia dizer aquilo na cara dele, mas prometeu em silêncio, sem que ele soubesse, sentindo o veneno subir pela garganta, que a Guerra dos Furacões não tinha acabado. Um dia, o Império da Noite iria ruir.

— Eu era a Tecelã de Luz da Sardóvia — rosnou Talasyn. — Eu fui páreo para você e a sua Legião. Eu *também* sou Alunsina Ivralis do Domínio de Nenavar, filha de Elagbi e herdeira da Rainha Dragão. Eu sou Aquela Que Virá Depois, e *eu tenho poder aqui*. Da próxima vez que colocar as mãos em mim, você vai se arrepender. Fui clara?

Alaric sentiu os dedos estremecerem e fechou os punhos, encarando-a como se ela fosse uma criatura selvagem, mas também um código que ele tentava decifrar. As sete luas brilhavam sobre os dois, e enquanto o silêncio perdurou, o barulho da água e o aroma arrebatador das orquídeas a fez voltar a reparar no mundo ao redor.

Por fim, ele assentiu, rígido.

— Eu entendo. — As palavras deveriam ser uma rendição, mas ele as disse como se fossem uma retirada estratégica. — Até amanhã, então, Vossa Graça.

Talasyn não deu a ele a oportunidade de ir embora primeiro. Ela lhe deu as costas e marchou até seus aposentos, enfurecida, lutando para resistir ao impulso de se virar para Alaric novamente, até porque ainda sentia o olhar dele atrás de si.

E lá se foi o sonho da paz interior.

CAPÍTULO 18

Os dias que se seguiram foram um turbilhão de barganhas, concessões e meios-termos, intercalados com impasses e ameaças, todos disfarçados por uma leve fachada de polidez contundente como aço. A rainha Urduja preferia fazer o papel de observadora enquanto seus conselheiros negociavam em seu nome, mas Alaric não podia se dar a esse luxo. Cada lição que recebera do pai e dos tutores na infância — lições sobre diplomacia, governo e economia — era testada.

Talasyn tinha o hábito de causar alvoroço naquelas reuniões sempre que interrompia com um comentário mordaz, o tom carregado de suspeita e desdém, e os negociadores nenavarinos se apressavam para compensar suas gafes. Todas as manhãs, ela aparecia trajando um novo vestido e uma nova coroa deslumbrantes, o rosto pintado como uma obra de arte, mas a mente de Alaric continuava voltando para aquela noite no jardim, quando a garota estava de túnica e calça e ele pôde ver a constelação de sardas que cobriam o nariz e as bochechas dela. Alaric vira como seus olhos escuros ficaram em brasa quando ela disse o que pensava dele. O imperador sentira alguma coisa estremecer dentro de si naquela noite, ao ver a Talasyn de quem ele se lembrava, exceto que daquela vez não estavam em um campo de batalha, mas parados entre orquídeas floridas sob um céu estrelado pintado em tons de ametista.

Alaric tentava não olhar para ela do outro lado da sala, porque todas as vezes que fazia isso era tomado por um eco fantasmagórico daquela sensação — a reentrância da cintura e a curva das costas esguias de Talasyn pressionadas contra suas mãos despidas, o calor da pele dela atravessando o tecido fino que se enrugara sob os dedos dele. Antes daquela noite, fazia anos que não tocava em alguém sem as luvas. O pai sempre insistira que a armadura era crucial para que ele alcançasse seu máximo potencial como guerreiro. Apenas se excluísse os estímulos externos desnecessários conseguiria dominar a magia das sombras de forma mais eficiente.

Porém, um único roçar de pele acordara uma sede havia muito esquecida. No momento, era como se as mãos de Alaric estivessem ardendo por conta daquela necessidade, mesmo que estivessem protegidas pelo couro preto de novo.

Quando aquela sensação ficava intensa demais, quando ele começava a temer que o estranho anseio o forçasse a agir de verdade, Alaric tinha a felicidade de ter outra lembrança de Talasyn com a qual se distrair. No caso, Talasyn zombando de seu deslize imprudente, quando a guerra estava chegando ao fim ao redor deles. A provocação dela fora o equivalente a um corte rápido e preciso de uma lâmina entre as costelas.

Ele não desejava compreender *por que* aquilo o machucara tanto e não culpava Talasyn pelo que dissera, considerando que *ele* também não se comportara muito bem, mas era bom ter um lembrete de que as reações que Talasyn provocava nele não eram as mesmas que sentia com outras mulheres, e por isso precisava ser mais cuidadoso.

No quinto dia das negociações, Kesath e Nenavar haviam elaborado um pacto de defesa mútua e estavam refinando os últimos detalhes de um acordo comercial. O avanço não fora alcançado sem algumas consequências: o sorriso educado de Lueve Rasmey estava mais exausto, e parecia que a comodora Mathire e Niamha Langsoune estavam a um único comentário de pular no pescoço uma da outra. Até a inabalável Urduja começara a se irritar com os conselheiros. Enquanto isso, o príncipe Elagbi, que Alaric determinara que estivesse presente para fornecer apoio moral mais do que qualquer outra coisa, parecia mortalmente entediado, assim como Sevraim, que só estava lá para proteger Alaric e, portanto, não era esperado que contribuísse em nada para as deliberações.

Alaric ainda não entendera direito as intenções do Domínio. Segundo Gaheris, eles certamente queriam algo além do acordo de paz, para se disporem a oferecer a Lachis'ka com tanta prontidão. Alaric, no entanto, não podia mais adiar revelar o que o povo *dele* queria acima de tudo.

Ele pigarreou no silêncio tenso que seguiu um episódio em que os dois lados concordaram com relutância em relação ao preço para o arroz de grãos longos e os grãos de pimenta kesatheses.

— Além de tudo que já foi discutido, também estamos interessados em comprar corações de éter das minas nenavarinas.

Talasyn bufou baixinho, mas Alaric ouviu, e apesar de saber que não deveria fazer aquilo, voltou sua atenção para ela. Quando a jovem notou seu olhar, Alaric escondeu seu ímpeto de interesse imprudente com uma provocação.

— Vossa Graça gostaria de fazer um comentário?

Ela empinou o nariz.

— Eu só acho engraçado que Kesath fez sua campanha de terror no Continente inteiro para obter mais corações de éter, e agora vocês ainda continuam por aí mendigando por mais.

— Um império sempre tem mais trabalho a fazer — respondeu Alaric, seco. — Ainda mais quando um inimigo derrotado implode as próprias minas ao bater em retirada. Eu sinceramente espero que essa ideia não tenha sido *sua*, aliás. Eu odiaria ver que você se castigaria ainda mais por motivar Kesath a velejar a sudeste.

Era um comentário mesquinho, e não exatamente verdadeiro, considerando que Kesath precisaria neutralizar o Domínio de qualquer forma, com ou sem os corações de éter, mas Alaric não se arrependeu. Talasyn parecia prestes a se lançar sobre a mesa para bater nele. Era o maior entretenimento que ele obtivera dentro daquela sala do conselho até então.

— De qualquer forma — continuou ele —, Kesath não está *mendigando* nada. Ficaremos felizes em pagar um preço justo pelos cristais nenavarinos, caso Sua Majestade Estrelada permita.

Todos os olhos se voltaram para Urduja, que, de forma graciosa, inclinou a cabeça adornada com uma coroa prateada.

— Como aconteceu com todas as outras mercadorias, nós discutiremos um preço, imperador Alaric. Então essa é a extensão de seus interesses mercantis?

Era uma resposta perfeita, e dada de bom grado demais. Uma suspeita vaga começou a surgir na mente de Alaric, mas ele continuou mesmo assim. Não haveria outro momento tão oportuno quanto aquele.

— Apenas mais uma coisa, Harlikaan. Nós solicitamos formalmente que Feiticeiros kesatheses tenham acesso ao que chamam de Fenda Nulífera, com o propósito de expandir o conhecimento etermântico, em troca, é evidente, de concessões comerciais que ficaremos felizes em providenciar...

— De jeito nenhum! — interrompeu Talasyn, *de novo*.

Dessa vez, no entanto, um dos conselheiros do Domínio, o rajan Gitab, assentiu em concordância com ela, de maneira tão fervorosa que os óculos perigavam escorregar do nariz.

— O Império da Noite *não* pode ter permissão nem de chegar perto do ponto de conexão do Nulífero! — continuou Talasyn. — Eles criaram porta-tempestades com Tempória. Vai saber que tipo de inferno vão inventar se tiverem acesso a um reservatório de magia necrótica, ainda mais se entregarmos esse acesso *de boa vontade*?

Alaric imaginara uma reação como aquela, mas Mathire entrou na discussão antes mesmo que ele pudesse se pronunciar.

— Nós criamos porta-tempestades para manter a segurança da nossa nação. Nós só os usamos quando a flotilha nenavarina decidiu nos atacar sem qualquer motivo — pontuou ela.

Todos os nobres do Domínio enrijeceram ao mesmo tempo.

— Mas o imperador Alaric já prometeu que Nenavar não vai sofrer o destino da Sardóvia se nenhum dos termos foi violado — prosseguiu Mathire. — Não há com o que se preocupar, *a menos que* esteja pensando em repetir o mesmo ato insensato.

— Bem, me perdoe, comodora... — rosnou Talasyn para Mathire, e Alaric só conseguiu ficar sentado ali, admirado ao ver como a futura noiva estava sempre pronta e disposta a brigar com qualquer um, a qualquer hora do dia. — Mas eu não deposito muita fé na palavra de invasores...

Urduja ergueu uma das mãos, os dedos cintilando com as unhas postiças em formato de cones incrustados de joias e uma variedade de anéis. Talasyn fechou a boca, e toda a sua postura mudou, recuando em um silêncio rebelde, parecendo um gato que foi expulso da sala.

— Por mais que fosse uma honra contribuir para o avanço da etermancia no Continente Noroeste — disse Urduja, de uma forma que o sarcasmo ficasse apenas implícito —, no momento o Nulífero se encontra... volátil. Nós cessamos as nossas próprias extrações há um mês, e, portanto, não podemos em boa consciência permitir que Kesath desestabilize ainda mais o ponto de conexão.

— O que você quer dizer com *volátil*? — indagou Talasyn no instante em que Alaric estava prestes a perguntar a mesma coisa.

Urduja trocou olhares com os outros nobres do Domínio. Suas expressões falavam por si só, evidenciando que fora proposital não deixar Talasyn a par de uma informação crucial.

— Você não foi informada, Alunsina, porque, entre outras coisas, esse é um problema delicado que diz respeito à segurança nacional — explicou a Zahiya-lachis. — No entanto, estamos o trazendo à tona agora, então escute, por favor. — Ela então se voltou para a delegação kesathesa. — O Nulífero é indispensável para Nenavar. Segundo a lenda, foi o primeiro ponto de conexão a romper o véu do etercosmos nas nossas margens. Ao longo dos séculos, o ponto nos forneceu uma forma de nos defendermos. No entanto, há um preço. Um preço que o Domínio paga a cada mil anos. — Urduja olhou para Talasyn. — Você se perguntou por que a Fenda Nulífera transbordava com tanta intensidade. Seus instintos estavam corretos. Isso não é normal. Em geral, a Fenda se comporta como qualquer outro ponto de conexão. Entretanto, à medida que o sétuplo eclipse lunar se aproxima, a Fenda Nulífera passou a se enfurecer sob a superfície. Na noite em que as sete luas desaparecerem, o Nulífero irá se romper e se derramar sobre todo o Domínio de Nenavar. Ele secará os campos e florestas que estiverem em seu caminho e matará todos os seres vivos. Nem mesmo os peixes e corais estarão seguros. Já que podem manipular a magia nulífera em sua forma extraída, os Feiticeiros têm experimentado empurrar o Nulífero sempre que ele transborda de maneira diferente da habitual. Porém, durante anos, todas as tentativas de contê-lo não obtiveram sucesso.

Alaric tentou se manter impassível. Jamais ouvira falar de alguma Fenda capaz de destruir um país inteiro. Até então em sua vida, todo o caos que a magia causava era decorrente de sua manipulação por humanos.

— O Aviso do Pescador — disparou Talasyn. — É assim que as pessoas na costa de Sardóvia chamam. A luz ametista no horizonte.

— Aqui, é conhecida como a Estação Morta — explicou Urduja. — Precisamos do empenho de gerações para reconstruir o que foi devastado pela fúria do Nulífero. Com evacuações em massa e estoque de todas as sementes e rebanhos possíveis, Nenavar consegue mitigar os efeitos do desastre todas as vezes que isso acontece. Porém, somente agora podemos ter encontrado uma solução para evitá-lo por completo.

Ela gesticulou para Talasyn, que estava desnorteada, e para Alaric, que ficou tenso na cadeira quando enfim lhe ocorreu que era isso que a Zahiya-lachis queria durante todo aquele tempo, o motivo pelo qual estava tão disposta a oferecer a mão da neta.

— No quartel em Belian, vocês dois criaram um tipo de escudo que interrompeu a explosão nulífera. Uma magia como essa jamais foi observada antes em toda a nossa história. Acreditamos que essa combinação entre Luzitura e Sombral pode ser a chave para prevenir a catástrofe. Se Kesath quiser ter acesso ao Nulífero e se beneficiar de tudo mais que Nenavar tem a oferecer, então Vossa Majestade precisa trabalhar com a Lachis'ka e aprender a replicar e aperfeiçoar a barreira até que nossos Feiticeiros possam determinar como amplificar os efeitos de modo que englobe toda a Fenda Nulífera na fatídica noite.

Urduja encarou Alaric com uma expressão serena, à espera de uma resposta, mas os pensamentos dele se debatiam a uma velocidade glacial, processando tudo que havia sido dito. Do outro lado da mesa, Talasyn estava boquiaberta, tremendo com sua costumeira raiva, que sempre parecia grande demais para seu corpo pequeno. Os nenavarinos haviam mentido para ela, aquilo estava mais do que evidente. Ela perguntara sobre o comportamento da Fenda Nulífera antes, e ou fora ignorada ou recebera promessas de que não havia motivos de preocupação.

Por que a avó ocultara a verdade dela até aquele momento?

— Se não me falha a memória — disse a comodora Mathire —, o próximo sétuplo eclipse lunar, que no Continente chamamos de Escuridão Sem Luar, vai ocorrer só daqui a cinco meses. Não se pode esperar que o imperador Alaric negligencie seus deveres em Kesath por tanto tempo. E se recusarmos?

— Então teremos perdido nosso tempo com essas negociações. — Foi Alaric que decidiu responder, porque *não* daria a Urduja a satisfação de fazer aquela declaração. — E daqui a cinco meses, nós teremos perdido todos os recursos que essa aliança que forjamos vai ter nos garantido.

Os recursos de que tanto precisamos, pensou ele. Colheitas, rebanhos, corações de éter e outros materiais puros para compensar o dano infraestrutural e perdas de agricultura que o Continente sofrera com uma década em guerra.

A Rainha Dragão abriu um sorriso, como se lesse a mente dele. A armadilha estava pronta.

— Parabéns, Vossa Majestade — disse a mulher.

— Existem outras nações — argumentou Mathire. — Nações mais amigáveis e tão ricas quanto o Domínio, com quem podemos forjar alianças. Nações cujos herdeiros aparentes *não* são antigos inimigos de Kesath. — A voz dela se elevava a cada tópico citado. — Se Nenavar vai desaparecer daqui a cinco meses de qualquer forma, por que Sua Majestade Imperial deveria levantar um dedo para ajudar?

A referida Majestade Imperial soltou uma série de palavrões na privacidade da própria cabeça. Alaric sabia que Mathire era uma negociadora agressiva, assim como todos os da velha guarda de seu pai, mas ele nunca esperara que a mulher fosse tão afobada. Já que ele e Sevraim tinham perdido o acesso ao Sombral, seriam massacrados bem ali, na frente de todo o conselho.

Urduja, porém, não pediu as cabeças kesathesas. Ela se inclinou para trás, unindo seus dedos de cones adornados de joias.

— Vocês de fato *poderiam* nos deixar lidar com essas consequências — disse ela, contemplativa —, mas temo que quaisquer outros tratados que farão com outras nações não adiantarão muito a longo prazo. Nós fizemos registros profundos e detalhados de todas as outras Estações Mortas que ocorreram no passado, e identificamos um padrão. A cada vez que a Fenda Nulífera transborda na noite do sétuplo eclipse lunar, o efeito abrange uma área cada vez maior. Da última vez, a magia atravessou o Mar Eterno, e atingiu as águas distantes do Continente Noroeste.

— É por isso que na Costa Sardoviana falam que a luz ametista foi um aviso. — O tom de Talasyn adquiriu um quê de horror com a revelação. — Porque precedeu tempos de mar revolto e meses de pesca escassa. O Nulífero matou a maior parte da vida marinha nas áreas de pesca.

— Exato — concordou Urduja. — Esse ano promete ser o pior de todos. Calculamos que o brilho do Nulífero chegará a recair sobre o Continente Noroeste.

Mathire arquejou, chocada. Na visão periférica de Alaric, Sevraim se remexia. Ele, no entanto, estava completamente tenso e imóvel.

— Eu *poderia* estar mentindo, é lógico. — Urduja lançou um olhar inescrutável para Alaric. — Prefere descobrir por conta própria? Nenavar sabe como sobreviver a uma catástrofe desse tipo, já que lidamos com isso há muito tempo. Não pode se dizer o mesmo de Kesath.

Nós não *vamos sobreviver*. Aquela compreensão congelou até as profundezas de seu ser, deixando Alaric atônito. Não restava escolha. O Império da Noite estava condenado se não cooperasse com o Domínio.

Tudo pelo que ele lutara durante quase toda a vida corria o risco de ser dizimado. Condenado ao esquecimento por uma maré ametista mortal.

— Esperem. — Talasyn franziu as sobrancelhas. — Aquela rima infantil sobre Bakun... é a isso que se refere, não é? *Todas as luas morrem, Bakun vem devorar o mundo.* É sobre a Escuridão Sem Luar e o Nulífero.

Urduja pressionou os lábios pintados de uma cor escura e assentiu, sem dizer mais nada. Foi o príncipe Elagbi que explicou, se inclinando na direção da filha para falar em um tom mais gentil:

— O mito de Bakun é a história que os antigos nenavarinos contavam para explicar o sétuplo eclipse lunar e a tempestade nula. O que o povo do Continente Noroeste chama de Escuridão Sem Luar, nós dizemos que é o tempo *dele*. A Noite do Devorador de Mundos.

Alaric queria interromper e pedir a Talasyn um relato mais específico sobre o mito de Bakun, mas de repente sentiu-se um intruso naquela conversa entre pai e filha. Talasyn parecia desconcertada e traída, e Elagbi, arrependido.

— Por que você não me *contou*? — perguntou Talasyn ao homem, baixando a voz. — É óbvio que esse era o plano desde o começo, o motivo dessa aliança matrimonial. Por que esconder isso de mim?

A expressão de Elagbi desmoronou, tomada pela vergonha por ter decepcionado a filha.

Urduja suspirou.

— Não seja tão dura com seu pai, Lachis'ka. Eu *ordenei* que ele não revelasse nada. Você refutou esse noivado com todas as forças, e eu temia que você se mostrasse ainda mais intransigente se descobrisse de pronto que eu gostaria que você treinasse junto ao Imperador da Noite. Porém, a essa altura você deve compreender a gravidade da situação, e sua cooperação é fundamental, considerando que estamos lutando contra o tempo.

O olhar de Talasyn passou de um nobre solene do Domínio para o seguinte, como se os desafiasse a falar. Um por um, eles a evitaram. Alaric observou quando os ombros dela se curvaram em derrota, toda a força de vontade se esvaindo. A Talasyn que ele conhecera jamais recuava, jamais permitiria ser derrotada daquela forma, e de uma hora para outra, ele passou a *detestar* tudo naquela sala. À sua esquerda, Mathire tentava reprimir um sorriso convencido ao ver a desilusão da Tecelã de Luz, e Alaric sentiu uma onda de repulsa. Ele lançou um olhar furioso para a oficial, e ela logo forçou suas feições a retornarem à neutralidade.

E o que existia ali naquele instante, perguntou-se Alaric enquanto examinava a noiva do outro lado da mesa, que o fez compreender tudo? Talasyn estava de cabeça baixa, e ele não conseguia ver o rosto dela com clareza, mas, de alguma forma, Alaric sabia que a jovem estava prestes a se estilhaçar. Ele já estivera no lugar dela antes? Sim, talvez. Em todas as vezes que procurara o pai e fora amargamente rejeitado. Em todas as vezes que Gaheris expusera todos os seus fracassos na frente de toda a corte, sua esperança inocente de ter um pai melhor logo se transformando em vergonha por não ser um filho melhor.

A única forma de não deixar aquela dor destruí-lo era se tornar mais forte do que ela. Pelo visto, Talasyn ainda não aprendera tal lição crucial.

— Então está acordado — anunciou Alaric, chamando a atenção de todos na sala.

Ninguém, nem mesmo uma Tecelã de Luz, deveria ser humilhada em público daquela forma.

— A Lachis'ka e eu vamos nos esforçar para desenvolver essa nova magia durante os próximos cinco meses. No entanto, preciso insistir que nós dois tenhamos acesso a *todas* as informações necessárias a partir de agora. Certamente não há mais necessidade de segredos entre as nossas nações.

— Mas é claro — respondeu Urduja com tranquilidade. — A partir de agora, eu serei o epítome da transparência.

A raiva é capaz de fazer alguém ir longe, mas existe um ponto em que não há mais para onde ir. Talasyn passara a última semana alimentada pela fúria que sentira de sua situação irreversível, mas o sentimento enfim atingiu seu auge e então se esvaiu. O que sentia estava além da raiva. Além da tristeza ou da humilhação. Ela concordara com o casamento não apenas para salvar seus camaradas, mas pelos nenavarinos — seu povo, sua *família* —, as mesmas pessoas que não só tinham escondido a verdade dela como também haviam decidido expor aquilo na frente de Alaric e dos outros kesatheses.

Ela continuou deitada na cama enquanto a noite caía. Uma batida ressoou na porta — talvez Jie, talvez até Elagbi, mas ela ignorou. Todas as emoções que ela deveria estar sentindo... era como se as visse através de um painel de vidro, e não havia ninguém com quem ela quisesse conversar.

Exceto...

O que eu deveria fazer?, perguntou a Khaede.

Mate todos eles, respondeu prontamente a Khaede que vivia em sua cabeça.

Talasyn quase sorriu ao imaginar aquilo. Em geral, sempre que pensava em Khaede, o pensamento vinha acompanhado de uma dor quase física, mas ela sequer conseguia reunir forças para sofrer.

Foi só depois que a luz da manhã entrou pelas janelas que ela decidiu se levantar e se preparar para encontrar Alaric no átrio do Teto Celestial. Ela se vestiu de uma forma mais adequada para a etermancia — uma túnica, calça e um par de botas —, silenciosamente desafiando qualquer um a questionar suas roupas.

Urduja informara a Alaric e Talasyn que os Feiticeiros nenavarinos seriam convocados para a capital a fim de observarem a criação do escudo de luz e sombras em primeira mão. Quando Talasyn entrou no átrio, Alaric já estava lá, parado ao lado de um grupo pequeno de pessoas trajando tecidos xadrez vibrantes, arrumados de diversas formas. Era uma forma de vestimenta característica de Ahimsa, uma das sete ilhas principais, uma metrópole agitada que era o centro de tecnologia etermântica de Nenavar.

Em seus trajes pretos implacáveis, Alaric parecia quase cômico ao lado dos Feiticeiros, como uma nuvem tempestuosa soturna e descomunal. Por algum motivo, no entanto, Talasyn não conseguiu desviar daqueles olhos cinzentos, que a avaliaram com certa suavidade quando ela se aproximou. Com curiosidade, talvez, ou, quem sabe, preocupação, com os eventos da véspera pairando no ar entre eles. Ela ficou corada, mas, decidida a ignorá-la, virou-se para a líder do grupo de Feiticeiros.

Ishan Vaikar, uma mulher robusta de cabelo cacheado que carregava o título de daya de Ahimsa, fez uma mesura um pouco torta para Talasyn. A garota sabia que, escondida sob a saia xadrez de Ishan, havia uma prótese dourada em vez da perna direita, perdida durante a guerra civil do Domínio.

— Vossa Graça. Posso pedir, por gentileza, que Vossa Graça e Sua Majestade se posicionem no meio do átrio?

Talasyn obedeceu e, ao ir para o lugar indicado por Vaikar, vasculhou as janelas e varandas ao redor em busca de algum sinal de Urduja e Elagbi, apesar de saber que seria em vão. Medidas de segurança determinavam que ela e Alaric deveriam estar longe quando as gaiolas de sariman fossem retiradas das proximidades do Imperador da Noite, e por isso o átrio fora selecionado, por seu afastamento da ala da família real dentro do palácio.

O que Talasyn *viu* foram dezenas de criados espiando atrás de cortinas e pilares, ou abaixados para olharem pelo vidro. Tecnicamente, não deveriam estar assistindo, mas aquele tipo de tecnicalidade jamais poderia impedir a curiosidade nenavarina.

Alaric também notou os espectadores.

— É sempre assim por aqui? — perguntou.

Pela primeira vez, Talasyn não estava com vontade de ordenar que ele não lhe dirigisse a palavra. Estava cansada. Além disso, ela era obrigada a reconhecer que, na véspera, na sala do conselho, ele conseguira não transparecer a satisfação que sentia com a mágoa que ela fracassara em esconder, até insistindo que o Domínio compartilhasse melhor as informações no futuro. Era certo que a última parte o beneficiaria bastante, mas ainda assim Talasyn se sentiu menos solitária quando ele falara aquilo.

Mais uma vez estou exagerando, pensou ela ao avaliar o perfil emburrado de Alaric sob o sol da manhã.

— A fofoca é um estilo de vida por aqui — respondeu ela. — Você vai se acostumar.

Um canto da boca de Alaric se levantou de leve. Um pensamento esquisito ocorreu a ela: *como ele ficaria se sorrisse?*

Assim que aquela pergunta atravessou sua mente, Talasyn sentiu uma pontada de horror. Por que estava pensando em Alaric Ossinast *sorrindo*? Era evidente que estava mais emocionalmente perturbada do que presumira.

A alguns metros, Ishan deu um passo à frente. Era o sinal para que os guardas do palácio na periferia do átrio retirassem as gaiolas de sariman das paredes e as levassem para um pouco mais longe. A Luzitura voltou em uma onda no instante em que Ishan ergueu o cano de um mosquete fino de magia nulífera, o mesmo modelo que Talasyn encontrara na cordilheira Belian.

— Quando estiverem prontos, Vossa Graça e Vossa Majestade — cantarolou a daya, parecendo alegre demais para alguém que segurava uma arma letal.

Talasyn engoliu o nó de nervosismo entalado na garganta. Ela se virou para Alaric, que encontrou os olhos dela, procurando uma confirmação. Os dois assentiram.

Ishan pressionou o gatilho. O disparo violeta do Nulífero foi arremessado na direção de Alaric e Talasyn. Os dois conjuraram suas adagas e as atiraram, assim como fizeram quando o pilar em Refúgio-Derradeiro ia cair em cima dela.

Só que, dessa vez, o resultado foi diferente.

No caso, não houve resultados.

A luz e a sombra colidiram, faiscando, e o disparo nulífero rugiu enquanto os devorava. De repente, tudo o que havia era uma onda ametista seguindo na direção de Alaric e Talasyn, sem escudo algum para impedi-la, e os Feiticeiros gritaram...

O mundo de Talasyn despencou abruptamente quando Alaric a derrubou. Ela teria caído de cara no chão, mas os braços dele a seguraram, protegendo-a do impacto maior. Um sibilo gutural ressoou quando o disparo nulífero atravessou o espaço onde eles estavam em pé segundos antes. Ela estava de bruços, encarando o padrão no chão de azulejos de mármore com Alaric curvado sobre ela, cobrindo-a. Ele expirou e, quando fez isso, os lábios macios roçaram no ouvido dela. Talasyn conseguia sentir o coração dele batendo contra suas costas.

Não sabia dizer quanto tempo os dois ficaram parados ali, a adrenalina pulsando através dos corpos, prestes a explodir. Ela se sentia pequena encolhida sob o corpo largo de Alaric, cercada por seu calor. Conforme o sol ficava mais quente sobre a cabeça dela, Talasyn percebeu — como fizera naquela cela no quartel de bambu, havia tanto tempo — que ele cheirava a sândalo. Também havia um toque de cedro e o aroma ardido de zimbro, com uma dose calorosa de mirra doce. Ele cheirava às florestas alpinas do Continente. Que coisa estranha de se perceber. Que coisa estranha ele segurá-la daquela forma.

Ishan e os Feiticeiros correram até os dois, mas o som dos passos soava abafado. O príncipe herdeiro kesathês bloqueava o resto do mundo, como sempre.

Ele não é o príncipe, corrigiu-se Talasyn, entorpecida. *Ele agora é o Imperador da Noite.*

— Você está bem? — perguntou ele, a voz baixa e hesitante.

As palavras encostaram na bochecha dela como um sopro fantasma, provocando-lhe um arrepio na nuca.

— Saia de *cima de mim*.

Ela o acotovelou nas costelas, precisando se defender por motivos que nem ela sabia explicar.

Quando os dois por fim ficaram em pé, os Feiticeiros nenavarinos formavam um grupo preocupado a seu redor. Ishan estava retorcendo as mãos, abalada.

— Lachis'ka! — exclamou ela, empurrando Alaric para poder inspecionar Talasyn dos pés à cabeça. — Eu peço *mil* desculpas! Pela forma que a situação foi descrita, presumi que o escudo poderia ser replicado... simples *assim*... — Ela estalou os dedos. — Eu juro solenemente sobre os ossos fustigados das minhas ancestrais que, se eu suspeitasse que havia uma chance de a magia não produzir efeito, eu *jamais* teria disparado... Ah, Vossa Graça, algum dia poderá me *perdoar*?

— Não estou ferida, daya Vaikar. — Talasyn se apressou a dizer, para tranquilizar a mulher. — Mas também não sei por que não funcionou. — Ela franziu a testa, estudando as próprias mãos. — As circunstâncias não estão muito diferentes das duas outras vezes.

— O eclipse... — disse Alaric, baixinho.

Ele coçou o queixo, distraído, refletindo sobre tal possibilidade. Era um gesto pueril, que hipnotizou Talasyn. Porém, com a atenção de todos voltando-se para ele, Alaric baixou a mão e mudou a pose de imediato, ficando mais fria e arrogante. As palavras seguintes soaram mais certas de si: — Nas duas ocasiões em que a Lachis'ka e eu criamos a barreira com sucesso, as luas estavam no céu e uma delas estava em eclipse.

Os olhos escuros de Ishan se arregalaram, quase tão redondos quanto as luas. Talasyn percebeu que ela era uma mulher inquisitiva por natureza e viu a mente dela trabalhando diante dessa nova revelação.

— Sim. Isso *faz* sentido. Inúmeros feitos de etermancia estão conectados ao mundo natural. Trovadores de Águas nas terras ao sul supostamente conseguem se comunicar através de longas distâncias ao olhar para poças, e os Dançarinos de Fogo ao leste podem fazer o mesmo através de chamas de um incêndio. Eu jamais ouvi falar de magia de luz e sombra criando uma única magia maior antes, mas um eclipse lunar me parece o momento ideal para que um fenômeno como esse ocorra. — Ela se virou abruptamente para o séquito de Feiticeiros e indagou: — Quando vai ocorrer o próximo?

— Daqui a quinze dias, milady — arriscou-se a responder um deles.

— Então, se Vossa Graça e Vossa Majestade estiverem dispostos, iremos nos reunir de novo durante o eclipse e tentar mais uma vez. — Ishan se virou para Alaric e Talasyn. — Se eu também puder fazer outra sugestão... Notei que ambos conjuraram adagas antes, que é um tipo de magia ofensiva. Para nosso propósito, acredito que a barreira seria mais forte se pudessem forjar escudos e combiná-los.

Alaric assentiu de prontidão, mas Talasyn baixou a cabeça.

— Não consigo fazer escudos — murmurou ela. — Ou qualquer coisa que não seja uma arma com ponta. Aprendi o básico de etermancia com uma Forjadora de Sombras que desertou para o lado da Confederação. Ela não recebeu nenhum treinamento formal, então nós duas não sabíamos como funcionavam algumas coisas.

Alaric franziu o cenho, o olhar pousando nela e então desviando rapidamente. Não ficou evidente se ele reagira à menção de Vela ou à menção de que era pura sorte que Talasyn tivesse sobrevivido tanto tempo na Guerra dos Furacões.

— Eu posso ensinar a você — declarou ele, sério, ainda concentrado em um ponto do horizonte.

Antes que Talasyn sequer pudesse *processar* a oferta, Ishan se colocou entre eles, batendo palmas, animada.

— Maravilha! Sem dúvida Vossa Graça vai se provar uma aluna excelente nessa questão, assim como é em todos os outros aspectos.

Talasyn lançou um olhar cético para Alaric.

— Imagino que a habilidade do instrutor também deve contar muito.

Ele deu de ombros em um gesto de indiferença, e as pontas do cabelo preto grosso roçaram no colarinho alto da vestimenta.

— *Eu* recebi treinamento formal. Somente isso já me torna mais qualificado do que Ideth Vela, independentemente das reclamações que você talvez tenha a fazer sobre meu caráter.

— Seu caráter — retrucou Talasyn — é só uma entre as *muitas* reclamações que eu tenho a fazer sobre você, Ossinast.

Eles se encararam, irritados, e Ishan, desconfortável, deu um passinho para o lado. Talvez a raiva de Talasyn não tivesse se esgotado, no fim das contas, concluiu ela, com pessimismo. Só o seu ódio por Sua Anta Real poderia atravessar o entorpecimento que a dominara. A proposta tinha seus prós e contras, mas ela iria aceitar aquela bênção.

CAPÍTULO 19

Mesmo que de má vontade, eles chegaram a um acordo e definiram um cronograma. Durante os quinze dias seguintes, Alaric e Talasyn compareceriam às negociações do casamento pelas manhãs e praticariam etermancia à tarde. Se as negociações se encerrassem antes do eclipse, os dois passariam os dias restantes inteiros treinando.

Uma vez que Talasyn não estava nem um pouco a fim de falar com a avó, foi Ishan Vaikar quem persuadiu a Rainha Urduja a mandar que afastassem as gaiolas de sariman dos jardins de orquídea que conectavam os respectivos aposentos da Lachis'ka e do Imperador da Noite. O átrio era acessível demais para todos, e Talasyn não desejava receber olhares bisbilhoteiros todos os dias.

Naquela primeira tarde, no dia seguinte ao fracasso monumental na frente dos Feiticeiros de Ahimsa, Talasyn chegou antes de Alaric ao jardim de orquídeas.

Por que ela estava tão nervosa? Qual era o motivo para todo aquele frio na barriga? Ela pensou no dia anterior, nos braços fortes ao redor dela, na boca carnuda tão perto de seu pescoço, no aroma de floresta e especiarias. Lembrou-se de Alaric esfregando o queixo em um raro momento distraído. Foi um pouco perturbador perceber que o Imperador da Noite, o guerreiro sombrio que ela conhecera no gelo, era capaz de um gesto tão humano. Isso fez com que ela questionasse o que mais ele tinha a mostrar além das aparências, sob os adornos do cargo e da precisão letal em combate.

Talasyn refletiu sobre aquelas coisas sem entender por que estava refletindo sobre elas, por que elas a incomodavam tanto. Se Khaede estivesse ali...

Não. Khaede brigaria com ela por reagir daquela forma estranha a Alaric Ossinast, e Vela e todos os seus outros camaradas fariam o mesmo. Ainda assim, Talasyn não via a hora de encontrar o restante do exército sardoviano, não só para discutir com Vela seu casamento futuro, mas para ver com os próprios olhos que todos estavam bem, escondidos no Olho do Deus Tempestade.

Também queria desesperadamente saber se, apesar de tudo, Khaede conseguira estabelecer contato e chegar até lá, se ela estava segura, assim como o filho.

Talasyn decidiu que velejaria para as ilhas de Sigwad assim que possível. Partindo de Eskaya, a jornada levava seis horas por embarcação aérea, e atravessar o estreito cheio de vendavais era perigoso, ainda mais com a ameaça constante da Fenda de Tempestade, mas ela conseguira fazer aquilo um punhado de vezes nos últimos meses, e faria outra vez. Só precisava aproveitar a primeira oportunidade que aparecesse.

Em uma tentativa de se distrair, mesmo que só por um tempo, Talasyn começara a alimentar os peixes no lago. Sob os raios de luz fortes da tarde que adentravam o jardim de orquídeas, ela levou a mão à bolsinha que levara consigo ao trocar a vestimenta da corte e lavar o rosto até tirar toda a maquiagem. Ela pegou um punhado da comida e espalhou sobre a superfície da água, que na mesma hora se turvou com escamas brilhantes e barbatanas que ondulavam como fumaça colorida. Talasyn sorriu sozinha. Os *ikan'pla* sempre a animavam, não importava o que acontecesse. Eram peixes bonitos, cada um com sua personalidade e peculiaridade. Eles a conheciam apenas como a pessoa que os alimentava, não como a pessoa que iria salvá-los ou governá-los um dia. Aquela interação simples e descomplicada com os peixes era um bálsamo para a alma.

Ela vislumbrou um vulto preto quando Alaric chegou ao jardim. A princípio, Talasyn o ignorou, determinada a se concentrar nos *ikan'pla* na água. Os passos de Alaric eram hesitantes, quase como se ele estivesse sendo compelido a se aproximar ainda que soubesse que era uma má ideia. Ele por fim se sentou no banco de pedra ao lado de onde a garota estava ajoelhada na grama, com a cautela de um homem que adentrava o território inimigo sem um plano — o que não deixava de ser verdade, já que Talasyn lhe dissera com todas as letras que aquele era o reino *dela*.

— Sua avó deveria ter contado sobre o Nulífero desde o começo — disse ele, quebrando o silêncio. — Você merecia saber.

Ouvir alguém falar aquilo foi como finalmente conseguir respirar depois de dias trancada em um quarto sem ventilação, mas ouvir logo *dele* ...

— Não tem problema — murmurou Talasyn.

— Tem problema, *sim*. Ela não confiou em você e subestimou sua capacidade de lidar com essa nova informação. É inadmissível que isso tenha acontecido, considerando que você é a herdeira do trono.

Ele tinha razão, e Talasyn odiava isso, mas Alaric não tinha ideia, e *nunca* teria, da posição em que ela se encontrava, no jogo de cintura precário que precisava ter para se manter nas graças de Urduja Silim.

— Eu prefiro que você guarde suas opiniões para si — disse ela. — Esse jeito de viver ainda é muito novo para mim, e só preciso me adaptar a ele por causa das ações de Kesath. Um kesathês é a última pessoa no mundo que deveria julgar a mim e a minha família agora.

— Não estava julgando — rebateu Alaric, com uma calma enlouquecedora. — Apenas tentando oferecer um conselho.

— Eu não preciso de conselhos.

Ele soltou um suspiro frustrado e exausto ao mesmo tempo, e ela lembrou que Alaric a chamara de difícil naquele mesmo jardim.

Ótimo, pensou ela. Não estava ali para facilitar a vida dele.

— Que tal começarmos? — perguntou Alaric, abruptamente.

Era mais um comando do que uma pergunta, e ele se juntou a Talasyn na grama sem esperar por uma resposta.

Incomodada, Talasyn se virou para encará-lo. Alaric estava sentado com uma postura meditativa, com as pernas cruzadas e os pés para cima, as costas eretas, as mãos enluvadas descansando sobre os joelhos dobrados. Ela o imitou com certa relutância. Ao lado deles, a cascata borbulhava e o lago respingava alegremente nas margens.

— Lachis'ka. — O tom de Alaric era formal. — Me conte sobre o seu treinamento.

Talasyn não queria compartilhar aquela parte de sua vida com alguém que ajudara a destruí-la. E, principalmente, não queria falar sobre os sardovianos quando eles estavam *ali* sem que o Imperador da Noite tivesse conhecimento disso. No entanto, ela precisava cooperar se quisessem avançar.

— Não foi muito rigoroso. A amirante era a única pessoa que me ensinava, e ela já estava bastante ocupada. Eu aprendi como fazer armas eternantes logo de início, mas os escudos e as outras coisas...

Ela deu de ombros.

— O armamento é a habilidade mais instintiva dos Forjadores de Sombras, e a mais evidente. Suponho que o mesmo aconteça com os Tecelões de Luz. — Alaric esfregou o queixo outra vez, um sinal de que estava perdido em pensamentos. — De acordo com Darius, a sua magia despertou quando você tinha quinze anos?

Talasyn cerrou os punhos à menção de Darius.

— Isso. Em Bico-de-Serra. Ou no que tinha restado da cidade.

Os ouvidos da Tecelã zumbiram com o eco dos gritos do soldado kesathês enquanto a luz disforme que jorrava dos dedos dela o consumia.

A expressão de Alaric ficou ainda mais impassível, como se ele estivesse tentando acobertar alguma coisa. Ela torcia muito para que fosse culpa.

— Eternantes em geral manifestam sua magia na infância — continuou ele. — No meu caso, eu tinha três anos.

Ele não falava com presunção e, sim, de forma mais objetiva, porém aquilo a enfureceu do mesmo modo.

— Bom, *eu* não cresci com nenhum eternante do meu tipo e a *minha* magia não tinha pontos de conexão aonde quer que eu fosse. Eu também estava bem mais preocupada em saber quando ia comer de novo ou onde ia dormir à noite.

Alaric franziu o cenho.

— Achei que você tivesse crescido em um orfanato.

— Saí de lá quando tinha dez anos. Era melhor dormir na rua. *Qualquer* lugar era melhor que lá. — Talasyn ergueu o rosto, orgulhosa e desafiadora. — Eles eram cruéis.

Ela não ousaria presumir que as feições de Alaric se suavizaram, mas ele ficou em silêncio por um tempo. Então a encarou como se tivesse descoberto uma nova faceta dela e como se entendesse exatamente qual era.

Mas *como* ele poderia entender, se já nascera sendo um *príncipe*?

— Eu não considerei isso — disse ele, por fim. — Peço desculpas.

Talasyn quase caiu para trás. Nem em um milhão de Escuridões Sem Luar ela teria esperado ouvir aquelas palavras dos lábios dele. Seu primeiro instinto foi retrucar, jorrar nele a grosseria que merecia, provocá-lo a dizer que ele também deveria pedir desculpas por tudo que seu império tinha feito.

Mas de que adiantaria? Alaric nunca se arrependeria do que fez, e trabalhar com ele era a única esperança que Talasyn tinha de salvar Nenavar e os refugiados sardovianos escondidos, além de ser a chance de Talasyn de conversar com alguém que entendia mais de magia de combate do que Vela.

— Acho que minha etermancia também estava me protegendo de certa forma — confessou Talasyn. — Acho que se escondeu porque sabia que os arquitetos da guerra civil nenavarina me queriam morta, mesmo que eu não soubesse disso. Mesmo que eu fosse nova demais para me lembrar desse fato.

— Não é impossível — comentou Alaric. — Há muito ainda a ser aprendido sobre o etercosmos, mas nós *sabemos* que a magia tem conexão com o tempo e com a memória. Quando os Forjadores entram em comunhão com as nossas Fendas, é como se estivéssemos nos abrindo para eventos do nosso passado, além de refinar nossa magia. Feiticeiros parecem imunes a esse efeito, pois não possuem uma Fenda própria, mas outros legionários e eu, por exemplo, temos lembranças de infância muito mais vívidas do que os outros e conseguimos retornar a momentos inacessíveis à maioria das pessoas.

— Não consigo imaginar você criança — comentou Talasyn, sem conseguir resistir.

— Foi muitos anos atrás.

— É verdade. — Uma pergunta se formou na cabeça de Talasyn, e ela não conseguiu entender por que de repente precisava saber aquilo. — E do que você se lembra, de muitos anos atrás?

Uma frieza gélida se abateu sobre o olhar de Alaric. O comportamento afável ou, pelo menos, a suspensão da rivalidade ou talvez a mesma curiosidade que a fizera perguntar pela infância dele — desapareceu bruscamente.

— Quando conseguir entrar em comunhão com a Fenda de Luz no monte Belian, talvez você consiga recuperar algumas memórias próprias em vez de perguntar sobre as minhas.

Talasyn ficou tentada a mostrar a língua para ele, mas preferiu se conter.

— A daya Vaikar já propôs à Zahiya-lachis que nós dois fôssemos treinar no santuário para que eu consiga acessar a Fenda de Luz quando ela transbordar — disse ela. — A rainha Urduja não permitiu, já que prefere ficar de olho em você e no seu séquito.

E em mim.

— Mas ela não permitiu que *você* fosse? — retrucou Alaric. — Você já está aqui há quatro meses. Se tivesse obtido acesso regular à Fenda de Luz, a essa altura provavelmente já conseguiria criar algo tão simples como um escudo.

Talasyn desviou o olhar.

— Eu tenho aulas. E deveres, como herdeira dela.

Ele soltou um grunhido baixo e impaciente, e então mudou de assunto.

— Vamos tentar fazer com que você crie um escudo, então. Se conseguir.

Talasyn estava um pouco perdida, sem saber como interpretar aquelas mudanças abruptas no humor insuportável do Imperador da Noite, mas decidiu que aquilo não era problema dela. Só revirou os olhos e se preparou para descobrir o que ele achava que era uma aula.

Do que você se lembra, de muitos anos atrás?

Era uma pergunta complicada. Alaric se lembrava de muitas coisas.

O ataque dos Tecelões de Luz na Cidadela no meio da noite. A porta fechada e o abraço da mãe que o protegeram dos gritos e de toda a terrível magia incandescente de Solstício, até que a Legião Sombria foi convocada e conseguiu combater a investida.

Lembrava-se do choro que tomara conta da fortaleza quando as notícias de que o avô fora morto nos portões se espalharam. Lembrava-se de ver o pai ser coroado no meio do campo de batalha, a armadura encharcada com o sangue do antigo rei, a promessa de vingança ardendo em seus olhos cinzentos, que refletiam os inúmeros incêndios ao redor.

Alaric lembrava que naquela noite uma mudança acontecera em Gaheris, manifestando-se em pequenas crueldades e obsessões que passaram a se acumular ao longo dos anos, até que Sancia Ossinast por fim fugiu, acobertada pela escuridão...

Venha comigo. Por favor.

Em meio às orquídeas perfumadas, sob a luz do sol quente e o céu azul de Nenavar, Alaric inspirou fundo e deixou o ar sair, para amainar a dor reavivada de uma antiga ferida no peito. Ele se repreendeu por permitir que os pensamentos vagassem mais uma vez para os traumas de um tolo fracote de tempos atrás. O pai dele fizera o que era preciso fazer. A mãe não fora forte o bastante para aguentar.

E ele permitira que uma pergunta espontânea de sua noivinha curiosa o deixasse perturbado.

Ao menos *ela* não reparara.

Os olhos de Talasyn estavam fechados, a testa franzida ao imaginar um escudo como Alaric a instruíra a fazer. Ela estava tentando havia diversos minutos, o mesmo tempo que ele passara encarando o horizonte enquanto o passado o arrastava para o fundo do poço.

— Você consegue ver? — insistiu ele. — Está tangível em sua mente?

Talasyn assentiu devagar.

— Agora o conjure, como faria com uma adaga ou lança.

Ela estendeu a mão.

— Abra a Luzitura — pediu ele — e permita que ela flua por você...

Uma massa amorfa de resplandescência dourada irrompeu pelos dedos de Talasyn. Alaric se inclinou para o lado quando aquilo passou ao lado dele, o brilho quente aquecendo a bochecha. O disparo colidiu com um pilar do outro lado do jardim e arrancou um bom pedaço do mármore, causando um tremor no ar e levantando nuvens de poeira pálida.

Talasyn ficou vermelha como um pimentão. Ela baixou a cabeça, a trança castanha escorregando pelo ombro estreito quando ela se encolheu, como se estivesse preparada para uma reprimenda.

Era uma postura familiar. Fez Alaric se lembrar dos primeiros estágios do próprio treinamento.

Do que você se lembra?, perguntara ela.

Da mãe sussurrando: *se ficar, não vai sobrar nada de você*.

— Está tudo bem, Lachis'ka. — A gentileza que ouviu na própria voz o surpreendeu. Era uma delicadeza que não deveria existir naquela situação, mas era tarde demais para retirá-la. — Vamos tentar mais uma vez. Feche os olhos.

— Qual foi a primeira arma que você fez?

Na escuridão por trás dos olhos fechados de Talasyn, a voz rouca de Alaric parecia retumbar em seus ouvidos. Ela se remexeu, tentando não se distrair.

— Uma faca — disse ela. — Demorei só algumas horas para aperfeiçoar uma parecida com a faca que roubei da cozinha quando fugi do orfanato. Eu sabia que precisava de alguma coisa para me defender se fosse viver na rua.

Ela não recebeu uma resposta por tanto tempo que teria presumido que ele tinha levantado e ido embora, se não fosse pelo aroma de sândalo familiar que permeava o ar. *Ele deve passar o perfume depois de se barbear de manhã*, pensou ela, relaxada.

E então lhe ocorreu que só havia uma explicação para ele estar tão quieto. De repente, a natureza defensiva de Talasyn voltou à tona.

— Você está com pena de mim?

— Não.

Alaric hesitou, como se medisse as palavras seguintes, e os punhos de Talasyn se fecharam, à espera do inevitável. Ela raramente se gabava de seus feitos do passado no regimento sardoviano, mas sempre que as pessoas perguntavam e ela respondia, a primeira reação era sempre pena, seguida de um discurso bonitinho que exaltava a resiliência de Talasyn.

— Agora você vai falar como eu fui *forte* por ter sobrevivido a tudo aquilo? — murmurou ela, ainda de olhos fechados, sentindo um amargor antigo na boca. Alaric se alimentava da postura defensiva dela, e a atitude dela, por sua vez, se alimentava da dele. Era um ciclo vicioso de cicatrizes deixadas por uma vida malfadada e árdua. — Se for fazer isso, melhor não perder seu tempo. Já ouvi tudo isso antes. É um absurdo ter passado frio e fome durante quinze anos e então receber elogios por ter sofrido. Como se... como se fosse *admirável* que eu precisasse lutar com todos os outros miseráveis em busca de espaço no cocho onde os cavalos bebiam água.

O tom de voz dela era ríspido, tornando-se frio e áspero com todas as coisas que ela jamais conseguira superar. Ela se esforçou para controlar a respiração outra vez, para *meditar* como deveria estar fazendo... E por que ele a estava distraindo com todas aquelas perguntas?

— Você não deveria ter precisado viver dessa forma — disse Alaric baixinho, e era como se o tempo tivesse parado quando ele falou. — Não sinto pena de você. Na verdade, sinto raiva por você. Os líderes da cidade fracassaram com você. A Confederação fracassou. É condenável esperar que as pessoas aguentem o sofrimento quando existem formas de acabar com ele.

Era a segunda vez que ele dizia palavras que ela precisava ouvir, assim como havia acontecido mais cedo, quando Alaric lhe dissera que ela merecia saber do Nulífero e não deveria ter sido enganada por sua família. Talasyn quase abriu os olhos, o desejo de encará-lo tão intenso quanto um incêndio, mas no último segundo ela os cerrou com força, o peito apertado com um medo vago do que veria se os abrisse.

Sim, ela não deveria ter sofrido daquela forma. Ela concordava com Alaric. Aquela era a verdade aterrorizante e enlouquecedora. Talasyn chegara à mesma conclusão que ele havia muito tempo, mas enterrara aquela verdade no fundo do seu âmago, ou jamais teria conseguido sobreviver à guerra.

Como ela poderia lutar por algo em que não acreditava? Como poderia *não* lutar, quando a outra opção era se curvar ao Império da Noite?

— A Confederação não era perfeita, mas Kesath não é muito melhor — declarou Talasyn, áspera. Antes que ele pudesse discutir, ela acrescentou: — Vamos só continuar o treinamento. Estamos em uma trégua.

Alaric murmurou algo baixinho que soava muito com "jamais teria imaginado". Entretanto, logo ele pigarreou e os dois voltaram a treinar, o tempo limitado que tinham pairando sobre suas cabeças.

CAPÍTULO 20

Não houve progresso algum naquela tarde, não importavam quantas vezes Talasyn se concentrasse e invocasse sua magia. Depois, ainda passou a noite revirando-se de culpa na cama enquanto o barulho dos trabalhadores ressoava lá fora, consertando o pilar que ela rachara sem querer.

Ao contrário do treino de etermancia, as negociações do matrimônio do dia seguinte prosseguiram de forma ágil na maior parte do tempo. Não só Talasyn conseguiu segurar a língua quase a manhã inteira, sem querer interagir com a avó e o pai mais do que o necessário, mas os nobres do Domínio — Lueve Rasmey, Niamha Langsoune e Kai Gitab — esforçaram-se para ser mais amigáveis com a delegação kesathesa, uma vez que, graças a Alaric, haveria uma chance de que seu arquipélago *não* fosse dizimado por magia mortal antes do final.

Pouco antes de os gongos do Teto Celestial ressoarem o meio-dia, no entanto, houve uma pequena crise.

A comodora Mathire estava à frente da discussão.

— O casamento *precisa* acontecer na Cidadela — afirmou. — É a sede do poder do Império da Noite e, como Alunsina Ivralis se tornará a Imperatriz da Noite, ela precisa estar *presente lá* para assumir o cargo.

— Então basta conduzirem uma coroação oficial na Cidadela — retorquiu Niamha —, *depois* do casamento, que precisa acontecer *aqui* em Eskaya. A Lachis'ka pode até ser a futura imperatriz de Kesath, mas Sua Majestade também será consorte *dela*. Se desejam que os nenavarinos o aceitem como tal, as núpcias simplesmente *precisam* acontecer em solo nenavarino.

Enquanto os negociadores discutiam, Talasyn se retesou na cadeira, as mãos se fechando em sua saia de miçangas embaixo da mesa, longe das vistas de todos. Ela não poderia se casar em Kesath. Nunca mais poderia colocar os pés no Continente Noroeste, não até que os sardovianos recuperassem seu território.

Seria doloroso demais.

— Então está decidido — interrompeu Alaric, quando parecia que Mathire estava prestes a perder o controle. — Nós vamos *celebrar* as núpcias aqui em Nenavar — disse, sem conseguir conter o sarcasmo. — E depois haverá uma coroação em Kesath.

Mathire fechou a cara, mas agiu com decoro e fez uma anotação em uma de suas pilhas de pergaminho meticulosamente organizadas. A mandíbula de Talasyn doía, tamanha era a força com que ela a cerrava, e não demorou muito para que a barragem se rompesse e as palavras jorrassem.

— Eu não quero ir para Kesath.

Os olhos cinzentos de Alaric encontraram os dela do outro lado da mesa.

— Como minha esposa, você precisará liderar a corte na capital do Império da Noite de tempos em tempos — informou-lhe ele com frieza, e Alaric não sabia e *jamais* poderia saber como o coração dela dera um pulo quando ele a chamou de *minha esposa*. — Nós podemos discutir um calendário depois. Não precisa ser mais do que uma vez em um intervalo de alguns meses, se preferir. O que *não é* negociável é a sua coroação.

Ele soava tão distante e diferente do homem paciente e soturno que se sentara com ela na véspera, observando todas as tentativas atrapalhadas da garota de criar um escudo. Talasyn percebeu que aquela era outra das máscaras que ele vestia. Não a de um lobo, mas a de um político.

Ou talvez... talvez o tutor paciente fosse a máscara. Talasyn não fazia ideia. Não conseguia compreender aquele estranho que em breve seria seu marido, e agora o futuro estava diante dela, um futuro no qual ela precisaria ir ao território inimigo como noiva dele, os espólios de conquista de uma guerra...

A respiração dela ficou entrecortada. Alaric a examinou com cautela, os lábios começando a se contrair.

Urduja rompeu o silêncio majestoso com que estivera presidindo as negociações.

— O imperador Alaric está correto, Alunsina. É lógico que seu pai e eu iremos acompanhar você até Kesath para sua coroação. E quanto às suas visitas subsequentes, tenho certeza de que Sua Majestade vai permitir que leve consigo as pessoas que desejar para que sua estadia se torne mais... tolerável.

Alaric assentiu.

— Todos os cortesãos de Vossa Graça sempre serão bem-vindos na Cidadela.

Eu não quero ir a lugar nenhum com vocês, Talasyn queria poder retrucar para a avó e o pai, ainda magoada por terem mentido para ela. *E muito menos com você*, queria poder gritar para o noivo, ainda frustrada com a existência dele como um todo.

Você precisa fazer isso, lembrou a si mesma. Ela visualizou o rosto de Vela e dos outros sardovianos. Tentou buscar força nas memórias de Khaede, Sol e da mestre de armas Kasdar. Imaginou a luz ametista mortal percorrendo todas as praias escuras daquela terra e do povo que vivia ali, que lhe recebera de volta e a reivindicara como uma deles.

Você precisa fazer isso.

Talasyn se acalmou, recostando-se de volta no assento, a fisionomia serena diante dos nobres do Domínio e dos kesatheses. As garras dela se retraíram.

Dessa forma, todos poderão viver.

Ela estava procrastinando, não havia dúvida.

Aquela era a única explicação. Ninguém demoraria mais de uma hora para almoçar e colocar as vestimentas de treino a não ser que estivesse fazendo aquilo de propósito.

Alaric se obrigou a ficar sentado na grama. Na verdade, não era choque algum que Talasyn o obrigasse a esperar. Mais cedo na sala do conselho, ela ficara pálida quando sua volta ao Continente foi debatida, então era compreensível, supôs ele, que a jovem não estivesse com pressa para revê-lo.

Tampouco para ir a Kesath.

Um rugido distante como o som de um porta-tempestades rompeu a calmaria vespertina. Alaric olhou para cima, sentindo o assombro se abrir como uma flor dentro dele. Um dragão voava a milhares de quilômetros acima do Teto Celestial, as asas poderosas reluzindo sob o sol quente. As escamas verdes serpenteavam pelos céus azuis límpidos como uma fita ondulante, formando círculos e espirais conforme a criatura planava no ar.

Quando desapareceu de vista, o olhar de Alaric voltou para a terra, e ele se deparou com Talasyn.

Ela estava parada, acompanhando os movimentos da fera colossal, mas, uma vez que a criatura se foi, Talasyn se voltou para ele, os raios dourados do sol perfurando as profundezas dos olhos dela e revelando o mesmo espanto que ele sentia. Livre dos pós e pigmentos, as feições repletas de sardas e a boca rosada dela tinham ficado mais suaves. E, por um breve instante, ali no meio das orquídeas ao lado da cachoeira, ele se deixou acreditar que ali estavam apenas duas pessoas que tinham acabado de compartilhar uma visão extraordinária.

Então, Talasyn ergueu o queixo e bufou, e a ilusão se dissipou. Uma parte dele, porém, se recusara a estilhaçar a fantasia, porque, quando a garota se acomodou sem qualquer graciosidade na pose meditativa idêntica à dele, Alaric perguntou:

— É verdade que eles expelem fogo?

Talasyn lançou um olhar intenso para Alaric, como se estivesse tentando desvendar algum truque. Alaric não possuía nenhum, e a certa altura ela devia ter percebido isso, porque fez um aceno rígido de cabeça.

— A alga laranja que tenho certeza que você já comeu aqui mais de uma vez se chama sopro-de-fogo. Cresce só nas águas nenavarinas, perto de onde os dragões gostam de se entocar. O fogo no corpo deles aquece as correntezas, fazendo com que essa espécie de alga prolifere.

— É um prato *muito bom* mesmo — aventurou-se a dizer Alaric. Sopro-de-fogo era macia, com uma leve crocância, e tinha um sabor salgado que os cozinheiros do palácio realçavam com um molho picante de vinagre de arroz e pimentas. — Como quase toda a culinária do Domínio, pelo que experimentei.

— Concordo. É tão melhor do que a comida que tínhamos em casa…

Talasyn se interrompeu abruptamente, mas era tarde demais. A palavra pairou no ar entre eles, tão agourenta quanto uma nuvem de tempestade.

Casa.

— Nós estávamos em guerra. — Na pressa para encobrir o silêncio antes que ficasse constrangedor, Alaric disse a primeira coisa que veio à cabeça. — Tudo era racionado. Faz sentido que nossa comida não possa se comparar a…

Ele parou de falar, percebendo que também cometera um erro.

O Continente que os dois chamavam de lar, a guerra em que os dois haviam lutado… mas de lados opostos. Tudo pareceu voltar com força, trazendo os ecos de um ponto complicado nas negociações que antecederam aquele momento.

Eu não quero ir para Kesath.

O bom senso de Alaric gritou para que mudasse o rumo da conversa para algo mais seguro. Para que desse início ao treinamento daquele dia, que era o que deveriam estar fazendo ali. Porém, Talasyn estava empertigada, com uma postura combativa, a mandíbula travada em teimosia, e ela seria a imperatriz de Alaric e ele precisava que ela entendesse...

O vislumbre que teve da infância de Talasyn o preenchera de uma fúria gélida, tão arrebatadora quanto impotente. Estava tudo no passado. Bico-de-Serra se fora e, com ela, toda a miséria que marcara a juventude dela.

Ainda assim, ele havia sido tomado por um ímpeto caprichoso de que reconstruiria Bico-de-Serra só para ter o prazer de ver seus porta-tempestades dizimarem a cidade mais uma vez. Nunca sentira tanta angústia por outra pessoa antes. Alaric estava se deixando enfeitiçar por aquela garota.

— Sei que teve uma infância difícil — disse ele. — Mas nós estamos reconstruindo. A Grande Estepe, e toda a terra que antigamente era conhecida como Sardóvia... Tudo vai ser melhor do que já foi um dia.

— Mas a que custo? — retrucou ela.

As consequências do triunfo final de Kesath sobre as Terras Interiores na Sardóvia voltaram a surgir na escuridão dos olhos de Alaric, contra a sua vontade. O oceano de destroços e cadáveres. Ele piscou para afastar aquelas imagens.

— O Império da Noite foi forçado a destruir a Confederação antes que ela nos destruísse — explicou, tenso. — Mas, sob um governo kesathês, o Continente vai progredir. Quando você voltar, vai poder ver. Talvez você discorde dos métodos de Kesath, mas, no fim, esse conflito foi motivado por algo muito maior do que nossos desejos individuais.

Para a incredulidade de Alaric, sua tentativa de persuadir Talasyn só a deixou com mais raiva.

— Você e a comodora Mathire adoram falar isso, que precisavam destruir a Confederação antes que ela destruísse vocês. Mas desde *quando* a Confederação deu algum indício de que...

— Quando Solstício atacou — interrompeu-a Alaric, o controle que tinha do próprio temperamento se esvaindo conforme as dores antigas eram desencavadas, as feridas expostas sob o sol tropical. — Quando Tecelões de Luz mataram meu avô, o rei. Quando as outras nações sardovianas não fizeram nada para impedir.

Talasyn franziu a testa diante do lembrete de que tinha sido a sua espécie de etermante a responsável pela morte do avô de Alaric. No entanto, a apreensão não durou muito, e logo ela se aprumou e retrucou:

— Os Tecelões de Luz de Solstício queriam impedir que Ozalus construísse os porta-tempestades. Eles sabiam, assim como todo mundo fora de Kesath sabe, que uma arma como aquela não deveria existir no mundo. Só que Ozalus se recusava a escutar, e foi por isso que Solstício fez o que fez. Eles não tiveram escolha!

Alaric sentiu a raiva borbulhar das profundezas de sua alma. Era assustador ver a rapidez com que o sentimento crescia, levantando-se como a maré junto da sua magia. O ar ao redor deles logo escureceu, e Talasyn se afastou, espalmando as mãos na grama como se estivesse preparada para se levantar a qualquer instante. Alaric sabia que os próprios olhos deviam estar prateados e incandescentes, o Sombral envolvendo seu coração.

No entanto, ele não se importou.

— Foi *isso* que aprendeu do seu lado do Continente? — desdenhou ele. — Suponho que é esperado que um governo egoísta como o da Confederação iria reescrever a história para servir aos próprios propósitos. Devo contar a verdade, Lachis'ka?

Talasyn o observou como se ele fosse um urso faminto e machucado, o monstro que muito provavelmente ela crescera acreditando que ele e todos os outros kesatheses eram.

— Por mais que você e seus camaradas declarassem desprezo pelos porta-tempestades, certamente não tinham problemas em usá-los quando bem lhes convinha — rosnou ele. — Há dezenove anos, antes da Guerra dos Furacões, isso não foi diferente. Desde o instante em que os Tecelões de Luz descobriram os planos para construir os porta-tempestades, eles não pouparam esforços em tentar tomar a tecnologia para si. O protótipo estava sendo construído em um vale em uma área sob disputa territorial. Solstício usou isso como pretexto para se apoderar do lugar. Kesath o tomou de volta, e nós lutamos para nos certificar de que nada mais seria tirado de nós outra vez.

Dois meses depois, o avô de Alaric estava morto e seu pai subira ao trono, em meio a sangue, batalha e a escuridão da noite.

Os inimigos estão por toda parte.

Eles estremecerão sob a Sombra que lançamos.

— *Não* foi isso que aconteceu!

Por mais furiosa que estivesse, e por mais insolente que fosse — e quase sempre era —, Talasyn tinha o estranho hábito de trazer Alaric para o presente, forçando-o a sair de sua cabeça tumultuosa. A atmosfera voltou a se iluminar e a magia dele recuou, como se o lembrete da presença de Talasyn fosse um raio de sol que atravessasse a tempestade de ódio e tristeza que ele sentia.

— Antes de tentarem qualquer coisa, Solstício mandou emissários para Kesath — argumentou ela. — Para dissuadir Ozalus de ir adiante com seus planos.

— Não enviaram emissários coisa nenhuma. Eles atacaram sem sobreaviso. — Alaric se acalmara um pouco, mas não tanto. Falava entredentes. — É a palavra de Kesath contra a da Sardóvia. É o que eu sei contra o que você sabe. Agora, se você não se opuser, prefiro acreditar que a minha família não mente para mim. Diferente da sua, que sequer se deu ao trabalho de contar para você algo tão crucial quanto a Noite do Devorador de Mundos.

Talasyn se pôs de pé, o corpo estremecendo. Colocou as mãos nos quadris e o encarou de cima.

— Mesmo se o que você diz for verdade, mesmo que tenham contado mentiras a vida toda para mim, isso ainda assim não justifica tudo que o Império da Noite fez com o restante do Continente durante dez anos! — gritou ela. — Vingança *não* é justiça. Os Tecelões de Luz de Solstício foram erradicados muito antes de a Guerra dos Furacões começar. Destruir os lares e matar as pessoas amadas de pessoas inocentes não ajudaram a destruir Solstício ainda *mais*, não foi?

Ela se virou e começou a se afastar a passos pesados.

— Para onde está indo? — exigiu saber Alaric.

— Para o meu quarto! — berrou Talasyn sem olhar para trás. — Não quero treinar mais hoje! Fique longe de mim!

A porta lateral que levava aos aposentos de Talasyn foi fechada com força.

— *Treinar mais hoje?* — Alaric bufou baixinho. — Nós sequer começamos.

Entretanto, ele estava falando para o vento.

Quinze minutos depois, Alaric ainda se encontrava no jardim de orquídeas. Trocara a grama perto do lago por um dos bancos de pedra ao lado da cachoeira, procurando uma sombra do sol implacável da tarde sob uma profusão de flores cor de safira e brancas com formato de borboletas.

Ele encarou os arredores verdejantes sem vê-los de verdade, revirando na cabeça cada segundo da discussão acalorada com Talasyn. Por fim, ele chamou:

— Sevraim.

O legionário surgiu de onde estava, à espreita atrás de uma parede de mármore ao lado do corredor aberto. Ele entrou no jardim, exibindo um sorriso alegre para Alaric.

— Como soube que eu estava aqui?

— Você é minha única proteção em solo nenavarino. Eu ficaria bastante contrariado se *não* estivesse presente.

— E permitir que a sua esposa briguenta socasse você até a morte? Jamais. — Sevraim deu uma risadinha. — Se bem que ela parecia prestes a fazer exatamente isso. Eu já estava pronto para interferir.

— Ela ainda não é minha esposa — grunhiu Alaric. — Presumo, então, que tenha ouvido tudo.

— Ouvi.

Sevraim se sentou no banco de pedra com uma descontração que ninguém mais ousaria demonstrar perto do filho de Gaheris Ossinast.

— Dizem que toda história tem dois lados, mas sabemos que *nós* estamos certos, então não importa o que os outros pensem, não é mesmo?

Alaric deu de ombros.

Durante os minutos seguintes, o borbulhar da cachoeira em miniatura era o único som no jardim.

— Tem alguma coisa que Vossa Majestade queira discutir com este humilde servo? — indagou Sevraim, em tom de provocação, mas com uma preocupação genuína, como apenas um companheiro de vida inteira poderia deixar claro.

Alaric revirou os olhos e se virou para o legionário lânguido e confiante que usara seu charme para chegar a quase todas as camas da corte kesathesa.

— Como eu... converso com ela? — conseguiu dizer.

Os lábios de Sevraim se curvaram para cima, como se estivesse reprimindo uma gargalhada. Alaric sentiu a ponta das orelhas ficando escarlate. Ele se arrependeu da pergunta impulsiva, mas era tarde demais.

— É compreensível que ela me deteste — continuou ele. — Não acredito que possamos consertar isso. Há muito ressentimento pelo passado. Mas eu gostaria de deixar essa situação mais... — Ele fez um gesto vago na direção da porta fechada de Talasyn do outro lado do jardim. — Amistosa. Relativamente falando. No entanto, não importa o que eu diga ou faça, sempre acabo a irritando.

Sevraim apoiou o queixo na mão fechada.

— Seu pai treinou você para ser um guerreiro e para um dia ser o imperador, *não* para ser o consorte da Lachis'ka nenavarina. Muito menos uma Lachis'ka que mal se daria ao trabalho de cuspir em você se estivesse em chamas.

— De fato. Ela provavelmente seria a pessoa que colocou fogo em mim — murmurou Alaric. — Usando um dragão.

Sevraim deu uma risadinha, mas não negou.

— A vida é muito mais do que guerra e política, Vossa Majestade — disse ele, balançando a cabeça. — Pergunte à jovem sobre os interesses dela.

— Os interesses dela... — repetiu Alaric, sem compreender.

— As coisas de que ela gosta. Descubra se vocês dois têm algo em comum e continue a partir daí.

Alaric tinha certeza absoluta de que os interesses de Talasyn se resumiam a prover uma morte horrenda para ele, mas a sugestão de Sevraim parecia viável de executar.

— Muito bem. O que mais?

— Faça elogios a ela — ofereceu Sevraim.

Alaric o encarou.

— Vou elogiá-la pelo *quê*?

— Bom, *eu* é que não sei. Troquei cerca de dez palavras com a moça a vida toda, e só para dizer que nós iríamos acabar com ela. — Sevraim coçou a cabeça, perdido em pensamentos. — Você poderia no mínimo tentar parecer um pouco menos intimidante. Talvez pudesse até tentar sorrir para ela de vez em quando.

Alaric não se dignou a responder a *esse* comentário.

— Certo, talvez sorrir seja pedir demais — concedeu Sevraim. — Só... Você precisa entender que a Tecelã está fazendo isso para salvar a si mesma e ao povo que acabou de reencontrar, assim como você está fazendo isso para impedir que Kesath entre em outra guerra enquanto ainda nos recuperamos da última. Ela está atacando você porque está nervosa, assim como qualquer um na situação dela estaria. Não fique comprando briga o tempo todo. Escute minhas palavras, Majestade, você vai me agradecer por isso.

CAPÍTULO 21

Era raro que Talasyn se arrependesse de perder a compostura, ainda mais quando Alaric estava envolvido, mas na manhã seguinte ela precisou admitir que ela atrapalhara as coisas. Restavam apenas onze dias até o eclipse, e ela não estava nem perto de conseguir criar um escudo decente.

Quando marchou para dentro da sala do conselho depois do desjejum, Talasyn decidiu que se comportaria da melhor forma possível. Não só durante as negociações, mas também no treinamento da tarde. Até que era uma atitude nobre da parte dela. No entanto, aquela promessa sofreu um baque terrível quando Urduja anunciou que haveria um banquete naquela noite e que todas as casas nobres compareceriam para celebrar o noivado da Lachis'ka com o Imperador da Noite.

Ainda assim, Talasyn conseguiu concordar com um aceno rígido de cabeça, e a sua única falta de educação foi evitar os olhos de Alaric, que a examinavam impassíveis do outro lado da mesa, sem conter qualquer traço da própria perda de controle da véspera.

Lembrar-se do acesso de raiva fez surgir um sentimento muito peculiar na barriga de Talasyn. Em geral, Alaric tinha controle extremo sobre as próprias emoções, diferente dela. As únicas vezes que ele aparentara estar furioso de verdade com ela foram na discussão da véspera e daquela noite na cela de bambu no quartel em Belian. Naquelas ocasiões, ela o provocara usando Ozalus e Gaheris, respectivamente. Era evidente que a família dele era um tópico sensível.

Entretanto, não importa o quanto estivesse furioso, ele nunca gritava com ela. Na verdade, quanto mais bravo ficava, mais baixava a voz. Era o único traço de Alaric que a agradava, na verdade. Gritos a lembravam do orfanato e dos cuidadores. Talasyn gritava quando estava brava porque, para ela, berrar era o que entendia como raiva, sua forma de expressar esse sentimento. A fúria silenciosa de Alaric era fascinante. Vê-lo contê-la com tanta facilidade fazia com que Talasyn se sentisse...

Segura?

Ao redor dela, os negociadores conversavam. Barganhando, chegando a um meio-termo, traçando o caminho em direção ao futuro. Talasyn mal prestava atenção. Aquela sua epifania latejava nos ouvidos como sangue quente.

Na véspera, quando o Sombral fora invocado por Alaric, ela se afastara um pouco, mas só para que tivesse espaço suficiente para lutar caso fosse necessário. Porém, aqueles foram os instintos de um soldado. Ela não recuara por temor. Talasyn não sentira medo dele, nem sequer por um instante.

Ela o encarou furtivamente, odiando ser incapaz de se conter. A atenção dele estava focada em Lueve Rasmey enquanto a daya explicava à delegação kesathesa todos os passos da cerimônia de casamento e o significado cultural de cada parte em Nenavar, enquanto se esquivava das perguntas e objeções da comodora Mathire. Os dedos de Alaric, envoltos por luvas pretas, tamborilavam na mesa, um ponto focal de movimento enquanto o resto do corpo permanecia imóvel. Diversas observações e lembranças disparatadas começaram a invadir os pensamentos de Talasyn — o tamanho imenso das mãos dele, a sensação que teve quando ele a envolveu pela cintura quando a levantou perto do lago —, e ela logo concentrou sua atenção em Lueve, antes que fosse consumida por aquela linha de raciocínio.

A profusão de anéis de opala de Lueve cintilou sob a luz do sol quando ela ergueu um pergaminho coberto com uma caligrafia escrita como ondas, pintadas a ouro. Era o contrato de casamento da daya, que ela obtivera dos arquivos do Domínio no alto das montanhas para a edificação daquela assembleia. Alaric e Talasyn assinariam um documento semelhante no altar dracônico no dia do seu casamento.

— O contrato está em nenavarino, então me permitam traduzir — disse a daya Rasmey. — *Lueve, filha de Akara das Veias de Cenderwas, filha de Viel das Águas Rápidas de Mandayar, filha de Thinza'khin das Planícies Trincadas, se une a Idrees, filho de Esah das Margens do Infinito, filha de Nayru do Rastro da Serpente...*

— Acredito que os representantes de Kesath entenderam o conceito — interrompeu-a Urduja. — De qualquer forma, em essência, voltam-se três gerações na linhagem matrilinear.

Alaric já balançava a cabeça antes mesmo que a rainha terminasse de falar.

— Minha mãe traiu a Coroa. A casa dela foi removida da nobreza kesathesa, e tanto eu quanto meu pai renunciamos a toda e qualquer conexão com ela. Seria desonesto entrar em um casamento sob esses termos.

Talasyn ficou desconcertada. Por mais furiosa que estivesse com Urduja e Elagbi naquele instante, ela não conseguia se imaginar renunciando aos dois, não quando passou quase toda a vida procurando por sua família. A única coisa que ela sabia sobre Sancia Ossinast — esposa de Gaheris e a antiga Imperatriz da Noite — era que a mulher desaparecera alguns anos antes da Guerra dos Furacões começar. Corriam até boatos de que Gaheris a matara, e no momento Talasyn se perguntava o que Sancia teria feito para que seu filho ficasse tão evidentemente repugnado apenas à menção de seu nome.

A família de Alaric era *mesmo* um assunto sensível.

— Creio que seria melhor se não fizéssemos o contrato. — O príncipe Elagbi interrompeu o silêncio inquietante. — Hanan e eu também não assinamos um, porque não era o costume nas Ilhas da Aurora...

— E porque vocês se casaram na cabana de uma bruxa, com apenas um membro da corte como testemunha — resmungou Urduja, semicerrando os olhos para o filho.

— Talvez uma versão mais simplificada do contrato? — sugeriu a comodora Mathire para todos na sala, mas seu olhar se demorou sobre Alaric. A mulher parecia saber de coisas demais.

Talasyn estava tão, *tão* curiosa, mas ela jurara se comportar, o que significava ficar de boca fechada em vez de exigir respostas.

— Somente com os nomes do casal imperial e seus títulos? — prosseguiu a comodora.

O lado nenavarino aceitou com relutância a proposta de Mathire. A partir dali, a conversa prosseguiu até muito além do meio-dia. Depois que a sessão foi encerrada, Talasyn deixou a sala de conselho, feliz por se ver livre das negociações do dia e mais uma vez inquieta por ter que passar as próximas horas sozinha com o noivo desconcertante e todos os segredos que aqueles olhos cinzentos escondiam.

Talasyn estava prestes a seguir para o jardim de orquídeas para a sessão de treino daquela tarde — ela ia mesmo, jurava de pés juntos —, quando um dos guardas bateu à porta do quarto dela com uma notícia, cumprindo a única ordem direta que Talasyn dera na vida desde que fora morar no Teto Celestial, de que ela fosse informada quando...

— O vendedor de pudim está aqui, Vossa Graça.

Mesmo que tivesse prometido se comportar, Talasyn demorou cerca de meio segundo para decidir que deixaria Alaric esperando mais um tempo. Com o contingente de Lachis-dalo logo atrás, ela se apressou para sair da sua ala do palácio, passar por corredores de mármore e descer os degraus da frente do Teto Celestial, onde uma pequena multidão de criados se reunira para encontrar o comerciante que velejava pelos penhascos de calcário em sua canoa duas vezes por mês.

Ele era um homem magrelo que exibia um sorriso sempre manchado por noz de areca sob um chapéu grande de palha. Nos ombros ágeis, equilibrava uma vara de bambu com grandes baldes de alumínio, um de cada ponta. Um dos baldes continha tofu fresco, aquecido por um coração de éter imbuído de Fogarantro; no outro estavam pequenas pérolas de goma de palma suspensas em calda de açúcar mascavo.

A maioria dos nobres dentro do palácio tinha o nariz empinado demais para apreciar a comida de rua, mas Talasyn não tinha qualquer objeção do tipo. Os criados lhe faziam mesuras e reverências, mas eles havia muito aprenderam que ela preferia esperar por sua vez como todos os outros. Porém, ao se aproximar, ela os notou mais silenciosos, um pouco menos agitados ao tagarelarem entre si e com o comerciante. Provavelmente estavam atualizando o homem sobre as notícias do palácio e o casamento iminente antes de ela chegar.

Talasyn ficou parada no meio da multidão, um pouco constrangida. Era como se fosse uma ilha, rodeada por ondas de camaradagem que nunca chegavam até ela. Sentira algo muito parecido no tempo que passara em Bico-de-Serra e no regimento sardoviano.

Não importava onde estivesse, seu destino na vida seria sempre a solidão.

De repente, diversos fluxos líricos de conversas foram interrompidos. Talasyn olhou em volta, sentindo uma palpitação nervosa percorrê-la ao ver Alaric descendo os degraus do palácio.

Sevraim nunca estava muito atrás do seu soberano, mas naquele dia ele ficou mais afastado, junto aos guardas de Talasyn. Os criados calados saíram apressados do caminho do Imperador da Noite enquanto ele andava até ela. Alguns pareciam com medo, outros, ressentidos, mas não se podia negar que a típica curiosidade nenavarina vencia todas as outras emoções. Eles encararam e encararam mais, cochichando com as bocas cobertas pela mão.

As feições pálidas de Alaric ficaram mais pétreas ao se tornarem o alvo de um escrutínio tão descarado.

— Nós temos um compromisso — lembrou ele a Talasyn.

— Temos, sim — respondeu ela, num tom neutro. — Mas antes de tudo eu gostaria de um pouco de pudim.

— Pudim? — repetiu ele, sem entender.

Seus olhos cinzentos encontraram o comerciante, cujo sorriso animado desaparecera, substituído por uma expressão que sugeria que ele estava avaliando se deveria se esconder atrás dos baldes.

A muralha de pessoas que antes estava entre o vendedor e Talasyn se desfez.

— Dois, por favor — disse ela em um tom afável em nenavarino, entregando ao mercador uma moeda de prata que tirara do bolso.

Um pote de pudim custava apenas três moedas de cobre, mas Talasyn imaginou que o homem merecia receber um adicional de insalubridade por precisar aguentar o noivo dela.

— S-sim, Vossa Graça — respondeu o vendedor, gaguejando.

Ele pegou duas tigelas de madeira da canoa, serviu porções generosas de tofu e calda de açúcar mascavo, e inseriu uma colher de madeira em cada uma das porções, entregando as cumbucas a Talasyn.

Ela ofereceu uma a Alaric, com um ar de desafio. Os espectadores se inclinaram para a frente, aguardando ávidos para ver se o temido Imperador da Noite, vindo do outro lado do Mar Eterno, aceitaria aquela refeição tão humilde.

Alaric pegou a tigelinha com o cuidado que teria ao segurar uma cobra venenosa. O couro quente das luvas dele roçou nos dedos de Talasyn, e aquela palpitação nervosa de antes a percorreu mais uma vez. De onde vinha *aquilo*?

Afastando aquele sentimento, ela aproximou a cumbuca da boca e se serviu de uma colherada generosa de pudim. As pérolas de goma explodiram entre os dentes e o tofu derreteu-se na boca, acompanhado da calda doce e quente. Ela quase fechou os olhos de prazer. Definitivamente valia a pena se atrasar para o treinamento.

Hesitante, Alaric levou uma colher até a boca, irradiando ceticismo. Uma das criadas deu uma risadinha e foi logo silenciada por outra, que tentava desesperadamente abafar as *próprias* risadas.

— E então? — perguntou Talasyn enquanto Alaric mastigava, pensativo.

Ele era um nobre bem-educadinho, isso ela precisava admitir. Alaric esperou terminar de mastigar antes de responder:

— É interessante.

Ofendida com o descaso ao seu amado pudim, Talasyn virou o nariz para ele e se afastou, para que os outros pudessem falar com o vendedor. Alaric a seguiu, e os dois terminaram suas tigelas em silêncio, um de frente para o outro ao lado da piroga atracada. Apesar de sua avaliação pouco entusiasmada das qualidades do pudim, Alaric comeu até o final e ainda bebeu o restante da calda.

Era inacreditável e surreal que o mestre da Legião Sombria tivesse uma fraqueza por doces. A iguaria devia ser uma novidade para ele, assim como fora para Talasyn quando chegou ali. No Continente Noroeste, o açúcar e a soja eram severamente racionados devido à guerra.

Os dois devolveram as colheres e cumbucas vazias para o mercador de pudim. O sol alto do começo da tarde assolava os penhascos de calcário, abrandado por uma brisa fresca e leve que soprava do Mar Eterno distante. E foi por impulso — uma vontade abrupta de não passar a tarde inteira enclausurada dentro das paredes do palácio — que Talasyn decidiu perguntar a Alaric:

— Quer praticar etermancia do lado de fora hoje?

Ele deu de ombros. O lábio inferior volumoso brilhava com um vestígio de calda, e o olhar dela se demorou ali por tempo demais.

— Onde você quiser, Lachis'ka.

Alaric ainda sentia o gosto do açúcar mascavo enquanto Talasyn o guiava por um bosque de árvores de plumérias que cobriam o espaço entre a parede mais ao sul do palácio e a extremidade dos penhascos de calcário. Também havia plumérias em Kesath, mas as flores de lá eram mais rosadas e roxas. O tipo nenavarino era de um branco tão imaculado quanto a fachada do Teto Celestial, com manchas amarelas no centro em formato de estrela.

Sevraim e as Lachis-dalo permaneceram na beirada do bosque enquanto Alaric e Talasyn adentraram mais a vegetação. As árvores ali cresciam umas próximas às outras, perto o bastante para que as copas protegessem os dois etermantes da vista das janelas ou dos guardas em patrulha.

Alaric ficou contente em se livrar dos olhares curiosos dos nenavarinos bisbilhoteiros, mas algo pesara em sua mente durante todo aquele dia. Assim que ele e Talasyn assumiram a pose meditativa na grama sob as flores, ele não conseguiu mais se conter.

— Tem algo incomodando você? — perguntou, o que marcava a segunda vez em poucos dias em que ele se arrependia de fazer uma pergunta assim que abria a boca.

De onde estava sentada, emoldurada por cascos de árvores, folhas e flores brancas, Talasyn piscou devagar, como se ele tivesse enlouquecido.

Era bem possível.

— Não ouvi sequer um pio de você a manhã toda durante as negociações — explicou ele. — E o seu normal é sempre ter *muito* a dizer quando está comigo.

Talasyn fez uma careta de desdém e chegou a abrir a boca para falar, mas ficou imóvel, como se tivesse se lembrado de algo. Por fim, respondeu:

— Vamos focar no treinamento.

Ela se comportava como se houvesse recebido ordens de se conter. Ou talvez ela tivesse dado aquelas ordens a si própria, considerando a frieza com que vinha tratando todos os integrantes da comissão nenavarina ultimamente, o que talvez indicasse que não estava falando com nenhum deles. De qualquer forma, ela estava cooperando, e Alaric não estava prestes a rejeitar um milagre acontecendo bem na sua frente.

— Pois bem — disse ele. — Vamos voltar aos ensinamentos básicos hoje. Vou ensinar a você algumas técnicas de respiração para meditar dos Forjadores. O princípio deve ser quase o mesmo.

Ele não desejava admitir qualquer semelhança com Tecelões de Luz, mas era impossível negar algumas verdades.

— A etermancia vem do âmago, o lugar na alma de cada um que se assemelha a um ponto de conexão, onde a barreira entre o mundo material e o etercosmos é fina. Os aspectos mais escondidos e teimosos da magia podem ser persuadidos a se manifestarem ao dominar a forma como a deixamos fluir pelo corpo de maneira correta.

Durante a hora seguinte, Alaric passou por todas as meditações sentadas com Talasyn. Ele a ensinou a prender o ar nos pulmões e expelir lentamente, seguindo um ritmo. A prender o ar atrás do umbigo, e soltar pelo nariz, usando a língua para capturá-lo. A deixar que a Luzitura acumulasse e crescesse no ritmo da respiração, preenchendo os espaços ocos entre o sangue e a alma.

Ela aprendia rápido as posturas e a expandir e contrair o peito, abdome e coluna vertebral, mas era muito evidente que ela tinha dificuldade para desanuviar a mente por tempo suficiente para que aquela prática surtisse o efeito desejado. Talasyn era inquieta, e ele considerou deixá-la sozinha por um tempo, porque talvez ela conseguisse focar melhor sem a presença dele.

No entanto, ele continuou ali. Permaneceu onde estava. Pela primeira vez, a tarde de céu azul não estava infernalmente quente graças à força de uma brisa agradável que remexia as flores de pluméria. As lacunas entre as árvores ofereciam um vislumbre da enorme cidade de Eskaya quilômetros abaixo, com suas torres douradas e cata-ventos de bronze. Ele quase poderia dizer que era *relaxante*, ficar sentado ali entre a terra e as folhas, isolado do resto do palácio em uma altura admirável. Não havia manobras políticas com que se preocupar, nenhum espectro de guerras, passadas ou futuras. Só os dois existiam ali, junto do ar e da magia.

Eu poderia ter vivido dessa forma? Alaric se viu considerando a possibilidade, distraído. Sem um trono para herdar um dia, e os porta-tempestades enquanto sonhos impossíveis do avô, será que ele teria sido feliz com aquele tipo de vida, com os dias passando lentos e tranquilos em algum cenário mundano e bucólico?

Será que ele ficaria bem sem nunca ter encontrado *Talasyn*?

Era um pensamento estranho. Fazia sentido acreditar que a vida dele, em qualquer mundo que fosse, seria muito mais simples se Talasyn não fizesse parte dela. Talasyn — com toda a sua impertinência, com um rosto em que o olhar dele sempre se demorava de alguma forma — era como uma granada de cerâmica atirada nos planos cuidadosos de Alaric.

No momento, ela apertava os olhos com força, o nariz cheio de sardas franzido. A luz do sol iluminava sua pele marrom-clara, e a trança castanha despenteada se derramava sobre o ombro. Ela parecia *cativante*, e Alaric fez uma careta. O que ela tinha que o fazia recorrer a adjetivos tão insensatos?

E então, só porque os deuses tinham um senso de humor deturpado, ele se viu perdido nas profundezas dos olhos cor de mel de Talasyn, que se abriram rápido demais para que ele tivesse a chance de esconder a expressão no rosto.

— Que foi? — murmurou ela, desconfiado. — Estou fazendo alguma coisa errada?

— Não. — Alaric disparou a primeira explicação em que conseguiu pensar: — Eu estava só pensando.

— Sobre o quê?

Bem, ele decerto não revelaria que ele estava quase *babando* em cima dela. Ele buscou freneticamente por uma resposta evasiva que fosse adequada, encontrando um assunto que ele ruminara mais cedo naquele dia. Algo que fora revelado durante as negociações.

— Sua mãe veio das Ilhas da Aurora.

Talasyn deu um suspiro comedido que não fazia parte da meditação que ele lhe ensinara.

— O nome dela era Hanan Ivralis. Meu pai a conheceu durante as viagens dele e a trouxe consigo quando voltou para o Domínio. Ela morreu durante a guerra civil.

Alaric franziu o cenho.

— Pelo que ouvi falar, as Ilhas da Aurora tem um povo guerreiro e poderoso. O que poderia matar uma Tecelã de Luz que nasceu lá?

— Foi uma doença misteriosa, e agiu rápido. Ela faleceu depois de uma semana, antes que alguém descobrisse o que havia de errado. Eu... — Talasyn parou bruscamente, desviando o olhar. — Eu não gosto de tocar nesse assunto.

— Peço desculpas por trazê-lo à tona — disse Alaric baixinho, solene e sincero demais. Perigosamente demais.

Ao vê-la levantar o queixo em desafio e cerrar os punhos, Alaric sentiu uma pontada de culpa por tê-la forçado a reviver o luto. Era um sofrimento que não possuía raízes, já que ela deveria ser nova demais para ter memórias da mãe. Entrar em comunhão com a Fenda de Luz poderia mudar isso, mas a Zahiya-lachis declarara que ir a Belian estava fora de questão por enquanto.

Os lábios rosados de Talasyn se retorceram.

— Nunca achei que viveria para ver o dia em que você pediria desculpas para mim.

— Eu sei reconhecer quando me excedo — retrucou Alaric, sério. — Aproveitando, também gostaria de pedir desculpas por perder a paciência ontem. Espero que não tenha ficado muito... aborrecida.

— Não fiquei. — Ela ainda evitava os olhos dele, mas um pouco da tensão se esvaíra do corpo dela. — Eu também estava errada. Por ter gritado e saído batendo a porta. Agora nós temos um objetivo em comum. Deveríamos estar trabalhando juntos. Então vamos só... fazer isso.

Alaric ficou tão desnorteado que perdeu a capacidade de falar. Será que ser *agradável* com a Tecelã de Luz fazia com que ela também fosse mais agradável com ele? Na verdade, seria possível que Sevraim fosse um gênio? Alaric jamais poderia dizer ao amigo que ele estava certo.

Foi só quando Talasyn se virou para ele franzindo o cenho que Alaric percebeu que permanecera em silêncio por tempo demais.

— Verdade — apressou-se em concordar. — Focaremos em trabalhar juntos. Sou favorável a essa ideia.

O semblante sério dela vacilou, deixando à mostra o menor dos sorrisos. Alaric teve a impressão desconcertante de que ela o achava divertido.

Ele ficou em pé, fazendo um gesto para que Talasyn o acompanhasse. Demonstrou a postura de meditação em movimento mais simples: com os pés separados, respirando fundo e colocando uma das mãos na frente da barriga e a outra acima da cabeça, soltando o ar e dobrando o joelho direito o máximo possível sem que o corpo inteiro perdesse o equilíbrio. Movimentos lentos e graduais, como uma onda tranquila do oceano.

No começo, Talasyn fez o exercício com atenção total, o cenho e o nariz franzidos de uma forma que ele começava a achar perigosamente encantadora, mas logo ficou claro que ela estava pensando em alguma outra coisa, com um olhar distante. A expressão dela passou por incerteza, e então por uma determinação solene, e Alaric se resignou a ficar maravilhado ao vê-la com um semblante tão desprotegido, transparecendo emoções tão verdadeiras, como nuvens que trilhavam os céus, ora escondendo, ora revelando o sol. Ela era tão diferente de todos que ele conhecera tanto nas cortes do Império da Noite quanto ali no Domínio.

— O que aconteceu com a *sua* mãe? — perguntou ela no meio de outra tentativa daquela pose.

Em geral, Alaric não sentia o menor desejo de falar sobre o assunto, mas, para a própria surpresa, percebeu que gostaria de fazer isso com ela. Era justo que ele se desfizesse daquelas palavras com mais boa vontade do que de costume, uma vez que Talasyn também compartilhara com ele um fragmento sombrio do passado dela.

— Minha mãe abandonou Kesath quando eu tinha treze anos. — *Me abandonou* era o que parte dele queria dizer. *Ela me abandonou.* — Depois disso, nunca mais tive notícias dela. Presumo que tenha procurado abrigo em Valisa, o lugar de onde vinham seus ancestrais. — Ele lançou um olhar crítico para a postura de Talasyn. — Não coloque todo o seu peso sobre um único joelho. Tente equilibrar o peso e mantenha as costas eretas.

— Valisa — murmurou ela. — É bem longe a oeste, quase no fim do mundo.

Ela se alinhou de acordo com as especificações de Alaric, e ele andou ao redor dela sem dizer nada, procurando alguma maneira de aprimorar a postura de Talasyn.

— Você sente falta dela? — perguntou ela, quase num sussurro.

Alaric foi pego de surpresa. Parou de abrupto atrás dela, contente por Talasyn não poder ver seu rosto enquanto ele se esforçava para recuperar a compostura.

— Não. Ela era fraca. Fraquejou diante do que significava ser a Imperatriz da Noite. Estou melhor sem ela.

Venha comigo.
Meu filho. Meu bebê.
Por favor.

— Às vezes eu me pergunto... — Alaric parou de falar, envergonhado.

Ele sempre fora tão cauteloso, sempre medindo as palavras antes que pudesse pronunciá-las. Por que não parecia ser capaz de fazer o mesmo quando conversava com Talasyn?

— Se ela pensa em você — terminou Talasyn por ele. — Eu me perguntava isso todos os dias em Sardóvia, antes de saber quem eu era, antes de descobrir que minha mãe tinha morrido. Eu me perguntava se ela se arrependia de ter me abandonado.

Alaric sentiu um nó na garganta, uma leveza preenchendo o peito. Alguém finalmente compreendia. Alguém dera voz a todas as coisas que ele nunca sabia colocar em palavras. Talasyn ainda estava em sua postura de meditação, ainda de costas para ele, e ele foi tomado pelo ímpeto de tomá-la nos braços. De abraçá-la para tranquilizá-la.

De não se sentir mais sozinho.

— Mantenha a postura ereta — instruiu ele em vez disso. — E os cotovelos para fora.

— Mas eu estou fazendo isso! — protestou ela, com os ombros visivelmente retesados sob a túnica branca e fina, como sempre ficavam quando ela estava prestes a começar uma briga.

— Não. — Alaric deu um passo para a frente, impaciente, ávido para se desfazer das correntes da memória e se distrair com algo que não fosse a noite terrível em que Sancia Ossinast deixara Kesath. — É assim.

Ele esticou a mão para corrigir a postura de Talasyn no mesmo instante em que ela se endireitou, com um suspiro exasperado, dando um passo para trás e juntando os pés de novo. Os dedos enluvados se fecharam nos ombros de Talasyn, que pressionou as costas contra o peito de Alaric.

O mundo ficou imóvel.

O primeiro pensamento coerente de Alaric foi: *mangas*. Aquela fruta dourada, lisa e suculenta que acompanhava todas as refeições que ele comera ali no Domínio, com o perfume exuberante do néctar aquecido pelo verão. Talasyn exalava aquele cheiro, como se as tivesse comido mais cedo, acompanhadas de sal marinho. E não era tudo. Um aroma de flores de laranjeira e um nota inebriante de jasmim emanava do cabelo dela, temperado pelo óleo verde fresco de lótus e a mais leve pitada de canela.

A boca de Alaric salivou. Ele queria *mordê-la*.

Não ajudava em nada que Talasyn se encaixasse perfeitamente em seu corpo, que ele pudesse encaixar a cabeça dela embaixo do seu queixo, e que a parte de trás se alinhasse entre os quadris dele, volumosa o bastante para fazer os músculos da barriga de Alaric se retesarem. Em um torpor, ele observou os dedos enluvados se espalmarem nos ombros de Talasyn. Observou o dedão roçar na lateral do pescoço dela.

Ele jamais detestara tanto aquelas manoplas. Ele queria arrancá-las para tocar a pele dela aquecida pelo sol. Os dedos dele fizeram movimentos circulares, acariciando os declives elegantes em que descansavam. Ela estremeceu, e o tremor o atravessou, ressonando em algo no seu interior; e o que ele estava esperando conseguir ali, por que não se afastava, e como nunca soubera que segurar alguém podia lhe causar aquelas sensações?

A brisa ganhou força, fazendo uma chuva de pétalas brancas cair das árvores. Entre todos aqueles fragmentos brancos como neve que flutuavam em correntes perfumadas, Talasyn virou a cabeça para ele.

Os olhos castanhos estavam arregalados, a respiração ofegante, os lábios rosados entreabertos.

Um pensamento o arrebatou, então: uma curiosidade sombria, uma ânsia por descobrir se aqueles lábios teriam o mesmo gosto do pudim que eles comeram mais cedo.

Alaric se inclinou. Ele ergueu os dedos do pescoço de Talasyn e os curvou no queixo dela, gentilmente o puxando para cima. Ela o acompanhou de prontidão, relaxando contra o peito dele, inclinando a cabeça para que de repente a boca estivesse perto da dele como nunca estivera antes. Com as pétalas esvoaçando ao redor, sentindo a batida trêmula do próprio coração, ele inclinou mais a cabeça para diminuir a pouca distância entre eles. Os olhos de Talasyn quase se fecharam. Ela esperou.

— Com licença.

Alaric e Talasyn deram um pulo e se afastaram. Nenhum dos dois sequer notara a aproximação de Sevraim.

— O que você quer? — rosnou Alaric para o legionário.

— Odeio interromper... — E parecia *mesmo* que Sevraim estava envergonhado, desviando a atenção para todos os outros lugares que não fossem os dois membros da realeza. — Mas a dama de companhia da Lachis'ka acabou de vir me informar que é hora de Vossa Majestade e Vossa Graça se prepararem para o banquete.

CAPÍTULO 22

O espelho no quarto de vestir de Talasyn era um objeto oval polido, emoldurado por entalhes de beija-flores e trepadeiras, incrustado de lascas lustrosas de madrepérola. A garota se sentou na frente de seu reflexo, mais uma vez arrumada para se tornar um espetáculo de vestimentas. Daquela vez, vestia um traje costurado de fibras de bananeira que forneciam à roupa um brilho furta-cor. O pescoço de Talasyn estava rígido, obrigado a suportar o peso de mais uma coroa espalhafatosa. Jie se debruçou sobre ela com uma variedade de pincéis de salgueiro de cabos compridos, que eram mergulhados em diversos potinhos dourados contendo pós variados para pintar o rosto dela de uma forma condizente ao status da Lachis'ka nenavarina em um evento formal.

Como em qualquer outra ocasião, Talasyn sofreu em silêncio enquanto a dama de companhia fazia um tipo diferente de magia. *Ao contrário* de qualquer outra ocasião, o interior da sua cabeça estava nebuloso, perdido em pensamentos sobre Alaric. Sobre o corpo estupidamente grande tão perto do dela, quente e implacável. Sobre as mãos firmadas em seu ombro, sobre o couro trançado das luvas deslizando pelo pescoço dela.

Pelas unhas amareladas do Pai Universal, ela estremecera sob o toque dele. Estremecera *de verdade* sob aquele toque de Alaric, com arrepios e tudo. Ele tomara tantas liberdades com ela, e ela...

Ela não odiou nada aquilo.

Só fizera com que uma ânsia estranha florescesse dentro de Talasyn.

Não importava que ele fosse o cruel Imperador da Noite, o brutal mestre da Legião Sombria. Por alguns segundos apavorantes, ela se deleitou nos lábios dele, seu corpo traiçoeiro ávido conforme aquela boca se aproximava. Ela se inclinara e erguera o queixo na direção dele. Queria sentir o corpo inteiro se aquecer. Ver aonde aquilo daria.

Sol sempre segurava Khaede daquela forma, Talasyn se lembrava daquilo. Ele se esgueirava por trás da amada e colocava as mãos nos ombros dela ou envolvia sua cintura, soltando um cumprimento rápido antes de pressionar um beijo travesso no pescoço de Khaede, à vista de todos.

Toda vez que Talasyn testemunhara aquilo — quando via Khaede, sempre rabugenta, se derreter nos braços de Sol —, ela se perguntara como seria a sensação se fosse ela ali, com alguém que a amava.

No momento, Sol estava morto, Khaede, desaparecida, e Talasyn se encontrava mais uma vez entregue à própria sorte, comparando a afeição que aqueles dois compartilharam à paródia medíocre do bosque de plumérias que não era nada mais do que um acidente infeliz e inexplicável entre ela e o homem que ela odiava, que por sua vez também a odiava.

Ela se sentiu enojada.

Alaric *estava* prestes a beijá-la, não estava? Talasyn não tinha experiência com aquele tipo de coisa, mas tudo indicava que era para onde as coisas estavam se encaminhando. *Por quê?*

Por que ele sequer tentaria beijá-la? E por que, apesar de saber quem ele era e tudo que tinha feito, Talasyn queria que ele tivesse feito isso?

O ódio é um tipo de paixão. Foi o que Niamha Langsoune disse no dia da chegada dos kesatheses. Talvez fosse. Uma aberração, semelhante a acidentalmente acessar uma frequência diferente porque as ondas de éter foram trocadas. Nunca seria mais do que aquilo, e Talasyn estava decidida a esquecer o assunto. Talvez até esfaqueasse Alaric se ele tentasse trazê-lo à tona.

— Sabe, Vossa Graça — comentou Jie enquanto habilmente passava um pincel de salgueiro coberto por um pigmento marrom triturado nas sobrancelhas de Talasyn. — Outro dia, eu estava pensando que o Imperador Alaric não tem uma aparência tão horrível para um forasteiro. Ele poderia ser bem pior. Estou falando sério! — exclamou ela, dando uma risada quando Talasyn engasgou. — Ele parece um pouco emburrado e assustador, com todas aquelas roupas pretas, mas é alto e tem um cabelo lindo. E a boca dele é bastante...

— P-pare já com esse assunto! — Talasyn quase berrou, o reflexo escarlate no espelho de beija-flores.

Ela não sabia dizer se a complacência com que Jie tratava Alaric era apenas uma tentativa de ver o lado bom de uma situação ruim ou se a garota não enxergava a ameaça que Kesath representava à sua terra natal. Talasyn suspeitava que era o último caso. Jie crescera em um castelo com um mutirão de criados que cumpriam cada uma das suas vontades, certa de que um dia herdaria o título de daya de sua mãe coruja. Ela era uma garota incrivelmente tagarela de dezesseis anos e não parecia ter qualquer preocupação na vida.

Ainda assim, o comando da Lachis'ka era uma ordem, e Jie não insistiu no assunto. No entanto, os olhos dela faiscaram, maliciosos, enquanto ela passava um pó cintilante no nariz de Talasyn.

— Existe o hábito de cortejar alguém no Continente Noroeste, Vossa Graça? Aqui, nós oferecemos presentinhos, mandamos cartas, ficamos de mãos dadas sob os jasmins em flor e roubamos um beijo ou dois. Os garotos fazem serenatas embaixo das nossas janelas também. Acontece o mesmo nos outros lugares?

— Eu não saberia dizer. Nunca tive tempo para essas coisas.

Talasyn percebeu que o que Jie dissera não se adequava exatamente às suas próprias observações da cultura nenavarina.

— Pensei que a maioria dos casamentos da aristocracia do Domínio fossem arranjados — comentou.

— É verdade, mas *existem* aqueles que se casam por amor. Como minha prima, Harjanti, a daya de Sabtang. Espero ser tão sortuda quanto ela. — O sorriso de Jie era suave, sonhador e vivaz, tão distante das experiências de Talasyn na mesma idade, quando lutava em uma guerra a um oceano de distância. — E para a senhorita, Lachis'ka, espero que o imperador Alaric faça a corte da forma adequada. Com beijos roubados e tudo.

Jie deu uma risadinha, muito satisfeita consigo mesma. Talasyn foi poupada de responder ao comentário da menina, que ao ouvir as notas musicais dos sinos de vento, tão leves e etéreos quanto o canto dos pássaros, pediu licença para ver quem os tocara.

Quando voltou até Talasyn, ela anunciou:

— Lachis'ka, a rainha Urduja e o príncipe Elagbi estão aqui para vê-la.

Maravilha.

Talasyn se conteve para não revirar os olhos. Não *queria* falar com a avó e o pai, mas... poderia. *Sou favorável a essa ideia*, dissera Alaric naquele tom empertigado que usava, e se lembrar *daquilo* garantiu que Talasyn se encaminhasse para o solar com um sorrisinho contido, pensando na atitude insuportável dele.

O solar era *dela*, mas, assim como o quarto, fora projetado para o conforto de um aristocrata refinado. A madeira de jacarandá fora esculpida em poltronas delicadas e mesas com pernas recurvadas. As paredes de mármore branco eram cobertas por pinturas em tons pastel de cerejeiras em flor, garças brancas e silhuetas que dançavam com estrelas nos cabelos soltos, tudo adornado com aplicações de folha de ouro. Espalhados lindamente naquele espaço arejado ficavam esculturas de bronze e cestos de vime elaborados. Em um canto, empoleirada em um pedestal em formato de dragão, ficava uma enorme harpa em arco que acumulava poeira. Supostamente, a jovem Urduja Silim tocara o instrumento de forma encantadora antes de assumir o manto da liderança, mas ao vê-lo pelo primeira vez, Talasyn pensara que na verdade era uma arma.

A rainha Urduja se acomodara em uma das cadeiras, mas Elagbi foi até Talasyn com um sorriso no rosto.

— Minha querida, você está adorável...

— Obrigada — respondeu Talasyn, em um tom seco.

Não retribuiu o abraço do pai, e, sem graça, ele logo se afastou.

Urduja lançou um olhar imperioso para Jie e esperou até que a garota saísse do cômodo.

— Seu pai e eu estamos aqui para dissipar a tensão entre nós com relação a certos assuntos — declarou ela para a neta.

Talasyn se sentou. Elagbi fez o mesmo, os olhos escuros exibindo a expressão magoada de um cachorrinho que foi chutado, e Talasyn se esforçou para que sua determinação não se abalasse. O pai cometera um erro, e ela não estava disposta a deixá-lo esquecer assim tão cedo.

Urduja pigarreou com leveza.

— Entendo que está brava conosco por ocultarmos a informação sobre o Nulífero. Eu gostaria de explicar o motivo...

— Eu já *sei* o motivo — interrompeu-a Talasyn. Tivera bastante tempo para pensar no assunto e remoê-lo à exaustão. — Vocês estavam com medo de que a amirante mudasse de ideia sobre procurar abrigo em Nenavar, e eu não teria um motivo para ficar, e seu reinado ficaria ainda mais desestabilizado uma vez que não tinha uma herdeira.

Urduja não negou. Indignada, Talasyn prosseguiu:

— Você disse que suspeitava que o Império da Noite tentaria invadir, mas isso não era bem verdade, era? Você *sabia* que eles fariam isso, porque você já governa há tempo suficiente para saber que era inevitável. E você até *queria* isso, porque uma aliança com os Forjadores de Sombras enquanto sua neta é uma Tecelã de Luz era a única forma de Nenavar sair de outra Estação Morta. Você estava com a oferta de casamento pronta, talvez até desde que fora informada de que Ossinast e eu tínhamos criado uma barreira que poderia cancelar os disparos nulíferos do quartel em Belian. Quando eu sugeri a Vela que viéssemos para cá, eu caí feito um patinho no seu plano, não foi?

Os lábios escuros de Urduja formaram um sorriso, e um sorriso *genuíno*, o que era o mais horripilante. Não havia calor ali, era verdade, mas havia orgulho.

— Sua análise é *quase* perfeita, Lachis'ka. Você falhou em ter uma perspectiva mais abrangente. No futuro, considere *todos* os ângulos. Essa habilidade vai lhe servir bem quando for rainha.

— Harlikaan — implorou Elagbi. — Talasyn está magoada nesse momento. Nós devemos uma explicação a ela.

— É precisamente isso que estou fazendo — retrucou Urduja, bufando. — Alunsina, decidi deixar que soubesse dessa informação o mais tarde possível, para que você e o Imperador da Noite descobrissem juntos, por um motivo muito simples. Ossinast não confia em você. É provável que nunca confie, considerando o passado que compartilham. Se você soubesse sobre a Noite do Devorador de Mundos antes dele, se soubesse do Nulífero quando eu revelasse essa informação, as coisas teriam sido muito piores. Porém, agora ele tem um motivo para acreditar que você é inocente até certo ponto. Que eu não a tornei uma pessoa de minha confiança. Que você não se parece em nada com o resto da minha corte ardilosa.

Ele fez mais do que acreditar nisso, pensou Talasyn, entorpecida. Alaric *simpatizara* com ela. Dera sua opinião sincera sobre as circunstâncias.

— Por que... — A voz de Talasyn fraquejou, e ela tentou de novo. — Então por que decidiu me contar?

— Eu quase não contei. Julguei que era arriscado demais. Mas o seu pai... — Urduja lançou um olhar resignado para Elagbi. — Ele acreditava que, se permitíssemos que isso continuasse, causaria um dano irreparável na nossa relação familiar.

— E porque seria outra lição para mim, certo? — murmurou Talasyn.

— Você está mesmo aprendendo — concluiu Urduja.

— Estou cansada de ser um peão.

Ela não sabia de onde aquela franqueza saíra. Talvez tenha sido a lembrança de Alaric dizendo que a avó a subestimava. Talvez fosse o fato de que ela estava *farta* daquilo.

— Eu não quero que isso aconteça de novo — disse Talasyn. — Se devo fazer meu papel para salvar Nenavar e o resto dos sardovianos, precisamos trabalhar juntos.

— Você ousa me dar ordens, Lachis'ka? — desafiou Urduja.

— Nem um pouco, Harlikaan — respondeu Talasyn com uma voz comedida, sustentando o olhar da mulher mais velha com uma firmeza ferrenha que ela não imaginava que tivesse dentro de si. — Estou simplesmente aconselhando qual é a melhor forma de prosseguir. Ou, no caso, como podemos sair dessa confusão incólumes.

Quando Urduja finalmente assentiu, Talasyn ficou com a impressão de que acabara de desviar de um golpe mortal por um *triz*. Fez o máximo para disfarçar o alívio *monumental* que sentia, embora tivesse certeza de que os olhos negros da Zahiya-lachis não deixavam nada escapar.

Talasyn também se viu lutando contra uma onda de culpa que ameaçava assolá-la. Ela estava fazendo o que era preciso. Se Alaric tivesse problemas com isso, ele deveria ter feito escolhas diferentes na vida. Entretanto, mesmo sem querer, ela se lembrou das interações entre os dois, fragmentos de um sonho que se esgueiravam após acordar. As sombras ao redor de Alaric, cheias de dor e fúria quando ele falou sobre a morte do avô, por mais errada que fosse a versão dele dos acontecimentos. O tom distante quando ele falou sobre a mãe... cuidadosamente neutro, como uma armadura feita para proteger um ponto vulnerável.

Por que Talasyn estava pensando naquilo? Por que deveria se importar? Elagbi uniu as mãos.

— Agora que *isso* foi resolvido — disse ele, com uma alegria que parecia forçada —, que tal irmos para o jantar?

Um tapete roxo de estrelas recaiu sobre o Teto Celestial, e as sete luas em suas fases variadas emergiram por detrás de fiapos de nuvens. Parado ao lado de uma janela aberta no corredor que dava para o salão de banquetes, Alaric observou a capital do Domínio, que estava tão iluminada e agitada que poderia ser dia em vez de noite.

Talasyn chegaria a qualquer momento. Ele estava nervoso, ainda pensando no que acontecera no bosque de plumérias — ou no que *quase* acontecera. Mais cedo, ele quis matar Sevraim, mas, no momento, estava grato pela interrupção.

Ele era um Forjador de Sombras. Não podia sair por aí beijando Tecelãs de Luz, por mais que fossem lindas e tivessem sido prometidas a ele em casamento. De qualquer forma, seria um casamento apenas por conveniência política. Ela jamais sentiria o mesmo que...

O mesmo que o *quê*? O que *ele* sentia?

Aqueles pensamentos eram culpa do calor, decidiu ele. Uma brisa úmida entrava pela janela, e Alaric tentou não deixar que o percebessem virando o corpo para receber o máximo de vento possível. A maior parte de suas vestimentas era inapropriada para o clima tropical de Nenavar. Ele estava com muito calor em seu fraque preto de colarinho alto, que cobria uma camisa de seda canelada cor de mármore.

Ele sabia que Sevraim e Mathire também estavam sofrendo em seus uniformes de gala pretos com detalhes prateados. Os dois estavam emburrados quando a camareira os conduziu ao salão de banquetes, após informar a Alaric que ele e Talasyn seriam os últimos a entrar — uma vez que o evento daquela noite era em homenagem aos dois — e que era esperado que ele a escoltasse ao salão, onde todos os outros convidados estavam à espera. Os guardas do palácio postados ao lado das portas fechadas, a um golpe certeiro de distância dos kesatheses, faziam um esforço evidente para disfarçar os olhares de desconfiança e desprezo para as pessoas que por pouco não declararam guerra à sua nação. Felizmente, Alaric não precisou suportar aquilo por muito tempo.

Porque de repente *ela* estava ali, surgindo ao virar o corredor.

Alaric perdeu o fôlego ao vê-la. Talasyn trajava um vestido de um tecido verde-azulado iridescente, cheio de texturas e diáfano, exibindo dois dragões prateados suntuosamente bordados ao redor do decote quadrado, com a cintura alta, a bainha da saia fluida e os punhos das mangas amplas que iam quase até o chão revelando o forro vermelho-sangue. O cabelo dela estava solto, cascateando sob uma coroa prateada que lembrava um templo de múltiplos pináculos erguendo-se em meio a ondas cintilantes do oceano, com a cabeça de um dragão com olhos de rubi empoleirado no centro.

Talasyn não hesitou quando o notou, andando até ele de queixo erguido. Quando parou a alguns centímetros dele, Alaric viu que seu olhar mortal de sempre fora substituído por um de incerteza. Os olhos dela, em geral ardentes em fúria, exibiam um tom mais claro de castanho sob a luz das tochas e, de alguma forma, pareciam mais bondosos por isso, mas não menos potentes em seu escrutínio.

O momento que compartilharam no bosque de plumérias pairava desconfortável entre eles. Tenso, Alaric ofereceu um braço para ela, e Talasyn ficou levemente corada. Era *cativante*. Ele considerou por um momento dar um soco na própria cara.

Faça elogios, lembrou-se ele do conselho de Sevraim no outro dia. Parecia uma boa hora para fazer isso, mas Alaric não conseguiu forçar as palavras a saírem. E se *ela* desse um soco na cara dele?

Talasyn aceitou o braço e enganchou a mão na dobra de seu cotovelo, mas Alaric permanecia imóvel, hesitante.

— Pronta? — Foi tudo que Alaric conseguiu dizer, a voz rouca, e os guardas empurraram as portas.

Talasyn assentiu, e ele a guiou em frente. Para uma vastidão de luz, música e pessoas cintilantes.

Alaric achou que não era exagero presumir que ele já vira ruas inteiras menores do que a mesa à sua frente, que se estendia pelo meio do salão de banquetes. Foi decorada com tecidos cuja trama trançada formava um mosaico estonteante de padrões e cores diferentes. A superfície era adornada com arranjos de cristal e pratos e taças incrustados de joias. As cadeiras de laca vermelha brilhavam com adornos vazados em dourado ao lado, e as pessoas que ocupavam os assentos levantaram-se como uma só entidade para receber o Imperador da Noite e a Lachis'ka — com exceção da rainha Urduja. A mulher observava com uma atenção sagaz da ponta da mesa enquanto um assessor prestativo guiava Talasyn e Alaric até as duas cadeiras vazias, que ele notou com certo alarme que ficavam uma ao lado da outra, e bem no meio da mesa. Ele estaria rodeado de nenavarinos durante o jantar inteiro, separado de Sevraim e Mathire.

Comparecer ao banquete já se provava um erro.

Os dedos pequenos de Talasyn apertaram o braço de Alaric conforme seguiram o assessor. *Ela está nervosa*, percebeu ele, olhando para baixo e notando que o lábio inferior dela tremia. Quem quer que tivesse aplicado os cosméticos havia feito um trabalho excelente em deixar em evidência a pele macia e as bochechas rosadas, mas nem todos os pós e cera de abelha nos cílios ou pigmento cor de pêssego poderiam esconder a apreensão naqueles olhos castanhos. Não quando ela estava tão perto dele.

— Não é tarde demais para fugir — comentou Alaric.

— Estou usando sapatos de bico fino. Com salto.

— Então é *por isso* que você parece mais alta, mas não muito.

— Nem *todo mundo* pode ter o tamanho de um poste, milorde — retrucou ela, e estava tão ridiculamente adorável, a rebeldia aparecendo apesar do nervosismo que ela tentava esconder, que um sorriso despontou do semblante sério de Alaric.

— *Milorde* — repetiu Alaric, com um tom que foi menos debochado do que ele gostaria. — De todos os apelidos pelos quais me chamou durante o nosso convívio conturbado, esse é o meu preferido, sem dúvida.

— Cala a boca — sibilou Talasyn. — São as malditas aulas de etiqueta. Não vou chamar você disso de novo.

Ela deixou a mão penderao lado do corpo quando se acomodou no devido assento. Os outros convidados a acompanharam, assim como Alaric, que insistiu com veemência para si mesmo que seu braço não estava — *não estava* — parecendo desamparado sem o toque dela.

Se tinha um aspecto da cultura do Domínio que Talasyn não tivera problema algum em abraçar incondicionalmente até então, era a culinária. Para alguém que subsistira com sobras até os quinze anos e depois com a comida racionada sem graça servida nos refeitórios sardovianos por mais cinco anos, os pratos nenavarinos eram um arco-íris de delícias com suas especiarias complexas, aromas envolventes e texturas suntuosas.

Infelizmente, as circunstâncias peculiares da noite garantiram que ela ficasse impossibilitada de prestar atenção às iguarias, como era seu hábito. Uma seleção de pequenos pratos foi desfilada primeiro: fatias de porco fermentado com pimentas chili enroladas em folhas de bananeira; minúsculas lulas cozidas na brasa servidas por inteiro em espetinhos e temperadas com alho e suco de limão; vegetais em conserva repousando sobre uma cama de macarrão transparente de amido. Tudo virava cinzas em sua boca.

Ela estava alerta demais à presença de Alaric ao seu lado. Até respirar era difícil. Cada nervo do corpo parecia faiscar com aquela proximidade imponente perfumada a sândalo e zimbro.

Antes, quando estavam no corredor, ela quase congelara ao vê-lo nos trajes formais. A casaca preta de colarinho alto, adornada com a quimera kesathesa em um brocado dourado-escuro, enquadrava os ombros largos e acrescentava uma elegância esbelta à silhueta dele. O corte mais ajustado da calça preta emoldurava os quadris esguios, as coxas musculosas e o comprimento atlético das pernas. Com a expressão naturalmente altiva um pouco mais suave graças ao cabelo negro que emoldurava o rosto em ondas casuais, ele fazia jus à imagem de um jovem imperador, irradiando poder e arrogância.

A visão teve... *algum efeito* sobre ela, fazendo seu coração palpitar à beira de um precipício estranho entre o torso e a garganta. E, para piorar, Jie chamara atenção para os lábios de Alaric mais cedo, e no momento Talasyn não conseguia parar de encará-los. O volume sensual que tinham. A crueldade. Como estiveram tão perto de tocar os dela horas antes. Ela tinha certeza de que até vira o princípio de um sorriso mais cedo, mas provavelmente tinha se equivocado. Talasyn culpava inteiramente a dama de companhia por aqueles pensamentos desastrosos.

Não ajudava *nem um pouco* que cabia a Talasyn fazer as apresentações necessárias entre Alaric e as pessoas sentadas perto dos dois, e a certa altura aqueles nobres começaram a disparar comentários que não escondiam lá *muito* bem o seu desgosto com o noivado.

— Acredito que Vossa Majestade e a Lachis'ka se conheciam antes da volta dela para Nenavar — observou Ralya Musal. A daya de Tepi Resok, um punhado de ilhas montanhosas que compunham quase metade da fronteira sul do Domínio, vestia um traje de penas. — Poderia nos explicar a natureza dessa relação?

Talasyn prendeu a respiração. Todos naquela mesa sabiam o que se passara... se não os detalhes mais suculentos, então em linhas gerais e vagas. Eles só queriam deixar Alaric desconfortável.

Fez-se um breve silêncio enquanto ele remexia a comida no prato, e era óbvio que tentava ganhar tempo para formular uma resposta diplomática.

— Há alguns meses, eu me deparei com a existência de uma Tecelã de Luz entre os regimentos da Confederação Sardoviana. Como mestre da Legião Sombria, eu procurei neutralizá-la, mas, ao final, não obtive sucesso. Agora que a Confederação Sardoviana já foi destruída, aguardo ansiosamente para trabalhar com a Lachis'ka a fim de garantir uma nova era de paz.

Talasyn teria dado uma gargalhada com o resumo seco do passado assolado pela guerra que ambos compartilhavam, mas outra coisa atraiu seu interesse. Ao mencionar a Luzitura e o Sombral, diversos olhares se voltaram discretamente para as gaiolas de sariman penduradas na parede antes que voltassem a focar em Alaric. *Eles têm medo*, concluiu ela, lembrando-se dos primeiros dias que passou no palácio, quando Urduja a aconselhou a evitar utilizar suas habilidades para não chamar atenção indevida. *Eles têm medo de nós dois.*

Ela franziu o cenho de repente. Não havia *nós* quando se tratava de Talasyn e Alaric Ossinast. Ela até poderia se casar com ele, mas *não* estava do lado dele em hipótese alguma.

Pelos buracos na camisa do Pai Universal, eu vou me casar com ele.

Ali estava outra vez, a palpitação desesperadora que atravessava seu corpo como o primeiro pulsar de uma rajada de vento de um porta-tempestades lançado contra as ruas da cidade, ainda mais vigoroso porque Alaric estava ao lado dela e tinha... aquela aparência.

— Era *isso* que estava fazendo no quartel em Belian, Majestade? — perguntou Ito Wempuq, um rajan imponente das Terras da Seda que produziam lótus. — Estava garantindo uma era de paz?

— Pode-se dizer que era uma questão de negócios inacabados entre mim e a sua Lachis'ka — respondeu Alaric. — No entanto, a julgar pelo fato de que agora vocês *têm* uma Lachis'ka, eu ousaria dizer que tudo deu certo no fim.

Alaric estava lembrando aos nobres que Alunsina Ivralis só havia se reconectado a seus ancestrais por causa dele, o que de certa forma era verdade, mas não fazia com que aquele comentário fosse menos exasperante. Talasyn não pôde culpar a velha daya Odish de Irrawad quando ela esbravejou:

— Você invadiu nosso território e destruiu nossa propriedade, feriu diversos dos nossos soldados e roubou uma das nossas embarcações, imperador Alaric! Como é que deveríamos confiar em Kesath depois de tudo isso?

Alaric apertou o garfo com mais força.

— Eu não me arrependo de minhas ações, uma vez que fiz o que precisava ser feito na época. O *objetivo* desse novo tratado é prevenir que mais discórdia seja semeada entre nossas nações. Quando o acordo for ratificado, eu garanto à senhora, daya Odish, que *eu* não serei o primeiro a violar esses termos.

A atenção de uma boa quantidade de pessoas se voltou para Talasyn. Os nobres esperavam que ela ou defendesse o noivado ou se juntasse a eles para criticar o inimigo, e as palavras seguintes que ela pronunciasse iriam ditar o fluxo da conversa.

Porém, o cérebro de Talasyn ficara em branco, por completo. O bom senso exigia que ela demonstrasse apoio total ao Imperador da Noite, mas como ela poderia aparentar que tinha se submetido tão docilmente a esse casamento?

Ela olhou para o novo prato que acabara de chegar havia alguns minutos e que estivera comendo, e em um momento de pânico...

— Essa sopa está sublime, não acham? — disse Talasyn, quase engasgando.

Ela nunca descrevera nada em seus vinte anos de existência como *sublime*, mas o adjetivo era muito utilizado por todos os nobres do Domínio.

Confuso, o rajan Wempuq franziu as sobrancelhas.

— Vossa Graça?

— A sopa — repetiu Talasyn, obstinada. — Os cozinheiros se superaram essa noite.

Ralya foi a primeira a se mexer, levando a colher aos lábios e experimentando o prato em questão, que consistia em faisão cortado em cubos macios cozidos em um ensopado de gengibre e leite de coco.

— Sim — disse ela, devagar. — É primorosa.

— Uma maravilha — apressou-se a opinar Harjanti, a prima de Jie. Os olhos profundos e cor de café, muito parecidos com os de Jie, estavam quase suplicando ao se virar para a daya Odish. — Estaria errada em presumir que um faisão tão deleitável quanto esse pode apenas ser de Irrawad, milady?

A daya Odish pareceu aturdida por um instante — e um pouco frustrada ao ver que a discussão mudara completamente de rumo —, mas as regras de etiqueta determinavam que ela deveria responder à pergunta de Harjanti.

— De forma alguma. A ilha de Irrawad tem orgulho de ser a fornecedora exclusiva de Eskaya desse tipo de ave de caça. É um dos nossos principais itens de exportação, e perde apenas para as pedras da lua.

O marido de cabelo cacheado de Harjanti, com quem ela se casara por amor, de acordo com Jie, teve um sobressalto, quase como se a esposa o tivesse chutado embaixo da mesa, pensou Talasyn, divertindo-se. O nome dele era Praset, e o homem falou em um tom agradável o bastante, a despeito da canela dolorida.

— Estive pensando em começar um negócio na indústria de mineração de pedras da lua. Talvez a daya Odish pudesse me dar algumas dicas?

Talasyn fez um lembrete mental para agradecer a Harjanti e Praset em uma futura ocasião, grata pela conversa ter se encaminhado para a mineração. Ao lado dela, Alaric levou uma colher com sopa aos lábios, mas não antes de Talasyn vislumbrá-los se curvando de leve para cima. Ele estava *sorrindo*? O olhar travesso que ele lhe lançou confirmou sua suspeita. Ele estava rindo do comentário idiota dela sobre a sopa. Mas que audácia!

Ela continuou enfurecida mesmo durante a refeição principal, mas fez questão de falar sobre amenidades de forma cortês com os outros nobres. Alaric também se adaptou à situação, conversando baixinho com Lueve Rasmey, que estava sentada à direita dele e que gradualmente o puxou para seu círculo de conversa com outras matronas da alta sociedade. Todos estavam falando Marinheiro Comum para o benefício de Alaric, e, considerando as circunstâncias, as coisas estavam indo bem. Ninguém parecia prestes a atirar a taça de vinho de casco de louro na cara de ninguém. Talasyn poderia relaxar...

Alaric se inclinou na direção dela.

— Milady gostaria de compartilhar sua opinião de especialista em culinária sobre o porco assado? — murmurou no ouvido dela.

— Que hilário — resmungou Talasyn.

— Devo presumir que não é um prato *sublime*?

Talasyn espetou um pedaço grande de melão-amargo com o garfo, imaginando que era a cabeça de Alaric.

— Eu deveria ter deixado você nas mãos da daya Odish. Ia ser esganado rapidinho.

Talasyn poderia jurar que ele quase abriu um sorriso.

Ao menos os dois estavam de volta às provocações de sempre. Ao menos aquele incidente no bosque de plumérias não mudara nada entre eles.

Na verdade, aquilo a deixara desnorteada. Algum indicativo de que ele também fora afetado pelo quase beijo teria sido bem-vindo.

— Vossa Graça vai continuar conosco depois das núpcias? — inquiriu Ralya, fazendo com que Talasyn se endireitasse na cadeira e desviasse o olhar de Alaric. — Ou a corte da Lachis'ka será transferida para a capital do Império da Noite?

— Vou permanecer aqui, daya Musal — respondeu Talasyn, e uma onda de alívio visível percorreu todos os nenavarinos que estavam à escuta.

— Eu me lembro de quando a senhorita nasceu — informou Wempuq a Talasyn com uma ternura áspera. — Eles soaram os gongos da Torre da Luz Estelar durante toda a manhã e tarde. Me deu uma maldita dor de cabeça, mas ninguém *sonharia* em sair de Eskaya depois disso. As ruas foram ocupadas por festas e celebrações.

— O nascimento da próxima Zahiya-lachis é sempre uma ocasião alegre — opinou Lueve. — É lógico que Sua Alteza Real deve se lembrar disso de forma um pouco diferente.

Os outros nobres deram risadinhas. Talasyn olhou mais além na mesa até encontrar o príncipe Elagbi, que, para a própria sorte, não tinha ideia de que era o novo assunto do grupo.

— O que meu pai fez?

— Ficou correndo de um lado para outro, como se fosse um dos nossos faisões depois de ter a cabeça decepada — disse Odish, bufando. — O parto demorou a noite toda, compreende? O príncipe Elagbi ficou tão preocupado que ameaçou jogar o médico nas masmorras.

— Eu falei para ele: "Alteza, por favor, se acalme. Gostaria de uma bebida?" — relembrou Wempuq. — Depois disso ele ameaçou *me* jogar nas masmorras também!

O grupo caiu na gargalhada. Não demorou muito para que Talasyn os acompanhasse, a alegria tomando seus lábios ao pensar no pai, educado e tranquilo, ordenando que as Lachis-dalo prendessem pessoas aleatórias. Ela jogou a cabeça para trás, dando uma gostosa risada, e quando acabou — quando voltou a si —, Alaric parecia paralisado, encarando-a como se nunca a tivesse visto antes.

— Que foi? — sibilou Talasyn para ele, após checar furtivamente que todos os outros estavam ocupados demais com as próprias risadas e perdidos em lembranças para notar os dois. — Por que está me olhando assim?
— Não é nada.
Alaric balançou a cabeça como se quisesse se livrar de certos pensamentos. E então ele...
Ele fez uma coisa *estranha*. Esticou a mão e roçou os dedos na manga verde-azulada que cobria o antebraço dela. Parecia um toque deliberado demais para ser acidental, mas ele logo retirou a mão, como se tivesse se queimado. Talasyn continuava o observando com os olhos semicerrados, perplexa, e Alaric voltou toda a atenção para a comida, e não voltou a se virar para ela por um bom tempo.

Alaric nunca gostara de eventos grandiosos. Ele sofrera em um excesso de bailes de gala para os quais os pais o arrastavam quando ainda mantinham a ilusão de que tudo estava bem entre o casal. Aquele banquete era muito mais grandioso do que qualquer uma daquelas ocasiões do passado, considerando que era financiado pelos cofres sem fundo do Domínio de Nenavar, mas o sentimento de repulsa que provocava nele ainda era o mesmo.
Era a *dissimulação* de tudo aquilo. Com exceção do seu próprio séquito, ninguém naquela mesa hesitaria em ordenar o assassinato de Alaric se pensasse que poderiam conseguir sair impunes dessa ação. No entanto, ali estavam eles, comendo e tagarelando como se estivesse tudo bem, e Alaric precisava entrar no jogo porque fazia parte do mundo da política.
Seus pensamentos se voltaram para Talasyn e para a gargalhada entusiasmada que ela que dera da anedota contada pelo rajan Wempuq. Por algum motivo, Alaric esperava que um som mais leve que o ar complementasse o vestido elegante e os arredores monumentais, mas a risada dela foi vibrante, doce e pouco refinada. Foi um instante em que não havia falsidade alguma, os olhos dela faiscantes e calorosos como conhaque. Então, ele esticara a mão para tentar tocar nela, fosse lá por qual motivo, como um trapalhão abobado, mas ao menos ele se segurara bem a tempo.
Ele reformulou a conclusão a que chegara mais cedo. Havia uma pessoa na mesa que não mandaria assassiná-lo. *Talasyn me mataria pessoalmente*, pensou ele com um sentimento que era perigosamente parecido com afeição, porque aquilo a transformava na pessoa mais genuína do salão.
Um silêncio recaiu sobre um lado da mesa mais perto da entrada, aos poucos se espalhando para o resto dos convidados. Lueve parou de falar

no meio de uma história cômica de seus anos como dama de companhia de Urduja, a boca aberta no meio da frase ao ver algo à esquerda de Alaric.

Ele se virou para onde a daya — e todos os outros — estavam olhando. Uma figura esguia se encontrava parada na porta, usando um traje sem dúvida inapropriado para um evento formal, consistindo apenas de uma veste de mangas compridas bordadas e uma calça que terminava na altura dos calcanhares. Ele usava um cinto decorado de couro e bronze ao redor dos quadris, de onde pendia uma besta de mão. O cabelo desgrenhado do recém-chegado recaía sobre a testa, e os olhos castanhos estavam incandescentes ao avaliar o salão de banquetes. A expressão das pessoas que o encaravam variava de confusão (Talasyn e a delegação kesathesa) e receio evidente no rosto dos nobres do Domínio.

— Quem é esse? — perguntou Talasyn, parecendo curiosa, mas tomando o cuidado de manter a voz baixa.

— Um problema. — Foi Harjanti que respondeu, agitada. — É o sobrinho de lady Lueve. Surakwel Mantes.

— Ele *detesta* o Império da Noite — acrescentou Ralya, olhando para Alaric com algo semelhante a nervosismo. — Isso não é nada bom.

CAPÍTULO 23

Niamha Langsoune, a daya de Catanduc, negociadora impiedosa e inabalável, tinha a mesma idade de Talasyn, mas era bem mais sofisticada do que a Tecelã jamais poderia sonhar em ser, mesmo que vivesse até os cem anos. A jovem interrompeu a cena imóvel em que o salão de banquetes havia se transformado, ficando em pé com uma agilidade invejável.

— Surakwel! — chamou-o alegremente ao caminhar na direção do recém-chegado, exibindo um sorriso deslumbrante. A saia de pregas fora trançada para remeter a escamas de carpa, e ondulava a cada passo que ela dava em um lampejo em tons de branco, laranja e amarelo. — Que bom que veio se juntar a nós...

— Me poupe, Nim — retrucou o jovem lorde no idioma nenavarino.

Ele passou direto por ela e foi até a ponta da mesa, o olhar encontrando o de Talasyn e anuviando-se ao reconhecê-la por uma fração de segundo ao passar por onde ela estava sentada.

Então aquele era Surakwel Mantes. O andarilho encrenqueiro de quem o príncipe Elagbi lhe falara. As palavras exatas do pai foram *ao menos Surakwel está vagando por aí, ou teríamos que lidar com um problema ainda maior*.

Naquele momento, Surakwel estava *bem ali*, e Talasyn tinha a sensação de que ela estava prestes a descobrir o exato tamanho do problema.

Ele parou diante da rainha Urduja e se ajoelhou, de cabeça baixa, o gesto parecendo mais por obrigatoriedade que por respeito. Urduja o encarou com suspeita por diversos momentos naquele silêncio do salão em que até a orquestra parara de tocar, como se ele fosse um mangusto infiltrado no ninho de víboras dela.

— Bem-vindo de volta, lorde Surakwel. — Ela falou para que todos ouvissem, o tom gélido ecoando pelo vasto salão em Marinheiro Comum. Provavelmente para que a delegação kesathesa não tivesse motivo para acreditar que estavam prestes a ser assassinados a sangue-frio. — Espero que suas viagens tenham sido agradáveis.

— A última vez que eu vi esse aí foi há mais de um ano — disse a daya Odish para os outros convidados, chamando a atenção de Talasyn. — Ele apareceu na corte e pressionou Sua Majestade Estrelada ao dizer que era necessário que fizéssemos uma intervenção na Guerra dos Furacões. E com grande veemência, devo acrescentar. Surakwel estava convencido de que o Império da Noite logo representaria uma grave ameaça ao Domínio.

O rajan Wempuq soltou uma risada abafada.

— Bem, e ele acertou, não foi? — Ele olhou para Alaric sob as sobrancelhas grossas, como se só então lembrasse que o outro estava ali e o escutava. — Sem ofensas.

— Não me ofendi — respondeu Alaric, seco.

Surakwel se levantou diante da Zahiya-lachis.

— Minhas viagens foram bastante agradáveis, Harlikaan. — Diferente da maioria dos nobres, ele falava o Marinheiro Comum com a facilidade de alguém que usava o idioma com frequência. — No entanto, minha volta ao lar se mostrou decepcionante, uma vez que acabei de descobrir que está em processo de estabelecer uma aliança com um déspota assassino.

Como todas as outras pessoas que estavam perto de Alaric, Talasyn ficou rígida na cadeira de laca, e olhou por um breve instante na direção dele, mas o noivo não demonstrou reação alguma.

Ao menos não de relance.

Alaric tirara as luvas pretas de couro macio no início do banquete. Ele pegou a taça de vinho, e ocorreu a Talasyn que ele estava segurando o objeto com mais força do que seria necessário, os nós dos dedos retesados e brancos.

Ainda assim, a expressão dele permaneceu neutra enquanto bebia. Quando Niamha passou por ele, claramente a caminho de se postar ao lado de Surakwel, Alaric comentou:

— O seu amigo não gosta muito de mim, daya Langsoune.

— *Mil* desculpas, Majestade — Niamha se apressou a dizer. — Eu o conheço desde que éramos crianças. Ele é impulsivo e cheio de opiniões fortes. Eu vou dar um jeito nele agora mesmo.

Niamha mal tinha dado um passo quando Urduja voltou a se pronunciar, o que fez a daya de Catanduc parar atrás da cadeira de Talasyn e também deu um fim aos murmúrios escandalizados que haviam tomado conta dos convidados.

— Primeiro de tudo, milorde, você deverá retirar todas as suas armas na presença de sua soberana. Em segundo lugar, existe a hora e o lugar certos para fazer suas queixas sobre a minha decisão, e esse banquete não é uma dessas ocasiões.

— Muito pelo contrário, Harlikaan, não há hora ou lugar melhor — retorquiu Surakwel enquanto desprendia sua besta e a atirava no chão. — Todos estão aqui para testemunhar que eu protesto formalmente contra essa união.

— O garoto está querendo morrer! — exclamou Praset, aturdido.

— E como — murmurou Talasyn, baixinho. — Jogar uma arma carregada assim no chão. Ele vai dar um tiro no próprio pé.

Alaric deu uma risadinha quase silenciosa, o som suave durando pouco, mas marcado por um divertimento sombrio. Era a primeira emoção que ele demonstrava desde que Surakwel entrara no salão.

— Eu fui até o Continente Noroeste — disse Surakwel à Zahiya-lachis. — Eu vi com meus próprios olhos a devastação que o Império da Noite causou. *Não é isso que Nenavar deveria representar.*

— Não ficarei ouvindo sermão de um garoto que passa oito meses por ano viajando pelo mundo em vez de ficar em casa — declarou Urduja, pétrea. — Considerando que tem uma *agenda* tão ocupada, como poderia sequer *presumir* o que Nenavar representa?

— Eu sei que nós não mimamos criminosos de guerra! — retrucou Surakwel, com ardor. — Eu sei que valorizamos nossa independência! Eu sei que falei *anos* atrás que deveríamos ter ajudado a Confederação Sardoviana antes que a situação piorasse, e *eu estava certo!*

— É. Ele está morto, esse tolo. — A daya Odish suspirou. — Que pena. Vou sentir falta dele.

Talasyn, no entanto, podia ver que a atmosfera na mesa estava se transformando devagar. Alguns nobres trocavam olhares insatisfeitos, como se concordassem com Surakwel. No momento, ele dava voz ao ressentimento e ao medo dos outros.

— O Império da Noite não vai durar, Harlikaan. — Ele soava sincero, passional, como se estivesse implorando à rainha Urduja. — A justiça e a liberdade irão triunfar no fim. Essa é uma oportunidade para nós ficarmos do lado certo da história pela primeira vez.

Havia uma parte de Talasyn que apreciava a forma como Surakwel encurralara tão bem a Zahiya-lachis. Ao confrontá-la em público, ele garantira que a mulher não poderia recorrer às mesmas razões que ela fornecera a Talasyn para convencê-la, alegando que seria melhor deixar que o Império da Noite pensasse que o Domínio estava disposto a cooperar. Ainda assim, Talasyn ficou chocada por Urduja permitir que alguém a desafiasse tão descaradamente, diante de toda a corte *e* de outro chefe de Estado, sem mandá-lo ser acorrentado e banido.

A confusão de Talasyn deveria estar aparente, porque Niamha se inclinou para sussurrar:

— O lorde Surakwel é popular entre os mais jovens, e a família dele comanda um dos maiores exércitos particulares no arquipélago. A matriarca da família está doente e acamada. Surakwel é seu único filho e, portanto, é o herdeiro. Sem mencionar que ele *também* é aparentado da Casa de Rasmey, um dos aliados mais convictos da rainha Urduja. Ela não pode se dar ao luxo de chatear lady Lueve.

As palavras de Urduja sustentaram a explicação fornecida por Niamha.

— Discutiremos isso em outra hora, lorde Surakwel — disse ela com firmeza, e foi assim que Talasyn descobriu que a avó fora pega de surpresa e estava tentando arrumar um jeito de se recuperar.

Surakwel, porém, não ia aceitar de cabeça baixa.

— *Quando* vamos discutir? — insistiu ele. — Quando o acordo estiver finalizado e Nenavar estiver sujeita às vontades de Kesath? Quando Sua Graça Alunsina Ivralis for mandada para a boca do lobo? A senhora diz que não vai ficar sentada e receber um sermão meu, Harlikaan, mas eu também não admito ficar em silêncio e permitir que nossa Lachis'ka se case com o Imperador da Noite! — Ele se virou para lançar um olhar fulminante para Alaric. — E então? O que tem a dizer sobre isso, *Vossa Majestade*?

Talasyn conseguia ouvir o próprio batimento cardíaco naquela imobilidade mortal, mas as feições pálidas de Alaric ainda estavam cuidadosamente neutras, por mais que a atenção de todos os presentes estivesse fixa nele. Ele se recostou no assento da cadeira e cruzou os braços.

— Infelizmente, não há nada mais a ser dito — comentou ele. — Vossa Senhoria parece ter falado tudo por mim.

Talasyn não achava possível que Surakwel parecesse ainda mais furioso, mas o homem logo provou que ela estava errada. Talasyn quase conseguia sentir o *gosto* daquilo, da raiva de alguém que acreditava em algo. Aquele era sempre o tipo mais perigoso. Era uma raiva que *queimava*.

— Então você não me deixa escolha, Ossinast. — Surakwel se endireitou, a postura ficando mais cerimoniosa. — Pelo meu direito como um cidadão insultado do Domínio de Nenavar...

— *Lorde Surakwel!* — trovejou o príncipe Elagbi de sua cadeira à esquerda de Urduja, um aviso enfático que foi na mesma hora ignorado.

— ... de acordo com as antigas leis do Trono Dragão...

Lueve Rasmey se levantou da cadeira, uma mão pressionada contra o coração.

— Surakwel — murmurou ela, o lábio inferior tremendo.

— ... eu, Surakwel Mantes de Viyayin, lorde do Rastro da Serpente, desafio Alaric Ossinast de Kesath para um duelo sem confins!

Talasyn precisava ser justa: a delegação de Alaric reagiu com uma diligência admirável. Antes mesmo que ela terminasse de processar o que Surakwel acabara de dizer, Mathire se pôs de pé e correu até onde Alaric estava sentado, acompanhada por um homem que só podia ser Sevraim. Sem o elmo e a armadura, Sevraim era um homem esguio, com cabelo escuro enrolado e pele marrom-escura. Ele prestou uma continência preguiçosa a Talasyn antes de falar com Alaric.

— Majestade, devo aconselhá-lo fortemente a não aceitar o desafio de Mantes — disse Mathire em tom urgente, mas a voz dela foi abafada por Sevraim, que compartilhava com empolgação suas avaliações pessoais sobre as forças e fraquezas do lorde nenavarino e qual seria o método de combate mais eficiente contra o oponente. Ainda assim, Mathire fez um esforço corajoso ao continuar: — Nós somos convidados da Zahiya-lachis. Será uma dor de cabeça diplomática se acabar o matando. O senhor não tem acesso ao Sombral, o que significa que ele pode acabar matando *Vossa Majestade...*

Alaric levantou a mão em um sinal inconfundível de quem pede silêncio. Ele fez questão de examinar o salão de banquete, os entalhes de cristal, as flores, os talheres cintilantes e os convidados em seus trajes elegantes.

— Aqui? — perguntou ele a Surakwel, parecendo um pouco espantado.

— De pé — ladrou o homem mais jovem —, seu *desgraçado* maligno, ditador genocida!

O sorriso convencido no rosto de Alaric ficou ainda maior.

— Então será aqui.

Ele colocou as luvas e ficou em pé, caminhando até a ponta da mesa.

Talasyn também se levantou, apressando-se para acompanhar os passos daquelas pernas compridas.

— Você não precisa fazer isso — disse ela, incisiva, bloqueando o caminho dele.

Um duelo sem confins em Nenavar não terminava até um dos participantes se render ou morrer. Alaric não era do tipo que se rendia. Talasyn não queria que ele se machucasse. Ela...

Meses atrás, teria alegremente o empurrado do penhasco mais próximo. Só que isso foi antes... de todo o resto.

Antes que tecessem juntos barreiras pretas e douradas que salvaram um ao outro de disparos nulíferos e destroços fatais. Antes de ele dizer *você poderia vir comigo*, parecendo tão jovem e um pouco perdido sob um eclipse vermelho-sangue. Antes de ele ficar ao lado de Talasyn quando ela descobrira que a família não lhe contara sobre a Noite do Devorador de Mundos. Antes de lhe falar sobre a própria mãe e ser tão paciente ao ensiná-la a fazer um escudo. Antes de ele comer o pudim e implicar com ela por causa do porco.

Algo tinha mudado.

Ela não queria que ele se machucasse.

Talasyn deixou escapar um guincho pouco digno quando Alaric a segurou pela cintura, levantando-a e a colocando de volta no chão, de lado, para desimpedir o caminho dele.

— Fique fora disso, Lachis'ka. — Foi o que ele disse, sem encará-la.

Um duelo sem confins era a única instância de jurisprudência no Domínio na qual a proeza física importava mais do que as habilidades políticas. Assim, era considerado o último recurso. Era selvagem, quase um tabu. As regras, porém, eram claras: quaisquer que fossem as condições acordadas pelos participantes, elas *precisavam* ser honradas. Portanto, Talasyn e o resto dos convidados observavam com os nervos à flor da pele enquanto Surakwel e Alaric ficavam frente a frente, dois metros de distância entre os dois.

— Os termos? — exigiu Urduja de forma brusca.

Ela parecia atormentada por uma enxaqueca, porém nem mesmo a Zahiya-lachis em pessoa poderia impedir um duelo sem confins, uma vez que o desafio fora declarado.

— Caso eu ganhe, Ossinast irá desistir da mão de Sua Graça Alunsina Ivralis — disse Surakwel. — E ele e seus capangas irão se retirar do Domínio de Nenavar de prontidão.

— Caso *eu* ganhe — anunciou Alaric —, o jovem lorde vai dispensar ao Império da Noite o respeito que nos é devido e não se intrometer nos assuntos sobre os quais sabe muito pouco.

— O que ele pensa que está fazendo? — Talasyn ouviu Mathire resmungar para Sevraim. — Ele deveria pedir uma concessão estratégica.

Não, pensou Talasyn. *Ele está sendo inteligente.*

A mente dela estava acelerada, repassando lições antigas, conversas antigas em que Urduja oferecera conselhos esparsos. Talasyn examinou a situação de uma perspectiva mais abrangente. Ela considerou todos os ângulos.

Se Alaric insistisse na execução ou no exílio de um aristocrata nenavarino ou qualquer coisa que daria ao Império da Noite uma clara vantagem, isso dificilmente o deixaria em melhores termos com o Domínio. Poderia até transformar Surakwel em um mártir aos olhos do povo. Ao ser leniente com suas estipulações e tratar o duelo como uma reles inconveniência, Alaric estava se posicionando como um governante sensato e tolerante, e Surakwel era o encrenqueiro explosivo que estava fazendo estardalhaço no meio de um evento importante.

Ela não conseguia tirar a atenção de Alaric. Do outro lado do espaço dourado entre os dois, ele parecia sereno — talvez até um pouco entediado, os olhos cinzentos encobertos de desdém. Ainda assim, havia algo nele tão *solitário*, de alguma forma, empertigado e vestido de preto em meio a um círculo de olhares ávidos da corte do Domínio e das gaiolas de sariman que ladeavam as paredes.

Talasyn se perguntou se a avaliação que fizera das motivações de Alaric estava correta. E, se estivesse, onde ele aprendera tudo aquilo, se era algo que aprendera com facilidade ou se ele tivera dificuldades no começo, da mesma forma que ela estava com dificuldades nos últimos tempos.

Ela se perguntou por que, mesmo depois de todo aquele tempo, ainda não conseguia decifrá-lo por inteiro.

Quase todos os convidados estavam de pé para terem uma visão melhor, o banquete relegado. A rainha Urduja despachou um par de criados para buscarem as armas de costume, e, quando voltaram, a atmosfera do salão de banquetes parecia faiscar com a tensão.

As espadas eram uma confecção nenavarina tradicional, com lâminas de aço mais estreitas na base e que se alargavam e tinham um espinho ressaltado na parte chata da ponta. Os punhos de madeira exibiam guardas entalhadas em padrões de ondas e pomos no formato de cabeças de crocodilo, as mandíbulas escancaradas em urros eternos e sem som.

A princípio, Alaric segurou a espada como se testasse o peso em sua mão, uma expressão semelhante a desagrado tomando conta das feições pálidas. Era bem mais pesada do que uma espada de sombras e menos manobrável, imutável. Ele se postou na mesma pose de abertura que Surakwel adotara, com os pés afastados em um ângulo perpendicular e os joelhos um pouco dobrados.

Não houve um começo cerimonial da luta. Toda a conversa cessou quando Surakwel atacou e Alaric o encontrou no meio do salão com o eco metálico das lâminas se chocando. O lorde nenavarino se afastou e atacou outra vez, um golpe que Alaric evitou ao dar um passo para o lado.

Os dois homens se encararam por um tempo, andando em círculos como predadores cujos caminhos se cruzaram em terras selvagens. Parecia que estavam recuperando o fôlego, mas Talasyn sabia que não era o caso. Eles tinham terminado a avaliação um do outro, aferindo qual era o alcance e o tempo de reação do oponente para então darem início ao duelo.

Era estranho observar das margens, seu corpo inteiro zumbindo com uma energia nervosa, porém incapaz de fazer qualquer coisa. Era estranho só ficar parada ali comparando os dois enquanto eles lutavam em uma série frenética de ataques e contragolpes. Eles eram páreo um para o outro, investindo, golpeando e cruzando as espadas por toda a extensão do salão dourado. Surakwel empunhava a arma com a proficiência fluente de alguém que utilizava aquela confecção específica desde a infância, mas Alaric tinha mais músculos, além de uma precisão que atravessava a defesa do oponente repetidas vezes. Ele foi o primeiro a fazer o adversário sangrar, a ponta com o espinho deslizando pelo bíceps de Surakwel em um golpe fluido.

Talasyn escutou Lueve soltar um grito enquanto, em sua visão periférica, Niamha estremeceu como se ela própria tivesse sido cortada. O sangue respingou do ferimento de Surakwel no chão de mármore, mas ele o ignorou, preferindo lançar outra ofensiva, mais veloz e mais insensata do que a anterior.

Recue, pediu Talasyn silenciosamente a Alaric sem saber o motivo de ter feito aquilo, sem saber por que seu âmago estava tomando o lado dele.

Alaric cedeu o território, recuando, recuando mais, até chegar à parede mais distante. Sob a luz das tochas, a espada de Surakwel avançou e mais sangue espirrou nos azulejos, daquela vez de um corte na coxa de Alaric. O coração de Talasyn quase saltou pela boca. Os olhos de Alaric cintilaram ameaçadores, e ela se lembrou do gelo desprendido no lago em Abrunho-da--Geada. Ela se lembrou daquela noite de inverno perdida, com os incêndios queimando distantes, a luz do luar, tudo pintado em preto e dourado.

Alaric se impeliu para a frente, fazendo Surakwel andar para trás até que os dois estivessem mais uma vez ao lado da mesa de banquete. O golpe seguinte vibrou com tanta força bruta que a arma de Surakwel foi arrancada da mão dele. Ela deslizou pelo chão, longe da vista, e o tempo pareceu desacelerar enquanto Alaric avançava, recuando o cotovelo para desferir outro ataque...

Surakwel desviou do corte amplo do outro homem e recuperou a besta que descartara mais cedo. Ele ergueu o braço e atirou, e Talasyn ouviu alguém ofegar em surpresa — e só depois percebeu que fora *ela* a fazer o ruído.

Alaric desviou do golpe automaticamente. Ele não estava empunhando uma espada forjada de sombras que poderia refrear projéteis, contudo, a lâmina era de aço nenavarino, e o disparo foi redirecionado para a parede e acertou uma das gaiolas de sariman, que caiu no chão e rolou para longe com um baque.

Talasyn estava perto demais de outra gaiola para se beneficiar da interrupção do campo de magia nulífera, mas ela viu o exato instante em que o Sombral retornou a Alaric. Ela reconheceu o triunfo nos olhos cinzentos antes que ficassem frios, brilhando prateados, a euforia mais selvagem e violenta percorrendo seu corpo largo. Não restava espaço para política, não restava espaço para a diplomacia. Ele era uma criatura feita de instinto, encarcerado na armadilha da própria magia.

Ele atirou a espada nenavarina para longe. Uma lança negra tomou o lugar dela em sua mão, o guincho gutural do Sombral sendo aberto rasgando o ar. Ele atirou a lança no inimigo, e os espectadores gritaram, e Talasyn...

... Talasyn sabia que se Surakwel Mantes morresse naquela noite, o Domínio pegaria em armas. Mesmo que a aliança fosse ideia da rainha Urduja, o seu povo era perfeitamente capaz de rebelar-se contra a soberana. Já haviam feito aquilo antes.

Sem pensar na própria segurança, Talasyn se arremessou para a frente, em meio ao campo de combate. Os saltos derraparam e deslizaram no chão, mas ela conseguiu ficar em pé, colocando-se entre os dois duelistas. A Luzitura voltou a inundar suas veias, dourada e rica, como um pulsar havia anos dormente que retornara. Sua visão foi tomada pela névoa da meia-noite crepitante proveniente da lança de sombras vindo na sua direção. Ela estava em pânico, sem conseguir pensar em uma única arma para tecer que conseguiria bloqueá-la, ela não sabia como defender...

Talasyn levantou a mão, desferindo uma massa amorfa de magia radiante que fluiu da ponta dos dedos e colidiu com a lança. Alaric, porém, criara sua arma com a intenção de matar, e *ela* não tinha ideia do que estava fazendo, e a sombra rompeu o véu frágil da luz como uma faca de caça corta a manteiga, continuando a trajetória fatal.

Além da escuridão e do éter, ela viu os olhos prateados de Alaric se arregalarem. Ela o viu estender o braço para o lado em um gesto de corte, redirecionando a lança pouco antes que perfurasse Talasyn no peito. A lança voou para cima, na direção do teto, e ela sentiu uma explosão de dor ardente onde a ponta da lâmina roçara seu braço direito assim que passou.

Ela sibilou, prendendo a respiração, mas o som foi abafado por dezenas de gritos da multidão e pelo choque da magia contra o mármore quando a lança das sombras bateu no teto e sumiu, fazendo chover uma camada fina de pó branco.

Um silêncio e imobilidade dramáticos recaíram sobre o salão. Talasyn ergueu o queixo, sustentando o olhar de Alaric, desafiadora, mesmo que não se sentisse tão ousada, em choque pelo que acabara de acontecer. A respiração dele estava ofegante e áspera. A fachada desprovida de emoções rachara. Apesar de não estar mais canalizando o Sombral, os olhos dele estavam iluminados pela fúria, e ele ficara ainda mais pálido. Quando ele caminhou na direção dela, Talasyn se preparou. Aquele vestido *não* fora pensado para uma luta, mas ela conseguiria enfrentá-lo desde que ficasse longe do alcance das outras gaiolas de sariman.

É isso?, queria perguntar. *Nós vamos lutar, aqui e agora?* Ela tentou ler as intenções de Alaric nos ombros rígidos e na forma como o peito dele ofegava, em cada um dos passos determinados. *Eu consigo enfrentar você quando é você que está furioso?*

Quando Alaric parou diante dela, Talasyn percebeu que a atenção dele estava fixa em seu braço machucado. A lâmina rasgara a manga alguns centímetros acima do cotovelo e um ferimento gotejava sangue escarlate no tecido verde-azulado iridescente que o cercava.

— Chame um curandeiro para cuidar disso agora mesmo — disse ele, entredentes.

— É só um arranhão — protestou ela. — Não tem necessidade...

Ele a interrompeu com uma voz *terrível*.

— Não discuta comigo, Talasyn.

Quando ele se mexeu novamente, foi para se virar na direção dos nobres aturdidos e mortalmente silenciosos.

— Desde que minha delegação e eu chegamos a Eskaya, nós fizemos todos os esforços para negociar com o Domínio pacificamente. — O tom de Alaric era frio, mas Talasyn estava perto o bastante para ver as brasas que queimavam nas íris cinzentas. — Infelizmente, seu povo não achou adequado nos estender a mesma cortesia. Todos parecem estar operando sob a ilusão de que somos submissos. Isso vai acabar agora.

Ele voltou o olhar colérico para Urduja.

— Harlikaan, passei as últimas três tardes treinando a sua herdeira para que possamos salvar o *seu* reino, e nessa noite ela acabou ferida porque ainda não é capaz de fazer um escudo. A etermancia da Lachis'ka jamais vai progredir enquanto lhe negarem acesso ao ponto de conexão que é de seu direito. Você está desperdiçando o meu tempo e o dela, e condenando todos os seus súditos nesse processo... tudo isso porque se recusa a ceder o controle nessa única questão. Eu mesmo a levarei até o monte Belian. Você não pode mais determinar onde eu posso ou não ir.

A primeira reação de Talasyn, e a mais instintiva, era perguntar a Alaric quem ele achava que era ao interferir naquele assunto. No entanto, assim que estava prestes a abrir a boca, Alaric a repreendeu com um olhar enérgico, como se soubesse que ela estava louca para começar uma briga e avisando que deveria deixar para mais tarde.

Normalmente, isso não a teria impedido — mas, ao mesmo tempo, as palavras que Alaric escolheu usar a atingiram feito um relâmpago.

Ele dissera que o ponto de conexão era um direito *dela*. Não de Urduja, nem do Domínio.

A Fenda na cordilheira Belian era obra da mesma magia que fluía por suas veias. Responderia a ela, e somente a ela.

— Ademais, você não vai mais impedir meu acesso e de minha Legião ao Sombral. — O tom dele se tornara sinistro. — Retire as suas preciosas gaiolas daqui. Eu nunca mais quero vê-las. Amanhã será o último dia de negociações. Se não tivermos finalizado o acordo até então, considere nossos lados oficialmente em guerra. E considere que, daqui a cinco meses, estarão por conta própria para enfrentar o transbordamento do Nulífero.

Talasyn se preparou para o que viria a seguir, esperando que a Zahiya-lachis iniciasse uma briga. Em vez disso, Urduja apenas inclinou a cabeça, como se também percebesse o perigo em que seu reino se encontrava.

Alaric devolveu o aceno de cabeça, embora houvesse algo levemente zombeteiro no gesto. Sem mais uma palavra, ele se dirigiu às portas, seguido por Sevraim e Mathire. Ele estava mancando de leve por conta do corte na coxa quando Talasyn o observou ir embora.

CAPÍTULO 24

Assim que a delegação kesathesa desaparecera de vista, não demorou muito para que o salão de banquetes fosse tomado pelo caos. Enquanto o curandeiro convocado por Urduja cuidava do ferimento de Talasyn, os nobres do Domínio começaram todos a falar ao mesmo tempo, alguns gritando, outros gesticulando, e todos discutindo uns com os outros acerca do direito de Surakwel Mantes de desafiar o Imperador da Noite durante uma festa real.

Enquanto isso, o assunto da discussão se levantou do chão e se aproximou mais de Talasyn.

— Seja bem-vinda de volta, Vossa Graça. Pelo visto, eu lhe devo minha vida — comentou Surakwel. — Uma dívida do ser, no caso.

— Uma dívida do ser faz parte do código de honra nenavarino — comentou Talasyn, inspirando com força quando sentiu a ardência na ferida que o curandeiro limpava com um chá de folhas de goiabeira fervidas com licor de palmeira. — Foi *você* que pegou a besta durante uma luta de espadas. Isso não me parece uma atitude de quem se preocupa com honra.

Surakwel deu de ombros, sem remorsos.

— Vi uma oportunidade de salvar Nenavar e lhe resgatar do casamento iminente com apenas um golpe. Meu único arrependimento é que não funcionou.

Ele acabara de voltar para o Domínio. Ainda não sabia que a magia combinada de luz e sombras poderia ser a solução para vencer o Nulífero. Talasyn decidiu que deixaria Niamha contar tudo isso a ele. A daya estava caminhando apressada na direção dos dois com uma expressão atordoada.

Enquanto Niamha repreendia Surakwel insultando-o por ser um tolo irresponsável que colocara a vida da Lachis'ka em perigo, o curandeiro terminou de aplicar um cataplasma de alho, mel e casco de cânfora no corte e depois partiu. Talasyn repassou os eventos na sua mente, sentindo um calafrio na espinha quando por fim compreendeu o quanto Alaric estivera perto de levar um tiro da besta.

Aquilo significaria uma declaração de guerra. Teria significado Nenavar ser engolida pelo Devorador de Mundos sem que nada estivesse em seu caminho.

Significaria que Alaric morreria, se o disparo tivesse acertado o alvo pretendido.

Foi aquela última parte, mais do que qualquer outra coisa, que provocou uma dor muito peculiar nela. Ela precisava vê-lo. Ela precisava garantir que ele estava bem.

No entanto, antes...

Talasyn deixou sua atenção voltar para os nobres em rixa. Os aliados mais próximos da rainha Urduja estavam furiosos porque o futuro de Nenavar quase fora comprometido devido às ações de Surakwel, mas alguns outros aproveitavam a oportunidade para se queixar do noivado. Não era algo de que a Zahiya-lachis poderia dissuadi-los apenas com suas palavras, e ficava mais e mais evidente que ela estava perdendo controle da situação.

Talasyn examinou o mar de rostos orgulhosos e afrontosos, e uma epifania vertiginosa a atingiu. Ela poderia ter prevenido aquilo, ou mitigado em parte a situação. Cada vez que tratara Alaric como um detrito indesejado, toda vez que deixara os nenavarinos o insultarem, ela solidificara na mente deles que ela era uma mártir impotente. Isso ia contra a essência da sua cultura matriarcal. O príncipe Elagbi estava certo quando dissera que a corte acompanharia o posicionamento de Talasyn, e a aversão incontestável que ela tinha das suas circunstâncias contaminara todos eles.

Ela deixara que suas emoções a vencessem e, ao fazer isso, não tinha apenas quase levado o Domínio a uma guerra que eles não poderiam vencer, mas também colocara o restante dos sardovianos em um risco maior de serem descobertos. E ela estava condenando *todos* à extinção pelo Nulífero.

Cinco meses até a Escuridão Sem Luar.

Cinco meses e tudo aquilo estaria acabado se ela não remediasse a situação.

— Não é um casamento forçado. — As palavras de Talasyn cortaram o burburinho, e todos os olhos na sala imediatamente se voltaram para ela. — Estou de acordo com a Zahiya-lachis. Eu aceito a mão do Imperador da Noite por vontade própria.

Parecia que a voz dela iria rachar a qualquer instante, mas Talasyn aguentou firme, atendo-se ao seu dever, à parte dela que sempre continuara seguindo em frente, fugindo das tempestades e da sombra da morte e fosse lá o que mais a guerra colocasse em seu caminho.

— Eu já não provei que estou em pé de igualdade com ele em termos de força? — perguntou ela, um instinto dizendo que não deveria permitir que os nobres se esquecessem do que testemunharam naquela noite.

Alaric era poderoso, mas Talasyn também era.

— Não há nenhuma submissão nesse casamento. Amanhã, quando o acordo for finalizado, ele será meu noivo. E vocês *darão* a ele todo o respeito que é devido como meu futuro consorte.

Como era odioso dizer aquilo, mas, como tantas outras coisas, era algo que precisava ser feito.

Assim que estava sozinha nos seus aposentos, Talasyn escapuliu pela porta lateral que levava ao jardim de orquídeas. Os saltos prateados ecoavam pelo caminho de pedra até os aposentos de Alaric. Todas as luzes na ala de hóspedes estavam apagadas, mas ela resolveu arriscar, aprumando a postura e batendo à porta. A batida determinada fez com que um vislumbre dourado se acendesse em uma das janelas quando uma lamparina foi acesa. A porta se abriu.

Uma mão forte e grande fechou os dedos compridos no braço ileso de Talasyn e a puxou para dentro do quarto, soltando-a de imediato assim que ela entrara. O guincho furioso que ela emitiu se misturou ao som da porta batendo com força.

— O que eu *disse* sobre tocar em mim... como você se *atreve*... — balbuciou Talasyn, mas o resto da frase morreu na ponta da língua, quando Alaric terminou de cerrar a tranca e se virou para encará-la.

— Perdoe-me por não dar aos seus atiradores um alvo fácil para eles acertarem.

O tom dele poderia ter congelado a cascata no jardim. Ele despira as luvas e a cota de couro. A camisa marfim parecia larga no torso poderoso, mas incapaz de esconder as linhas do peitoral que estavam rígidas devido à sua agitação. Os olhos cinzentos estavam tão escuros que pareciam pretos, cintilando com uma ameaça fulminante e contrastando com a palidez das feições ao encará-la.

— Não seja ridículo. — Talasyn tentou bufar, mas o efeito foi arruinado pela constatação de que ela provavelmente se comportaria de forma tão paranoica quanto ele se estivesse em seu lugar. — Eu estou aqui para pedir desculpas em nome do Domínio.

— Você é uma linda idiotazinha. — O olhar de Alaric se desviou para o ferimento já tratado no braço dela, e se demorou ali por tempo demais antes de voltar para seu rosto. — O que deu em você para se jogar no caminho do Sombral daquele jeito?

A raiva a dominou como um pulsar vermelho e soturno.

— Quem é que você está chamando de idiota?

Ele se aproximou. Ela recuou depressa, batendo as costas no guarda-roupa, não tendo mais para onde ir. Ele a encurralou ali, apoiando uma mão pesada no móvel ao lado de cada um dos ombros dela, prendendo-a como em uma gaiola. Havia apenas um mínimo espaço entre seus corpos, e o cheiro dele invadiu todos os sentidos de Talasyn, pele quente com toques de floresta, zimbro e mirra. O cabelo estava desgrenhado, como se ele tivesse passado os dedos pelas ondas cor de meia-noite, frustrado, antes que ela batesse à porta. Aqueles mesmos dedos deslizaram no guarda-roupa até que as palmas das mãos estivessem na altura da cintura dela.

As mãos de Talasyn também estavam em movimento. Deslizaram pela camisa de Alaric para fazê-lo se afastar, mas, por alguma razão, *não* foi o que aconteceu. Elas ficaram repousadas ali. Talasyn sentiu o calor e a rigidez do peitoral sob uma camada de seda canelada, sentindo o coração dele acelerado em batidas arrítmicas contra os dedos. Ficou imobilizada por aqueles olhos ardentes, pela *masculinidade* formidável que ele exalava ao cercá-la, pelas faíscas estáticas que lampejavam e suspiravam naquele momento feito de vidro e relâmpagos.

— Me responda, Talasyn — exigiu Alaric, com a voz rouca.

As sílabas do nome dela rolaram pela língua dele, saindo naquela voz grave e profunda, os lábios carnudos que as formaram perigosamente perto dela.

— Qual... qual era a pergunta? — gaguejou ela.

Deuses.

Talasyn desejou que o chão se abrisse e a engolisse por inteiro, mas ela de fato não conseguia se lembrar da pergunta que ele fizera. Toda a lógica e atenção àquele momento desapareceram.

Ninguém nunca ficara tão perto assim dela antes. Mesmo durante uma batalha, ninguém conseguira se aproximar tanto. Somente ele, sempre ele. Os lábios de Alaric estavam a um sopro dos dela, como estiveram no bosque de plumérias. Será que eram tão macios quanto pareciam? Ela queria muito descobrir. Queria muito saber como era tocá-los, *senti-los.*

Alaric piscou. Um olhar incrédulo encobriu seu rosto e devagar foi substituído pela máscara inescrutável que tendia a usar. Ele se desvencilhou de Talasyn e se sentou pesadamente na beirada do colchão, examinando-a como um lobo estudava a armadilha de um caçador.

— O que deu em você — ele finalmente repetiu, em um tom mais baixo e mais resguardado — para se jogar no caminho do Sombral? Como pôde fazer algo tão indiscutivelmente estúpido?

Uma vez que estavam mais longe um do outro, Talasyn conseguiu voltar a respirar. Conseguiu conjurar a resposta, apesar da inércia estranha que aprisionara sua mente poucos instantes antes.

— Eu quis impedir um acidente diplomático. Eu não sei o que deu em *você* para continuar avançando para cima de Surakwel depois que ele perdeu a espada.

— *Surakwel* — zombou Alaric, baixinho. — Fico feliz que você e o lordezinho indisciplinado já tenham se tornado tão amigos.

Talasyn corou, sentindo uma nova explosão. Durante meses, ela se esforçou ao máximo se referir às pessoas pelos pronomes de tratamento corretos na corte, mas o hábito ainda não se enraizara por completo. Ela tendia a cometer um deslize quando estava nervosa.

— Agora *não* é a hora de me passar um sermão sobre etiqueta.

— Eu não ia... — interrompeu-se Alaric, suspirando, exasperado.

Ele desviou o olhar, travando a mandíbula, e Talasyn teve a sensação inquietante de que ela deixara passar algo. Que interpretara errado algo que ele estivera tentando insinuar.

— Enfim — apressou-se para continuar, lembrando-se tarde demais do motivo de ter ido até ali, para começo de conversa —, como eu disse, quero pedir desculpas em nome do Domínio pelo que aconteceu essa noite. Eu sei que a corte não recebeu você de braços abertos, mas isso vai mudar a partir de agora. Eu estou reafirmando a disposição de Nenavar a cooperar...

— Estou familiarizado com todo esse protocolo, Lachis'ka — interrompeu Alaric, erguendo o olhar para encontrar o dela. De alguma forma, ele parecia ainda mais indignado do que antes. — Se mandaram você até aqui para não fazer nada além de repetir as palavras da sua avó como um papagaio, acredito que podemos pular essa parte. Sinta-se livre para retirar-se da minha presença incômoda quando quiser. — Ele indicou a porta com a cabeça. — Quanto mais cedo, melhor para nós dois, creio eu.

Talasyn continuou imóvel, desesperadamente confusa. Ela queria lhe contar que ele entendera tudo errado, que ela estava ali por vontade própria, que saíra do salão de banquetes antes mesmo que Urduja tivesse a oportunidade de falar com ela. No entanto, era provável que ele jamais acreditasse, e a insistência dela só pioraria tudo.

Um incômodo persistiu, desagradável, forçando-a a repassar os acontecimentos que os levaram até aquele momento. Como os olhos de Alaric haviam se arregalado na névoa sombria do salão de banquetes, como ele insistira em chamar um curandeiro de imediato.

Você estava preocupado comigo?, Talasyn quase perguntou a Alaric diretamente, mas se impediu bem a tempo. Qualquer preocupação que ele tivesse pelo bem-estar dela existia apenas em virtude da aliança política que iriam estabelecer.

Como sempre, Talasyn estava se apegando a um mundo de fantasia, pensando que merecia algo melhor do que lhe cabia.

Talvez fosse o orgulho que a fazia hesitar em se retirar do quarto dele como um rato assustado. Qualquer que fosse o motivo, sua mente procurava, frenética, por uma razão para permanecer no cômodo, e não demorou muito para que o olhar dela repousasse sobre o corte no tecido da coxa.

— Achei que eu poderia ajudar com o seu ferimento — disse ela. — Se precisa de uma atadura, posso chamar um curandeiro.

— Já cuidei disso. Eu mesmo fiz o curativo. Já terminou de brincar de ama preocupada? Você tem minha garantia de que o aborrecimento do Imperador da Noite com os acontecimentos dessa noite não vai interferir nas negociações de amanhã, desde que sejam concluídas no devido tempo. Foi por *isso* que você veio aos meus aposentos, não foi?

Talasyn engoliu uma dezena de réplicas atravessadas que ameaçaram irromper de sua boca. Em vez disso, ela se contorceu, procurando por alguma coisa, qualquer coisa, que a deixasse ficar por mais tempo naquele quarto. E, no processo de deixar os pensamentos correrem soltos, percebeu algo que a partiu no meio.

Algo que ia além da necessidade imperativa de apaziguá-lo. Algo que ia além da missão de garantir a segurança prolongada dos nenavarinos e sardovianos.

Ela não *queria* ir embora.

Não tinha desejo nenhum de voltar aos próprios aposentos e passar uma noite que ela sabia que seria insone, agonizando em um silêncio ensurdecedor e solitário, pensando sobre tudo que acontecera. Queria permanecer ali, com Alaric, para deixar que ele a irritasse e a distraísse do emaranhado complicado em que sua vida se transformara, mesmo que ele fosse o nó no centro de tudo. Queria discutir com ele no idioma que ela crescera falando, livre para usar as expressões que somente as pessoas do Continente Noroeste compreenderiam. Queria verificar o ferimento na coxa que a lâmina de metal velho fizera, para se certificar de que não iria infeccionar. Queria provocá-lo até conseguir mais um quase sorriso dele.

Queria que Alaric não estivesse mais bravo com ela.

Talasyn avaliou a figura majestosa na cama, com o cabelo preto bagunçado, a mandíbula travada e os ombros curvados, os olhos de grafite a encarando com desconfiança e o orgulho ferido e a repressão que pulsavam dele, com aquele hábito que Alaric tinha de fazer o resto do mundo dela desaparecer. E ela pensou: *eu quero tantas coisas*.

Coisas impossíveis.

Coisas que ela não conseguia nem começar a compreender.

— E posso saber o que ainda está fazendo aqui? — inquiriu Alaric, como o chato incurável que era.

Talasyn teve uma súbita inspiração, rebatendo a pergunta dele com uma própria.

— Quando vamos para Belian?

— Vamos discutir isso no conselho amanhã. Saia daqui.

Quando viu que ela continuava a hesitar, ele acrescentou no tom exaurido de alguém que estava no limite de perder a paciência:

— *Agora*, Vossa Graça. Se me fizer o favor.

Por mais que a enervasse deixá-lo ter a última palavra, ela realmente precisava ir embora enquanto ainda estava ganhando. Não adiantaria provocá-lo ainda mais.

Talasyn marchou para fora dos aposentos dele de cabeça erguida, consolando-se com uma dignidade que ninguém mais precisaria saber que era falsa. Forçou-se a não olhar para trás mesmo sentindo a atenção de Alaric a acompanhando antes que ela fechasse a porta com força, e então atravessou metade do jardim de orquídeas antes de perceber *outra coisa*. Algo que se perdera no calor do momento, mas que a fez parar de andar ao repassar o diálogo na mente.

Alaric Ossinast dissera que ela era linda.

Tudo bem que também afirmara que ela era uma idiota na mesma frase, mas...

Talasyn se virou tarde demais. A ala de Alaric no palácio já estava silenciosa e imóvel sob o luar, os aposentos mais uma vez mergulhados em completa escuridão.

CAPÍTULO 25

Alaric sentiu dificuldade para adormecer naquela noite. Sempre que fechava os olhos, via Talasyn pulando na frente da lança de sombras e se via desviando a arma quase tarde demais, impedindo que acertasse o coração dela por milímetros. Via a lança roçando no antebraço dela enquanto um grito entalava na própria garganta. Via o sangue vertendo, uma acusação saindo em gotas do corte na manga dela.

Pelos deuses, ele a cortara, quase a matara, e os joelhos de Alaric cederam sob o peso terrível da culpa antes que conseguisse se recompor e andar até Talasyn para confirmar que ela estava bem, enquanto todos aqueles supostos lordes e damas observavam tudo embasbacados.

Por que o ocorrido o incomodava tanto? Fora um acidente. Ele e Talasyn já haviam ferido um ao outro de maneiras semelhantes durante seus duelos no passado. Que inferno, ela dera uma cabeçada nele que o deixara com uma *concussão* na noite em que se conheceram.

Alguma coisa mudara. Alaric não gostou daquilo.

E gostou menos ainda do fato de que sempre que fechava os olhos, via Talasyn encurralada contra o guarda-roupa, o corpo esguio pequeno demais para suas mãos, pedindo a ele que repetisse a pergunta, estranhamente ofegante e desorientada, os olhos castanhos arregalados. Ele se contraía de vergonha toda vez que lhe ocorria que se atrapalhara e dissera que ela era linda em voz alta.

Sem dúvida, foi a perda de sangue que o levara a um erro tão grave de julgamento. Sem mencionar que a corte nenavarina em geral estava fazendo imenso estrago em seus sentidos, aquele mundo ofuscante onde se tornava cada vez mais difícil separar o fingimento da realidade. Um mundo onde a soldada esquentadinha e desgrenhada que era sua inimiga entrara no quarto dele em um vestido elegante, com pedidos de desculpas e promessas de cooperação.

Era óbvio que Talasyn seguira as ordens da avó ardilosa. Parecia que Urduja estava treinando a Tecelãzinha de Alaric para se tornar uma baita de uma política.

Tecelãzinha de Alaric?

Ele se sentou na cama de súbito, um grunhido frustrado escapando da boca, as cobertas deslizando até a cintura nua. Ele não soube dizer quanto tempo ficou ali na penumbra de seus aposentos, as cortinas fechadas para impedir o brilho das sete luas, mas, a certa altura, ele sentiu. Uma vez que as gaiolas de sariman foram removidas, Alaric sentiu uma exigência severa que reivindicava entrada, repuxando e arranhando os cantos de sua magia como garras pontudas, um chamado que ele não tinha forças para ignorar.

Você é o Imperador da Noite, insistia uma parte dele, irritada. *Você não deveria precisar responder a ninguém.*

Ele estremeceu. Respirou fundo para meditar e forçou uma expressão calma e impassível antes de abrir o Sombral. Então mergulhou no éter, onde Gaheris o esperava.

Os contornos da existência estremeceram quando Alaric avançou para o Entremundos.

— Pai — cumprimentou ele, se aproximando do trono.

Sem dúvida Gaheris estava descontente pelo longo período sem comunicação, e ficaria ainda *mais* descontente ao saber da identidade da Lachis'ka nenavarina. Alaric estava ansioso para acabar logo com aquilo, então explicou a situação, rápido e sucinto. Os olhos de Gaheris flamejaram, mas a expressão dele permaneceu imperturbável na maior parte da conversa. A única vez que demonstrou algo semelhante a interesse genuíno foi quando Alaric mencionou a Noite do Devorador de Mundos que se aproximava.

— Devo admitir certa... *perplexidade* — disse Gaheris, por fim — com relação a seu fracasso em entrar em contato comigo. Esqueceu que nós estávamos em vantagem esse tempo todo? Quando foi demonstrado que sua magia era *crucial* para salvá-los, você não usou isso para garantir nossa superioridade?

— Os nenavarinos me veem como o representante do Império da Noite, pai, e teriam questionado a minha autoridade ao negociar...

— Então foi o seu orgulho que o comprometeu — interrompeu-o Gaheris, em sua voz sedosa. — Talvez não quisesse parecer fraco diante da Tecelã de Luz? Ou talvez temesse que eu reprovaria essa união?

Alaric permaneceu em silêncio. Não tinha como argumentar, não quando Gaheris falava daquela forma astuta porém bondosa que quase sempre indicava que a punição aguardava por Alaric no futuro próximo. O ar do Entremundos ficou mais rarefeito, magia sombria estalando nos cantos que não existiam no mundo material, silhuetas estranhas espreitando nas sombras.

— Mais uma vez, deixou que a garota afetasse o seu bom senso — rosnou o Regente. — Uma revelação dessa magnitude... Você *sabia* que deveria ter me informado de imediato, no entanto, não o fez. Escondeu-se atrás das gaiolas de sariman, uma desculpa débil, guardando em segredo o fato de que você vai se casar com a Tecelã de Luz que deveria ter matado *meses* atrás.

— E sem dúvida foi melhor não ter matado a garota, certo? — Alaric não conseguiu se conter. — Esse tratado jamais teria sido possível sem ela. O Império da Noite ficaria sem condições de impedir o Nulífero assim que ele chegasse a nossas fronteiras.

O pai o encarou por muito tempo com um olhar inquisitivo, de alguém que sabia algo, e que deixou Alaric se sentindo apequenado, com medo, ressentimento e culpa preenchendo o vazio em seu peito.

— Não tenho tanta certeza de que você está apto a fazer isso, garoto — desdenhou Gaheris. — O Domínio de Nenavar vai encantá-lo e vai dar o bote ao primeiro sinal de fraqueza. É assim que agem, e Urduja Silim dominou esse tipo de comportamento. Como acha que ela se manteve no trono por tanto tempo? Não há dúvidas de que ela está treinando a neta da mesma forma. A Tecelã jamais vai retribuir a obsessão bizarra que você tem por ela, mas, com o tempo, ela aprenderá a usá-la contra você se não cortar esse mal pela raiz.

— Não estou *obcecado*... — Alaric começou a protestar, mas Gaheris o interrompeu com uma risada amarga que ecoou pelas extremidades trêmulas do Entremundos.

— Devemos chamar de *paixão*, então? — insistiu o Regente. — Devemos chamar de fantasias de um fracote com quem fui leniente demais? Que, afinal, é bem filho de sua mãe?

Alaric baixou o olhar, se sentindo humilhado. Ouvir alguém colocar aquilo em palavras o fez se sentir tão insuportavelmente burro, e *com raiva*, de ter deixado Talasyn chegar tão perto.

— Não pense que eu me esqueci — continuou Gaheris — de que meses atrás, quando ela ainda era apenas uma ratinha sardoviana qualquer, você permitiu que ela sobrevivesse. Você me disse que tinha curiosidade em relação à barreira de luz e sombras. Mas não era *só* curiosidade, era?

— Era — garantiu Alaric, tenso.

Ele jamais revelaria a Gaheris as palavras que saíram de seus lábios quando enfrentou Talasyn sob os céus estilhaçados de Refúgio-Derradeiro. *Você poderia vir comigo. Podemos estudar isso. Juntos.* Aquilo fora a mais alta das traições.

— Mas *não* está verdadeiramente curioso, lorde Regente? — perguntou Alaric. — É algo novo, essa fusão da magia. Devem existir novas aplicações úteis para o fenômeno.

Aquela estratégia se provou um sucesso para distrair o pai dos defeitos de Alaric. Uma repulsa antiga e familiar retorceu a face esquelética de Gaheris.

— Eu não deixarei que a Luzitura manche o Sombral mais do que o necessário — vociferou. — Crie barreiras com ela até que o Nulífero seja neutralizado, mas depois espero que deixe essa parte da aliança de lado. A Luzitura é uma praga no mundo. Na nossa família. Kesath não precisa dela para prosperar. Eu fui claro?

Alaric assentiu.

— Por sua insolência e péssima condução nessa situação, você será punido ao voltar para Kesath — decretou Gaheris. — Por enquanto, precisamos discutir o que precisa ser feito quanto ao Domínio de Nenavar e os sardovianos.

— Os sardovianos?

Gaheris perdeu a compostura, batendo no braço do trono com tanta força que Alaric precisou de todo o autocontrole para não recuar.

— Seu imbecil! — gritou Gaheris. Em contraste com a mansidão de antes, a voz do pai rugiu como um trovão, preenchendo o Entremundos. — Caso estivesse pensando com o *cérebro*, teria visto o que está na frente do seu nariz! Se a Tecelã de Luz não sabe mesmo onde a frota sardoviana está escondida, o que restou do exército com certeza tentará encontrá-la agora. Talvez eles até consigam. Você precisa continuar vigilante. Talvez até tentar extrair a localização deles se a Tecelã de Luz *de fato* souber... depois do casamento, quando ela baixar a guarda mais um pouco.

Alaric franziu o cenho.

— Então quer que eu prossiga com o combinado?

— Qualquer que seja a identidade da Lachis'ka, as vantagens de se casar com ela permanecem — disse Gaheris. — É assim que você deverá lidar com os nenavarinos a partir de agora...

As negociações foram finalizadas no começo da tarde do dia seguinte. A delegação kesathesa foi firme e brusca, e o Domínio consentiu as demandas sem qualquer objeção, o que não era do seu feitio. Para Talasyn, eles perderam mais benefícios do que tinham adquirido na última semana, mas era perceptível que a rainha Urduja queria evitar ao máximo alimentar a ira de Alaric. Ele estava com um humor soturno que Talasyn nunca vira antes, abandonando qualquer traço de educação em troca de uma postura ameaçadora e taciturna que deixava evidente que bastava apenas um deslize dos nenavarinos para que ele dirigisse a fúria da sua frota sempre pronta para o ataque.

Os negociadores dos dois lados se revezaram para assinar o contrato, a cena adquirindo um caráter cerimonial à medida que os nomes rabiscados floresciam em tinta a cada movimento da pena. Alaric foi o penúltimo a incluir sua assinatura. A caligrafia dele era elegante, algo surpreendente, vindo das mãos enluvadas que mataram tantos e destruíram tantas coisas. Ele então entregou a pena para Talasyn, e ela deu um passo para a frente, as pernas bambas, uma lástima. Mantendo-se firme à nova resolução de parar de agir como a mártir petulante, a jovem ofereceu um aceno cortês de cabeça para ele. Alaric não retribuiu o gesto, a expressão pétrea.

Talasyn se forçou a não ficar constrangida, apressando-se em estender a mão na direção da pena. Quando fez isso, os dedos roçaram no couro das luvas de Alaric, e ele *recuou*, puxando a mão como se tivesse tocado por acidente em algo nojento.

Talasyn ficou furiosa, seu orgulho levando mais um golpe. Na noite da véspera, Alaric dissera que ela era linda, e no momento agia como se a mera presença dela no cômodo fosse uma ofensa pessoal.

Ela tentou manter a mão firme enquanto assinava o contrato. Todos na sala a observavam, os olhares inescrutáveis... nem Elagbi demonstrou um pingo de emoção em um momento político tão significativo.

Talasyn pousou a pena na mesa. E, simples assim, estava acabado.

Simples assim, ela estava noiva.

— O casamento acontecerá uma semana depois do eclipse — declarou Urduja. — Haverá mais reuniões durante os próximos dias para discutir os detalhes da cerimônia, mas, por enquanto, posso dizer com segurança que o presente encontro está encerrado. Eu anunciarei o noivado formalmente para o público na tarde de hoje. — Ela se virou para Alaric e, com uma impavidez admirável, inquiriu: — E quando é que Vossa Majestade planeja levar Sua Graça até a Fenda de Luz?

— Daqui a quatro dias, Harlikaan. A busca deve estar encerrada até lá.

Talasyn ficou em um silêncio perplexo, assim como todos os nenavarinos no recinto. Urduja logo se recuperou, no entanto, inclinando a cabeça.

— A busca?

— Sim — disse Alaric. — É o último assunto do qual precisamos tratar, para que possamos sanar quaisquer dúvidas sobre a legitimidade dessa aliança.

Urduja arqueou uma sobrancelha.

— Quais dúvidas ainda poderiam existir, Vossa Majestade?

— Dúvidas sobre as *outras* alianças da minha futura noiva. — Foi a resposta sucinta de Alaric. — Com a permissão da Zahiya-lachis, Kesath fará uma busca em todo o território do Domínio. Para garantir que as forças de Ideth Vela não estão escondidas em algum lugar.

Enquanto o sangue nas veias de Talasyn parecia congelar, Kai Gitab, que em geral era reservado, pronunciou-se:

— O Império da Noite tem intenção de arrombar as portas das casas, saquear as despensas e espiar embaixo das camas em todas as nossas ilhas? — O tom do rajan era tranquilo e ainda assim recriminador, uma raiva justificada iluminando os olhos castanhos por trás dos óculos.

Ele não sabe, lembrou-se Talasyn, em pânico. Uma vez que era considerado membro da oposição, Gitab estava entre os nobres que não sabiam do acordo feito entre Urduja e Vela.

— Não só isso é uma violação espantosa do contrato — continuou ele —, mas também é uma ofensa à Rainha Dragão...

— A Rainha Dragão pode falar livremente sobre ofensas ao seu caráter quando voltar no tempo e impedir que um de seus súditos me desafie para um duelo durante um banquete — interrompeu-o Alaric. — Nesse referido banquete, Surakwel Mantes declarou em público que apoia a causa da Confederação Sardoviana. Não há como saber quantos outros integrantes da corte do Domínio compartilham desse pensamento. Posso mencionar a Lachis'ka, em particular, considerando que é uma antiga soldada sardoviana. Eu estaria sendo negligente em meus deveres se ignorasse tudo isso.

Urduja assentiu, a boca contraída.

— É lógico. É vital que possa confirmar por si próprio que Nenavar não está negociando um tratado com o Império da Noite sob um falso pretexto. — A Zahiya-lachis pareceu dizer isso mais para acalmar Talasyn, como se estivesse pressentindo uma insurreição da parte da neta, que estava com um olhar enfurecido. — Como exatamente planeja conduzir essa busca?

Alaric gesticulou para a comodora Mathire, que explicou o que pretendiam fazer com uma eficiência convencida que enervou Talasyn ainda mais.

— Já que estaremos buscando basicamente porta-tempestades e embarcações aéreas sardovianas, vamos focar no reconhecimento aéreo e enviaremos tropas terrestres apenas em áreas com pouca visibilidade de cima. Não há necessidade de vistoriar as despensas de ninguém. Com diversas equipes sendo enviadas, acredito que poderemos acabar em dois dias, aproximadamente, e então usaremos o terceiro dia para comparar os relatórios. O Imperador da Noite e a Lachis'ka poderão partir para Belian na manhã seguinte.

— Para minimizar a possibilidade de conspiração, também devo insistir que a Lachis'ka permaneça aqui no palácio, onde posso ficar de olho nela enquanto minha frota está investigando — acrescentou Alaric. — Na segunda tarde da busca, conduzirei uma busca própria, a bordo do *Salvação*, e Sua Graça irá me acompanhar.

Isso é ridículo, queria retrucar Talasyn, acompanhada de uma dose de *não vou a lugar nenhum com você* só para garantir, mas Urduja logo declarou:

— Acredito que não fará objeções à presença dos guardas de Alunsina a bordo do seu navio.

— E à *minha* presença também, no caso — disse Elagbi.

Alaric cerrou a mandíbula. Devia detestar a ideia de tantos nenavarinos em seu porta-tempestades.

— Não desejo causar nenhuma inconveniência, príncipe Elagbi.

— Não será uma inconveniência — disse o homem, sorrindo cheio de dentes. — Na verdade, eu adoraria a oportunidade de passar mais tempo com o meu futuro genro.

Alaric empalideceu, e uma parte pequena e mesquinha de Talasyn não conseguiu conter a alegria de vê-lo desconcertado.

— Lachis'ka — pronunciou Alaric, sem olhar para ela —, não haverá treino aqui no palácio. Nós adiaremos o treinamento até a nossa ida ao santuário em Belian.

— Depois que acabar de aterrorizar Nenavar, você quer dizer — murmurou Talasyn.

Urduja lhe lançou um olhar de advertência, que ela ignorou.

Alaric deu de ombros.

— Chame do que quiser. Não me importo.

E, assim, a assinatura do tratado entre o Império da Noite e o Domínio de Nenavar foi finalizada, deixando um gosto amargo entre os presentes.

Ao encarar a situação de modo racional, Talasyn se deu conta de que a avó tinha alguns truques naquela manga incrustada de joias, ou jamais teria permitido a investigação de Kesath. A lógica, porém, não era páreo para o medo, e Talasyn passou o resto da tarde em pânico. Estava tendo um chilique quando a noite caiu e foi convocada para o pavilhão de Urduja sob a proteção da escuridão.

Além da Zahiya-lachis, duas outras pessoas encontravam-se ali também: Niamha Langsoune e Ishan Vaikar. A última deu uma piscadela travessa para Talasyn quando ela entrou.

— Pelas minhas estimativas, Kesath deve fracassar em detectar a existência de Sigwad. Ela não é visível da ilha principal mais a oeste, e o mapa do Domínio que providenciamos para eles é mais antigo, confeccionado antes que o Olho do Deus Tempestade fosse anexado como território — informou Urduja a Talasyn. — Mesmo que *de fato* esbarrem naquele estreito, nós temos uma forma de contornar isso. Não quero que se preocupe.

Talasyn teria retrucado que já era tarde demais para isso, se a atenção dela não tivesse sido capturada pelo que estava no meio do aposento.

Um viveiro retangular de madeira de lei avermelhada e metalidro cristalino continha um daqueles macaquinhos de pelo marrom que Talasyn encontrara em sua primeira viagem pela selva de Sedek-We tantos meses antes.

O viveiro estava conectado através de diversos arranjos de cabos de cobre estreitos a um círculo de jarras de metalidro cobertas por selos em formato de cebola, feitos principalmente de níquel, e ornamentados com mostradores que se assemelhavam a engrenagens de relógio. Dentro de cada jarra, havia um núcleo derretido de magia safira, pontilhado com gotas vermelhas que pingavam e se reuniam como mercúrio.

— O que sabe sobre espectrais, Vossa Graça? — perguntou Ishan, gesticulando para a criatura pendurada em um galho.

O diminuto primata piscou para Talasyn com aqueles olhos enormes que davam aflição.

— Não muito — respondeu ela.

— Bem, eles tendem a desaparecer quando ficam assustados, ou para escapar de predadores. Depois de estudá-los por muitos anos, determinamos que esse sumiço na verdade é uma forma de deslocamento entre planos — disse Ishan. — Da mesma forma que a senhorita consegue acessar a dimensão conhecida como Luzitura, todos os espectrais possuem um traço genético inerente que lhes permite se transportar para outro plano dentro do etercosmos e voltar depois, por vontade própria. Nós especulamos que os dragões utilizem um mecanismo semelhante, o que poderia explicar sua natureza evanescente apesar do seu tamanho, embora, é óbvio, seja impossível aplicar nosso modelo de testes atual em uma fera tão grande...

Urduja pigarreou.

Ishan baixou a cabeça, abrindo um sorriso envergonhado.

— Peço desculpas. É tão fácil me distrair ao falar desse assunto. — Ela gesticulou para o círculo de jarros e fios. — Essa é uma configuração de amplificação. Podemos deixar o sangue de sariman maleável para nós, Feiticeiros, ao suspendê-lo em magia de Aguascente. Nós conseguimos feitos incríveis recorrendo a isso. Por exemplo, é possível reter o traço congênito dos sarimans de afetar o ambiente dentro de um perímetro de sete metros enquanto, ao mesmo tempo, cancelamos sua habilidade de suprimir a etermancia de um indivíduo. Depois, ao misturá-lo com a habilidade de desaparecimento dos espectrais, nós podemos... Daya Langsoune, por obséquio...

Niamha adentrou o círculo. Talasyn nunca a vira tão apreensiva, mas essa impressão logo se desfez. Ishan remexeu nos mostradores com formato de cebola. Quando ficou satisfeita, deu um passo para longe de Niamha e bateu com os nós dos dedos no viveiro.

A reação do espectral foi imediata. O animal desapareceu antes que Talasyn pudesse piscar. Os filamentos de cobre acenderam, brancos, e o éter fluiu entre o tanque e a configuração do amplificador como dúzias de feixes finos e brilhantes. Uma reação ondulou pelo núcleo de magia de água e do sangue de sariman, e ficou incandescente nas paredes de metalidro, então...

Niamha desapareceu.

Do nada. Em um segundo a daya de Catanduc estava lá, e no outro ela não estava.

— Nós obtivemos muito sucesso reproduzindo esse efeito em um navio de guerra — disse Ishan em meio ao silêncio perplexo que preencheu o pavilhão escuro da Zahiya-lachis. — Não há motivos para crer que não funcionará com as embarcações sardovianas, até no caso de um porta-tempestades. — Ela indicou o viveiro. — Os filamentos aqui também foram imbuídos de éter extraído do sangue de sariman. Isso permite que todos aqueles afetados pela amplificação fiquem invisíveis, escondidos em outro plano, até que um Feiticeiro cancele o processo.

Com isso, ela agitou os dedos, e os núcleos derretidos de sangue e magia em cada jarra escureceram. Os fios de cobre zumbiram uma última vez antes de ficarem imóveis. O espectral se materializou tão silenciosamente quanto desaparecera, assim como Niamha, parecendo um pouco aturdida, mas ilesa.

— Uma ocultação completa — declarou Ishan com a satisfação de um trabalho bem-feito. — Inteiramente indetectável.

Urduja assumiu a conversa.

— Enviamos representantes para as forças de Vela horas atrás, e eles estão coordenando o plano neste instante — explicou ela para Talasyn. — Desde que posicionemos esses amplificadores de forma estratégica, os abrigos e as plataformas espalhados pelas ilhas de Sigwad devem ficar ocultados de vista. Do ar, vai parecer que o Olho do Deus Tempestade é um local inabitado. Quando Kesath sobrevoar a área, eles não verão nada além de areia, pedra e água. Se as tropas fizerem uma busca nos manguezais densos, não haverá nada para encontrar. E isso presumindo que sequer notem a existência das ilhas de Sigwad. *Eu* certamente não lhes contarei sobre elas.

— Você está bem? — perguntou Talasyn a Niamha.

— Estou bem, sim, Vossa Graça. — Niamha dispensou a preocupação de Talasyn. — Não doeu nem um pouco. Era como estar em uma sala estranha com as luzes apagadas. Eu podia me mexer, falar e respirar normalmente, mesmo que tudo em volta fosse... imaterial.

— O etercosmos está repleto de dimensões como essa — informou Ishan. — Como favas em uma colmeia. Pegar uma carona na habilidade dos espectrais nos leva a um tipo de dimensão, que é razoavelmente neutra, um lugar *entre* os mundos, digamos, e então existem as dimensões de energia mágica, como a Luzitura e o Sombral. Quem é que pode saber o que mais existe ainda no universo?

— Vamos focar em questões que dizem respeito a *esta* dimensão primeiro — decretou Urduja. — Como pode ver, Alunsina, já cuidamos de tudo. Assim que Kesath descobrir que não há vestígio algum da Sardóvia dentro do território do Domínio, Alaric Ossinast vai baixar a guarda. Porém, nosso trabalho não termina por aí. Você precisará convencê-lo de que não tem ideia do que pode ter acontecido a seus camaradas. A todo instante, a toda hora. Porte-se como se a sua integridade não pudesse ser questionada. Não deixe nada transparecer.

Talasyn ficou tão admirada quanto da primeira vez que vira os dragões. Aquele tipo de tecnologia tinha inúmeras aplicações. O Império da Noite podia ter inventado os porta-tempestades, mas eles precisariam de *anos* para chegar ao nível de avanço tecnológico do Domínio.

Foi naquele momento, em uma explosão de compreensão ofuscante, que Talasyn de fato percebeu que a Guerra dos Furacões não tinha chegado ao fim. Com Nenavar a seu lado, a Sardóvia ainda podia recuperar o Continente Noroeste. *Precisava* haver um jeito. Talasyn iria encontrá-lo. Um dia, iria descobrir como fazer aquilo.

A mente dela estava borbulhando de curiosidade. Talasyn não via a hora de visitar Ahimsa e ver com os próprios olhos quais outras maravilhas Ishan e sua equipe estavam criando. No entanto, isso poderia esperar. Primeiro ela precisava lidar com a busca de Kesath e fosse lá o que viesse em seguida.

CAPÍTULO 26

Dois dias se passaram sem maiores incidentes. A vida de Alaric andava tão conturbada que ele chegou a ficar um pouco chocado com a ausência de percalços. Enquanto as escoltas do Domínio estavam em estado de alerta ao menor sinal de problema, as forças kesathesas vasculharam seus setores designados do arquipélago e não relataram nada digno de nota, com exceção do aparecimento ocasional de um dragão.

Mathire estivera correta em seus cálculos: na segunda tarde de buscas, as diversas equipes haviam quase terminado suas respectivas rotas. Tudo que restava na agenda era fazer o *Salvação* passar bem acima do espaço aéreo nenavarino, o que, àquela altura, tinha mais um caráter cerimonial do que qualquer outro propósito.

Enquanto a comodora terminava sua perambulação pelas selvas com seus homens, Alaric e Sevraim partiram para o porta-tempestades algumas horas antes de Talasyn e do pai dela. Alaric ansiava deixar as paredes enclausuradas do Teto Celestial. A maior parte do que teria sido a força invasora fora enviada de volta para Kesath dias antes, e apenas as frotas pessoais de Alaric e Mathire permaneceram. Conforme o comboio se afastava da costa nenavarina, com o sol quente tropical brilhando sobre os encouraçados pairando acima do Mar Eterno que exibiam orgulhosos a quimera kesathesa, Alaric respirou aliviado pelo que parecia a primeira vez em muito, muito tempo.

As Lachis-dalo estavam apreensivas ao desembarcarem da canoa que os guiara da escuna diplomática até o *Salvação*. Talasyn não culpava suas guardas. Por mais que tecnicamente não estivessem em território inimigo graças aos termos do acordo, a horda de soldados kesatheses reunidos no atracadouro aguardando sua chegada ainda era uma visão inquietante. De fato, a própria Talasyn passara a maior parte do trajeto repassando rotas de fuga na cabeça.

Tudo bem que o vestido que Jie a fizera usar não era muito propício para escapar. O corpete amarelo-açafrão exibia pérolas minúsculas e cristais de quartzo, com tantas aplicações que talvez fosse capaz de desviar um virote de besta de ferro. O decote, porém, era... *escandalosamente* profundo. Bastava um movimento brusco de Talasyn para fornecer à frota kesathesa o tipo de visão que ninguém queria ter. A saia também era muito rígida. Embrulhava os quadris e as coxas, e então se alargava pouco abaixo dos joelhos, o tecido formando diversas pregas em formato de leque em alguns pontos. Se ela tentasse correr, acabaria rasgando a roupa toda.

Logo, Talasyn se sentia limitada e infeliz quando subiu no atracadouro do porta-tempestades de Alaric. Ele encabeçava a vanguarda, com Sevraim às suas costas.

— Tantos soldados, Vossa Majestade — comentou o príncipe Elagbi quando ele e Talasyn se aproximaram do imperador. — Parece quase uma insinuação de que não confia em seus aliados.

Alaric ignorou o comentário deselegante.

— Sejam bem-vindos, Vossa Alteza, Vossa Graça.

Ele olhou para Talasyn, olhou *de verdade* para ela pela primeira vez desde que a jovem desembarcara, e...

Talasyn não soube dizer direito o que aconteceu. Os olhos cinzentos encontraram o rosto dela primeiro, e então desceram. Ele cerrou os punhos enluvados ao lado do corpo, e pelo mais breve dos momentos uma expressão peculiar despontou naquelas feições pálidas, uma que lembrava alguém se engasgando com a própria língua. Entretanto, desapareceu tão rápido quanto um relâmpago, assim que Alaric respirou fundo.

Ele se virou e marchou para fora do atracadouro. A Talasyn e Elagbi não restou escolha a não ser segui-lo, acompanhados pelas Lachis-dalo. Talasyn ficou pasma com o comportamento dele e pensou em perguntar ao pai sobre o assunto, mas mudou de ideia. Elagbi parecia ocupado demais analisando os arredores com espanto, e era evidente que não notara que alguma coisa estava errada. O interior do *Salvação* não era nada comparado ao castelo flutuante que era a W*'taida*, mas o príncipe nenavarino nunca estivera a bordo de um porta-tempestades, e Talasyn supunha que, para ele, cada centímetro daquele espaço austero continha uma dose de estranheza.

Sevraim se colocou ao lado dela na caminhada. O rosto bonito estava escondido pelo elmo de obsidiana, mas Talasyn quase ouviu o sorriso presunçoso na voz dele quando falou:

— Que ótimo tê-la a bordo, Lachis'ka. É um colírio para os olhos nessa espelunca.

— Acredito que seja o único a pensar dessa forma — disse Talasyn, com deboche.

Ele gesticulou na direção de Alaric, fazendo pouco-caso do imperador.

— Não leve Sua Majestade Rabugenta a sério. Ele não é assim tão ruim depois que o conhece melhor.

— Sevraim — avisou Alaric. — Pare de incomodar Sua Graça.

— O privilégio de incomodá-la é reservado apenas a você, Imperador Alaric? — brincou Sevraim, e Talasyn ficou estupefata.

Em vez de extirpar o legionário bem ali na frente de todos, Alaric apenas se virou para trás e lançou um rápido olhar resignado para Talasyn.

— Peço desculpas — disse ele, continuando a andar.

Sevraim riu. Aquela provocação a Alaric fez Talasyn se lembrar das implicâncias de Khaede... E ali estava mais uma vez, a pontada abrupta do abismo da perda que sentia com a ausência da amiga, de não saber o que acontecera com ela.

Foi mais difícil do que nunca afastar aqueles pensamentos, mas Talasyn conseguiu, ao refletir sobre o estranho fato de que, ao que tudo indicava, Alaric tolerava que um de seus subordinados se dirigisse a ele daquela forma.

O zumbido dos corações de éter pulsava através das paredes de aço, acompanhado pelo grunhido do maquinário quando o porta-tempestades zarpou. Alaric deu um aceno de cabeça rígido para Sevraim, que partiu, provavelmente para tomar sua posição enquanto o *Salvação* sobrevoava o arquipélago. Alaric guiou a delegação nenavarina para a ala dos oficiais, onde por fim parou e se virou para Talasyn e Elagbi.

— Gostariam de algo para beber? — perguntou.

— Para beber? — Talasyn se sobressaltou.

— Você foi muito cordial ao acatar meu pedido para que me acompanhasse fora de Eskaya. Seria o auge da falta de educação trazê-la aqui sem oferecer as melhores bebidas que tenho a bordo.

O convite foi tudo menos afável. Era perceptível que Alaric estava apenas cumprindo as normas de etiqueta, sem dúvida esperando que seus *convidados* recusassem o gesto.

— Imagino que minha presença seja intolerável, considerando a situação. Sintam-se livres para ficarem confortáveis enquanto supervisiono a busca.

Foi impulsivo e desaconselhável, mas Talasyn decidiu que queria ver até onde aquele blefe iria.

— Uma taça de vinho seria adorável. E devo insistir que nos acompanhe, Vossa Majestade. — Um triunfo mesquinho faiscou em suas veias quando o choque e a irritação marcaram o rosto do noivo. — Certamente Vossa Majestade pode adiar seu escrutínio por uma hora ou duas. Assim não precisa ficar tanto tempo com o nariz colado no vidro e os olhos fixos no chão, à procura de alguma coisa.

Alaric olhou para Elagbi como se ele fosse capaz de ajudá-lo a sair daquela perturbação que tinha arranjado para si. No entanto, em vez de oferecer uma recusa cordial, o príncipe do Domínio estava mais do que contente em seguir a deixa de Talasyn, exibindo um sorriso radiante de orelha a orelha.

— Isso, isso! — concordou o príncipe do Domínio. — Sua Graça e eu ficaríamos honrados em beber na sua companhia, imperador Alaric. Muito obrigado!

— A honra é toda minha — disse Alaric, entredentes. — Por favor, me acompanhem.

Depois da derrota aterradora da Confederação Sardoviana, a maior parte da rotina diária de Talasyn se deu nos corredores de mármores e salões extravagantes do Teto Celestial. Portanto, a sala para a qual Alaric os levou foi um pouco decepcionante, mesmo que a pobre Talasyn do passado teria ficado boquiaberta diante do luxo dos móveis estofados e da janela que se estendia por uma parede inteira, exibindo um panorama impressionante das montanhas verdejantes e praias arenosas de Nenavar, estendidas sob um céu azul límpido.

As Lachis-dalo ficaram postadas do lado de fora, e os três membros da realeza tomaram seus assentos: Talasyn e Elagbi no sofá, Alaric em uma poltrona de couro preta que parecia pequena demais para ele, como Talasyn suspeitava que acontecesse com todos os móveis de tamanho padrão. Ele se encolheu, as pernas compridas esticadas mais do que as convenções sociais recomendavam. Ela teria achado fofo se fosse qualquer outra pessoa.

Um criado mirrado trouxe uma garrafa de vinho e três taças estreitas equilibradas com cuidado em uma bandeja, que ele depositou na mesa.

Abriu a rolha da garrafa e estava prestes a começar a servir, mas Alaric o interrompeu, brusco:

— Nós iremos nos servir, Nordaye.

Com uma mesura profunda, o criado se apressou para fora da sala.

— Ah, vinho de cerejeira. — Elagbi soava relutantemente impressionado, estudando o rótulo da garrafa. — Importado da Teocracia Diwara. É *mesmo* um deleite raro, Imperador Alaric. Tem bom gosto.

Alaric piscou, como se o elogio o deixasse desnorteado.

— Obrigado — disse ele, por fim, constrangido. — É lógico que não é nada se comparado ao vinho de groselha de Nenavar.

— A Lachis'ka não é uma grande apreciadora dele. Diz que o gosto é adstringente demais — comentou Elagbi. — Talvez o vinho de cerejeira seja mais do gosto dela.

E era mesmo. A bebida arroxeada era terrosa e doce, e Talasyn tentou não deixar transparecer o quanto ficava deliciada a cada gole. Nem mesmo o Domínio, com todas as suas maravilhas, a fizera gostar de álcool, porém o vinho de cerejeira mais parecia um suco muito forte.

Alaric, por sua vez, bebia com moderação, mais interessado em girar o líquido na taça. Era provável que estivesse aguardando que aquele suplício acabasse, contando os minutos na cabeça.

— É bom que tenhamos a chance de conversar em particular, só nós três. — Elagbi se arriscou a dizer, depois de um silêncio prolongado. — Acho que deveria preparar vocês para uma questão que sem dúvida será apresentada nos próximos dias enquanto cuidamos dos preparativos para o casamento. Eu me refiro à consumação...

Talasyn se engasgou. Os dedos de Alaric apertaram a haste da taça com tanta força que o cristal parecia prestes a se estilhaçar.

— Haverá uma festa depois da cerimônia — continuou Elagbi, determinado. — A certa altura, é esperado que vocês dois se retirem para os aposentos da Lachis'ka, onde passarão a noite juntos de acordo com o costume nenavarino.

— Não há necessidade alguma disso — apressou-se a dizer Alaric. — Eu não espero que Sua Graça... — Ele parou de falar, os lábios contraídos, apenas o mais leve toque de rubor se esgueirando pelo semblante pálido.

— Naturalmente, não haverá nenhuma coerção envolvida — declarou Elagbi, severo, lançando um olhar tão *ameaçador* para Alaric que um homem de menor posição teria se encolhido. — No entanto, a união não será válida aos olhos da corte até que compartilhe dos aposentos da sua esposa.

— Mas isso é tão *desnecessário!* — protestou Talasyn. — A Rainha Dragão em pessoa sabe que esse é um casamento para a formalização...

Algo na expressão séria do pai fez com que ela parasse de falar.

— Com certeza não existe pressão sobre você agora — disse o príncipe nenavarino, cauteloso. — Será uma história diferente quando ascender ao Trono Dragão e houver a necessidade de uma nova Lachis'ka, mas creio que isso seja tópico para outra ocasião. O que vocês dois precisam discutir *agora* é a sua noite de núpcias, e como enfrentar essa questão.

Talasyn se perguntou se foi a mando de Urduja que Elagbi trouxe o assunto à tona: a Zahiya-lachis se valia com frequência de artimanhas. Talasyn teria apreciado *algum* tipo de aviso do que seria mencionado; mas, considerando tudo, era bastante provável que ela se recusasse a pisar no *Salvação* se soubesse daquilo antes.

Talasyn arriscou um olhar para o imperador e seu cabelo escuro, a mente vagando por um caminho traiçoeiro que ela não conseguia evitar uma vez que o assunto fora mencionado. Ela sentiu a barriga se incendiar com a faísca de algo selvagem. Avaliou o corpo grande, os dedos espessos, a boca carnuda. Ela se lembrou da sensação que tinha sempre que seus corpos estavam próximos, o calor e o perigo e as inquietações...

Não. Ela *não* pensaria nele daquela forma, muito menos na presença do *pai dela.*

Infelizmente, Elagbi escolheu aquele momento para se pôr de pé.

— Vou deixar vocês dois a sós, então.

Alaric se sobressaltou, despertando de fosse lá qual devaneio estivesse se desenrolando em sua mente.

— *A sós?* — repetiu ele, a voz fraca.

Elagbi fechou a cara.

— Para *conversarem* — salientou ele, os olhos duros encarando o homem mais jovem — sobre a sua situação, em assentos completamente *separados*.

Talasyn considerou se jogar lá de cima.

Como único herdeiro de Gaheris, Alaric devotara sua infância aos estudos e ao treinamento de etermancia. Depois, passara uma década lutando uma guerra. Nunca tivera tempo para mulheres. Ele sempre se considerara superior aos prazeres indecentes da carne com os quais Sevraim tanto se deliciava.

No entanto, naquele dia, sua noiva, muito atraente e muito exasperante, teve a audácia de aparecer no navio dele com *aquele* vestido — aquele vestido revelador que abraçava sua forma esguia como luz do sol líquida, o corte profundo emoldurando a curva do decote em pérolas e quartzos, e tudo que Alaric conseguia pensar era que os seios dela pareciam ter o tamanho perfeito para caber em suas mãos.

Para piorar as coisas, Alaric precisou de todo o seu autocontrole para não salivar na frente do *pai dela*, e então o homem se retirou após dizer para os dois que deveriam discutir como lidariam com sua noite de núpcias.

A que ponto cheguei?, perguntou-se Alaric, revoltado. *O que eu fiz para merecer isso?*

Assim que a porta se fechou atrás do príncipe Elagbi, Alaric ficou de pé num salto, soltou um suspiro frustrado e ruidoso e marchou até a janela, os punhos fechados.

— Eu não me oporia a dividir um quarto... — disse Talasyn. — Para manter as aparências. Apenas por uma noite.

Era verdade. Ele voltaria para o Continente no dia seguinte ao casamento, e Talasyn não se juntaria a ele até sua coroação, quinze dias depois. Depois *daquela data*, ele achava difícil que os dois se vissem mais do que o estritamente necessário.

— Eu posso ficar no sofá — resmungou ele. — Afinal, o que é mais uma inconveniência?

— Falando assim parece que a culpa é minha — criticou ela.

Mas é, sim, quase retrucou ele, porém uma onda potente de vergonha o dominou, furiosa e intensa. Talasyn não tinha culpa se Alaric era incapaz de controlar suas reações físicas diante da presença dela.

Ele desistiu de fuzilar a janela com o olhar e se virou para a noiva. Talasyn estava sentada com a postura ereta, brincando com as dobras em formato de leque das saias, a luz do sol dançando sobre os cordões de pérolas trançados no cabelo castanho, envolvendo-a em um brilho ofuscante. O pescoço dela estava descoberto — o lugar perfeito, pensou ele, amargurado, para pressionar seus lábios.

A Tecelã jamais vai retribuir a obsessão bizarra que você tem por ela, mas, com o tempo, ela aprenderá a usá-la contra você se não cortar esse mal pela raiz.

A garganta de Alaric se inundou de bile. Da mesma forma que a magia que se transformava em lâmina, a sensação transmutou-se em palavras cortantes.

— E como eu deveria falar, então? Como se estivesse empolgado para a consumação? — disse, abrindo um sorriso seco para ela.

— Não vai *existir* consumação, sua besta, essa é a questão!

A raiva de Talasyn surgiu como um sopro do vento costeiro, rápido e repentino demais.

As bochechas dela logo também coraram sob o véu fino do pó que fora aplicado.

Parecia que ele a atingira em um lugar mais profundo que a raiva. Precisou de um instante para perceber que Talasyn estava envergonhada.

— Eu não dormiria com você nem se fosse o último homem na face de Lir! — vociferou ela.

Aquele insulto não deveria tê-lo atingido com tanta violência, cortando a pele de Alaric até penetrar os ossos. Se ele fosse um homem mais forte, não teria acontecido, mas o pai estava certo, e ele era um tolo.

— O sentimento é recíproco — sibilou ele. — E, no que concerne a mim, essa aliança não tem nada que me apraz, a salvo a garantia de paz. Do contrário, eu teria opções melhores, e nenhuma delas seria uma megera.

Talasyn se levantou do sofá e avançou sobre ele em um relâmpago de seda amarela, invadindo o espaço pessoal de Alaric até que ele ficasse encurralado contra a janela. Havia apenas um leve cintilar dourado nas íris castanhas enquanto a magia rugia dentro dela, as feições contorcidas em cólera e... mágoa? Por que ela parecia magoada? Por que sequer se importava com a opinião dele?

— Você não me abominou tanto assim algumas noites atrás, quando disse que eu era linda.

O tom dela era carregado de desprezo, e ele precisou de todo o esforço possível para não se encolher. Apenas apertou ainda mais as costas contra a janela do porta-tempestades, porque, se permanecesse no lugar e ela se inclinasse mais para perto, o decote curvilíneo e convidativo quase roçaria o peito dele, e Alaric achou que não sobreviveria àquilo.

— Pintada de ouro fica mais fácil tolerá-la — declarou, com menos frieza do que gostaria e com a voz mais rouca do que desejava.

A estratégia funcionou, no entanto, e Talasyn se afastou como se ele a tivesse estapeado. Não disse mais nada. Alaric se perguntou como era possível que tudo dentro dele parecesse tão afiado e tão vazio ao mesmo tempo.

— Não é melhor que sejamos honestos um com o outro? — alfinetou Alaric. — Esse acordo já é complicado o bastante sem que tenhamos *ilusões*.

Ele testemunhou o instante em que Talasyn atingiu o ponto de ebulição, o instante em que ela perdeu qualquer cautela à qual tentara se aferrar. Alaric viu tudo borbulhar no rosto dela.

— Eu *nunca* tive qualquer ilusão sobre você. Você é *exatamente* quem eu pensava que fosse desde o princípio, um *babaca* vil, arrogante, cruel e desprezível. Pode até falar sobre garantir a paz, mas, um dia, as pessoas vão se cansar de você, está me ouvindo? E quando por fim condenarem você e seus capangas despóticos, eu juro que não vou pensar duas vezes antes de me juntar a elas!

O fio de sanidade ao qual Alaric estivera se segurando desde o duelo entre ele e Mantes finalmente se partiu. Ele se lançou contra Talasyn em um borrão, os dedos se fechando na cintura dela quase a ponto de machucá-la.

— Enquanto eu compartilho de sua repulsa por essa situação em que nos encontramos, não confunda o que sinto por apatia — retorquiu ele. — Eu não espero que seu temperamento fique mais doce, mas eu *jamais* permitirei que a minha futura imperatriz se comporte de uma forma que repercutirá mal em meu reinado.

— *Permitir*? — Talasyn se desvencilhou do aperto de Alaric, dando um tapa forte para afastar a mão dele de vez. — Eu não pertenço a você. Eu não pertenço a *ninguém*.

O olhar sardônico de Alaric percorreu o vestido de seda e as pérolas no cabelo dela.

— Você é a Lachis'ka, e a Lachis'ka pertence aos nenavarinos. O destino deles está em suas mãos. Se você passar do limite, serão eles que sofrerão as consequências. Estou sendo claro?

— Eu odeio você — vociferou Talasyn.

Alaric sorriu com desdém.

— Está vendo? Já está se acostumando à vida de casada.

— Isso não é um casamento. — Talasyn deu um passo para trás, aumentando a distância entre eles. — É uma farsa.

— Diferente de todos os casamentos que existem por aí, cheios de devoção e contentamento? — rebateu Alaric, gélido. — Você já está na corte há meses. Deveria saber. Eu não espero nem desejo o seu amor ou seu apreço, mas eu *vou* exigir a sua cooperação. E você precisa da *minha* cooperação para impedir o Nulífero. Você compreendeu?

Ela o encarou com ódio.

— Ótimo. — Alaric inclinou a cabeça em uma paródia zombeteira de uma mesura. — Vou pedir que o príncipe Elagbi venha lhe fazer companhia, e então vou liderar a busca que estou gravemente negligenciando até agora.

Quando Alaric se juntou a Sevraim na ponte encoberta de metalidro do porta-tempestades, o legionário lançou um único olhar para ele e disse:

— Brigou com ela mais uma vez, foi?

— Ela é a pessoa mais frustrante... — Alaric parou de falar abruptamente, respirando fundo para se acalmar. — É uma causa perdida. O conselho que você me deu jamais será útil. Ela já tem uma opinião formada sobre mim e nunca vai conseguir me separar da guerra que lutamos. Que assim seja. Temos problemas mais importantes.

Compreensivo, Sevraim tirou o elmo, deixando-o embaixo do braço e se debruçando sobre o corrimão, supervisionando os atarefados mas bem-organizados tripulantes do *Salvação*.

— Para ser sincero, considerando que Nenavar não parece estar nos enganando, já que não vimos nem um fio de cabelo da Confederação Sardoviana nas praias deles... a sua relação com a Tecelã pode ser o problema *mais* importante no futuro. Vocês vão precisar de herdeiros...

Alaric sentiu uma veia pulsar na têmpora devido ao puro estresse desencadeado pelas palavras do legionário.

— Se você tem amor à vida, nunca vai terminar essa frase.

— Então vou começar outra — disse Sevraim, sem conseguir conter o entusiasmo. — A julgar pela cena que presenciei embaixo das árvores, eu realmente achava que vocês já tinham começado a se envolver no processo de fazer herdeiros. Eu tinha ficado tão orgulhoso.

— Prefere morrer por magia ou devo atirá-lo do meu navio? — perguntou Alaric, impassível.

A gargalhada de Sevraim foi interrompida quando o navegador do *Salvação* se juntou a eles na ponte, comunicando que tinham terminado de fazer o reconhecimento aéreo de duas das sete ilhas principais sem que encontrassem nada desfavorável. Após Alaric dispensar o oficial, Sevraim se provou capaz de uma rara manifestação de seriedade. Durante longos minutos, Alaric e ele ficaram parados lado a lado, calados, observando o arquipélago se revelar abaixo deles.

— Acho que Talasyn estava falando a verdade — ousou dizer Sevraim. — Os sardovianos não estão aqui. Já os teríamos encontrado a essa altura. Eles não poderiam ter escapado entre o momento em que chegamos e essa busca. Nós os teríamos visto. — Ele coçou a cabeça. — Então, *onde* eles estão?

Alaric sentiu algo se retesar e pesar no estômago, confrontando o fato de que havia sido injusto com Talasyn ao tratá-la com tanta aspereza. Chegou à conclusão de que grande parte da raiva que sentia da garota vinha da constatação de que ele estava se permitindo baixar a guarda quando os inimigos de Kesath poderiam emboscá-los a qualquer instante.

Porém, a Confederação não estava em lugar algum. Talasyn ficaria feliz em estrangulá-lo sem pensar duas vezes, mas ela não estava o enganando.

— O mundo é vasto — disse ele para Sevraim, por fim. — Vamos continuar procurando. Vamos deixar claro que qualquer nação que abrigue nossos inimigos será esmagada junto a eles.

CAPÍTULO 27

A noite chegou, e Talasyn se revirava na cama em seu quarto do Teto Celestial, ainda espumando de raiva.

Ela *precisava* ver seus camaradas. Por mais que o inimigo ainda desconhecesse a existência de Sigwad e não tivesse chegado nem perto do estreito, ela não conseguia se desfazer da sensação de que os sardovianos não foram descobertos por pouco. Assustadoramente pouco. Talasyn estava abalada, questionando se conseguiria chegar ilesa ao final daquele estratagema. Estava cometendo erros, como sempre. Não conseguia fazer aquilo sozinha. Sua necessidade de falar com alguém era desesperadora. Ela precisava de Ideth Vela naquele instante, precisava da liderança resoluta e convicta da amirante. As duas não se falavam desde que os navios kesatheses foram avistados no horizonte.

A fúria residual que permanecera depois da discussão feroz com Alaric no porta-tempestades fez Talasyn decidir que, pela primeira vez, tomaria a iniciativa. Kesath não encontrara nada em sua busca, o que significava que a guarda deles estava mais baixa do que nunca. Antes que pudesse hesitar, ela saiu da cama e colocou a calça e a túnica, traçando um mapa mental de sua rota de fuga. Jie fizera bom uso de sua vocação para fofocas e informara a Talasyn que, depois do duelo com Surakwel Mantes, o Imperador da Noite ordenara que a guarda nenavarina ficasse longe da ala de hóspedes, então o caminho mais seguro provavelmente seria se esgueirar pelo parapeito que levava ao quarto de Alaric e então descer pelas paredes do palácio usando a varanda *dele*. Talasyn só precisaria ser sorrateira.

Depois, poderia ir até a cidade e procurar o proprietário de canoas mais ordinário que operasse até tarde da noite e que a deixaria usar uma embarcação sem fazer muitas perguntas. Ela partiria para Sigwad e, se tudo corresse bem, já estaria de volta ao palácio antes do amanhecer para recuperar o sono perdido durante o resto do dia, enquanto Alaric ficava com a cara enfiada nos relatórios.

Confiante no plano, ela calçou um par de botas e um manto marrom discreto, pendurando o gancho de escalada na cintura. Com a empolgação correndo nas veias, ela se apressou para o jardim de orquídeas...

... e deu de cara com um peito largo de uma figura alta parada bem em frente à sua porta lateral.

Talasyn soltou um guincho enfurecido, recuando na mesma hora, como se tivesse encostado em algo muito quente. O olhar cinzento de Alaric prendeu o seu sob o luar, o rosto pálido emoldurado por ondas de cabelo preto desgrenhado de sono.

— Aonde pensa que está indo?

— Não é da sua conta — retrucou ela, entredentes, o batimento cardíaco acelerado.

Ela afastou o pânico crescente, forçando-se a ficar calma e encontrar uma desculpa plausível.

— Muito pelo contrário, Lachis'ka. Estou em meu direito ao questionar o motivo de minha noiva estar se esgueirando por aí depois que dei ordens específicas para que ela permanecesse em seus aposentos.

Talasyn corou ao notar a naturalidade e a placidez com que Alaric se referiu a ela como *sua noiva*.

— Bom, o que *você* está fazendo parado do lado de fora do meu quarto? — exigiu saber ela, tentando ganhar tempo.

— Estava aproveitando o ar fresco. — Ele pareceu consternado por um instante, como se o Domínio de Nenavar estivesse lhe causando diversas inconveniências. — E você está evitando minha pergunta. Como posso ter certeza de que não está indo embora para preparar um ataque?

— Você é ridículo. — Ela o encarou com um olhar de total desprezo. — Você é meu noivo ou meu carcereiro?

Ele deu de ombros.

— Você não tem me dado muitas razões para ver a diferença entre as duas coisas.

Deuses, ela fora tão idiota, tão imprudente... mas existia uma forma de sair daquela encrenca. Precisava existir.

Pense, pense...
A inspiração veio.
Talasyn soltou uma respiração exasperada e teatral.
— Tudo bem. Para a *sua* informação, eu vou ao mercado noturno. Buscar alguma coisa para comer. Estou morrendo de fome, mas sem a menor vontade de interagir com ninguém aqui no palácio. Volto antes do amanhecer.

Ela ficou em silêncio, rezando para todos os deuses sardovianos que conhecia e cada ancestral nenavarino que não conhecia para que Alaric acreditasse naquela história.

— Não foi tão difícil, foi? — Alaric abriu um sorrisinho, e em vez de se sentir aliviada, Talasyn foi tomada pelo ódio. Antes que ela pudesse formular uma resposta, ele continuou: — Muito bem. Como saímos daqui?

Ela ergueu um dedo para ele, revoltada.
— Esse *nós* não existe!
— Existe, sim. É a única forma que tenho de garantir que está dizendo a verdade. Além disso, Vossa Graça — o sorriso se alargou —, eu também estou com fome.

Mas que *merda*.

Alaric desceu pelo parapeito do Teto Celestial pendurado com o gancho que buscara em seus aposentos, junto com um manto preto com capuz. Talasyn era só um pontinho abaixo dele, usando a própria corda. Havia certos trechos da fachada que careciam de estrutura ou folhagem para os acobertarem, mas ela cronometrara a descida perfeitamente. Os guardas do palácio estavam trocando o turno, e ninguém os notou.

Devia ser uma fonte de preocupação que Talasyn fosse tão boa em escapulir sem ser notada e que a segurança do Domínio fosse tão relapsa, mas Alaric não conseguiu se importar com aquilo. Ao menos, não no momento. Depois das negociações tensas, ele sentia prazer em mexer o corpo, na sensação de aventura e no ar livre. E não mentira quando disse a Talasyn que estava com fome. O estômago dele roncou enquanto os dois seguiam pelo desfiladeiro de calcário.

— Fique de capuz — instruiu ela assim que entraram na cidade propriamente dita.

O capuz de Talasyn cobria seu rosto, revelando apenas os lábios rosados, contraídos em irritação, assim como sua mandíbula, que evidenciava sua teimosia.

Ele cedeu à tentação de atormentá-la ainda mais.

— Como quiser, querida — disse ele devagar, observando com uma alegria vaga e secreta a boca de Talasyn se curvar e emitir um rosnado.

Porém, era óbvio que Talasyn aprendera algumas coisas no tempo em que passou na corte da avó.

— Esse comentário não pareceu tão sarcástico quanto você queria que fosse — retrucou ela, passando por ele. — Se continuar, vou começar a achar que você *gosta* de ser o meu noivo.

O rosto de Alaric se fechou em uma carranca, concedendo a contragosto um ponto para ela em seu placar mental.

Era a primeira vez que ele andava por uma cidade nenavarina, e sua primeira impressão era de estar imerso no mais puro caos. Apesar da hora, as ruas encontravam-se cheias de pessoas estourando bombinhas, bebendo em mesas dispostas nas calçadas, e dançando ao ritmo de tambores que tocavam em quase todas as esquinas. Os telhados curvados para cima estavam iluminados por lanternas de papel. Cartazes coloridos pendiam entre postes de lamparinas e varais, traçados com tinta chamativa nos caracteres ondulados do idioma do Domínio.

— Estão parabenizando a Lachis'ka pelo seu noivado — traduziu Talasyn para ele, relutante.

Alaric arqueou uma sobrancelha.

— *Só* a Lachis'ka?

— Isso mesmo — confirmou ela, convencida e com um ar de satisfação. — Nenhum deles sequer menciona você.

Bem, ele não poderia dizer que estava surpreso. Urduja esforçara-se para retratar o casamento como um evento feliz, mas as pessoas certamente tinham visto os navios de guerra kesatheses aglomerados pouco além do porto Samout. Deviam ter tirado as próprias conclusões.

A multidão ficava mais volumosa quanto mais os dois se aproximavam do mercado noturno, as massas de humanidade exuberante aumentando até que Alaric estivesse sendo esmagado por todos os lados, o suor pingando da testa na noite tropical quente. Disposto a não deixar que Talasyn o despistasse entre a multidão, ele a agarrou pelo braço. Ela se retesou, mas não se desvencilhou, em vez disso guiando-o pelo labirinto de barracas de comida bem iluminadas, onde o ar ficava espesso de fumaça e carregado de diversos aromas de dar água na boca.

A cabeça de Alaric girava em um turbilhão. Ele não conseguia se lembrar da última vez que estivera no meio de um amontoado de gente sem que fosse para abrir caminho com uma espada ou liderar um ataque. Os dois passaram por barracas com pratos de peixe fresco e crustáceos robustos à vista, além de frutas que ele nunca vira antes: frutinhas vermelhas e redondas com espinhos que as faziam parecer ouriços-do-mar; frutas de um tom escuro de roxo com folhas espessas como trevos no talo; e outras que remetiam ao formato de um coração humano e que, quando abertas, revelavam uma polpa branca pontilhada de sementes pretas. Comerciantes jogavam macarrão gelatinoso em panelões fundos, assavam espetos de carne sobre brasas de carvão, fritavam bolinhos redondos e omeletes em óleo fervente, e enrolavam folhas finas de massa cheias de gelo cremoso e amendoins triturados. Enquanto esperavam, os fregueses se reuniam perto das barracas para jogarem conversa fora, o tom cantarolado comum do idioma nenavarino mais forte quando gritavam para serem ouvidos acima dos tambores e do rugido inerente de centenas de pessoas reunidas em um punhado apertado de ruas estreitas.

Alaric recebeu nada menos do que quatro cotoveladas nas costelas. O pé dele foi pisado mais que o dobro de vezes das cotoveladas e ao menos três estranhos gritaram no ouvido dele ao cumprimentarem conhecidos na barraca vizinha ou mais longe na rua.

Sua indignação aumentava a cada instante. Se aquelas pessoas soubessem quem ele era...

Só que não sabiam. Essa era a questão. Ele não usava a coroa ou a máscara com os dentes de lobo, e o capuz escondia os olhos cinzentos da Casa de Ossinast. Não que os plebeus daquele arquipélago isolado soubessem alguma coisa sobre a Casa de Ossinast, para começo de conversa. Era tão estranho sentir-se tão anônimo, ser tratado como qualquer um.

Por outro lado, Talasyn parecia à vontade. Ela o guiou até uma barraca que dispunha de uma coleção de pequenas mesinhas redondas com banquinhos que se estendiam em uma viela.

— Fique aqui — instruiu ela, indicando uma mesa vazia, falando quase em um murmúrio.

Para que ninguém a ouvisse falando Marinheiro Comum, constatou ele. Os soldados e nobres do Domínio com quem ele conversara até então eram fluentes na língua mercantil, mas não havia motivo para que ela fosse falada pela população do restante do arquipélago.

Alaric se sentou, tomando cuidado para continuar com o capuz abaixado sobre o rosto. Talasyn escolhera um lugar isolado de propósito, e as pessoas mais próximas pareciam bêbadas demais ou envolvidas demais nas próprias conversas para notá-lo, mas era melhor prevenir que remediar.

Ela desapareceu em meio à multidão, deixando-o sentado sozinho, acanhado, pelo que pareceriam eras. Assim que ele começou a suspeitar que a garota o abandonara e que tudo aquilo fazia parte de um plano nefasto do Domínio para que o Imperador da Noite acabasse morto em uma sarjeta, ela voltou, trazendo com cuidado uma bandeja de bambu cheia de utensílios, com cumbucas de madeira com arroz branco fofo e um tipo de ensopado cinzento, além de duas canecas cheias de um líquido misterioso cor de açafrão.

— O que é isso? — perguntou Alaric assim que Talasyn se sentou na frente dele.

— É carne de porco com ervilhas e jaca. A bebida é caldo de cana. Não fui na melhor barraca, mas essa é mais tranquila. Se você quiser o *melhor* ensopado de porco, precisa subir mais a rua e ficar perto dos tambores.

— Então você vem bastante aqui, presumo?

— Não tanto quanto eu gostaria.

Ela pareceu um pouco arrependida, e Alaric arqueou a sobrancelha.

— Certamente não deve haver nada que a impeça de vir até aqui sempre que estiver com vontade.

Talasyn murmurou algo sobre lições e deveres antes de começar a atacar sua cumbuca com uma fúria irrefreável, mastigando e engolindo sem parar, encarando a mesa como se fosse abrir um buraco nela. Alaric quase se sentiu mal por impor sua presença ali, sem dúvida estragando o prazer de Talasyn naquela refeição.

Por fim, ele deu uma cautelosa primeira colherada. E depois mais uma, e mais uma. Talvez ele estivesse tão faminto quanto ela, mas aquela sopa estranha estava deliciosa, e a bebida gelada com que ele terminou a refeição era doce e refrescante.

Já que a sua acompanhante não estava lá muito falante, ele deixou a atenção se voltar para os arredores. A mesa à frente estava bastante animada, seus ocupantes falando tão alto a ponto de incomodar, homens corpulentos exibindo rostos corados pelo álcool. Alaric pensou ter ouvido a palavra *Kesath* vez ou outra.

— Sobre o que eles estão conversando? — perguntou, inclinando a cabeça na direção do grupo.

— Não sei. Ainda estou aprendendo nenavarino, e estão falando rápido demais. — Ela se serviu de um pedaço de carne e mudou de assunto. — Imagino que esteja ansioso para voltar para casa depois do casamento.

Ela parecia especialmente irritadiça, e Alaric mais uma vez cedeu ao impulso de provocá-la.

— Será? Nós não nos veremos de novo até você ir a Kesath para a coroação. Talvez eu seja acometido por saudades imensas de você.

Talasyn revirou os olhos, os lábios repuxando um pouco um dos cantos da boca num sorrisinho involuntário, mas sua expressão logo voltou à apatia, e Alaric pensou em um escudo sendo erguido. Ela baixou a cabeça.

— Me deixa comer em paz — grunhiu ela.

Desde que ela se sentara para comer, os bêbados da mesa vizinha não paravam de falar da guerra que iam travar contra o Império da Noite. Os planos foram ficando cada vez mais elaborados, tanto que mudar de assunto com Alaric não era mais suficiente. Ela precisara cessar o contato por completo, para que pudesse continuar focada em manter sua expressão de indiferença. Quase compensava que os planos iniciais tivessem fracassado.

Quase.

— Quem esse imperador desgraçado pensa que é? — gritou o líder do grupo. — Chegando aqui se achando o maioral, forçando a nossa Lachis'ka a se casar com ele... Vamos invadir o palácio! Vamos matar os kesatheses enquanto dormem!

Entre os murmúrios de concordância passional, uma única voz tentava fazer os outros escutarem a razão.

— Nós precisamos confiar no julgamento da rainha Urduja. Ela sabe o que é melhor para Nenavar, e vai ficar furiosa se invadirmos o palácio.

— Não se for para resgatar a neta dela das garras de um forasteiro! — argumentou um terceiro. — Olha aqui, alguns de nós podem pegar bombinhas e se enfiarem naquele maldito trambolho de relâmpagos, explodir tudo, enquanto o resto monta um cerco no Teto Celestial...

— Para matar os kesatheses enquanto dormem! — gritou o grupo, animado, batendo os canecos na mesa.

— Eles vão ser pegos de surpresa!

— O que é um exército se comparado a seis patriotas determinados?

— Meu machado tem sede de sangue do Imperador da Noite!

Talasyn reprimiu uma risada, engolindo-a junto a um bocado de arroz e ensopado. Ela se esforçou para evitar os olhos de Alaric.

Então um dos homens disse:

— Se bem que... a Lachis'ka também é uma forasteira, não é? Ela não cresceu aqui, e lady Hanan, que sua alma descanse em paz, era uma estrangeira.

— Isso não significa que Alunsina não pertença ao nosso povo! — disse a voz da razão, em tom de ultraje. — Ela é filha de Elagbi. Ela é Aquela que Virá Depois.

— Talvez *seja* melhor que Sua Graça se case com o Imperador da Noite — comentou o mais bêbado de todos, enrolando a língua. — Os forasteiros se merecem.

Talasyn afastou a cumbuca quase vazia. A conversa perdera a graça, e ela não queria mais ouvir uma palavra sequer daqueles homens. Então agarrou Alaric pelo braço e o arrastou para longe da viela.

— Hora de voltar — declarou, em resposta ao olhar de confusão dele.

No entanto, eles não retornaram de imediato. Em vez disso, assim que saíram do mercado, Talasyn escolheu uma rota tortuosa por motivos que desconhecia. Ela e Alaric acabaram em uma rua lateral de um bairro residencial silencioso, onde os tambores festivos retumbavam apenas como trovões distantes.

Infelizmente, o tom sarcástico de Alaric continuava bem perto dos ouvidos dela.

— É agora que você enfia uma faca na minha barriga e se livra do meu corpo?

— Você é tão paranoico.

E deveria ser, reconheceu ela, fervorosamente, em silêncio.

Percebeu que ainda segurava o braço dele, os dedos enterrados em um bíceps *sólido*, então o soltou de imediato, tentando se afastar um pouco. Alaric se segurara nela mais cedo e ela permitira, nem um pouco a fim de explicar para a avó que tinha perdido o Imperador da Noite no mercado. Era uma questão pragmática. Entretanto, no momento a jovem se perguntava se o toque dela ardia na pele dele como o toque de Alaric fazia com a dela... se ele também ficava aturdido por qualquer forma de contato físico entre eles que não acabava em danos corporais graves.

A memória do bosque de plumérias e de ser encurralada contra o guarda-roupa dele foram reavivadas em uma onda quente, trazendo sensações fantasmas. Ela só conseguia ver os lábios macios dele, as mãos grandes cobrindo o corpo dela.

Talasyn fugiu. Era a forma mais simples de descrever seu comportamento a seguir: mirando o gancho em uma balaustrada acima dela no prédio mais próximo, começando a subir assim que o objeto se prendeu. Mais abaixo, ouviu metal batendo contra os tijolos e uma corda sendo esticada. Era Alaric em seu encalço, mas ainda assim ela não olhou para baixo, não parou até que tivesse escalado os seis andares e então alcançado o telhado.

Ela se sentou, equilibrada de forma precária em uma das inclinações, as pernas penduradas na beirada. Daquele ponto vantajoso, a cidade era uma rede emaranhada de luzes de lanternas vermelhas e amarelas, cintilando contra a escuridão sob as sete luas.

Eu não pertenço a este lugar. Aquele pensamento a perfurou, carregado de desolação. *Eu não pertenço a lugar algum*.

Na Sardóvia, ela crescera esperando que a família retornasse. No presente, ela *encontrara* a família, que consistia em uma avó que não pensava duas vezes antes de usá-la como moeda de troca e um pai que jamais ficaria ao seu lado se isso implicasse desafiar sua rainha, em uma terra natal onde Talasyn sempre seria uma forasteira.

E pior de tudo: ela se casaria com alguém que a odiava. Alguém que um dia ela ia trair, pelo bem de todas as outras pessoas.

Era demais. *Tudo* era demais, pesando sobre os ombros dela como uma pedra.

Talasyn piscou furiosamente para afastar as lágrimas que ameaçavam cair. Ela se recompôs bem a tempo, no fim, porque logo uma sombra recaiu sobre ela, que ergueu o olhar para encarar as feições taciturnas de Alaric, pálidas e proeminentes. Para alguém alto e largo como um bastião, ele se equilibrava na beira do telhado precário com um esforço mínimo, estudando-a em silêncio.

Quando ele falou, foi em um tom que carregava um traço de inquietação.
— Alguma coisa errada?

Ela queria rir. Por onde começaria?

— Por que você não me matou quando nos conhecemos? — Talasyn não se conteve. Porque ela sempre se perguntava isso, porque não havia melhor momento para perguntar do que o ali e o agora, quando o luar poderia guardar segredos, e só havia os dois acima da cidade, entre os telhados, em um mar de cata-ventos. — Naquela noite no lago congelado em Abrunho-da-Geada, antes que nós dois descobríssemos que eu era a Lachis'ka nenavarina, antes de fundirmos a nossa magia. Repassei aquela batalha na minha mente milhões de vezes. Você poderia ter me matado facilmente naquele dia. Por que não matou? Você até destruiu as barreiras do Sombral para que eu não caísse na armadilha. E me protegeu daquela coluna que ia cair em cima de mim. E me deixou ir embora no dia em que as Terras Interiores foram tomadas. Por que você fez tudo isso?

— Por que *você* está tocando nesse assunto agora? — retrucou ele, parecendo na defensiva.

Ela sentiu a raiva aumentar. Também não sabia. Não fazia ideia do que esperava descobrir com aquelas perguntas.

Diversos feixes de luz dispararam das ruas ao norte do telhado. Explodiram no auge da sua trajetória, em rodopios verdes, violeta, rosa e cobre, exalando fumaça de potássio ao desabrocharem contra o céu estrelado. Talasyn encarou entorpecida os fogos que deveriam comemorar o seu noivado e pensou no quanto queria gritar. Deixar todos os medos e todas as frustrações se esvaírem em meio à luz e aos ruídos.

Ela se sobressaltou quando Alaric falou, quebrando o silêncio que se instaurara quando os fogos se apagaram.

— Eu estava curioso na noite em que nos conhecemos — confessou ele. A voz rouca e baixa irrompeu da penumbra atrás dela. — Eu nunca tinha visto uma Tecelã de Luz antes. Queria saber mais.

— E em Refúgio-Derradeiro?

— Senti que teria sido... insignificante. Se você morresse daquela forma.

De uma forma estranha, ela compreendia. Nada além de um golpe final merecido, pela lâmina dele ou dela, seria o suficiente. Não era um pensamento tão desconcertante quanto deveria ter sido. No mínimo, era algo a que se apegar, algo que era apenas dos dois, ainda que eles soubessem que aquilo só poderia acabar quando sangue fosse derramado e um império derrotado.

Ela estudou Eskaya, vibrante e dourada. Com os fogos de artifício e as festas, era tão diferente do que ela conhecera antes.

— Todas as cidades do Continente vão ser assim um dia — disse Alaric baixinho, como se lesse os pensamentos dela. Ele também observava a cena abaixo, e Talasyn pensou no pudim, como ele bebera a calda até a última gota, algo tão simples quanto soja e açúcar tendo virado uma revelação. — Eu vou me certificar disso.

— As cidades da Confederação poderiam já ser assim se Kesath não tivesse invadido — murmurou Talasyn.

Ele a encarou, incrédulo.

— Você tem a Sardóvia em tão alta conta.

— Era a minha casa.

— Nenhum lar deveria permitir que seu povo bebesse nas calhas dos cavalos — rebateu Alaric, com frieza. — A Confederação não merece a sua lealdade, nem a de mais ninguém.

Talasyn se levantou e deu os dois passos de que precisava para ficar frente a frente com ele, andando rápida e certeira sobre as telhas, mais interessada em destruir aquela aura presunçosa do que em evitar a queda. Talvez também houvesse uma parte dela que estava com medo de deixar que as palavras dele encontrassem o âmago do seu coração.

— Se eu pudesse ir a qualquer lugar do mundo nesse instante — disse Talasyn a Alaric, com um olhar perfurante, a voz calma e mortal —, eu levaria você para Comarca-Selvagem, onde enterramos todos os que morreram em Abrunho-da-Geada. Eu levaria você a cada campo de batalha onde vi meus camaradas morrerem. Eu levaria você a todos os vilarejos esmagados por porta-tempestades kesatheses, para cada cidade saqueada por seus legionários. É *lá* que está minha lealdade. É por isso que lutei o tanto que lutei.

É por isso que ainda estou lutando. É por isso que um dia verei as cores da Sardóvia nas bandeiras ao vento do Continente e vou sorrir ao olhar para o cadáver do seu pai.

As mãos de Alaric repousaram sobre os ombros dela. Era uma pressão gentil, mas pareceu atravessar o coração de Talasyn como um terremoto. Ele se inclinou, tão perto que suas testas quase se tocaram.

— Eu não... eu não queria...

Ele respirou fundo, e Talasyn se viu diante de um homem muito cansado. Fora um dia longo para os dois, e os que se seguiriam prometiam ser mais extenuantes.

— Minha aliança é com a minha nação — disse Alaric, por fim. — Mas também me desagrada pensar no que você passou. É possível que essas duas coisas sejam verdadeiras ao mesmo tempo.

— Até *podem* ser, mas eu posso chamar você de hipócrita — retrucou Talasyn, mesmo que um cantinho da sua alma estivesse ávido para ceder à ilusão de que alguém tomava as dores dela, enfurecido pelo que ela sofreu.

As pessoas na vida de Talasyn que se importavam com ela (Vela, Khaede e Elagbi) haviam sido poupadas dos detalhes cruéis.

Por que contara a Alaric sobre as calhas, sobre a faca? No fim, ele apenas usara aquilo para atacá-la, provocando-a para que ela questionasse a facilidade com que aceitara seu papel na guerra.

Talasyn cerrou a mandíbula. As mãos de Alaric deslizaram dos ombros dela e a seguraram nos antebraços, com gentileza.

— Então foi tudo em vão — disse ele. — O consenso que encontramos nos últimos dias, treinando a etermancia.

— Ainda vou trabalhar com você — declarou Talasyn, odiando não conseguir se desvencilhar do toque dele. — Mas você *nunca* vai me convencer de que o Império da Noite salvou a Sardóvia de si mesma. Eu disse para você que vingança não é justiça, e ainda acredito nisso. Mesmo que você construa um mundo melhor, *sempre* vai ter sido construído em cima de sangue.

Alaric afastou as mãos, e cada centímetro de Talasyn que ele tocara parecia agonizar com a perda. Furiosa, ela desceu pela lateral do prédio enquanto ele a seguia sem dizer nada. Ela os guiou pelo caminho iluminado pelo luar, do desfiladeiro de calcário até o Teto Celestial, e Alaric a seguiu em silêncio, atravessando as ruas de uma cidade que emanava uma alegria da qual nenhum deles poderia compartilhar.

CAPÍTULO 28

Talasyn se convencera de que deixar a raiva por Alaric correr solta forneceria algum tipo de catarse, mas produziu o efeito contrário. Ela continuou repassando a conversa em sua mente, as ofensas desenfreadas comparadas às confissões hesitantes. Ela chegara perto demais de expor as verdades que ocupavam o fundo do seu coração. Verdades que protegiam não só a si própria, mas as pessoas com quem se importava. Alaric tinha um jeito de romper seus escudos, mesmo quando ela sabia que um passo em falso se provaria fatal. A determinação de falar com Vela se mostrou ainda mais urgente.

Ela não via Alaric desde que eles voltaram do mercado noturno, mas um fluxo constante de oficiais kesatheses marchava para dentro e para fora da ala de hóspedes a tarde inteira, esgotando a paciência de Urduja. Talasyn sabia que não poderia se arriscar ao tomar o caminho do jardim entre os aposentos de Alaric e os dela outra vez, mas então *como*...

Ela ouviu vozes do outro lado do corredor. A voz leve e provocante de um homem, misturada ao murmúrio rouco de uma mulher. Esgueirando-se, ela espiou o corredor perpendicular ao qual se encontrava e viu Surakwel Mantes e Niamha Langsoune despedindo-se. Ele fez uma mesura e ela uma reverência, se afastando logo em seguida, sob o olhar atento do jovem.

Uma nova ideia se apossou de Talasyn. Enquanto Niamha desaparecia pelo corredor oposto, Talasyn olhou em volta para garantir que nenhum dos guardas estava à vista. Então, apressou-se ao encontro de Surakwel.

Ele abriu um sorriso cauteloso ao notar a aproximação da garota.

— Vossa Graça — disse, fazendo uma mesura rápida. — Pelo que entendi, devo lhe dar os parabéns.

— Me poupe — rebateu Talasyn.

Não aguentava mais homens sarcásticos.

Surakwel arqueou uma sobrancelha, mas, em uma decisão sábia, decidiu mudar de assunto.

— Estou a caminho de Viyayin. A rainha Urduja deixou bastante evidente que permaneci por mais tempo do que deveria no palácio, e que ser o sobrinho de Lueve Rasmey foi a única coisa que a impediu de me esquartejar e me dar de comida para os dragões. Suponho que a próxima vez que eu a verei será no seu casamento.

Talasyn sabia que todas as casas nobres precisavam enviar um representante, mas ela quase esperava que ele decidisse boicotar o evento por uma questão de princípios. Surakwel deve ter decifrado sua expressão confusa, porque decidiu se explicar:

— Minha mãe está doente demais. Devo comparecer no lugar dela. Eu já jurei a Zahiya-lachis que não farei nada para atrapalhar a cerimônia, e reitero o mesmo à Vossa Graça. Tem minha palavra.

— E quanto vale a sua palavra? — inquiriu Talasyn com cautela. — Qual é a verdadeira natureza da sua honra?

Nenhum dos aristocratas do Domínio poderia se estabelecer como tal se não tivesse a habilidade de reconhecer certos sinais. Sob o cabelo desgrenhado, o olhar castanho de Surakwel a avaliou com astúcia.

— Há algum serviço que requeira de mim, Lachis'ka?

— Sim. — O coração de Talasyn estava acelerado. — Vou cobrar a sua dívida do ser. O pagamento será feito em duas partes. Primeiro, o que estou prestes a lhe contar... você não pode contar isso a mais nenhuma alma viva.

— E a segunda parte?

— Preciso que me leve a um lugar.

A embarcação de Surakwel era um pequeno iate de passeio, adaptado para acomodar muito mais canhões nulíferos do que a maioria das embarcações do tipo. O casco fora pintado de um verde gélido, com uma serpente branca à popa: a insígnia da casa governante de Viyayin. Estava atracado em uma plataforma fora do palácio, com as embarcações de outros convidados. Surakwel distraiu os guardas com uma tagarelice sem sentido enquanto Talasyn escapulia por uma janela de um corredor perto dali e então subia pela rampa.

Mesmo depois que fizera Surakwel jurar segredo sob os termos da dívida do ser, ela tinha completa noção de que o jovem era um elemento imprevisível, inconsequente e incerto. Felizmente, ele não parecia determinado a mobilizar o restante do exército sardoviano para fazer um ataque direto à frota kesathesa, embora *estivesse* empolgado com a presença de tais aliados em solo nenavarino. Surakwel perdera a pose aristocrática mais cedo no corredor.

— A *Confederação Sardoviana* está aqui? — perguntara ele, aos sibilos, os olhos quase saltando do rosto.

Talasyn dera um tapa forte no braço dele, avisando-lhe que não poderia contar a ninguém do que sabia. Ela duvidava que Urduja apreciaria sua aliança com aquele homem.

— É uma embarcação bem bonita — observou Talasyn assim que ele se juntou a ela, e o iate zarpou no ar. Ela se acomodara, à vontade, na abertura do convés onde ficava a cabine, recostada num batente de madeira lustrada. — Qual o nome dela?

Surakwel hesitou, a mão enluvada pairando sobre os controles.

— *Serenidade* — respondeu ele por fim, em uma voz suave pouco característica.

— Ah... — Foi tudo que Talasyn conseguiu dizer.

O nome de Niamha, quando traduzido, significava *aquela que é serena*. Talasyn sabia que Surakwel e a daya eram próximos, mas...

O jovem lorde deu a nítida impressão de que não queria falar sobre o assunto, então Talasyn ficou em silêncio. A brisa noturna fez com que as mechas soltas do cabelo chicoteassem no ar enquanto ela e Surakwel navegavam sob as estrelas.

— Qual é o plano da Confederação, Vossa Graça? — perguntou Surakwel.
— Duvido que seja se esconder para sempre no Olho do Deus Tempestade.
— Toda a informação será fornecida com base no que é necessário que você saiba — declarou Talasyn, sem rodeios.

A verdade é que ela própria tinha apenas uma vaga ideia do que estava se passando na cabeça de Vela. Das suas visitas anteriores, depreendera que seus camaradas passaram os últimos meses reparando as embarcações danificadas, reunindo inteligência através das transmissões nas ondas de éter e aprendendo a sobreviver naquela terra estrangeira.

A *Serenidade* era rápida, embora abrigasse o armamento de um esquadrão inteiro, e eles chegaram ao estreito em pouco menos de cinco horas, quando um trajeto daqueles teria levado quase seis em uma embarcação daquele tamanho. Quilômetros e quilômetros distante da costa de Lidagat, a ilha mais a oeste entre as sete principais do Domínio, a expansão uniforme do oceano era interrompida por duas fileiras compridas e íngremes de pilares colossais de basalto. As lendas diziam que foram formados por uma colisão quando o corpo ferido de algum antigo deus anônimo de tempestades caiu dos céus durante uma grande guerra no panteão, e o sangue dele se misturara com o de outras divindades imoladas para criar o Mar Eterno. Entre as pilastras havia uma faixa de água que precisava ser atravessada por mais meia hora antes de chegar às ilhas de Sigwad, que, segundo o mito, eram o olho direito da divindade.

A sorte estava a favor de Talasyn e seu ávido companheiro: não havia nem sinal da Fenda de Tempestade que soprava por aquele estreito com frequência. *O espírito intranquilo do Deus Tempestade está de folga*, pensou ela, com ironia. No Continente (na Sardóvia e Kesath), as Fendas eram uma manifestação divina, mas, ali em Nenavar, os Deuses estavam mortos havia muito tempo. Restava apenas a Zahiya-lachis.

De cima, Sigwad era um punhado vagamente circular de ilhas de corais esparramadas. Surakwel atracou o iate bem ao centro, numa faixa de areia tranquila que cintilava sob o considerável luar.

— Espere aqui — instruiu Talasyn ao desembarcar.

Ela não queria perder o pouco tempo que tinha ali convencendo Ideth Vela de que aquele novo nobre do Domínio era alguém de confiança.

— Mas...

— Dívida do ser, lembra?

Surakwel suspirou.

— *Está bem.*

Talasyn lançou a ele o olhar mais feroz e arrogante que conseguiu, e ele se resignou a um silêncio contrariado, observando-a de cara fechada enquanto ela se dirigia até o pântano mais próximo. Se ao menos fosse fácil *assim* fazer Alaric Ossinast calar a boca. Aquele maldito.

Ela desapareceu em meios às árvores dos manguezais, tecendo uma lâmina de luz para iluminar seu caminho. O cheiro úmido de água salobra invadiu suas narinas quando ela atravessou a mata, passando por raízes aéreas tão emaranhadas que formavam um chão a seus pés, tremulando com uma variedade de anfíbios que rastejavam e coaxavam na penumbra.

— Talasyn?

O sussurro rompeu o pântano escuro. Ela quase atirou a espada tecida de luz contra as árvores, mas teve o bom senso de se recompor, forçando a vista para a copa das árvores acima. O rosto redondo de um garoto a encarava.

— Vou avisar à amirante que você está a caminho.

Ele saiu correndo, pulando de galho em galho até desaparecer em meio ao farfalhar de folhas.

Talasyn se aventurou mata adentro, passando por lama, raízes retorcidas e águas rasas. O *Nautilus* e o acampamento que se estabelecera ao redor dele estavam em uma barragem natural, e o *Veraneio* e as demais embarcações aéreas estavam atracados a uma curta caminhada de distância. Talasyn viu o porta-tempestades primeiro, a silhueta cintilando sob a luz das sete luas como a carcaça de uma baleia encalhada em meio ao manguezal. Cercando o navio, havia uma coleção de palafitas de bambu.

Assim que ela pisou na barragem, Vela veio cumprimentá-la. Às vezes a visita de Talasyn virava um *evento*, todos ávidos por notícias da capital, mas em outras vezes, como aquela, eram apenas ela e a amirante, falando baixinho nas trevas da noite.

Na primeira vez que Talasyn fora ao esconderijo no manguezal, ficou chocada com a aparência geral dos companheiros. Sigwad estava sob o governo de Niamha, e os sardovianos usavam roupas providenciadas pela Casa de Langsoune: túnicas de algodão leve, calças coloridas e saias transpassadas listradas. Até Vela aderira aos trajes e, assim como os outros, parecia mais uma cidadã de Nenavar do que da Confederação.

A amirante fora informada do tratado de casamento e da ameaça do Nulífero pelos representantes do Domínio que haviam trazido os espectrais como medida cautelar contra a inspeção de Kesath. Ou ela já se livrara de todo o seu aborrecimento, ou estava fazendo um trabalho espetacular para disfarçá-lo, fitando Talasyn com uma serenidade surpreendente.

— Basta, Talasyn. Você precisa aprender a se defender. Sei que pensa que vai colocar a todos nós em perigo se enfrentá-la, mas você não *precisa* ser um peão estúpido nos jogos da Rainha Dragão. Acredite em mim, ela precisa tanto da sua boa vontade quanto você precisa da dela. O Domínio não pensaria duas vezes antes de depor um monarca sem herdeiros. Na verdade, estavam prestes a fazer isso antes de você aparecer. Sem você, ela corre o risco de perder *tudo*. É hora de *lembrá-la* desse detalhe. Acha que consegue fazer isso?

— Eu não sei — murmurou Talasyn. — Todo mundo tem medo dela, até meu pai. Eu estou sozinha...

— Você não está sozinha — decretou Vela. — Você tem Ossinast.

Talasyn piscou, confusa. O som ambiente do pântano inundou o espaço tenso entre as palavras, e Vela chegou mais perto.

— O poder é algo fluido e inconstante, ditado por alianças. Nesse momento, parece que Urduja Silim está com todas as cartas porque ela é a Zahiya-lachis. *Mas...* quando você se casar com o Imperador da Noite, o que você vai se tornar?

— A Imperatriz da Noite — sussurrou Talasyn.

Vela assentiu.

— Por mais que não possa dizer que estou contente com isso, Alaric se tornar seu consorte nos dá mais tempo. E concede... oportunidades para você.

— Para espionar Kesath... — Talasyn se ouviu dizer, apesar da inquietação estranha que a tomou à menção de Alaric como seu consorte. A companhia de sua comandante não só aguçara seu pensamento estratégico, mas também suscitara uma epifania que estivera apenas esperando o incentivo correto para florescer. — E descobrir as fraquezas deles. Para...

Ela parou de falar, sem ousar dizer seus pensamentos em voz alta.

Vela terminou a frase por ela:

— Para dar um jeito de ir atrás de Gaheris.

— Podemos cortar a cabeça da serpente, como sempre planejamos — continuou Talasyn, devagar. — Gaheris é o poder verdadeiro por trás do Império da Noite. Se o matarmos, o resto vai desmoronar. E depois vamos ver o que fazer com...

O nome entalou na garganta da jovem.

— O homem que então será o seu marido — murmurou Vela.

Talasyn engoliu em seco.

— Um pequeno detalhe — declarou ela, com mais confiança do que de fato sentia.

— Também vamos poder descobrir como estão produzindo os canhões de magia nulífera — acrescentou Vela. — Alaric levou um único coracle mariposa de volta para Kesath. A magia dentro dele não deveria ser o bastante para alimentar encouraçados inteiros. Você precisa descobrir como fizeram isso, e se existe uma forma de tirar esses armamentos da equação.

— Está bem. Eu vou descobrir — apressou-se a dizer Talasyn.

Era uma tarefa monumental, mas ela se sentiu melhor uma vez que de fato tinha um plano.

Vela passou a mão no rosto, cansada.

— Você está diante de um grande perigo. Precisa prometer que vai recorrer a nós se as coisas derem errado.

— Pode deixar. — Talasyn pensou em Surakwel Mantes. — Conheço alguém que posso mandar se eu precisar de ajuda... e quando eu tiver informações importantes e não puder vir em pessoa.

— Você tem um caminho difícil pela frente — observou Vela, a voz grave. — Nesse momento, não parece haver alternativa senão avançar por ele. Você acha que é forte o bastante?

Talasyn ergueu a cabeça.

— Preciso ser.

— Muito bem. Corra de volta para Eskaya antes que sua avó note sua ausência.

Talasyn observou a amirante voltar para sua cabana. Não podia negar que havia uma parte de si que desejava que Vela demonstrasse mais indignação pela situação dela, mas não era responsabilidade da oficial mimá-la. Talasyn cumpriria seu dever, assim como Vela cumpria o seu. O futuro era incerto, esparramava-se diante dela como uma bocarra descomunal de alguma caverna escura. E Talasyn o encararia, da mesma forma como encarara tudo até ali.

Siga em frente.

CAPÍTULO 29

Havia um ditado em Kesath, um dos muitos que Alaric sabia de cor desde a época de escola, porque ele o escrevera à exaustão para praticar a Alta Caligrafia utilizada na corte imperial, que dizia: *Ao colher o melão-amargo que ainda está verde, é preciso engolir o azedume.* Significava arcar com as consequências das más decisões que foram semeadas. Significava que era preciso tomar cuidado com aquilo que se desejava.

Era um ditado que martelava intensamente na mente de Alaric em um ciclo interminável de repreensão enquanto ele e Talasyn caminhavam pela cordilheira Belian, carregando mochilas pesadas com suprimentos. A embarcação aérea que os levara de Eskaya até Belian ficara no quartel do kaptan Rapat, junto a seus respectivos guardas — no caso de Alaric, *guarda*, no singular, ou seja, Sevraim, e aquilo fora um problema. As ruínas do santuário dos Tecelões de Luz eram frágeis demais e envolvidas demais pela mata para que qualquer embarcação atracasse por perto, e Alaric se recusara a ser excedido em números por soldados do Domínio em uma selva remota sem qualquer rota de fuga disponível. A Zahiya-lachis também não estava entusiasmada por confiar sua neta a dois Forjadores de Sombras kesatheses. O meio-termo acordado foi que apenas Alaric e Talasyn acampariam no santuário e treinariam ali, e, *com sorte*, poderiam estar presentes se a Fenda de Luz transbordasse, para que Talasyn pudesse entrar em comunhão com a sua magia.

O resultado foi aquele: Alaric sozinho na selva nenavarina com sua inimiga de tempos de guerra e futura noiva política, que obviamente ainda estava enfurecida por causa da discussão a bordo do porta-tempestades *e* no telhado em Eskaya.

Na verdade, a própria raiva de Alaric foi atenuada pela confirmação inegável de que os antigos camaradas de Talasyn não estavam abrigados em Nenavar, mas o clima não ajudava nem um pouco a melhorar sua disposição. As manhãs em Kesath eram frias e cinzentas, e sua respiração criava espirais de vapor prateado. Ali no Domínio, já estava mais quente do que o meio-dia kesathês do dia mais quente de verão e infinitamente mais úmido — ainda mais do que da última vez que Alaric caminhara por ali, em segredo, focado apenas em impedir que a Tecelã de Luz chegasse ao ponto de conexão.

Era engraçado como a vida dava voltas, mas ele não estava disposto a rir. Não naquele calor *insuportável*.

E não ajudava que Talasyn usasse uma túnica sem mangas e uma calça de linho que se agarrava à silhueta dela como se fosse uma segunda pele, fazendo com que os pensamentos de Alaric se desviassem por vias tortuosas. Ele culpava Sevraim por aquilo, com toda aquela conversa sobre fazer herdeiros.

— Você tem certeza absoluta de que estamos indo na direção correta? — perguntou Alaric, precisando falar mais alto porque Talasyn estava diversos metros à frente, pisando com força entre arbustos e vegetação com um empenho que salientava sua má vontade diante daquela pequena viagem deles.

— Já esqueceu o caminho? — gritou Talasyn em resposta, sem nem olhar para trás.

Alaric revirou os olhos, mesmo que ela não pudesse ver.

— Eu usei uma rota diferente na época.

— E *como vai* aquele desgraçado sem um pingo de consciência que te deu o mapa?

— O *comodoro* Darius está se regalando com o doce sabor da vitória e os privilégios de seu novo posto, creio eu.

Por que dizia coisas daquele tipo, coisas que ele sabia que só serviriam para deixá-la ainda mais irritada? Ela diminuiu o passo o bastante para lhe lançar um olhar de ódio, e ele pensou que talvez tivesse obtido uma resposta para seu questionamento ao ver o brilho daqueles olhos castanhos sob a luz do sol, ao fitar a pele marrom-clara cheia de sardas dela emoldurada pelo verde e dourado da selva.

Com um suspiro indignado, ela se voltou para o caminho e continuou marchando adiante, e Alaric a seguiu, tentando desfrutar alguma satisfação do fato de que dera a última palavra.

Talasyn passou a manhã inteira desejando que uma árvore caísse bem em cima da cabeça do Imperador da Noite.

Ela também estava *inacreditavelmente* exausta. A caminhada até as ruínas do santuário dos Tecelões de Luz teria sido desgastante mesmo para alguém que dormira a noite toda, e ela tivera apenas quatro horas de descanso depois que Surakwel a levou de volta para o Teto Celestial. Ela estava zonza, a percepção do mundo à sua volta de alguma forma tornando-o fino como um pergaminho.

No entanto, algo curioso acontecia conforme ela e Alaric se embrenhavam na selva e subiam mais o declive. Talvez fosse o ar fresco que entrava nos pulmões, o cheiro de terra, néctar e folhas molhadas, o esforço físico que acelerava seu coração, ou a natureza verdejante... fosse o que fosse, Talasyn se sentia mais leve do que nunca. Ela não conseguira apreciar a sensação na noite anterior, preocupada com o tempo e a urgência que acometia seus nervos enquanto atravessava os pântanos dos manguezais do Olho do Deus Tempestade. Ali, porém, com vários dias à frente, Talasyn percebeu o quanto precisava sair da atmosfera asfixiante da corte nenavarina, mesmo que por pouco tempo. Mesmo que em companhia de Alaric Ossinast, embora ela não pudesse dar qualquer garantia de que não o esfaquearia antes do fim daquela jornada.

O estômago de Talasyn começou a roncar.

— Vamos parar para o almoço depois que passarmos desse lago — anunciou ela para o espaço vazio diante de si.

Ouviu um grunhido em concordância às suas costas, e conteve uma risadinha ao imaginar Alaric, em suas roupas pretas, suando em bicas sob o clima tropical abafado.

O lago era fundo e lamacento devido às chuvas recentes, e uma ponte de corda estreita fora construída para cruzá-lo. Estava submersa em um trecho, mas daria para o gasto. Talasyn atravessou sem dificuldade, tomando cuidado para não escorregar na madeira lodosa.

Alaric não teve tanta sorte. Um barulho de algo caindo na água ecoou por toda a quietude da selva, e ela se virou a tempo de vê-lo desaparecendo sob a água lamacenta. Talasyn começou a voltar para a ponte, mas parou quando a cabeça de Alaric emergiu. Ele cuspiu água, o cabelo negro ensopado e grudado no rosto todo enlameado.

— Você é o mestre da Legião Sombria, mas é incapaz de cruzar um laguinho! — exclamou Talasyn.

Alaric a fuzilou com o olhar, cuspindo um bocado de terra enquanto nadava na direção da ponte.

— E você é uma Tecelã de Luz, mas é incapaz de fazer um escudo.

A resposta mal alcançou o outro lado do lago, mas Talasyn escutou. Ela fez um gesto grosseiro, esticando o dedão e o dedo indicador. Alaric piscou, parecendo mais surpreso do que propriamente ofendido.

No entanto, para crédito de Alaric, ninguém mais seria capaz de parecer tão aprumado ao se esforçar para se libertar daquela terra liquefeita. Ele se movia com confiança, quase como se tivesse *pretendido* cair no lago. Talasyn observou intrigada quando ele pisou no que parecia um tronco de árvore caído com o nítido intuito de usá-lo como apoio para voltar à ponte.

Exceto que *não* era um tronco de árvore. No instante em que Alaric firmou seu peso total ali, o tronco... *se mexeu*.

Ele foi jogado na água mais uma vez, com mais um esguicho ruidoso, no instante em que a forma de um búfalo-do-pântano irrompeu pela superfície. Era o triplo do tamanho de um homem adulto, e as guelras vermelhas flutuavam ondulantes nas laterais do pescoço espesso. O couro duro tinha cor de carvão, e os olhos escarlates ficavam entre os enormes chifres em formato de foice. Aqueles olhos focaram em Alaric com uma fúria selvagem e irracional.

Não apenas seu território fora invadido, como também recebera um pisão.

O búfalo emitiu um rugido que sacudiu as copas das árvores e então avançou pelo lago, impelindo-se para a frente com tanta graciosidade quanto um peixe. Talasyn teceu uma lança cintilante e atirou no animal com toda a sua força, mas o búfalo-do-pântano desviou com uma rapidez chocante antes de se abaixar sob o golpe em arco da alabarda forjada de sombras pelo próprio Alaric.

Talasyn entrou no lago para ajudar — ela *não* queria explicar para a frota de navios de guerra kesatheses esperando além do arquipélago que ela deixara o soberano deles ser chifrado até a morte —, mas a água mal tinha atingido seus tornozelos quando o comando de Alaric fez com que ela parasse.

— Fique aí.

Ele invocou o Sombral na forma de uma lâmina crescente, que atirou na direção da margem lamacenta. Enquanto a arma voava, o cabo dispensou uma corrente de magia escura crepitante, a outra ponta da corrente enrolada na manopla de Alaric. A lâmina se afundou na terra atrás de Talasyn, e então os elos da corrente começaram a se dobrar, e Alaric foi puxado através da distância que os separava. O búfalo-do-pântano o perseguiu, dando bufadas enfurecidas, com os chifres abaixados, no encalço de sua presa até chegar às águas rasas.

Talasyn se preparou para criar outra arma para enfrentar a criatura, mas, assim que a lâmina de sombras e sua corrente preta como a meia-noite desapareceram, Alaric ficou em pé, agarrou Talasyn pelo pulso, e antes que ela entendesse o que estava acontecendo, os dois estavam correndo, o búfalo-do-pântano ainda investido em sua perseguição colérica. A criatura colidia com a vegetação, o chão tremendo sob as patas pesadas, cada giro da cabeça com chifres arrancando árvores mais jovens como se fossem meros gravetos.

É assim que vou morrer, pensou Talasyn, sentindo o sangue pulsar nos ouvidos, as pernas correndo frenéticas, o verde e o marrom da selva borrados em sua visão periférica. *No meio da floresta. Morta pela vaca mais brava do mundo.*

Alaric a soltara, mas corria ao seu lado. Conjurou um machado de guerra para cortar os galhos mais baixos que bloqueavam o caminho dos dois, às vezes transmutando-o em uma lança para atirar contra o perseguidor e então substituindo-a mais uma vez por um novo machado. Era uma proeza de concentração, precisão e habilidade mágica que Talasyn jamais testemunhara e jamais fora capaz de reproduzir.

Sem querer ficar para trás, ela conjurou lanças próprias e começou a atirá-las na fera que os perseguia. A luz e a sombra cortaram o ar, lado a lado, mas o búfalo-do-pântano era tão ágil na terra quanto era na água, e desviar-se dos ataques dos dois não parecia exigir muito de seu esforço.

E bem quando estavam correndo havia tanto tempo e com tanto afinco que Talasyn começara a sentir uma pontada de dor na lateral do corpo, e as coxas estavam prestes a colapsar, e seu coração ia simplesmente parar de bater...

... o pequeno terremoto e os sons aterrorizantes do ataque da besta implacável cessaram de repente.

Ela ousou olhar rapidamente para trás. Ao longe, o búfalo-do-pântano se virara e estava desaparecendo em meio aos arbustos, contente por ter expulsado os intrusos. O alívio repentino fez seus joelhos vacilarem, e ela se atirou contra um tronco de árvore, esbaforida, encharcada de suor e tentando recuperar o fôlego.

Alaric se apoiou na árvore ao lado. Ele se abaixou, igualmente exausto. Os dois ficaram um tempo sob os galhos frondosos, arquejando e tentando se recompor.

Por fim, quando a respiração ficou estável, quando os leves pontos pretos que borravam sua visão sumiram, Talasyn se virou para Alaric. Ele estava coberto de lama da cabeça aos pés, não apenas do mergulho inesperado no lago, mas também por ter sido arrastado por sua magia pelas margens lamacentas. O cabelo encharcado estava grudado no rosto anguloso, contraído em uma expressão enraivecida, apenas pequenos pedaços da pele pálida à mostra. As belas roupas de tecidos finos encontravam-se mais marrons do que pretas.

Naquele momento, o Imperador da Noite de Kesath mais se assemelhava a uma nova espécie de criatura pantanosa que surgira de uma poça de lama... o que era mais ou menos o que acontecera.

Talasyn caiu na gargalhada.

Vê-la sorrir para ele pela primeira vez foi como ser atingido por um disparo de besta no coração. Os olhos castanhos de Talasyn se enrugaram nos cantos, e a luz do sol dançava na curva daqueles lábios rosados, deixando as bochechas sardentas com um brilho acalorado.

O fôlego que Alaric recuperara havia pouco pareceu entalar na garganta. Ninguém nunca o olhara daquela forma, com tanta alegria, e quando ela começou a rir, foi um som profundo e vibrante, uma canção que flutuava pelos recantos da alma dele. Os ouvidos ecoaram com aquela melodia, a visão gravada em fogo em sua memória.

Eu faria qualquer coisa, pensou ele, *para que essa não fosse a última vez. Para que ela sorrisse assim para mim de novo, e risse como se a guerra nunca tivesse acontecido.*

Depois de um instante, percebeu que a garota estava rindo *dele*, então Alaric lhe lançou um olhar fulminante.

Isso apenas fez com que Talasyn risse ainda mais. Ela se esparramou no tronco áspero da árvore, quase *uivando*, e Alaric ruborizou sob a lama que cobria sua pele.

Por fim, a risada dela se desfez em risadinhas quase silenciosas, interrompidas de quando em quando por uma bufada.

— Já *acabou*? — perguntou ele, entredentes.

— Sim. — Ela se endireitou, secando as lágrimas. — É quase um rito de passagem nenavarino... ser quase assassinado por um búfalo-do-pântano.

Ela pegou o mapa e a bússola no bolso, verificando se ainda estavam no caminho correto.

— Primeiro o dragão, depois a águia mensageira que parecia pronta para estripar meus homens, e agora esse bovino — resmungou Alaric. — A essa altura, eu deveria apenas presumir que todos os animais do Domínio querem me matar.

— Não só os animais.

Talasyn falara aquilo como se apenas por hábito, um comentário distraído, e não uma ameaça carregada de fúria. Ela guardou os instrumentos de navegação e apontou para a frente.

— Pelo menos fomos perseguidos na direção das ruínas. Tem um riacho aqui perto onde podemos almoçar e você vai poder... — O olhar travesso dela o examinou, a boca se retorcendo e dando indícios de mais um arroubo de risos. — Você vai poder se limpar.

— Se um peixe descomunal não resolver me assassinar primeiro.

Ela deu uma risada quase... *cúmplice*. Uma sensação desconfortável de algo parecido com esperança faiscou no peito de Alaric. Será que Talasyn tinha superado as brigas mais recentes? Se aquilo fosse o necessário para que ela não ficasse brava com ele, então talvez estar coberto de lama não fosse assim tão terrível...

Eles chegaram ao riacho minutos depois, uma faixa límpida de água que gorgolejava pelo declive da montanha, ladeado de pedras cobertas de musgo. Quando Alaric se apoiou com cuidado em uma das rochas e tirou as botas, Talasyn se virou de costas em um movimento abrupto, subitamente muito concentrada em desembrulhar as rações.

A timidez repentina de Talasyn contrastava com o fervor que exibia quando tentaram matar um ao outro tantas vezes nos meses anteriores. Ainda assim, ele ficou grato pela privacidade e tentou se isolar um pouco mais, ao se esconder atrás de uma parede densa de juncos que cresciam na água, onde ele despiu o restante das roupas lamacentas.

A água fria do riacho era um bálsamo refrescante depois das horas passadas caminhando sob um calor insuportável. Ele esfregou cada centímetro de terra, ouvindo distraído o som da água sobre as pedras e todos os animais escondidos e possivelmente assassinos que gorgolejavam nas árvores. Não era nada como os banhos na Cidadela kesathesa ou no Teto Celestial nenavarino, com a fumaça perfumada da água aquecida saindo das banheiras de mármore, mas, mesmo assim, ele achou a experiência agradável.

Quando Alaric saiu do riacho e procurou por uma muda de roupas, trocou as túnicas de manga comprida e colarinho alto pretos por apenas uma camiseta preta justa e braçadeiras. Depois de um momento de hesitação, jogou as luvas de couro de volta na mochila. Estava quente demais para usá-las.

Talasyn separara bolinhos de arroz e carne e estava fazendo chá de gengibre em uma chaleira alimentada por um coração de éter imbuído de Fogarantro. Ergueu a cabeça ao vê-lo se aproximar, e então piscou. Uma, duas vezes, a boca entreaberta. Antes que Alaric pudesse perguntar o motivo daquele comportamento errático, ela desviou o olhar e empurrou o prato de bambu trançado cheio de comida na direção dele, em silêncio.

Enquanto comiam, sentados na grama, ele buscou desesperadamente por um tópico adequado para a conversa.

— O kaptan Rapat pareceu bastante desgostoso em me ver de novo — arriscou-se a dizer.

— E ele está errado? — Ela enfiou um bolinho de arroz na boca. Inteiro, sem morder. — Mas ele ficou feliz em *me* ver.

— Por que não ficaria?

Ele queria dizer aquilo como um comentário sarcástico, mas por algum motivo lembrou-se da fisionomia de Talasyn, dourada e iluminada com sua risada, e seu tom deixou escapar uma sinceridade perturbadora até para os ouvidos de Alaric. Ele compensou ao pigarrear e acrescentar, irônico:

— Afinal, você é um exemplo de virtude e boas maneiras.

— Nós dois sabemos que você me deixa no chinelo quando se trata dessas duas coisas — retrucou ela, as bochechas avolumadas como se ela fosse um esquilo que guardava nozes para o inverno nas florestas da Sardóvia.

Então ela engoliu, e Alaric ficou na dúvida se em algum momento a vira de fato mastigar o bolinho.

— Espero que o seu legionário se comporte enquanto estiver hospedado com o kaptan — continuou ela.

Alaric fez uma careta.

— Eu lhe dei ordens diretas, mas Sevraim e *se comportar* não são conceitos que pertencem à mesma frase.

— Imagino. — Talasyn pegou uma fatia da carne do prato que dividiam. — Ele é ousado, não é? E ficou tagarelando no outro dia, apesar de nunca ter dado um pio durante as negociações.

— Por mais que eu tenha desistido há muito tempo de incutir um único pingo de decoro em Sevraim, por sorte ele às vezes tem a noção de que deve permanecer calado. Ele está aqui apenas para garantir minha proteção e fica contente em se ater a essa tarefa, já que fica entediado com política.

— Você não teve problemas em dispensá-lo temporariamente dos seus deveres. — Talasyn mordeu a carne, rasgando a fatia com uma mordida afiada. — Você confia em mim tanto assim?

Alaric ficou tão perplexo observando-a devorar a comida como um animal faminto que levou um instante para perceber que ela fizera uma pergunta. Deu de ombros.

— Acredito que você tem bom senso suficiente para não fazer nenhuma tolice.

Ele se lembrou das palavras dela na outra tarde. *Um dia, as pessoas vão se cansar de você. E quando por fim condenarem você, não vou pensar duas vezes antes de me juntar a elas.* Talasyn se remexeu, e ficou evidente que o mesmo pensamento passara pela cabeça dela.

— Não, não vou fazer nenhuma tolice. — Talasyn parecia tão consternada por ter que fazer aquela promessa que Alaric quase riu. — Eu digo muitas coisas quando estou com raiva, mas vou tentar não piorar ainda mais essa situação.

Ele assentiu.

— Eu farei o mesmo. É provável que seja o máximo de confiança que teremos um no outro, mas já é melhor do que nada.

— Concordo — disse ela, mastigando.

— Se serve de ajuda — murmurou ele —, meu comportamento no *Salvação* foi inapropriado. Eu me empenharei para me certificar de que não se repita.

Alaric não conseguia acreditar que estava pedindo desculpas para a Tecelã de Luz. O pai teria um ataque se descobrisse.

Porém, Gaheris *jamais* descobriria. Essa era a questão. Ele estava a um oceano de distância. Alaric nunca se sentira tão longe do pai quanto naquele instante, em meio àquela selva. Havia algo estranhamente libertador naquilo.

Talasyn tossiu, como se tivesse se engasgado com a comida, pega de surpresa por aquela declaração. Ela tomou um gole generoso do chá de gengibre para se recuperar, encarando-o por cima da borda do copo com uma expressão pensativa.

— Obrigada — disse ela, por fim. — Eu também vou me... *empenhar* para fazer o mesmo.

E, embora a Guerra dos Furacões sempre fosse ser um peso entre eles, como dois estilhaços de um vidro quebrado mantidos juntos por uma fina e frágil linha, ao menos parecia haver uma concordância mútua em não falar mais sobre aquele assunto. Finalmente. Em vez disso, Alaric observou, deslumbrado, Talasyn pegar mais um bolinho de arroz e o enfiar na boca ao mesmo tempo que a outra metade da fatia de carne.

Pelos deuses. Ele não conseguia desviar o olhar. A garota comia da mesma forma que lutava. Incansável, e sem misericórdia.

Foi só quando ela estalou os lábios carnudos e rosados, que brilhavam com o resquício do chá de gengibre, que algum instinto — algum senso de autopreservação — fez com que Alaric decidisse de repente se interessar pela grama, pelo riacho ali perto, pelo musgo das pedras, por *qualquer coisa* que não fosse Talasyn.

CAPÍTULO 30

O pôr do sol vermelho e dourado cobria as antigas ruínas em uma bruma liquefeita quando Alaric e Talasyn por fim chegaram ao topo da montanha. Quando ela se deparara com o local pela primeira vez, o santuário dos Tecelões de Luz fora uma visão ampla e etérea, prateado ao luar. No momento, sob o brilho incandescente do dia, a fachada de arenito gasta exibia um contraste intenso com a extensa floresta verde-escura na qual repousava, solene e imensa, como um deus esquecido em um trono perdido, o rosto das figuras dançantes entalhadas à espreita por entre as trepadeiras e espinhos exibindo sorrisos enigmáticos que ocultavam os segredos do passado.

Alaric examinou os dançarinos da entrada com interesse genuíno.

— O que são?

— *Tuani*. — Talasyn evocou o termo de uma das inúmeras lições de história. — Espíritos da natureza. São encontrados aos montes em relevos desse tipo, em estruturas antigas e milenares. Eram cultuados pelos antigos nenavarinos.

— E agora os nenavarinos cultuam a sua avó. — Os olhos cinzentos de Alaric seguiram fixos nos entalhes, nas cabeleiras esvoaçadas pelo vento perpétuo, os membros esguios eternamente erguidos para dançar uma melodia perdida. — E, depois, você.

Talasyn deu de ombros, desanimada. Não gostava de pensar naquilo, no que viria *depois*. Já estava exausta de preocupação com o presente.

— Não envolve tanta veneração assim — murmurou ela. — Aqui em Nenavar, a Zahiya-lachis é a soberana porque é o receptáculo dos ancestrais que zelam pela terra do mundo dos espíritos. Não existem... rezas nem rituais, nem nada do tipo. As pessoas só obedecem ao que ela diz e pronto.

— E, como futuro consorte da futura Zahiya-lachis, é esperado que eu faça o mesmo, não é? — Ele parecia estar se divertindo. — Pelo que notei, os maridos costumam deixar as decisões para as esposas.

Talasyn sentiu um frio na barriga. Sentiu o coração bater rápido, sentiu falta de ar. A naturalidade com que ele falava do casamento iminente, ainda mais vestido daquele jeito...

Sob uma perspectiva racional, Talasyn sempre soubera que Alaric tinha um corpo escondido em algum lugar debaixo de todo aquele tecido preto e da armadura de couro. Ela até se surpreendera com o tamanho desse mesmo corpo em diversas ocasiões. Vê-lo não deveria ter sido um choque *tão* grande.

Alaric, no entanto, saíra de trás dos juncos altos usando uma camiseta que deixava expostas as clavículas e os ombros largos e que delineava o peitoral musculoso. Combinada com a calça que pendia baixa dos quadris esguios e enfatizava o tamanho considerável das pernas, e as braçadeiras que evidenciavam o músculo sólido sob elas... o efeito era estonteante. Muito estonteante.

Ao menos o cabelo já secara havia um tempo, e ele não passava mais os dedos pelos fios com uma elegância casual e excessiva, e Talasyn já não sentia mais como se estivesse prestes a entrar em combustão. Bem... talvez só um pouquinho.

— Lá vai você de novo falar sobre se casar comigo — disse ela, bufando com uma falsidade que ela esperava que não deixasse transparecer nada. — Você está *mesmo* empolgado.

— Considerando sua propensão a mencionar isso, seria de se imaginar que é *você* quem está empolgada com a possibilidade de eu estar empolgado.

— Você — começou ela, aos sibilos — é o homem mais intratável que...

— Se tornou seu noivo? — sugeriu ele, prestativo.

— *Dá para parar de falar nesse assunto?*

— Não. Irritar você é da minha natureza intratável, Lachis'ka.

O tom dele era indiferente, calculado com perfeição para irritá-la, pensou ela.

E funcionou.

Carrancuda, Talasyn seguiu adiante, entrando na construção. Ele fez o mesmo, dessa vez mantendo-se ao lado dela em vez de ficar atrás. Afinal, os dois conheciam o caminho até a Fenda de Luz.

Homens bonitos com físicos excelentes não eram algo estranho para Talasyn. Eles existiam na Sardóvia, e também existiam ali no Domínio. Só que ela jamais sentira aquele... *magnetismo* na companhia de qualquer outra pessoa. Os olhos dela ficavam se voltando para Alaric, examinando-o. Cada terminação nervosa do corpo dela parecia faiscar com a proximidade entre os dois.

Na verdade, ela sentia aquilo desde que os dois se conheceram, mas com o tempo aquela sensação *se ampliou* de alguma forma. Como se, ao retirar as camadas de Alaric, algumas das camadas de Talasyn também tivessem sido removidas.

Aquilo a assustava: a epifania de que ele não era desagradável aos olhos. Ou talvez *epifania* não fosse o termo correto. Talvez fosse algo que ela sempre soubera, lá no fundo, e estivera à espreita, aguardando o momento certo para aparecer e lhe dar o bote.

O momento certo, no caso, foi quando Alaric saiu molhado do riacho, com o cabelo preto desgrenhado, a pele corada de sol e os músculos esculpidos, gotas de água ainda presas nos longos cílios.

O rosto de Talasyn esquentou, e ela ficou muito grata pela penumbra que encobria os corredores empoeirados e desmoronados que estavam atravessando. Deuses, pelo visto não havia nada mais humilhante do que se sentir atraída por alguém que não sentia o mesmo. Alaric fora curto e grosso ao afirmar que ela ficava bem apenas pintada de ouro. Não havia como confundir o que ele deixara implícito: as únicas vezes em que ele achara a aparência de Talasyn tolerável foram quando o rosto dela estava maquiado e ela estava coberta de seda e joias preciosas. Sem os adornos, era evidente que Alaric via sua antiga inimiga dos tempos de guerra como nada além de um ogro das cavernas.

Um ogro das cavernas que era uma *megera*, ainda por cima.

Ela sentiu náuseas. Seria *aquilo* que normalmente acompanhava a atração... importar-se de repente se a outra pessoa achava a sua aparência agradável?

A corte do Domínio a influenciara das piores formas possíveis, concluiu Talasyn, por fim. A ênfase que os nenavarinos depositavam na moda e nos cosméticos cultivaram nela uma vaidade que estivera ausente por vinte anos. Ela decidiu que deveria pôr fim àquilo de qualquer jeito, esmagando o ímpeto novo e altamente frívolo que surgira dentro de si.

Os relevos que contornavam as paredes internas do santuário quase pareciam se mexer sob a penumbra, os olhos de pedra acompanhando os intrusos. Ali, Talasyn sentia as veias zunindo com os fios dourados da Luzitura, que a chamava enquanto procuravam distender o véu do etercosmos. No entanto, quando os dois chegaram ao pátio, tudo estava imóvel, e a Fenda de Luz estava inativa.

A árvore que a magia de Alaric atingira havia pouco mais de quatro meses ainda se encontrava ali, com o tronco retorcido rachado ao meio sobre a pedra. Alaric e Talasyn a encararam e então se entreolharam.

— Era uma *lelak'lete*, uma árvore ancestral — explicou ela, mais por desejo de evitar qualquer menção ao passado rancoroso deles, que sem dúvidas levaria a mais uma discussão feroz, do que por uma urgência inadiável de ensiná-lo sobre as minúcias da botânica nenavarina. — Dizem que são o lar dos espíritos dos mortos que não receberam os enterros apropriados.

O olhar prateado de Alaric se voltou para os telhados de pedra que rodeavam o pátio, lascados e tortos sob o peso de todas as árvores ancestrais que cresceram sobre eles em uma profusão de troncos retorcidos, folhas verde-acinzentadas e raízes aéreas espessas como cordas.

— Então deve haver muitas almas inquietas por aqui.

Talasyn inclinou a cabeça.

— Está com medo?

— Das almas? Não. Os animais devem acabar me matando primeiro.

O tom era tão irônico, tão sôfrego que ela precisou esconder um sorriso, mais uma vez pega de surpresa pelo vislumbre raro do humor sutil de Alaric.

Eles montaram acampamento, o que envolvia pouco mais do que deixar as mochilas no chão e desdobrar os sacos de dormir perto da fonte de arenito. O jantar foi silencioso, e os olhos de Talasyn pesavam ao final da refeição, as sombras do começo da noite fechando suas pálpebras, a exaustão que ela estivera contendo desde a manhã atingindo-a até os ossos.

Ela mal conseguiu chegar ao saco de dormir, cambaleando para dentro dele. A última coisa que viu antes de cair em sono profundo foi Alaric, parado ao lado da fonte, a cabeça virada para observar o céu escuro acima das árvores ancestrais. Encarando o nascer pálido das sete luas e o brilho tênue das primeiras estrelas.

— Acorde.

Talasyn abriu os olhos de repente. O céu estava azul-claro e radiante, e uma quantidade copiosa de luz do sol entrava em feixes no pátio. Ela semicerrou os olhos, perplexa. Não tinha anoitecido meros minutos antes?

A névoa do sono se dissipou. Talasyn se sentou, o corpo grunhindo em protesto, tendo se habituado alegremente a noites passadas com travesseiros fofos e lençóis de seda em cima de um colchão de plumas de ganso. Ela não podia culpar ninguém além de si mesma por ficar mal-acostumada, mas, de todo modo, se sentiu melhor fazendo uma careta para o homem que a despertou.

A expressão de Alaric estava impassível, abaixado ao lado dela, a sombra delineada no chão de pedra antigo.

— Precisamos começar. Deixei você dormir um pouco porque parecia cansada, mas não podemos desperdiçar mais tempo.

— Quanta consideração.

Para o desgosto de Talasyn, a alfinetada que queria transmitir foi engolida por um enorme bocejo.

O desjejum consistiu em mais bolinhos de arroz e um café assustadoramente forte, coado com grãos que o quartel de Rapat fornecera. Tinha um aroma leve da fruta espinhosa com polpa amarela que limpava o ar quando era aberta, mas tinha gosto de fumaça e chocolate. E era tão forte que o coração de Talasyn parecia bater mais acelerado no peito depois de poucos goles.

Alaric não ficou impressionado.

— Essa bebida poderia arrancar a tinta do casco de uma embarcação.

Em seu âmago, Talasyn concordava com ele, mas seus princípios ditavam que ela deveria defender a honra de Nenavar.

— O gosto rústico ofende suas sensibilidades reais? — inquiriu ela.

— Você também é da realeza. Ou já se esqueceu disso?

Ela piscou. *Tinha* se esquecido, na verdade. Ele arqueou a sobrancelha escura, e os lábios sensuais formaram um sorriso convencido, e ele ainda estava usando aquela *camiseta estúpida*...

O sorriso dele aumentou, divertido, enquanto os segundos se passavam.

— Parece que você quer me matar.

— Parece que você ia gostar disso — retrucou ela.

Os olhos dele ficavam prateados sob a luz do sol e, por um breve momento, continham uma travessura enigmática que Talasyn nunca imaginara que pudesse ser um traço de Alaric, caso não tivesse testemunhado o fenômeno antes de desaparecer, o brilho sumindo atrás da fachada usual de aço e gelo.

Ela se inclinou para a frente, uma desconfiança se enraizando na mente.

— Você *gosta*? — exigiu saber, direta. — De me irritar, no caso?

Ele baixou a cabeça, de repente absorto no próprio café, encarando as profundezas da bebida como se contivesse segredos enigmáticos.

— Não é que eu *goste*, mas é diferente. A corte do meu pai... a *minha* corte. — A testa pálida franziu quando ele se corrigiu, com todo o cuidado, o que o fez parecer mais jovem. — A corte se regala com mesuras e elogios. Meus legionários são menos cerimoniosos, em especial Sevraim, como você sem dúvida notou. Porém, todos ainda sabem que eu sou o seu mestre. Você, por outro lado, não tem medo de falar o que pensa. Isso é interessante.

— Achei que gostava mais de mim quando eu tinha medo de você.

Talasyn não resistiu a jogar aquela declaração na cara dele, dita na noite em que passaram como prisioneiros em Nenavar. Até então, sequer se lembrava do que ele tinha dito.

— Nas palavras de uma estimada filósofa — disse Alaric, para o seu café —, "eu digo muitas coisas quando estou com raiva".

Ali estava de novo, o sorriso espontâneo que tentava repuxar a boca dela. Mais uma vez, Talasyn o reprimiu.

— Bom, da próxima vez que você quiser ser desrespeitado, sabe onde me encontrar.

O canto da boca de Alaric tremeu, como se ele próprio relutasse em sorrir.

Depois do desjejum, eles fizeram turnos para se lavar em um riacho que ficava localizado no gramado do santuário, segundo as orientações de Rapat, a alguns corredores de distância do seu acampamento. Talasyn foi depois de Alaric, e enquanto ela escovava os dentes com pó de sal e pétalas de íris secas e folhas de hortelã batidas, refletiu sobre a camaradagem perturbadora que agora compartilhava com o Imperador da Noite.

Era consequência dos eventos da manhã anterior, um elo improvável forjado pelo ato de escaparem da morte? Ou seria influência daquele lugar, tão assombrosamente pitoresco, tão remoto, que era fácil acreditar que os dois eram as únicas pessoas vivas no mundo?

Independentemente do motivo, Talasyn precisava admitir que aquilo talvez fosse uma coisa boa. Ela quase tivera uma recaída — quase perdera de vista o estratagema que precisava seguir — quando garantiu que o Continente ia se erguer contra o Império e ela mesma ia se juntar à rebelião um dia. Se ela já tivesse sido coroada Imperatriz da Noite, aquelas palavras seriam consideradas alta traição. Seu temperamento colocara Nenavar e a Sardóvia em risco, além da própria vida.

Ela tinha uma sorte enorme por Alaric não parecer *tão* preocupado com aquela declaração intempestiva.

Quando Talasyn voltou ao pátio, ele estava sentado de pernas cruzadas embaixo da sombra de uma árvore ancestral que se erguera contra uma parede, os galhos empurrando a alvenaria. Sentou-se diante dele com certa relutância, mais próxima do que gostaria devido às raízes grossas e protuberantes que ocupavam a maior parte do espaço. Ele cheirava ao sabão de calamansi do quartel.

— Vamos focar por completo na meditação até a tarde — anunciou ele. — O objetivo é que sua respiração, sua magia e seu corpo estejam tão sincronizados que moldar a Luzitura no que desejar, nesse caso, um escudo, não seja nenhum grande esforço. *Por que* está fazendo essa cara para mim?

— Essa coisa de meditação parece uma chatice — reclamou ela.

— Quando comecei a praticar etermancia sob a tutela do meu avô, eu passava semanas inteiras não fazendo nada além de meditar — informou ele, num tom arrogante.

Ela deveria ter se incomodado, mas...

— Eu não sabia que foi seu avô que treinou você.

— Como mencionei antes, minhas habilidades se manifestaram quando eu era muito jovem. — Alaric traçou um círculo sobre a poeira antiga com o dedo indicador, parecendo não se dar conta do que estava fazendo. — Ele ficou muito orgulhoso de mim. Fazia questão de acompanhar meu treinamento, até que...

Alaric nunca completou a frase, mas Talasyn podia imaginar. *Até que a obsessão dele com o porta-tempestades cresceu* ou *até que a guerra começou*. No fim, os dois eram quase a mesma coisa.

Tudo que ela sabia sobre o rei Ozalus era que foi ele quem deu início a tudo. Ele tinha o sonho de relâmpagos e destruição que culminou na sombra dos porta-tempestades recaindo sobre o Continente. Ela nunca o imaginara como o avô de alguém, ensinando as possibilidades da magia a um garoto emburrado de cabelo escuro.

Que coisa inquietante, que a maldade pudesse ter um rosto humano. Ela se lembrou de quando os dois discutiram sobre quem era o verdadeiro instigador do Cataclisma e a reação de Alaric, que fugia tanto da postura habitual dele que poderia ser descrita como uma explosão de fúria. Talasyn passou a entender melhor a situação. Que coisa inquietante, que um homem maligno pudesse contar com alguém que tinha tanto carinho por ele.

Alaric não demorou muito para sair de seu próprio devaneio e começar o treinamento do dia. Primeiro, eles passaram pelas meditações de respiração fixas, e então ele a ensinou mais sobre as formas de movimento — dessa vez estabelecendo uma distância cautelosa entre os dois, jamais tentando moldar o corpo dela com as mãos, como fizera no bosque de plumérias.

Ela se perguntou se aquilo era uma decisão consciente da parte dele, mas então se deteve. Se *fosse* uma decisão consciente, fora tomada para que Alaric pudesse evitar o constrangimento daquele dia, quando Talasyn chegara tão perto dele. A Tecelã certamente fora a única ali cujo coração demorara mais do que o recomendado para se acalmar, porque jamais experimentara um toque como aquele.

O sol já estava alto no céu quando, por fim, Talasyn aprendeu todas as meditações necessárias. Alaric passou de instrutor e observador a um etermante companheiro, executando as diversas formas da magia ao lado dela. Apesar do corpo musculoso e sólido, ele tinha passos leves e era flexível, executando cada etapa com uma graciosidade digna de uma pantera. Ele determinou o ritmo e ela o acompanhou, os dois caminhando em linhas paralelas pelo pátio, entre todas aquelas árvores antigas e retorcidas. Pernas indo de um lado para o outro. Braços cortando, empurrando e se elevando aos céus; os punhos como garças de papel voando e então deslizando de volta para a terra. O ar fluía livre pelos pulmões, incentivado pelas contrações do peito e do estômago, do virar dos quadris e da distensão da coluna.

E a magia de Talasyn fluía junto. Pela primeira vez, ela conseguia sentir cada um dos caminhos tomado pelo éter em suas veias. Pela primeira vez, via as pontas dos dedos e do coração e os aspectos escondidos da própria alma como pontos de conexão, unidos para formar uma constelação pelo fio dourado da Luzitura.

Pela primeira vez, ela se sentiu conectada ao homem ao seu lado de uma forma que ia além de uma tolerância relutante, ou aqueles momentos surpreendentes de brandura e vulnerabilidade. Ela e Alaric se moviam juntos, em uma harmonia fluida e ininterrupta, como se fossem o espelho um do outro, como se fossem ondas em um oceano chamado eternidade, as sombras se estendendo pelas pedras.

No entanto, aquele estado de espírito plácido logo chegaria ao fim.

Ao pôr do sol, Talasyn estava frustrada além do que era humanamente possível.

Ela *ainda* não conseguira criar um único escudo. Na teoria, o princípio era o mesmo empregado para forjar qualquer arma... e, entretanto, ali estava ela, empoleirada em um pedaço do tronco retorcido da árvore ancestral caída, mais uma vez tentando visualizar algo que não conseguia reproduzir. Ela estivera tentando desde o final da tarde, e os resultados (na visão mais otimista possível) eram mínimos.

Era provável que Alaric estivesse tão perplexo quanto ela, mas era infinitamente mais paciente do que Vela jamais fora, procurando encarar o problema de diferentes ângulos e com um ânimo incansável. Na verdade, graças à meditação, Talasyn conseguia *sentir* a magia dentro de si sendo persuadida na direção do efeito desejado. Só não conseguia fazer com que se manifestasse de forma concreta.

O tronco gemeu sob um peso maior. Talasyn abriu um olho. Alaric se sentara na frente dela, imitando sua pose. Ele gesticulou de forma tão imperiosa para que ela prosseguisse que Talasyn se irritou, mas obedeceu de má vontade, voltando para a escuridão das pálpebras fechadas.

— Você me disse que a primeira arma que teceu foi uma faca, como aquela que tinha roubado para se proteger — disse ele, e Talasyn assentiu. — Além das lâminas, um escudo também pode proteger você. Construa-o na sua mente, da mesma forma que fez com a primeira faca. Centímetro a centímetro. Entalhe a madeira na forma de uma gota. Pinte-a com resina. Use couro para tornar o punho mais macio. Reforce a superfície com metal. Lustre-o até que brilhe de modo tão ofuscante quanto os raios do sol ou a luz das estrelas.

A voz dele era baixa e deliberada. Afundou-se no fluxo sanguíneo de Talasyn, como mel, vinho e carvalho. Ela precisou resistir ao impulso de abrir os olhos em uma tentativa alvoroçada de conter o arrepio que percorreu sua nuca e desceu por sua coluna.

Talasyn imaginou-se fazendo um escudo. Um escudo de verdade, de madeira de nogueira, couro de vaca e ferro, tendo as palavras de Alaric como guia. Daquela vez, ela também estava pensando na primeira faca, como ela a invocara nos arredores de um acampamento militar nas Terras Interiores da Sardóvia, com Vela a supervisionando. Naquela época, estivera tão desesperada para provar seu valor. Desesperada para mostrar que estava à altura da tarefa. Aquele ainda era o caso, não era? Talasyn precisava dominar a nova habilidade para provar ao Domínio que valia o risco de proteger os sardovianos. Que ela precisava salvar tanto os sardovianos quanto os nenavarinos da noite ametista, das mandíbulas do Devorador de Mundos.

E ela estava quase *lá*. Sua magia estava se esforçando para alcançar o objetivo, avançando apesar das dúvidas, dos velhos hábitos e dos desvios do aprendizado... da mesma forma que um broto verde pressionaria a terra para nascer.

Quando ela abriu os olhos, uma massa amorfa translúcida de magia de luz que *poderia* ser um escudo se alguém forçasse a vista cintilava nos seus dedos, ficando cada vez mais sólido enquanto Talasyn o fitava, maravilhada.

Alaric estava inclinado um pouco para a frente, com uma expressão que ela nunca vira em seu rosto antes. Ele parecia... *satisfeito*. De um jeito pueril, quase, a severidade desaparecendo das feições perpetuamente soturnas. Mais uma vez, como ela fizera naquele dia, no átrio do Teto Celestial, Talasyn se perguntou como ele ficaria se sorrisse.

E, com a concentração interrompida por aquele pensamento, o escudo piscou e sumiu da existência. Os dedos dela seguravam apenas o ar vazio.

A decepção de Talasyn com a natureza efêmera da sua competência também foi breve. Ela logo cedeu lugar a uma euforia em sua forma mais pura. Era como se Talasyn tivesse avançado um passo monumental em um caminho que outrora havia sido impossível de encontrar. A habilidade de fazer um escudo existia dentro de si, ela só precisava se esforçar mais; havia uma esperança como um raio de sol depois de uma escuridão profunda. A esperança de que seu mundo inteiro não seria devorado.

— Eu consegui — disse ela, sem fôlego, e então se deteve. — Quer dizer, eu *quase*...

— Não. Você conseguiu. — A voz de Alaric saiu suave e rouca. Os olhos cinzentos eram calorosos sob a luz do dia que esvanecia. — Você está indo muito bem, Talasyn.

E aquele momento era precioso, uma vitória compartilhada naquele lugar de pedra, madeira e espíritos. A magia de Talasyn incendiava seu coração, e o olhar dele era sincero e franco, e aquilo era a primeira coisa verdadeiramente boa que acontecia em tanto tempo...

Talasyn se atirou para a frente, quase caindo de onde estivera sentada, e então envolveu o pescoço dele em um ímpeto de gratidão e triunfo.

Alaric prendeu o fôlego, e aquilo fez a alegria de Talasyn desmoronar, quase como o estrondo de um canhão, fazendo com que ela voltasse à realidade com um sobressalto horrível. Envergonhada, sentindo o rosto queimar, ela se desvencilhou.

Ou, ao menos, tentou.

Alaric pressionou a mão nas costas dela, fazendo com que a jovem colidisse com ele, mantendo os dois próximos. A mão nua dele lhe provocava uma sensação ardente, nem um pouco embotada pelo tecido fino da túnica. O queixo de Alaric acabou encaixado no espaço entre o pescoço e o ombro de Talasyn, os fios de cabelo fazendo cócegas na bochecha dela.

Talasyn piscou aturdida para as copas das árvores, escuras contra o céu que anoitecia. Era surpreendentemente bom ser envolvida daquela forma, ter o calor de outra pessoa tão perto, acolhendo-a. Era um tipo de fome, a coisa que fez com que ela se aproximasse mais do pescoço de Alaric, até que não houvesse mais espaço entre os dois, pele contra pele, a urgência com que ele se apegara a ela ecoando em todos os lugares da alma de Talasyn que ansiavam por aquilo durante tantos anos.

A Tecelã relaxou no abraço dele, sentindo o cheiro de Alaric, o aroma de sândalo e sabonete de calamansi e a pele aquecida pelo sol. A mão dele estava pousada na lombar de Talasyn, fazendo uma carícia leve, e ela sabia que sentiria aquele toque muito depois que Alaric se afastasse.

Ela não queria que ele se afastasse. Queria *mais*. Sua mão direita desceu até o colarinho da camiseta dele e depois ainda mais, até que os dedos traçassem as linhas do músculo sólido do bíceps exposto. Um arrepio percorreu o corpo largo de Alaric e, por impulso, ele segurou a coxa dela com a mão livre, grande e quente. Tudo nele era grande e quente.

Um suspiro abafado de carência urgente escapou da boca de Talasyn, involuntário. Alaric emitiu um ruído baixo e tranquilizante, e os dois continuaram ali, se tocando, se abraçando, até que o último raio de sol desaparecesse sob o horizonte.

CAPÍTULO 31

Alaric mal conseguia se lembrar da mãe o abraçando, e com certeza o pai nunca fizera isso. Ele não tinha nenhum ponto de referência para comparar com aquela sensação de ter alguém nos braços, e os braços de outra pessoa o envolvendo. Nunca esperara que fosse como se o frio dentro de si começasse a derreter em todos os lugares em que ele e Talasyn se encostavam, arrastando-o de forma impetuosa para o prazer do verão.

Ele não sabia — talvez jamais soubesse — o que foi que fez com que os dois voltassem a si, uma percepção drástica que se esgueirava com a chegada do crepúsculo azul.

Talvez fosse a dor nas costas e as pernas ainda cruzadas devido ao ângulo estranho do abraço. Quem sabe fosse o tronco de árvore em que estavam sentados, bambeando de maneira perigosa. Ou até o pio sonolento de um pássaro empoleirado em algum ninho escondido na selva frondosa acima deles.

Por qualquer que fosse o motivo, Alaric e Talasyn se desvencilharam um do outro devagar, e a sensação superou a novidade de experimentar algo pela primeira vez — mesmo depois que o momento passou, ele ainda conseguia sentir a cintura dela envolta pela curva do seu braço, ainda sentia os braços dela ao redor do seu pescoço e as marcas deixadas pelos dedos de Talasyn em seu bíceps. Ela evitava olhar em sua direção, enquanto *ele* não conseguia parar de encará-la. Colocando uma mecha de cabelo castanho atrás da orelha, Talasyn umedeceu os lábios, nervosa, e Alaric desejava de verdade que ela não tivesse feito isso... A atenção dele se demorou na língua rosada que deslizava pelo lábio inferior.

— Você, hum... — Ela se calou. Umedeceu os lábios *mais uma vez*, porque ela nascera apenas para torturá-lo. — Você é um bom professor — completou Talasyn, com a voz rouca, os olhos castanhos fixos nos padrões escarpados do casco áspero da árvore. — Você tem sido muito paciente. Então... obrigada.

Alaric não estava preparado para aquilo, para o elogio hesitante e tímido. Ele sentiu o rubor inundar as bochechas e subir até a ponta das orelhas. O sol já tinha se posto, e ele ficou grato por isso, porque a penumbra dificultaria que Talasyn visse que ela o reduzira a um palerma com as bochechas coradas com meia dúzia de palavras gentis.

Alaric conseguiu emitir um ruído de concordância, e eles desceram da árvore. Ele se manteve longe da Tecelã enquanto preparavam o jantar e comiam em um silêncio asfixiante.

Quando por fim se deitaram, o constrangimento se dissipara um pouco. Ou melhor, Talasyn parara de se sobressaltar cada vez que Alaric se mexia ou mesmo olhava em sua direção. Já tinha passado tempo o bastante depois do abraço para ficar evidente que ele não tinha intenção de discutir o ocorrido, o que, para ela, estava ótimo.

Só que ela não conseguia parar de *pensar* no abraço, e era por isso que se encontrava estendida no saco de dormir, encarando o céu noturno com uma careta, como se ele lhe tivesse feito algo horrível.

Era uma pena, na verdade: aquele céu noturno estava resplandecente. Um círculo de luas, que ia de cheia a crescente a minguante, em meio a um campo de estrelas que derramava sua luz em pulsações cintilantes, em aglomerados tão densos que observá-las era quase como mergulhar eternamente naquele preto e prateado adorável. Ela acompanhou as constelações com as quais crescera, e as designou com os nomes que só aprendera nos últimos meses. O grupo de estrelas que formava o que a Sardóvia chamava de Ampulheta de Leng em Nenavar era conhecido como Arado, a aparição sinalizando o início da temporada de plantio. Então, havia as Seis Irmãs da Confederação, renascidas no Domínio como as Moscas, um nome bem menos poético, e que pairavam sobre a carcaça celestial do Porco Chifrado.

Em sua visão periférica, a forma de Alaric se remexeu no saco de dormir.

Eles se viraram ao mesmo tempo, os olhos se encontrando na escuridão, a um braço de distância um do outro nas pedras.

— Me conte a lenda de Bakun — pediu ele. — O Devorador de Mundos.

— Não precisamos começar a treinar cedo amanhã?

— Não consigo dormir.

— É porque você não cala a boca.

Ainda assim, Talasyn também não conseguia dormir, então começou a contar a história. Procurou se confortar com ela, na verdade, com a esperança de que uma conversa voltaria a restaurar o equilíbrio que o abraço impulsivo havia arruinado.

— Quando o mundo era jovem e tinha oito luas, Bakun foi o primeiro dragão a romper o etercosmos e fazer seu lar em Lir — começou ela. — Ele fez seu ninho em algum lugar dessas ilhas e, um dia, acabou se apaixonando pela primeira Zahiya-lachis, que se chamava Iyaram. Os dragões vivem centenas de anos a mais do que os humanos, então, em certo momento, Iyaram morreu de velhice. A tristeza no coração de Bakun se transformou em raiva, que, por fim, se transformou em ódio contra esse mundo por fazê-lo sentir tristeza pela primeira vez, por fazer com que fosse o único de sua espécie a conhecer o luto. Ele engoliu uma das luas e teria devorado o resto, se o povo de Iyaram não tivesse travado uma grande guerra contra ele, fazendo com que se escondesse de volta no etercosmos.

Talasyn fez uma pausa para respirar. Alaric escutava concentrado, o olhar prateado como o luar fixado nela. Por um instante, lembrou-se do orfanato em Bico-da-Serra, das outras crianças trocando histórias em catres precários enquanto esperavam que o sono viesse. Ela sempre ficara só escutando enquanto as pedras e a palha espetavam suas costas. Jamais tivera uma história própria para compartilhar.

— Mesmo agora, a grande batalha é travada nos céus, repetidas vezes — continuou. — Quando acontece um eclipse lunar, os nenavarinos dizem que é Bakun retornando a Lir, tentando devorar mais uma lua, até que seja derrotado pelos espíritos dos ancestrais que lutaram naquela primeira guerra.

— E suponho que, uma vez a cada mil anos, ele quase vence — disse Alaric. — E é por isso que temos a Escuridão Sem Luar.

— A Noite do Devorador de Mundos.

— É interessante como o mesmo fenômeno é explicado por diferentes histórias em uma terra ou em outra. Gosto mais do mito do eclipse do Continente, acho.

— Como assim? O deus sol que se esqueceu de alimentar o leão de estimação e o bicho acaba engolindo as luas? — Ela bufou. — Por que você gosta mais *dessa versão*?

A resposta dele foi baixa e solene:

— Porque não é sobre a perda de alguém que foi muito amado.

A respiração de Talasyn ficou entalada na garganta. Formou um emaranhado de sentimentos ali que ela não tinha ideia de como expressar em palavras, chocada diante da expressão dele, que lutava para confiná-lo e afastá-lo de um estado de profunda reflexão. A mãe dele. Alaric estava falando sobre a mãe. No leve tremular do lábio inferior, na dor que encobria os olhos prateados, Talasyn pensou ter visto algo que ela mesma reconhecia.

— Quem é que iria imaginar — disse ela, exalando, trêmula — que você e eu acabaríamos aqui? Noivos e trabalhando juntos?

Alaric quase sorriu.

— Eu nunca imaginei.

— Desculpe se você perdeu *opções melhores* por minha culpa.

Ela falara aquilo como uma provocação. De verdade. No entanto, o ato de trazer à tona o comentário mesquinho dele no porta-tempestades de alguma forma resgatou em seu orgulho aquela mesma velha ferida — ou em seus sentimentos? —, que ela acreditara já ter superado, e sua voz soou mais amargurada do que bem-humorada.

Alaric ficou tenso. Ela foi tomada pelo ímpeto de se enterrar no saco de dormir, mortificada.

Ela, entretanto, não conseguiu desviar o olhar dele. E não demorou muito para que Alaric falasse.

— Eu estava com raiva quando disse aquilo. Eu não tinha opções melhores. Nunca tive opção alguma. Eu não tinha planos de me casar. Com ninguém. Até você aparecer. — Alaric franziu a testa pálida, medindo as palavras com cuidado. — E, mesmo que o nosso casamento seja apenas por conveniência, ainda assim não terei outras opções depois que fizermos nosso juramento. Você não terá motivos para se sentir desonrada. Juro pelos seus deuses e pelos meus.

Talasyn não sabia que Kesath usava os mesmos votos da Sardóvia. Alaric soou tão devastadoramente sincero que ela sentiu um arrepio estranho percorrer seu corpo. Ela abriu a boca para lhe garantir que não havia necessidade de fazer uma promessa do tipo, mas então o imaginou lançando um daqueles quase sorrisos vagos para outra mulher, e algo no peito dela se partiu.

— É — disse ela, em vez disso. — Vamos precisar nos comportar. Manter as aparências, no caso. Não é como se os nobres do Domínio precisassem de *mais* um motivo para querer enforcar você.

— Quanta injustiça, considerando que o Alto Comando kesathês está *extasiado* por eu me casar com você.

Talasyn riu. A expressão de Alaric se abrandou. E, ali deitados em sacos de dormir separados sob um diadema de estrelas, ela se viu imaginando como seria diminuir a distância entre eles mais uma vez. Perguntou-se aquilo com uma ânsia curiosa que, durante um momento enluarado, era tão profunda quanto o Mar Eterno.

No meio da noite, Alaric acordou sobressaltado por um puxão no fundo da mente. As estrelas acima começaram a ficar borradas enquanto o Sombral lançava uma rede ao redor dele, arrastando-o para o etercosmos.
Gaheris estava chamando.
Alaric deveria ter esperado que algo do gênero acontecesse, mas estivera tão focado na noiva — e no treinamento dela — que aquele chamado mais parecia uma intrusão. Como se uma bolha tivesse sido perfurada por uma dose da gélida realidade.
Alaric olhou para Talasyn. Ela não se mexia, enroscada no saco de dormir, roncando de leve. Ele não poderia andar pelo Entremundos naquele momento. E se a Tecelã acordasse e ele estivesse desaparecido, ou pior, e se ela o visse desaparecendo e reaparecendo como uma de suas lâminas?
Era uma questão de segurança. Gaheris entenderia. Talvez.
Alaric se desvencilhou da convocação do pai. Ele o bloqueou e então se deixou levar por um sono irrequieto, suspeitando que pagaria muito caro por aquele desacato.

Na segunda manhã praticando etermancia no santuário dos Tecelões de Luz, Talasyn produziu três outras massas amorfas de luz, que tinham um vago formato de escudo, além de duas explosões acidentais em um mural muito antigo e historicamente importante. A euforia que sentira na véspera se dissipara por completo. E se ela *só* fosse capaz de fazer aquela porcaria de luz para sempre?
Por volta do meio-dia, com a temperatura e a umidade aumentando conforme o sol atingia seu auge, ela fez os exercícios de meditação sob a sombra de uma árvore ancestral enquanto Alaric se afastou para explorar.
Ao menos um de nós está se divertindo, resmungou para si mesma. Ele estivera quase grudado nos entalhes do arco da entrada, e estava sempre com o olhar mergulhado nos murais do pátio. Talasyn estava começando a suspeitar que seu noivo era um baita de um estudioso.
No entanto, ela não deveria estar pensando em Alaric de forma alguma, e sim concentrada em praticar sua etermancia.

Talasyn criou diversas outras encarnações pálidas de um escudo, cada uma delas durando meros segundos, desfazendo-se antes de se solidificarem de fato. Faltava uma peça final do quebra-cabeça, logo a que fazia com que a magia tomasse forma.

Alaric voltou no instante em que sua última tentativa desapareceu.

— Ainda sem sorte? — perguntou ele, se aproximando.

— O que acha?

Ela lhe lançou um olhar insolente, mas o efeito foi arruinado quando uma brisa fez uma mecha cair pela testa e descer pelo queixo. Talasyn franziu o nariz e assoprou o cabelo para longe do rosto.

Ele abriu um sorriso doce, abaixando-se e dando uma batidinha no queixo dela. Aconteceu tão rápido que ela teria acreditado ser apenas um fragmento da sua imaginação, se não fosse pela forma como sua pele continuou queimando onde os dedos sem luvas roçaram com um toque fantasmagórico.

— Ânimo — disse ele, aprumando a postura e estendendo a mão para ela. — Tenho uma ideia.

Talasyn o encarou, confusa. Um leve rubor marcou as bochechas de Alaric, e ele retirou a mão. Foi só então que a garota percebeu que ele estava se oferecendo para ajudá-la a se levantar.

Talasyn sentiu o próprio rosto ficando quente ao se por de pé, às pressas.

— Aonde vamos?

— Encontrei um anfiteatro. — Alaric não olhou para ela enquanto vasculhava a mochila, procurando as manoplas. — Vamos lutar.

O anfiteatro era um círculo perfeito afundado em uma área coberta de grama selvagem, as paredes em declive compostas de degraus de arenito e centenas de assentos entalhados. O chão da parte central estava cheio de sulcos profundos, resquícios de duelos de Tecelões no passado.

Em meio às marcas de batalhas de outras épocas, eles se encararam de lados opostos. Talasyn parecia um pouco hesitante, incerta, remexendo as luvas de couro marrom e as braçadeiras que vestira para aquele treino.

— Já faz meses que eu não luto... — Ela começou a se explicar. — Não treino desde... aquele dia.

O dia em que a Sardóvia foi derrotada.

Ela não chegou a dizer em voz alta. Não precisava. O peso tácito da frase pairou no ar, mais uma dose de realidade perfurando a bolha ensolarada de Alaric, assim como o chamado que recebera do pai.

— Então treinar é ainda mais imprescindível — disse ele, antes que a atmosfera ficasse tensa e conturbada *demais*. — Aprimorar antigas habilidades pode contribuir para o desenvolvimento de novas. Já tentamos todas as outras opções.

Talasyn respirou fundo. Ela estalou o pescoço gracioso e esticou os braços esguios, uma faísca daquela irritação familiar despertada por ele espreitando atrás do rosto cheio de sardas que fazia um belo esforço para permanecer neutro.

Vai valer a pena, pensou Alaric. Ela poderia direcionar aquelas emoções para o duelo, talvez até conseguir fazer um escudo com sucesso por causa daquilo. Tudo estava indo de acordo com o plano.

O que Alaric não planejara era que Talasyn fosse tirar a própria túnica, revelando a faixa apertada que usava ao redor do peito e a parte superior daquela calça apertada *infernal*. O olhar dele desceu pela barriga exposta, lisa e firme, pelo leve alargamento dos quadris e por toda aquela pele marrom-clara, úmida com gotas de suor sob a luz do sol impiedosa.

Ele sabia muito bem que ela só fizera aquilo para se movimentar com mais liberdade no calor tropical.

Uma parte dele, porém, não conseguia evitar pensar que Talasyn o estava torturando de propósito.

Ele abriu o Sombral, formou uma espada curvilínea em uma mão enluvada e um escudo na outra. Ela teceu suas duas adagas de sempre com um olhar fulminante que o *desafiava* a fazer qualquer comentário.

— Pode fazer o que bem desejar, mas ao menos tente transmutar isso — disse Alaric, gesticulando para a lâmina na mão esquerda dela — em um escudo quando puder. E continue tentando. Agora, já que *faz* um tempo, gostaria que eu pegasse leve, Vossa Graça?

Ele acrescentara aquela última frase com o único intuito de atiçá-la, e teria ficado um pouco envergonhado com a própria atitude se ela não tivesse reagido à altura, deslizando o pé direito para trás, erguendo uma adaga acima da cabeça e estendendo a outra na frente do corpo, em uma postura ameaçadora e letal.

— Vem me pegar, velhote — provocou ela.

Ele reprimiu um sorriso.

Os dois avançaram ao mesmo tempo, Alaric cortando o ar com a espada e encontrando a adaga de Talasyn quando ela se preparava para um golpe vindo de cima. Ela se virou usando o calcanhar esquerdo, e ele pulou para longe bem a tempo de evitar que a perna direita dela atingisse suas costelas.

Alaric retribuiu então com uma investida que ela bloqueou com a outra adaga.

— Um pouco enferrujado — comentou ele, encontrando o olhar de Talasyn através da luz e da sombra.

— Você? Pois está mesmo — concordou ela, altiva, sem nem piscar.

Ela usou o impasse das lâminas para pegar impulso e se afastar dele, e então o atacou com uma série de golpes tão rápidos e ferozes que logo não restou a Alaric opção a não ser empurrá-la para longe com uma explosão sem forma de magia das sombras.

Ela tropeçou e cambaleou para trás.

— Você poderia ter se defendido disso com um escudo — informou ele, convencido.

— Vou me lembrar disso no futuro — retorquiu ela entredentes, antes de atacá-lo de novo.

Para Alaric, era uma coisa linda e terrível, Talasyn e ele dançando um ao redor do outro e encontrando-se no meio, repetidas vezes, com faíscas de estática explodindo entre os dois cada vez que seus corpos se tocavam. As veias dele estavam fervendo com uma euforia selvagem que viu refletida no rosto de Talasyn sob o sol brilhante da tarde. Eles anteciparam cada movimento do oponente, e cada um levava o outro ao limite, o antigo anfiteatro reverberando com o rugido da magia, do poder puro que explodia do etercosmos.

Ele compreendeu, então, por que ela lutava daquele jeito... depois da vida que ela tivera. Na mente de Alaric, Talasyn era uma criança obstinada e valente fugindo com uma faca de cozinha escondida no casaco maltrapilho que não oferecia proteção alguma dos ventos gélidos e uivantes da Grande Estepe. Ali, naquele instante entre as ruínas, ela era uma deusa da guerra, os movimentos acompanhando o ritmo de algum hino do princípio dos tempos.

Você é exatamente como eu, pensou Alaric, sem saber se a revelação o tranquilizava ou o deixava mais inquieto. *Nós dois temos fome.*

Nós dois queremos provar quem somos.

Talasyn se sentia feliz.

Não. *Feliz* era *pouco*. Aquilo era o êxtase, puro e irrestrito, a luz guinchando contra as sombras, o corpo dela repetindo as já familiares formas conforme ela se lançava contra outro etermante depois de tanto, *tanto* tempo.

Em algum momento durante o duelo, ela e Alaric abandonaram a ideia de se perseguirem por todo o anfiteatro. Passaram a lutar próximos um do outro, relutantes em se separar, o calor combinado de suas magias parecendo muito perto de queimar a pele. Os olhos cinzentos estavam iluminados, prateados, e o sorriso convencido era cruel; ele estava se deleitando com aquilo tanto quanto ela, um prazer perturbador. Talasyn sabia que deveria ao menos *tentar* fazer um escudo, mas e se fraquejasse mais uma vez e as sombras a machucassem? Além do mais, havia um abismo escancarado em sua alma, que insistia que ela conseguiria vencê-lo se ao menos se mexesse um pouco mais rápido, golpeasse com mais força...

Às vezes, no entanto, um golpe *forte* demais era perigoso.

A adaga bateu contra o escudo de Alaric, e ele deu um passo para trás mais rápido do que ela esperara. Talasyn colocara toda a força no golpe e acabou cambaleando, uma das duas lâminas desaparecendo quando a garota perdeu a concentração. Alaric esticou o braço com a espada atrás dela, preparado para o próximo ataque, e ela acabou se virando contra a dobra do cotovelo dele.

De repente, a cintura de Talasyn estava envolta na curva férrea do braço de Alaric, a lateral do corpo pressionada contra o peitoral duro dele, a adaga zumbindo no pescoço dele, e a espada de Alaric quase roçando no queixo dela. Os dois estavam corados e ofegantes. A pele dele estava quente e úmida de suor. *É essa a sensação de queimar*, pensou ela, escutando o rosnado do Sombral, o zumbido estridente da Luzitura, o ritmo frenético da respiração esbaforida de Alaric acima do ouvido dela.

— Você passou a vida lutando — disse Alaric, a voz rouca e frágil, uma voz que não soava como a dele, mas que de alguma forma também era a versão mais verdadeira que ela já ouvira. — Seu instinto é golpear primeiro, antes que alguém possa machucar você. Mas, às vezes, é o golpe que nos molda.

As palavras eram sentidas por vibrações no ar, exaladas contra a têmpora de Talasyn conforme a espada dele subia mais, diminuindo a distância entre a lâmina serrada sombria e a linha do queixo dela.

— É receber o golpe — continuou Alaric. — Deixar que atinja nossas defesas, até que possamos ter a certeza de que, mesmo depois que acabar, ainda vamos sobreviver.

Talasyn curvou os dedos do pé. Aproximou ainda mais a adaga do pescoço dele, o gesto fazendo com que seu quadril deslizasse contra a virilha dele. O escudo na mão esquerda dele desapareceu — por quê, depois de tudo que ele falara sobre defesa? —, e então ele estava tocando nela, o couro da manopla roçando na barriga, o dedão raspando na beirada da faixa que envolvia os seios dela.

E se ele tirasse as manoplas?

Qual seria a sensação dos dedos dele, tocando nela daquela maneira?

Talasyn não conseguia pensar direito. A adrenalina do combate se transformara em algo infinitamente mais perigoso. Ela tinha tanta *consciência* da presença de Alaric, como o corpo dele a envolvia, como os tendões dele estavam tensos perto dos dela.

Alaric soltou a respiração. Talasyn virou a cabeça para encará-lo, e aquela visão fez com que seu coração parasse.

A expressão dele era uma tempestade de inverno e o uivo dos lobos.

— Sua vez, Lachis'ka — murmurou Alaric, os olhos prateados descendo para a boca de Talasyn.

— Você primeiro, Vossa Majestade — sussurrou ela, sem saber *por que* estava sussurrando, ou mesmo o motivo de ter sussurrado *aquilo*, e no fim...

No fim, não importava. Os dois se mexeram ao mesmo tempo, a adaga dela deslizando contra a lâmina chata da espada dele, lançando um respingo de estática e faísca de éter. Ele se abaixou, e ela se levantou na ponta dos pés, e seus lábios se encontraram, no brilho da luz e da escuridão, acima do clamor de suas lâminas cruzadas.

CAPÍTULO 32

Alaric nunca beijara ninguém antes e *com certeza* não planejara beijar Talasyn. Havia uma legião inteira de motivos para não fazer tal coisa.

No entanto, toda lógica e ressalva que pudesse ter... desapareceram no éter no instante em que ele encostou os lábios nos dela. A espada de sombras na mão dele foi extinta no mesmo instante que a adaga dourada, e Talasyn se voltou por completo para os braços dele, e Alaric a puxou mais para perto.

Talvez ele não tivesse planejado algo do tipo, mas tinha desejado. Com tanto ardor. Àquela altura, ele podia admitir para si mesmo, uma vez que a pele quente dela roçava úmida de suor na dele, uma vez que ela devolvia o beijo com um desespero desajeitado e destreinado idêntico ao dele.

O sol ardeu sobre os dois. Continuou queimando as pálpebras de Alaric muito depois de ele ter fechado os olhos. Obedecendo a algum impulso nato, a língua dele acariciou a junção dos lábios dela, que se abriram, ofegantes, permitindo que Alaric deslizasse para dentro.

Para ele, aquilo era a continuidade do duelo. A sensação era a mesma: raivosa e frenética, com o sangue latejando nos ouvidos, a paixão obscurecendo todo o resto. Talasyn tinha gosto de pétalas de íris e chá de gengibre. Ela era luz derretida sob seu toque, com planos esguios e ângulos suaves, os dedos emaranhados no cabelo dele.

Eu nunca soube, pensou Alaric, beijando-a com mais força, segurando-a mais apertado contra si. *Eu nunca soube que poderia sentir isso.*

Não foi um beijo gentil. Teria sido uma tolice pensar que Alaric Ossinast era capaz de doçura, mas Talasyn ouvira dizer que os primeiros beijos deveriam ser doces. *Aquele* beijo era violento, quase brutal. Os lábios dele eram tão macios quanto pareciam, mas eram incansáveis. Furiosos. E ela não conseguia evitar revidar o máximo que podia, assim como ela fizera por toda a vida.

No começo, foi um beijo atrapalhado, os dentes de um batendo nos do outro, fazendo com que ela suspeitasse que ele também não devia ter praticado muito antes, se é que alguma vez. No fim, porém, os dois encontraram um ritmo, deixaram que o instinto os guiasse. Afinal, aquele era só outro tipo de guerra. A língua dele se enroscava na dela, e ele mordiscou o lábio inferior de Talasyn, e as duas mãos tão maiores do que as dela estavam percorrendo seu torso, vagando e explorando.

Tire as luvas, ela queria ordenar, porque queria mais daquela sensação de pele contra pele, precisava de *tudo*, mas era impossível pronunciar qualquer palavra que fosse quando a boca ávida de Alaric engolia os sons que ela emitia. E talvez o couro *tivesse* suas vantagens, como a aspereza do tecido nas costas dela, no encaixe do quadril. Mais uma onda de sensações que aumentava aquela investida traiçoeira. Uma euforia sombria parecia crescer dentro dela; ela sentia a umidade entre as pernas. A mão de Alaric deslizou pelas suas costas até a bunda e a segurou ali, e ela *gemeu* contra seus lábios. Em resposta, ele a beijou com tanto fervor que ela já não sabia mais dizer onde ela terminava e ele começava, e seu coração parecia se desdobrar no peito, abrindo-se para um mergulho imprevisível, a queda livre...

Um som parecido com um trovão acabou com a quietude da montanha.

Ela se afastou da boca de Alaric. A princípio, pensou ter ouvido o próprio batimento cardíaco, retumbando nos ouvidos enquanto Alaric a segurava prisioneira em seus braços. Entretanto, ela viu os feixes de dourado refletidos no aço iluminado das íris dele, e os dois viraram a cabeça na direção daquela cacofonia.

Do acampamento deles — do pátio —, um pilar de resplandescência líquida da cor do sol disparou em direção ao céu azul, lançando uma luz dourada sobre as copas das árvores e a pedra gasta. Preencheu o ar com seu zumbido puro por quilômetros e quilômetros.

A Fenda de Luz estava transbordando.

Talasyn se afastou de Alaric na mesma hora, e ele ficou desnorteado com aquela perda repentina, o corpo se curvando para a frente de forma impulsiva para encontrá-la de novo. No entanto, ela já tinha partido, correndo de volta para o acampamento, os olhos fixos na coluna de luz ofuscante. Alaric a seguiu com pernas trêmulas que mal pareciam conectadas ao próprio corpo. Ele sentia como se estivesse flutuando... e *não* era no bom sentido. Estava desorientado depois da rapidez com que todo o seu fluxo sanguíneo correra para baixo.

Quando entraram no pátio, tudo ali parecia estar pegando fogo, o pilar formado pela magia dourada no centro tão iluminado que doía olhar diretamente para ele, tão alto que desaparecia em meio às nuvens. No entanto, a largura dele era delimitada pela fonte, uma fumaça clara derramando-se como água das mandíbulas de pedra dos bicos em formato de dragão.

A estrutura da fonte sobrevivia intacta à magia, uma maravilha arquitetônica. Os antigos Tecelões de Luz de Nenavar haviam estudado nos mínimos detalhes cada centímetro do ponto em que o etercosmos rasgava o mundo material, então entalharam a pedra ao redor da Fenda, cobrindo o santuário de relevos complexos, contando de forma afetuosa as histórias de sua terra em detalhes jubilosos.

Era difícil acreditar que haviam sido aqueles mesmos etermantes que mataram o avô de Alaric e quase destruíram Kesath.

Alaric afastou esses pensamentos, que beiravam a mais grave das traições, mas aquilo apenas permitia que houvesse mais espaço para relembrar o corpo de Talasyn, a sensação de que ela se encaixava nele como se fosse a peça que faltava.

Ele parou a alguns passos de distância enquanto ela se aproximava devagar da Fenda de Luz. Muito, muito devagar, como se estivesse em um transe. Se fosse parecida com uma Fenda de Sombras, a magia estaria a atraindo e o coração dela estaria se abrindo como o de um marinheiro que via as praias de seu amado lar.

A poucos metros do pilar radiante, entretanto, ela parou. Olhou para trás, para ele, o cabelo castanho esvoaçando na brisa sobrenatural. Ela parecia insegura, quase assustada.

Os lábios de Talasyn ainda estavam inchados do beijo.

— Está tudo bem — disse ele, a voz rouca acima do rugido da Luzitura.

Como era estranho ser procurado como fonte de segurança. Como era algo novo ser visto como qualquer coisa que não fosse um mero conquistador.

— É só continuar andando — incentivou Alaric. — Você vai saber o que fazer quando chegar lá.

Talasyn assentiu, sustentando o olhar de Alaric por mais alguns instantes antes de se virar para a Fenda de Luz. O olhar *dele*, porém, permaneceu fixo nela até Talasyn desaparecer de vista, a silhueta esguia engolida pela magia.

Entrar em uma Fenda de Luz era mergulhar de cabeça em um oceano de luz do sol.

E era... *maravilhoso*.

Talasyn submergiu na luz, que aqueceu cada centímetro da sua pele, fluindo em suas veias. Lavou sua alma em um esplendor radiante.

Também era uma sensação vertiginosa, avassaladora. Era sua etermancia na forma mais pura, o arrebatamento que a percorria tão intenso que ela quase o temia. Temia saber quanto daquilo seu coração aguentaria.

O medo, porém, foi algo breve e irrisório naquele lugar. Ela sentia como se conseguisse fazer qualquer coisa. Ela *conseguiria* fazer qualquer coisa.

Ela *entendia*.

De longe, o ponto de conexão mais parecia uma coluna sólida de luz, entrelaçada com a fumaça prateada do etercosmos. Uma vez que estava bem no centro, Talasyn via que era composto de milhares, *milhões* de feixes dourados finos. Ela os tocou, e eles tilintaram como as cordas de uma harpa. Ela os persuadia a ir em qualquer direção que desejava, tudo oscilando, brilhando e dançando em uma tapeçaria luminosa por onde quer que olhasse.

E, de cada corda, uma memória se desenrolava.

Alaric já havia pressentido que o coração de um ponto de conexão poderia conectar um etermante ao seu passado, e ele estava certo. Momentos havia muito esquecidos, coisas que Talasyn *quisera* esquecer... tudo parecia mais sólido. Voltaram para ela em uma enxurrada, com uma clareza distinta; voltaram à vida em rodopios dos fios de éter. Cenas da infância, não mais diluídas pelo tempo. Uma canção de ninar no que ela sabia ser, sem sombra de dúvida, a voz da mãe, reconhecível e límpida. Fisgadas de fome na barriga e as pontas dos dedos congeladas no inverno. As botas voltando a pisar na terra depois de sua primeira batalha aérea e, logo em seguida, vômito, e Khaede dando tapinhas em suas costas para tranquilizá-la, em silêncio. A primeira vez que Sol falara com ela, marcando o começo dos dois em luas amáveis na órbita de Khaede... e o fim daquela história, o corpo imóvel no convés da embarcação.

E então... viu Alaric. Não o homem que deixara esperando no pátio, mas a figura ossuda com a máscara de dentes de lobo, as manoplas com garras, com o qual ela lutara em Refúgio-Derradeiro. O Sombral rodopiava ao redor dele, entalhado em relâmpagos distantes, o ar gélido anunciando as chuvas. A lâmina crepitante manchada, escarlate, sob o brilho do eclipse, tão vermelha quanto o sangue de todos que morreram ali.

— Acabou — disse a aparição, e as palavras foram arrancadas de um poço profundo do passado, a voz com uma suavidade estranha.

Naquela época, ela se desconcertara com o tom, desacostumada a qualquer coisa que não fosse a avaliação letal do príncipe kesathês.

No presente, ela conhecia Alaric melhor.

Acabou. Ele estava implorando para que ela se rendesse no instante em que o último bastião da Confederação era derrotado pelos furacões.

Só que ele estava errado. Ainda não acabara. Não para a Sardóvia. Não para Nenavar. Não para Talasyn.

Me mostre, pensou ela. *Me ensine como dar o primeiro golpe. Quero aprender a aguentar o ataque. Quero proteger todos que amo. Eu não vou deixar que a Sombra recaia sobre nós.*

Seja pelo Devorador de Mundos ou pelo Império da Noite.

E a Luzitura zumbiu e se agitou. Fez exatamente o que ela mandou.

A magia de luz é maligna, ensinara o pai de Alaric quando ele era apenas um menino. É a arma de nossos inimigos. Ela queima e cega. É por isso que destruímos as Fendas de Luz no Continente; elas alimentavam aqueles que desejavam roubar nossa tecnologia de porta-tempestades e nos dominar para que fizéssemos suas vontades. A Luzitura não pode ser aplacada nem apaziguada. Não se contentará até que lance seu brilho inclemente sobre todas as coisas.

Alaric sempre acreditara naquelas palavras e, no momento, no monte Belian, ele também entendia, ao ver a forma como a Fenda de Luz queimou sua pele e seus olhos mesmo daquela distância. Era cortante demais, implacável demais. Não se parecia em nada com o frescor agradável do Sombral.

Ele odiava aquela forma de magia... ele *deveria* odiá-la, mas...

... quando a Fenda de Luz começou a por fim colapsar, recuando para dentro de si, afastando-se dos céus e voltando para a terra...

... quando a garota no meio da fonte se virou para ele com olhos dourados e veias douradas percorrendo sua pele marrom-clara, com as mechas de cabelo castanho que escapavam da trança inundadas de luz...

... quando ela ergueu a mão e conjurou um escudo cintilante e sólido, não em formato de gota como os do Continente, mas comprido, retangular e com pontas bifurcadas no topo e na base, como os que os nenavarinos utilizavam...

... ele só conseguia pensar que ela era linda. Todas as partes de Talasyn eram lindas.

Quando Talasyn voltou ao mundo de pedras encobertas por vegetação do pátio no monte Belian, o zumbido estridente da Luzitura ainda ressoava em seus ouvidos.

Alaric continuava parado onde ela o deixara. O brilho líquido do seu escudo tecido de luz oscilou sobre a silhueta dele, a memória e a realidade sobrepostas como manchas atrás das pálpebras da jovem. A armadura de Forjador das Sombras, a sua espada, os porta-tempestades do pai, e tudo que fora perdido.

Ela baixou o braço, e o escudo se dissipou. O ruído da Fenda de Luz cessou, e as imagens esvaneceram.

Alaric se tornou sólido mais uma vez. Ele a observava com atenção, gotas de suor do calor da Fenda brilhando na testa pálida. Aquele não era o espectador mortal que ela encontrara em Refúgio-Derradeiro. Ainda assim, apenas conseguia encará-lo com um horror crescente.

Ele estava a poucos metros de distância, esperando que ela desse o primeiro passo. Parecia que queria perguntar o que acontecera... mas Talasyn não poderia explicar tudo que vira. Aquelas lembranças pertenciam apenas a ela. E, mais do que isso, as lembranças a fizeram perceber o terrível erro que acabara de cometer.

O que Talasyn fizera?

Não existia qualquer explicação racional para o beijo. Nada nele poderia ser perdoado. Ela precisaria voltar para Eskaya com um peso nos ombros, sabendo que a língua do Imperador da Noite estivera dentro de sua boca. Da próxima vez que se encontrasse com o restante do exército sardoviano, seria com a lembrança da mão do Imperador da Noite apertando sua bunda.

E ela gostara de tudo.

Deuses, que espírito a possuíra, continuava a possuindo, por que as coisas estavam daquela forma?

— Eu... — Talasyn se desesperou para falar qualquer coisa que o fizesse parar de encará-la daquele jeito. — Eu fiz um escudo.

Alaric assentiu, um canto da boca voltado para baixo. Quase como se quisesse que ela tivesse dito outra coisa.

— Você conseguiu.

— Vou tentar fazer outro de novo.

Assim, passou o resto da tarde tecendo a Luzitura para criar escudos de diversos tamanhos e tipos. Apenas pelo puro prazer de fazer aquilo, de enfim ser capaz, lógico, mas também para ter uma desculpa razoável para não se abalar pela presença de Alaric.

Ele se manteve do outro lado do pátio, o mais longe possível. Talasyn teve a impressão de que sentia o olhar dele queimando as suas costas, mas sempre que ela ousava um vislumbre em sua direção, ele tomava o cuidado de estar ocupado com outra atividade. Talasyn imaginou que Alaric também estivesse se esforçando para ignorar a existência dela. A Tecelã até o pegou tentando limpar as folhas caídas no acampamento usando um galho. Por fim, ele desistiu da tarefa e desapareceu de vista em um dos muitos corredores quase desmoronados do santuário, por trás da desculpa de explorar mais as ruínas.

Quando o céu escureceu, Talasyn rastejou até seu saco de dormir, torcendo para adormecer antes que Alaric retornasse. A mente dela era tomada por um turbilhão de emoções conflitantes, e a sua magia assobiava, inquieta nas veias, enquanto ela virava de um lado para o outro sob um panorama diamantino de luas e estrelas.

Deitada ali, Talasyn sentiu uma possibilidade irresistível atravessar o espiral de confusão e culpa. Se ela continuasse a entrar em comunhão com a Fenda de Luz, será que poderia voltar ainda mais no passado? Poderia ter mais lembranças da mãe, além do aroma de frutas e o eco fantasmagórico de uma canção de ninar? Era possível que Hanan Ivralis voltasse à vida em sua mente? Aquilo seria o bastante?

Ela ainda estava desperta quando o som dos passos de Alaric ressoou no pátio. Fechou os olhos com força, fingindo dormir, escutando o farfalhar de tecido quando ele se deitou no próprio saco de dormir.

Em seguida, o tom de voz profundo e um pouco severo cortou o silêncio.

— Dá para *ouvir* você pensando.

Ela rolou para o lado para que pudesse fulminá-lo com o olhar e teve um sobressalto quando se deparou com Alaric a encarando. Os olhos cinzentos brilhavam com intensidade no rosto pálido sob o luar.

Uma nova lembrança a tomou, mais recente. O anfiteatro. Os dentes dele mordiscando seu lábio inferior. Cada carícia das mãos dele.

A coisa mais inteligente a fazer seria parar de observá-lo, porque ver que ele era grande demais para o saco de dormir não ajudou em nada a dissipar os pensamentos conturbados dela. Em vez disso, Talasyn continuou concentrada nos olhos de Alaric, por cima da pedra e na noite, até ele perguntar:

— O que foi?

Soou defensivo, como se já soubesse o que se passava na mente dela.

Determinada a não corar, Talasyn falou sobre o primeiro tópico seguro que lhe ocorreu.

— Você acha mesmo que vamos conseguir impedir o Nulífero?

— Acho — respondeu ele, sem hesitar. — Você sabe como fazer um escudo, e agora temos meses para nos prepararmos. Tudo correrá bem. Ou estaremos todos mortos.

— Que animador — devolveu ela.

— Um dos meus talentos.

Um silêncio frágil se assentou de novo, e ela se virou de lado, estudando a noite preta e prateada. Os minutos se estenderam e, bem quando Talasyn pensou que o sono o dominara, Alaric falou outra vez.

— Eu me lembro de me sentir sozinho.

Ela ficou imóvel.

— O quê?

— Você me perguntou do que eu me lembrava da minha infância, quando começamos a praticar etermancia no palácio real. É disso que eu me lembro. Da solidão.

Ela olhou para ele, que exibiu um sorriso fraco e pesaroso.

— Sou o filho único do meu pai, e ele exigia que eu me dedicasse aos estudos e ao treinamento. Eu era o herdeiro do Imperador da Noite, e, portanto, meus companheiros jamais poderiam ser meus amigos. Até Sevraim sabe seus limites. — Ele parou, medindo as palavras seguintes, e quando por fim chegaram, soavam como se tivessem sido arrancadas de um poço profundo de mágoa. — Minha mãe era gentil, mas infeliz. Na minha opinião, ela achava difícil olhar para mim e ver o que ainda a prendia ao casamento.

Qualquer ilusão que Talasyn tivera sobre a infância mimada de Alaric se despedaçou. Ela compreendia naquele instante por que ele falara com um desdém tão descomunal sobre casamentos a bordo do porta-tempestades. E, pelos deuses, apesar de tudo, apesar de saber que coisa terrível ela fizera quando o beijara, ela se sentia impotente diante da vulnerabilidade de Alaric. Ela queria mais e mais, ávida. Não conseguiria suportar se ele voltasse a agir com frieza.

— Por que está me contando isso? — ela se ouviu perguntar.

Ele deu de ombros.

— É justo. Você confiou em mim ao me contar um pouco sobre a sua infância, com a faca… As dificuldades que enfrentei são desprezíveis se comparadas às suas, mas é o que tenho. Então preciso confiar em você com essas lembranças também.

Um sentimento lancinante e agridoce a percorreu. Ela pensou na noite do duelo sem confins, como ele parecera tão sozinho ao enfrentar Surakwel na frente de toda a corte nenavarina. Ela tentou controlar seus sentimentos, focar em manter suas prioridades no lugar, mas tudo ali se revirava nas estrelas e na confissão. Era como se uma mão se esticasse para segurar a dela, atravessando os anos em desamparo.

— Eu também me sentia sozinha — declarou Talasyn, ainda com medo demais para acrescentar *ainda me sinto só*. — Fiquei muito tempo me virando nas ruas sem ninguém. Fiquei esperando minha família voltar, mas isso nunca aconteceu. Mesmo quando me juntei ao regimento sardoviano, ainda continuei esperando. Talvez não seja o tipo de coisa que dê para superar de verdade.

— Você se lembra da sua mãe? — O tom dele era melancólico na escuridão.

— Não muito — respondeu, mas o som da voz de Hanan dentro da Fenda voltou aos seus ouvidos. Ela ainda não estava pronta para compartilhar aquele segredo, mas parecia errado dispensar o resto que tinha. — Eu sei que aparência ela tinha porque vi os etergráficos e os retratos formais. Quando penso nela com bastante concentração, consigo sentir o cheiro de frutas silvestres. É só isso. Mas... — Ela piscou apressada, antes que um arroubo de lágrimas inundasse seus olhos. — No dia em que pisei no solo nenavarino pela primeira vez, eu tive um... não sei bem se era uma visão ou uma lembrança, ou um devaneio, mas havia alguém me dizendo que nós iríamos nos encontrar de novo. Talvez tenha sido ela, ou talvez nunca tenha acontecido e eu inventei tudo.

— Era ela, sim — disse Alaric, com uma firmeza tão bondosa, com tanta certeza de que não poderia ser outra coisa, que era como se o sol nascesse dentro do coração de Talasyn.

Ela queria permanecer ali para sempre naquela noite tranquila. Queria continuar falando com ele sobre qualquer coisa, sobre tudo, sobre sua magia, sobre o que perderam, sobre as estrelas e os deuses e os lugares que compartilhavam...

Só que não podia conversar com ele sobre *tudo*.

Se Alaric algum dia descobrisse que a mãe de Talasyn tivera um papel fundamental ao mandar navios de guerra nenavarinos ao Continente dezenove anos antes, para ajudar os mesmos etermantes que mataram o avô dele... e quando o exército sardoviano se reunisse e ele descobrisse que Nenavar os abrigara no Olho do Deus Tempestade... seria um golpe fatal a qualquer tipo de intimidade nascente que Talasyn forjara com ele.

Ali estava ela, tornando-se vulnerável com Alaric, *desejando-o*, enquanto seus camaradas sardovianos estavam escondidos em Sigwad. Enquanto o Continente sofria com a crueldade do império dele.

Não era isso que a Luzitura dissera para ela, quando lhe mostrou a cena em Refúgio-Derradeiro? Ele era o inimigo. E ele podia ter perdido a mãe e o avô, mas *ela* também perdera pessoas queridas.

Por causa de Kesath. Por causa dele.

Chega. O peito dela pareceu se apertar mais. *Basta.*

Você não pode ter coisas impossíveis.

— No regimento, eu tinha uma amiga. O nome dela era Khaede. Foi ela que me contou que o Nulífero podia ser visto da Costa Sardoviana — contou Talasyn. — Ela não conectou esse fato com o sétuplo eclipse, e duvido que ela acreditasse que a luz ametista no horizonte não era só uma lenda até eu voltar de Nenavar e lhe contar sobre a magia nulífera. Mas nós *fizemos* planos, anos atrás, para a Escuridão sem Luar. Se não estivéssemos em uma batalha, se ainda estivéssemos no mesmo regimento, nós iríamos acampar, na floresta ou numa montanha em algum canto, e ficaríamos acordadas até todas as luas voltarem a brilhar.

Talasyn falou com a nitidez da lembrança com que a Fenda a presenteara. O dia estivera enterrado em meio ao horror e à violência infindável da Guerra dos Furacões, mas passou a ser sólido e vibrante em sua memória: a cantina lotada e barulhenta, Khaede falando de boca cheia, com uma empolgação rara, sobre a noite em que nenhuma lua se levantaria depois do pôr do sol. Sobre como ela e Talasyn iam poder presenciar juntas esse fenômeno que só acontecia uma vez em diversas gerações. O plano depois mudara para incluir Sol, meses depois que ele e Khaede derrubaram um coracle lobo e ele sobrevoara um arbusto de damas-da-noite, arrancando uma das flores e entregando para ela enquanto as embarcações se cruzavam acima do inimigo derrotado, em uma queda livre em espiral até o vale muito abaixo.

— Não vamos poder fazer isso agora, lógico — continuou Talasyn, a voz pouco acima de um sussurro. — Depois da batalha de Refúgio-Derradeiro, nunca mais vi Khaede. Ela foi a única amiga que eu tive na vida, e agora nem sei se ela está viva, se o bebê que ela levava na barriga está bem. É provável que não. — As palavras entalaram na sua garganta. Era a primeira vez que falava daquele medo. — Seus soldados mataram tantos de nós, afinal.

Um silêncio pesado recaiu sobre eles. Pareceu se arrastar por muito tempo, a imobilidade estática que seguia um trovão, congelado na eternidade. Uma dor aguda afundou suas presas no âmago de Talasyn quando ela percebeu que na noite em que Surakwel a levara escondida para fora do palácio e a levara até o Olho do Deus Tempestade, sequer lhe ocorrera perguntar a Vela se recebera notícias de Khaede pelas ondas de éter.

A certa altura, mesmo sem ter plena consciência daquilo, ela já começara a acreditar que a amiga se fora para sempre.

Foi o que a guerra fez. Transformou pessoas em estatísticas. Arrancou a esperança e a transformou em algo para ser enterrado até que restasse apenas o pó dos ossos.

— Talasyn. — O nome dela soou baixo e hesitante na voz de Alaric. — Eu...

O tempo voltou a correr normalmente.

— Não — interrompeu ela.

Um arroubo de lágrimas não derramadas ardeu em seus olhos, mas ela se recusava a deixá-las jorrar naquele instante. Jamais choraria na frente dele. Ao menos isso ela devia a Khaede e aos outros. Como ela pôde ter se esquecido, mesmo que por breves momentos nos últimos dias, que Alaric era o símbolo da queda da Sardóvia? Como as memórias de Khaede, Sol e da mestre de armas Kasdar não a queimaram a cada respiração?

— Vamos só não conversar — completou ela.

Alaric se sentou, estreitando os olhos para ela. Não estavam cheios da raiva fria e silenciosa que Talasyn começara a associar a ele e apenas a ele. Havia um cintilar selvagem, algo imprudente.

— E sobre o que aconteceu no anfiteatro? Não acha que deveríamos falar sobre *isso*?

— Não tem necessidade nenhuma de discutir o ocorrido — disparou Talasyn, rígida. — Foi uma anomalia.

— Uma anomalia da qual você gostou, se bem me lembro.

— Acho que *você* é que estava gostando bem mais!

Indignada, ela se virou para o outro lado para que não pudesse ser atormentada pela imagem dele. Mesmo assim, conseguia sentir o escrutínio perfurante que deixava sua nuca arrepiada.

— A daya Langsoune me disse uma vez que o ódio é um tipo de paixão — continuou ela. — Eu só me deixei levar pelo duelo. Me confundi. Só isso.

— O mesmo aconteceu comigo — vociferou Alaric, sem hesitar e, *ah*, como aquilo doeu.

O peito dela pareceu reverberar com o golpe. Não era nada além da concordância com o que ela dissera, mas Talasyn sabia que havia uma diferença brutal nas duas falas.

Ele estava dizendo a verdade. Ele não a achava sequer tolerável se ela não estivesse pintada de ouro.

Entre os dois, era ela que parecia entrar em curto-circuito cada vez que ele respirava ou exibia um dos raros sorrisinhos.

— Por que a daya Langsoune disse isso a você? — perguntou Alaric de súbito, o tom carregado de suspeita.

— Ela estava zombando de mim — murmurou Talasyn. — Por sua causa.

Alaric bufou, elegante, um barulho que saiu da penumbra iluminada em prata atrás dela. Mostrava bem o que ele pensava daquilo, e a dor que ela sentia no peito só aumentou.

Eu sou uma traidora. Talasyn esfregou as lágrimas dos olhos de maneira furtiva e furiosa, antes que começassem a escorrer pelo rosto e por cima dos lábios que ainda pareciam arder com a memória da boca de Alaric. *A morte ainda seria uma punição leve para mim.*

O sol intenso da manhã nenavarina jorrou sobre o rosto de Alaric, e ele acordou da mesma forma que adormecera: confuso, furioso e arrependido.

Na noite anterior, ele tinha se deixado levar pelo momento, se abrigado no feitiço da falsa sensação de proximidade por estar sozinho com Talasyn em meio àquelas ruínas isoladas. Ele fora levado à complacência pelo rosto adorável, pela inteligência astuta e pelo vigor dela. Pelo beijo ardente e pelo aroma de mangas e jasmins. Ele não estivera pensando com o *cérebro*, como o pai teria dito. E, portanto, ele baixara a guarda, confessara verdades devastadoras para ela, coisas que jamais contara a mais ninguém.

E tudo aquilo para quê? Qual fora o objetivo, se ela não conseguia esquecer o passado? Se ela guardara tudo para confrontá-lo quando ele estava em seu momento mais vulnerável?

Alaric reconhecia, no fundo, que aquela linha de raciocínio não era razoável, considerando tudo pelo que Talasyn tinha passado. Ele até compreendia, em certo nível, que estava se escondendo por trás da própria mesquinharia para não precisar lidar com a culpa esmagadora que a Tecelã fizera despertar nele ao dar um nome humano para a Guerra dos Furacões. No entanto, ele seguiu pensando em todas aquelas coisas, porque os governantes de nações vitoriosas *não* imploravam por perdão — e muito menos a antigos inimigos cujo lado fora igualmente impiedoso durante um conflito que perdurara dez anos.

Ele temia, porém, que acabaria fazendo exatamente isso ou algo tão tolo quanto, embora poucas coisas fossem mais recrimináveis do que contar a ela sobre os pais, e expressar sentimentos que ele nunca falara em voz alta para mais ninguém — *depois* de tê-la beijado até ficar atordoado. Alaric estava preocupado de verdade com as outras possíveis idiotices que cometeria se ficasse mais tempo naquela montanha, sozinho com a noiva e aquelas malditas sardas dela. Embora com certeza não houvesse nenhuma imbecilidade maior do que sentir atração por alguém que, como ele dissera a Sevraim, jamais seria capaz de separá-lo da guerra.

Portanto, Alaric ficou aliviado quando viu que Talasyn guardou o saco de dormir, a chaleira e todos os suprimentos de acampamento depois de tomarem o desjejum em um silêncio que chegava a doer, percebendo que ela colocava um fim àquela expedição.

— Estamos indo embora?

Ela assentiu de maneira brusca.

— Nós conseguimos fazer o que viemos fazer. Não vejo motivo algum para passar mais um único dia aqui.

Ele ignorou a pontada de dor que o atravessou, tão afiada quanto garras.

— Como quiser — disse ele.

CAPÍTULO 33

Havia uma banheira cheia à espera de Talasyn quando ela chegou ao Teto Celestial. Além dos óleos perfumados e sabonetes herbais, Jie — que ficara horrorizada ao pensar na Lachis'ka se embrenhando pelo mato — até salpicara pétalas amarelas de pinha na água, que exalavam um perfume doce.

Talasyn se demorou na banheira de mármore até a pele enrugar, com uma carranca que daria inveja a Alaric. Eles haviam trocado poucas palavras na caminhada até o quartel, e menos ainda na viagem de volta na embarcação aérea até Eskaya. Ao menos ele partira logo para o porta-tempestades, com a desculpa de que tinha assuntos urgentes que precisavam de sua atenção. Ela só voltaria a vê-lo no eclipse, quando os dois criariam uma barreira para que os feiticeiros do Domínio pudessem estudar o fenômeno.

Aquele período distante de Alaric daria à mente de Talasyn tempo para entender de uma vez por todas que a Tecelã jamais poderia baixar a guarda. Tempo para esquecer tudo que acontecera entre os dois no santuário.

Sinto muito, disse ela para Khaede. Para a Khaede que vivia na sua cabeça, que poderia estar morta, pelo que Talasyn sabia.

Não houve resposta — ela estava esgotada demais até para imaginar que tipo de reação a amiga teria —, e, na segurança da água perfumada, ela por fim deixou algumas lágrimas caírem.

Já que a comodora Mathire ficaria trabalhando em sua própria embarcação na noite do eclipse, Alaric e Sevraim eram todo o contingente kesathês a chegar ao átrio onde ocorrera a última demonstração falha da barreira.

Alaric esperava que, com sorte, o local fosse o palco de uma experiência bem-sucedida, e, ao entrar, viu que os feiticeiros do Domínio se dedicavam muito a... *alguma coisa*.

Ishan Vaikar explicou com entusiasmo o mecanismo da configuração de amplificação para ele, e o seu pessoal arrumou os fios e mudou as jarras de metalidro de lugar para formarem um círculo perfeito, grande o bastante para que abrigassem duas pessoas.

Sevraim foi espiar mais de perto e então voltou para o lado de Alaric, dando de ombros.

— Provavelmente *não* é um instrumento capaz de matar alguém, mas acho que seria melhor testarem na sua adorável futura esposa primeiro...

— Testar o *quê* em mim?

Sevraim se sobressaltou, e Alaric se retesou. Talasyn estivera à espreita, silenciosa como um gato. Com a mandíbula cerrada, Alaric se virou para encará-la pela primeira vez desde que voltaram das montanhas Belian.

A soldada indômita com a trança despenteada e a calça manchada de lama fora banida. Em seu lugar, seguida por suas guardas taciturnas, encontrava-se a Lachis'ka nenavarina, com uma coroa de hibiscos e colibris esculpida em ouro.

Alaric tentou pensar em algum comentário irônico, mas os olhos castanhos de Talasyn passaram direto por ele e se fixaram em algum ponto acima do seu ombro. Uma onda de decepção intensa o atravessou, deixando-o nauseado.

Talasyn não parecia tão perplexa diante da engenhoca que faria a amplificação, mas era provável que a jovem já tivesse se acostumado com a originalidade nenavarina. Ela foi até Ishan, e as duas conversaram em voz baixa. Um pouco depois, Alaric se juntou às duas mulheres.

— Sangue de sariman, daya Vaikar? — inquiriu ele, estudando um dos núcleos fundidos dentro dos jarros, cintilando em safira e escarlate. — Você os matou?

— Óbvio que não! — Ishan parecia escandalizada diante de tal ideia. — O sangue é extraído de espécimes jovens e saudáveis, apenas pelos tratadores mais bem treinados. É contra a lei nenavarina matar uma criatura tocada pelo éter por qualquer motivo que não seja autodefesa.

Alaric se pegou pensando na quimera estampada no selo imperial de Kesath. Outrora abundante no Continente, a fera tinha sido caçada por multidões em função de sua pele de leão e das propriedades medicinais dos cascos de antílope e das escamas de enguia. Isso sem mencionar a glória atribuída a quem quer que matasse uma. A última vez que uma quimera fora vista acontecera havia mais de um século, o que para Alaric sempre fora uma pena, e ele se perguntou se poderia introduzir uma lei semelhante à que Ishan acabara de descrever.

Depois de analisar a estrutura de amplificação uma última vez, Ishan se deu por satisfeita e assentiu, gesticulando para que Talasyn e Alaric adentrassem o círculo de jarras e circuitos.

Quando uma lua estava em eclipse, ela já se erguia acima do Continente como uma esfera vermelho-sangue ou prateada, podendo levar de alguns minutos a horas para voltar ao seu estado normal. Ali no arquipélago do Domínio, eles estavam diversas horas à frente do Continente, então testemunhariam o processo completo do início ao fim. Naquela noite, aconteceria um Eclipse da Primeira, a maior lua entre as sete, e quando ela chegou ao ponto mais alto acima do panorama de suas irmãs fantasmagóricas, o pátio brilhou quase tão branco e imaculado quanto neve.

Talasyn nunca pareceu tão distante de Alaric quanto no momento, mesmo que estivessem lado a lado dentro do círculo, perto o bastante para se tocarem.

— Não deve demorar muito — comentou Ishan.

Ela levara seis outros feiticeiros, e eles haviam se posicionado a alguns metros de distância, cada um paralelo a uma jarra.

— Vamos esperar até que a Primeira esteja parcialmente ocultada — instruiu ela.

Os minutos seguintes se passaram em silêncio, todos no átrio observando a lua cheia acima. Então, devagar, uma mancha de escuridão se desdobrou sobre a superfície branca cintilante e, pouco a pouco, começou a se desfazer nos arredores do céu noturno. Mordiscada pelo leão esfomeado do deus sol, ou engolida aos poucos pelas mandíbulas reptilianas de Bakun, de luto por seu amor que morrera.

No fim, talvez tudo fosse a mesma coisa. Histórias que se contavam ao redor do fogo e que ninavam as crianças em todos os cantos do mundo. Talvez mais de uma coisa pudesse ser verdadeira ao mesmo tempo, quando parte do folclore que construía uma nação. Talvez o grande leão ainda rosnasse para Alaric, mesmo que estivesse em uma terra longe demais dos seus deuses.

— *Agora* — disse Ishan Vaikar.

Em harmonia, Talasyn e Alaric estenderam as mãos e rasgaram o véu do etercosmos. Ela era o espelho radiante dele, um escudo de luz surgindo da ponta dos dedos, enquanto a criação sombria de Alaric faiscava e sibilava em resposta. Os olhos deles se encontraram, e os dois uniram sua magia. Assim, sob o Eclipse da Primeira, aquela esfera negra e dourada floresceu para cercá-los.

Ishan e os outros feiticeiros também agiram em sincronia, braços e pulsos fluindo como água, tracejando padrões arcanos. Os núcleos de sangue de sariman e de magia de água dentro das jarras de metalidro de repente brilharam como minúsculos sóis, o brilho preenchendo os recipientes e se estendendo, percorrendo os fios.

Antes que Alaric pudesse piscar, a esfera que ele e Talasyn haviam criado se expandiu para proteger todo o átrio.

Tudo era feito de éter. Tudo era luz, sombras, água e sangue. A magia de Alaric sibilava pelo ar, levada por asas cintilantes e vaporosas, mais forte do que ele jamais pensou ser possível. *Amplificada.*

Era o sinal que os guardas do palácio estavam esperando, posicionados nos parapeitos e nas varandas. Eles miraram com os mosquetes e descarregaram as armas no átrio em uma amálgama de virotes ametistas. Todo disparo era ineficaz. Todo disparo se chocava contra a barreira e desaparecia.

Então era aquilo que acontecia quando um país não passara sua última década em guerra. Quando os feiticeiros não estavam focados em alimentar porta-tempestades. Quando os ferreiros e vidracceiros não estavam ocupados criando e reparando fragatas, coracles e armas.

Era aquilo que poderia ser alcançado.

Era aquilo que o Continente perdera quando seus Estados-nações começaram a se atacar.

— Eu sei — murmurou Talasyn.

Alaric não percebeu em que instante se virara para ela, quando os dois haviam se voltado um para o outro. Entretanto, estavam juntos ali, e os olhos castanhos dela pareciam iluminados pela magia, pelo assombro, pelo arrependimento.

— Eu não disse nada — protestou ele.

— Nem precisava — falou ela, sob aquelas redes pretas e douradas, embaixo do eclipse sarapintado. — Está escrito na sua cara.

Eu poderia matá-lo, pensou ela. *Aqui. Agora.*

Ninguém poderia invadir a esfera. Ninguém poderia impedi-la.

Se ela conseguisse pegá-lo de surpresa, se fosse rápida o bastante para enfiar uma adaga tecida de luz entre as costelas dele, Talasyn conseguiria se vingar por Khaede e por todos os outros.

No entanto, ela precisava considerar a Noite do Devorador de Mundos. Havia um plano a longo prazo.

Ainda assim, não foi apenas isso que evitou que sua mão se mexesse.

Talasyn encurtara a viagem ao monte Belian para impedir que as coisas ficassem complicadas demais. Naquele instante, ao concentrar-se nos olhos prateados de Alaric, a observar o rosto iluminado pelo luar refletindo os painéis líquidos pretos e dourados que rodopiavam ao redor deles, ela temeu ter agido tarde demais.

Ela viu o Imperador da Noite. Viu o garoto que era tão solitário quanto ela. Viu o mestre da Legião Sombria com quem batalhara no gelo à beira de uma cidade arruinada, onde os porta-tempestades rugiam nos ares. Viu um homem que a segurara pelo queixo, que a ensinara com paciência a fazer um escudo, cujos comentários irônicos às vezes a faziam rir. Viu seu primeiro beijo, a primeira vez que as mãos de outra pessoa a tocaram e atiçaram sua pele.

Ela viu o perigo, de muitas formas.

Por fim, a barreira desapareceu. Talasyn não sabia dizer se foi Alaric, um feiticeiro ou ela própria que perdera a concentração primeiro. Por sorte os guardas nas muralhas já haviam parado de atirar.

De qualquer forma, Ishan estava satisfeita.

— Quase seis minutos, Vossa Graça! — Ela abriu um sorriso empolgado para Talasyn, enquanto Sevraim se apressava para se certificar de que Alaric estava bem. — É lógico que na Noite do Devorador de Mundos a Fenda Nulífera vai transbordar por cerca de uma hora, e esse pátio inteiro é apenas uma *fração* de sua extensão, mas ainda temos quase cinco meses para praticar o escudo, e pode ficar tranquila, que nós em Ahimsa usaremos esse tempo para projetar configurações ainda maiores e melhores de amplificação.

— Se alguém há de conseguir, é você e sua equipe, daya Vaikar — disse Talasyn, com sinceridade.

Ishan baixou a cabeça em uma mesura breve, que era a forma com que os nenavarinos costumavam responder aos elogios. No entanto, seu entusiasmo era palpável.

— Estou animada para relatar esses resultados para a Zahiya-lachis — disse Ishan.

Por puro instinto, Talasyn examinou as torres que rodeavam o átrio. Ali, em uma das janelas mais altas, iluminada por um retângulo à luz de lamparina, ela viu a silhueta coroada se afastando.

— Algo me diz — comentou Talasyn, mordaz — que Sua Majestade Estrelada já tem uma boa ideia do que aconteceu.

CAPÍTULO 34

Os dias passaram voando, com todos focados no casamento iminente. Os planos foram finalizados sem novos obstáculos, exceto pela menção ao tópico inconveniente que era a noite da consumação. Talasyn achava que ela e Alaric teriam lidado pior com aquilo se o príncipe Elagbi não os tivesse alertado sobre o fato naquele dia a bordo do porta-tempestades.

É óbvio que teriam lidado bem *melhor* com a questão se já não tivessem iniciado a consumação no anfiteatro do santuário.

— Nossos recém-casados deixarão a festa primeiro, e, antes de segui-la para seus aposentos, Sua Majestade lhe dará tempo suficiente para se preparar — explicava Lueve Rasmey.

— Para me preparar... — repetiu Talasyn, sem entender.

— Bem, será necessária a ajuda de sua dama de companhia, Lachis'ka — explicou Niamha Langsoune —, já que as amarras do vestido de casamento são difíceis de desfazer...

— Entendi... — interrompeu Talasyn mais do que depressa, reunindo toda a sua força de vontade para tentar não corar.

Alaric parecia ter levado um soco no estômago.

— Podemos seguir adiante — completou a jovem.

Talasyn não contou que os dois já haviam concordado em compartilhar os aposentos dela por apenas uma noite e nada mais. O rajan Gitab os observava com atenção por trás dos óculos, e Talasyn não queria presentear a oposição com uma oportunidade de questionar a validade da aliança matrimonial.

Felizmente, a rainha Urduja se pronunciou.

— Se Sua Majestade desejar transferir alguma posse pessoal para Iantas, faça o favor de informar à daya Rasmey, uma vez que ela é a responsável por coordenar com o administrador. Estamos quase terminando de reformar o palácio, e estará pronto para sua mudança depois das núpcias.

Iantas era parte do dote de Talasyn, um enorme castelo em uma pequena ilha com praias de areia branca. Fora cedido a Alaric como sua residência permanente em Nenavar... e a Talasyn também, pelo menos até que ascendesse ao trono e precisasse estabelecer sua corte no Teto Celestial.

— Será bom para Alunsina ganhar alguma experiência administrando um lar — continuou Urduja. — A educação que obteve não se estendeu a esse tipo de habilidade. E ela é a Lachis'ka mais jovem em nossa história recente a se casar.

Alaric contraiu os lábios e deu um aceno de cabeça rígido para Urduja. Fazia um esforço considerável para não olhar na direção de Talasyn, o que ela considerava ótimo. Na verdade, se pudessem apenas ignorar um ao outro até Talasyn se livrar de Gaheris e destruir o Império da Noite, seria *incrível*.

Como todas as outras grandes cerimônias reais, o casamento aconteceria na Torre da Luz Estelar, no coração de Eskaya, e a atividade na área ficava mais intensa conforme o lugar era preparado para a ocasião e os perímetros eram verificados. Da mesma forma, um exército de decoradores e arrumadeiras se lançara sobre o grandioso salão de baile do Teto Celestial, o local da festa, para garantir que tudo estivesse na mais perfeita harmonia, que nem um único ornamento sequer estivesse fora do lugar e que nem mesmo um milímetro do chão de mármore ficasse sem polimento.

Talasyn passou a maior parte do tempo ocupada com as provas do seu vestido, isso quando ela e Alaric não precisavam repassar cada etapa da cerimônia. Embora tentasse parecer serena diante dos outros, aquela fachada começava a se desintegrar a cada nascer do sol que a aproximava de seu casamento.

Casamento. Deuses. De vez em quando, ela beliscava o próprio braço, torcendo para acordar em sua cama no quartel sardoviano, mas até o momento não tivera sorte.

Faltando um dia para a cerimônia, diversos oficiais kesatheses chegaram a Eskaya para se juntarem à comodora Mathire e Sevraim, a fim de servirem de testemunhas da união. No alto de uma torre, Talasyn os observou desembarcar dos navios, sem conseguir conter o seu incômodo. Aquelas pessoas haviam sido suas inimigas por cinco anos, e a Tecelã decidiu que não deixariam de ser tão cedo. Ela só precisaria de algumas poucas granadas de cerâmica bem posicionadas para destruir de vez o Alto Comando do Império da Noite. Inferno, se Urduja desse aos seus soldados a ordem de atacar *naquele instante...*

Não. Seria tudo em vão. Ao que tudo indicava, Gaheris não estava presente, provavelmente ocupado governando o império na ausência de Alaric.

Havia outras formas de travar uma guerra.

Talasyn precisava ser *paciente.*

Continuou observando enquanto Alaric cumprimentava seus oficiais. Ele respondeu às continências com um aceno de cabeça e começou a conversar com os oficiais. Em suas roupas escuras e severas, os kesatheses se destacavam entre as armaduras floreadas dos guardas do palácio e os trajes cintilantes dos nobres do Domínio.

Talasyn nunca saberia se foi apenas uma coincidência terrível ou se Alaric sentiu o peso do olhar dela, do modo como todos os guerreiros sabiam identificar quando estavam sendo observados. Seja lá o que fosse, de súbito seu noivo virou a cabeça em sua direção.

Alaric a encarou.

Talasyn se afastou da janela no mesmo instante, sentindo as bochechas ruborizarem. *Por que fez isso?*, repreendeu-se. Ela deveria ter continuado ali, firme. E *daí* que ela o estava observando? Ela *morava* ali, poderia observar o que bem entendesse...

Endireitando a postura, Talasyn deu um passo para a frente, determinada a fulminar Alaric com o olhar até que ele recuasse com o rabo entre as pernas. No entanto, quando voltou ao seu lugar de antes, próximo à janela, a última pessoa da delegação do Império da Noite já desaparecia palácio adentro.

O bom senso pareceu voltar. *O que estou fazendo?*, perguntou-se, incrédula e consternada diante das próprias ações. Ela não conseguia evitar sentir que perdera mais uma rodada naquela estranha e nova batalha que ela e Alaric Ossinast tinham começado a travar. Não era um bom sinal para o que viria depois.

No caminho de volta aos seus aposentos, Talasyn se deparou com Kai Gitab na Via da Rainha, um corredor comprido e atapetado onde as paredes de mármore exibiam enormes retratos pintados a óleo de todas as Zahiya-lachis da história. Comparado à maioria dos outros recintos do palácio, o local ficava protegido do sol por cortinas pesadas que cobriam as janelas, a fim de preservar as obras de arte delicadas. A única fonte de iluminação vinha de lamparinas de fogo, posicionadas em intervalos esparsos, que aumentavam a sensação sinistra de que os lindos rostos nas molduras douradas observavam os movimentos de todos que passavam.

Gitab encontrava-se parado na frente do retrato de Magwayen Silim, a mãe de Urduja. O homem fez uma mesura para Talasyn quando ela se aproximou.

— Vossa Graça.

— Rajan Gitab — respondeu Talasyn, no mesmo tom.

Não havia guardas no corredor, e ela escapulira das suas Lachis-dalo mais cedo. Logo, estava sozinha ali — sozinha com um nobre do Domínio que se opunha à aliança com Kesath. Talasyn se perguntou o quanto ele discordava da situação, se seguiria os passos de Surakwel e tentaria impedir o casamento. Mesmo assim, a jovem achou que a cordialidade seria o melhor caminho a seguir.

— Obrigada por todo o seu esforço durante as negociações — elogiou ela.

Gitab deu um sorriso tranquilo.

— O triunfo pertence à daya Rasmey e à daya Langsoune. Tanto eu quanto a Vossa Graça sabemos que Sua Majestade Estrelada só me convocou para que eu pudesse garantir para aqueles que, assim como eu, criticam a união que nada desonesto transcorrera.

Nenhum de vocês me falou sobre a Noite do Devorador de Mundos. Isso me parece bem desonesto, resmungou Talasyn consigo mesma, e a raiva devia ter transparecido em sua expressão, porque os olhos escuros de Gitab faiscaram atrás dos óculos de aros dourados, como se ele soubesse muito bem no que a garota estava pensando.

— Ainda assim — perseverou ela, com muita coragem, até, ao navegar pela conversa fiada que ela começava a suspeitar que era um campo minado disfarçado. — Agora tudo está encerrado.

— Está. E assim começa uma nova era.

Gitab voltou a se concentrar no retrato, e Talasyn o acompanhou. A antiga Zahiya-lachis os encarava de cima com ferocidade, com seu cabelo castanho e sua pele marrom-escura. Enquanto a coroa de Urduja parecia ter sido entalhada em gelo, a de Magwayen era um objeto colossal e assustador, feito de espinhos de ferro e opalas escuras.

— Sua bisavó era, segundo todos os relatos, uma governante forte e capaz — disse Gitab a Talasyn. — Uma vez que sabia que o Devorador de Mundos apareceria durante o reinado da filha, passou seus últimos anos preparando todo o reino para a ocasião, e preparando a rainha Urduja. Se essa solução que Vossa Graça e o Imperador da Noite arranjaram for um fracasso, Nenavar ainda assim sobreviverá à Estação Morta graças a muitos dos protocolos e medidas que Magwayen planejou.

— Nós não vamos fracassar — garantiu-lhe Talasyn.

Tudo correrá bem, dissera Alaric. *Ou estaremos todos mortos.*

Determinada, ela expulsou a voz irritante do noivo de sua mente, onde aparecia nos momentos mais inoportunos.

— Sim, suponho que qualquer coisa seja possível com seu tipo de etermancia, Lachis'ka. É o que veremos.

Se Gitab, assim como os demais nobres do Domínio, temia a Luzitura e o Sombral, não demonstrou. Ele continuou com os olhos fixos no retrato de Magwayen, e Talasyn achou que talvez fosse melhor ir embora, já que a conversa parecia ter chegado ao fim.

No entanto, Gitab se pronunciou mais uma vez.

— O sol começou a se pôr na dinastia de Silim quando a rainha Urduja deu à luz outra criança, seu segundo e último filho. No dia em que ela velejar com os ancestrais, Vossa Graça, uma nova casa irá ascender. E ela terá o sobrenome da sua mãe. Esse é o costume do nosso povo.

Talasyn congelou. Era a primeira vez que ouvia qualquer nobre na corte mencionar Hanan Ivralis. Sua mãe era um tabu, assim como o quase usurpador, o príncipe Sintan. Sempre tomando cuidado para não angariar a antipatia de Urduja, Talasyn só podia alimentar a própria curiosidade quando estava a sós com o pai, e mesmo assim ela nunca cavava muito fundo, por querer poupar Elagbi.

Porém, a lembrança recém-recuperada de Hanan entoando uma canção de ninar trouxe um pouco de rebelião ao sangue de Talasyn.

— Isso o incomoda? — perguntou a Gitab, sedenta para saber como ele via Hanan, a mulher cujas ações quase derrubaram o Trono Dragão. — Que seja o nome de uma forasteira?

— Não nutro nenhuma mágoa da falecida lady Hanan e sou leal a quem os ancestrais abençoam — disse Gitab, solene. — Sua avó e eu temos nossas diferenças, é evidente, mas meu dever sempre será fazer o que for melhor para Nenavar. E, se existe uma chance de Nenavar ser poupada da Estação Morta, então é óbvio que devemos tentar. Entretanto, depois... — Ele baixou a voz. — Pode contar comigo para o que acontecer *depois*, Lachis'ka. Confio que nenhum de nós dois deseje ver a Sombra cair.

Naquele instante, Talasyn viu algo na expressão do homem que a fez se lembrar de Surakwel Mantes. O rajan tinha o dobro da idade de Surakwel, e seus modos eram infinitamente mais comedidos, porém queimavam ali as brasas daquele mesmo fogo. O amor por uma nação. Uma crença inabalável no que era certo e errado.

Ele conquistou a reputação de ser incorruptível e devotado a seus ideais. Já que ele estará nas negociações, ninguém vai poder acusar a Zahiya-lachis de estar vendendo Nenavar para o inimigo.

Talasyn se sentiu um pouco mais afeiçoada a Gitab. Não podia confiar nele ainda, mas não era má ideia começar a abrir o caminho para forjar as próprias alianças dentro da corte do Domínio.

— Manterei isso em mente, milorde.

Ele assentiu, e Talasyn partiu, percorrendo o corredor de retratos enquanto o homem permanecia onde estava, encarando a Rainha de Espinhos.

CAPÍTULO 35

O dia do casamento real raiou com um tempo agradável e sem nuvens. Já que a cerimônia aconteceria ao pôr do sol, os convidados começaram a chegar logo depois que os gongos do meio-dia ressoaram. Os céus sobre a capital do Domínio de Nenavar foram preenchidos por embarcações luxuosas dos mais variados formatos e tamanhos, com velas multicoloridas e iridescentes, além de brasões de famílias nobres vindas de todos os cantos do arquipélago.

As embarcações eram direcionadas aos diversos atracadouros espalhados por Eskaya, os passageiros levados por uma frota de esquifes brancos e dourados até a Torre da Luz Estelar: um prédio feito quase todo de metalidro verde-esmeralda, que se destacava como um cetro espinhoso do resto do horizonte da cidade. Quando cada convidado desembarcava, trajando peles, penas, joias e sedas, era escoltado pela porta cintilante e servido de bebidas enquanto aguardava o início da cerimônia.

Ao menos, era isso que a noiva presumia que estava acontecendo naquele momento. Enfurnada em seus aposentos no Teto Celestial, ela tentava não vomitar.

— *Eu não posso fazer isso!* — disse Talasyn quase aos berros para Jie.

Com uma placidez louvável, a dama de companhia nem sequer estremeceu ao executar o trabalho delicado de fixar minúsculos diamantes nas pontas dos cílios de Talasyn. Os cílios nem eram *verdadeiros*. Ela só foi saber que isso existia quando chegara à corte. Eram compridos e espessos, quase sobrenaturais, e ela não conseguia *enxergar*.

— É só o nervosismo do casamento, Lachis'ka, é completamente normal — comentou Jie, tentando tranquilizá-la. — Sabe, meu irmão mais velho pulou pela janela na manhã de seu casamento. Quando os guardas de mamãe o prenderam, ele tagarelou alguma bobagem sobre abraçar sua vocação como pirata... Vossa Graça, com todo o respeito, *não* — acrescentou Jie, firme, quando Talasyn olhou para a janela do quarto, desesperada.

— Ossinast ainda está aqui? Talvez eu possa falar com ele. Podemos entrar para a pirataria.

Jie abriu um sorrisinho.

— Bem, se fugir para casar é mais do estilo de Vossa Graça...

— O quê? — Talasyn sentiu a bile subir pela garganta. — *Não*. Não foi *isso* que eu quis dizer.

Pressentindo que Talasyn não estava com humor para piadas, Jie adotou uma expressão mais sóbria.

— Sua Majestade já partiu para a Torre da Luz Estelar. Dá azar o noivo ver a noiva antes do casamento.

Considerando que esse casamento está amaldiçoado desde o princípio, não vai fazer muita diferença, pensou Talasyn, soturna.

Ela fora reduzida a uma pilha de nervos estilhaçados e enjoo quando Jie por fim terminou de encaixar a coroa e o véu. Talasyn se levantou, desconfortável e sentindo calor com o vestido pesado. Jie deu um passo para trás e encarou a noiva, abrindo um sorriso enorme.

— Ah, Lachis'ka, está completamente *estonteante*! — exclamou Jie. — Sua Majestade é um homem de sorte.

Talasyn se recusou a responder àquele comentário e se remexeu sob o escrutínio compenetrado de Jie. No entanto, aquilo não foi *nada* se comparado à reação do príncipe Elagbi. Ele a esperava no solar, e, assim que a viu, seus olhos se encheram de lágrimas.

— Minha filha... — Foi tudo que Elagbi conseguiu dizer, as palavras engasgadas por conta da emoção.

Talasyn só conseguiu ficar parada ali, sentindo-se constrangida e *estranha* enquanto ele retirava um lenço de linho de um bolso da túnica azul formal e secava as bochechas.

— Me perdoe. É só que... tanto tempo foi roubado de nós, não foi? Eu nunca pude ver você crescer. E agora você está aqui, tão linda quanto a sua mãe estava quando me casei com ela. Se ao menos ela pudesse ver você agora. E se apenas... se apenas esse fosse um casamento que você desejasse. Com alguém de quem você gostasse.

Talasyn ficou desarmada diante de todo aquele amor. Diante do que fora encontrado e do que fora arrancado dela. Não sabia o que fazer com nenhum daqueles sentimentos.

Então, ela só deu um sorriso hesitante para o pai e permitiu que ele a levasse pelo braço e a guiasse para fora do palácio. Para dentro da escuna que a levaria ao seu casamento.

Etergráficos demais, resmungou Alaric para si mesmo enquanto aguardava o início da cerimônia. Estava em uma alcova isolada adjacente ao vasto salão na Torre da Luz Estelar onde o casamento aconteceria. Dera uma espiada rápida no lado de fora, para avaliar a multidão, e, atrás de fileiras de convidados, havia uma verdadeira horda de correspondentes com seus equipamentos de etermancia, lâmpadas quentes imbuídas de Fogarantro piscando, sem escrúpulos.

Quando Gaheris tomara o Continente, os jornais foram uma das primeiras coisas a serem banidas nas nações que ele conquistou. *A única função que eles têm é incitar o medo e o pânico nas massas*, dizia o antigo Imperador da Noite. *Não compreendem o que estamos tentando fazer. O que estamos construindo.*

Pelo visto, a rainha Urduja não compartilhava dessa crença. Dado o isolacionismo do Domínio, seja lá o que os jornais *deles* escrevessem sobre o casamento, era pouco provável que chegasse ao restante de Lir. O Império da Noite, porém, imprimiria boletins que sem dúvida chegariam aos portos comerciais. Os embaixadores levariam a notícia. Talvez o relato até chegasse aos ouvidos de Sancia Ossinast, onde quer que estivesse. Isso se ainda estivesse viva.

Alaric sabia que não deveria estar pensando naquela mulher. Ela partira no meio da noite. Era uma traidora. No entanto, uma vez que se embrenhava pela memória, era difícil retornar. As lembranças voltaram, vivas sob a luz quente que entrava pelas paredes de metalidro.

Em Valisa, dissera ela para ele uma vez, num tom melancólico, do mesmo jeito que sempre falava sobre a terra natal de seus pais, *quando alguém queria propor casamento à pessoa amada, devia levá-la para um lugar com uma vista adorável, algum lugar que tivesse um significado especial. Então, devia segurar a mão dessa pessoa, olhar para o seu rosto e dizer: "As estrelas me guiaram para meu lar no seu coração."*

Foi assim que você pediu meu pai em casamento?, quisera saber Alaric, menino na época, pequeno e alheio a tantas coisas.

Os olhos de Sancia endureceram. *Não, passarinho. Foi ele que me pediu em casamento, e não se falou em estrelas nem em corações. Foi um verdadeiro pedido kesathês, em todos os sentidos.*

A porta da alcova se abriu, e a comodora Mathire colocou a cabeça para dentro, fazendo Alaric se sobressaltar e trazendo-o de volta ao presente.

— Vossa Majestade, sua noiva está aqui.

Então, a comodora desapareceu com o ar de alguém que acabara de cumprir mais uma tarefa árdua em uma longa lista mental.

Sozinho outra vez, ele respirou fundo. Até naquele instante se castigava pelo nervosismo repentino que parecia atacar seu âmago. Ele era o mestre da Legião Sombria e o Imperador da Noite de Kesath. Lutara em inúmeros campos de batalha e subjugara reinos inteiros. Uma cerimônia de casamento não era nada se comparada a isso.

Não havia como adiar mais aquilo. Ele saiu da alcova e entrou no Salão Cerimonial.

Localizado sob o campanário da Torre da Luz Estelar, as paredes de vidro do cômodo forneciam não apenas uma vista da cidade extensa abaixo, mas também uma quantidade considerável de luz natural. Mais minimalista do que o interior decorado do Teto Celestial, o salão ainda contava com um teto de tirar o fôlego, feito de vitrais que espalhavam tons de cobalto, quartzo rosa, jacinto e lilás por todo o chão e sobre as centenas de pessoas nos bancos. As mesmas recaíram em um silêncio decoroso, porém tenso, com a entrada de Alaric. Com o rosto impassível, ele ignorou os convidados e se dirigiu ao altar, uma plataforma elevada que era o ponto focal do salão.

Empoleirado em colunas feitas de alabastro puro, o altar fora entalhado para parecer um dragão, inclinado em uma posição de predador, a cauda apontada para o teto e as asas guardadas na lateral do corpo. A curva do pescoço estava retorcida para a frente, de modo que encarasse a extensão do salão com seus olhos de safira ardentes, um incensário de bronze pendurado em uma corrente comprida das mandíbulas esticadas em um rugido eterno. Atrás do altar, esvoaçavam brasões pendurados no teto: a quimera prateada do Império da Noite em um campo preto e o dragão dourado do Domínio de Nenavar erguendo-se absoluto em uma seda tão azul quanto o céu do verão.

Alaric se posicionou na base da plataforma. A oficiante já se encontrava no topo dos degraus diante do altar, vestida com sua túnica de um tom profundo de escarlate.

Ele tentou ao máximo esconder sua inquietação e manter uma expressão imperturbável ao analisar a multidão. Seus oficiais, vestidos com os uniformes de gala elegantes, ocupavam as primeiras fileiras junto a Urduja, Elagbi e os aristocratas nenavarinos com posições superiores na corte. Todos tinham um ar verdadeiramente *lúgubre*.

— Já vi pessoas mais felizes em velórios. — Alaric ouviu a oficiante comentar para os dois neófitos que a auxiliavam, e ele concordou com fervor, mesmo sem dizer aquilo em voz alta.

A música começou, cortesia de uma orquestra no andar do coral. Primeiro, um gongo de latão foi tocado três vezes lá de cima. Depois, vieram os xilofones e as flautas de bambu, seguidas por cordas que criavam uma melodia emocionante pontuada pelo suave rufar de tambores. As portas principais se abriram. Talasyn entrou.

E, por longuíssimos momentos, Alaric parou de respirar.

Ele estava sonhando. Só poderia ser um sonho.

Não era possível que *ela* fosse real.

O Domínio não poupara gastos no vestido de noiva da Lachis'ka. Tecido de uma seda de lótus acetinada da cor de pétalas de magnólia, o corpete cinturado bordado a ouro moldava o corpo de Talasyn com um decote ondulado. As mangas eram bufantes e estruturadas e a saia era cheia e dramática e provavelmente poderia ser descrita como uma proeza arquitetônica. Camadas e mais camadas de organza e chiffon bordadas de forma suntuosa com diamantes em meio a constelações de fios de ouro e prata. A metade de trás da peça se estendia em uma cauda que deslizava com suavidade sobre o piso de vidro. O cabelo castanho de Talasyn estava arrumado em cachos largos e preso acima da cabeça, adornado por uma tiara de ouro e diamantes de onde fluía um véu feito de uma renda fina, bordado com mais diamantes e linha prateada para criar a ilusão de um céu estrelado. Segurando um buquê de peônias brancas como a neve que parecia refletir o teto de vitral, ela flutuou pelo corredor em direção a Alaric ao som alegre e aéreo da harpa. Estava deslumbrante sob a luz flamejante do fim do dia, tão linda no vestido branco, com prata e ouro, que chegava a doer.

E ela seria a *esposa* de Alaric.

Ele não prestou atenção nos murmúrios deslumbrados que percorriam a multidão. Deixou de notar o teto, o altar ou a paisagem. Tudo que via era Talasyn.

CAPÍTULO 36

Enquanto Talasyn embarcava em sua longa e lenta caminhada pelo altar, a terrível sensação de que tropeçaria a qualquer instante ecoava por sua mente. Assim que começou a pensar nisso, não conseguiu mais parar. Aquilo a atormentara até ter a certeza de que o passo seguinte seria o último. Ela cairia de cara no chão, e todos cairiam na gargalhada…

Alaric provavelmente não riria dela, mas só porque ele era amargurado demais para rir de qualquer coisa. Ao avançar até ele — Alaric estava com o rosto impassível e os olhos cinzentos gélidos —, não conseguia afastar a sensação de que estava marchando em direção à própria derrota.

A lembrança de Darius no casamento de Khaede e Sol, perguntando com ironia se ela achava que seria a próxima, não poderia ter ressurgido em pior momento. Talasyn parou de dar seus passos regulares e foi *tomada* por uma vontade de rir. Ou de chorar. Ou de dar meia-volta e fugir, fugir para o mais longe que os sapatos e o vestido permitissem… o que não seria muito longe.

Por algum milagre, entretanto, ela conseguiu chegar até onde Alaric a esperava sem mais incidentes. Sentia a nuca pinicar com o peso de centenas de olhares e, entorpecida, entregou o buquê para Jie, que o aceitou e voltou a desaparecer com graciosidade pela multidão. Então Talasyn se virou para o homem com quem estava prestes a se casar.

Alaric vestia uma túnica de mangas compridas e colarinho alto preta, bordada com espirais prateadas nos punhos, além de uma calça e um par de botas, tudo preto. Como se para compensar a simplicidade relativa do traje, ele usava uma corrente pesada de pedras preciosas obsidianas, e das costas pendia uma capa de brocados cor de meia-noite e platina. O cabelo dele estava... perfeito, como sempre, as ondas escuras abundantes e arrumadas, com uma coroa incrustada de verniz preto e rubis vermelhos como vinho. De longe, parecia alto e ameaçador, mas, de perto, o rosto pálido não estava tão hostil quanto ela imaginara, e os olhos que pareceram tão frios se aqueciam um pouco pela luz do pôr do sol, tingida de esmeralda.

Sustentando o olhar um do outro enquanto a música continuava tocando, Talasyn e Alaric se mexeram ao mesmo tempo. Ele executou uma mesura cortês e ela fez uma reverência na altura máxima que a saia esvoaçante permitia que se abaixasse. Aquela parte da cerimônia tinha sido um ponto de atrito entre as duas delegações ao negociarem o acordo. Na corte nenavarina, o noivo precisava se curvar diante da noiva, mas o Imperador da Noite não se curvava a ninguém, e a Lachis'ka fazia mesuras apenas para a Rainha Dragão. A daya Rasmey resolvera a questão ao sugerir que as duas ações fossem feitas ao mesmo tempo como um sinal de respeito mútuo, para que os dois pudessem seguir para o altar como iguais.

Assim que se endireitaram, Alaric ofereceu o braço a Talasyn. Ela enganchou a mão na dobra do cotovelo dele e, juntos, os dois subiram os degraus da plataforma. Um suspiro ressoou pela multidão — Talasyn sabia que fora bem no instante no qual a cauda e o véu se derramaram sobre a escadaria de vidro como um rio branco e dourado, um efeito estético que fora muito bem calculado por um batalhão de costureiras.

Por estar subindo uma série de degraus escorregadios, Talasyn se segurou em Alaric com mais força do que gostaria. Ele pareceu intuir a complexidade da situação, desacelerando e mantendo o braço firme como apoio. Talasyn olhou para ele, cujo rosto bem delineado continha um traço de zombaria e arrogância.

— Tente *você* subir as escadas com esses sapatos infernais e essa saia absurda — resmungou ela, baixinho.

— Prefiro ficar só com os sapatos — murmurou ele. — Seu vestido está tão lotado de diamantes que me surpreendeu o chão não ter rachado com o peso.

— Cala a boca.

Assim que chegaram ao topo da plataforma e ficaram diante do altar e da oficiante, eles assinaram dois contratos que os neófitos apresentaram. Eram documentos lindamente grafados, declarando que, naquele dia, Alunsina Ivralis do Domínio de Nenavar casou-se com Alaric Ossinast de Kesath.

Depois de levar os pergaminhos à luz para garantir que a tinta estava seca, a oficiante enrolou os documentos com todo o cuidado. Entregou um ao neófito e depositou o segundo no incensário pendurado nas mandíbulas cristalinas do dragão. A fumaça aumentou, e o aroma acre de pergaminho sendo queimado foi logo engolido pelo incenso perfumado enquanto as notícias daquela união eram levadas aos grandes navios de guerra que os ancestrais embarcaram em direção ao paraíso, o Céu Acima do Céu… ou ao menos era nisso que os nenavarinos acreditavam. Talasyn tinha certeza absoluta de que, se *existisse* vida após a morte, os ancestrais da Casa de Silim estavam se revirando no túmulo naquele instante.

Ela e Alaric se viraram um para o outro, estendendo as mãos no espaço que os separava, e então uniram os dedos com certa hesitação. Ele não estava usando as luvas de sempre, e Talasyn arregalou os olhos ao sentir aquele toque em sua pele. Era como se uma corrente elétrica adentrasse suas veias em cada ponto de contato entre os dois. O coração dela acelerou.

Ainda assim, havia algo tranquilizante no toque. Como uma gota fresca de água descendo pela garganta ressequida. Talasyn fora alimentada pela raiva durante toda a sua vida, seja nas chamas ou na fumaça. Sua magia era construída em cima daquela ardência e, às vezes, era tudo que ela conhecia.

Aquilo, porém, era… uma âncora. A Luzitura que muitas vezes surgia tão inquietante em suas veias agora cantarolava, tentando alcançar seu oposto, o espelho sombrio que espreitava sob a pele de Alaric. O aperto das mãos dele prometia um lugar silencioso e seguro sob a tempestade do coração acelerado dela. Oferecia um sonho pacífico.

Era…

Não era *real*.

Os lábios de Alaric estavam pressionados em uma linha soturna. Ele parecia imperturbável, e aquilo ajudou Talasyn a recuperar o controle sobre a reação estranha à sensação dos dedos nus dele entrelaçados com os seus.

A oficiante pegou uma corda de seda vermelha e a amarrou nos punhos dos dois, para representar o destino que os unira. A música cessou, e a mulher de túnica escarlate ergueu os braços em direção ao teto de vitrais, enunciando em uma voz solene que ecoou pelo salão:

— Estamos hoje aqui reunidos para celebrar a união entre duas nações, o que por si só representa a aurora de uma nova era gloriosa para o Domínio de Nenavar. Com a benção de Sua Majestade Estrelada, Urduja Silim, Aquela que Estendeu a Terra Sobre as Águas, essas duas almas agora fazem um juramento…

Talvez Talasyn se interessasse mais pelas palavras da oficiante se ela *quisesse* mesmo se casar. Talvez assim aquela cerimônia espalhafatosa tivesse algum significado. No entanto, era como se a atenção dela vagasse durante o discurso, distraída pelo peso das centenas de olhares e das mãos de Alaric segurando as suas... tão estranhamente gentis, por algum motivo, como se ela fosse uma criatura frágil. Talasyn nunca esperara delicadeza daquele homem severo e enorme. Nunca esperara que não o acharia desagradável aos olhos.

E *com toda a certeza* nunca esperara que fosse se concentrar somente nele enquanto a oficiante continuava seu discurso. Ele fez com que Talasyn se esquecesse da multidão. Ele a ajudava a encontrar *um foco*, naquele lugar lindo e traiçoeiro, onde ele era a única pessoa que a conhecia de sua vida passada, onde *ele* era a única coisa que ela podia dizer que conhecia de fato. Poderiam estar cumprindo novos papéis, mas ainda havia uma guerra inteira nas memórias compartilhadas entre os dois.

Talasyn se lembrou do embate das lâminas ao luar, nas ruínas, sob os céus em brasas. Ela se lembrava de se mexer com puro instinto, luz contra sombras, e de como se sentia tão viva cada vez que ela e Alaric lutavam, o éter entoando entre eles. Os dedos dele apertaram os dela por reflexo, e por um instante ela pensou ter *visto* aquelas lembranças nos olhos dele, cintilando prateadas no crepúsculo.

A oficiante gesticulou para suas mãos unidas.

— Essas são as mãos que vão amá-los por todos os anos que virão e reconfortá-los em seus tempos de tristeza — disse a mulher aos noivos. — Essas são as mãos que trabalharão junto às suas para construir um império. Essas são as mãos que acalentarão seus filhos e ajudarão o outro a sustentar o peso do mundo. Essas são as mãos que sempre segurarão as suas.

Aquelas palavras deixaram Alaric profundamente abalado, até o âmago. As mãos dele nunca fariam nada daquilo que a oficiante mencionara, não quando estavam manchadas de sangue. Ele jamais poderia cumprir qualquer uma das promessas que estava fazendo a Talasyn, porque o relacionamento dos pais dele era o único exemplo que ele tivera do que era um casamento, e acabara em fuga e traição.

Era ridículo — e desafiava toda a lógica — que a cerimônia o afetasse daquela maneira. Não passava de um espetáculo. Contudo, havia uma parte dele que desejava...

Ele nunca deveria ter deixado de lado as luvas formais. O pai insistira sempre que elas eram uma armadura, que o isolavam das distrações do plano físico. A daya Rasmey, porém, o aconselhara com severidade que vestir as luvas seria desrespeitoso ao significado do rito de atar os punhos, então ele as deixara de lado. Logo, ele não conseguia se distanciar de Talasyn, uma vez que os dedos dela estavam entrelaçados nos seus. Um calor radiante, como se vindo da luz do sol, o inundou em cada centímetro de contato, adentrando os lugares gélidos onde o Sombral criara suas raízes, saciando a fome latente por contato que ele pensara ter superado anos antes.

Não era o suficiente. Ele não queria soltá-la nunca mais.

Tudo estava dando tão, tão errado.

Alaric passou exasperado por seus votos, tentando não deixar óbvio demais que queria desesperadamente que chegassem ao fim. Obrigou-se a não encontrar os olhos de Talasyn, mas falhou miseravelmente. Ele estava encurralado dentro do pôr do sol e dos vitrais, de mãos dadas com a noiva e a encarando conforme recitava as palavras que desejava que fossem sinceras. Se ao menos aquilo estivesse acontecendo em outra vida.

Então, foi a vez dela.

— Eu a-aceito... — gaguejou Talasyn, a voz esmorecendo, e fechou os olhos por um momento antes de tentar de novo. — Eu entrego a você todo o meu coração no subir da lua e no crepúsculo das estrelas.

Alaric desejou que ela tivesse permanecido de olhos fechados. Abertos, eles emanavam uma energia intensa e faziam com que as palavras pronunciadas por seus lábios se tornassem mais ferozes, de alguma forma, ainda mais comoventes, mesmo que estivessem apenas ecoando o que ele lhe dissera havia alguns instantes.

— Fogo do meu sangue, sol da minha alma, eu reuniria exércitos em sua defesa e ficaria ao seu lado mesmo que o próprio Mar Eterno estivesse contra nós dois.

Ele sentiu uma dor tênue perfurar seu peito. Eram só palavras, e nem sequer eram originais, mas ninguém nunca lhe dissera que ele não precisaria lutar sozinho.

— Eu juro amar-te por inteiro e por completo — continuou Talasyn, a testa um pouco franzida em concentração —, sem reservas, na fortuna e na provação, na luz e nas trevas, na vida e além, no Céu Acima do Céu, onde meus ancestrais navegam, onde vamos nos reencontrar e nos lembrar de quem somos, e onde eu me casarei com você de novo.

A oficiante retirou o cordão vermelho, e os neófitos deram um passo à frente, dessa vez trazendo os anéis. Talasyn colocou a aliança de casamento no dedo de Alaric, e então ficou parada ali, o coração hesitante, enquanto ele retribuía o gesto. Havia um último obstáculo a superar, e ela não tinha certeza de que conseguiria encará-lo.

— Eu agora os declaro unidos por toda a vida — concluiu a oficiante. — Lachis'ka, pode beijar o seu consorte.

Eu não consigo, pensou Talasyn, o pânico se alastrando. No entanto, ela *precisava*. Não havia como evitar o beijo. Desde tempos imemoriais, era aquele gesto que concluía os ritos matrimoniais.

Talasyn se aproximou de Alaric, que, por um segundo, parecia que só queria sair correndo dali. Pela primeira vez ela ficou grata pelos saltos do sapato, porque os centímetros a mais garantiam que ela não precisaria ficar na ponta dos pés. Ainda assim, havia uma diferença considerável de altura. Por que ele precisava ser tão *alto*? Ela fechou os olhos com força, e...

Na teoria, deveria ser um selinho rápido, que duraria menos de uma fração de segundo, sem o emaranhado de complicações que o beijo no santuário dos Tecelões trouxera. Ela já tinha planejado tudo. No entanto, os lábios dele estavam quentes contra os dela, tão macios quanto em sua lembrança. Ela não contara com a faísca agradável, o regozijo da alma, a forma como a própria magia se moldava dentro dela como um animal selvagem, aguçando-se com interesse. E ela não contara que Alaric passaria um braço pela cintura dela e retribuiria o beijo.

Talasyn sentia a cabeça girar. Quando não conseguiu mais ficar naquela posição e voltou seu peso para o chão, foi ele que se abaixou, a boca acompanhando a dela, o braço a prendendo firme contra si. A mão de Talasyn deslizou pelo peito dele, sentindo o coração de Alaric bater sob seus dedos, ecoando o dela em um batimento agitado.

Demorou tempo demais. Ou... acabou cedo demais. Talasyn não sabia dizer. Seu senso de autopreservação retomou as rédeas, e ela se afastou primeiro, todo o seu ser parecendo oscilar na beira de um precipício. Alaric piscou, aturdido, os lábios carnudos um pouco entreabertos.

Os ouvidos dela zumbiam, e ela demorou um tempo vergonhosamente longo para entender que era por causa dos *gongos*. Os gongos posicionados na Torre da Luz Estelar ressoavam, lançando suas notas musicais tinidas por toda Eskaya. A orquestra voltara a tocar. Os convidados nos bancos ficaram em pé para aplaudirem a saída do casal da forma apropriada. O sol se punha no horizonte.

Talasyn e Alaric se encararam sob a sombra do altar de dragão. Estavam casados.

CAPÍTULO 37

A dama de companhia sorridente de Talasyn desprendera a cauda de seda do vestido antes de deixar os noivos sozinhos no cômodo privativo da escuna. Mesmo sem os três metros e meio de tecido na parte detrás, a saia ainda parecia uma tenda gigante em formato de balão, o que fazia com que Talasyn ocupasse três assentos na minúscula cabine. Alaric se sentou na frente dela, alto e largo demais para o espaço apertado, as pernas compridas emaranhadas nas camadas incrustadas de diamantes sobre seda fina que fluíam do vestido.

Naquele espaço apertado, ele não conseguia tirar os olhos de Talasyn. Tentava se controlar, mas sua atenção continuava voltando para o rosto dela. Talasyn olhava pela janela enquanto a escuna planava sobre os telhados dourados de Eskaya. Ela brilhava sob o crepúsculo que escurecia, as pontas dos cílios decoradas com fragmentos de minúsculos diamantes que cintilavam em contraste com sua pele macia e uniforme. Por mais linda que estivesse, Alaric sentia saudades das sardas que ele sabia que estavam escondidas sob tanto pó e pintura, salpicadas pelo nariz e no alto das bochechas.

Ele se distraiu com os lábios dela. Não deveria ter retribuído o beijo, mas agira movido por puro instinto ao procurar a boca de Talasyn, segurá-la apertado contra si. A sensação era a de... estar isolado do resto do mundo durante aquele breve momento no tempo. Alaric estava à deriva, e Talasyn era a única coisa que o ancorava à realidade.

Comparado ao beijo do anfiteatro, o do altar fora até casto. Não havia razão para que o afetasse tanto assim. Para que continuasse o afetando depois.

Alaric tentou se concentrar em outra coisa, desesperado em busca de uma distração. Para seu azar, ele cometeu o erro de baixar o olhar dos lábios de Talasyn, descê-lo pelo queixo e pelo pescoço, até encontrar a curva dos seios, esculpidos pelo corpete branco e dourado, sedutores.

Que os deuses me ajudem. Alaric resistiu ao ímpeto de esconder o rosto nas mãos em uma crise de desamparo. *Estou atraído pela minha esposa.*

— O que você está fazendo? — perguntou Talasyn, de repente.

Ela o *pegou no flagra*. Ela o viu *encarando* os seios dela.

Alaric desviou o olhar para o horizonte da cidade além da janela.

— Como assim? — perguntou ele, emulando o tom de voz mais entediado que conseguia.

— Eu sei que estou ridícula nessa roupa, mas não tive escolha. Fique feliz porque consegui convencer a costureira a não fazer uma cauda de *seis* metros.

Alaric se voltou de novo para Talasyn, surpreso com a interpretação completamente equivocada que a garota fizera de suas ações. Ela estava com a postura rígida, de orgulho ferido, mas seus dedos brincavam alvoroçados com os bordados em padrões de estrela do véu de renda. *Você não está ridícula*, ele queria dizer.

— Pare de fazer isso. — Foi o que ele acabou falando, esticando a mão e segurando o pulso de Talasyn antes que ela estragasse as miçangas.

Ela virou a mão no aperto frouxo e, de alguma forma, a mão dela roçou a dele, e os dedos dos dois se entrelaçaram no colo dela, entre os diamantes e os fios brilhantes, entre todas aquelas constelações elegantes em espiral. Foi tão natural quanto um reflexo, um instinto faminto. Foi um instante que continha tanta gravidade fluida, e ele sentiu que ela o observava. Quando ergueu a cabeça, seus olhos se encontraram.

Solte, gritou o bom senso de Alaric.

Só que ele não seguiu aquela ordem. As pontas dos dedos traçaram a curvatura dos nós dos dedos de Talasyn. O dedão dele traçou um círculo ao acaso, roçando na pele da palma dela. Não era a mão de um aristocrata: ela tinha calos, e os dedos eram delgados, mas fortes. Era uma coisa fascinante para ele, a textura da pele dela, as cordilheiras de um território desconhecido. O tempo todo ele continuou fitando-a nos olhos, deslumbrado pelo fato de que, naquela luz, na proximidade da noite, lascas douradas brilhavam nas íris escuras.

A escuna começou a subir, sinalizando a aproximação do Teto Celestial. Foi só então que o feitiço se desfez e Alaric soltou a mão de Talasyn. Ele se arrependeu de imediato, mas, ao mesmo tempo, ficou muito aliviado por encontrar a determinação para fazer aquilo.

Ao entrar no grande salão de baile enganchada no braço de Alaric, Talasyn viu que o local fora transformado em um paraíso de cores do pôr do sol, como se o céu que agraciara o casamento dos dois tivesse sido usado para colorir a festa. Uma dúzia de candelabros de bronze gigantescos estava pendurada no teto, exibindo os estandartes de Nenavar e Kesath e milhares de velas. As mesas redondas estavam cobertas de tecido roxo, guardanapos vermelho-escuro, talheres dourados incrustados de rubis, e arranjos florais em rosa-escuro e creme. Na plataforma nos fundos do salão, havia mais uma mesa decorada da mesma forma, retangular e posta para duas pessoas, posicionada de modo que todos pudessem vê-la.

Para poderem nos encarar melhor, pensou Talasyn, amargurada, mas a verdade era que os convidados nem sequer esperaram até que ela e Alaric estivessem sentados para *encarar*. A música e conversa cessaram por completo, e as pessoas ficaram em pé, os olhares voltados para os dois assim que apareceram no batente.

Um velhinho vestido com a farda real foi até o lado de Talasyn. Ela não o tinha notado até que ele anunciou a entrada dela e de Alaric — em uma voz retumbante que ecoou pelas vigas e quase fez com que a jovem desse um pulo.

— Sua Graça Alunsina Ivralis, Lachis'ka do Domínio de Nenavar, e seu consorte, Sua Majestade Alaric Ossinast do Império da Noite! Vida longa ao seu reinado!

A última parte pareceu estranha para Talasyn. Ela não reinava sobre nada. Ela ainda não era a Zahiya-lachis...

Não, percebeu ela, com um calafrio. *Mas eu sou a Imperatriz da Noite.*

Ou ela seria, em breve. Depois da coroação na Cidadela.

O salão de baile fervilhava. Os nobres de Nenavar fizeram mesuras e reverências, e os oficiais kesatheses prestavam continência. A música retornou assim que o casal imperial entrou no salão de baile, percorrendo a pista de dança para chegar até a mesa de Urduja e Elagbi. Talasyn estava prestes a fazer uma mesura para a Rainha Dragão, por hábito, mas Elagbi chamou sua atenção de leve, impedindo-a com um leve balançar da cabeça. O único título superior ao da Imperatriz da Noite era o do seu marido.

— Imperador Alaric — disse Urduja. — Seja bem-vindo à família.

— Obrigado, Harlikaan. — O tom de Alaric era cortês, mas os músculos no braço dele se retesaram sob o aperto de Talasyn, embaixo da seda da manga. — A honra é toda minha.

Elagbi estendeu a mão, e Alaric, depois de certa hesitação, a apertou com a mão livre.

— Cuide bem da minha filha — disse o príncipe do Domínio, lançando um olhar firme para o homem mais jovem.

— Eu cuidarei — respondeu Alaric, com uma voz que parecia um pouco forçada.

Elagbi se virou para Talasyn e lhe deu um beijo na testa. Era um gesto tão carinhoso que ela sentiu um nó na garganta, mas acabou rápido demais, e em seguida ela precisou encarar Urduja, que ofereceu apenas um aceno ríspido de cabeça.

— Foi um lindo casamento, Imperatriz.

— Fosse qual fosse a opinião de Urduja sobre a mudança de autoridade da neta, as feições pintadas eram uma máscara imperturbável, escondendo todos os pensamentos.

Elagbi deu uma risadinha. Três pares de olhos se voltaram para ele, inquisitivos.

— Eu só estava pensando que esse foi o desfecho mais inesperado possível. — Ele colocou a mão no braço de Talasyn, em um gesto afetuoso. — Quando revelei que você era minha filha no quartel em Belian, se alguém tivesse me dito na época que um dia você se casaria com o homem com quem tinha sido presa, eu pensaria que essa pessoa tinha enlouquecido por completo!

Talasyn estremeceu. É óbvio que o pai, descontraído, deixaria as coisas ainda mais constrangedoras. Urduja parecia colérica, nada impressionada com a tentativa do filho de iniciar uma conversa fiada. E Alaric...

Alaric franziu o cenho, como se acabasse de perceber alguma coisa. As peças não estavam mais se encaixando.

No entanto, ele não teria muita oportunidade de se aprofundar no assunto, se quisesse. Uma vez que a troca de cumprimentos entre eles estava encerrada, havia apenas mais uma tradição restante entre a festa de casamento e o jantar. Alaric escoltou Talasyn até o meio da pista enquanto a orquestra de cordas começava a tocar uma melodia mais lenta, e as luzes diminuíram.

— Eles *ensinaram* você a valsar, certo? — murmurou ele no ouvido de Talasyn.

— Ótima hora para perguntar isso — retorquiu ela.

Ele relaxou.

— Só estava verificando.

Ficando frente a frente no meio do salão de baile, sob as luzes cintilantes do candelabro de bronze que tinha o tamanho de uma canoa, eles se aproximaram na posição adequada. A mão direita dele repousou na base das costas dela, e a mão esquerda de Talasyn foi ao ombro dele, as outras mãos entrelaçadas na altura do peito. Eles começaram a repetir a dança que Talasyn começara a aprender havia alguns meses. Ela precisara de aulas de dança porque bailes eram corriqueiros na vida da corte, mas nem em um milhão de anos ela imaginou que sua primeira dança oficial seria a *primeira dança* no próprio casamento.

Não foi tão harmoniosa quanto ela pensou que seria.

— Talasyn. — Alaric soava irritado. — É para você me deixar guiar.

— Do que você está falando? — exigiu ela. — Sou *eu* que guio a dança.

— Não... — Ele se interrompeu, a compreensão surgindo no rosto. — Muito bem. Pelo visto, fazem as coisas de outra forma aqui no Domínio de Nenavar.

Conforme a dança prosseguiu, ela notou que ele estava fazendo um esforço consciente para se adaptar. No entanto, era difícil romper velhos hábitos.

— Você ainda não está me deixando guiar — disse ela, entredentes.

Era mais um cabo de guerra do que uma dança.

Alaric fechou a cara, mas, obediente, reajustou a postura, forçando-se a ficar maleável nas mãos dela. Foi naquele momento que tudo mudou.

A música os envolveu, o toque aéreo de uma harpa em arco, alaúdes alegres, uma cítara horizontal prateada, o canto dos cisnes dos violinos rústicos. A plateia desapareceu enquanto os dois se deixavam levar pela melodia graciosa e envolvente. Ele a segurou mais para perto de si, o máximo que a saia larga do vestido permitia, os olhos de Alaric escuros como carvão sob a luz de velas. O vestido dela refletiu a resplandescência dos candelabros, e a ilusão criou painéis dourados e espirais refletidos no rosto dele.

Depois dos duelos, depois de repassarem juntos todas as respirações e a magia, eles conheciam o ritmo do corpo um do outro bem demais para fingir o contrário. Eles balançaram e deslizaram quando ela o levou a fazer um giro, sentindo o calor do corpo alto e forte dele mesmo enquanto rodopiava para longe, enfeitiçada cada vez que ela voltava para os braços dele. Os dois dançaram juntos, movendo-se como água e luar.

Alaric se sentiu como um animal exótico sentado na mesa principal ao lado de Talasyn enquanto toda a corte nenavarina os esquadrinhava. Ele beliscou cada prato trazido por um desfile infinito de criados bem-vestidos e bebeu alguns goles de cada vinho que era servido para acompanhar as diversas iguarias.

Ao lado dele, Talasyn não estava muito melhor, cutucando sem muito entusiasmo o cordeiro apimentado com um garfo com pedras preciosas. Houve um farfalhar de seda quando ela tentou cruzar as pernas e fracassou, sem dúvida devido às camadas internas volumosas da saia. Ela bufou, irritada, e se contentou em descontar as frustrações na carne do prato, dilacerando-a com uma ferocidade pouco adequada para os arredores tão elegantes.

— Creio que o cordeiro já está morto o bastante — comentou Alaric.

A atenção de Talasyn continuou fixa no prato. Ela estivera evitando o olhar dele desde o fim da valsa, e Alaric não podia culpá-la por aquilo. *Algo* acontecera entre os dois, algum tipo de combustão. Entretanto, submetidos ao escrutínio da corte inteira, não havia como averiguar o que era.

O joelho de Alaric começou a balançar embaixo da mesa — um maneirismo a que ele raramente se permitia, mas estava entediado e desconfortável, e parecia que aquela noite não terminaria nunca. Ele não percebeu que estava sacudindo também a perna de Talasyn até sentir um tapa leve no joelho. Alaric olhou para baixo e viu que a mão dela ainda estava parada por ali, a aliança de casamento cintilando no dedo anelar.

— Você acabou de *me bater?* — perguntou ele, incrédulo.

— Ou você fica parado ou é melhor se sentar lá longe — informou ela ao próprio prato.

Por natureza, Alaric não era um homem mesquinho. Também estava muito ciente de que era seis anos mais velho que a noiva, e seria melhor agir de uma forma não apenas adequada a um imperador, mas também ser a pessoa mais madura do novo relacionamento tenso. No entanto, assim que olhou para a carranca feroz de Talasyn, o perfil enrugado por pura irritação, ele não precisou de mais nenhum incentivo para esparramar mais as pernas, invadindo o espaço dela.

Ela virou-se para ele com um olhar ameaçador, segurando o garfo como se quisesse apunhalá-lo. Ele lhe lançou o sorriso mais gélido possível, todo o desconforto esquecido. *Aquilo, sim,* era um território familiar.

Algo que Elagbi dissera antes, porém, pesava em sua mente. Decidindo que aquele momento era tão propício quanto qualquer outro para tocar no assunto, ele se inclinou mais para perto da nova esposa... mesmo que isso o aproximasse ainda *mais* do garfo pontudo dela.

— Mais cedo, o príncipe Elagbi me lembrou que você descobriu sobre suas origens quando foi levada como prisioneira na cordilheira Belian. Você sabia que era a filha dele durante o último mês inteiro da Guerra dos Furacões. Foi por isso que você fugiu para Nenavar. Você sabia que seria bem-vinda aqui. Mas por que decidiu voltar para o Continente?

O tom de Alaric foi se suavizando ao declarar sua perplexidade e, em um contraste gritante, a tensão pareceu tomar conta de Talasyn, fazendo com que todos os seus músculos se retesassem.

Ela o fulminou com o olhar.

— A amirante disse que precisava que eu me concentrasse na guerra, e eu concordei.

— Você me disse que se sentiu solitária durante toda a sua vida — insistiu Alaric, franzindo o cenho. — Que sempre nutriu a esperança de se reunir com a sua família. E então você os *encontrou*, mas foi embora, e voltou para uma guerra que já estava quase perdida àquela altura. Eu entendo que você deve ter se sentido na obrigação de contar o que descobriu para Ideth Vela, mas nem sequer pensou em perguntar a ela se poderia velejar para Nenavar de novo?

— Eu tinha um dever — respondeu ela, parecendo confusa com o objetivo da pergunta. — É lógico que eu ia cumpri-lo até o fim.

Antes que ele pudesse argumentar, Niamha Langsoune se aproximou da mesa principal, o sorriso agradável e a pura graciosidade sofisticada, vestida em trajes cor de bronze.

— Vossa Graça, Vossa Majestade — disse ela, em voz baixa —, é hora de deixar a festa.

Os dedos de Talasyn de repente se afundaram na coxa de Alaric sob a mesa. Eles deveriam sair do grande salão de baile e se retirarem para os aposentos dela para a noite de núpcias. Decerto, já fora acordado que eles não fariam *nada*, mas ainda assim...

Como se aguardasse uma deixa, Urduja ficou em pé, encerrando todas as conversas no salão.

— Caros convidados — começou ela, erguendo uma taça de vinho —, agradeço por celebrarem essa noite histórica conosco. Por meio dessa união, nós fomentamos uma nova era de paz e prosperidade para o Domínio de Nenavar e o Império da Noite. Por favor, juntem-se a mim para brindar à saúde dos noivos que embarcam juntos nesse novo capítulo de suas vidas.

Talasyn pensou que, apesar dos pesares, estivesse lidando bem com toda aquela situação. Conseguiu deixar a festa com um floreio elegante, até oferecera um aceno de cabeça rígido, porém educado, para Alaric antes que fossem escoltados para os respectivos aposentos para mudarem de roupa. Longe do burburinho, finalmente fora da vista dos intrometidos, com o cabelo solto e os sapatos de tortura e os cílios falsos enfim removidos, ela se sentiu muito mais otimista em relação à sobrevivência ao resto da noite, sem mais nenhum estresse. Entretanto, tudo aquilo mudou quando Jie saiu do quarto de vestir, trazendo as *novas roupas* de Talasyn.

— Eu *não* vou vestir isso.

— Mas, Lachis'ka, é tradição... — Jie começou a implorar, mas Talasyn a interrompeu.

— Olha só para essa coisa!

Ela gesticulou abismada para o... bom, aquilo sequer poderia ser considerado um vestido. Não era mesmo um *cachecol*, pelos critérios de Talasyn. Era verdade que tinha mangas compridas e ia até os tornozelos, mas aquilo não importava muito quando era feito de um tecido tão fino que dava para ver *através* dele, com rendas estilizadas posicionadas de maneira estratégica para cobrir suas... suas *partes*.

— Quem em sã consciência iria... — Ela fraquejou, sem palavras.

— É lingerie, Vossa Graça — apressou-se em explicar Jie.

— Não estou nem aí para como se chama — declarou Talasyn, colérica. — Eu não vou vestir isso.

Jie pareceu desconcertada. Talasyn arqueou uma sobrancelha, desafiando a dama de companhia a discutir com ela.

O embate foi interrompido pelo som de sinos. Alaric chegara à porta do seu solar.

— Lachis'ka, o Imperador da Noite está aqui — implorou Jie. — Não há mais tempo.

Talasyn deveria ter lutado com mais afinco. Jie, no entanto, não entenderia, porque, até o que ela sabia, o que aconteceria a seguir seria uma consumação legítima. Talasyn não precisava de fofocas na corte contradizendo aquilo.

— Tudo bem — aceitou ela, com um suspiro, os ombros caindo, derrotados.

Jie trabalhou com agilidade para tirar Talasyn do vestido de noiva, pentear o seu cabelo em uma trança simples e espirrar perfume nos pontos essenciais. O sino soou mais uma vez assim que o que fingia se passar por uma camisola era jogado pela cabeça de Talasyn.

— Alguém está impaciente — disse Kie, com uma piscadela.

Talasyn reprimiu um grunhido. *Deuses, me deem forças.*

Por fim, Jie fez uma mesura e deixou o quarto, diminuindo as lamparinas antes de sair. Talasyn foi deixada de joelhos em cima da cama com dossel, aterrorizada, mas tentando não transparecer, o coração batendo frenético enquanto aguardava a entrada do marido.

CAPÍTULO 38

A porta do solar da Lachis'ka foi aberta, revelando o rosto sorridente da dama de companhia de Talasyn. Sim, a maldita adolescente estava *sorrindo* a ponto de mostrar os dentes, o efeito não muito diferente de um tubarão bem-vestido.

— Sua Graça está pronta para recebê-lo, Vossa Majestade — disse Jie em um tom malicioso, antes de partir em um farfalhar de saia barulhento e risadinhas descaradas.

Alaric soltou um suspiro irritado com a postura da menina. Ela era da nobreza do Domínio — e da nobreza *feminina* — e, portanto, não estava muito inclinada a tratá-lo com cerimônias.

Devagar, ele caminhou até a porta fechada do quarto de Talasyn, ainda relutante em acreditar que aquilo não era nada além de um sonho febril. Ele bateu à porta para mostrar educação e entrou em seguida.

Assim como o solar, o quarto era de uma feminilidade absurda, em tons de laranja-claro, rosa-pálido e pêssego-rosado, com tapeçarias estreladas penduradas nas paredes e cortinas de seda iridescentes no dossel da cama. Não lhe pareceu o tipo de decoração que Talasyn teria escolhido por conta própria; ela teria preferido cores mais audazes, talvez, e uma mobília que poderia ser tratada com menos prudência.

As cortinas foram fechadas para afastar a luz brilhante das sete luas, mas as sombras estavam contornadas em ouro por velas perfumadas na mesa de cabeceira, fornecendo luz suficiente para Alaric ver a figura sobre o colchão. Ele arfou quando todos os pensamentos e devaneios desapareceram por completo da sua mente.

Talasyn estava vestida com uma camisola do tecido mais transparente e fino que Alaric já vira em toda a sua vida. Cada centímetro do corpete de mangas compridas ajustava-se ao torso esguio, destacando a cintura estreita e a curva leve dos quadris e, pelos deuses, era como se ela não estivesse vestindo *nada*, a pele marrom-clara visível embaixo do material translúcido, escondida em apenas alguns lugares por um mosaico de renda bordada. Flores de hibisco derramavam-se das trepadeiras frondosas que envolviam os punhos, as costelas e desciam até as coxas; garças bordadas em voo cobriam o peito e os ossos do quadril, como se fizessem uma última tentativa desesperada e corajosa na modéstia. O rosto dela fora lavado, e o cabelo castanho, preso em uma trança que pendia por um único ombro, descendo além do seio direito. Ela estava ajoelhada na cama, as mãos unidas no colo. Parecia uma noite de verão e uma oferenda ao mesmo tempo. Parecia...

... muito, *muito* rabugenta.

— *Não* quero ouvir *uma palavra* — rosnou ela.

As bochechas estavam coradas de vergonha, o que só aumentava o efeito atraente da bela visão disposta na frente dele.

— Eu não ia falar nada. — Alaric se forçou a dizer aquilo entredentes.

Cauteloso, ele adentrou mais o quarto, e o olhar de Talasyn percorreu a camisa branca de linho que ele usava, as mangas enroladas até o cotovelo, e a calça preta larga. Alaric se perguntou que tipo de homem ela via ali, sentindo-se de repente acanhado com a própria fisionomia. O nariz que era grande demais, a boca que era larga demais, a assimetria deselegante das bochechas, do queixo e da mandíbula.

Desesperado para fazer alguma coisa, *qualquer coisa*, que não envolvesse olhar para ela, Alaric avaliou o quarto em uma busca infrutífera para descobrir onde poderia dormir. Havia um recamier, porém mal acomodaria três quartos da sua altura, e tinha apenas metade da largura de Alaric. *Então dormirei no chão*, pensou ele, resignado.

— Devo ir pegar mais lençóis? — perguntou ele.

— O quê?

Alaric se virou para Talasyn, que o encarava, e ele teve um *déjà-vu*: a noite do banquete, a interação entre os dois no quarto dele, as mãos dela espalmadas em seu peito, e como ela esquecera a pergunta que ele lhe fizera.

Então Alaric se lembrou das palavras cheias de desprezo do pai: *A Tecelã jamais vai retribuir a obsessão bizarra que você tem por ela.*

— Mais lençóis — repetiu Alaric, tenso.

— Ah — disse Talasyn. — Não, não tem mais lençóis. Você não vai dormir no chão. Alguém vai entrar no quarto de manhã para vir nos acordar. Vão fofocar se você não estiver dormindo na cama comigo. Podemos dividir a cama essa noite. Não tem problema.

Tem, sim, ele quase retrucou, mas naquele instante exato ela se mexeu, deixou a posição de joelhos e engatinhou até a cabeceira entalhada, recostando-se na madeira. Ele teve um vislumbre daquelas longas, longas pernas, com as panturrilhas delineadas e os tornozelos delicados, e qualquer protesto que ele pudesse ter feito desapareceu no éter.

Sentindo-se muito distante do próprio corpo, Alaric se juntou a Talasyn na cama, imitando sua postura. Os ombros roçaram os dela em um arroubo de calor e eletricidade, e ele logo aumentou o espaço entre eles, o colchão de penas de ganso balançando com o movimento.

A princípio, o novo posicionamento parecia mais suportável, porque ele não via aquele rosto que tanto o distraía. Para seu desprazer, ele logo percebeu que tinha uma visão *incomparável* das pernas de Talasyn. Eram esguias, e pareciam continuar por quilômetros sob as folhas e os hibiscos espalhados pela renda. Ele se perguntou como elas seriam sem nada para cobri-las, qual seria a sensação de tê-las ao redor do corpo.

— Chega de conversa — declarou Talasyn, apagando as velas, e então se deitou, puxou as cobertas até o queixo, escondendo as pernas incríveis de vista, para o...

Alívio de Alaric? Ou decepção?

— Tenho aulas amanhã depois que você voltar para Kesath — disse ela. — Preciso dormir.

Por mim, ótimo, pensou Alaric. Ele se esticou no colchão ao lado dela, tomando cuidado para manter uma distância segura entre seus corpos.

Levou uma eternidade encarando as tapeçarias penduradas acima da cama até admitir que adormecer seria impossível.

— Que tipo de aulas? — Ele se ouviu perguntar.

— Eu já *encerrei* a conversa.

— Você *também* disse que precisava dormir. A não ser que tenha uma habilidade inédita de manter uma conversa enquanto está dormindo...

Talasyn se sentou de repente. Alaric supunha que fora o instinto de batalha, mais do que qualquer outra coisa, que o fez imitar o movimento. Se tivesse continuado na horizontal, teria sido fácil demais para ela esticar a mão e cortar seu pescoço.

Então, ela repuxou o corpete transparente da camisola, em uma tentativa óbvia de fazer com que a renda lhe oferecesse mais recato, e Alaric foi dominado por uma onda da mesma solidariedade que Talasyn sempre provocava nele desde que os dois se conheceram, para inquietação dele.

— Se você está desconfortável vestindo... — começou ele, em um gesto vago para a pouca seda que abraçava as curvas dela e, enquanto tentava manter o olhar mais casto possível no rosto dela — ... coisas desse tipo, por que não informa isso à sua dama de companhia?

— A Jie é um amor de pessoa — disse Talasyn, devagar —, mas ela também é muito tagarela, e tem certas ideias do que deveria ser uma vida matrimonial. Se eu fosse admitir qualquer coisa que contrariasse essas ideias, até a lavadeira do ferreiro na cidade vizinha da cidade vizinha teria ouvido a fofoca até amanhã à tarde. Às vezes é só mais fácil escolher o caminho de menor resistência.

Gostaria que você escolhesse esse caminho comigo, ao menos uma vez, pensou Alaric. Em voz alta, ele continuou:

— Com todo o respeito à jovem dama risonha, ela não faz *ideia* de como é nossa vida matrimonial.

— Nadica de nada — concordou Talasyn. — Enfim, essa nem é a coisa mais penosa que já fiz pelo bem de todo mundo.

Ela pronunciou aquela última frase com indignação suficiente para que seu significado ficasse evidente: estava se referindo ao casamento.

— E as suas aulas como Lachis'ka, elas são *penosas*? — perguntou ele, arqueando uma sobrancelha. — Ou só falar comigo sobre elas que é uma tarefa tão tenebrosa?

— Se você *quer mesmo* saber, as aulas são sobre política — retrucou Talasyn. A contrariedade na expressão dela se aprofundou. — No caso, o tipo de política que a Zahiya-lachis gosta de fazer.

— Você discorda dos métodos da rainha Urduja? São eficientes. — Um pouco da irritação prévia de Alaric acabou transparecendo nas palavras seguintes. — Você certamente parece feliz o bastante para cumprir tudo que ela mandou até agora.

Talasyn retorceu o edredom entre os dedos, como se estivesse fantasiando que era o pescoço de Alaric.

— O que você quer dizer com isso?

— Você sabe *muito bem* o que eu quero dizer — respondeu Alaric, e foi como se uma represa tivesse se rompido, a tensão que o atormentava desde o anfiteatro em Belian por fim transbordando.

Vamos, querida, pensou uma parte impulsiva e maligna dele. *Uma última briga antes de eu partir.*

— Você usa vestidos que odeia, não entra em comunhão com o ponto de conexão da sua magia porque Sua Majestade Estrelada proibiu, se comporta de acordo com as demandas dela, deixa que a corte guarde segredos de você e fica nesse palácio como um passarinho preso em uma gaiola dourada. E, mesmo antes disso, você ignorou sua vontade de ficar com sua família porque Ideth Vela pediu. Sabe, Lachis'ka... — concluiu ele, com um sorriso desdenhoso diante do rosto que empalidecia. — Agora me ocorreu que você é o tipo de pessoa que *precisa* receber ordens. Você tem medo demais de fazer qualquer coisa por si mesma.

Os olhos castanhos dela faiscaram. Talasyn arreganhou os dentes para ele.

— Você *ousa* me dizer essas coisas — disse ela, com um rugido —, quando passou a vida toda embaixo da asa do seu pai? Estudando e treinando para ser o herdeiro perfeito, engolindo todas as mentiras que ele e seu avô contaram sobre a verdadeira causa do Cataclisma...

— Não são mentiras — replicou Alaric, aos sibilos. — Foi a *Sardóvia* que mentiu para você...

— Ah, lógico que foi! Se Gaheris disse isso, então *deve* ser verdade. — Ela ergueu o queixo. — Você decidiu fazer o acordo de uma aliança de matrimônio com Nenavar sozinho ou precisou pedir a permissão dele? Devo mandar um presente de agradecimento para ele depois do casamento?

Alaric enrijeceu quando o golpe o atingiu em cheio. Tentou ficar de costas para Talasyn, talvez até sair da cama, mas a mão dela se fechou ao redor do pulso dele, deixando-o imóvel.

— Você não me deixou dormir, então vamos conversar — declarou ela, rosnando. — Vamos falar sobre como você me condena por fazer o que minha família me diz para fazer, quando *eu* nunca participei da invasão de uma nação só porque me pediram!

Alaric sentiu raiva, mas se esforçou para manter o tom calmo.

— Não espero que você compreenda a visão do meu pai...

— Ai, a *visão* de Gaheris... — zombou ela. — Você me acusou de repetir as palavras da minha avó igual a um papagaio na noite do duelo sem confins, mas você é tão ruim quanto eu, talvez até pior! Você é um papagaio *e* uma marionete *e* um cão numa coleira...

O autocontrole de Alaric desapareceu. Ele aproximou o rosto do dela.

— Não sou a única pessoa que se casou com um inimigo a pedido de seu superior, Lachis'ka.

Ela também se aproximou dele, um triunfo feroz cintilando nos olhos.

— Então você admite que Gaheris é seu superior. Então o que você é? Imperador da Noite não passa de um título vazio?

Alaric não conseguiu acreditar que deixara aquilo escapar da própria boca. Ele sempre se orgulhara da própria habilidade em usar as palavras, mas Talasyn era capaz de perturbar seu juízo, quando não o fazia perdê-lo por completo.

Naquele instante, era a forma como os rostos estavam a apenas centímetros de distância que o atordoava. Era a maldita camisola. Era a ardência das pontas dos dedos dela em sua pele.

— Essa discussão acaba aqui — disse ele, brusco.

Ela se empertigou.

— Você é meu consorte. Você não me dá ordens.

— Você é *minha* imperatriz — retrucou ele. — Você responde a *mim*.

— Enquanto estivermos no Domínio de Nenavar, onde os maridos obedecem às esposas, é a *minha* palavra que é a sua lei! Como sua vida é triste, por ter que obedecer a *dois* mestres.

— Lachis'ka. — A fúria avassaladora o fez invadir ainda mais o lado dela da cama. A ponta do nariz de Alaric roçou o nariz dela. — Cale a boca.

— Ou o *quê*? — gritou a mulher insuportável, bem na cara dele. — O que vai fazer, *Vossa Majestade*?

Alaric se lançou contra ela, sem ter ideia do que aconteceria quando chegasse lá. Foi puro instinto, a fúria de trevas do Sombral por fim livre. Transtornado como estava, pensou que um único golpe direto na jugular de Talasyn resolveria o problema...

... mas, em vez disso, ele a beijou.

Embora Talasyn soubesse que deixar seu temperamento se sobrepor ao seu controle sempre se mostrava uma péssima ideia, ela simplesmente permitiu que aquilo acontecesse, porque era bom ter um alvo justificável para toda a ira e toda a inquietação que sentia. Ela fizera de Alaric o receptáculo de seus golpes. Teria dito qualquer coisa para tornar aquilo possível. Ela sorrira na cara do perigo, e agora sofreria as consequências.

Sim, ela sabia o que estava fazendo.

Só não estava preparada para lidar com... *aquelas consequências*.

Os lábios de Alaric nos dela. Mais uma vez.

Não foi nada como o selinho casto que ela lhe dera no altar, ou o movimento rápido e delicado com que ele retribuíra o gesto. Naquele momento, era como nas ruínas de Belian, ardente e devastador. Talasyn ainda estava segurando o pulso dele por algum motivo, mas a outra mão se ergueu para lhe dar um tapa na cara...

Mas encontrou o rosto dele sem um pingo de violência, curvando-se no queixo liso. A mão de Alaric se enroscou no pescoço dela, o dedão pressionando a clavícula enquanto a língua dele tocava sua boca, igual à outra vez. E, assim como na outra ocasião, ela abriu os lábios, e um ruído baixo e animalesco escapou da garganta dele ao avançar com ferocidade.

Talasyn sentia como se estivesse queimando, o coração se transformando em um animal selvagem, e então ela estava caindo, derretendo-se nos lençóis de seda e no edredom de penas de ganso. Alaric a acompanhou, os lábios dos dois ainda conectados, o corpo enorme a prendendo contra o colchão enquanto ela envolvia o pescoço dele com os braços.

Uma parte minúscula do cérebro de Talasyn estava ocupada demais tentando descobrir como uma discussão explosiva tinha terminado com Alaric enfiando a língua em sua boca, mas qualquer tentativa de raciocínio lógico desapareceu entre o arroubo de sensações quando ele segurou o seio direito dela. Quando o volume endurecido dele roçou na barriga dela. Quando ele continuou a beijando como se estivesse canalizando toda e qualquer frustração restante da Guerra dos Furacões.

Talasyn gemeu contra a boca de Alaric quando a mão dele deslizou por seu peito em uma carícia áspera. Embaixo da seda e da renda, o mamilo endureceu com o toque, e ele murmurou um xingamento ininteligível. A voz dele estava tão rouca que só fazia aumentar o calor que ela sentia entre as pernas.

Então essa é a sensação, pensou ela, em transe.

A sensação de ter alguém rolando seu mamilo entre os dedos, provocando e acariciando, despertando prazer até o âmago dela. Ter alguém para bombardeá-la com beijos ferozes e insaciáveis, com o volume duro dentro da calça dele se esfregando na barriga dela.

Só que não era *apenas* alguém. Era Alaric, seu marido, seu inimigo, seu reflexo sombrio, e a Luzitura nas veias dela jubilou triunfante, reconhecendo-o pelo que era, chamando suas sombras. Tudo era ouro, eclipse, eterno, e pertencia somente aos dois.

Mais. Ela fincou as unhas e desceu pelas costas dele. *Me toque em todos os lugares, me deixe saber como é, me deixe ter isso, eu quero, eu preciso...*

Alaric interrompeu o beijo, afastando os lábios da boca de Talasyn e os levando à curva de seu pescoço. Os olhos de Talasyn se abriram — quando foi que ela os fechou? — e o corpo se arqueou quando ele chupou e mordiscou a pele do pescoço dela, os quadris dele balançando junto aos dela. Ele era tão grande e largo. Ele a cobria por completo, e talvez ela pudesse pertencer a isso, se não pudesse ser de mais nada. Os dentes dele encontraram um lugar muito sensível no pescoço dela, e ela sentiu um arrepio, os dedos dela traçando as orelhas dele. O olhar frenético de Talasyn foi capturado pelo brasão do Domínio bordado no dossel de seda — o dragão erguido, com as garras de fora e as asas esticadas, os olhos de rubi brilhantes, rodeado por um campo de estrelas e luas.

Aquela visão a trouxe de volta à realidade. Ciente do mundo novamente.

Ela não podia fazer aquilo.

Eles não podiam fazer aquilo.

Levaria apenas à ruína.

— Espere — disse ela, arfando.

No mesmo instante, ele parou o que estava fazendo, erguendo a cabeça apenas para fitá-la, segurando o rosto dela na mão grande, o dedão acariciando a bochecha e esperando, como Talasyn pedira. Os olhos dele eram de uma prata líquida no meio dos feixes de luar e poeira estelar, vendo-a como ela era, vendo-a como aquilo em que ele a transformara, aquela garota desgrenhada e afoita.

Ela queria dizer que precisavam parar. Era isso que deveria fazer, de verdade. No entanto, não conseguia pronunciar as palavras. Ela se sentiu febril e insatisfeita, o calor entre as coxas pulsando com uma ânsia insuportável, um vazio. Ela ergueu a mão e segurou a camisa dele.

— Alaric.

Ele ficou tenso ao ouvir o próprio nome. Os olhos, mais escuros.

E então, com um grunhido, ele recaiu sobre ela.

Ou talvez tenha sido Talasyn que o puxara. Ela não fazia ideia de quem se mexera primeiro. Ela sabia apenas que o inverno da sua alma irrompeu em flores primaveris assim que ele capturou os lábios dela em mais um beijo arrasador. Um beijo que parecia implorar pelas mesmas coisas que todo o seu ser estava implorando.

Não pense.

Só sinta.

Só nós dois existimos.

Deixando-a ofegante, assim como ele, Alaric voltou a beijar o pescoço dela, mordiscando e chupando quase com força o bastante para deixar marcas, inalando o perfume de âmbar e rosas chamado sangue de dragão que fora espirrado ali.

— *Tala* — murmurou ele contra a pele de Talasyn, repetidas vezes, as vibrações repercutindo pelo corpo dela como os tremores de minúsculos terremotos, e uma lágrima emocionada escapou do canto do olho de Talasyn.

Talliyezarin era apenas uma erva daninha da Grande Estepe, mas *tala* era a palavra nenavarina para estrela, e ele não tinha como saber aquilo, mas ela podia fingir que ele sabia. Talasyn enroscou a perna no quadril esguio dele, e os beijos no pescoço ficaram febris, e ele subiu a saia de renda pelas coxas dela, e de repente...

De repente, a mão dele estava entre as pernas dela, tocando-a sobre o tecido da calcinha.

— Deuses. — Alaric pressionou um beijo furioso e quente na boca de Talasyn. — Você está encharcada, minha linda. — Ele grunhiu. — Minha esposa pequena e molhada.

Talasyn não ficou envergonhada pela umidade que ela sabia que Alaric sentia, embora talvez devesse sentir vergonha. O que a *deixou* envergonhada foi o arroubo de prazer que aqueceu seu corpo ao ouvi-lo se referir a ela daquele jeito. Talasyn afundou os dentes no lábio inferior carnudo de Alaric, aproveitando o momento de surpresa dele para fazê-lo virar na cama. Ele deixou escapar um grunhido suave quando a própria cabeça encostou no travesseiro, olhando para ela com as pupilas dilatadas, os contornos prateados nas íris.

— Se algum dia... — Ela montou em cima dele, reprimindo um gemido de prazer trêmulo enquanto se esfregava na rigidez dele. — Você me chamar disso de novo...

— Mas não é a verdade?

As mãos dele envolveram a cintura de Talasyn, segurando-a no lugar e a pressionando contra si. Só uma vez, mas foi o bastante para um grito rouco escapar da boca dela graças à fricção abrupta e inesperada contra seu âmago, que fez com que os olhos dela se fechassem. Então, *ele* a rolou mais uma vez pelo colchão, e ela foi esparramada na cama, mantida ali por ele, a boca dele contra a dela, e o joelho entre as coxas dela.

— Você não é linda? — perguntou ele, interrompendo o beijo só a tempo de fazer a pergunta, e então engolindo o protesto dela com os lábios. — E você não fica pequena nos meus braços?

Como se para enfatizar aquilo, ele deslizou a mão pelo corpo dela até que a palma estivesse na altura do umbigo dela, mostrando a Talasyn como sua mão ocupava todo aquele espaço, as pontas dos dedos chegando a roçar no contorno inferior dos seios dela.

— E você não está molhada? — perguntou ele, rouco, a mesma mão deslizando ainda mais para baixo, de volta para onde ela precisava ser tocada com tanto desejo que chegava a doer. No ouvido dela, Alaric questionou:
— Você não é minha esposa?
— Desgraçado.

Ela considerou dar uma joelhada na virilha dele, mas, de alguma forma, as pernas dela se abriram ainda mais, deixando que ele a tocasse com mais intensidade. A mão direita dela deslizou por baixo da camisa dele, traçando os músculos esculpidos do abdome.

— Você só me acha bonita quando estou pintada de ouro. Você mesmo disse isso.

Talasyn sentiu Alaric estremecer, os ombros ficando tensos e então relaxando, quase em rendição.

— Eu menti — disse ele, e foi mais uma muralha, construída com tanto esforço, desmoronando.

Ele salpicou beijos na testa dela, nas bochechas, na ponta do nariz. Beijos suaves como penas, cheios de uma reverência carinhosa que encantou a alma dela.

— Você é sempre linda. Mesmo quando quer fazer lanternas de papel com as minhas tripas.

Ele a beijou mais uma vez, a mão livre se enroscando no cabelo dela enquanto os quadris de Talasyn acompanhavam a mão dele, buscando mais atrito.

— Mexa os dedos — resmungou ela, afundando as unhas no couro cabeludo dele.

Alaric esfregou o rosto na ponta do nariz dela.

— Eu sabia que você seria mandona.

Ele suspirou, contente, e, na escuridão, parecia que estava sorrindo contra os lábios dela, mas, antes que Talasyn pudesse ter certeza, ele obedeceu às instruções bruscas e deslizou devagar a ponta dos dedos na seda cada vez mais molhada que a cobria.

Talasyn teria chorado de alívio ao sentir que a pressão que aumentava dentro dela parecia por fim estar arrefecendo, se não tivesse soltado um gemido primeiro. Encorajado pelo som, Alaric depositou beijos quentes na mandíbula dela, sua boca no mesmo ritmo que os dedos que esfregavam a seda na pele úmida. O corpo dela se arqueou contra o dele enquanto Talasyn por instinto buscava mais proximidade, a cabeça jogada para trás, o pescoço exposto à boca faminta de Alaric.

A evidência do desejo dele pressionava o quadril dela. E a sensação era que havia *bastante* evidência, algo quente e pesado dentro da calça. Uma curiosidade perversa a tomou, e ela esticou a mão, soltando as amarras da cintura dele, fechando a mão ao redor dele.

Alaric emitiu um ruído baixo e estrangulado, saído das profundezas da garganta, como se estivesse morrendo. Enterrou o rosto no travesseiro ao lado da cabeça dela, arfando pesadamente contra a bochecha de Talasyn enquanto a mão se esgueirava sob a calcinha dela, a ponta dos dedos deslizando pelas dobras molhadas de Talasyn.

Foi um toque que repercutiu por todo o seu ser. Ela se ergueu e ondulou como a maré, derretendo-se contra ele, por causa dele. Mordeu o ombro de Alaric para abafar os gemidos, aturdida por completo pelo prazer de ser tocada lá por outra pessoa. Ele deu uma risada baixa, rouca, e um arroubo de irritação fez com que ela se afastasse de leve para que pudesse fulminá-lo com o olhar, mesmo enquanto apertava ainda mais o pau dele em sua mão.

— Isso pareceu arrogante demais para alguém que está tão duro, *marido*.

Os olhos dele brilharam prateados na luz do luar que dava um jeito de adentrar o aposento, e ele esmagou os lábios contra os dela mais uma vez.

— Não estou sendo arrogante — murmurou ele, ainda preso aos lábios de Talasyn. — Vou lhe dar qualquer coisa que pedir, desde que não pare de me tocar. Desde que me deixe te fazer gozar.

E devagar, muito devagar, ele enfiou um dedo dentro dela.

Talasyn gritou — ela não sabia se era de dor ou de prazer. O limite entre um e o outro virou um borrão. Ela estava confusa. Balançou-se contra a mão de Alaric, buscando de forma instintiva aquela sensação, a própria mão o provocando, se mexendo no ritmo que ele determinara. Alaric era grosso e liso contra a palma da mão dela, tão sólido quanto pedra, ficando cada vez mais duro enquanto beijava o rosto e o pescoço dela, cada vez mais febril.

Ela estava quase lá. Não sabia o que aconteceria, o que significaria se ela perdesse o controle daquela forma com ele. O que aconteceria depois.

— Alaric, eu... — Ela tentou dizer e se interrompeu, incapaz de reconhecer a estranha ofegante que implorava e falava usando a voz dela.

Ele, entretanto, pareceu entender.

— Deixa comigo — prometeu ele, rouco. A mão livre afastou uma mecha de cabelo dela para trás da orelha. — Relaxe, Tala. Eu estou aqui.

Ela tinha uma consciência distante de si mesma, abafando um soluço contra o pescoço dele, debatendo-se nos lençóis, chegando cada vez mais perto, mais, até que não houvesse mais espaço entre os seus corpos, e aquilo era *tudo*, era um alívio da solidão, o prazer mais prazeroso, o Céu Acima do Céu.

E ela se deixou levar, perdendo o controle. A noite se desintegrou em fragmentos de calor ofuscante. Ela chegou ao clímax com um gemido rouco, os dedos dos pés se dobrando com os espasmos demorados e gloriosos que a consumiam em ondas.

Alaric não parou de beijá-la nem por segundo, engolindo os suspiros demorados, enfiando o dedo com gentileza dentro dela até que fosse demais, e ela se remexeu, e ele retirou a mão.

Aquela, porém, era a única parte dele que Talasyn permitiria que a deixasse. Aquele volume duro estremecia ávido na mão dela quase frouxa e, com algum esforço, reunido apesar da névoa preguiçosa e deliciosa que a envolvera, Talasyn mexeu a mão em carícias experimentais. A respiração dele ficou entrecortada, e ele se impeliu contra o aperto desajeitado dela, e então, com um grunhido, ele também chegou ao clímax, e Talasyn sentiu algo quente e molhado na mão, deslizando por entre seus dedos enquanto ela ainda estava em um torpor arrebatado.

Ele caiu em cima dela. Alaric — sempre tão rígido, tão inescrutável, tão cuidadosamente controlado — ficou inerte acima dela, a boca dele se mexendo contra a clavícula de Talasyn, dividido entre preces e beijos. Ela não conseguia compreender o que ele murmurava contra sua pele, nem se importava. Não havia palavras para aquilo. O cabelo preto dele fazia cócegas no queixo dela, então Talasyn ergueu a outra mão para afagá-lo, os dedos dela se curvando naquela maciez, segurando-o contra si enquanto os dois recuperavam o fôlego.

Talasyn voltou a si com a languidez de uma pena esvoaçando até o chão. Ela piscou para afastar a névoa dos olhos, encarando o teto. Seu foco encontrou as tapeçarias acima da cama, as estrelas bordadas e as luas cintilantes, o dragão de Nenavar...

Nenavar. Sardóvia. Kesath.

Tudo voltou de uma só vez, em um turbilhão.

O que eles estavam fazendo?

Ela ia acabar fazendo todos morrerem.

Braços grandes a envolveram pela cintura, tentando trazê-la mais para perto, mas ela se enrijeceu no abraço dele. No abraço do Imperador da Noite.

Talasyn tirou a mão do cabelo de Alaric e empurrou o ombro largo.

— Sai de cima de mim.

Ele levantou a cabeça, a princípio sem compreender o pedido dela. Semicerrou os olhos, como se buscasse respostas, a testa franzindo em uma expressão perplexa — quase *magoada*. Talasyn continuou imóvel embaixo dele, virando a cabeça para que não precisasse encontrar seus olhos.

O bom senso que a acometera também devia ter retornado a ele. Alaric rolou para longe dela em um instante, afastando-se o máximo possível sem cair da cama.

Talasyn não podia negar que algo nela se partira quando Alaric se afastou.

Ela mergulhou embaixo das cobertas, puxando-as acima do queixo. Arriscou mais um olhar para Alaric, cujo peito ofegava, os lábios molhados e inchados, o cabelo preto desgrenhado por onde ela passara os dedos. Um rubor envergonhado cobria suas feições pálidas como o luar, e ele ajeitou a calça. Parecia tão aborrecido quanto ela. O prazer perfeito que reinara havia alguns instantes sumira, deixando apenas em seu rastro um furacão de pensamentos terríveis, espalhados e desconjuntados.

O homem com quem ela acabara de fazer... *aquilo*... a detestava, e Talasyn deveria detestá-lo também. Ele era um aliado político contra sua vontade e, algum dia, ela o trairia. Ele era seu inimigo. Ele era um monstro.

E, ainda assim, os dedos dela continuavam grudentos com o gozo dele.

— Você vai embora amanhã — declarou Talasyn.

E, ao falar aquilo, ela furou fosse lá qual bolha na qual estiveram presos naquele último mês. Ela despedaçou toda e qualquer ilusão que poderiam ter tido. Teve certeza disso no instante em que viu a resignação aparecer no rosto dele.

No entanto, ainda era um milagre que a voz dela estivesse tão firme, que não tivesse fraquejado nem um pouco. Ela supôs que deveria ser grata pelo menos por aquilo.

— Não deveríamos ter feito isso — disse para Alaric.

Ele abriu a boca, as íris escuras cintilando prateadas. Discutiria com ela? Será que Talasyn queria que ele a desmentisse?

Ele pareceu pensar duas vezes, porém. Assentiu, brusco.

Talasyn saiu da cama, indo até o banheiro para se limpar.

— Mudei de ideia — anunciou ela. — Você vai dormir no chão.

Sem esperar pela resposta de Alaric, ela bateu a porta do banheiro atrás de si. Colocou entre os dois, como um escudo para impedir que outros erros fossem cometidos.

CAPÍTULO 39

Um travesseiro acertou bem o rosto de Alaric logo cedo pela manhã, acordando-o sem a menor cerimônia.

Ele abriu os olhos, sobressaltado. Agarrou o objeto que o atingiu e o jogou na direção de onde foi atirado, de volta para a noiva infernal. O travesseiro acabou no colo de Talasyn, e ele percebeu, com dificuldade, que ela estava sentada na cama e o encarava em pânico enquanto uma série de batidas ressoava de leve na porta.

Cada músculo do corpo grunhiu em protesto conforme ele se levantava. Alaric ainda teve a presença de espírito de levar as almofadas que pegara do recamier de volta ao seu devido lugar, mas não pôde evitar fazer uma careta para Talasyn quando se juntou a ela na cama.

Não posso acreditar que me fez dormir no chão, pensou ele, soturno. Não que ele não tivesse merecido depois de tomar liberdades com Talasyn, mas ele dormira mal e estava pouco disposto a demonstrar tolerância.

Ela o ignorou, falando algo em nenavarino para quem estivesse à porta. Esta foi aberta, e Jie entrou, tentando reprimir um sorrisinho atrevido ao ver o casal imperial sentado lado a lado na cama com dossel.

— Se não for incomodar Vossa Majestade — disse Jie —, a Lachis'ka precisa se arrumar para o desjejum agora.

Enquanto Jie encaminhava Talasyn ao banheiro, Alaric tomou bastante cuidado para evitar encontrar o olhar de qualquer uma das duas. Logo antes de a porta se fechar atrás delas, porém, Jie irrompeu em um falatório rápido e empolgado. Não havia como confundir o que *aquele* tom implicava, mesmo que ele não pudesse compreender o idioma, e o arrependimento e a incredulidade voltaram em peso ao se lembrar da noite anterior. O que ele fizera. Com a Tecelã de Luz. Com a garota que ele conhecera em uma batalha, e com quem agora ele se *casara*.

Por que ela permitira que ele a tocasse? Por que ela retribuíra os beijos e o tocou de volta?

Ela o chamara de Alaric. Foi a primeira vez que ouviu o próprio nome com o som da voz dela. Aquilo fez o sangue que latejava nos ouvidos dele ficar mais intenso, alimentou o fogo da sua alma. No presente momento, porém, aquela memória fez com que sentisse uma pontada no peito.

Ele encarou a própria mão, erguendo-a diante de si sob a luz matinal. As pequenas lascas de diamantes incrustadas na aliança de casamento que agora cintilava no dedo anelar.

A mão que estivera entre as pernas da esposa na noite anterior. O dedo médio daquela mão estivera *dentro* dela.

Talasyn perdera o controle sob seu toque, e as paredes internas dela se contraindo ao redor dele foram a melhor coisa que Alaric já sentira — talvez até mais do que quando ele gozara na mão dela.

Tudo o assombrava: o som dos gemidos baixos, a gentileza inesperada com que Talasyn acariciara o cabelo dele quando Alaric estava deitado em cima dela, o mundo dele irrevogavelmente alterado.

No entanto, ele voltaria para casa naquele dia, voltaria para a nação que causara tanto sofrimento a ela. Talasyn só se juntaria a ele dali a duas semanas. Àquela altura, seria tarde demais para recuperar esses momentos.

Mas, no fim, não seria melhor assim?

Pouco depois que Talasyn terminou de se vestir, um criado bateu à porta com um chamado da Zahiya-lachis. Talasyn se perguntou qual dos seus defeitos fora revelado para a avó daquela vez, e então ela percebeu como era triste que *logo isso* era a primeira coisa que pensava ao ouvir que a própria família queria falar com ela.

Se tivesse compartilhado o ressentimento que sentia com Urduja, a mulher mais velha a teria dispensado. A Zahiya-lachis do Domínio de Nenavar tinha pouca paciência para sentimentos, o que ficou mais aparente do que nunca no instante em que recebeu Talasyn no seu pavilhão poucos minutos depois.

— Já que nenhum cadáver foi descoberto nos seus aposentos esta manhã, ouso dizer que você e o Imperador da Noite passaram uma noite amigável juntos.

Por algum milagre, Talasyn conseguiu ficar calma ao sustentar o olhar da avó do outro lado da mesa, mesmo enquanto os dedos retorciam o tecido da saia, nervosos.

— Foi uma noite tranquila.

— Espero muito que as circunstâncias atuais, tão afortunadas, não se provem uma exceção à regra. — Urduja pausou, como se reconsiderasse a declaração, e então inclinou a cabeça, pensativa. — Bem, ao menos até que cheguemos ao fim da aliança.

Talasyn sentiu um aperto no peito. Não tinha esquecido seu objetivo.

Não. Isso não era verdade. Houve momentos no monte Belian em que ela *tinha* se esquecido, por mais breves que fossem. E, na noite anterior, ela *com certeza* se esquecera o bastante para ter um orgasmo. Ela deixara Alaric arrancar qualquer lógica do seu cérebro.

— Temo que as coisas ficarão mais difíceis a partir de agora — continuou Urduja. — Mandarei alguém se encontrar com Vela para perguntar o que ela planeja fazer. O exército sardoviano não pode se esconder em Nenavar para sempre. Seria insustentável. Precisamos da nossa aliança com Kesath até a Noite do Devorador de Mundos. Porém, depois, ou a Confederação dá um passo para reconquistar o Continente Noroeste dentro de um ano, ou...

Ela parou de falar mais uma vez, respirando fundo.

— Ou o *quê*? — insistiu Talasyn. Uma suspeita terrível começou a tomar conta de sua mente e floresceu na sua língua. — Ou eles vão precisar encontrar outro lugar para ir?

— Vamos discutir a questão no futuro, caso seja necessário — disse Urduja, firme. — Mas não posso ganhar tempo para seus amigos *para sempre*, Alunsina.

Talasyn começou a tremer de raiva... e de medo.

— Você disse que poderíamos nos abrigar aqui por quanto tempo fosse necessário. Você *prometeu*. Nós fizemos um *acordo*.

Um pensamento terrível ocorreu a ela, que o disparou como se fosse uma nova flecha na sua aljava.

— Mas agora o Domínio também tem um acordo com Kesath, além de um tratado de defesa mútua. Então, quando a amirante por fim decidir seus planos, de que lado você vai ficar, *Harlikaan*?

Talasyn cuspiu o título como se fosse uma ofensa, mas a avó nem sequer estremeceu. O rosto de Urduja não transparecia nenhuma de suas emoções.

— Precisa aprender quando é hora de guardar seus pensamentos para si, Alunsina — disse a Zahiya-lachis, depois de um tempo. — Nunca deixe um inimigo saber o que você está pensando. Para nossos propósitos, eu *sou* sua inimiga agora, não sou? Pode continuar me tratando como tal. Não posso impedir você. Mas *posso* falar o seguinte: eu considero todas as possibilidades, e nunca sou pega desprevenida por nada, e jamais pedirei desculpas por isso. Nenhum tratado entre nações é irrevogável, ainda mais se o outro signatário virar pó. Sua dúvida é se acredito que esse será o destino do Império da Noite e que a frota de Vela pode derrotar os kesatheses? Não creio nisso no momento, é verdade. E é por isso que eu, assim como informei, estou dando mais tempo para eles.

Urduja abaixou ainda mais a voz.

— Os carpinteiros navais completaram os reparos nas embarcações sardovianas. Agora, eles trabalharão com nossos Feiticeiros para otimizar as carracas e as fragatas, além dos dois porta-tempestades que chegaram a Nenavar. O restante das embarcações da Confederação será armado com o máximo de magia possível enquanto Vela traça seus planos. E, durante esse tempo, os sardovianos terão comida e abrigo. Essas são as coisas que eu darei de bom grado. Essas são as coisas que em geral seriam demais para pedir a qualquer rainha, muito menos a uma que não participou da Guerra dos Furacões.

Talasyn ficou em silêncio. Ela não tinha resposta. Era como se a avó tivesse tecido uma teia de palavras da qual a neta não poderia escapar.

Com o instinto arguto de uma aranha que sentia que a presa encurralada não poderia mais resistir, Urduja deu o bote.

— Tudo que peço a você, Lachis'ka, é que se atenha à *sua* parte do acordo. Mantenha a cabeça baixa e seja uma herdeira obediente, e não se deixe distrair pelo rostinho bonito do Imperador da Noite. Você não pode mais entrar em contato pessoalmente com os sardovianos, é arriscado demais. Você ficará aqui em Eskaya e comparecerá de forma aplicada a todas as suas aulas e manterá as aparências em público...

Quanto mais Urduja falava, mais ficava evidente que era para aquilo que Talasyn estivera sendo guiada. A conversa toda era só mais um jeito de garantir que a avó permanecesse firme no controle, e o ressentimento que Talasyn vinha nutrindo durante todos aqueles meses atingiu seu auge, amplificado pela culpa que sentia por ter *de fato* se deixado distrair pelo rostinho bonito do Imperador da Noite. Ela acusara Alaric de ser a marionete do pai, mas ele também fizera uma avaliação correta. Talasyn também estava sendo manipulada, e continuava naquela posição porque não tinha escolha.

O que Vela lhe dissera no manguezal voltou à tona naquele instante.

Você não está sozinha.

Ela tinha Alaric, mesmo que fosse apenas porque se casara com ele. E *porque* ela se casara com ele, passara a ter uma influência maior do que jamais tivera na corte do Domínio.

Seguiu-se então uma epifania, e Talasyn se empertigou e levantou o queixo.

Você tem medo demais de fazer qualquer coisa por si mesma, desdenhara Alaric na noite anterior.

Era hora de provar que ele estava errado.

— Eu não sou só a Lachis'ka — lembrou Talasyn à avó. — Logo, serei coroada a Imperatriz da Noite. Por minha causa, Nenavar vai ter mais poder do que jamais teve. Vamos nos tornar uma potência mundial. Eu sou sua única chance de que isso aconteça durante o seu reinado, *além de* ser a sua única chance de garantir que seu reinado continue estável. Você não tem outras herdeiras mulheres, Harlikaan, e nenhuma outra Tecelã de Luz para impedir o Nulífero. Só eu. — As palavras de Talasyn eram calculadas e deliberadas, apesar de seu coração estar acelerado. — E você precisa de mim tanto quanto eu preciso de você.

Atenta, ela observou Urduja, à procura de qualquer rachadura naquela fachada gélida. A linha fina e severa que formava os lábios da Rainha Dragão estremeceu, mas Talasyn não podia ter certeza daquilo até que...

— O que você quer? — perguntou Urduja, tão fria quanto o Mar Eterno no inverno.

Talasyn precisou de todo o seu autocontrole para não desabar de alívio. Ainda não havia acabado. Ela precisava ir até o fim.

— Concordo que é perigoso demais que eu continue indo até o Olho do Deus Tempestade. Então, não vou fazer isso, mas...

E ali, ela decidiu expor suas condições, sentindo que estava fora do próprio corpo, que aquele momento não era real, como se estivesse ouvindo outra pessoa falar, sustentada pelo nervosismo e pela adrenalina.

— Quero ir a todos os outros lugares de Nenavar — declarou ela. — Quero aprender mais sobre a tecnologia sendo desenvolvida em Ahimsa. E quero acesso irrestrito ao ponto de conexão em Belian.

Os olhos escuros de Urduja cintilaram, mas Talasyn prosseguiu, obstinada.

— Vou comparecer a todas as aulas de política e etiqueta que você julgar necessárias. Vou me dedicar. Mas, em troca, quero liberdade. Quero continuar desenvolvendo minha etermancia. Eu *vou* precisar da Luzitura para o que vamos enfrentar. Os Forjadores de Sombras são imprevisíveis, e eu não sirvo de nada se estiver morta.

E vou descobrir mais sobre a minha mãe, jurou Talasyn, feroz e em silêncio. Ela deixara que o medo de que a Zahiya-lachis destruísse o restante do exército sardoviano a impedisse de se aprofundar nos eventos que impeliram Hanan a mandar navios de guerra nenavarinos ao Continente Noroeste, mas ela não iria mais se acovardar. Conseguiria novas lembranças na Fenda de Luz e começaria a fazer perguntas, assim como fizera com Kai Gitab. Dali em diante, Talasyn teria poder.

Prendendo a respiração, ela esperou a resposta de Urduja. Mesmo naquele instante, havia uma pequena parte de si que desejava receber um gesto carinhoso, mínimo que fosse, da mulher opressora. Que desejava que Urduja dissesse que ela ainda era sua neta, que sempre seria e que aquilo era o mais importante.

Em vez disso, a Rainha Dragão apenas assentiu.

— Muito bem — disse ela, a expressão tão impassível quanto o tom de voz. — Que assim seja.

Era uma pequena vitória. Talasyn deixou o pavilhão sentindo-se vingada, com uma espécie de triunfo, porém com a inquietante sensação de que acabara de entrar em um jogo do qual mal compreendia as regras.

Alaric permaneceu de mau humor durante todo o desjejum, e que piorava a cada vez que ele fracassava em não olhar para a garota que estava ao seu lado. A sua nova *imperatriz*. O cabelo dela ainda estava trançado quando ela o acordara com tanto descaso, mas no momento estava solto por cima dos ombros, emoldurando o rosto dela em cachos arrumados. Ela era tão linda. Ele não via a hora de ir embora de Nenavar.

O desconforto evidente de Talasyn em usar lingerie levara Alaric a deduzir que ela não saía seduzindo pessoas por aí, embora o pai dele houvesse alegado sobre a malícia das mulheres da corte do Domínio. Alaric, porém, não tinha tanta certeza no momento. Talasyn o deixara abalado.

Talvez ela o *estivesse* seduzindo para fazer com que ele realizasse todas as suas vontades.

Mesmo enquanto aquele pensamento passava pela sua cabeça, os instintos de Alaric o alertavam de que foram falados na voz de Gaheris. A noite anterior parecera sincera e autêntica. Tinha que ter sido real.

No entanto, quando foi que o pai errou? Quem era Alaric, com todos os seus defeitos, com todos os traços que herdara de uma mãe fraca e que desaparecera havia muito tempo, para refutar o homem que erguera Kesath do precipício da destruição?

Quando os últimos pratos foram retirados, Alaric fez suas despedidas forçadamente educadas para uma Urduja gélida e um Elagbi apenas um pouco menos gélido. Com relutância, Talasyn caminhou junto dele até as portas da frente do palácio, e Jie, Sevraim e as Lachis-dalo os seguiram. A chalupa que o levaria de volta para o *Salvação* brilhava sob o sol matinal e, no começo, apenas Alaric e Talasyn seguiram em direção à embarcação.

Ele se virou para os companheiros, perplexo. Todos tinham parado, mantendo uma distância cordial, com olhares de expectativa.

— Eles estão nos dando privacidade — explicou Talasyn com uma careta sofrida. — Para nos despedirmos.

A atenção de Alaric foi até os andares mais altos do palácio branco. Uma legião de criados estava aglomerada nas janelas, com os narizes pressionados contra o vidro, observando com avidez.

— Você talvez devesse derramar algumas lágrimas e implorar para que eu não vá embora, Lachis'ka — comentou Alaric, irônico. — Ou a lavadeira do ferreiro na cidade vizinha da cidade vizinha ficará decepcionada.

Um sorrisinho tremulou nos lábios pintados de Talasyn, mas ela foi rápida em suprimi-lo.

— Escuta, sobre ontem à noite...

— Eu sei — interrompeu ele, alarmado, mas tentando não demonstrar, o que se traduziu em uma indelicadeza que a surpreendeu, Talasyn na mesma hora afastou a cabeça. — Não é necessário poupar meus sentimentos.

Ele se amaldiçoou mentalmente por aquela tentativa consciente de suavizar o tom de voz. Ele era um tolo. Talasyn o afetava.

— Sei muito bem que você não nutre nenhuma afeição por mim, e não sou tão despreparado para acreditar que todos os atos daquela natureza precisam significar alguma coisa. Estávamos com os nervos à flor da pele, e não havia outra válvula de escape.

Ela inclinou a cabeça, como se considerasse a declaração. Então, repetiu as palavras que dissera nas ruínas de Belian.

— *O ódio é um tipo de paixão.*

— Dois lados da mesma moeda — confirmou Alaric, mesmo que naquele instante seu coração sofresse uma pontada que ele não desejava examinar mais a fundo. — Estávamos brigando e fomos levados pelo momento. Não precisamos mais discutir sobre o assunto. Eu percebo, assim como você também deve ter percebido, que não podemos permitir que aquilo aconteça de novo.

Talasyn baixou a cabeça. Um silêncio constrangido se seguiu.

Por fim, ela assentiu.

Alaric decidiu que já estava mais do que na hora de encerrar aquele encontro.

— Sua coroação como Imperatriz da Noite acontecerá daqui a quinze dias. Eu a verei em Kesath, minha esposa.

Ele não resistiu à chance de provocá-la com o lembrete de que ela era a esposa *dele*, e que estavam unidos pela lei.

Talasyn o fulminou com o olhar.

— Vou aguardar ansiosamente por nosso feliz reencontro, meu marido — vociferou para ele, a voz sarcástica, e mais uma vez ela se parecia tanto com um gatinho insatisfeito que ele quase sorriu.

Alaric se virou para ir embora, mas então parou. Havia algo no olhar de Talasyn, incomodado e cativante ao mesmo tempo. Os dois não se veriam por algum tempo. Ele não poderia deixar as coisas como estavam.

— Talasyn. — Alaric se virou para ela. — Vou perguntar sobre o paradeiro de sua amiga Khaede na Cidadela.

Ela arregalou os olhos, em pânico, e ele quase estremeceu e se apressou a acrescentar:

— Se ela estiver... detida lá, vou providenciar para que vocês duas se encontrem quando você for para Kesath.

Foi uma declaração atrapalhada, sem jeito, um lembrete de que os antigos camaradas dela estavam detidos nas prisões dele. Era, no fim, a pior coisa que Alaric poderia ter dito naquele momento, e ele se preparou para que Talasyn o socasse na cara, sabendo muito bem que merecia aquela reação.

Não foi, porém, a reação dela. Talasyn respirou fundo, como se estivesse se livrando de algo.

— Obrigada — disse, um pouco rígida, mas havia algo de uma sinceridade desoladora. A expressão era cautelosa, mas cheia de esperança. — Se ela *estiver* lá, eu gostaria... — Ela hesitou.

Alaric observou a esperança dela se transformar em hesitação, e então endurecer, resoluta.

— Gostaria que ela voltasse comigo para Nenavar.

O sangue parou de correr nas veias de Alaric. Ele não poderia permitir aquilo. Não poderia libertar uma soldada sardoviana, uma prisioneira de guerra. Ele...

A mente dele já estava a mil com as possibilidades de fazer aquilo acontecer. Ele poderia dizer que era um ato de conciliação. Um gesto grandioso, um arauto de uma nova era de paz. Um presente de casamento.

Ele engoliu em seco.

— Verei o que posso fazer.

Era uma declaração simples o bastante, mas maculou a atmosfera com algo que se assemelhava à traição. Envolveu os dois nos traços mais vagos que fossem de um plano furtivo. Como se tivessem passado a conspirar juntos.

Ainda assim, as feições de Talasyn se iluminaram com um sorriso pequeno, mas genuíno, as covinhas aparecendo nas bochechas, e Alaric sentiu que valia a pena.

Uma explosão ametista cintilante no sul, ao longe, chamou a atenção dos dois. O Nulífero transbordava, fazendo a conflagração de magia trêmula manchar o horizonte em espirais de fumaça violeta. Parecia... *irritado*, e Alaric se pegou pensando no relevo dos entalhes que estudara no santuário dos Tecelões de Luz no monte Belian. Guerreiros em calças feitas de tecidos de casco de árvore, com tiaras de penas na cabeça, representados ao longo de uma das muralhas que levavam ao acampamento, montados em elefantes e búfalos-do-pântano, com espadas e lanças erguidas ao enfrentar um leviatã serpentino com uma lua cheia de crateras em sua bocarra.

Uma batalha eterna travada no mundo dos espíritos dos ancestrais nenavarinos, para impedir Bakun de destruir todas as formas de vida.

Uma batalha que Alaric e Talasyn precisariam lutar juntos, dali a pouco mais de quatro meses.

Ao observar o Nulífero, notando a intensidade com que cintilava mesmo de uma distância tão grande, parecia impossível que a sorte estivesse a seu favor. Entretanto, eles precisariam tentar — e, se Alaric soubesse uma única coisa sobre a soldada irascível que passou a ser sua esposa, era que ela tentaria.

Talasyn estava pálida e tensa, os ombros retesados ao avaliar o brilho ametista com cautela. O sorriso adorável desaparecera, e, de repente, Alaric se sentiu possesso diante do que o fizera desaparecer.

Certo. Ele precisava partir *naquele instante*, antes que acabasse prometendo lutar com o Nulífero com os próprios punhos, só por causa dela.

Alaric se virou e subiu apressado a rampa da embarcação. Não olhou para trás. Precisou de toda a sua força para não olhar para trás. A luz da Fenda Nulífera guinchou uma última vez e então desapareceu, sem deixar marca alguma de que estivera lá, exceto pelos ecos de som que permaneciam no ar como o rugido de um dragão.

Talasyn voltou para onde Jie e suas guardas esperavam enquanto a chalupa se preparava para a partida. Alaric estava parado no convés, uma figura solene vestida de preto. Os corações de éter cintilaram, cor de esmeralda, e a embarcação se ergueu no ar com as correntes faiscantes de magia dos ventos, afastando-se do Teto Celestial e do penhasco de calcário.

Assim como as guardas, Jie parecia um pouco apreensiva com o breve transbordamento da Fenda Nulífera. No entanto, não apreensiva o bastante para conter uma provocação; seja lá o que viu no rosto de Talasyn a fez inquirir com um brilho atrevido nos olhos:

— Já está com saudade de Sua Majestade, Lachis'ka?

— Não seja ridícula — retrucou Talasyn.

Durante os dias seguintes, ela precisaria retomar o treino de etermancia sozinha, navegar o que seria a nova ordem traiçoeira na corte, uma vez que tomara coragem e desafiara Urduja, e mentalmente se preparar para o retorno ao Continente Noroeste. Havia tantas coisas que ela precisava fazer, e sentir saudade de Alaric Ossinast *não* estava entre elas.

No entanto, ele prometera que tentaria encontrar Khaede por ela. Se obtivesse sucesso, se Khaede estivesse em Kesath, então Talasyn moveria os céus e a terra para levá-la para Nenavar. Se Alaric voltasse atrás em sua palavra ou não conseguisse mantê-la, Talasyn tiraria Khaede da prisão e a levaria para longe da Cidadela por conta própria — bem embaixo do nariz de Gaheris, se fosse preciso.

Talasyn ficou parada nos degraus diante do palácio por mais tempo do que deveria. Sua mente era um turbilhão de estratagemas e planos, era verdade, mas, conforme observava Alaric navegar para longe, os lábios dela ainda ardiam com a memória dos seus beijos febris.

Não podemos permitir que aquilo aconteça de novo, dissera ele.

Mas e se eu quiser que aconteça de novo?

O pensamento invadiu as defesas de Talasyn, aparecendo com uma facilidade desleal. Ela o reprimiu, enterrando-o nas profundezas de sua mente, o coração pesaroso no peito, os olhos fixos na embarcação que se tornava apenas um ponto no horizonte imóvel, até que desapareceu no azul profundo do céu sem nuvens.

CAPÍTULO 40

Alaric foi convocado para o salão particular do pai na Cidadela pouco menos de uma hora depois de o *Salvação* atracar em Kesath.

Ele ficou parado na câmara vasta de pé-direito alto, oculta na escuridão perpétua, aquela mudança abrupta das ilhas coloridas de Nenavar foi tão dissonante para ele. Era bem provável que Talasyn fosse detestar a Cidadela. Aquele lugar apagaria a sua luz. Ele precisaria deixá-la confortável de qualquer forma que conseguisse, talvez até descobrir quais aposentos recebiam mais sol e designá-los para ela.

Foco, repreendeu-se. Ele não poderia pensar em Talasyn enquanto estava em uma audiência com o pai. Precisava inventar uma desculpa aceitável para sua transgressão mais recente — quando não atendera ao chamado de Gaheris no Entremundos, no acampamento em Belian.

No entanto, a figura ossuda no trono de obsidiana no meio da sala ainda não tinha interesse em castigá-lo.

— Bem-vindo de volta, meu garoto. — Os olhos de Gaheris brilharam, prateados, em meio à escuridão. — O casamento lhe fez bem. Olhe só, está quase radiante.

O humor afetuoso e seco era um traço do antigo Gaheris, o que um dia fora rei, e não o Imperador da Noite. Por mais que tentasse, Alaric não conseguia evitar se apegar àquilo, àqueles pedaços do pai de quem ele se lembrava.

Alaric demorou um pouco para perceber que havia algo de *errado*. Ele precisou examinar o salão para descobrir o que era. A magia das sombras bruta com que Gaheris adorava cobrir seus arredores não estava mais tão sólida, e

Alaric traçou a diluição até um canto que permaneceu intocado pelo Sombral. Em vez disso, estava banhado pela luz solar natural de uma janela alta.

O canto estava ocupado por uma mesa, e nela havia um objeto alto e vagamente retangular, coberto por um tecido preto como a meia-noite.

— Um presente da comodora Mathire — disse Gaheris, com um sorrisinho satisfeito. — Vá, dê uma olhada.

Perplexo, Alaric andou até o objeto misterioso, seguido pelo olhar atento do pai. Depois de dar apenas alguns passos, os sons começaram a ressoar embaixo do tecido preto, um pio lamentoso após o outro, com uma familiaridade sinistra. Alaric franziu o cenho e apertou o passo. Mais alguns passos, e então... ele sentiu.

Uma ausência no seu ser. Um buraco onde o Sombral costumava ficar.

A magia fora drenada de suas veias, a exatos sete metros do objeto.

Alaric começou a correr enquanto o canto soava pelo ar, em uma urgência cada vez mais agonizante a cada segundo que passava. Assim que chegou ao canto iluminado pelo sol, ele retirou o tecido preto e revelou a mesa e a gaiola ornamental de latão acima dela, assim como a criaturinha empoleirada ali dentro, com o bico retorcido dourado e as penas vermelhas e amarelas da cauda. Com sua habilidade única e terrível.

Os olhos que pareciam joias preciosas do sariman encararam Alaric, lúgubres através das barras de latão da gaiola. A ave bateu as asas, os pios começando a ficar agitados e lamuriosos. Era evidente que estava aterrorizada, tão longe das selvas verdejantes que eram o seu lar.

— Um bichinho fascinante, não é? — disse Gaheris. — Eu precisava adquirir um espécime para mim. Por sorte, os homens de Mathire conseguiram capturar um deles durante a varredura que Kesath fez no arquipélago.

— Por que... — Alaric parou de falar, sem conseguir desviar os olhos do sariman na gaiola.

— Porque Nenavar não deveria ficar com toda a diversão — respondeu Gaheris, o sorriso ainda evidente no tom de voz mesmo que Alaric não o encarasse mais. — Porque os feiticeiros kesatheses precisam recuperar o atraso que temos diante da tecnologia do Domínio, para a superarmos. E porque a sua esposa é uma Tecelã de Luz e uma antiga sardoviana, e é assim que encontraremos uma forma de retirar a magia dela, de uma vez por todas. Nós vamos reinar no Continente *e* em Nenavar. Vamos reinar em todos os lugares.

Alaric fechou os punhos com força. As asas do sariman se chocaram contra as barras da gaiola em uma tentativa inútil de liberdade, sua melodia fúnebre enchendo o salão ao cantar por suas praias perdidas.

Agradecimentos

Este é meu primeiro livro, e jamais teria existido sem todas as pessoas incríveis com as quais tive a sorte de contar na minha vida.

Para meus pais, Casten e Joy, e para Jayboy, Ysa, Mama Bem, Mama Di, Mama Budz, Manang Tim, Manang Meg, Kuya Jer, TJ, Greg, Anna, Christina, Matthew, Tito Jeff, Tito Peng, Papai Pal, Mamãe Don, Tito Matt, Tita Pinky, Tita Rose, Tita Nons, Lolo Jo, Lola Nelia, Tia Emcy, Tia Bec, Tio Dodong, Jembok... nossa família incrivelmente grande foi o meu refúgio durante todos esses anos.

Para Lolo Tatay, que suscitou em mim uma paixão por literatura desde muito cedo; Lola Nanay, que me mostrou o que significa ser forte e corajosa; e Lola Tits e Lola Rosit, que cuidaram de nós como se fôssemos da família. Suas histórias vivem dentro de mim, e espero que continue deixando vocês orgulhosos até o dia em que nos encontrarmos de novo.

Para o time Bira: Justin G., Ryan N., Anna, Miggi, Neil, Jake, Micha, Drei, Mik, Justin Q., Lex, Joseph e Caneel, o Ilonggo honorário, por me encorajarem quando eu corria atrás dos meus sonhos e por serem a melhor rede de apoio que eu poderia ter.

Para Tito Jeremy, Tita Rita e Phil, por sempre me fazerem me sentir bem-vinda, e cuja máquina de café me abasteceu durante todo o primeiro rascunho!

Para o time Kakapo: Tiffy, Mayi, Macy e Kyra, que foram algumas das primeiras pessoas a ler o que escrevi. Estamos juntas desde o ensino médio, e sou grata por isso todos os dias.

Para EWW: Alexa, Trese, Mikee, Dana, Therd, Jor-el, Lizette, Aida, Andrew, Faye e todo mundo que estava lá durante toda aquela loucura! Eu precisaria de outro livro para listar todos os nomes e lembranças, mas eu carrego Bacolod no coração, e meu lado artístico jamais teria sido estimulado sem vocês.

Para o time "No Tanks" (Hiyas, Kat, Kim, Trish, Michael, Gabby e Francis) e Time "Smells like Team Spirit" (Jet, Dado, Angelo, Jasca, Abramer e Omar), os melhores jogadores de *Dungeons & Dragons* do mundo, cujas soluções criativas me mantiveram atenta e me ajudaram a refinar minhas habilidades como contadora de histórias.

Para Angeline Rodriguez, a primeira pessoa com quem discuti o conceito desta história, obrigada por acreditar que eu conseguiria fazer justiça a ela e por me ajudar a moldar esse mundo.

Para minha agente fantástica, Thao Le, que foi tão paciente quando eu ainda não tinha certeza de que deveria mergulhar nesta história e que não hesitou em me dar uma chance. Para minhas editoras, Julia Elliott e Natasha Bardon, que guiaram meus passos, muitas vezes atrapalhados, para o reino da ficção original, além do restante dos times da Voyager nos Estados Unidos e no Reino Unido: Elizabeth Vaziri, Binti Kasilingam, Robyn Watts, Holly Macdonald, Leah Woods, Roisin O'Shea, Sian Richefond, Danielle Bartlett, DJ DeSmyter, Jennifer Hart, Liate Stehlik, David Pomerico, Jennifer Brehl, Richenda Rickard, Charlotte Webb, Jeanie Lee e Nancy Inglis, que trabalharam com mais afinco do que qualquer outra pessoa para tornar este livro uma realidade.

Para minhas amigas autoras, Katie Shepard, Jenna Levine, Molly X. Chang, Ali Hazelwood, Kirsten Bohling, Elizabeth Davis, Sarah Hawley, Celia Winter e Victoria Chiu, por segurarem minha mão on-line e por também serem inacreditavelmente generosas com seu tempo, e por todos os memes e fotos de gatos. Eu tenho tanto orgulho de conhecer mulheres tão brilhantes e talentosas!

Para os meus leitores no AO3 e os amigos de fandom de todo o mundo, que abençoaram os últimos anos da minha vida com a sensação mais carinhosa de comunidade, e que estavam comigo desde o primeiro dia: eu jamais teria continuado a escrever se não fosse por vocês. Devo tudo a vocês.

E, por fim, para o meu gato, Darth Pancakes, o garotinho mais malvado e fofo do mundo.

Obrigada por me ajudarem a criar a tempestade perfeita.

Conteúdo extra

A GUERRA DOS FURACÕES

CAPÍTULO 38 (E MEIO)

O som da água corrente foi abafado pela porta fechada do banheiro, mas para Alaric mais parecia uma cacofonia de cachoeiras. O quarto em si estava em um silêncio mortal, até o próprio coração parara de bater. O sangue nas veias estava sólido, congelado, e a sua cabeça, tão vazia quanto uma fachada de granito nos penhascos das Terras Fronteiriças.

Um pensamento que *de fato* conseguiu atravessar tudo aquilo... por fim: a esposa de Alaric estava do outro lado da porta, lavando o suor que se acumulara entre o corpo dos dois, a umidade dos beijos que ele deixara no seu pescoço, e do prazer que ele derramara nas mãos dela.

Pensar naquilo fez os batimentos dele voltarem a acelerar. Ele conseguia respirar de novo, mesmo que em espasmos curtos e superficiais. Outros pensamentos se precipitaram na mente dele, confusos e embaralhados. Alaric permaneceu sentado ali na beirada do colchão, encarando as sombras da noite, rodeado de uma névoa de culpa e vergonha pelo que tinham feito... e então ainda *mais* culpa e vergonha por desejar que não tivessem parado.

Eles *deveriam* ter parado. Houve um ponto em que os dois estavam prestes a se deter, talvez, mas então ela sussurrara o nome dele, com a voz tão rouca e as pupilas tão dilatadas — aquela magia quente e dourada espreitando nas profundezas —, e o próprio inferno tomara conta dele.

A mão direita se fechou em um punho, os dedos ainda molhados... por causa *dela*. A maciez era como a de pétalas, quente e apertada nos dedos dele. Deuses. Qual seria o *gosto* dela?

Assim que aquela pergunta ocorreu a Alaric, ela pareceu se enraizar em alguma região primordial da sua alma e resistiu a todas as tentativas de exterminá-la. Alaric ficou estarrecido. Nauseado.

Hipnotizado.

É lógico que foi naquele instante que Talasyn resolveu voltar para o quarto, tempestuosa, olhando para qualquer outro canto que não fosse onde ele estava, e deu a Alaric todo o ímpeto necessário para sair da cama e aproveitar a sua vez de se limpar, passando longe dela quando seus caminhos se cruzaram.

Na segurança da porta fechada, Alaric lavou bem as mãos e as secou, além de... outras áreas, com cuidado meticuloso, demorando-se muito mais do que era necessário, adiando o instante em que precisaria voltar a compartilhar o quarto e o ar com a noiva.

No entanto, ele não podia passar a noite toda no banheiro. Quando ele por fim saiu de lá, relutante, viu que Talasyn estava deitada de lado no meio da cama, escondida pelas cobertas, formando uma massa imóvel que remetia um pouco a uma lua crescente.

Alaric agarrou as almofadas do recamier pequeno demais para ele e as dispôs no chão, se acomodando para o que com certeza seria uma noite longa e irrequieta. A superfície dura do chão era irrelevante — ele dormira em condições muito piores quando estava na ativa, durante os treinamentos de legionário, e depois, na guerra —, mas repassar na sua cabeça, sem parar, o que ele e Talasyn fizeram e as consequências o manteria acordado. Não havia dúvida daquilo.

De fato, ele ainda estava acordado um tempo mais tarde quando ele a ouviu se remexer na escuridão.

Então, o tom de voz agudo e teimoso de Talasyn rompeu o silêncio da noite.

— Você precisa do cobertor?

Alaric virou-se de barriga para cima no chão e deu uma espiada na cama, notando que Talasyn se sentara e o encarava de cima, a trança castanha despenteada caindo por cima de um ombro, e as garças bordadas que sobrevoavam seu torso iluminadas pelos poucos feixes do luar que adentravam o quarto. A expressão no rosto coberto de sardas era quase tão agressiva quanto a de sempre, exceto por uma pontada de culpa.

Eu fiz você gozar era tudo em que ele conseguia pensar, tudo que ele queria dizer para ela — devido a uma necessidade desesperada de reconhecimento, para garantir que ele não era o único cuja existência tinha virado de ponta-cabeça. Aquela noite fora a primeira vez que ele fizera aquilo com alguém, e a primeira vez que alguém testemunhara aquele lado seu, e ele ansiava por fazer Talasyn entender o quanto aquilo parecia monumental, o quanto ela mudara o mundo dele por completo... porém, fora um erro. Ele sabia daquilo.

E, de alguma forma, ele também conseguiu transmitir indiferença quando comentou:

— É tarde demais para se importar com meu conforto, não é?

As bochechas de Talasyn ruborizaram. Ela atirou o edredom em cima dele, afogando-o em uma montanha de seda e penas de ganso. Quando Alaric conseguiu, por fim, afastar a peça do rosto, ela já se deitara outra vez, as costas esguias viradas para ele.

Alaric considerou ficar com o edredom. Ao menos ofereceria acolchoamento entre ele e o chão. Um senso de cavalheirismo, porém, tornou aquela ideia abominável para ele — e ele estava muito ciente de como Talasyn estava desconfortável com a camisola transparente.

Ele se levantou, segurando o edredom nos braços antes de jogá-lo com gentileza sobre o torso dela. Talasyn se sobressaltou, olhando para ele por cima do ombro.

— A noite está quente o bastante para eu não precisar disso — disse ele, oferecendo uma explicação.

— Como quiser — respondeu Talasyn.

E aquilo deveria ter sido o ponto-final, mas o momento... perdurou. Esticou-se e retesou entre eles, em uma queda eterna na luz das estrelas que cintilava no fundo dos olhos dela.

Ele precisava implicar com ela. Precisava ter certeza de que aquele ponto não era sem volta, de que eles não tinham perdido... *seja lá* o que existisse entre eles. Que os dois poderiam voltar para suas discussões de sempre, e que ela continuaria revidando na mesma moeda. Que ela não o ignoraria, constrangida, para o resto da vida. E, talvez, ele também estivesse se perguntando o motivo de ela não lhe dar as costas. Será que significava que ela estava tão emaranhada quanto ele no que tinha acabado de acontecer?

Ele se inclinou para a frente ao lado dela, apoiando os braços no colchão.

— Aprecio a sua preocupação. Fico comovido por ela, na verdade. É quase como se você tivesse sido um fator nessa minha situação infeliz atual e estivesse arrependida.

— Não me faça expulsar você do quarto de vez — retrucou ela, aos sibilos, parecendo enraivecida e horrorizada.

Soava tão, tão diferente de quando usara o nome de Alaric, com os braços ao redor dele, derretendo-se ali... mesmo que aquilo *não* pudesse acontecer de novo, ele ia se lembrar *daquilo* pelo resto da vida.

Ele deu um sorrisinho e ela o fulminou com o olhar, e era quase se como o equilíbrio entre os dois tivesse sido restaurado.

No entanto, não era o caso. Porque percebeu o quanto estavam próximos. Se ele se inclinasse só mais um pouquinho, poderia beijá-la outra vez.

Alaric nunca recuara em nada — nunca recuara por causa de *ninguém* — tão rápido em toda a sua existência. Ele notou a confusão no rosto de Talasyn, de relance, ao se virar de forma abrupta e voltar para o seu local designado no chão.

— Boa noite — murmurou Alaric.

Ele certamente não teria uma boa noite. Uma vez que tivera Talasyn em seus braços, Alaric foi tomado da certeza terrível de que nunca mais seria capaz de dormir bem na vida.

POR TRÁS DE
A GUERRA DOS FURACÕES

Aqui nas Filipinas, estamos familiarizados com desastres naturais. Cerca de vinte ciclones tropicais passam pelo arquipélago todos os anos, e registramos cerca de vinte terremotos por dia. Nossos vulcões são montanhas raivosas, como condiz com um país situado dentro do Círculo de Fogo do Pacífico. Todo mundo tem uma história sobre tufões, como a vez que os ventos uivantes derrubaram o centro de evacuação em que meus amigos estavam. Todo mundo tem uma história de enchente, como a vez que meus pais acordaram meus irmãos e a mim no meio da noite, porque tudo na casa que não estava pregado no chão estava boiando.

    A história do meu país é tão volátil quanto seu clima, e tão implacável quanto a terra no qual se moldou. As Filipinas foram sujeitadas a um governo estrangeiro por cerca de 385 anos. É uma história irrevogavelmente interligada com a da minha família. Meu tataravô e o pai dele lutaram pela liberdade, liderando a rebelião da sua cidade natal contra dois governos coloniais em sucessão. Meio século depois, meu avô se juntou à causa aos quinze anos, e uma vez chegou a andar sessenta quilômetros em trilhas montanhosas para buscar munições de um submarino que o aguardava. Enquanto isso, a família da minha avó precisou fugir para os pântanos quando os invasores queimaram sua casa por terem fornecido comida para os guerrilheiros. Sua irmã mais nova adoeceu, longe demais de um hospital, e morreu.

    Essas são as histórias e experiências que inspiraram meu primeiro romance, *A Guerra dos Furacões*. Para as personagens no meu livro, o clima contém uma magia e um poder antigos — oferece luz, calor e energia que alimentam a tecnologia extraordinária de que se dispõe. No entanto, também é uma arma, uma ferramenta usada para subjugar os outros. Uma década de guerra originou porta-tempestades colossais, máquinas que usam relâmpagos e vendavais para devastar a terra. A magia também é o catalisador de um desastre natural que ameaça exterminar uma civilização inteira — a Estação Morta. (Esse termo tem origem na minha província natal; *tiempo muerto* se refere à época entre a plantação e a colheita, em que não há trabalho ou salários; apenas a fome.)

Quando comecei a escrever *A Guerra dos Furacões*, pensei que criaria um mundo de fantasia que ficasse intocado por essas questões, no qual a cultura filipina poderia florescer sem amarras nem constrangimento. Em certa altura, porém, precisei ser honesta: mesmo sem um passado colonial, ainda precisaríamos lidar com outras rachaduras em nossa sociedade e as calamidades naturais que nos atormentam com tanta frequência que chegam a fazer parte da rotina do nosso cantinho no planeta. Comecei a me questionar: como é possível sobreviver a tempos difíceis, e o que significa criar um mundo melhor?

Então, escrevi uma história de amor. Uma história de amor ardente e diabolicamente complicada, entre dois jovens que foram moldados pela guerra, profundamente divididos por suas alianças e que precisam se unir para estabelecer a paz. É um amor que parece sofrer com obstáculos insuperáveis, mas consegue brilhar em meio à escuridão da mesma forma que nossas histórias, nossa memória ancestral e nossa *esperança* conseguiram sobreviver a três tentativas de conquistadores diferentes. O amor nos leva a fazer coisas impossíveis, lindas e terríveis. O amor pode florescer como uma revolução.

Por mais que esse seja um mundo fantástico, fiz meu melhor para que sua alma ficasse reconhecível. Essa é uma história sobre impedir os porta-tempestades e sobre trabalhar juntos para sobreviver à Estação Morta. É sobre os custos da guerra e o preço da liberdade, e o que é necessário para se construir uma nação. É sobre o amor, o surgimento do amor no lugar do ódio, o amor que é mais forte do que qualquer gaiola que procura contê-lo. É sobre minha terra natal e o que nos une, e sobre tudo que precisamos superar, e tudo que ainda nos aguarda no futuro.

Essa história carrega o meu coração. Espero que gostem dela.

Thea Guanzon

GLOSSÁRIO

MAGIA

DANÇARINOS DE FOGO: Etermantes capazes de canalizar a dimensão de magia do fogo, conhecida como Fogarantro.

DOMADORES DE RELÂMPAGOS: Etermantes capazes de canalizar a dimensão de magia de trovões, conhecida como Temporia.

ÉTER: O elemento primordial e a essência da magia; uma linha que une o mundo material a todos os outros.

ETERCOSMOS: O termo abrangente usado para todas as dimensões que existem além do mundo material, tão infinito quanto a quantidade de favos em uma colmeia infinita.

ETERMANTE: Um manuseador de magia; um humano que tem a habilidade hereditária de acessar uma dimensão específica de energia no etercosmos para manipular suas propriedades.

FEITICEIROS: Manuseadores de magia únicos entre os etermantes porque são incapazes de canalizar qualquer uma das dimensões. No entanto, podem manipular apenas certos tipos de magia que já se encontram presentes no mundo material, como é o caso de uma Fenda ativa.

FENDA: Um local tênue entre o mundo material e o etercosmos, onde a energia pode se derramar sobre o mundo como um gêiser, fortalecendo a magia dos etermantes e concedendo a eles certa clareza sobre seus poderes, além de reativar lembranças.

FORJADORES DE SOMBRAS: Etermantes capazes de canalizar a dimensão de magia de sombras, conhecida como Sombral.

INVOCADORES DE VENTOS: Etermantes capazes de canalizar a dimensão de magia de ventos, conhecida como Vendavaz.

NULÍFERO: Uma dimensão de magia necrótica que não tem etermantes praticantes, mas cuja Fenda pode ser manipulada por Feiticeiros quando está ativa.

TECELÕES DE LUZ: Etermantes capazes de canalizar a dimensão de magia de luz, conhecida como Luzitura.

TROVADORES DE ÁGUAS: Etermantes capazes de canalizar a dimensão de magia da água, conhecida como Aguascente.

TECNOLOGIA

CORAÇÃO DE ÉTER: Uma pedra preciosa cristalina extraída da crosta terrestre de Lir que pode ser imbuída de magia do etercosmos para acionar ferramentas, desde embarcações aéreas até chaleiras. É um recurso natural abundante em todo o mundo, mas sofreu extração excessiva em Kesath.

CORACLE LOBO: Embarcação de guerra de assento único do Império da Noite; ela é mais robusta do que as vespas e mais desajeitada de conduzir, mas tem artilharia mais pesada.

CORACLE MARIPOSA: Embarcação de guerra de assento único do Domínio de Nenavar, conhecida como *alindari* no idioma nenavarino. Mortal e leve, é armada com canhões de bronze que disparam magia nulífera.

CORACLE VESPA: Embarcação de guerra de assento único da Confederação Sardoviana; ela é armada com bestas, muito leve e altamente manobrável.

MOSQUETE: Arma utilizada pelo exército nenavarino que dispara magia nulífera. Pode ser calibrada para deixar o alvo inconsciente, em vez de matar diretamente.

PORTA-TEMPESTADES: Embarcação aérea colossal que pode detonar ondas devastadoras de magia de tempestades.

TRANSMISSOR DE ONDAS DE ÉTER: Um aparelho de comunicação que utiliza o poder da magia de trovões de Temporia para produzir ondas de som.

DEUSES E DEUSAS DO CONTINENTE

ADAPA: Conhecida também como a Ceifadora, cuida do bosque de salgueiros onde as almas dos mortos se abrigam dos espíritos malignos que atormentam a vida após a morte.

MAHAGIR: Deus da guerra e da coragem; é representado normalmente como um jovem guerreiro com o coração atravessado por um sabre.

PAI UNIVERSAL: A divindade da criação; representado comumente como um velho desgrenhado com unhas amareladas e compridas e dentes manchados de tanto mascar noz de areca.

VATARA: Deusa dos ventos, a quem os marinheiros invocam para pedir a benção de uma viagem segura.

ZANNAH: Deusa da morte e das encruzilhadas. É dito que as Fendas de Sombras são uma representação da sua fúria.

PESSOAS

ALARIC: O único filho e herdeiro do Imperador da Noite, tido como o etermante de sombras mais poderoso em séculos. Esteve nas linhas de frente da guerra desde que tinha dezesseis anos, angariando uma enorme reputação crescente. Seu talento prodigioso garantiu sua ascensão como mestre da Legião Sombria, a força de guerreiros de elite Forjadores de Sombras de Kesath. No momento, ele se prepara para um novo papel, buscando a aprovação do pai e desesperado para finalmente acabar com a Guerra dos Furacões.

CASA DE OSSINAST: A família real de Kesath.

CASA DE SILIM: A família real do Domínio de Nenavar.

IDETH VELA: A amirante, chefe do Conselho de Guerra da Confederação Sardoviana. Tem controle supremo de todos os seus soldados e frotas.

KHAEDE: Considerada a melhor timoneira do regimento sardoviano e que abateu mais inimigos. É a amiga mais próxima de Talasyn. Certo, a única amiga de Talasyn.

SEVRAIM: Um membro charmoso e despreocupado da Legião Sombria, a quem Alaric tolera relutantemente mais do que os outros.

TALASYN: Timoneira do regimento sardoviano e a última Tecelã de Luz viva em sua parte do mundo. Deixada na porta de um orfanato na Grande Estepe quando tinha apenas um ano, ela procurou por um lugar a que pertencer durante toda a vida, mesmo enquanto se juntava à luta penosa para conter a escuridão do Império da Noite. A resposta sobre suas origens — assim como a salvação da Sardóvia — pode estar em sua magia, e na estranha conexão que sente com um arquipélago misterioso do outro lado do Mar Eterno.

- intrinseca.com.br
- @intrinseca
- editoraintrinseca
- @intrinseca
- @editoraintrinseca
- editoraintrinseca

1ª edição	JULHO DE 2024
impressão	LIS GRÁFICA
papel de miolo	LUX CREAM 60G/M²
papel de capa	CARTÃO SUPREMO ALTA ALVURA 250G/M²
tipografia	SABON